JURIJ A. TREGUBOFF / BERLIN

Jurij A. Treguboff

Berlin

Roman

Feuervogel-Verlag

Gestaltung von Buch und Umschlag durch den Verlag.

ISBN 3-921148-01-4

INHALTSVERZEICHNIS

AUS DEM LEBEN DES WOLODJA SCHWEDOW

... eine kleine chemische Fabrik in einem alltagsgrauen, ehemals aristokratischen und jetzt kleinbürgerlichen Viertel im Zentrum Berlins. An der Ecke ein verschmutztes, barockes zweistöckiges Haus aus der alten Zeit der in Gott entschlafenen preußischen Könige, der verschiedenen sparsamen Friedrichs und Friedrich Wilhelms - das Gebäude des ehemaligen Kammergerichts.

Es ist das zweite Kriegsjahr. Die kleinen Leute aus meiner Umgebung glauben an den Endsieg. Sie wissen nicht, daß die kleinen Leute niemals die Sieger sind. Doch Tatsache bleibt Tatsache. Soeben ist Frankreich zerschlagen worden, die Engländer sind über den Kanal verjagt, wo auch ihr angestammter Platz ist.

Etwas viel Unheimlicheres reift unter einem drohenden Willen, vielleicht einem verbrecherischen oder wahnsinnigen, vielleicht einem genialen. Was geht mich das alles an! Mir, dem kleinen Mann, hat dieser Wille alles zerstört, was mein Glück ausmachte. Ehrenwort, mein ganzes Leben habe ich mich bemüht, niemandem etwas Böses anzutun und es ist mir wirklich gelungen, dem überdurchschnittlich Bösen aus dem Weg zu gehen. Eine klägliche Rolle nach Meinung vieler Leute, denn bei den Menschen, die das Böse groß schreiben, kann niemand das Vorhandensein einer bedeutenden Persönlichkeit verneinen.

Aber der Reihe nach. Ich bin Russe, sie ist Deutsche. Von unserer Abstammung sollte man besser nicht reden. Ich habe die momentan völlig uninteressante aristokratische Vergangenheit, sie lebt in der realen kleinbürgerlichen Gegenwart. Ihr Vater ist Oberheizer im Rudolf-Virchow-Krankenhaus und ausgebildeter Luftschutzwart, sie selbst Kontoristin. Trotzdem lieben wir uns sehr.

Ich bin ein sehr einsamer Mensch, obwohl ich eine Mutter habe. Es gibt klug einsame Menschen, zum Beispiel der Philosoph Descartes, der ‚in den Höhen lebte', und dumm einsame. Zu denen gehöre ich. Ich liebe meine Mutter sehr und auch sie liebt mich, doch wir verstehen uns nicht. Andere Menschen verstehen mich sehr gut, lieben mich aber nicht. Und endlich habe ich einen Menschen gefunden, der mich versteht und liebt. So habe ich wenigstens gedacht.

In Übereinstimmung mit der dummen russischen Tradition habe ich lange und umsichtig in ihrer Seele gewühlt, huldigte dem Dostojewskij-Geist. Jeder Kriminalbeamte könnte neidisch werden, so viel Kraft habe ich verwendet, um das komplizierte Mosaik ihrer Seele auseinanderzunehmen und wieder zusammenzufügen. Alles war in Ordnung. Doch die menschliche Seele ist kein zweidimensionales Mosaik, bei dem man alle Steinchen erfassen kann. Das verstand ich erst viel später.

Wir haben schon ernsthaft über Verlobung und Heirat nachgedacht. Wie wunderbar war das alles, eine synchrone Diffusion der Seelen, wie die Chemiker sich ausdrücken, die gegenseitige Durchdringung. Aber nichts war schlimmer als diese dreimal verfluchte gegenseitige Durchdringung.

„Ich weiß etwas von dir!" sagte sie.

„Was weißt du denn? "

„Du bist ein Russe und wirst immer ein Russe bleiben."

„Ist das etwa schlecht? "

„Im Gegenteil, sehr gut, aber nur für dich."

„Ist denn nicht alles, was für mich gut ist, auch für

dich gut? "

„Papa bestreitet das."

Ein neuer, unerwarteter Faktor trat ins Gespräch - der Papa.

„Papa sagt, daß sich russisches Blut genau so wenig mit dem deutschen vermischen kann wie Wasser mit Öl."

„Nicht etwa umgekehrt? "

Sie wurde böse. Mir zog es im Sonnengeflecht.

„Papa hat sehr kluge Freunde, zum Beispiel den Ordensjunker Pupsius, du kennst ihn nicht. Er sagt, daß ich einen Angestellten einer chemischen Fabrik, und dazu noch einen Russen, nicht heiraten darf."

„Du liebst mich doch! Das muß man in Betracht ziehen. Auch ich liebe dich."

„Als deutsche Frau soll ich meine Liebe dem Führer opfern."

Ich betrachtete sie von der Seite. In ihren Augen war etwas Bockiges, was sie früher nicht gehabt hatte. In ihrem matten Glanz erinnerten sie an Perlmutterknöpfe. Das kleine, scheue Glück, das ich mir abgewonnen hatte, es zerfloß wie Lungengewebe um eine Kaverne. Es war wie im Traum. Ich hatte geglaubt, das Gewünschte in den Händen zu halten, sehr fest, und alles floß auseinander. Die Hände sind leer. Traurig und ängstlich, einsam und kalt. Was hatte sie mir gesagt? Ihre kommende Ehe muß echt deutsch sein...

Ich beginne in der Garage zu arbeiten. Dort stehen Fässer mit Lothanin, einem Präparat aus Baumrinde, Fässer mit Kreide, Wachs, irgendein Apothekerdreck, Flaschen, Schüsseln, Pakete, Kasserollen, Verpackungsmaterial, alles mögliche. Ich liebe diesen Platz. Hier bin ich meist allein. Von hier führt ein Rohr nach oben, es endet im Kabinett des Fabrikbesitzers, einem altertümlichen Zimmer, mit einem ausgestopften Luchs auf dem Schrank, vorsintflutlichen Apothekerwaagen, einem ausgedienten Teppich. Die Firma ist klein, wenn auch alt, und die Möbel des Kabinetts entsprechen etwa dem Biedermeier von 1830. Dort steht sogar eine Uhr mit einem Kuckuck, der etwas

Undefinierbares ruft, vielleicht ‚Heil Hitler!' Das Rohr ist unsichtbar. Wenn man den Deckel von der Abzweigung nimmt, hört man alles, was im Kabinett geschieht.

Dort sind vier, der Chef, seine Frau und zwei mir Unbekannte. Sie sprechen über mich.

„Wer ist eben über den Hof gegangen, der Große im Regenmantel? "

„Unser junger Angestellter", die Stimme der Chefin, „ein netter, höflicher und harmloser Mann, er arbeitet nicht schlecht."

„Warum denken Sie, daß er harmlos ist? "

„Ein gebürtiger Russe, er wird kaum die da oben lieben."

„Das ist echt weibliche Logik. Auch ein Russe kann ein Denunziant sein. Wenn er intelligent ist, kann er dahinter kommen."

„Dazu müßte er erst Ihre sehr unvorsichtigen Gespräche belauschen."

„Vielleicht lauscht er? "

„Kaum, er ist nicht der Typ dazu. An das Zimmer heranschleichen kann er sich nicht, die Fußdielen knarren. Was soll man denn tun? In was für einer Lage sind wir Kleinunternehmer? Ihr Labor wird man, wenn nicht heute, dann morgen schließen. Es ist nicht kriegswichtig. Jeden Tag können sie unsere Fabrik dicht machen. Die Rohstoffe sind knapp. Für den ganzen Monat bekommt man fünfzehn Liter Benzin. Mit unserem Dreirad transportieren wir nur die allerschwersten Objekte, das übrige schleppt der Russe auf seinem Buckel, mal mit der Straßenbahn, mal mit der U-Bahn."

„Uns allen geht es so. Was soll man tun? "

„Zuerst müssen wir mit interessanten Menschen bekannt werden."

„Und dann? "

„Handeln!"

„Etwa auf der Lindenstraße Barrikaden bauen? Das ist Wahnsinn!"

„O nein, dazu ist es zu früh!"

Ich fühlte mich wie gestern nach dem ominösen Gespräch mit der „Braut". In solchen Dingen kannte ich mich aus und wußte sehr wohl, daß meine Chefs und ich verloren sind, wenn sie sich mit staatsfeindlicher Tätigkeit befassen. Wehe, wenn sich diese Spießbürger konspirativ betätigen! Auf den armen Makar fallen alle Tannenzapfen, wie wir sagen.

Zärtlich streichelte ich das Rohr und entschloß mich, aufzupassen. Ich ging ins Büro. Gerade traten aus dem Kabinett zwei Männer in mittlerem Alter. Einer hatte eine Warze auf dem Hals, bürstenartig geschnittene, kurze, graue Haare und unstete Augen. Der andere war etwas älter, etwas Militärisches war in der Haltung.

„Guten Tag!"

„Guten Tag", antwortete freundlich der Ältere. Der Jüngere sah mich nur flüchtig und stechend an. Sofort sah ich, der Ältere war an dem einen Ende, und der Jüngere an dem anderen. Was das für Pole waren, wußte ich nicht.

„Einen Augenblick bitte, Herr Schwedow!" vergnügt betrachtete mich der Chef. „Endlich bekommen wir Hilfe, mein lieber Schwedow. Wir bekommen einen neuen Angestellten. Er holt allerdings keine Sterne vom Himmel herab. Ein alter Mann. Andere gibt es nicht, dafür ist Krieg."

„Das ist sehr angenehm."

„Warten Sie noch mit Ihrem Jubel, hauptsächlich werden Sie ja mit ihm zu tun haben. Nach meiner Ansicht ist er nicht ganz richtig... Ein richtiger Dostojewskij-Typ!"

Die vorsintflutliche Glocke der Eingangstür zeterte. Kälte drang herein, eine ganz besondere Kälte. Im Zimmer stand ein Mann, bestimmt über sechzig, in einem schwarzen, sauberen, doch etwas glänzendem Anzug. Auf dem schmächtigen Körper schaukelte ein riesiger Kopf, ein dünner Hals mit einem birnenartigen Kropf, eine Adlernase, ein Wall von grauen Haaren. Der erste Gedanke: Was passiert, wenn dieser schmächtige Körper den Kopf nicht mehr halten kann und er wegrollt, um fortan sein eigenes unheimliches Leben zu leben.

„Aha, da sind Sie ja! Sie kennen sich noch nicht, meine

Herren. Herr Schwedow und Herr Sergius. Meine Tochter wird Ihnen zeigen, was zu tun ist."

„Schwedow... das klingt ein bißchen russisch."

„Sehr richtig, Herr Sergius, Ihr Kollege ist Russe, direkt aus Moskau. Aber alle Russen sind aus Moskau, andere gibt es nicht."

„Sehr angenehm. Ich liebe Rußland, trotz des Krieges."

„Das ist doch kein Krieg mit Rußland, der kommt auch nicht. Im Gegenteil - unzertrennliche Freundschaft."

„Noch nicht, aber es wird Krieg geben. Das ist aber unwichtig."

„Wieso unwichtig? "

„Ich weiß nicht, inwiefern das für Sie wichtig ist, für mich aber ist das unbedeutend. Ich habe meinen eigenen Maßstab. Gehen wir. Was ist zu tun, Herr Chef? "

„Erst ziehen Sie Ihr feierliches Jackett aus und einen Kittel an. Meine Tochter ist zwar verschwunden, aber meine Frau ist unten."

Die Chefin kramt in den Papieren. Fünfzig Kreidewürfel müssen gemacht werden. Bestimmung: Wannenbäder für Paralytiker. Ein paar Minuten patschen wir in der nassen Kreide. Die Chefin geht fort.

„Wie alt sind Sie, Herr Schwedow? "

„Siebenundzwanzig, und Sie? "

„Ich bin vierundsechzig. Sagen Sie bitte nicht, daß ich jünger aussehe. Das ist so albern. Sie wollen natürlich wissen, wer und was ich bin. Ich erzähle Ihnen alles Mögliche über mich. Es sind zwar Kriegszeiten, man kann niemandem besonders trauen, doch ich habe meinen eigenen Blick. Ich bin ein alter Berliner und diese Arbeit eines Drogisten habe ich freiwillig übernommen, um die schwarzen Gedanken loszuwerden."

„Das klingt sehr romantisch."

„Sehr - nur nicht für mich!" Sergius warf seine Löwenmähne zurück und zog eine altertümliche Schildpatt-Lorgnette hervor. „Der Bildung nach bin ich Pädagoge, war sogar Professor an der Freiburger Universität. Seit dem Jahre dreiundzwanzig bin ich allerdings kein Professor mehr. Verschiedene Scheinheilige haben mich ausgesperrt. Ich gefiel der Geistlichkeit beider Konfessionen nicht. Ich kehrte nach Berlin zurück und erhielt eine Hauslehrerstelle in einer sehr privilegierten Familie. Ich wurde gut bezahlt, und wie das so oft geschieht, begann mit dem Geld auch mein Unglück."

„Ich denke, mit dem Geld beginnt immer das Glück!"

„Ein großer Irrtum, junger Mann. Doch alles der Reihe nach."

Unerwartet fällt ein unfertiger Kreidewürfel auf den Fußboden. Hilflos zwinkert Sergius mit den Augen.

„Was nun? "

„Weiterkneten!" belehre ich ihn und zerre den Würfel unter den Tisch. „Wenn das die Chefin sieht, wird sie hysterisch. Sie haben noch nicht zu Ende erzählt!"

„Ja, das Lehrertum begann. In Berlin hat man mich mit der Familie des Kommerzienrats Stubinger bekannt gemacht, eine sehr reiche Familie. Er selbst über die Fünfzig hinaus, der erste Eindruck - antipathisch, doch klug und herrschaftlich. Zwei Kinder, die Tochter Ingeborg dreizehn Jahre alt und der Sohn Heinz, zehn Jahre. Im Hause war alles da. Was nicht alles dem Herrn Kommerzienrat gehörte! Bis zum Glück ist es aber noch ein weiter Weg. Nicht jeder spürt das, ich aber bestimmt. Etwas drückt das Familienoberhaupt, und keine Kleinigkeit, etwas, das wie eine schwarze Wolke sein Leben überschattet. Das hat mich sehr interessiert. Glauben Sie mir, Schwedow, man darf niemals allzu eifrig in fremden Tragödien wühlen, sonst können sie leicht die eigenen werden.

Einmal hat mich der Herr Kommerzienrat zu sich eingeladen, kredenzte fabelhaften Kognak und begann:

‚Herr Sergius, Sie sind doch jetzt frei und vorläufig kein Professor. Haben Sie nicht Lust, der Erzieher meiner Kinder zu werden? '

Ich wollte protestieren, er schnitt mir das Wort ab. ‚Mein lieber Sergius, ich verstehe Sie ausgezeichnet. Es ist irgendwie komisch, vom Professor zum Kindererzieher herabzusteigen. Ich werde Sie besser bezahlen als Freiburg. Ich glaube, Sie schreiben auch etwas. Dagegen habe ich nichts, und nichts liegt mir ferner, als Ihre Freiheit in der einen oder anderen Form zu begrenzen.'

‚Ich verstehe nur nicht, Herr Kommerzienrat, warum Sie gerade mich ausgesucht haben. Es gibt ausgezeichnete Pädagogen in Berlin, das wird sogar viel billiger sein.'

‚Pädagogen im direkten Sinne dieses Wortes brauche ich nicht. Sie sind unfähig, mir zu helfen. Geld spielt keine Rolle für mich. Mit jedem Inflationstag werde ich reicher. Ich benötige eine überdurchschnittliche Persönlichkeit, die fähig ist, meine Kinder, streng nach meinen Richtlinien, zu erziehen. Mir sind die Gründe bekannt, weswegen Sie Ihren Lehrstuhl verloren haben. Sie sind ein Freidenker und haben Ihre Gedanken viel zu offenherzig an die Studenten gebracht. Das hat zu der Hetze gegen Sie durch diese frommen Weihnachtsmänner geführt. Ich bin ebenfalls ein Freidenker, doch von etwas anderer Art als Sie. Ich schreibe auf diesem Gebiet und gestatte mir, Ihnen das zu überreichen.'

Auf dem Tisch lag ein in schwarzes Leder gebundenes Buch.

‚Bitte, das Buch ist für Sie!'

Ich erwartete gedruckte Seiten, doch das teure Papier war mit der Hand beschrieben, eine große schöne Schrift, gotische Buchstaben.

‚Nicht wahr, eine komische Beschäftigung für einen Kommerzienrat. Lesen Sie, und urteilen Sie dann. Lassen Sie sich Zeit, ich liebe die Hetze nicht. Bedenken Sie alles, dann können Sie mir antworten.'

Ich erwartete, in dem Buch etwas über Atheismus zu finden. Nichts dergleichen. Aber das, was ich fand, war schlimm genug. Ich denke, daß seit der Zeit des Marquis de Sade niemand dergleichen geschrieben hat. Kurzum, der Herr Kommerzienrat hatte eine Theorie des Bösen geschaffen, durchaus keine mystischen Utopien, sondern das Böse an sich, das Umgekehrte des Guten. Eine pädagogische Lehre, streng logisch aufgebaut, die nach Meinung des Autors in letzter Konsequenz zur Schaffung eines neuen Jugendtyps führen mußte. Dort gab es auch Nietzsche, dann, eigenbrötlerische Persönlichkeiten jenseits von gut und böse zu finden. Diese neuen Menschen hatten nichts Grandioses, Übermenschliches an sich. Neue Menschen, gut erzogen, gut vorbereitet und gebildet. Das irdische Leben war alles für sie. Das Übrige - jede Metaphysik, besonders Religion - nichts."

„Kann es solche Menschen überhaupt geben? "

„Genau so dachte ich, als ich zwei Seiten gelesen hatte, Nachdem ich jedoch das ganze Buch bewältigt hatte, begriff ich, daß dies ohne Übertreibung zumindest ein großes literarisches Werk war, das umgekehrte Evangelium sozusagen."

„War das so überzeugend? "

„Der Herr Kommerzienrat vereinigte die mitreißerische Kraft einer Predigt mit der Logik eines Kontobuches. So hat er auch geschrieben. Links die Ausgaben - jede Art von Moral, und rechts nicht etwa ihre Verneinung, sondern die Moral des Bösen. Glauben Sie mir, das war unwiderstehlich."

„Was heißt das - Moral des Bösen? "

„So wie man einen Handschuh umdrehen kann, kann man auch die Moral umdrehen."

„Das verstehe ich nicht."

„Sie werden auch nichts verstehen, aber ich habe alles begriffen. Ich war jung und ehrgeizig und wollte denen einen Nasenstüber verpassen, die mich aus der Universität geekelt haben, eine neue, moderne pädagogische Theorie schaffen, ohne diese moralischen Anhängsel. Der Kommerzienrat hat das Fundament gelegt und ich wollte alles in der Praxis ausprobieren. Seine eigenen Kinder sollten die ersten Objekte der praktischen Versuche werden. Diese Möglichkeit gab sich mir in die Hände, ich sagte zu.

Nie werde ich diesen Abend vergessen. Er saß vor mir in einem schwarzen Anzug und mit einem gepflegten, ergrauten, keilartigen Bärtchen. Äußerlich die Disziplin selbst, Korrektheit, Anständigkeit. Nach drei Tagen siedelte ich zu ihm nach Dahlem um. Man stellte mir eine Zimmerflucht zur Verfügung, umsonst natürlich. Gespeist haben meine neuen Gönner sehr gut, wie bei Kempinski. Neben meinen Apartments wohnten Bruder und Schwester, jeder in einer eigenen Wohnung aus zwei Zimmern, ich in der Mitte.

Und nun, die Theorie des Herrn Kommerzienrats verlangte die besten Beziehungen zu den Zöglingen.

‚Sie müssen als Pädagoge Format haben. Die beiden sollen sich völlig frei fühlen, müssen aber immer an der Strippe sein!'

Ich möchte Sie nicht durch die Schilderungen meiner pädagogischen Tätigkeit langweilen und nur erwähnen, daß das Resultat bei Bruder und Schwester grundverschieden war. Wie Erbsen von einer Mauer prallten alle meine Kniffe von dem Sohn ab, Ingeborg jedoch saugte alles ein wie ein Schwamm. Heinz war sozusagen ein Weißer, er reflektierte jede Art von negativer Ausstrahlung. Ein guter Sportler, Fußballspieler, keineswegs dumm. Wenig interessierte er sich für die Metaphysik, weder das Gute noch das Böse drang tief in ihn ein.

Ingeborg dagegen... Zuerst habe ich sie gar nicht begriffen. Sie war ein schlanker, hübscher Backfisch, hochmütig und kalt. Vorsichtig begann ich, sie zu bearbeiten. Dauernd steckte ich meine Nase in die Instruktionen, und ich muß gestehen, daß der alte Mephisto buchstäblich alles vorausgesehen hatte.

Einmal habe ich flüchtig einen Schrank mit verschiedenen Büchern über sexuelle Fragen erwähnt, alle möglichen sexuellen Abschweifungen. Ingeborg hatte es bereits irgendwie geschafft, sich einen Nachschlüssel zu besorgen. Es gelang mir nie, sie mit den verbotenen Büchern zu erwischen. Ich wußte aber, daß sie sie las, nicht jedoch, wann sie sie herausfischte und wo sie versteckt waren. Und ich, ein Professor, ein Mann von siebenundvierzig Jahren, spionierte hinter einem dreizehnjährigen Backfisch her wie ein neugieriges Dienstmädchen.

In der gleichen Bibliothek war ein riesiger, finsterer Bücherschrank - Gott weiß, aus welcher Epoche - mit Erdkugeln, Atlanten, Karten und übrigem geografischem Zeug.

Er hatte rechts und links zwei Geheimfächer, beide mit unangenehmer Schnitzerei. Haarige, hufbeinige Satyre umarmen zwei betrunkene Bacchantinnen. Viel habe ich im Geheimfach gefunden, vor allem ein Buch in französisch und mit Illustrationen - das war etwas Furchtbares. Das Werk war ziemlich alt - etwa aus den 50er oder 60er Jahren - einundzwanzig Kapitel, jedes mit Bildern.

Das Buch war dem Leben einer Frau vom Kindesalter an gewidmet. Das zweite und dritte Kapitel beschrieben das Leben eines wunderbaren Mädchens, fromm, das seine Eltern liebte, voller Idealismus und Opferbereitschaft. Der erste poetische unschuldige Mädchenkuß, die anderen Kapitel waren schon ernsthafter und endlich einmal das, wie sich das Mädchen in eine Frau verwandelt - mit allen Einzelheiten. Die Kapitel davor waren alle markiert und ich begriff, daß Ingeborg die letzte Grenze noch nicht überschritten hatte. Je weiter man las, umso schlimmer wurde es. Die letzten Kapitel - Sadismus und Pornografie. Das Mädchen, dessen Leben mit einem unschuldigen Kuß begonnen hatte, wird zum Häuptling von Piraten, vergewaltigt auf einem mit Salz, Teer und Blut beschmutzten Deck, in Küraß und Stiefeln, gefangene Seeleute, nimmt an Orgien teil, bei denen sinnlos betrunkene und tierisch geschlachtete Menschen das Deck belagern und beendet ihr Leben am Galgen, wobei sie es schafft, noch in der letzten Nacht einen Priester zu verführen. Da war ein Bild, wie sie auf betrunkenen nackten Männern und Frauen herumreitet, und sie so mit den Sporen bearbeitet, daß das Blut herabläuft.

Bis heute zerbreche ich mir den Kopf, woher ein dreizehnjähriges Mädchen sich solch ein Buch beschaffen konnte. Ich glaubte immer noch, Herr der Lage zu sein, war aber bereits in ihren Fängen. Ich selbst begann, die Bücher aus dem Geheimfach zu lesen, suggerierte mir, daß das meine pädagogische Pflicht von mir verlangte. Tatsächlich war ich schon längst in Ingeborg verliebt, und sie ist sehr schnell dahinter gekommen.

Im Herbst nahm sie Reitunterricht. Mit Begeisterung

sprach sie von den Pferden, und meine Lage wurde immer schlimmer und schlimmer. Wie ein Magnet zog sie mich an. Diese Geschichte konnte mein Ende sein, wußte ich, hatte aber keine Macht mehr über mich. Immer kühler und überheblicher behandelte mich Ingeborg. Tag für Tag lebte ich in demütigenden Erinnerungen und lechzte nach Rache. Dieses hochnäsige, stolze, egoistische, durch und durch verdorbene kleine Wesen mußte zu Staub gemacht werden.

Dann kam das Unvermeidliche. Schon mehrmals hatte ich bemerkt, daß Ingeborg den Alkohol mißbrauchte. An ihrem Geburtstag,als sie vierzehn wurde, kam sie stark angeheitert von ihren Freundinnen nach Haus. Düster leuchtete eine Nachtlampe in dem Korridor, an dem wir alle wohnten. Ich hielt den Atem an und lauschte an der Tür, wie sie leise trällernd im Zimmer auf und ab ging. Dann glaubte ich, schwere Schritte und eine männliche Stimme zu hören. Hat sie irgendeinen Lümmel mitgebracht, und diese Rotznase hat mich überspielt, wird die verbotene Blume abreißen und du stehst da, lachte es in mir. Im Zimmer quietschten die Federn.

Ich stieß an die Tür und klopfte.

‚Ingeborg, was machst du da? '

‚Treten Sie ein, Herr Sergius, es ist nicht abgeschlossen.' rief sie mit unsicherer Stimme.

Es war halbdunkel, die Tischlampe brannte.

‚Schließen Sie bitte die Tür ab, Herr Sergius.'

Das brauchte sie mir nicht zu sagen, es hatte schon jemand den Schlüssel für mich umgedreht. Ingeborg lag auf der Rokoko-Chaiselongue in einem kurzen, seidenen Rock, im schwarzen Sporthemd, an den Händen dicke Stülphandschuhe, die vom Reitunterricht. Lange Lackstiefel mit stumpfen Spitzen, Riemen und glänzenden Schnallen umschlossen das Gelenk. Merkwürdige Sporen glitzerten.

‚Wie sehen Sie aus, Ingeborg? Mit wem haben Sie eben gesprochen? Was soll ich nur Ihrem Vater sagen? Ich hörte eine männliche Stimme, schwere Schritte, und mußte annehmen... ? '

‚Natürlich haben Sie gedacht, daß hier ein Mann ist. Sie

machen mir Spaß, Professor!'

Schwerfällig erhob sich Ingeborg. Das glänzende Leder, mit der Widerspiegelung des Lichts, verschwand irgendwo sehr hoch unter ihrem Rock.

,Die Stiefel sind nicht übel, wie? Nur ein bißchen schwer. Das habe ich von ihr gelernt, das ist meine wahre Lehrerin, und nicht Sie!'

Auf dem Boden lag das Buch.

,Es gibt leider keine Piraten mehr, kann es in unserem kleinkarierten Jahrhundert auch nicht geben. Stimmt das etwa nicht, Herr Professor? Es gibt auch keine Männer, die es sein könnten, auch solche Frauen gibt es nicht.' Ingeborgs kalte Augen leuchteten. Sie ergriff das Buch.

,Hier ist meine Liebe, meine Heldin Solange Martinois. Nicht übel. Sehen Sie sich das nur einmal an, keine Angst!'

Ingeborg hielt mir das Buch unter die Nase. Auf einer der letzten Seiten war Solange abgebildet mit einer neunschwänzigen Peitsche in der Hand, einen Stiefel auf dem Hinterkopf eines widerlich dicken Mannes mit Epauletten und, wie bei einem Krebs, herausgequollenen Augen, der trotzdem fleißig den anderen Stiefel der Solange ableckte.

,Ist sie nicht prachtvoll, Professor? Ich bin genau solch' eine Frau!'

,Sie sind keine Frau, Ingeborg, sondern ein dummes Mädchen, und bis zu dieser Solange haben Sie es genau so weit wie bis zum Himmel!'

,Soso - und warum sind Sie mitten in der Nacht in meinem Zimmer erschienen? Was halten Sie davon, wenn ich morgen alles Papa erzähle? '

,Es ist meine Pflicht, Tag und Nacht aufzupassen, in welchem Zustand Sie sind.'

,Ich habe ein bißchen getrunken, das gebe ich zu, eine Art Kinderlikör. Wir alle haben ein bißchen geschlürft. Und die schwarze Selma, meine beste Freundin - ich glaube, Sie haben die dumme Ziege schon bei uns gesehen - hat sich sogar eingeschlossen, ich sag schon nicht wo.'

,Das kann ich erraten.'

‚Versuchen Sie mal selbst, anstatt mir die Leviten zu lesen!'

Hinter der Chaiselongue zog Ingeborg eine Flasche hervor. Der Likör brannte wie Feuer. Nach drei Gläsern erhob ich mich.

‚Ich mache auf!'

Im Vorbeigehen stolperte sie absichtlich so, daß wir uns beide plötzlich auf dem Teppich befanden..."

„Und dann, Herr Sergius? " fragte Wolodja.

„Dann hielt ich ihr den Mund zu und riß die Schnallen ihres Rockes auf. Sie tobte, röchelte und schluckte, ihre Nüstern blähten sich. Sie versuchte sogar, mich zu beißen. Halt, du Lump, keinen Schritt weiter! Das ist Vergewaltigung einer Minderjährigen, darauf steht Zuchthaus! schrie es in mir. Gib ihr eins, die kann durch nichts mehr verdorben werden, eine andere Stimme.

Glauben Sie mir, mein lieber Schwedow, es ist gar nicht so einfach, eine Frau zu vergewaltigen, und bei einem wendigen Backfisch umso schwerer. Sie war viel zu stark für ihre Jahre und zappelte mit bestiefelten Beinen wie ein Weihnachtsharlekin an einem Bindfaden. Bebend vor Wut zog ich sie systematisch aus...

Ich kam erst zu mir, als alles vorbei war. Ihre geschminkten Lippen waren angeschwollen, Schatten unter den Augen. Ich habe sie ihrer Unschuld beraubt, das war die Tatsache von dem, was geschehen war. Es gab keine Zweifel, hier in dieser luxuriösen Dahlemer Villa auf einem teuren Teppich wurde die Karriere eines hoffnungsvollen jungen Professors, Doktor der Philosophie, abgeschlossen, und es begann die Laufbahn eines Verbrechers. Wissen Sie, es ist gar nicht so einfach, im Laufe einer Stunde von einem Doktor zu einem Mädchenverderber zu springen..."

Sergius stockte und blickte verloren umher.

„Was habe ich Ihnen eben gesagt? Wo sind wir? "

„Das ist eine chemische Fabrik und wir sind ihre Angestellten. Man hat uns doch bekanntgemacht. Sie erzählen mir Ihr Leben, einfach, um die Langeweile zu vertreiben."

„Wo bin ich stehen geblieben? ..ja, es geschah eines der

niederträchtigsten, dummen und schmierigsten Verbrechen, eine Minderjährige wurde vergewaltigt. Sie lag auf dem Teppich, atmete schwer, fletschte die Zähne und warf die mädchenhaft dünnen Beine breit auseinander. Oh diese Stiefel! Auf manche Männer wirkt es unfehlbar, wenn Frauen etwas typisch Männliches anziehen. Ich rief sie an. Sie antwortete nicht. Nichts mehr war zu machen. Ich drehte mich um, ging hinaus und schlief nach fünf Minuten wie ein Toter. Es war jener merkwürdige Schlaf, der sich nach besonders niederträchtigen Handlungen unserer bemächtigt, wenn die böse Macht uns Gelegenheit gibt, die Kräfte wieder herzustellen für weitere Taten. Während dieses Schlafes wird ein Netz gestrickt, aus dem es kein Entrinnen gibt.

Als ich erwachte, war es schon spät. Beim Rasieren zerschnitt ich mir die Wange, die Hände waren unruhig. Der Herr Kommerzienrat saß allein beim Kaffeetisch. Nichts Außergewöhnliches war festzustellen.

‚Haha, die halbe Backe ist weg!'

Ich stockte und verstand nicht gleich.

‚Sie müssen Strafe zahlen wegen Verunstaltung des göttlichen Antlitzes, zwei Tassen Kaffee und zwei Hörnchen! Wunderbare Dinger, weich und zart wie ein Kinderkuß! Die sind von der Bäckerei an der Ecke. Nehmen Sie Platz - und was war heute nacht los? '

‚Ich verstehe nicht, Herr Kommerzienrat.'

‚Sie brauchen nicht den Schlauberger zu spielen, Sie verstehen sehr wohl. Die dumme Göre kam von der Feier, stark angeheitert. Sie wundern sich wohl, woher ich das weiß, während ich schlief und schnarchte? Sie kommt fast immer in einem solchen Zustand nach Hause. Ist das ein Kreuz mit dem Mädel! Die offizielle Feier ist am Sonntag. Ich weiß gar nicht, wen ich einladen soll. Für ihre Altersgenossinnen ist sie zu erwachsen, für die Erwachsenen zu jung. Ich rate Ihnen sehr, sich über ihre nächtlichen Abenteuer zu informieren, schließlich sind Sie ihr Pädagoge... Noch ein Hörnchen? '

Der Kommerzienrat zwinkerte lustig und neigte sich vor.

Die Audienz war beendet.

‚Noch etwas, mein lieber Sergius, Ingeborg ist verrückt geworden, will, daß Sie mit ihr ausreiten. Können Sie überhaupt reiten? '

‚Ein wenig.'

‚Ausgezeichnet!'

Am anderen Tage brachte die luxuriöse Brenabor-Limousine des Herrn Kommerzienrats Ingeborg und mich zum Hippodrom. Reithosen, Stiefel und Hemd hatte ich vom Hausherrn erhalten. Lange habe ich nicht mehr auf einem Pferd gesessen, aber nach dem, was geschehen war, konnte ich nicht absagen. Ingeborg war wundervoll. Jeder würde sie für eine höhere Tochter halten, was sie auch war. Ich hatte es aber mit einer von mir vergewaltigten Frau zu tun. Im Auto schaute sie mich vergnügt an. Man brachte die Pferde, und das weltmännische Galoppieren begann. Ingeborg saß sicher und fest im Sattel. Plötzlich lachte sie wie rasend.

‚Mein Cousin, der Reichswehroffizier, sagt, daß ein guter Reiter auf vier Pferdebeinen genau so sicher wie auf seinen eigenen ist. Sie, Professor, sitzen wie eine Katze auf einem Kaktus. Papa hat Sie auch wie eine Vogelscheuche gekleidet. Bleiben wir ernst. Ich glaube, Sie sind mit mir einverstanden, Egon... Warum zucken Sie zusammen? Ich habe das Recht, Sie so zu nennen. Mein lieber Egon, Sie haben mich unter Ausnutzung der Tatsache, daß ich angeheitert, beziehungsweise besoffen war, vergewaltigt. Wissen Sie, womit ich mich heute vor dem Frühstück befaßt habe? Ich habe im Strafgesetzbuch nachgelesen, was es für derartige Delikte gibt. Zuchthaus. Die Tatsache, daß Sie mein Lehrer sind, erschwert den Fall ungemein. Das ist grober Vertrauensbruch...'

‚Sie sind eine komische Minderjährige, Ingeborg. Als Sie in Stiefeln - haben Sie sie gut versteckt...? '

‚Keine Sorge, wenn ich nicht will, findet man sie nicht. Sie haben eine sehr schmutzige Phantasie. Natürlich bin ich noch ein Kind, jedenfalls vor dem Gesetz, aber ich bin ein Kind, das sehr wohl weiß, was es will. Es ist kein Verbrechen, sich so oder so zu kleiden, und ich möchte ein bißchen das mit Ihnen machen, was Solange mit den Männern machte. Vielleicht wird das für Sie nicht sehr angenehm sein, aber wenn Sie sich nicht fügen, wird Papa sehr schnell alles erfahren und Sie, Professor, landen im Zuchthaus Brandenburg. Das ist ein sehr gutes Zuchthaus...'

‚Ist das eine Erpressung? '

‚Nennen Sie es wie Sie wollen. Eine jede Frau, die man vergewaltigt hat, hat das Recht, alles, was sie will von dem Mann zu verlangen. In den nächsten Tagen unterhalten wir uns über die Details. Ich kann mir vorstellen, daß letzten Endes mein Programm Ihnen sehr gefallen wird... Schaffen Sie sich einen anständigen Reitdress an, ich reite nicht mit einer Vogelscheuche! Papa hat manchmal komische Einfälle!'

Die letzte Bemerkung klang sonderbar."

„Und weiter? "

„Dann, Schwedow, dann war solch ein Gefühl, als ob man in einen Sumpf sackt. Auf dem Rückweg hat sich das Gesicht Ingeborgs völlig verändert; es war kalt und böse. Ich fühlte mich, als ob eine Boa Constrictor die erste Schlinge um mich geschlagen hatte. Flucht war ausgeschlossen. Sie breitete bereits ihren gefleckten Schwanz für die zweite Schlinge aus. Wissen Sie, das Gefährlichste im Leben ist es, wenn charakterlose Nullen wie ich sich für starke Persönlichkeiten halten. Als ich meinen Atheismus in Freiburg verteidigte, war ich stolz, dafür leiden zu dürfen. Mir kam nicht in den Sinn, daß ich nur ein dummer und sturer Trottel war. Jetzt war ich so etwas wie eine Stiefelbürste in den Händen eines frühreifen und lasterhaften Wesens. Immer weiter ging es."

„Wie ging es denn weiter, Herr Professor? "

„Nennen Sie mich bitte nicht Professor, ich habe kein Anrecht auf diesen Titel. Meine Sklaverei bei Ingeborg begann. Wie es sein mußte, fühlte ich mich nicht als starke Persönlichkeit, sondern als Waschlappen. Es ist erstaunlich, wie manche Kinder - besonders die verderbten - genau wissen, bis zu welchem Strich sie gehen können. Ich werde nicht beschreiben, was sie physisch und moralisch mit mir anstellte. Es war sehr erniedrigend und sehr schmutzig und entsprach durchaus den Abenteuern der legendären Solange. Für ein vierzehnjähriges Kind etwas Ungeheuerliches. Es ist widerlich, sich nicht nur als Kettenhund, sondern als verprügeltes Schoßhündchen zu fühlen. Ich wuchs in meiner Kläglichkeit und Ingeborg in ihrem Laster. Offensichtlich nahm sie Rache an mir."

„Achtung, die Chefin!"

„Das höre ich selbst."

Mißtrauisch zählt die Chefin die Kreidewürfel, scheint aber mit der Arbeit zufrieden zu sein.

„Füllt noch die Flakons mit Ameisensäure, dann ist Feierabend."

„Das ist stark", protestiert Sergius, „eine halbe Stunde bis zum Schluß und hundert Flakons!"

„Das schaffen wir, und Sie können Ihren Bericht beenden. Ich kenne ein kleines Restaurant, nicht weit von hier. Wo wohnen Sie denn? "

„Weit, in Tegel."

„Um acht Uhr im Guban-Souchay, Motzstraße? "

„Das ist sehr früh, aber ich komme."

„Hören Sie, Herr Schwedow!" die Chefin macht besorgte Augen, „Mir scheint, daß Sie zu schnell mit diesem Professor Freundschaft geschlossen haben. Unter uns - seien Sie vorsichtig! Man kommt immer auf solche Gedanken, wenn ein Mensch vom Professor zum Fabrikarbeiter herabgesunken ist. Ich will natürlich nichts gesagt haben, aber wir haben Krieg. Hauptsache, Sie erzählen nichts, was bei uns hier oben geschieht, Gespräche und so weiter. Wir vertrauen Ihnen und lieben Sie sogar, besonders meine Tochter schätzt Sie sehr hoch. Das nur unter uns."

Ich verbeuge mich und mache Kalbsaugen wie ein Mann, der etwas Wichtiges erfahren hat und dafür dankbar ist.

„Was ist mit der Ameisensäure? "

„Alles erledigt!"

*

Das Restaurant mit dem komischen Namen Guban-Souchay ist fast leer. Der Wirt döst. Ein Radio spielt. Stille.. Hoffentlich kein Fliegerangriff. Die Angriffe selbst sind nicht gefährlich, man muß aber in den Keller. Wie immer, wenn ich allein bin, pocht die Vergangenheit auf ihre Rechte. Worüber sollte ich nachdenken, wenn nicht über die vertrauten Menschen, mit denen ich bis zum Januar 1926 in Moskau, in der Starokonjuschennij-Gasse, Haus Nr. 24, lebte. Der Vater ist seit sieben Jahren im Grab. Waren die damaligen Ereignisse nicht alle ein Traum? Springer, Vampire, wie nah war alles und wie endete es. Was blieb, war die Liebe zu der verwaisten Eva Torzowa. Kein Jahr war vergangen, als mit zuckersüßem Lächeln sich auf irgendwelche Verordnungen beziehend, der Kommandant des Regierungshauses die Witwe Alexej Iwanowitschs bat, die Wohnung zu räumen. Eva und ihre Mutter hatten es schwer. NEP war in voller Blüte, doch ein böser Wille aus einem für alle unsichtbaren Schlupfwinkel ließ sie nicht in Ruhe.

‚Wozu? ' fragte einmal Darja Frolowna, ‚schon lange lebt mein Alexej nicht mehr. Sie können sich anscheinend gar nicht zufrieden geben!'

‚Ihr Haß ist endlos, er kennt keine Grenzen', antwortete ihr mein Vater.

Bald gehörte Darja Frolowna zur Familie. Schon zum dritten Male war sie zu Ostern Gast bei dem feierlichen Mahle.

‚Wenn das die Pioniere erfahren, werfen sie mich raus!' lachte Eva.

‚Hast du Angst? ' fragte Tante Eudoxija.

‚Nein, aber dann wird es noch schlimmer.'

Vor dem Ostermahl holte Darja Frolowna eine Hostie aus einem weißen Tuch.

‚Für das Seelenheil deines Vaters', sagte sie zu Eva, ‚bekreuzige dich, iß und gib auch Wolodja. Beide seid ihr seine Kinder.'

Jahre vergingen. Der unheimliche Dunst des Jahres einundzwanzig zerfloß. Schnell vergaßen die satten Moskauer Bürger Springer und Vampire. Selbst Eva und Wolodja zweifelten zeitweilig, ob alles Wirklichkeit gewesen war. Oft besuchten sie das Neu-Jungfrauenkloster. Nichts mehr war dort unheimlich.

Im Sommer des Jahres fünfundzwanzig begann man in der Familie Schwedow über einen völlig unbekannten Berliner Onkel Wolodjas zu reden, der ihn und die Mutter zu einem Besuch nach Deutschland ruft. Allen gefiel diese Idee, mit Ausnahme der Beteiligten. Auch dem Vater und Eva gefiel sie nicht. Doch der Onkel sorgte für ein Visum. Mit Interesse betrachteten alle den Auslandspaß der Bürgerin Schwedowa, Sophie Pawlowna, und ihres Sohnes Wladimir. Der Paß war sehr hübsch mit dem goldenen Aufdruck des Wappens der Sowjetunion und der Unterschrift irgendeines Jagoda. Nur einen Gedanken hatte Wolodja: Was wird aus Eva?

‚Du fährst also für immer fort', stellte Eva nach zwei Tagen fest, als man schon die Koffer packte.

‚Das ist Unsinn! Nach einem halben Jahr oder spätestens einem Jahr kehren wir zurück. Der Paß gilt nur für ein Jahr.'

‚Nein, du kehrst nicht bald zurück, Wolodja. Vater wollte doch, daß wir zusammenbleiben und später...'

‚Später wirst du meine Frau, willst du das? '

‚Daraus wird nichts.'

Evas Gesicht zeigte den gleichen Ausdruck wie damals in der Kirche, bei der Totenmesse für ihren Vater, das Leid eines Kindes und die Traurigkeit eines Erwachsenen.

‚Wir trennen uns für immer, Wolodja, du wirst weder in einem, noch in zwei oder drei Jahren zurückkommen.'

Sie hatte richtig prophezeit, ich kehrte nicht zurück.

Auf dem dunklen Bahnhof, als die Zugbegleiter die Auslandsreisenden bereits in die verschiedenen Coupes verteilten, weinte Eva still und hoffnungslos. Dann steckte sie ihm etwas in die Hand und küßte ihn auf die Stirn. Noch einmal leuchtete ihre Gestalt unter dem glitzernden, frostigen Staub.

Bis zum Ende des Jahres neunundzwanzig wechselten

sie Briefe. Dann kam ein Brief von Darja Frolowna mit der Anspielung, nicht mehr zu schreiben. Der erste Fünfjahresplan war in vollem Zuge. Kommunisten und Jungkommunisten überschwemmten die Dörfer und richteten die Kolchosen ein. Und nach Norden, in die Läger, bewegten sich die ersten Transporte der Groß- und mittleren Bauern. Man durfte wirklich nicht mehr schreiben und er hat auch nicht mehr geschrieben.

„Wollen Sie helles oder dunkles Bier? " Auf einmal wurde der Wirt lebendig.

„Bitte, Helles!"

Wie wird sie in Moskau leben? Der Gedanke, daß sie Moskau verlassen haben könnte, kam ihm nicht in den Sinn.

„Warten Sie schon lange auf mich, Herr Schwedow? "

Sergius stand am Tischchen. Wolodja schaute an ihm vorbei. Vor seinen Augen schaukelte das silberne Heiligenbild der Mutter Gottes, das Letzte, was er von Eva erhielt.

„Entschuldigen Sie, ich habe geträumt."

„Das sehe ich und das ist sehr gut. Folglich haben Sie etwas, von dem zu träumen sich lohnt. Bei mir ist kaum etwas. Aber ich will Ihnen alles zu Ende erzählen. Da werden Sie Sächelchen hören!

An einem Tag entdeckte ich auf dem Rücken Ingeborgs Flecken und Kratzer, die nicht von mir stammen konnten. Davon hatte ich selbst genug. Also bist du nicht allein, sprach eine innere Stimme.

Im ersten Stock lagen die Wohnräume der Eltern. Über die Dame des Hauses, eine kleine, magere und eingeschüchterte Frau, gingen Gerüchte um, daß sie längst nichts mehr an ihren Mann und die Kinder bindet. Oft besuchte sie ihre Schwester in Hannover. Die Reisen sahen einer Flucht ähnlicher als einer Tour de Plaisir. Ihren Mann und Ingeborg konnte sie nicht ausstehen, liebte aber sehr den Jungen. Im Bekanntenkreis sprach man von Scheidung.

Ich begann eine wahre Niedertracht zu vollziehen. Von der Treppe aus war die Tür zu den Eltern immer abgeschlossen. Es gab aber noch einen hinteren Gang und eine

Wendeltreppe für die Dienerschaft. Es gelang mir, ein paar Dietriche zu beschaffen. So weit bringt einen die Eifersucht! Ich wollte mich bei den Eltern umsehen und habe sogar Angel und Schloß der alten Tür neu eingeölt. Der Tag kam. Ziemlich lässig erklärte mir der Kommerzienrat, daß er und Ingeborg für drei Tage in die sächsische Schweiz verreisen und ich mich bis Donnerstag als frei betrachten kann. Ich ging aus dem Haus und kehrte spät in der Nacht heim.

Äußerlich glich das Haus einer riesenhaften Kröte, lauernd und zum Sprung bereit, heimtückisch und böse. Sie erwartete jemanden oder hetzte hinter jemandem her. Leise ging ich auf mein Zimmer. Überall Stille. Heinz war in Rathenow bei seinem Fußballclub. Nach zehn Minuten öffnete ich die verschlossene Tür zur Wendeltreppe, stieg leise zum ersten Stock. Dort war die Tür ebenfalls verschlossen, doch das Schloß war genau so primitiv wie bei mir... Wenn man dich in den privaten Gemächern der Besitzer erwischt, kann das als Diebstahl ausgelegt werden, in jedem Falle aber als Vertrauensbruch. Wer sollte mich schon erwischen, ist niemand da... Die Tür öffnete sich ohne Quietschen. Die Lage der Zimmer kannte ich. Von der Treppe aus kam ich in eine Art Vorzimmer, dann die Tür in den luxuriös ausgestatteten Korridor, die Hermen-Galerie in der Familiensprache. Etwa fünfzehn waren an den Wänden, hauptsächlich böse und lasterhafte römische Kaiser wie Caligula, Heliogabal und andere. Auch die entsprechenden Kaiserinnen.

Ohne Licht einzuschalten, und nur mit einer Taschenlampe, ging ich den Korridor entlang. Der Teppich dämpfte die Schritte. An einer der Türen am anderen Ende, wo das Schlafzimmer des Herrn Kommerzienrats war, sah ich einen Streifen von orangenem Licht, dünn und verlockend. Hinter der Tür eine gedämpfte, meckernde Stimme und das hysterische Kichern Ingeborgs. Was war da los? Es war nicht daran zu denken, die Tür zu öffnen. Dafür konnte ich durch das Schlüsselloch etwas sehen.

Auf dem üppigen Teppich Ingeborgs Wuschelkopf und

den bis zu den Hüften entblößten Körper. Auf ihr saß ein Mann in rosaroten Unterhosen. Das Gesicht war nicht zu erkennen. Er zerrte die quietschende Ingeborg an den Haaren. Wer war das, wer? Die knochigen Hände erschienen mir bekannt. Ein paar Minuten vergingen und plötzlich beugte sich der Sitzende vor. Meine Füße, Schwedow, versagten mir den Dienst. Ingeborg vergnügte sich mit ihrem eigenen Vater. Sein so wohl gepflegtes Gesicht eines angesehenen, wohlhabenden Bürgers war wie bei einem Satyr, rot und mit neurasthenischen Flecken.

Das war also der, dem mein Unterricht zu Nutze kam!... In das Zimmer stürmen, den Kommerzienrat an seinem Ziegenbart packen, ihm ins Gesicht brüllen, daß Vater und Tochter die schmutzigsten Wüstlinge in ganz Berlin seien... Natürlich habe ich nicht gebrüllt. Wie sollte ich! Mit einem krummen Rücken bin ich fortgeschlichen, verschloß sorgfältig alle Türen.

Ja, lieber Schwedow, Gott bewahre Sie, so etwas zu erleben! In mir platzte etwas. Eins habe ich begriffen: Ich war weder Professor, noch Pädagoge, und schon gar keine starke Persönlichkeit oder Atheist, sondern einfach ein Putzlappen, ein Putzlappen für die hohen Stiefel einer verkommenen Göre und ein Werkzeug in den Händen des bis ins Mark verkommenen lasterhaften Vaters.

Noch einige Zeit blieb ich im Hause, dann floh ich ins Ausland, in die Tschechoslowakei. Auch das hat der Lump Stubinger ausgenutzt und mich beschuldigt, Familienjuwelen gestohlen zu haben. Leider hatte ich meine Dietriche vergessen und der Panzerschrank war erbrochen. Ihm als Stütze der Gesellschaft hat man geglaubt und die Versicherungsgesellschaft zahlte eine solide Summe. Edelmütig hat er auf Verfolgung durch die Behörden verzichtet.

Und was habe ich dabei gewonnen? Einzig, daß es mir gelang, in seinem Haus mit einigen interessanten Leuten Bekanntschaft zu schließen. Einer davon war Reichswehrhauptmann von Hofmeister. Sie werden mich fragen, warum mich ein so reicher Mann wie Stubinger in den Dreck gezogen hat. Wenn man alle möglichen Dostojewskij-Allüren beiseite schiebt - davon haben wir genug in Deutschland - war alles nur dazu gut, daß ich für immer von seinem Horizont verschwinde. Mit meinen Händen hat er seine Tochter durch und durch verdorben und wurde zum Nutznießer meiner glorreichen pädagogischen Tätigkeit."

„Und was ist aus dieser Familie geworden? "

„Einiges ist mir bekannt, das später... Also, zum Wohl!"

„Es ist zwar Kriegsbier, aber nicht schlecht!"

DIE EINEN WOLLEN
ZU ANDEREN KOMMT ES VON SELBST

Staubige Wolken fegte der sommerliche Wind über Berlin. Nicht weit vom Guban versammelte sich eine andere Gesellschaft. Drei saßen in einem luxuriösen Appartement des Hotels Eden in der Budapester Straße. Kommerzienrat Stubinger mit stark ergrautem Menjou-Bärtchen. Kokett prangte das Parteibonbon auf dem Revers seines vom denkbar besten Schneider geschaffenen Jacketts. Der andere war ein sehr großer, auffälliger Mann im Cut mit Vorhemd. Lange, fast ergraute Haare verliehen ihm das Aussehen eines ehrwürdigen protestantischen Pastors, eine goldene, altertümliche Brille über ewig lachenden kindlichen Augen. Ein Lächeln, viel zu ebenmäßige weiße Zähne. Es schien, als ob er nur ewig lächeln könnte.

„Sie wollten mich etwas fragen, lieber Professor Kunzer? " devot verbeugte sich Kommerzienrat Stubinger.

„Eine Kleinigkeit nur. Doch wird es für den Vertreter des Kriegsgottes Mars nicht zu langweilig? "

„Ich bitte Sie!"

Trotz seines korrekten Sportanzuges erkannte man den typischen Militär. Er hielt sich betont gerade. Von einer solchen makellosen Gradheit war sein Scheitel, als ob eine unerklärliche Kraft ein Haar dem anderen zufügte. Er trug elegante, dunkelbraune Halbschuhe, nicht völlig, aber im notwendigen Maße neu. Neben einem spiegelnden Mahagonytischchen, in einem silbrigen Eimer, eine Champagnerflasche.

„Meine Frage ist sehr einfach, lieber Kommerzienrat. Wie sieht es an den Kriegs- und Geschäftsfronten aus?"

„Eine merkwürdige Frage, Professor! Seit dem Jahre dreiunddreißig haben wir - Geschäftsleute, Wirtschaftsführer und dergleichen - uns zu höheren Beamten einer dirigierten Wirtschaft gemausert. Darunter haben wir nicht unbedingt sehr gelitten, mit Ausnahme der Juden natürlich und der größten Dickschädel, jedoch ist der Wirkungsbereich unserer Möglichkeiten sehr begrenzt."

„Ist das gut oder schlecht Ihrer Meinung nach?"

„Für mich persönlich nicht besonders gut, obwohl ich immer noch ein sehr reicher Mann bin. Doch dieses System gibt uns die Möglichkeit, den Krieg zu gewinnen."

„Und welche Meinung vertritt unser General von Hofmeister?"

„Ich bin auch dafür, daß wir den Krieg gewinnen."

Alle lachten.

„Momentan ist es schwierig, das Genie unseres großen Führers zu verleugnen", ergänzte grinsend und mit einer Verbeugung Professor Kunzer.

„Pfui, lieber Kunzer! Immer schießen Sie über das Ziel hinaus. Sie dienen ihm genau so wie wir; nach bestem Wissen und Gewissen, doch wozu das alles so betonen? Dazu noch unter uns? Ich glaube, unser lieber Freund und Gönner General von Hofmeister vertritt dieselbe Meinung?"

„Sehr schlau, wollen Sie mich in ein verfängliches Gespräch verwickeln, Stubinger? Das gelingt Ihnen aber nicht... Wo bleibt der Vierte?"

„Nach den früheren Zusammenkünften muß man sagen, daß der Herr Kirchenrat die Pünktlichkeit selbst ist. Übrigens wird er dafür vom Reichsbischof Müller besonders geschätzt!"

„Haben Sie den Portier unterrichtet?"

„Selbstverständlich!"

An der Tür klopfte es. Zugleich die äußere Tür zuziehend und die innere öffnend, stand auf der Schwelle ein rotwangiger, rundlicher Mann und zwinkerte gutmütig mit den Augen. Er erinnerte an den Jammermaler Klecksel von Wilhelm Busch.

„Darf ich mich anschließen? "

Bei diesen Worten standen alle drei auf.

„Spät kommt er!" bemerkte der General, „doch nehmen Sie Platz. Champagner? "

„Sehr verbunden... Wir können anfangen. Nach der Reihenfolge führe ich bei dieser Begegnung den Vorsitz und möchte kurz die Lage umreißen. Unsere letzte Begegnung fand am neunten Februar dieses Jahres statt, vor genau sechs Monaten. Seitdem hat sich einiges geändert, in der Welt und auch in unserer nicht ganz alltäglichen Behörde. Doch die politische Lage ist viel besser geworden... Übrigens, was machen Ihre Kinder, lieber Stubinger? "

„Mein Sohn ist eben zum Oberleutnant befördert worden und schwebt als Flieger über der sündigen Erde. Meine Tochter dagegen steht mit beiden Beinen auf dieser sündigen Erde." Stubinger wurde etwas unruhig.

„Ihre Tochter ist ein nietzscheanisches Geschöpf, sie existiert jenseits von Gut und Böse."

„Ist das in der Praxis überhaupt möglich, lieber Kirchenrat? "

„Sehr gut möglich, doch reden wir nicht weiter davon."

„Bitte ohne Anspielungen weiter."

Alle lachten, nur der General blieb ernst. Der Kirchenrat holte einen Briefumschlag aus der Tasche.

„Ich brauche Sie nicht daran zu erinnern, meine Herren, daß unsere Organisation, sofort bei den ersten Kanonenschüssen, durch die Initiative einer sehr hohen Persönlichkeit entstanden ist mit dem Ziel, die Ideen unseres großen Führers zu verwirklichen, Ideen, die letzten Endes unserem Volke dienen. Einige sehr hohe Persönlichkeiten vertreten den Standpunkt, daß alle verlorenen Kriege lediglich wegen der Phantasielosigkeit des Besiegten verspielt wurden. Napoleon der Dritte besaß nicht genug Phantasie, sich vorzustellen, daß er es mit einem geeinten Deutschland zu tun hatte, daß die Feindschaft zwischen Norden und Süden ausgemerzt war und nicht nur mit Preußen, die den Süden besetzt hielten. Um diesen Krieg zu gewinnen, brauchen wir nur über ungeheure Phantasie zu verfügen, so stark, um die Achillesferse unserer Gegner zu ent - decken."

„Ist das überhaupt nötig, es bleibt doch nur England? "

„Sehr nötig ist das, lieber Kunzer. Ihre Behauptung ist ein typischer Beweis für meine Theorie von der fehlenden Phantasie. Vergessen Sie auch bitte die Vorbereitungen im Osten nicht."

„Nur eine Vorsichtsmaßnahme."

„Unser lieber General von Hofmeister könnte Ihnen etwas ganz anderes erzählen, doch seine hohe Stellung zwingt ihn zu schweigen."

„Ich weiß von nichts."

„Ihre Verschwiegenheit macht Ihnen Ehre, General. Ich bin kein Militär und kann deshalb in unserem Kreis sagen, daß im Sommer des nächsten Jahres eine Offensive gegen die Sowjetunion stattfinden wird."

„An diese Mär kann ich schlecht glauben, mein lieber Kirchenrat!"

„Das ist offiziell, Professor. Ihre Aufgabe, dort hinter dem Ozean, besteht darin, die öffentliche Meinung der Vereinigten Staaten in dem Sinne zu beeinflußen, daß die Sowjetunion nicht nur unser, sondern auch ihr Feind sei. Kurzum, einen Kriegseingriff der Amerikaner auf Seiten Englands und der Sowjetunion darf es nicht geben."

„Das wird viel Geld kosten."

„Die Mittel dazu werden Sie erhalten."

„Und meine konkreten Ziele? "

„Wir müssen die Juden zu unseren Freunden machen - wenigstens für eine gewisse Zeit."

„Das ist unmöglich!"

„Unsere Behörde ist dazu da, unmögliche Probleme zu lösen. Über die Details sprechen wir später. Ihre Aufgabe, Stubinger, ist es, so zu wirken, daß, vom ersten Schuß an, die Russen uns für Befreier und nicht Eroberer halten.

„Dort sind Dutzende, vielleicht Hunderte von Völker und Stämmen!"

„En detail später. Sie, General, müssen dafür sorgen, daß die Juden im Osten, die Russen und andere mit unseren Streitkräften sympathisieren."

„Warum muß ich als Militär mich damit befassen? Es ist meine Aufgabe zu feuern!"

„Sie sind eben nicht ein ganz gewöhnlicher General, sonst wären Sie nicht hier. Es genügt nicht, den Feind zu töten. Er muß so überzeugt werden, daß er stirbt und uns, seinen Gegner, liebt, und mit seinem Heldentod uns dient und nicht den eigenen Leuten."

„Das ist sehr kompliziert."

„Das war nur das Allgemeine, jetzt das Konkrete. In der Welt und selbst in der Sphäre, die für uns erreichbar ist leben sehr viele Russen, die den Kommunismus hassen, die russischen Emigranten. Ihre antikommunistische Einstellung steht außer Zweifel. Allerdings gibt es ein kleines ‚aber'. In der Mehrzahl sind sie russische Patrioten. Wir haben bereits Maßnahmen getroffen, die Einflußreichsten unter ihnen in unsere Hände zu bekommen. Sie, General, setzen hinter den Kulissen den Mechanismus in Betrieb. Selbstverständlich erhalten Sie einen entsprechenden Etat und Mitarbeiter. Nach außen hin muß jedoch alles durch russische Hände geschehen. Mit den Juden ist es komplizierter; sie zu überlisten, ist viel schwieriger. Denken Sie an unsere Weltanschauung. Das Hauptproblem bleiben aber die Russen, darunter verstehe ich das gesamte Völkergemisch im Osten. Ich fasse zusammen. Unser lieber Stubinger übernimmt die Propaganda im Osten, Sie, Herr General, sind der Organisator. Wenn die Zeit dazu reif ist, entsteht eine für alle sichtbare Behörde, dennoch wird alles durch unsere Hände bewegt."

„Ist es nicht merkwürdig, lieber Kirchenrat, daß für eine solch verantwortungsvolle Aufgabe gerade wir vier bestimmt worden sind, Dilettanten auf dem Gebiet der Politik. Wie denken Sie darüber, Professor? "

„Ja, das ist merkwürdig."

„Keineswegs! Das, was wir tun müssen, duldet keinen Bürokratismus und keine Mittelmäßigkeit. Benötigt werden Phantasie und Talent, Genialität und das Gefühl für das Metaphysische - ich will kein anderes Wort verwenden - das Gefühl für das, was vom Jenseits atmet. Wollen Sie etwas fragen, Professor? "

„Muß ich Sie so verstehen, daß wir uns in diesem gigantischen Ringen der Kräfte bedienen möchten, die nicht ganz irdisch sind? "

„Genau!"

„Das ist doch nicht Ihr Ernst! Wie ein Kinderlallen! Der sich dafür interessierte, stolziert längst als einer der Höchsten!"

„Das war natürlich nicht ernst zu nehmen. Was wir jedoch tun ist Ernst! Phantasie, Phantasie, liebe Freunde! Trennen wir uns jetzt. Die nächste Begegnung wie immer auf Abruf."

*

„Wollen wir einen Spaziergang im Dunkeln machen? " schlug Sergius Wolodja vor.

„Mit Vergnügen!"

Sie schlenderten in Richtung Zoologischer Garten. Rechts erhob sich das zehnstöckige Gebäude des Hotels Eden. Im Lichte der blauen Lampen fuhr ein offenes Auto in Richtung Tiergarten ab. Es schien Wolodja, als ob jemand aus dem Inneren ihn mit einem Eulenblick musterte. Ihn fröstelte. Sergius reichte ihm die Hand zum Abschied.

*

In der Nacht schlief Wolodja schlecht. In der Stille und Dunkelheit wob etwas um ihn. Wie so oft im Leben, fühlte er eine Gefahr. Wieder trat ein unentwirrbares Knäuel, dessen Fäden in der Dunkelheit verschwanden, in sein Leben, so wie damals in Moskau, im Jahr der Springer. Jetzt konnte Wolodja kaum an die Realität der damaligen Geschehnisse glauben. Real war nur eins. Er hatte Eva verloren - und hier war er schuldig, sonst hätte er sie nicht verloren. Wolodja wußte, daß er Eva noch immer liebte, auch wenn er sie sich nicht erwachsen vorstellen konnte. Auch hatte er niemals eine Totenmesse für Alexej Iwanowitsch gelesen. Er erinnerte sich und er liebte Alexej Iwanowitsch, der ihn und seine Familie gerettet hatte. Im Halbschlaf schien es ihm, als ob der kleine Mönch, aus der Kirche Johannes des Vorläufers, ihm mit dem Finger drohe.

‚Du bist mir gut! Hast deinen Freund vergessen, nicht mal die Totenmesse gelesen! Und das kleine Kreuz, das ich dir gab, hast du zum Krimskrams gesteckt.'

Das Wispern des Mönches wurde zu Wassergeplätscher.

‚Was hast du mir damals versprochen? '

‚Schämen Sie sich nicht, mich dauernd auszuschimpfen!"

‚Nicht mal ausschimpfen darf ich dich? '

Der Mönch lachte. Lauter und lauter wurde das Lachen und verwandelte sich in das verzweifelte Schrillen des Weckers. Die niederträchtige Maschine stand in einem Porzellanteller, tanzte in ihm herum und schrillte durch das Haus. Verzweifelt klopfte der Nachbar an die Wand.

*

Es war Sonnabend. Die Arbeit wurde um zwei Uhr beendet. Professor Sergius war schweigsam. Kurz vor Feierabend fragte er:

„Was ich Ihnen erzählt habe, bleibt doch wohl unter uns? "

„Ich habe niemanden, dem ich so etwas erzählen kann, Professor, höchstens in der Beichte."

„Gehen Sie in die Kirche? Oft? "

„Fast jede Woche."

„Sehr sonderbar... Einmal möchte ich mit Ihnen gehen."

„Das können wir heute, es ist doch Sonnabend. "

Der Gottesdienst begann um sechs. Wolodja und Sergius waren jedoch eine Stunde früher da. Der elegante Küster hatte gerade aufgeschlossen. Sergius rümpfte die Nase.

„Ich erkenne die schwere materielle Lage der russischen Emigranten an, aber war es nicht möglich, sie im Inneren besser auszustatten? Das ist keine Wandmalerei, sondern ein Geschmiere. Der Engel rechts trägt ein ganz verzerrtes

Gesicht, und der an der Decke, mit den vier Flügeln, ist so aufgeschwemmt wie bei einer schlechten Kopie von Rubens."

„Das ist ein Cherub."

„Davon verstehe ich nichts. Ich stelle nur fest, daß Sie an der Decke sehr widerliche Cherube haben."

„Das Geld liegt doch nicht auf der Straße!"

„Das russische Volk ist begabt, konnte man keinen besseren Maler finden? "

„Recht haben Sie! Gehen wir nach vorn."

Ein paar Menschen traten in die Kirche. Sie unterhielten sich gedämpft. Hinter der Abtrennung war alles zu verstehen.

„Hören Sie, Fürst!" ein gedämpfter Baß, „wir sind eine Stunde zu früh gekommen, das ist gut. Fragen wir den Küster... Hier haben Sie eine kleine Spende für die Kirche. Wir haben mit Ihnen über eine delikate Angelegenheit zu sprechen. Am vorigen Sonntag, dort in der Ecke, stand neben dem Chor eine ältere Dame, an die fünfzig etwa, mit einem gelben Stern."

„Ich kann es Ihnen ja sagen, Fürst. Eine halbe Jüdin, orthodox, schon der Vater war orthodox. Seinerzeit ein ziemlich bekannter Rechtsanwalt in Petersburg, hat durch die Bolschewisten natürlich alles verloren. Hier erhielt sie eine Unterstützung von der jüdischen Gemeinde, wurde auch dort geführt. Sie ist deutsche Staatsangehörige."

„Warum trägt sie den Stern? " schaltete sich eine Stimme mit armenischem Dialekt ein. „Zu dumm! Sie ist doch keine Jüdin, wenn sie getauft ist."

„Da irren Sie sich, Tarasjan. Für die Deutschen spielt die Konfession gar keine Rolle. Das Rassenprinzip ist für sie alles, der Glaube - nichts."

„Dam Wesen nach ist sie Russin und hat dazu noch durch die Bolschewiki gelitten."

„Das interessiert niemanden."

„Kann man sie nicht aus dieser Situation herausbringen? Man sagt einfach - ein Fehler, keine Jüdin."

„In ihrer Angst hat sie schon selbst alles unterschrieben."

„Das ist sehr schlimm. Bei den Deutschen ist jedes Dokument ein Heiligtum."

„Als Kirchenküster kann ich Ihnen nur sagen, daß sich bei uns in der Gemeinde zwei Parteien gebildet haben. Die einen bedauern sie, und die anderen sagen: ‚Paßt nur auf, diese Lurie wird euch in des Teufels Küche bringen!'"

„Was soll das heißen? "

„Sehr einfach, Fürst. Auch in der Kirche haben wir Spitzel. Sie liegen den Deutschen in den Ohren. So und so, in der orthodoxen Kirche sind Juden! Und die Deutschen rücken uns auf die Pelle. Bisher verhält sich die deutsche Obrigkeit zu uns weder gut noch schlecht, wir werden geduldet. Doch wenn der Eindruck entsteht, daß wir die Juden beschützen, wird es schlimm."

„Das ist doch gegenstandslos!" bemerkte die Stimme mit dem armenischen Akzent. „Wir können niemandem verwehren, in die Kirche zu gehen. Es steht geschrieben: In der Kirche gibt es weder Hellenen noch Juden, doch überall und in allem Jesus Christus!"

„Stimmt, lieber Tarasjan, niemand streitet darüber. Machen Sie das aber den entsprechenden deutschen Instanzen klar! Dort sind ebenso fanatische Antisemiten wie bei uns, mehr als genug."

„Dieser Baron? "

„Ja, er und andere, eine ganze Bande."

„Also, lieber Küster, ziehen wir den Schlußstrich. Von welcher Seite droht dieser Unglücklichen die größte Gefahr? Es gibt gottlob auch verschiedene Antisemiten."

„Da ist einmal Baron Goller-Charnowskij, Propagandachef der, wie ich glaube, bereits eingehenden russischen Nationalsozialisten."

„Mein Gott, was ist das denn? "

„Sie sind in Ihrem Paris sehr zurückgeblieben, mein lieber Fürst. Hier haben wir nicht weniger Aktivisten als bei euch. Heute ist Berlin die Hauptstadt Europas... Der Baron also, dann der Ihnen titelgleiche Fürst Moschaijskij - er saß wegen Wechselgeschichten. Eine Zeitlang kommandierte er die Kirche, nicht unsere, sondern die synodale. Ein ausgemachter Lump!"

„Ich habe schon davon gehört. Auch in fürstlichen Familien gibt es Kretins."

„Dann Sopatkin, Verleger des ‚*Judenfachmanns*', ein obskures Blättchen, Kopie des deutschen ‚*Judenkenners*'. Das sind die gefährlichsten, Trust G.M.S. genannt. Die anderen stehen eine Stufe tiefer. Ein gewisser Gribatschow, Busukin, die ‚Poetesse' Wostrouchowa, dann Solnetschnogorskij, auf deutsch ‚Sonnenberg'. Er hat eine Broschüre über die Juden geschrieben ‚*Söhne des Satans*'. Professor Semizwetow, hat ein Buch verfasst ‚*Juden-Freimaurertum im Lichte des Christentums und in der Finsternis des Satanismus*' und ein Drama ‚*Verschwörung der Juden oder Sieben Zionistische Weise*'. Alle kann ich gar nicht aufzählen, aber wenn Sie sich dafür interessieren ..."

„Vielen Dank! Da kommt Vater Genadij. Guten Tag, Vater!"

„Guten Tag, Eure Hoheit. Sie sind aber ein seltener Gast in dieser Kirche. Für mich ist es Zeit für den Gottesdienst."

„Hier - Doktor Tarasjan, Herr Wnukow. Wir möchten uns gern einmal mit Ihnen unterhalten."

„Nach dem Gottesdienst bin ich stets zu Diensten. Sie sind herzlich eingeladen, zu mir zu kommen. Wir nehmen eine Prosfora mit und trinken Tee."

Die Kirche füllte sich. Vorsichtig bewegten sich Wolodja und Sergius zurück. Wolodja erblickte die Sprecher. Ein fülliger, dunkler Mann mit Augen, die an überreife Pflaumen erinnerten. Er stützte sich auf einen Stock, aus schwarzem Holz und mit eingepreßten Greifen - zweifelsohne der Armenier. Der daneben wird Wnukow sein, kein Dummkopf, typischer russischer Emigrant. Daneben der Fürst, ein echter ‚Pariser'. Wolodja betrachtete den hohen, hageren Mann von aristokratischem Äußeren, ein grauer Scheitel, an dem dunklen Rockaufschlag ein goldenes Kettchen mit den Modellen von Orden. In den Händen hielt er eine Saffian-Aktentasche.

„Sie haben das Gespräch hinter uns so aufmerksam angehört", flüsterte Sergius. „etwas von Bedeutung für uns? "

„Ja, wissen Sie, Professor, wie immer bei uns in Rußland Lumpen neben Heiligen! Bleiben wir noch ein bißchen und beten. Später erzähle ich Ihnen alles."

In der Kirche wurde es dunkel. Der Küster zündete die Kerzen an. Tief unter dem Boden brummten Wasserleitungen.

„Gesegnet sei unser Gott und Herr!" ertönte es vom Altar.

Wolodja bekreuzigte sich und blickte auf Sergius. Ein schlankes, dünnbeiniges Mädchen in hochhackigen Sandalen betrat die Kirche. Ein rundes, echt russisches Gesicht, dünne Zöpfchen wie Rattenschwänze. Entfernt erinnerte das Mädchen an Eva. Mit runden Augen blickte Sergius auf die schlanken Beine des Mädchens. Er stülpte die Lippen wie einen Schweinerüssel.

„Was ist mit Ihnen, Professor, wir sind doch in der Kirche!" fragte Wolodja leise.

„Das ist Ingeborg!" lispelte Sergius erschrocken. „Ich sehe es doch!"

„Gott mit Ihnen, Professor, Ihre Ingeborg kommt bestimmt nicht hierher. Wie alt war sie damals, im Jahre dreiundzwanzig? "

„Dreizehn."

„Dann ist sie heute über dreißig, und das dort ist ein Kind."

„Sie hat ihr Gesicht und den Kopf, alles von Ingeborg!"

„Beruhigen Sie sich, Professor, wir sind in der Kirche!"

„Glauben Sie, daß diese Teufelin vor dem Altar Angst hat? "

Wolodja wollte etwas erwidern, doch Sergius drängte bereits zur Tür.

„Ist es ein großer Skandal, daß ich während des Gottesdienstes hinausgegangen bin und Sie mitgeschleppt habe? "

„Keineswegs, die Messe hat noch nicht angefangen. Natürlich ist es besser, die Kirche während der Messe der Gläubigen nicht zu verlassen."

„Was ist das für eine Messe? "

„Die Messe der Gläubigen ist der wichtigste Teil des

Gottesdienstes. Katholiken kennen das nicht. Wollen Sie umkehren? "

„Vielen Dank, das nächste Mal. Mir hat es sehr gefallen. Alles sehr armselig. Die Malerei ist schrecklich, dafür sehr ansprechend und rührend. Ich schlage vor, wir gehen wieder zum Guban."

*

Der Gottesdienst ging zu Ende. Vater Genadij schielte zum Chor. Wer fistelt dort? Sie sollen keine Ansprüche auf ein Konzert stellen. Der Schlußchoral wurde gesungen. Der Küster löschte die Kerzen. Mit rührender Stimme murmelte eine halbblinde Greisin etwas Unverständliches und küßte die Ikone.

Am Eingang trafen sich alle.

„Wohin jetzt, Vater? "

„Zu mir, Fürst, bitte, Doktor Tarasjan und Herr Wnukow. Dich lade ich nicht ein, Küster, du kommst von allein... Eine Konfitüre habe ich zu Hause, aus Serbien. Ein zwölfzölliges Glas mit verzuckerten Pflaumen, eine einzige Versuchung! Es ist gesagt worden ‚nicht vom Brot allein!' Kommt mit! Meine Wohnung ist ein bißchen dunkel, aber nur einen Katzensprung von der Kirche entfernt."

Warum riecht es in Priesterwohnungen immer so komisch? Ein Gemisch von Lampenöl, gebackenem Brot und noch etwas anderem, vielleicht Weihrauch, dachte Fürst Luganoff. Wodurch wird sich die Berliner Geistlichkeit von der Pariser unterscheiden?

„Nehmen Sie Platz, gleich gibt es Tee mit russischer Sahne."

Hinter dem dunklen Vorhang erschien eine Greisin in Nonnenkleidung.

„Für wieviel Personen soll gedeckt werden, Vater?"

„Gott mit Ihnen, Mutter Afanasija, was für Gedecke? Wir wollen nur ein bißchen Tee nach dem Gottesdienst trinken. Das ist alles. "

„Was für Konfitüre soll gereicht werden? Apfel blancmange, die Vierfrucht, Preiselbeeren mit Rum, Pflaumen oder Kirschen mit Honig? "

Vater Genadij winkte ab.

„Die reinste Versuchung, Mutter Afanasija, Marmeladensünden nennt man das. Versuchung des sündigen Leibes. Zucker und Tee - fern ist das Paradies. Gib die Vierfrucht, bring auch die übrigen her!"

Einige Minuten tranken alle schweigend Tee. Dann fragte Tarasjan:

„Haben Sie keine Angst, Vater, einen Armenier mit Tee zu bewirten? "

„Wie soll man vor euch Angst haben? Ihr seid Karapeten! Die Juden, die sind schon schlimmer und viel gefährlicher."

„Sind Sie denn Antisemit? " fragte Luganoff lächelnd.

„Nicht Antisemit, sondern Judofob! Auch Araber sind Semiten, gegen die hat niemand etwas."

„Sehr logisch, aber..."

„Sie wollen wissen, wie ich so weit gekommen bin? In Rußland war ich Diakon beim Erzpriester Vater Wostokow. Haben Sie von ihm gehört? "

„Selbstverständlich", kicherte Wnukow. „eine solide Tradition, Vater. Erzpriester Wostokow war Mitglied des Bundes des russischen Volkes."

„Und nicht etwa des Erzengels Michael? "

„Aber nein, lieber Fürst, der Bund des russischen Volkes war viel solider. Ich weiß Bescheid."

„Erinnern Sie sich noch, Vater. Moskau, Revolution 1905. Schreitet doch so ein Intellektueller über die Straße und wird plötzlich von Mitgliedern der ‚Schwarzen Hundert' umringt.

‚Drescht ihn nieder!' schreien sie, ‚ich kenne ihn. Sein Bruder ist Student!'

Der Intellektuelle hat natürlich Makkaronibeine und zwei Paar Brillen auf der Nase, Hühnerbrust, krummen Rücken, alle diese Merkmale hielt man im alten Rußland für ein Symbol des Sieges des Geistes über die Materie. Nun, da wird eben auf ihn eingedroschen.

Oder noch besser:

Man geht über die Straße. Da kommt ein Haufen.

‚Sag, du Mistvieh, bist du für den Zaren oder für das Volk?'

Nun, der Bursche lamentiert:

‚Ich bin ein echter Russe, orthodox, gehe in die Kirche, Erst vor vier Tagen war ich zur Beichte. Ich bin für den Zaren, Brüder!'

‚Aha, du bist für den Zaren! Ein Zarensatrap also, Gendarmenseele, trinkst das Arbeiterblut! Los, Mitka, gib ihm eins in die monarchistische Visage!'

Und nach allen Regeln der Kunst wird man verdroschen. Da bleibt er eine Weile im Schnee liegen, spuckt ein bißchen Blut, so ein Viertel Glas, atmet ein paarmal tief ein, und weiter geht es. Die Füße machen die schönsten Brezeln. Über kurz oder lang, an der nächsten Kreuzung wieder ein Haufen. Visagen - jede wie ein Bild!

‚Aha!' schreien sie, ‚halt! Bist du für den Zaren oder für das Volk?'

Nach der vorangegangenen Abreibung schlägt der Bursche mit der Faust auf die Brust.

‚Gott sei mit euch, Jungs! Was wollt ihr bloß? Ich bin ein Werktätiger, ein Arbeiter, wirke im Schweiß meines Angesichts, Mutter war Köchin, Vater unbekannt. Erblicher Proletarier. Ich bin natürlich für die Freiheit und für das Volk!'

‚Aha, du Kalbsauge, du Judenpopel, Studentenrotznase! Gegen den Vater Zar hast du deine Hand erhoben! Geh zu deinen Studenten, die füttern dich mit Hühnerfleisch und Rettich - falls du in einer Stunde noch was essen kannst! Petro, hol aus...!'

Weiter geht der Bursche schon nicht mehr, kriecht auf allen Vieren über den Schnee, röchelt, schluckt Blut und ißt zur Ermunterung Schnee. Über kurz oder lang, an der nächsten Kreuzung wieder ein Haufen.

‚Sag, du Wurm, bist du für den Zaren oder für das Volk?'

Da fängt der Busche an zu schreien:

‚Prügelt oder nicht, Jungs, die Wahrheit erfahrt ihr eh' nicht!' "

„Sehr gut erzählt, Fürst! Mein Herz schlägt aber nicht

für die Juden. Nicht nur, weil sie unseren Herrn und Meister gekreuzigt und den Zaren umgebracht haben, sondern, weil sie sich immer noch in ihrem Haß gegen Jesus Christus versteifen. Den Bolschewismus haben sie hervorgezaubert. Vor kurzem habe ich noch ein Buch gelesen, von Solnetschnogorskij über die Juden, ‚Söhne des Satans'. Dort ist genau beschrieben, wie sie mit Hilfe des Satans die Welt unterjochen wollen."

„Glauben Sie daran, Vater, haben Sie keine Zweifel? "

„Wie soll ich denn nicht glauben, Doktor! Natürlich glaube ich nicht alles, dazu ist es zu einfach. Aber im Kern ist Wahrheit."

„Ja, und über diesen Kern wollen wir, der Fürst, der Küster, Herr Wnukow und ich mit Ihnen sprechen. Wir haben da bei uns in der Gemeinde eine gewisse Lurie , orthodox und Jüdin..."

„Die kenne ich, steht immer rechts. Was ist mit ihr? "

„Jetzt nimmt man die Juden scharf vor und sie hat Angst, daß man sie abtransportieren wird."

„Wie kann man das, wenn sie getauft ist? "

„Darin liegt der Haken! Für die Deutschen hat es keine Bedeutung, in ihren Augen ist sie Jüdin."

„Unverständlich, nach unserer orthodoxen..."

„Wir sind nicht in Rußland, Vater, und etwas muß mit ihr geschehen, sie verstecken. Allen sticht sie in die Augen, bald greift man die Gemeinde an, Juden würden gedeckt."

„Soll man nicht an die Deutschen schreiben: ‚Rührt sie nicht an, sie ist orthodox!' "

„Das reicht nicht, Vater."

„Was noch? "

„Sie ist doch angemeldet", wand Doktor Tarasjan ein. „wenn man sie versteckt, wird gesucht. Das ist noch schlimmer."

„Ich sage Ihnen, meine Herren, ich als Priester rühre für die Feinde Gottes keinen Finger. Doch sie ist orthodox, das ist etwas anderes. Ich kenne so eine Alte, Deutsch-Russin, nicht von dieser Welt oder vielleicht allzu viel von dieser Welt; hat ein Häuschen im Norden Berlins, einem Vorort.

Dort kann man die Lurie vielleicht unterbringen. Wo wohnt sie überhaupt? "

„Ganz nah. Ich kann sie überreden, ich bin zwar Armenier, aber mir wird sie eher glauben als einem Russen oder Deutschen."

„Wieso? "

„Sehr einfach, Kollege Wnukow, weil es viel zu viel hundertzwanzigprozentige Russen gibt. Wir benehmen uns wie die Idioten. Wenn wir still geblieben wären, hätten sich die Deutschen nicht in unsere Angelegenheiten eingemischt. Sie haben genug Kriegssorgen. Aber bei uns - Gottseibeiuns - eine Anzeige überholt die andere. Ein halbes Hundert verschiedener politischer Grüppchen, von Ultramonarchisten und dem Imperialen Bund bis zu Trotzkisten, dazu der Allgemeine Soldatenbund mit seiner Inneren Linie, die Kirchenspaltung, das Moskauer Patriarchat - eins, die Synodalen - zwei und wir Sündigen - drei. Die Synodalen nennen uns ‚unreine Eulogeaner', das habe ich selbst gehört. In der Kirche am Hohenzollerndamm werden Priester geweiht wie frische Semmeln, manch ein Gauner ist da schon Priester geworden. Dort sind alles Ultramonarchisten, Judenfresser und Anhänger von Markow dem Zweiten!"

„Aber lieber Doktor, das ist ein bißchen zuviel!"

„Keineswegs, Kollege Wnukow. Wie ist eigentlich Ihr Vor- und Vatersname? "

„Ich heiße Wassilij Prochorowitsch."

„Angenehm - und ich Wigen Aramowitsch... Den Deutschen gehen die Augen über vor Anzeigen. Die finden sich durch den Dschungel nicht durch. Wer ist Judo-Freimaurer, wer Kommunist, wer keines von beiden? ...Wir hätten paradiesisch leben können, aber so müssen die Deutschen nolens volens ihre Nasen in unsere Angelegenheiten stecken, um die Freimaurer zu entlarven und die Satanisten zu kontrollieren."

„Gott hilf, wie furchtbar!"

„Völlig im Ernst. Einen Bekannten von mir hat man vorgeladen und gefragt: ‚Ihnen sagt man nach, Sie sind Satanist. Sie haben Menschenblut im Glas verrührt und als heiliges Abendmahl zu sich genommen und dazu noch mit der Zunge geschnalzt!' "

„Unterlassen Sie bitte solche Kommentare, hier hängen Heiligenbilder!"

„Das habe nicht ich gesagt, sondern andere!"

„Ist auch Sünde!"

„Die russische Emigration, Vater, war schon immer in übelster Weise sensationsgierig. Erinnern Sie sich, was es für ein Theater gab, als Besedowskij den Sowjets durchgebrannt war? Zeitungen, Interviews, auf Teufel komm heraus! Hier hat man eine Versammlung arrangiert, mit allen möglichen Honoratoren, Fragen, Zettel und so weiter. Und da hat solch einer Versammlung ein gewisser Bikermann beigewohnt, ein hochanständiger Mensch mit klug-konservativen Ansichten. Sich selbst nannte er ‚Leibjude seiner Majestät des Zaren!' Und er konnte unsere Revolutionäre - wohin der Wind geht - nicht ausstehen. Da sitzt er und hört und lauscht und lauscht wie unsere Emigrantenhonoratoren diesen Besedowskij wie ein rohes Ei behandeln, und da platzte ihm der Kragen, er bittet um das Wort und sagt zu dem Vorsitzenden oder einem Veranstalter:

‚Jakow Dmitriewitsch, ich bin sehr erstaunt. Was geht hier eigentlich vor? Besedowskij hat gesagt, Besedowskij hat geschrieben... Sagen Sie mir bitte, was ist der ganze Besedowskij? Genau solch ein Haufen Dreck wie alle übrigen Kommunisten! Ich sehe ihn hier auf dieser Versammlung in der ersten Reihe sitzen - ich hätte ihn viel lieber hängen gesehen, jawohl!'

Und Besedowskij sitzt in der ersten Reihe und staunt. Später hat Professor Iwan Alexandrowitsch Iljin, den Sie alle kennen, diesen Bikermann getroffen. Iljin konnte ihn übrigens nicht ausstehen - er war nicht gerade ein Judenfreund - und hat ihm vor allen demonstrativ die Hand gedrückt.

‚Man hat mir berichtet, ich habe gehört, Sie waren der Einzige, der in diesem absoluten Klosett wenigstens das Fenster geöffnet hat!'

Wissen Sie, wie Iljin aussieht? Groß, hager, hält sich gerade wie ein Stock, spitzes Bärtchen, wie der leibhaftige Mephisto, und drückt unter einer tiefen Verbeugung Bikermann die Hand."

„Gott mit Ihnen, Doktor, so etwas kann es nicht geben!"

„Irrtum ausgeschlossen, Vater. Wie soll man sich da wundern, daß die Deutschen solch ein Volk nicht in Frieden lassen - und sie rücken immer näher."

„Und doch, meine Herren, was man nicht von den Juden sagt, unseren Gott, Jesus Christus, haben sie gekreuzigt und das vergossene Blut schreit nach Rache."

„Diese Tatsache kann man schwerlich leugnen. Aber wenn auch das rasende Volk damals schrie: ‚Sein Blut komme über uns und unsere Kinder!' haben wir kein Recht, Vater, dem Gottesurteil zuvorzukommen. Für uns, insofern wir überhaupt Christen sind, ist der grausamste Christusfeind doch Bruder und Nächster. Es steht geschrieben: ‚Du sollst Deinen Nächsten lieben wie Dich selbst!' Das ist sehr schwer, Vater, doch der russische Mensch ist mitleidig und hilft sogar sehr bösen Menschen, wenn sie in Not und Elend sind."

„Sehr schmeichelhaft, Wigen Aramowitsch, wenn Sie als Armenier so etwas über die Russen zitieren. Dem Problem sind wir jedoch nicht näher gekommen. Was soll mit Lurie geschehen? "

„Mein Gott, ich als Pope muß für alle geradestehen. Morgen gehe ich zu ihr und bringe sie zu meiner Alten."

„Wie vereinbart sich das mit Ihrem Antisemitismus, Vater Genadij? " fragte der Fürst lächelnd. „Nur weil sie getauft ist? "

„Auch einer Nicht-Getauften hätte ich so geholfen, aber trotzdem kann ich sie nicht ausstehen!"

DIE KAMPFGEFÄHRTEN

Nahe der klosterartigen Wohnung von Vater Genadij, jedoch nicht im ersten, sondern im fünften Stockwerk, versammelte sich in einer Wohnung mit einem großen Balkon, von dem aus alles kläglich und mickrig erschien, eine Gesellschaft, der auch alles in der Welt klein und mickrig erscheinen mußte mit Ausnahme der eigenen Ideen, garniert mit einer gehörigen Portion Haß, politischer Nervösität und provinzieller Eitelkeit.

Die Räume waren sehr hoch und hell, helle Tapeten, gute, aber verschiedenartige Möbel. An den Wänden des Korridors stapelten sich Bücher und Zeitschriften. Die meisten waren gut verpackt, doch lagen einzelne Exemplare frei. Die Titel bezeugten die große Zielstrebigkeit der Autoren: ‚*Daschnjakzutjun und die Weltfreimaurer*', ‚*Evangelist des Hasses*'. Über dem Titel eines gut gedruckten Buches ‚*Das Juden-Freimaurertum im Lichte des Christentums und in der Finsternis des Satanismus*' prangte Professor Semizwetows Photo. Einen Ehrenplatz, zwischen dem geschnitzten eichenen Schrank und einem Kasten mit Sand für die Katze, nahm ein kleines Büchlein mit einer goldenen Menora auf dem roten Deckel und der Inschrift ein: ‚*Verschwörung der Juden oder Sieben Zionistische Weise*' von Professor Felofej Semizwetow.

Diejenigen, die zum großen Eßzimmer an den Büchern vorbeigingen, würdigten sie keines Blickes. Längst war der Anblick allen vertraut.

Im Eßzimmer saßen sechs, alle im Halbkreis mit dem Gesicht zu der roten Ecke, wo über den Portraits des Zaren und der Zarin ein Bild des Führers prangte, und unter ihnen einige kleine Heiligenbilder. Sofort sah man, daß die hier Versammelten völlig frei vom überflüssigen klerikalen Einfluß waren. In der Ecke stand eine Art Katheder, mit einer weiß-blau-roten Fahne dekoriert. Auf das Pult stützte sich ein etwa fünfzigjähriger Mann. Ergraute, schüttere Haare, gelbe, ungesunde Haut, ein gepunkteter Anzug und Schillerkragen. Einen Fuß streckte er von sich, das Gelenk war steif. Unentwegt produzierte der Mund ein schiefes und freudloses Lächeln. Die dünnen und farblosen Lippen bewegten sich dauernd nach oben und unten und entblößten die gelben Zähne eines passionierten Rauchers.

Ihm gegenüber saß eine stämmige vierzigjährige Frau, hochtoupierte Haare, am auffälligsten in ihrem nicht schönen, aber ausdrucksvollen Gesicht waren zusammengewachsene Brauen. Zwei Schritt seitwärts ein etwa sechzig Jahre alter beleibter Mann, mit fleischigem Gesicht und einer dicken, goldenen Kette quer über dem zylindrischen Bauch. Durchdringend scharf blickten die Augen des Dicken mit jenem unsteten, lauernden Ausdruck, der erfahrenen Spionen, gerissenen Gaunern und guten Schriftstellern eigen ist und für einen unerfahrenen Menschen unbemerkbar bleibt.

Die drei übrigen blickten die anderen fragend an.

„Worauf warten wir noch, lieber Baron? " Die Frau blickte sich um. „Es sind doch alle da. Fangen wir an, sonst verschlafen wir alles, auch die Freimaurer!"

„Einverstanden", der Baron verbeugte sich und humpelte hinter das Katheder.

„Sitzen Sie bequem? " Besorgt betrachtete die stämmige Frau das steife Bein.

„Vielen Dank, Kameradin Wostrouchowa, so komfortabel wie ein jüdischer Bankier an der Börse. In die Hölle mit ihnen!"

„Das ist richtig! Reinen Tisch muß man machen!" regte sich ein magerer Alter mit Ziegenbart auf. „Nicht umsonst trage ich den Namen Baron Laudon - das spricht für sich! Erst wenn der Tisch rein ist, werden wir mit den finsteren Kräften fertig. Ich als Freund des verstorbenen Winberg - ich nehme an, Sie haben sein geniales Buch ‚*Der Kreuzweg*' gelesen - begrüße diese Versammlung und das, was uns unser gemeinsamer Freund, Baron Goller-Charnowskij, offenbaren wird, von ganzem Herzen.. Ich bitte Sie, ich bin fertig."

„Sehr verehrte Dame und sehr geehrte Herren! Liebe Mitkämpfer und Mitglieder der *Russischen Nationalen und Sozialen Bewegung!* Von ganzem Herzen bin ich Ihnen für das mir geschenkte Vertrauen verbunden und ich will dieses Vertrauen voll und ganz rechtfertigen. Unsere Organisation - die in ihrem Wesen einzigartig in der Emigration ist, vielleicht können nur noch die russischen Faschisten im fernen Osten mit uns in eine Reihe gestellt werden - verfolgt nicht allein politische Ziele, sondern die Erneuerung und Rettung des russischen Volkes und durch das russische Volk, die der Menschheit. Am russischen Wesen soll die Welt genesen! Wir wollen die Welt aus den zähen, klauenartigen Pfoten des Weltpolypen herauslösen, und dieser Weltpolyp ist das Juden-Freimaurertum!

Liebe Kampfgefährten, neulich habe ich mir die Mühe gemacht, die Zahl der politischen Organisationen in der Emigration auszurechnen. Bei hundertfünfzig bin ich steckengeblieben. Sie werden mir antworten, darin liege kein Unglück, sollen sie sich vergnügen! Etwas anderes hat mich erschüttert - die Zahl der Organisationen, die die augenblickliche Lage richtig begreifen, ist buchstäblich an den Fingern abzuzählen. Unsere Herren, die liberalen Emigranten - wir alle wissen, was sich hinter diesem unheimlichen Begriff verbirgt - haben sich den finsteren Kräften der Juden und Freimaurer unterworfen. Sie benehmen sich, als ob nicht die siegreichen arischen Fahnen mit dem Hakenkreuz über fast ganz Westeuropa wehen.

Unsere Links-Emigranten, die voll und ganz die Verantwortung für den Triumph des Juden-Kommunismus tragen, halten sich keineswegs für die Schuldigen. Im Gegenteil, in verschiedene Winkel haben sie sich verkrochen, und aus ihren Schlupfwinkeln zischen sie haßerfüllt gegen Deutschland und die von Deutschland in Europa errichtete Ordnung.

Und was machen sie in den Vereinigten Staaten? Verschiedene Kerenskijs und Milukows? Diese kläglichen Koryphäen unserer Links-Intelligenz und Freimaurer von hohen Graden - ich selbst weiß zum Beispiel, bei wem in Paris Lederschurz und Hammer von Milukow aufbewahrt werden - sie haben nichts aus der Geschichte gelernt. Aktiv haben sie sich eingereiht in die Phalanx des Weltjudentums und der Freimaurer und führen einen unentwegten und verruchten Kampf gegen den lichten arischen Krieger Adolf Hitler!

Liebe Kampfgefährten, das Heer des Satans marschiert, und auch wir marschieren unter den lichten Fahnen zur Wahrheit! Unser lieber Kampfgefährte betonte ganz richtig, daß wir reinen Tisch haben müssen. Ja, wir müssen und werden ihn bereinigen! Die strafende Hand der deutschen Behörden ist ausgestreckt nach den Zöglingen der weltumspannenden finsteren Kräfte. Ich bin der Ansicht und rufe euch auf, liebe Mitkämpfer, daß wir uns nach Kräften und Fähigkeiten den Sicherheitsorganen dieses Staates zur Verfügung stellen. Niemanden dürfen wir schonen, denn auch wir werden vom heimtückischen vipergleichen Feind nicht verschont.

Soll man uns ruhig der Denunziation beschuldigen! Wir wissen, die Wahrheit ist auf unserer Seite. Doch das ist leider noch nicht alles, liebe Kampfgefährten. Gut - soll die Hurerei unserer Linken und liberalen Intelligenz anerkannt werden, sie können nicht anders.

Doch der Gedanke ist furchtbar, daß das Gift finsterer Kräfte schon viel tiefer eingedrungen ist - und das Opfer ist die orthodoxe Kirche. Was kann es Gemeinsames geben zwischen der heiligen orthodoxen Märtyrerkirche und den finsteren Kräften des satanischen jüdischen Freimaurertums? Doch auch dieser Kelch ist nicht an uns vorbeigegangen. Einige verirrte Priester und Geistliche mit getrübtem Blick und getrübter Seele wagen die Behauptung, daß es in der Kirche weder Hellenen noch Juden gibt, doch überall und in allem Jesus Christus. So wurden in gotteslästerlicher Weise die Worte der Heiligen Schrift verdreht! Den Juden steht die Kirche offen, dieselbe Kirche, die in unserem Land von ihren Rassegenossen verfolgt und verhöhnt wird.

Liebe Kampfgefährten, ihr werdet mich fragen, wo die Beweise sind? Ich ersuche euch, mir am nächsten Sonnabend oder Sonntag in die Kirche in der Nachodstraße zu folgen, und Sie werden selbst sehen, daß im Gottestempel eine Jüdin mit einem Stern steht."

Hier machte der Redner eine effektvolle Pause und blickte sein Publikum triumphierend an, so als ob er sagen wollte: Seht, was ich für ein Kerl bin! Alle schwiegen. Nur Baron Laudon allein verschlang den Redner mit den Augen.

„Doch das ist nicht alles. Zur Ehre Berlins muß gesagt werden, daß die Wurzel des Übels nicht hier bei uns ist, die Wurzel des Übels ist in Paris, wo Metropolit Eulogius selbst die finsteren Kräfte protegiert. Die Hauptfigur hier ist der sehr wohl bekannte Archimandrit Johann, alias Fürst Schakhowskoj. Trotz meiner wiederholten Mahnungen und denen anderer Personen besteht er darauf, daß sich die Kirche außerhalb der Politik befindet und in der Gotteskirche alle gleich sind.

Ich glaube, wir sind uns alle darin einig, daß man auch in der Kirche reinen Tisch schaffen soll. Wenn sich unsere Geistlichkeit aber bockig erweist, ist die Stunde gekommen, offen zu sagen, daß wir gegen eine solche Geistlichkeit und für die Arier sind.

Und jetzt, liebe Kampfgefährten, wird unsere heißgeliebte Poetesse Tatjana Antonowna Wostrouchowa eines ihrer wunderbaren Gedichte zum besten geben. Es heißt: ‚*Der Ziegenbock und der Tempelritter*'."

Goller-Charnowskij erhob sich, machte eine Verbeugung, und bewegte sich, den Fuß nachschleifend, auf die Stühle zu. Alle klatschten Beifall. Kokett lächelnd nahm die Poetesse den Platz hinter dem Pult ein, machte tragische

Augen, atmete tief, wobei sich entgegen allen Naturgesetzen ihr Adamsapfel von oben nach unten und von rechts nach links bewegte, und begann:

„Das Schloß des Tempelherrn ist stolz
gebaut mit Stein und Edelholz.
Der junge Ritter, Graf Armin,
von Einsamkeit betrübtem Sinn.
Doch Müßiggang bringt selten Segen.

Der Ritter wandelt in den Gängen,
betritt ein finsteres Gemach.
Dort liegen Bücher, Fach um Fach,
der schwarzen Väter Jerofanten,
der Juden finstre Folianten.

Die schwarze Kunst in Reih und Glied,
wie der verdutzte Ritter sieht.
Die gottverfluchte schwarze Kunst
gewinnt allmählich seine Gunst.
Der nächste Schritt ist bald getan.

Der schwarze Bock dient ihm fortan!
Die schwarze Mess' wird zelebriert,
wobei der Bock ihm assistiert.
Die Zeit vergehet, Jahr um Jahr,
silberhell wird des Ritters Haar.

Engagiert in Höllenkünsten,
doch die Strafe folgt den Sünden.
Einmal nach der schwarzen Messe
hat er Rühreier gegessen,
und sein Magen rebelliert,
so daß er nach draußen flieht!

In der adligen Toilette
Bock vergißt die Etikette.
Spießt je ein Horn die halbe Kugel
und dem Ritter wird es übel.
Schwarze Seele fährt zur Hölle
unter teuflischem Gejohle.
Und der Bock, den Schwanz nach oben,
hat sich auch zur Höll verzogen!"

Alle klatschten Beifall.

„Meine Beste, unvergleichlich, genial, wie ausdrucksvoll!" Der Baron küßte der Poetesse die Hand. „Ihr Gedicht ist der beste Beweis, daß es auch große Dichterinnen gibt. Wie wundervoll haben Sie den sittlichen Verfall der Tempelritter umrissen!"

„Ich wollte zeigen, daß das Freimaurertum zu uns durch die christlichen Ritter aus Palästina gekommen ist."

„Und ich füge hinzu", brummte der Dicke mit dem fleischigen Gesicht, „unsere Emigrantengeistlichkeit steht in nichts ihren Kollegen, den verkommenen Rittermönchen aus der Zeit der Kreuzzüge nach. Was aber meinen Kollegen dem Titel nach, den Popen Fürst Schakhowskoj anbelangt, kann ich als Fürst Moschaijskij nur sagen, daß es in jeder Familie moralische Krüppel gibt."

„Ist er überhaupt ein Fürst? " Vom Stuhl erhob sich ein mittelgroßer Mann mit dunklem Teint, breiten Knochen und dunklen, tiefliegenden Augen. „Den Gerüchten nach ist er der uneheliche Sohn eines Juden."

„Ich wäre gar nicht erstaunt, wenn sich das als Wahrheit erwiese, lieber Kampfgefährte Gribatschow. Erstens, sein Äußeres ist nicht arisch, und dann benimmt er sich wie ein Freimaurer. Was für eine Schande! Wie tief ist der russische Adel gesunken! Ich schäme mich meines Titels. Noch etwas, Baron, hier ist noch einer von meinesgleichen aufgetaucht, ein gewisser Fürst Luganoff, aus Paris. Der Name sagt viel. Zweimal habe ich ihn in der Kirche erblickt, weder Fisch noch Fleisch. Ähnelt unseren Liberalen. Wozu ist er aus Paris hierher gekommen? Vielleicht als Bote von Metropolit Eulogie? "

„Wie haben Sie ihn genannt? "

„Kennen Sie das nicht? Wie der Priester Prosoroff aus der sowjetischen Kirche ein Telegramm an den Metropoliten Eulogius schickte? ...Als die Kirchenspaltung Tatsache wurde, hat der damalige Bischof von Berlin und Deutschland, Tichon, in seinem Zorn die Kirche zugemacht und ein riesiges Schloß davorgehängt. Prosoroff bekommt ein Telegramm aus Paris, kurz, die Kirche ist zu besetzen. Vater Grigorij hat es versucht, konnte es aber wegen geistiger Kläglichkeit und physischer Schwäche nicht mit dem Riesenschloß aufnehmen. Er mußte das nach Paris berichten. Er spricht aber keine Fremdsprachen und hat sich an die Schüler der Deutsch-Russischen Höheren St. Georgs-Schule gewandt. Dort war er Religionslehrer. Sie haben auch ein Telegramm aufgesetzt:

‚Metropolit Eulogie. Paris.
Tichon refuse. Gregoire.
PS. Antoine cochon.'

Die beiden letzten Worte nach seinem besonderen Wunsch. Irgendwie mußte er doch den Hauptträdelsführer der Kirchenspaltung beschimpfen."

Alle lachten.

„Liebe Kampfgefährten!" Der Baron beruhigte sich zuerst. „Wir lenken uns sehr witzig ab und haben noch immer nicht die Kardinalfrage beantwortet, wie wir uns zu der Eulogianischen Kirche und zum Archimandriten Schakhowskoj persönlich verhalten, und die Gotteskirche von den finsteren Kräften des Weltjudentums und des Freimaurertums befreien sollen. Das lebendige Symbol dieser Kräfte ist die Person mit dem gelben Stern."

„Vielleicht sollte man die Deutschen genauer informieren? " Die Poetesse Wostrouchowa kniff die Augen zu.

„Ich bitte Sie, liebe Tatjana Antonowna, auch so schreien alle, daß wir uns mit Denunziationen befassen. Gleich wird man sie in den Stand einer Märtyrerin erheben, ihr Chorale singen. Nein, wir müssen einen anderen Weg gehen. Erstens werden in den Augen der Deutschen, mit Hilfe dieser Person, unsere den dunklen Kräften hörige Kleriker entlarvt, zweitens muß man das so machen, daß die Kirche in der Nachodstraße eine wirklich russische Volkskirche wird und von dort eine weltumspannende Stimme ertönt, die die Weltkräfte der Juden und Freimaurer entlarvt."

„Niemand widerspricht Ihnen, Baron, aber wie soll das geschehen? "

„Ich habe einen unfehlbaren Plan. Wir müssen es so machen, daß diese Person in die Hände der deutschen Obrigkeit gerät. - Gottseidank werden sie jetzt in Massen abtransportiert. - Doch nicht wir, sondern gewisse Kreise müssen das tun. Sollen sich die dunklen Kräfte selbst zerfleischen. Und nun konkret. Erstens, man muß diese Person fotografieren, am besten in der Kirche, wenn sie zum Kreuz schreitet. Das ist ein Dokument für die Deutschen und außerdem..."

„Das ist kein Problem. Wir haben doch unter den Faschisten den Fotografen Bukejew."

„Genau. Zweitens, ich weiß, wo diese Lurie wohnt, natürlich im bayerischen Viertel. Im nötigen Augenblick wird sie von einer Person besucht, die sich als Vertreter der russischen Kirchengemeinde in der Nachodstraße vorstellt. Diese Person werden wir sogar mit einem Ornat bekleiden. Der Betreffende erzählt der Lurie, daß in der Kirche Deutsche waren und es Vater Johann gelang, sie zu überzeugen, daß sie orthodox sei. Die Deutschen haben sich einverstanden erklärt, daß sie nicht mehr als eine Jüdin geführt wird und sie ruhig ihren Stern abnehmen kann. Natürlich wird diese Lurie bis an die Decke springen und den Stern abnehmen. Die entsprechende Person zieht den Ornat aus und informiert in aller Eile die Deutschen, daß laut Anweisung des Vorstandes der orthodoxen Kirche eine Jüdin eigenmächtig den Stern abgenommen hat. Sie alle wissen, wie die Deutschen darauf reagieren, in bezug auf Lurie und auf die Clique in der Nachodstraße."

„Makellos, lieber Baron. Ich habe gar nicht gewußt, daß Sie über solche Talente verfügen. Meinen fürstlichen Dank an Sie! Wann soll es losgehen? "

„In den nächsten Tagen. Erst muß ausgekundschaftet werden, bei wem sie wohnt. Die Wohnungsinhaber sind Arier, glaube ich.”

„Und wer soll das in die Wege leiten? ”

„Ich nehme an, unser lieber Kampfgefährte Busukin, der wie immer sich bescheiden in die Ecke verzogen hat.”

Alle Anwesenden sahen einen mittelgroßen, blonden Mann an, sehr elegant gekleidet, der sich sofort erhob und sich verbeugte.

„Sie, lieber Busukin, sind der einzige Fachmann unter uns. Ist doch erst ein Jahr vergangen, seit Sie von drüben kamen. Ich denke, daß niemand diese Aktion besser ausführen wird als Sie. Außerdem ist das die beste Methode, bei den Deutschen gewisse Zweifel über Sie zu zerstreuen. Einverstanden? ”

„Selbstverständlich. Ich hoffe, dazu genug Talent zu haben. Die Einzelheiten müssen wir noch genauer durchsprechen.”

„Bitte, bleiben Sie noch etwas länger hier. Wir müssen gleich Schluß machen... Halt, bevor unser Kampfgefährte Busukin die Aktion durchführt, müssen wir eine ständige Beobachtung der Höhle dieser Lurie organisieren. Dazu gehören mindestens zwei Zuverlässige. Wie früher in der zaristischen Armee: Freiwillige vor!”

„Bitte, mich!” erhob sich feierlich Baron Laudon. „Reinen Tisch muß man machen und endgültig feststellen, ob das Radieschen nur von außen rot ist, oder auch im Inneren. Soll Gott uns helfen, die orthodoxe Kirche und später das Heilige Rußland aus der satanischen Finsternis zu erretten!”

„Vielen Dank, lieber Baron. Wie immer sind Sie allen voran. Der Zweite? ”

„Ich gehe zusammen mit dem Baron”, Kampfkamerad Gribatschow erhob sich. „Worin besteht unsere Aufgabe? ”

„Sie ist nicht schwer, wir sprechen noch alles durch. Ich bitte die Freiwilligen, in zwei Stunden wiederzukommen... Jetzt das Zweite: Ich möchte daran erinnern, daß morgen um sechs Uhr im Schumannsaal ein Stück von unserem lieben Kampfgefährten, Professor Semizwetow, aufgeführt wird. ‚*Die Verschwörung der Juden oder Sieben Zionistische Weise.*' Die Anwesenheit von allen ist erwünscht. Ich versichere Ihnen, ich habe dieses Stück gelesen und glaube, daß nach Gogols ‚*Revisor*' nichts Bedeutenderes auf der russischen Bühne erschienen ist."

„Da bin ich ja sehr neugierig!" kicherte die Wostrouchowa.

„Noch eine Sekunde Aufmerksamkeit, liebe Kampfgefährten. Ich bitte alle, sich zu erheben. Wir beenden unsere heutige Versammlung mit unserem Kampfruf ‚Heil Rußland!"

„Heil Rußland!" antworteten fünf Stimmen, unter denen sich der Baß Profundo des Fürsten hervortat.

Eine weitere Versammlung zum Schrecken der finsteren Kräfte und der Freimaurer war zu Ende gegangen. In der leeren Wohnung blieben nur der Baron und Busukin zurück. Sie lauschten, bis die letzten Schritte verhallt waren und lachten plötzlich laut.

„Gut ausgedacht, wie? "

„Vortrefflich, Baron. Selbst in der Lubjanka hätte man Ihnen Anerkennung zollen müssen. Entschuldigen Sie eine indiskrete Frage. Sind Sie dort niemals tätig gewesen? "

„Gott hat mich da nicht hingeführt. Doch wenn mich nicht alles täuscht, werde ich mich vom Propagandachef in ein wachsames Auge der deutschen Behörden verwandeln."

„Und General Biskupskij? "

„Dieser Kavallerist ohne Pferd ist viel zu umständlich. Wie sich ein französischer Literat äußerte, gibt es bei ihm ‚zuviel Blei im Kopf und zu wenig Quecksilber.' Jetzt etwas Anderes. Ich habe schon Stoff für den Ornat beschafft. Morgen ist alles fertig und übermorgen der Besuch bei Lurie."

MELPOMENE AUF ABWEGEN

Am nächsten Tag stand Wolodja im Korridor vor der Kirchentür und studierte die ausgehängten Annoncen.

‚*Gesucht wird eine Köchin oder Dame für einen halben Tag.*'

‚*Backe Pfannkuchen nach Erhalt der entsprechenden Lebensmittelkarten ohne aristokratische Ambitionen.*'

Alexander Salmiak

Und mit rotem Bleistift war hinzugefügt:

‚*Weiß, wo dich der Salmiak juckt!*'

‚*Zur Auslieferung kommt eine Broschüre des großen russischen Patrioten Nikolaj Jewgeniewitsch Markow der Zweite.*'

Wolodja lächelte. Ihn interessierte ein großes gedrucktes Plakat mit dem Doppeladler und einer weiß-blau-roten Fahne mit roten Flecken. Hinter der zurückgebogenen Ecke der Fahne blickte eine Visage mit einer langen Nase und fletschenden Zähnen. Der Text lautete:

Berlin, den 12. August 1940

A U F F Ü H R U N G

Drama der russischen Zeitlosigkeit
Autor: Professor F. P. Semizwetow

DIE VERSCHWÖRUNG DER JUDEN ODER SIEBEN ZIONISTISCHE WEISE

Eintritt: RM 1,50

RUSSISCHER PATRIOT,
DEINE ANWESENHEIT IST
DEN DUNKLEN KRÄFTEN
EINE BACKPFEIFE !

Wegen der Verdunkelung Anfang Punkt 18.00 Uhr

Ich muß Sergius mitnehmen, dachte Wolodja und fragte sich zugleich, warum er sich überhaupt so viel mit ihm abgibt. Er ist mir noch nicht einmal sympathisch. Wie er in der Kirche das Mädchen angestarrt hat! Russisch kann er auch nicht. Werde ihm halt alles übersetzen. Der Alte wird sich freuen, ist doch ein kluger Mann... Noch drei Stunden Zeit. Ich ziehe mich um und hole ihn ab. Ich kann mir gar nicht vorstellen, was für ein Theaterstück das ist. Der Titel ist vielversprechend. Wenn es aber ein undefinierbarer Quatsch ist oder langweilig, werde ich mich schämen...

„Wohin schleppen Sie mich eigentlich? Eine Emigranten-Assemblee im Schumannsaal? Gehen wir lieber Biertrinken. Ist dort überhaupt ein Buffet? "

„Selbstverständlich. Auf Lebensmittelmarken bekommt man sogar Sandwichs, doch die Hauptnahrung wird geistiger Natur sein."

„Kann ich mir vorstellen. Ein Theaterstück mit einem Hofball im Winterpalais? "

„Nein, viel besser!"

Es war genau sechs Uhr, als Wolodja und Sergius den Schumannsaal betraten. Am Eingang gab es ein Gezeter auf russisch:

„So, diesem Lumpen habe ich am vorigen Sonnabend zweihundert Gramm Fleisch gegeben und er windet sich wie ein Aal und quakt! Ich müßte fünfhundert Gramm von einem Vegetarier kriegen..."

„Der wegen der Kriegslage selbst alles aufgefressen hat!"

Im Saal war es hell. Ein stutzerhafter junger Mann kontrollierte die Eintrittskarten und zeigte auf die freien Plätze in der zehnten Reihe.

„Heute bekommen die Freimaurer ihr Teil ab!" predigte eine Dame mit erhobenem Finger.

„Wieso ist die Bühne mit Flaggen dekoriert? Ist das eine vaterländische Aufführung? " fragte Sergius.

„Das ist eine ideologische Aufführung der *Russischen Nationalen und Sozialen Bewegung*, Bezirk: Berlin - Potsdam."

„Interessant, was wir alles in Deutschland haben. Es

sieht aus, als ob ihr Russen euch bei einem Fremdenfest berauschen wollt."

„Ungefähr so. Es beginnt."

Durch den Mittelgang stelzte, einen Fuß nachschleifend, ein hagerer Mann im blauen Anzug. Ein saures, hochmütiges Lächeln auf dem gelben Gesicht. Ihn begleitete eine stämmige Dame. Aktivisten folgten.

„Baron Goller-Charnowskij, die Dichterin Tatjana Wostrouchowa."

„Der den Fuß nachschleift, ist der Baron."

„Hat die Dichterin einigermaßen Talent? "

„Talent schon, aber unter Null. Wenn ein Mensch überhaupt keine Gedichte schreibt, ist das Null. Wenn er sie talentlos schreibt, etwas über Null. Goethe und Puschkin waren sehr hoch über Null. Und solche, die unter Null liegen, reimen zum Beispiel ‚Klistier' und ‚Zefir'."

Hinter einem Vorhang in der linken Ecke des Saales schmetterte eine schlechte Kapelle. Mit Staunen erkannte Wolodja die Nationalhymne ‚*Gott schütze den Zaren!*' Alle erhoben sich.

„Was ist los? "

„Die alte russusche Hymne, Professor."

Der Vorhang glitt halb auseinander und bildete ein erleuchtetes Häuschen in der Mitte mit der Gestalt von Baron Goller-Charnowskij. Das Orchester schwieg.

„Heil Rußland!"

„Heil Rußland!" antwortete es unsicher und vereinzelt aus dem Publikum.

In dem erleuchteten Häuschen ließ der Baron die Hand sinken.

„Liebe Mitkämpferinnen und Mitkämpfer! Liebe Gleichgesinnte und alle Anwesenden! Ich begrüße Sie alle im Namen der *Russischen Nationalen und Sozialen Bewegung.* Besonders begrüße ich den genialen Autor unserer heutigen Aufführung, unseren ehrwürdigen Kampfkameraden, Professor Felofej Policarpowitsch Semizwetow."

In der ersten Reihe erhob sich ein grauhaariger Greis mit einem Wirbel, verbeugte sich eilig, hob den Arm und setzte sich.

„Jetzt werden wir von Angesicht zu Angesicht mit diesem wunderbaren Werk konfrontiert. Die Bedeutung dieses Werkes sprengt bei weitem den Rahmen der Dramaturgie. Wir werden eine grandiose Epopöe jener hinlänglich bekannten unreinen Quelle erblicken, aus der, wie aus einem Feuerschlauch, alle Mißgeschicke des russischen Volkes plantschen. Doch ich möchte den Musen nicht vorgreifen und rufe deshalb ‚Heil Rußland!' Nieder mit allen dunklen Mächten!"

Der Vorhang glitt wieder zu und öffnete sich nach einer Minute bei den Klängen der Parodie *„Es weint die Rivotschka, es weint die Zipotschka..."* Die Bühne war finster. Hinter den Kulissen ertönte der unheilverkündende Schrei einer Eule. Eins, zwei, zählte Wolodja, und mit jedem Schrei wurde die Bühne heller. Nach dem siebten Schrei waren deutlich die Konturen von Denkmälern eines jüdischen Friedhofs zu erkennen und ein Wegweiser mit der Inschrift „Praga". Eine düstere Laterne erleuchtete alles. Um sie gruppierten sich sieben langnasige Gestalten in schwarzen Talaren und mit Schriftrollen in den Händen.

„Da sind sie, die Freimaurer!" flüsterte eine Alte hinter ihnen.

„Was für Monstren sind denn das? "

„Anscheinend die Weisen von Zion."

Eine der Figuren bewegte sich und begann, mit einer merkwürdigen Aussprache zu reden, so wie früher die Juden in den kleinen Orten Rußlands.

„Richter, Älteste und Weise Israels! Nach vielen Jahren haben wir uns von den vier Enden der Welt hier versammelt, hier, an diesem für uns heiligen Ort, der alten Ruhestätte der Kinder Israels, können wir heute ihre Asche mit einer frohen Botschaft ehren. Die Aussaat, die wir seit vielen Jahren unter den unreinen Völkern aussäen, ist endlich hervorgewachsen. Rußland steht an der Schwelle der Revolution. Seit den Tagen, als die unreine Hand eines römischen Legionärs uns vaterlandslos machte, sind wir gezwungen, schon bald zweitausend

Jahre unter den christlichen Heiden umherzuirren. Doch der Geist Israels hat auch das überwunden! Aus unserer Schwäche entwuchs unsere größte Kraft, denn wir sind überall!

Richter, Älteste und Weise Israels! Von uns ist der Sozialismus geschaffen, dieser rote Bazillus, dazu auserkoren, die Wunden der unreinen Völker zu ätzen und den gemeinen christlichen Pöbel gegen ihre gesetzlichen Herrscher zu hetzen. Die erste, die zweite und die dritte Internationale sind unsere Schöpfungen, unsere Waffe, Gideons Schwert gegen Christen und Arier. Lange mußten wir warten, jetzt aber sind sich die unreinen Völker an die Kehle gesprungen. Europa ertrinkt im unreinen Blut, Throne und Altäre krachen und bald werden wir am Ziel sein."

„Wann? " fragte eine vermummte Gestalt aus der Tiefe und schwenkte eine Schriftrolle.

„Noch zwanzig Jahre und die Welt gehört uns!"

„Und dann? "

„Dann werden wir den Himmel stürmen, wie unser Vater befohlen hat, dessen Symbol das Dreieck mit der Spitze nach unten ist."

„In welchen Beziehungen stehen wir zu den Satanisten? " fragte eine andere Gestalt.

„In den besten, sie sind Kinder desselben Vaters."

„Das ist sehr beruhigend. Wird er uns im entscheidenden Augenblick helfen? "

„Niemals verläßt er seine treuen Diener."

„Übersetzen Sie bitte den Dialog." Vor Staunen sperrte Sergius die Augen auf. Die Ereignisse auf der Bühne gingen ihren Weg.

„Richter und Älteste", begann wieder der Erste. „ich nehme an, weitere Fragen sind überflüssig. Wir brauchen nur die Ereignisse abzuwarten. Ehren wir jetzt unseren Vater wegen seiner Gnade. Ergreift die Hände und bildet einen Ring zu Ehren des Allertiefsten."

Die vermummten Gestalten faßten sich an den Händen, eine unheimliche Melodie ertönte, und die Gestalten hüpften und drehten sich. Heller flackerte die Laterne, wieder ein Eulenschrei.

„Sind sie denn toll geworden?" fragte eine Frauenstimme mit stark nordrussischer O-Betonung.

„Still, sie zelebrieren die schwarze Messe."

„Was ist das?"

„Wir dienen Gott und sie dem Teufel!"

„Da werden sie etwas abbekommen, die Gottlosen!"

Der Vorhang fiel, Licht flammte auf.

„Wunderbar, unvergleichlich, meisterhaft! Lieber Felofej Policarpowitsch, wo haben Sie bloß solche Langnasigen gefunden? Wie die Weisen von Zion!"

„Die Nasen sind aus Pappmache, Stück zu dreifünfzig. Die Talare hat das weibliche Kommitee, unsere faschistischen Damen, aus einem alten Vorhang zusammengenäht."

„Sehr tüchtige Damen, sie haben nur alle so komische Hüte, die trägt man nicht einmal in Afrika!"

„Ja, die Hüte sind ein bißchen veraltet, die Damen aus dem Kommitee auch. Gehen wir hinter die Kulissen, teuerste Tatjana Antonowna."

Hinter den Kulissen flüsterte Goller-Charnowskij leise zu Busukin:

„Aus einem dieser jüdischen Talare nähen wir den Kirchenornat."

„Eine pikante Angelegenheit, Baron!"

„Wieso, die Weisen sind doch nicht echt. Sie gehen doch zu einer Jüdin."

„Dann nehmen Sie bitte den Talar des Ältesten der Weisen, er ist wohl der sauberste."

„Wie Sie wünschen. Es ist Zeit für den zweiten Akt. Außerdem müssen wir aufpassen, sonst kommen mir die Weisen ins Buffet. Im zweiten Akt werden sie nicht gebraucht. Er ist aber sehr lang, lang genug, sich zu besaufen, und dann gibt es im dritten Akt Krach. So haben bei der Generalprobe die mit den langen Nasen und den Talaren den Ober geprügelt."

Das Licht erlosch. Wieder spielte die Kapelle „*Gott, schütze den Zaren!*" In die Nationalhymne flochten sich rasend, die Marseillaise imitierend, Trompetentöne als

Darstellung der drohenden Gefahr des anwachsenden revolutionären Sturmes.

Primitive Kulissen zeigten einen Tscheka-Keller mit Marterpfählen, an denen Opfer gebunden waren. Eine Dame mit lila Schuhen, ein Offizier mit goldenen Schulterstücken, ein derart ehrwürdig aussehender Priester, daß sich jeder unwillkürlich fragte, ob er ein Gauner ist, ein Kaufmann in hohen Lackstiefeln und ein zappeliger Intellektueller, der sofort zu schreien anfing, daß er für die Sowjetregierung sei. Ein langes theatralisches Verhör begann. Wolodja übersetzte nach Möglichkeit. Hinter ihm schnarchte jemand, bis eine empörte Stimme rief:

„Weckt doch diese besoffene Schnauze auf!"

Tschekisten-Sadisten wanderten über die Bühne. Es wurde langweilig. Doch dann erschien eine dämonische Tschekistin in Stiefeln, Lederjacke, mit einer Reitgerte und solch einer langen Nase, wie sie natürlich keine Jüdin haben kann. Sergius zuckte zusammen.

„Hören Sie, wo sind wir und wie kam Ingeborg hierher?"

„Das ist keine Ingeborg, sondern eine talentlose Schauspielerin. Darüber kann man nur lachen."

„Mir ist nicht zum Lachen. Ich weiß, aus allen Ecken beobachtet sie mich und wird mich über kurz oder lang schnappen."

„Bestimmt nicht im Schumannsaal. Ich kenne diese Schauspielerin. Soll ich Sie bekannt machen? "

„Nein, vielen Dank. Mir genügt eine in Stiefeln. Übersetzen Sie lieber, was der Offizier schreit, der jetzt verprügelt wird!"

„Ich habe keine Angst vor dem Tode! Ich sterbe für den Zaren und für Rußland!"

„Sehr heldenhaft, doch nicht berechnend und klug."

Unter dem Geschrei der Gefolterten und Klängen des Orchesters, das die Totenmesse improvisierte, neigte sich der Akt dem Ende zu.

In der großen Pause gingen Wolodja und Sergius an die frische Luft. Über dem dunklen Nachthimmel kreiste ein Flugzeug. Wie riesige leuchtende Finger hielten es drei

Scheinwerfer. Auf einem riesigen Dreizack bewegte sich das Flugzeug über Berlin, dann flammten noch drei leuchtende Säulen und für ein paar Sekunden zwei weitere.

„Sehen Sie, lieber Schwedow, erscheint es Ihnen nicht, als ob ein souveräner Herrscher, gleich einer Riesenspinne, über Berlin herrscht?"

„Vorbei, Professor, sie hat zu wenig Beine. Erst acht und jetzt sind es nur noch drei."

„Für uns werden auch drei langen."

„Was sind Sie heute in einer so tragischen Stimmung? Daran ist nur das blöde Theaterstück schuld."

„Kaum. Mich bewegt etwas anderes. Bald werde ich genauer wissen, was es ist."

„Ich hoffe, daß diese Herren uns noch lange in Ruhe lassen", sagte ein junges Mädchen an der Tür und schaute gegen den Himmel.

„Meine Herren, liebe Kampfgefährten, bitte, der dritte Akt beginnt!" Mißbilligend betrachtete der stutzerhafte junge Mann das Menschenknäuel am Eingang. „Das ist schon direkt unhöflich gegenüber den Schauspielern..."

Der dritte Akt begann. Das Orchester spielte einen albernen Walzer. Die Szene war erleuchtet. Paare drehten sich. Talmi-Kerzenständer auf den Tischen. Statisten als privilegierte Menschen, Bankiers im Frack, Damen in Chinchillamänteln.

„Schwedow, erkennen Sie die vermummten Weisen von Zion, jetzt im Frack?"

An einem geschnitzten Tisch saßen mit Karten in der Hand zwei Nasen, die offensichtlich aus dem ersten Akt stammten.

„Wird Ihre fröhliche Nachricht bald eintreffen, Herr Schiffelson, oder vielleicht sagen Sie, gar nicht bald?"

„Was denken Sie sich, Herr Katzmann? Sie als amerikanischer Milliardär haben doch immer Geduld bei Geschäften, wieso haben Sie jetzt keine Geduld? Wir werden gleich erfahren, daß unsere strafende Hand das Urteil an den Tyrannen bereits vollstreckt hat... Hier kommt Ihre langerwartete Nachricht!"

Mit theatralischen Schritten trat ein dritter Langnasiger von widerlichem Äußeren zu den beiden anderen, blickte sich scheu um und überreichte ein Stück Papier, anscheinend ein Telegramm. Bei dem Chef der Langnasigen klappte der Kiefer herab.

„Treue Diener haben die Zarenfamilie gerettet", flüsterte er dämonisch.

Alle drei erstarrten. Wieder spielte die Kapelle hinter dem Vorhang „*Gott, schütze den Zaren!*" Alle, Publikum und Schauspieler, selbst die niederträchtigen Bankiers und Weisen von Zion, die insgeheim wohl russische Monarchisten waren, erhoben sich. Einige sangen unregelmäßig mit. „*Gott, schütze den Zaren*" wurde vom Rivotschka-Lied abgelöst.

„Wie sind Ihre Instruktionen? " fragte der Telegrammbote.

„Die Welt muß sie für tot halten. Wir müssen die Wahrheit verbergen, sonst sind wir verloren. Sie kennen unsere Parole. Der Beste der Goims muß ermordet werden!"

Auf der Bühne herrschte ein großes Durcheinander. Es wurden Instruktionen für die unteren Grade der Freimaurer verfaßt. Sie redeten von einer neuen Gefahr, die in Deutschland heranreife. Der Vorhang fiel.

„Es wird langweilig. Wollen Sie sich auch den vierten Akt ansehen, Professor? "

„Bleiben wir bis zum Schluß. Endlich habe ich verstanden, was Sie mit Genialität unter Null meinten. Kann es sein, daß der letzte russische Zar noch lebt? "

„Kaum, der tote Kaiser war nicht der Mensch dazu, sich selbst zu retten; er hätte es auch sicher nicht gewollt. Ganze Bibliotheken sind über den Untergang des alten Rußlands verfaßt worden, doch meiner Ansicht nach lag die Wurzel der Katastrophe darin, daß Zar und Zarin Fatalisten waren. Sie glaubten, daß die Vorsehung jeden ihrer Schritte lenkt. Bekanntlich beraubt solch ein Glaube einer politisch verantwortlichen Persönlichkeit seiner wichtigsten Eigenschaft, nüchtern auf die Ereignisse zu reagieren und für die entscheidenden Maßnahmen zu sorgen."

„Glauben Sie nicht daran, daß überirdische Kräfte, ob gut oder böse, direkt auf das Leben einwirken können? "

„Das schon, doch was kann ich in der Praxis mit diesem Glauben anfangen? Wenn ein Auto auf mich zurast, kann ich nicht in der Hoffnung stehen bleiben, daß überirdische Kräfte es zum Stehen bringen. Ich muß wegspringen. Und wer bin ich überhaupt, um verlangen zu können, daß überirdische Kräfte alle Widerstände aus meinem Leben wegräumen sollen. Es gibt so ein russisches Sprichwort: ‚*Verlaß dich auf Gott und sei selbst kein Trottel!*' Als der Lastwagen der russischen Revolution auf unseren Doppeladler zuraste, mußten sie dementsprechend etwas unternehmen und keinesfalls warten, bis eine überirdische Macht ihn zum Stehen bringt. Gewiß hätte sie das tun können, aus irgendeinem Grunde hat sie es aber nicht getan."

„Nun, lebt der letzte Zar oder nicht? "

„Natürlich nicht. Zweifelsohne war er ein guter Mensch und es ist nicht seine Schuld, daß er in eine politische Situation geriet, der er nicht gewachsen war... Jetzt kommt der vierte Akt."

Wieder der bekannte Prager jüdische Friedhof mit den sieben Weisen um die düstere Laterne. Murmeln von Gebeten und Beschwörungen. Zeternd rief jemand den Herrn der Finsternis herbei. Der Älteste schüttelte ein Bündel Papier in der Luft, auf einem davon war ein riesiges Hakenkreuz abgebildet. Aus allem war zu ersehen, daß Hitler an der Schwelle der Macht stand und alle Maßnahmen getroffen sind, das zu verhindern.

„Unter dem Zeichen des arischen Hakenkreuzes greift unser Todfeind zur Macht!" schrie der Älteste fauchend und spuckend mit bebender Stimme und bebender Nase.

„Doch noch kämpfen wir!"

Vor dem Hintergrund erhob sich eine Figur, offensichtlich im jüdischen Lapserdak, fiel zur Erde und jammerte:

„Wichtige Nachrichten aus Deutschland!"

Der Älteste ergriff die Depesche und hob die Laterne.

„Der Arier Hitler hat die Macht ergriffen! Deutschland

gehört uns nicht mehr!"

Sich in ihre Talare verwickelnd, und unter Mitnahme der Laterne, liefen alle sieben Weisen davon. Die Bühne erhellte sich immer mehr und mehr, die Kapelle spielte die Parteihymne. Alle erhoben sich, die Hände emporgestreckt. Im Hintergrund der Szene entflammte ein Licht, Symbol des arischen Sonnenaufganges. Genau über den jüdischen Grabsteinen erglühten die alte russische und die deutsche Flagge mit dem Hakenkreuz. Aus dem Hintergrund trat ein Chor auf die Bühne. Männer in seidenen Russenblusen, Stiefeln und Pumphosen, die Choristinnen in Nationaltracht mit einem geschmacklosen überdimensionalen Kopfputz.

„Exotique russe!" Sergius rümpfte die Nase.

Der Chor schmetterte das berühmte Lied „*Steigt ihr Falken wie die Adler...!*"

Vorsichtig bewegten sich Wolodja und Sergius nach vorn zum Nebenausgang.

„Schafft mir diesen zionistischen Wegweiser von der Szene fort und die Friedhofsatrappen, in Dreiteufelsnamen!" ertönte deutlich die Stimme des Barons. „Das ist Beleidigung der nationalen Flagge und der der Deutschen. Darauf steht Konzentrationslager. Hundertmal muß man alles wiederholen!"

Aus der Kulisse erschien ein nackter behaarter Arm und zerrte am Wegweiser mit der wohl versehentlich russischen Aufschrift „*Praga*". Bedenklich knickte der Wegweiser über dem Souffleurhäuschen. Die vorderen Chorreihen zogen sich zurück. Alle schauten besorgt. Aus dem Souffleurhäuschen tauchte ein intellektuelles Gesicht mit einem Kneifer auf.

„Hören Sie mal, mein Lieber, schaukelt mal da oben! Aber nicht zu sehr, sonst kriegt man was auf die Stirn!"

„In eure Intelligenzlerstirn zu knallen, hat Gott selbst befohlen. Habt Rußland mit eurem Kerenskij zugrunde gerichtet und jetzt kann man nicht mal am Wegweiser zerren!" fluchte hinter den Kulissen eine versoffene Baßstimme, die zweifelsohne dem Besitzer des nackten behaarten Armes eigen war.

„Schimpf du nur weiter, du schwangere Kulissenlaus!"

Die Beleidigung war entschieden zu stark. Die behaarte Hand riß mit ganzer Kraft, ein Krachen, die Choristinnen machten „Ha!" und der Wegweiser lag quer über dem Souffleurhäuschen, wohin blitzartig der intellektuelle Kneifer verschwunden war. Der Saalpächter lief herbei.

„Die machen mir die ganze Szene kaputt!"

Aus der Mitte des Chors trat der stutzerhafte junge Mann hervor.

„Liebe Kampfgefährtinnen und -gefährten, hochverehrte Damen und Herren! Das vortreffliche Stück unseres lieben Professors Felofej Policarpowitsch „*Die Verschwörung der Juden oder Sieben Zionistische Weise*" ist beendet und ich glaube, daß es meinerseits keine Anmaßung ist, wenn ich unseren wundervollen Chor ergebenst bitte, unserem ehrwürdigen Dramaturgen „*Viele Jahre!*" darzubieten. Felofej Policarpowitsch, bitte auf die Bühne!"

„Ah, ah, ich fühle mich sehr geschmeichelt!"

Langsam verschwand der Wegweiser hinter den Kulissen. Der Chor schmetterte „*Viele Jahre!*" Das Publikum verlief sich.

„Da haben sie mich Alten getröstet!" sagte ein grauhaariger stämmiger Mann im Ledermantel. „Richtige Weise, als ob sie aus dem Talmud davongelaufen wären!"

„Wollen die Juden wirklich die Welt erobern?"

„Natürlich wollen sie das! Wer will das nicht?"

„Da wird Hitler ihnen den Schwanz schon rauszupfen. Warten Sie bloß, bis er mit England fertiggeworden ist!"

„Glauben Sie, daß das so einfach ist?"

„Hauptsache, Sie zweifeln nicht. Sie wissen doch, was in Kriegszeiten für Zweifel mit einem geschieht?"

„Ich sage ja nichts!"

„Das kann ich Ihnen dringend raten. Mit euren langen Zungen habt ihr ganz Rußland auseinandergeschwatzt, und hier beginnt dasselbe."

Nach dem hellen Licht im Saal erschien die Nacht noch dunkler. Über die Straße ratterte auf einer stählernen Konstruktion die U-Bahn. Elektrische Funken blendeten.

„Gehen wir zur Seite, Professor, und warten, bis die Augen sich daran gewöhnt haben, sonst bleibt man noch an einer Ecke hängen."

„Gut. Haben Sie oft solche hervorragenden Theateraufführungen? "

„Nicht zu oft, gottlob, es gibt aber bessere."

„Kaum zu glauben. Wie eine Rose hat sich der Genius des russischen Volkes in der Emigration entfaltet."

Die Straße wurde leer. Nur neben der Bude hörte man lautes russisches Reden.

„Antworte mir, du Schweinehund, wieso hast du solch eine Nase? " knurrte jemand mit stark Rjasaner Akzent.

„Hat vielleicht die Wagendeichsel deine Nase berührt? "

„Der Herr stellt aber komische Fragen!" rechtfertigte sich der unsichtbare Nasenbesitzer mit etwas orientalischem Akzent. „Wieso diese Nase? Nun, deshalb, weil meine Großmutter Armenierin war!"

„Aha, eine Armenierin? " wiederholte schadenfroh der Rjasaner Dialekt. „Senja, halt ihn fest! Bald werden sich alle Berditschew-Husaren für Tscherkessen erklären."

„Erlauben Sie, erlauben Sie! Was wollen Sie eigentlich?" Der Akzent wurde stärker. In der Stimme offensichtlich Angst.

„Gleich erlaube ich dir! Jablanowskij und Senja, haltet ihn am Lapserdak fest! Diese Nase wie ein Synagogenschlüssel und behauptet, er sei Armenier!"

„Hilfe!" schrie jemand mit überschlagender Stimme, der anscheinend von Senja und Jablanowskij festgehalten wurde.

„Schon wieder Krach bei diesen Russen!" bemerkte eine Stimme im Fenster des zweiten Stocks. Glas klirrte. „Wieder muß man die Polizei holen, zum Xten Male!"

Wolodja lief auf die Gruppe zu.

„Bleiben Sie hier, Schwedow, juckt Ihnen das Fell!" Sergius humpelte hinterher.

„Aufhören mit dem Krach, russische Schweine!" zeterte eine Frauenstimme aus dem Dunklen.

Mit ganzer Kraft schubste Wolodja einen breitschultrigen Mann. Ein Gesicht mit breiten Backenknochen über der gewölbten Stirn drehte sich zu ihm.

„Aha, hier ist noch ein Judenfreund!"

Wolodja spürte einen starken Schlag vor die Brust, fiel aber nur zurück und sprang den Mann wieder an.

„Halt! Was geht hier vor!" In der Dunkelheit knallten beschlagene Stiefel. Zwei Taschenlampen flammten auf.

„Herr Wachtmeister, wir haben einen Juden geschnappt. Wir drei sind Mitglieder der *Russischen Nationalen und Sozialen Bewegung...*"

„Keine Ahnung. Warum ist hier solch ein Krach und Geschrei und wer rief um Hilfe? "

„Eben der Jude hat geschrien!"

„Dieser da? " Ein leuchtender Strahl richtete sich auf das Gesicht von Professor Sergius.

„Nein, der nicht. Die beiden sind später hinzugekommen und haben sich eingemischt. Wir sprechen von dem hier."

Der Lichtstrahl verließ das Gesicht Sergius. Schwer atmend erhob sich von der lehmigen Erde neben der Bude ein dunkler Mann von etwa vierzig Jahren mit zitronengelben Handschuhen. Seine mit Blut und Dreck verschmierten Lippen zuckten hysterisch.

„Sind Sie ein Jude? " Der ältere Polizeibeamte beleuchtete ihn.

„Kein Stern", sagte der Jüngere.

„Was soll man da viel reden. Alle ins Revier. Den Juden und die, die ihn prügelten. Seid ihr alle Russen? "

„Wir sind Mitglieder der *Russischen Nationalen und Sozialen Bewegung*, haben ein Theaterstück besucht..."

„Das interessiert uns nicht. Aber etwas anderes interessiert uns. Wieso ist bei euch jedesmal ein Krach? Mit Theaterstück und ohne..."

In der Dunkelheit quietschten Bremsen.

„Katzorke, Burger, seid ihr das? " fragte eine ruhige Stimme.

„Ja, Herr Hauptwachtmeister."

„Was ist da los? "

„Die Russen haben sich nach dem Theater geprügelt. Behaupten, da sei einer ein Jude."

Aus der Dunkelheit tauchte eine hohe Gestalt mit Schnurrbart auf. Ein Rapport erfolgte. Dann beleuchtete die Gestalt alle der Reihe nach.

„Klar. Wer ist der Gelittene und wer hat geschlagen?"

„Anscheinend diese drei. Das soll ein Jude sein, trägt allerdings keinen Stern."

„Und wer noch?"

„Die beiden haben sich eingemengt, auf Seiten des Juden."

„Stimmt das?"

„Das ist richtig. Ich und mein Freund Schwedow hörten Hilferufe und rannten hierher. Was wirklich los war, wissen wir nicht."

„Stimmt das?"

„Ich habe gerade den Juden gehalten und der Junge hat mich von hinten angesprungen."

„Und hat völlig recht getan. Wenn jemand in der Dunkelheit um Hilfe ruft, muß jeder anständige Deutsche Hilfe leisten. Haben Sie vergessen, was Reichsmarschall Göring gesagt hat? Also - erst die beiden. Haben Sie Ausweise?"

„Bitteschön. Ich bin Professor Sergius und das ist mein Freund, Herr Schwedow."

Schweigend reichte Wolodja seinen Paß.

„Jawohl, Fremdenpaß, gültig bis... Aufenthaltserlaubnis, stimmt... Wladimir Schwedow, ein Russe? Haben Sie Ansprüche? Und Sie, Professor?"

„Nein, keine."

Der mit dem Schnurrbart notierte umständlich Namen, Adressen...

„So, Sie beide können nach Hause gehen, die übrigen mit zum Revier."

„Erlauben Sie, Herr Hauptwachtmeister, wieso wir allein zum Revier? Wir lieben euren großen Führer Adolf Hitler sehr..."

„Das ist doch sehr schön von Ihnen. Aber ihr habt die

Prügelei angefangen. Schauen Sie, wie dieser Jude aussieht! Hier ist Deutschland und nicht Rußland. Bei sich zu Hause können Sie die Juden prügeln soviel es Ihnen lieb ist, hier können Sie das ruhig uns überlassen!"

„Ich bin doch kein Jude!" protestierte mit bebender Stimme der Dunkle.

„Glaub ich Ihnen gern. Im Revier wird sich alles klären. Also los! Alle vier ins Auto. Es sind Kriegszeiten und Strassenskandale während der Verdunkelung sind unzulässig."

Der Jüngere der Polizeibeamten hielt den Dunklen am Arm. Mit finsterem Gesicht schritt der Breitschultrige voran.

„Ein schöner Schlamassel", murmelte Senja im Hintergrund, „immer muß Stepan etwas arrangieren! Mal spinnt er von einem Kommunisten, mal von einem Juden."

„Und du hast schon in die Hosen gemacht!"

„Ich habe meinen Paß zu Hause gelassen."

„Man..."

Das war das Letzte, was Wolodja und Sergius hören konnten. Das Auto sprang an. Die Handscheinwerfer surrten. Die Polizisten beleuchteten den Eingang zum Schumannsaal und die anliegenden Häuser. Alles war leer.

„Was glauben Sie, Schwedow, war es wirklich ein Jude?"

„Schwer zu sagen. Russisch hat er mit Akzent gesprochen. Doch wenn er wirklich ein Jude sein sollte und den Stern abgemacht hat, ist es schlecht um ihn bestellt."

„Ja, mir scheint auch, daß die Herren Emigranten, die so laut schreien, sie werden unterdrückt, selbst gar nicht abgeneigt sind, andere zu quälen. Haben Sie viele solche Typen?"

„Zur Ehre der russischen Emigration - nein. Aber sie machen umso mehr Krach."

„Gehen wir schlafen, Kollege Schwedow, morgen müssen wir Lothanin aufteilen."

Lange konnte Wolodja nicht einschlafen. Ihm träumten die halbtoten Augen und die bebenden Lippen des Dunklen. Das Gesicht erinnerte ihn an das Gesicht seines Vaters, als sie in Moskau die Festnahme erwarteten. Wie ein gehetztes Tier. Dann träumte er von der Szene in der nächtlichen Straße, die blendenden Lichtkegel der Polizeilaternen, die mit Sand und Lehm verschmierte Gestalt auf der Erde; daneben stand noch jemand, dunkler als die Finsternis, und in seiner Dunkelheit war er heller als jedes Licht. Wolodja dachte an die wunderbar schöne Finsternis der mittelalterlichen Gnostiker. Finsternis, prächtiger als jedes Licht. Er konnte sich wohl vorstellen, wer dort in der Finsternis stand. Ich muß eine Totenmesse lesen, entschied er im Schlaf und vergaß alles sofort wieder.

EREIGNISSE IN DER SALZBURGER STRASSE

Die stille und etwas verträumte Salzburger Straße war eine typische Berliner Straße, in der nichts passierte. Die einen wohnten nach vorn heraus, die anderen nach hinten, im Gartenhaus. Selbst das zweite Kriegsjahr hatte nichts Wesentliches verändert. Die Fliegerangriffe trieben die friedlichen Bürger in die Keller, doch keine Bomben fielen in der Nähe, nur manchmal fielen Stücke von weißem Metall herab. Die einen nannten es „Aluminium", andere einfach „Hartmetall" und weiß Gott wie, doch im Wesentlichen hat niemand genau Bescheid gewußt.

Ein stilles, und den Kriegszeiten entsprechend, auch halbleeres Cafe befand sich schräg gegenüber des Hauses, in dessen Gartenhaus, in einer Wohnung mit einem hellpolierten Messingschild „Frieda Heger" die getaufte Jüdin Lurie wohnte und nicht ahnen konnte, daß sie die Ursache einer Beratung von drei hochbetitelten Persönlichkeiten war. Schon zum dritten Mal saß bei einer Tasse Kathreiner Malzkaffee Kampfgefährte Gribatschow in diesem Cafe. Die übrige Zeit flanierte er, über die Juden-Freimaurer, Lurie und Baron Goller-Charnowskij fluchend, die Straße entlang. Am meisten aber verfluchte er den Kampfgefährten Baron Laudon, der es fertigbrachte, jedesmal zu spät zu kommen und sich mit aristokratischem Lispeln und

Kratzfüßen zu entschuldigen. Da sieht man, dachte Gribatschow wütend, mit solchen Fatzken soll mit den Juden-Freimaurern aufgeräumt werden. Erstaunlich, daß bei solch einem Adel Rußland nicht schon hundert Jahre vorher untergegangen ist. Da ist er. Gribatschow machte ein liebenswürdiges Gesicht und erhob sich.

„Pardon, mein Lieber!" begann der Baron in deutsch, „anscheinend habe ich mich wieder ein bißchen strafbar gemacht."

„Eine geschlagene Stunde zu spät!"

„Und wie steht es an der Front, an der Judenfront? Wie geht es unserem Pflegekind?"

„Nichts Neues. In den Mittagsstunden - wenn sie es dürfen - ist sie zum Einholen gewesen. Seitdem zu Haus."

„Und unsere geistliche Aktion?"

„Muß meinen Berechnungen nach heute Abend geschehen, spätestens bis morgen Mittag. Der Ornat sieht prächtig aus. Auch ein Priesterkreuz haben wir uns beschafft... Hiermit übergebe ich Ihnen den Posten. Seien Sie unserer glorreichen Kundschaftertradition würdig."

„Heil Rußland!" schmetterte Baron Laudon demonstrativ, dachte aber im Stillen - ein nonchalanter Herr. Mit der Zeit wird man wohl auch gezwungen sein, mit ihm reinen Tisch zu machen. Die Straße war fast leer. Dreimal spazierte Baron Laudon auf und ab. Die mit wildem Wein bewachsene Eingangstür des Hauses war leer. Dann ging eine sehr dicke Frau, gestützt auf einen Stock, hinein. Zwei Backfische in den blauen Röcken und Kletterwesten des BdM folgten ihr. Baron Laudon putzte sich die Nase und war bereit, wieder im Cafe zu verschwinden.

Doch was war das? Scharf gegen den Sonnenuntergang erschienen zwei Gestalten um die Ecke der Badenschen Straße. Eine war bestimmt eine geistliche Persönlichkeit in schwarz. Hell blitzte das Kreuz. Der andere war ein beleibter dunkler Mann. Endlich, entschied der Baron. Nicht schlecht gemacht. Wer ist bloß der Zweite? Soll ich sie vielleicht begrüßen? Lieber nicht, ich habe noch nie gehört, daß Kundschafter jemanden grüßen. Pfeifend und betont uninteressiert - wie bei Gogol „*dem Teufel kein Bruder*" - trat Baron Laudon den Rückzug zum Cafe an.

„Da sind wir, lieber Wigen Aramowitsch. Welch herrlicher Tag, warm, aber nicht heiß."

„Nicht übel für uns, aber für Lurie? Gehen wir."

Sie passierten den Hof und einen Steinweg mit koketten Blumenbeeten.

„Moment, Vater! Haben Sie auf der gegenüberliegenden Seite ein kurzleibiges Subjekt in dunkelgrau und mit Ziegenbart bemerkt? Das Gesicht erschien mir bekannt, doch woher? "

„Gott hat es mir nicht offenbart. Sie haben kaukasische Augen, meine sind schlechter."

„Womöglich beobachtet man das Haus? "

„Gott mit Ihnen, wer braucht eure Lurie? "

Die Treppe war dunkel, doch sehr sauber. Es roch nach Bohnerwachs.

„Frieda Heger", las Vater Genadij, „soll ich läuten? "

Im Spion blitzte etwas.

„Wer ist dort? " fragte eine weibliche Stimme.

„Wir kommen aus der russischen Kirche, zu Frau Lurie."

An der Schwelle erschien eine füllige Frau mit einem Gesicht wie aufgegangener Teig, gütigen und ruhigen Augen.

„Kommen Sie bitte herein... Frau Lurie, zu Ihnen! Und ihr macht, daß ihr rauskommt!"

Das war so energisch gesprochen, daß Doktor Tarasjan zur Tür zurückwich und erst dort verstand, daß sich die letzte Bemerkung auf die beiden Katzen bezog.

Am Ende des Korridors öffnete sich eine Tür. Dort stand eine hagere Frau, fünfzig Jahre oder älter, in einem dunklen, nicht ganz glücklich genähten Kleid ohne Stern und lugte besorgt in den Korridor hinein.

„Zu mir, Frau Heger? "

„Wir kommen aus der Kirche", Vater Genadij lächelte verbindlich. „Erkennen Sie nicht Ihren geistlichen Vater? "

„Ach, Vater, natürlich erkenne ich Sie. Ist das eine Freude! Gott, wie schön! Hierher bitte. Und wer ist das bei Ihnen? "

„Auch ein bescheidenes Gemeindemitglied. Bitte, versagen Sie ihm Ihre Anerkennung nicht. Doktor Tarasjan - heilen kann er nicht!" fügte er fast fröhlich hinzu.

„Bitte, bitte, setzen Sie sich!"

Der unerwartete Besuch war für Lurie ein wahres Fest.

„Wollen Sie Tee? "

„Unbedingt. Übrigens, wie heißen Sie mit Namen und Vatersnamen? "

„Antonina Genrichowna."

„Entschuldigung", mischte sich mit gesenkter Stimme Doktor Tarasjan ein. „Eine Einzelheit. Versteht Ihre Wirtin Russisch? "

„Ich bitte Sie, sie ist ein wunderbares Menschenkind, auch wenn sie etwas versteht! Sie müssen wissen, seitdem ich mit dem Stern rumlaufe, ist sie die Liebenswürdigkeit selbst."

„Ausgezeichnet. Der Vater und ich sind hierher gekommen, um Sie davon in Kenntnis zu setzen, daß Sie unbedingt die Wohnung wechseln müssen, und an der neuen Stelle wohnen Sie ohne Stern."

„Aber Vater Genadij, ist so etwas überhaupt möglich? Solche Sachen hat man mir erzählt, als ich den Stern bekam. Außerdem haben alle Lebensmittelmarken ein ‚J', jeder Abschnitt. Ich bekomme sie dann auch nicht mehr. Man munkelt, daß alle Juden, die sich strafbar gemacht haben, irgendwohin transportiert werden, nach Lodz, glaube ich, und dort eingesperrt werden. Selbst zu Hause habe ich Angst, ohne Stern herumzugehen."

„Gut, daß Sie selbst von den Deportationen angefangen haben. Sie sind unser Gemeindemitglied und ich als Priester kann nicht ruhig zusehen, wie Sie leiden, und wenn kein Wunder geschieht, selbst bald abtransportiert werden. Ich bin Priester und glaube natürlich an Wunder, doch es gibt ein Sprichwort ‚*Vertrau auf Gott und sei selbst kein Trottel!*' "

Vater Genadij wollte lauthals lachen. Doch die Augen der Antonina Genrichowna wurden dunkel, rutschten in die Tiefe, solch eine Angst und Verzweiflung war in ihnen, daß er einfach nicht wußte, was er weiter sagen sollte.

„Wissen Sie das genau, Vater?"

„Ganz genau, und deshalb müssen Sie diese heimatlichen Penaten verlassen und zwar sofort. Ist es nicht so, Doktor?"

„Genau! Sie sind doch deutsche Staatsangehörige?"

„Ja."

„Dann müssen Sie fahren."

„Ich kann nicht, ich habe Angst."

„Momentan keine Ursache dafür. Auch wenn man Sie findet, wird es nicht schlimmer sein als das, was geschieht, wenn Sie hierbleiben."

„Es ist ganz unmöglich."

„Dann erlauben Sie, daß ich Ihnen als Priester sage, daß Sie die ganze Gemeinde gefährden, einfach dadurch, daß Sie mit Ihrem Stern in der Ecke stehen. Das sehen doch alle!"

Wozu sagt er das, dachte Tarasjan. Das kann man doch vermeiden. Abermals veränderten sich die Augen der Lurie, ihre magere Hand zitterte, und plötzlich weinte sie leise und traurig. Vater Genadij wollte noch etwas hinzufügen, doch Tarasjan machte ein Zeichen. Soll sie sich ruhig ausweinen. An der Tür klopfte es. Mit gleichgültiger Miene stellte die Wirtin einen Kessel Tee mit hüpfendem Deckel durch den Türschlitz. Als ob nichts gesagt worden wäre, verteilte Vater Genadij den Tee.

„Darf ich nicht mehr in die Gotteskirche gehen?"

„Sie müssen unserem Vorschlag zustimmen, denn für Sie und für uns gibt es keinen besseren Ausweg. Haben Sie viele Sachen?"

„Nein, nicht viel. Früher hatte ich mehr, ich habe..."

„Wir verstehen. Sie haben einiges verkauft. Die Ernährung ist bei Ihnen noch schlechter als bei uns. Sie nehmen jetzt das Allernotwendigste mit, einen kleinen Koffer, und gehen ohne Stern mit dem Vater. Das geschieht auf unsere Verantwortung. Er wird Sie zu einer Dame im Norden Berlins bringen. Dort vergessen Sie vor allem, daß Sie Jüdin sind, beziehungsweise jüdischer Abstammung. Ich werde derweilen mit der Wirtin zusammen Ihre Sachen packen und bezahlen."

„Ich habe wenig Geld."

„Das soll Ihre Sorge nicht sein, Antonina Genrichowna, das übernimmt die Kirche."

„Ja, wenn die Kirche die Verantwortung trägt? "

„Endlich sind Sie vernünftig geworden."

„Wir fahren los, sagte der Papagei, als die Katze ihn aus dem Käfig zerrte", zitierte Vater Genadij und zwinkerte zu Lurie hinüber, die erschrocken lächelte.

„Wo ist denn mein Wäschesack? "

Der Sack war ziemlich alt, mit Straß bestickt und voluminös. Vater Genadij hielt ihn offen und schaute lächelnd zu, wie Antonina Genrichowna Gott weiß nicht was für ein Gerümpel hineinstopfte. Schweigend verließ Doktor Tarasjan das Zimmer. In der Küche klapperte Geschirr, zischte Gas.

„Frau Heger, darf ich eintreten? " fragte Doktor Tarasjan mit liebenswürdiger Stimme.

„Bitte sehr, reicht der Tee nicht? "

„Ich möchte etwas mit Ihnen besprechen. Zuerst darf ich mich vorstellen: Doktor Tarasjan. Der Grund meines Besuches ist, Frau Heger, daß ich Ihnen sagen muß, Ihre Untermieterin wird Sie sofort für einige Zeit verlassen."

„So plötzlich? Das ist merkwürdig! Ist sie damit einverstanden? Ich habe sie doch nie bedrängt, wir sind sogar befreundet."

„Es ist keine Rede davon, daß Sie sie schlecht behandeln. Im Gegenteil - und das rechnen wir Ihnen hoch an. Sie haben doch gehört, daß man die Juden abtransportiert? "

„Natürlich weiß ich das. Sie können ganz offen mit mir reden, mein Mann ist ein alter Sozi und jetzt Soldat. Man munkelt, sie werden an schlechte Orte gebracht."

„Ja. Und da haben der Priester und ich entschieden, nicht zu warten, bis das passiert, sondern Frau Lurie zu ihren Verwandten nach Dänemark zu schicken."

„Sie hat mir niemals gesagt, daß sie in Dänemark Verwandte hat", überlegte Frau Heger. „Sicher hat sie Angst gehabt. Doch, wenn sie ...? "

„Keine Sorge, Frau Heger, die Verwandten sind reine Dänen."

„Dann klappt ja alles. Wann soll ich Packen helfen? "

„Sie packt schon und geht gleich mit dem Priester fort. Später bringe ich die Koffer zum Bahnhof."

„Das geht aber fix bei euch Russen! Übrigens - alle Priester sind so. Ich kannte einen, bei dem mußte alles in null Minuten, null Sekunden passieren."

Es klopfte an der Tür.

„Da ist unser hervorragender Priester, Frau Heger!"

„Freut mich sehr, Vater! Ich sehe, ihr Russen seid wirklich Christen, helft den Juden!"

An der Tür erschien Lurie.

„Sie fahren also, liebe Frau Lurie! Fix, sehr fix! Doch es ist das Beste. In Dänemark werden Sie es gut haben."

Erschrocken blickte Tarasjan auf Lurie, doch anscheinend hatte sie nichts gehört.

„Darf ich Sie zum letztenmal umarmen? "

„Ja, natürlich", lächelte Antonina Genrichowna verlegen, „und vielen, vielen Dank für die fünf Jahre, die ich bei Ihnen gewohnt habe. Ich hatte es sehr, sehr gut. Noch einmal vielen Dank!"

„Nehmen Sie so wenig Sachen mit? "

„Das andere bringt der Doktor nach."

Die Straße war dunkel, nur stellenweise schlug klägliches Licht durch undichte Verdunkelungen. Die aufregend blauen Lampen blendeten. Längst saß der Kampfgefährte Baron Laudon im Cafe und schaute durch einen Ritz. Was machen sie dort schon länger als eine Stunde? Als ob Busukin die Lurie heiraten will! Von solch einem Typ kann man alles erwarten... Aha, da kommen sie. Der schwarze Schlund der Tür öffnete sich. Voran eine schwarze, langsäumige Figur, ihr folgte eine weibliche. Endlich kommt er! Ist das Lurie hinter ihm? Nein... oder doch?

„Fräulein, zahlen, wo stecken Sie denn? "

Baron Laudon flitzte hin und her.

„Ich komm ja schon! Einsfünfundsiebzig. Eine Aufregung ist das!"

Der Baron zahlte und rannte auf die Straße. Gerade passierten die langschößige Gestalt und die Frau eine Laterne. Gesichter von blau-lila Farbe.. Natürlich ist das Lurie ! Wo wird er sie hinführen? Auch einen Bart hat er sich angeklebt, der verfluchte Konspirator. O weh, Busukin kann man gar nicht erkennen. Meine Mission ist beendet - Feierabend.

Leicht hopsend eilte der Kampfgefährte Laudon zur U-Bahn. Als er fast am Ziel war, fiel ihm ein, daß zwei gekommen waren. Wo ist der Schwarze? Schnell zurück. Niemand war zu sehen. Wahrscheinlich ist zufällig jemand mit Busukin eingetreten. So wird es gewesen sein. Die verfluchten Juden-Freimaurer - wieviel Aufregung man mit ihnen hat. Aber es muß doch reiner Tisch gemacht werden. Morgen mittag werde ich alles dem Baron erzählen.

Doch der aristokratische Spitzel hatte sich zu sehr beeilt. Noch eine Stunde Geduld und er hätte gesehen, wie unter dem Gewicht von zwei Koffern, gebeugt und schwer atmend, derselbe Schwarze aus der Tür ins Freie trat, den er zusammen mit dem Priester gesehen hatte. Doch auch diese Chance verpaßte der einfältige Baron.

„Die Lage ist klar, Frau Heger. Ich hoffe, Sie sind nicht beleidigt, daß Ihre Untermieterin Sie so schnell verlassen hat. Glauben Sie mir, so wie die Dinge stehen, hätte sie sowieso nicht mehr lange bei Ihnen bleiben können. Sie verstehen? "

„Selbstverständlich, Doktor. Was soll ich aber sagen, wenn jemand nach ihr fragt? "

„Lassen Sie es erst gar nicht so weit kommen. Eine Woche warten Sie und gehen dann zur Polizei und melden dies. So und so, meine Untermieterin, Lurie heißt sie, nicht arisch, hat vor einer Woche meine Wohnung verlassen und ist bis heute nicht zurückgekehrt. Von unserem Besuch brauchen Sie nichts zu sagen. Machen Sie eine Andeutung, daß sie in den letzten Tagen so komisch war. Um es nicht zu vergessen, für wie lange schuldet sie Ihnen die

Miete? "

„Für zwei Monate. Ich bestehe aber nicht darauf. Sie hatte so wenig Geld."

„Morgen schicke ich Ihnen die Miete für drei Monate. Wenn etwas Unvorhergesehenes passiert - falls jemand nach ihr fragt - hier haben Sie mein Telefon. Fragen Sie nach dem Doktor, ich werde gleich kommen. Überhaupt, wenn Sie etwas brauchen, bin ich immer bereit, Ihnen zu helfen. Sind wir uns also einig. Einige von ihren Sachen sind übriggeblieben - die können Sie vorzeigen."

„Sie brauchen mir nichts zu sagen, Doktor. Ich bin selbst eine alte Sozi und die Braunen sind bestimmt nicht meine Freunde. Mir fällt schwer zu vergessen, wieviel wir einstecken mußten, nachdem sie an die Macht kamen. Mein Mann verlor seine Arbeit im Magistrat... Werden Sie die Koffer tragen können, Doktor? "

„Kein Problem, es ist ja nicht weit bis zur U-Bahn."

„Geben Sie mir einen Koffer ab? "

„Ich bitte Sie, Frau Heger!"

„Ich bin zwar eine Frau, Sie sind aber viel älter als ich und dazu noch Herr Doktor."

„Aber ich bitte Sie!"

Als eine Stunde später Wigen Aramowitsch Tarasjan zu Hause war, war er fest davon überzeugt, daß deutsche Hauswirtinnen im mittleren Alter die nettesten und liebsten Wesen auf der ganzen Welt sind und ein direktes Gegenstück zu den französischen Concierge-Damen.

Doch er irrte sich etwas.

*

Am nächsten Tag wachte der Kampfgefährte Laudon spät auf. Unruhig hatte er die Nacht verbracht. Lange Stunden auf Posten stehen, zwangen ihn zu denken. Stapel von Büchern über Juden und Freimaurer ließen ihm keine Ruhe. Tatsächlich! Alle möglichen Parvenus schreiben darüber. Einem Felofej Policarpowitsch wird die Lobhymne „*Viele Jahre*" gesungen, die Wostrouchowa schreibt Poeme, häßlich zum Gotterbarmen, und weiß Gott was nicht noch alles! Und ich, Nachkomme der deutschen Ordensritter?

Aber jetzt mache ich reinen Tisch! Die Grundidee seines zukünftigen Buches war ihm klar. Weltpolyp des Freimaurertums - oder etwas in der Art. Nach dem Kaffee überlegte er schwerfällig, wieviel Arme ein Polyp hat. Wenn sieben - war alles in Ordnung. Jedem Fangarm entsprach ein Weiser von Zion. Er schlug im Lexikon nach und erfuhr zu seinem Verdruß, daß Weichtiere dieser Art immer eine gerade Zahl von Fangarmen hatten. Ein Octopus hat acht und die Sepia zehn. Kampfgefährte Laudon wurde traurig und dachte den ganzen Tag über sein Werk nach, das eine neue Epoche auf dem Gebiet des Studiums des Juden-Freimaurertums einleiten sollte.

Den Besuch bei Goller-Charnowskij hatte er vergessen und erinnerte sich erst zu Mittag des nächsten Tages, und gerade da läutete das Telefon. Baron Goller-Charnowskij persönlich bat ihn zu kommen und zwar so schnell wie möglich.

„Alle von der vorigen Versammlung werden da sein", fügte der Baron finster hinzu.

Traurig blickte Kampfkamerad Laudon auf seine Niederschriften und machte sich auf den Weg. Er kam als letzter. Baron Goller-Charnowskij schaute finster drein, ein giftiges Lächeln spielte um seine Lippen. Die Wange zuckte nervös. Ohne ihm die Hand zu reichen, bat er, Platz zu nehmen.

„Liebe Kampfgefährtinnen und Kampfgefährten! Sie erinnern sich an die Resultate unserer Beratung am Freitag. Ich brauche also nichts in Erinnerung zu bringen. In der Praxis haben sich aber Schwierigkeiten ergeben, die ich persönlich nicht erklären kann und deshalb erteile ich das Wort unserem Kampfgefährten Busukin."

„Ich danke für das Vertrauen, und werde mich sehr kurz fassen. Worin meine Aufgabe bestand, wissen Sie. Am 11. August wurde der Beschluß gefaßt, den Sie alle kennen. Am 12. war die Theateraufführung, am 13. früh morgens begann die Beobachtung der Wohnung der Lurie. Dieser Auftrag wurde unseren Kampfgefährten Laudon und Gribatschow erteilt. Am 15. früh morgens erhielt ich die Requisiten und ging zu Lurie. Mir öffnete die Wirtin, eine

Frau Heger, und sagte, daß Lurie nicht zu Hause ist. Auf meine Frage, wann sie zurück sei, erhielt ich als Antwort, daß sie das nicht wisse und ich möchte noch einmal am Abend vorbeikommen. Am Abend desselben Tages sagte sie mir, daß ihre Untermieterin schon den zweiten Tag fehle und sie sehr in Sorge sei. ‚Sie war in der letzten Zeit so komisch', sagte sie buchstäblich. Und sie wollte schon zur Polizei gehen. Aus verständlichen Gründen riet ich ihr, noch ein bißchen zu warten, da ich zuerst durch die Kirche nachforschen werde. Denn, wenn sie zur Polizei rennt, ist unsere Aktion geplatzt. Das wäre alles. Und jetzt will ich wissen, was unsere Kampfgefährten berichten können, denen die Beobachtung anvertraut war."

Baron Goller-Charnowskij schaute Gribatschow und Laudon an.

„Nun, Kampfgefährte Gribatschow? "

„Ich habe den Posten am 13. früh am Morgen bezogen. Gegen zwölf Uhr löste mich Kampfgefährte Laudon ab, genauer, um dreizehn Uhr entgegen der Verabredung."

„Ja, mea culpa! Gegen zwei verließ Lurie das Haus und kehrte gegen drei mit Einkäufen zurück. Völlig normal für sie, da sie Jüdin ist. Doch wirklich merkwürdige Geschehnisse passierten am zweiten Tag, am 14. abends, als es dunkelte."

„Was für Ereignisse, Baron? "

„Gegen sieben Uhr habe ich deutlich eine Gestalt gesehen, die wie ein orthodoxer Geistlicher gekleidet war, sogar mit Bart. Diese Gestalt ging in das Haus, anscheinend in Begleitung eines anderen Mannes, ziemlich beleibt und dunkel. Daß auch er zum geistlichen Stand gehört, kann ich nicht behaupten. Die geistliche Persönlichkeit, im Ornat mit Bart und Kreuz, hielt ich für unseren Kampfgefährten Busukin und ich bin sehr erstaunt und sogar konsterniert zu hören, daß Kampfgefährte Busukin erst am nächsten Tag zu Lurie ging. Wenn das aber so ist, ergibt sich die Frage, wer war die geistliche Person vom 14. August? "

„Meine Worte brauchen Sie nicht zu bezweifeln, Baron,

Am 14. konnte ich die Lurie schon deshalb nicht besuchen, weil ich den Ornat erst am Morgen des 15. erhielt, und zwar persönlich von unserem Kampfgefährten Baron Goller-Charnowskij. Außerdem habe ich mir keinen Bart angeklebt, ich hatte keinen."

„Das stimmt genau. Doch ich möchte den Kampfgefährten Laudon sehr bitten, seine interessante Erzählung fortzusetzen."

„Die geistliche Persönlichkeit oder die Persönlichkeiten blieben ziemlich lange bei Lurie, etwa eine Stunde und fünfzehn Minuten, und dann verließen sie bei voller Dunkelheit das Haus."

„Wieviel waren es, drei? "

„Nein, zwei."

„Haben Sie das genau gesehen, und wer? "

„Die geistliche Person und Lurie, die ein ziemlich umfangreiches Bündel in den Händen hatte."

„Haben Sie den beleibten Schwarzen nicht gesehen?"

„Nein."

„In welche Richtung gingen sie? "

„Zum Bayerischen Platz."

„Sind Sie ihnen gefolgt? "

„Ja, aber dann kehrte ich um."

„Warum? Darf ich so neugierig sein? "

„Ich wollte Gewissheit haben, ob der Schwarze nicht auch das Haus verläßt. Etwa eine Stunde wartete ich." Hier stotterte der Kampfgefährte Laudon ein wenig. „Doch niemand kam heraus. Ich hielt meine Mission für beendet und ging nach Hause."

„Sie haben wirklich alles sehr glänzend gemacht!" kommentierte Goller-Charnowskij den Bericht. „Schien es Ihnen nicht merkwürdig, daß entgegen der Verabredung ein Zweiter mit Busukin kommt? Nehmen wir an, daß der Bart Sie in Verwirrung bringen konnte, doch war es so schwierig, mich anzurufen und zu sagen, daß Sie eben Busukin sahen und er Lurie mit fortnimmt? Sie waren doch bei der Beratung! Es war nicht beabsichtigt, Lurie fortzuführen. Die Aufgabe bestand darin, sie zu überzeugen, den Stern abzunehmen. Und da sehen Sie, wie Busukin mit Bart Lurie fortführt und gehen ruhig nach Hause, vertrödeln die Zeit, zwei Tage beinah. Hätten Sie mich damals angerufen, konnte man die frische Spur verfolgen. Auch so werde ich alles herausfinden, doch wie sehen Sie aus? "

Kampfgefährte Laudon wurde etwas rot.

„Gestatten Sie, Jakow Wsewolodowitsch, Ihre dialektischen Pirouetten gefallen mir keineswegs!"

„Wie war das? "

„Ich bin kein Schüler, daß mir eine Strafpredigt gehalten wird. Ich tat meine Pflicht und machte reinen Tisch!"

„Viel zu rein, Baron!" ertönte der Baß des Fürsten Moschaijskij.

„Mir genügt einer, bitte!"

„Sie haben aber ein schwaches Köpfchen, Baronchen!" schaltete sich die Lyrikerin Wostrouchowa ein.

„Bitte, bitte, bitte! Ich glaube, wir als Kampfgefährten der *Nationalen und Sozialen Bewegung* kommen auch ohne das typische russische Sans-Facon aus!"

„Es hat keinen Zweck, weiter zu streiten. Jetzt ist nichts mehr zu ändern. Es ist aber sehr interessant, Baron, womit haben Sie sich die ganze Zeit zu Hause befaßt? "

„Ich darf wohl annehmen, daß das meine Privatsache ist. Wenn Sie es aber unbedingt wissen wollen - ich überdachte mein neues Buch!"

„Den ersten oder den zweiten Band? " Leise erzitterte der Kronleuchter an der Decke von dem Baß des Fürsten.

„Meine Herren, Kampfgefährte Moschaijskij, ich bitte Sie!" unterbrach kühl Goller-Charnowskij. „Dieses Gespräch müssen wir zu einem Abschluß bringen. Was können Sie noch hinzufügen, Kampfgefährte Laudon? "

„Vorläufig nichts, genauer, ich habe vergessen!"

„Soso, Sie haben vergessen? Und der Geheimnisvolle mit dem Bart, kam er Ihnen nicht bekannt vor? Sie gehen doch in die Kirche? "

„Ja, wenn auch selten, ich bin evangelisch. Für mich hat die Orthodoxie nur traditionelle und symbolische Bedeutung als Stütze des Heiligen Rußlands gegen die finsteren

Mächte."

„War Ihnen der Dicke auch unbekannt? "

„Ich enthalte mich einer Meinung, es war zu dunkel."

„In manchen Köpfen ist es auch nicht gerade hell!"

„Wie soll ich das verstehen? "

„Wie es beliebt! Liebe Kampfgefährten, ich halte diese Versammlung für geschlossen. Wenn es zur nächsten Versammlung kommt, benachrichtigen wir Sie extra, Baron."

„Bin sehr verbunden! Alles Gute, heil Rußland!" und der vertrottelte Spitzel kniff die Lippen beleidigt zusammen und schritt nach draußen.

Alle saßen still, bis die Außentür zuschlug.

„Wir wollen niemandem Vorwürfe machen. Am meisten schuld bin ich selbst, ich hätte wissen müssen, daß dieser aristokratische Trottel solch einer Aufgabe nicht gewachsen ist. Ich bin selbst Baron und ‚kenne meine Pappenheimer' - wie die Deutschen sagen."

„Auch mir hat er viel Blut verdorben durch seine aristokratische Unpünktlichkeit."

„Verzeihung, Kampfgefährte Gribatschow! Die Lage ist klar. Jemand ist uns zuvorgekommen. Aber wer? Schwerlich sind es die Juden. Für sie ist Lurie uninteressant. So retten sie manchmal ihre Reichen, nicht aber die bettelarme Lurie. Deutsche Freunde der Lurie - die hat sie nicht. Sie ist russische Jüdin, wenn auch mit deutscher Staatsangehörigkeit. Außerdem spricht sie nicht besonders gut deutsch. Es bleiben also nur unsere russischen Lümmel, die prostituierenden Judenlakaien und selbstverständlich aus der Eulogeanischen Gemeinde dieses Fürsten Schakhowskoj. Das ist ihr Kampfgefährte! Das ist seine Handschrift und der Bart war echter Popenbart. Die Frage ist, wo haben sie sie versteckt. Dank diesem Kretin haben wir genug Zeit verloren. Wir müssen eine Patrouille schicken. Sie, Kamerad Busukin, und ich werden gemeinsam zu ihrer Wirtin gehen und alle Einzelheiten erfahren. Ist die Wirtin überhaupt Deutsche? "

„Ja, und sie macht keinen schlechten Eindruck."

„Wir werden schon etwas herausbekommen. Die Versammlung ist geschlossen. Wer kann - morgen um acht? "

Frau Heger empfing die Kampfgefährten sehr unfreundlich und bat sogar um ihre Ausweise.

„Wir haben Krieg", sagte sie. Die Staatenlosen-Pässe haben sie etwas beruhigt. „Kommen die Herren aus der russischen Kirche? "

Goller-Charnowskij und Busukin sahen sich an.

„Warum glauben Sie, daß wir aus der russischen Kirche kommen? "

„Sehr einfach, meine Mieterin lebte vielleicht nur in der Kirche. Was sonst hatte sie vom Leben? "

„Vielleicht ist vor uns schon jemand aus der Kirche da gewesen, Frau Heger? "

„Weiß nicht, habe nichts gesehen. Meine Mieterin fehlt schon drei Tage. Ich war schon bei der Polizei. Ich bin sehr aufgeregt."

„Was sagt denn die Polizei dazu? "

„Haben mich über alles ausgefragt, alles notiert. Ich muß sofort melden, wenn sie wieder da ist. Das wird auch getan. Bis dahin kann ich aber nichts sagen. Schade um die Frau, auch wenn sie eine Jüdin war."

„Das ist Ihre private Meinung, Frau Heger. Uns tut sie gar nicht leid und Ihnen rate ich es auch nicht, sie allzusehr zu bedauern. Versuchen Sie lieber, herauszubekommen, wohin sie geraten ist. Merkwürdig, daß Sie nichts wissen. Melden Sie alles der Polizei und uns selbstverständlich auch. Haben Sie etwas von der *Russischen Nationalen und Sozialen Bewegung* gehört? "

„Nein."

„Also - das sind unsere Ausweise. Ich bin Chef der Propagandaabteilung und wir stehen natürlich in engstem Kontakt mit der NSdAP. Die Deutschen haben keine besseren Freunde als uns."

„Das glaube ich Ihnen gern. Helfen kann ich Ihnen aber trotzdem nicht. Hinterlassen Sie bitte für alle Fälle Ihre Adresse. Wenn es etwas Neues gibt, werde ich Ihnen natürlich schreiben."

„Sehr lobenswert, Frau Heger. Wir erwarten Ihre Nachricht und bis dahin Heil Hitler!"

„Diese Frau Heger verheimlicht uns was", sagte Busukin, als sie vor dem Haus waren. „Ich habe solch einen sechsten Sinn. Zumindest weiß sie genau, wann Lurie verschwunden ist."

„Wenn sie das vor der Polizei verheimlicht hat, ist das ein Verbrechen."

„Das muß man erst beweisen."

„Hallo, hallo! Pst, pst!" tönte es von der Seitentür. Im Tordurchgang stand eine kleine Frau mit einem mageren Gesicht und spitzen Ohren wie ein schlaues und verschüchtertes Eichhörnchen. Sie blickte fragend.

„Sind die Herren Bekannte von Frau Lurie? "

„Ja, wir sind sogar sehr gute Bekannte. Wir wollten sie besuchen. Wir kommen von der russischen Kirche. Sie ist verschwunden. Gebe Gott, daß sie keine Dummheiten gemacht hat."

„Oh nein, Ihre Lurie hat keine Dummheiten gemacht, sie ist einfach mit ihren Landsleuten verschwunden."

„Mit welchen Landsleuten? "

„Mit Juden. Ich habe selbst alles gesehen. Einer war Rabbiner mit Bart und der andere ganz schwarz, als ob er aus dem ‚*Stürmer*' davongelaufen ist. Wenn das kein Jude ist, bin ich Japanerin."

„Haben Sie das alles selbst gesehen, Frau...? "

„Klein. Ich heiße Klein. Ich lese sehr viel und interessiere mich auch sehr für das, was um mich herum geschieht. Es war allerdings sehr dunkel. Doch trotzdem habe ich gesehen, wer herauskam und wieviel."

„Sehr interessant, Frau Klein. Hat Frau Heger sie begleitet? Sie sagt, sie war nicht zu Hause und weiß von nichts. Bitte, mißverstehen Sie uns nicht. Wir sind russische Nationalsozialisten und arbeiten eng mit der Partei zusammen. Die Juden sind auch unsere Feinde."

„Über Frau Heger kann ich nichts sagen. Die habe ich nicht gesehen. Sie ist aber nicht ganz astrein. Ihr Mann war ein übler Sozi."

„Soso, das wird noch interessanter! Vielen, vielen Dank!

Wir geben Ihnen einen Rat, passen Sie ein bißchen auf, was diese Heger macht. Es ist ja Krieg. Auf alle Fälle, hier ist mein Telefon. Bis dahin viel Erfolg!"

„Der Fall ist klar. Es sind nur noch die Fragen zu klären, ob die Heger lügt oder nicht und wie weit die Kirche drinsteckt, und wer persönlich. Das ist herauszubekommen und den Deutschen zu melden."

„Wir bekommen es raus. Auch in der Kirche haben wir unsere Leute. Vor allem, wer ist der Dunkle? Natürlich kein Jude. Wenn auch in seinem Kopf die Paviane CanCan tanzen, hat Laudon das Kreuz doch bemerkt."

„Steht der Plan für die nächsten beiden Tage fest? "

„Eisern. Heil Rußland, Kampfgefährte Busukin!"

„Heil Rußland, Jakow Wsewolodowitsch."

Zwei Stunden vergingen. Mit unschuldiger Miene und einem farbigen Netz trat Frau Heger auf die Straße. Der Besuch hat ihr sehr mißfallen. Sozialnationale russische Bewegung? Was es nicht alles in Berlin gibt! Die beiden anderen sind besser gewesen. Also, den Doktor anrufen und ihm alles erzählen. Als Frau Heger um die Ecke ging, lugte aus dem Türspalt eine schmächtige Figur. Dacht ich's mir doch! Schon wieder spitzelt die Klein. Frau Heger fühlte sich ungemütlich. Hat sich vielleicht die liebe Nachbarin in diesen Fall eingeschaltet? Vielleicht hat sie vor drei Tagen schon Lurie verfolgt? Sie ging an der nächsten Telefonzelle vorbei und eilte zur Post. Das war sicherer. Der Doktor meldete sich sofort. Er nannte keine Namen, hörte ruhig zu und riet, Ruhe zu bewahren.

„Sagen Sie auf keinen Fall, daß wir im Hause waren und gehen Sie sofort zur Polizei."

„Da war ich schon."

„Sehr gut. Rufen Sie mich an, sobald es etwas Neues gibt. Die Herren von der *Nationalen und Sozialen Bewegung* brauchen Sie durch eine Antwort nicht verwöhnen. Das ist keine Polizei. Haben Sie sich die Namen gemerkt? "

„Ich habe die Pässe gesehen. Die Namen habe ich leider vergessen. Ich bin so aufgeregt, habe sie auch nicht notiert. Einer sah gut aus, der andere ziemlich ekelhaft. Ein gelbes

Gesicht und zieht einen Fuß nach, irgendein Propagandachef."

„Ich verstehe, Frau Heger. Vielen, vielen Dank. Und rufen Sie mich wieder an, wenn etwas ist. Das Geld habe ich Ihnen schon überwiesen."

Doktor Tarasjan legte auf. Die Sache nahm eine unerwartete und sehr gefährliche Wendung. Baron Goller-Charnowskij hat sich persönlich eingeschaltet. Der ist bestimmt nicht dumm, eine durchtriebene Kanaille! Die anderen waren in Kenntnis zu setzen. Finster spitzte Doktor Tarasjan die Lippen, setzte seinen Hut auf und machte sich auf den Weg zu Vater Genadij. Unterwegs rief er noch einige an.

Es ging auf den Abend zu. Die Sonnenstrahlen verflochten sich in die abendlichen, sich verdunkelnden Wolken. Einige wirkten wie Finger aus Bleikristall, andere wie malaiische Dolche, krumm und drohend, dritte zerflossen wie Fächer, vielstufig, schillernd in einer Garnierung von zerfetzten Wolken. Hoch über der Stadt fand eine Schlacht zwischen Licht und Dunkelheit statt, doch das Dunkle erstarkte mit jeder Minute. Die Wolken quollen auf, umschlangen die Lichtquellen.

Ein paarmal blickte sich Doktor Tarasjan um. Niemand folgte ihm. Er hatte Zeit genug, die anderen konnten sich erst am Abend mit ihm treffen.

WEITERE GESCHEHNISSE AUS DEM LEBEN DES WOLODJA SCHWEDOW

Ich sitze in meinem Zimmer im Dachgeschoß eines hohen Hauses besserer Art mit Zentralheizung. Das Zimmer ist warm, ein großer Vorzug. Der andere Vorteil ist ein offener Rundblick. Es ist Abend und ich betrachte ein verblüffendes Phänomen, ein Zusammenspiel von Licht und Schatten. Es sind zwei Wochen vergangen, seit ich die Bekanntschaft von Professor Sergius gemacht habe, und ich weiß nicht, ob ich mich freuen soll oder nicht.

Schon damals, nach meinen kindlichen Erlebnissen in Moskau begriff ich, daß es keine Zufälle im Leben des Menschen gibt und daß jeder Stich auf dem komplizierten Stickrahmen des Lebens seinen Sinn hat. Doch der Sterbliche darf nur die Rückseite betrachten, sehr häßlich und verwirrend, um nach seinem Willen neue Stiche anzubringen. Erst später sieht man, was aus der Vorderseite geworden ist. Die Frage ist nur - wieviel später?

Warum denke ich darüber nach, warum muß ich nachdenken und was ist der Sinn solcher Gedanken? Woher kommen sie und wohin gehen sie? Ja, ich fühle - was fühlst du? frage ich mich selbst und antworte. Ich fühle, daß etwas Geistiges in mir ausreift. - Alles Unsinn, nichts reift! Phantastereien eines undisziplinierten Verstandes. Was mir als geistiges Leben erscheint, ist nichts weiter als ein

Knäuel fremder Gedanken, herausgelesen, gehört und wiedergespiegelt in meinem Ich. Die brauche ich so wenig wie die anderen - mich selbst braucht auch niemand.

Da lebe ich etwa fünfzig Jahre, vielleicht etwas länger, wenn es Stalin und Hitler gestatten, und nicht leben werde ich die ganze Ewigkeit. Wovor habe ich Angst? Ist es ein schlimmer Zustand, bei dem ich kein Bewußtsein habe? Und daß gar nichts dort drüben ist? Und wenn es doch etwas gibt, wo sind die Beweise? Zahllose Bücher zahlloser Menschen, die behaupten und glauben, daß es da drüben etwas gibt. - Sie sind keinen Pfifferling wert, denn sie wurden von lebendigen Menschen geschrieben, über etwas, was keiner von ihnen wußte. Noch niemand ist zurückgekommen, und ein Weg ohne Rückkehr kann nur ein Weg ins Nichts sein. Ich fürchte mich sehr vor solchen Gedanken. Mag sein, daß sie richtig sind, doch dann wird das Leben noch schwerer, noch unverständlicher.

Und du selbst, in Moskau? Bist du nicht als Kind mit dem zusammengestoßen, was unerklärlich ist? Erinnerst du dich an sie alle, die längst fort sind? Ja, ich erinnere mich, doch es war vor so langer Zeit, daß ich sogar Zweifel bekomme, ob es je stattgefunden hat.

Mein helles und gemütliches Zimmer wird noch heller, doch mich kann man nicht so ohne weiteres täuschen. Ich weiß, das äußere Licht scheint umso heller, je dunkler es in deinem Inneren aussieht. Alle Weisen liebten die Dunkelheit. Wie sagten doch die Gnostiker: „*Finsternis, unausgesprochen und heller als jedes Licht!*" Mit solchen Gedanken sind immer Leiden verbunden. Es stecken alle Menschen in dem Gefängnis, hinter dem die Kräfte des freien Geistes kochen und weben. „*Und Gottes Geist schwebte über den Wassern.*" Das irdische Glück besteht darin, sich dieses Gefängnisses nicht bewußt zu sein, es zu akzeptieren, zu vergessen, um sein kleines Werk zu tun und zu warten. Worauf willst du warten? Wie bei Schukowskij in seinem „*Ahasfer*":

Die Hirse Gottes muß im Tieresrachen
zerschmettert werden, um rein zu machen
Gottes Brot.
Was dich angeht, mein Sohn, sei demütig,
geh deinen Weg und warte!

Es gibt Menschen, die warten können, warten, ohne sich dessen bewußt zu sein, und das ist ihr Glück in dieser Welt. Ich kann das nicht. Gott hat mir Verstand gegeben und ich werde IHM Fragen stellen, in aller Demut, doch ich werde. Mir ist, als ob sich eine bleierne Platte auf die Schultern legte, keine einfache Platte. Die Schwere ist zäh, sie paßt sich an und umschlingt mich ganz. Ich spüre, etwas oder jemand will mich erschrecken. Jammervoller Mensch, sei demütig, dulde, schweige und verlange nichts! So wie früher im Zarenstaat mit Grabesstimme zaristische Beamte zitierten:

Mann Gottes, sei bescheiden,
je bescheidener,
umso höher kletterst du hinauf!

Ich werde bitten und werde fragen. Was sonst ist mein Leben? Es wird schwieriger. Ich will mich zusammenkrümmen und erstarren, damit nichts mehr ist, weder Glaube noch Unglaube, weder Hoffnung noch Verzweiflung - einfach Nichts.

„Der Tod steht neben dir!" mahnt jemand.

„Ich habe keine Angst!" antworte ich in Gedanken, doch habe ich noch genug Kraft, mich zum Nachttisch zu schleppen und das Evangelium zu nehmen. Millionen Menschen, nicht dümmer als ich, und viele bestimmt klüger, schöpften Kraft und Glauben aus diesem Buch. Warum kann ich das nicht? Mit dem Verstand hat das nichts zu tun, die anderen hatten einen anderen Charakter.

Das Zimmer wird schnell dunkel, nur der gelb-lackierte Deckel des Evangeliums leuchtet. Ich öffne es aufs Geratewohl wie immer. Alles im Evangelium ist heilig und richtig. Das letzte Kapitel des Lukas-Evangeliums. Oft habe ich diese Stelle gelesen. Immer schien es mir, daß derjenige, der den Heiligen Worten glaubt, sich vor nichts zu fürchten braucht. Trotz der Dunkelheit sehe ich deutlich die kleine Schrift.

‚Seht, ich sende die Verheißung meines Vaters
auf euch herab. Bleibt in der Stadt, bis ihr
mit der Kraft von oben ausgerüstet seid.'
Er führte sie hinaus gegen Bethanien,
erhob seine Hände und segnete sie.
Und segnend schied er von ihnen
und fuhr in den Himmel auf.
Sie fielen anbetend nieder.
Dann kehrten sie hocherfreut
nach Jerusalem zurück.
Sie waren immer im Tempel
und lobten und priesen Gott. Amen.

Glaubst du noch immer nicht? bohrt jemand. Ja, ich glaube, antworte ich mit einem Seufzer. Schlecht aber ist mein Glaube. Von mir ist es sehr weit bis zu denen, die in das Heilige Buch eingegangen sind.

Ich wollte noch etwas lesen, aber es war nichts mehr zu sehen. Ich wußte, als nächstes kam das Evangelium von Johannes.

Wieder kreisten die Gedanken um Professor Sergius. Die Finsternis rundum webt ein Muster, verwickelt und ungeheuer kompliziert. Jenes Muster, dessen vordere Seite wir nicht kennen. Es gibt wohl Möglichkeiten, sie zu sehen, was wäre sonst das menschliche Leben und auch mein Leben? Ich muß mich mehr damit befassen. Und wenn ich mit meiner flegelhaften Hand an solch einem Stich ziehe, daß alles auseinanderplatzt und es weder eine vordere noch eine hintere Seite gibt? Dann verdienst du auch nichts anderes und bist selbst an allem schuld! Mehr und mehr verstricken sich die verworrenen Linien, doch jetzt sieht man einen Sinn, eine Gesetzmäßigkeit.

Das Muster hat drei Dimensionen. Es steht im Raum

und ist mit der Zeit verbunden. Das ist die Zeit meines Lebens. Linien, blass und kaum leuchtend - Menschen, die einstmals in meinem Leben waren, gute und schlechte, die ich kannte und die ich kaum bemerkte. Einige leuchten im gelben Licht - das sind die guten, edlen Menschen. Andere strahlen violett, böse und gefährlich. Helle Linien, von gelber zu violetter Farbe. Diese leben noch. Fette, lila Linien, und zwei Linien überstrahlen alles. Eine von jemandem, der mich sehr liebt, und die andere von jemandem, der mich sehr haßt. Und eine Linie, klar und leuchtend wie Bergkristall, die sich von allen anderen unterscheidet. Ihre Quelle ist unbekannt, ihr Ende auch. Sie durchdringt das ganze Muster. Ich ahne, ihr Ende ist in der letzten Erfüllung der Ursachen meines Lebens, dort, wo man die Außenseite sieht. Wer ist es, wem gehört diese Linie? Wenn ich das weiß, weiß ich alles.

Die Linien nehmen die Umrisse von Menschen an, behalten aber die Färbung der Toten und der Lebenden. Kaum ist mir dies bewußt geworden, als das Muster sich ausbreitet, mit der Finsternis zusammenschmilzt. Sein dreidimensionaler Raum umschlingt mich von allen Seiten, schon bin ich zum Zentrum des Unbegreiflichen geworden.

Aus der Tiefe nähern sich mir zwei Linien, hell, leuchtend und voller Leben. Eine hellgelb und die andere in sattem Lila, und jede schleppt ein Muster hinter sich, trüb und hell. Die gute und die schlechte Vergangenheit kommt zu mir.

In der Ferne heult eine Sirene, eine zweite, dritte, vierte. Alles verschwindet. Nichts ist verschwunden, es ist immer da, nur sehe ich nichts mehr. Alles, was ich gesehen habe, werde ich noch einmal sehen. Ich muß warten, auf etwas, das ganz tief in meiner Seele ist.

Am besten wußte ich, was ich schlecht gemacht oder versäumt hatte. Womit soll ich beginnen? Mit der Totenmesse, ja, zuerst die Totenmessen. Erst für meinen Vater, nächste Woche für Alexej Iwanowitsch Torzow, dann die übrigen. Ich schreibe eine Liste, immer neue Namen kommen hinzu, schon zweiunddreißig. Die meisten Zweifel hatte ich bei

Frau Raissa Pawlowna Lebedewa, die eines so unerklärlichen und grausigen Todes gestorben war. Sie erschien mir als Inkarnation alles Bösen. Noch heute stand ihre schwarze, unheilbringende Gestalt plastisch vor mir. Ich entschloß mich, keine Ausnahme zu machen.

*

Zwei Wochen waren vergangen. Totenmessen zu lesen, erwies sich als gar nicht so einfach. Die Kirche war überfüllt. Einige Priester erinnerten an gehetzte Pferde. Endlich mal schnappte ich Vater Genadij. Wie beim Pferderennen wird er die Totenmesse lesen - doch Vater Genadij, vordem die Hetze selbst, veränderte sich mit den ersten Worten. Durchdringend und mit Gefühl sang der kleine Chor. Beim nächsten Mal werde ich Professor Sergius mitbringen, er wird gleich begreifen, daß unsere orthodoxe Totenmesse eines der Fenster zum Jenseits ist.

Ende September, am Vorabend des Festes der Errichtung des Kreuzes, nahm Wolodja Sergius mit.

„Interessant, wie Ihre orthodoxe Totenmesse aussieht; ein bißchen kenne ich die geistliche Musik, und zwar das, was mit dem Tod zu tun hat, die katholische Totenmesse, Requiem von Mozart, Schumann und vielen anderen. Interessant, in welche Sparte Ihre Totenmesse kommt."

Die Totenmesse war beendet. Würdevoll verbeugte sich Vater Genadij und wurde gleich von zwei Greisinnen mit Beschlag belegt. Die Damen wirkten wie aufgeregte Mäuse Vater Genadij klappte der Kiefer herab und sein Gesicht sah einem Pferd ähnlich, das in Ruhleben den ersten Preis gewonnen hat.

„Jaja!" brummte Sergius, und wieder, „jaja!"

„Hat es nicht gefallen, Professor? "

„Wie soll ich das sagen? So etwas wie Ihre Totenmesse kann weder gefallen noch mißfallen. Einmal ist sie ein geniales Musikstück. Unter einem genialen Musikstück verstehe ich eine Komposition, bei der mit maximaler Stärke der Gedanke ausgesprochen wird, um dessetwillen das Musikstück komponiert wurde. In diesem Fall ist das der Kontakt zwischen Lebendigen und Toten. Mit Hilfe musikalischer

Mittel muß uns das Jenseits so nahe gebracht werden, daß jeder Zweifel minimal wird. Das ist durch den oder die Komponisten eurer Totenmesse durchaus erreicht worden. Zweitens verfügt eure Totenmesse anscheinend über einen genialen Text. Ich wäre Ihnen sehr dankbar, wenn Sie mir den Text übersetzen könnten, aber ich ahne, daß das unmöglich ist."

„Und welche Stimmung erzeugt sie bei Ihnen? "

„Überhaupt keine. Sie ist mir unverständlich. Genauer, ich bin noch nicht so weit und werde es wohl nie sein. Ich bin weder Russe noch orthodox, und wenn ich an etwas glaube, so doch ganz anders als Sie. Es ist eine alte Weisheit, daß es keine allgemein gültigen mystischen Formeln gibt. Sie alle, und jede für sich, sind auf ein bestimmtes individuelles Gemüt berechnet. Um diese Totenmesse richtig zu fühlen, muß man ein sehr gläubiger orthodoxer Russe sein. Auch die lutherischen Chorale und die Musik von Bach wird von euch Russen anders verstanden als von uns. Natürlich gibt es Ausnahmen."

„Meinen Sie nicht, Professor, daß unsere Totenmesse völlig ausreicht, einen Menschen zu befriedigen und zu beruhigen, der vom irdischen Standpunkt aus einen schweren Verlust erlitten hat? "

„Theoretisch bezweifle ich das nicht, doch ich selbst wäre kaum getröstet, wenn ich zum Beispiel eine heißgeliebte Frau verloren hätte. Aber ich stehe in Ihrer Schuld, und es wäre nicht übel, noch einmal oder mehrmals die Totenmesse zu erleben."

Sergius sagte kein Wort mehr. Die nächsten Tage und Wochen arbeitete er verbissen. Manchmal unterhielten sie sich, doch jeder spürte, daß sie an etwas anderes dachten und sie redeten nur, weil man nicht völlig schweigen kann, wenn man zusammen arbeitet.

Weihnachten näherte sich. Es wurde offensichtlich, der Krieg geht in diesem Jahr nicht zu Ende. Noch immer leistete England Widerstand. Mit Wut sprachen die Vaterlandstreuen über die zähe Insel. Weitere Wochen verstrichen. In den Beziehungen zwischen Wolodja und Sergius änderte sich nichts. Beide fühlten, bis jetzt war alles gesagt, was gesagt werden mußte. Sie mußten auf etwas warten, um den Dialog von neuem zu beginnen. Noch einmal waren sie zusammen in der russischen Kirche, als Wolodja die Totenmesse für Alexej Iwanowitsch las. Sergius lauschte aufmerksam, sagte aber kein Wort. Wolodja verstand. Sergius versuchte, etwas zu begreifen, was er voriges Mal nicht oder nicht ganz begriffen hatte. Das von ihm errichtete rationelle Gebäude erwies sich als überflüssig, das Neue aber entglitt ihm. Wolodja fragte ihn etwas, doch Sergius antwortete etwas Unverständliches, gab komische Laute von sich und sagte letzten Endes gar nichts.

*

Ende des Jahres 1940. Im nassen Schneesturm stand das imposante Haus mit der Wohnung der *Russischen Nationalen und Sozialen Bewegung*. Die Bücherstapel zur Entlarvung der russischen und ausländischen finsteren Kräfte lagen auf ihrem Platz. In einem kleinen Zimmer mit gemütlichen Ledersesseln saßen zwei alte Bekannte, Baron Goller-Charnowskij und Busukin. Ihre Art, miteinander zu reden, zeigte, daß sie es längst gelernt hatten, sich mit dem halben Wort zu verstehen.

„Ziehen wir den Strich. Alles hat der Trottel Laudon verdorben. Schon dreieinhalb Monate und keine Spur von Lurie. Die Wirtin streitet alles ab. Die Deutschen würden sie schnell zum sprechen bringen, doch dann sind wir auf dem toten Gleis."

„Unsere Lage ist schlimmer als die eines zaristischen Gouverneurs, Jakow Wsewolodowitsch. Doch ich habe eine angenehme Überraschung für Sie. Nicht umsonst haben Sie meine Talente so hoch geschätzt. Mit neunzigprozentiger Sicherheit habe ich herausbekommen, wer der Schwarze ist."

„Da bin ich aber gespannt!"

„Jeden Sonntag habe ich in der Kirche der unreinen Eulogeaner gesteckt, auch sonnabends, wie diese Kirchendamen - und ich stand nicht umsonst. Fünf Personen entsprachen der Beschreibung. Schon zweimal habe ich Frau

Klein aufgesucht, ein durchtriebenes Frauenzimmer. Habe die fünf unter die Lupe genommen, Bekanntschaften geschlossen, und habe jetzt anscheinend den Richtigen. Ein Doktor Tarasjan aus Paris. Dem haben die Klein und ich aufgelauert. Sehr ähnlich, sagte sie, aber wegen der Dunkelheit... Ich habe der Klein sogar ein bißchen gezahlt."

„Alles erhalten Sie zurück, Pantelej Karpitsch, und weiter? "

„Dieser Doktor Tarasjan..."

„Was für ein Doktor ist er, ein Arzt? "

„Leicht möglich. Er ist Freund eines anderen Pariser Vogels, Fürst Luganoff - und beide stecken oft bei Vater Genadij."

„Hat die Klein in Vater Genadij ihren Rabbiner mit Bart wiedererkannt? "

„Ich habe ihr den Priester gezeigt. Sie ist nicht sicher, schiebt alles auf die Dunkelheit."

„Kein Zweifel, sie waren es und keinesfalls die Juden. Welch eine Frechheit! Den Deutschen unter der Nase eine Jüdin zu rauben! Sie werden sie finden, wenn nicht heute, dann morgen. Unter Trommelschlag wird diese Kamarilla entlarvt und dann möchte ich nicht in der Haut dieses Pere Jean stecken. Die Freimaurer der ganzen Welt können ihn nicht retten!"

„Wir müssen warten, Jakow Wsewolodowitsch, die Zeit arbeitet für uns und Lurie und die obskure Pfaffenbande wird uns nicht entgehen. Wie stehen unsere anderen Angelegenheiten? "

„Unsere Partie steht gut."

Im Korridor klingelte es.

„Wer reitet so spät durch Nacht und Wind... kein Gespräch kann man beenden!"

„Das sind unsere Damen unter der Führung der Kampfkameradin Wostrouchowa. Sie schmücken den Tannenbaum. Totschilin hat ihn gestern gebracht."

„Erfreulich, wir müssen unsere deutschen Freunde einladen. Ein Parteigenosse erklärte mir neulich: ‚Wir feiern nicht das jüdische Christfest, sondern deutsche Weihnachten!' Sehr gut. Wir müssen über die Geschenke nachdenken, sie lieben das. Die Geschenke sind ziemlich mager. Schließlich haben wir Krieg."

„Einiges können wir organisieren, so ein bißchen links herum."

„Gefährlich - der Teufel soll's holen! Wenn es einen Skandal gibt? "

„Wozu einen Skandal? Wir sind nicht die einzigen. Man muß nur wissen, wem man etwas zusteckt und wem nicht."

„Wir werden schon auskundschaften, wer die Wurst zu sehr verehrt... Das Wichtigste habe ich beinah vergessen. Noch vor einem halben Jahr war die deutsche Ostpolitik wie im Nebel, jetzt klärt sich alles auf. Haben Sie jemals im Moskauer Künstlertheater den ‚*Blauen Vogel*' von Maeterlinck gesehen? Dort spielt eine Szene im Reich der Toten. Zuerst nur Nebel, dann Konturen. Also - die Konturen sieht man schon."

„Ein merkwürdiger Vergleich!"

„Durchaus nicht. Das Deutschland, das mit der Sowjetunion befreundet ist, ist für uns ein Totenreich. Doch diese Freundschaft geht zu Ende. Selbst Uneingeweihte wissen, daß es mit Molotow zu keiner Verständigung kam."

„Ich habe Angst. Vielleicht haben sie die Auslieferung der Emigranten ausgehandelt? "

„Wer braucht schon solch einen Mist!"

Beide schwiegen.

„Wann - meinen Sie? "

„Höchstwahrscheinlich im Sommer des nächsten Jahres. Ein Landsmann aus dem Baltikum arbeitet in der kartographischen Abteilung der Wehrmacht. Dort werden mit Hochdruck Generalstabskarten der Sowjetunion gedruckt, Kopien unserer Drei-Werst-Karten. Demnach kann es keinen Zweifel geben. Außerdem habe ich bei einigen sehr interessanten Leuten eingehakt. Die Deutschen werden mit der ihnen eigenen Genialität wahrscheinlich ganz besondere Wege beschreiten, was Rußland anbelangt. Ihnen, Pantelej Karpowitsch, kann ich das sagen. Es gibt schon eine entsprechende Behörde, noch nicht offiziell. Erinnern Sie sich, das vorige Mal sagte ich Ihnen, daß ich wahrscheinlich den Posten des Generals Biskupskij einnehmen werde. Soll dieser General Tunichtgut, der ohne Kugeln schießen tut, ruhig auf seinem Posten bleiben und an seine Frau, die tote Sängerin Wjalzewa denken. Vor mir, und auch vor Ihnen, eröffnen sich interessante Perspektiven."

„Und die anderen? "

„Je nach dem. Baron Laudon zum Beispiel kann weiter an seinem Buch arbeiten. Wenn es einmal so weit ist, wird auch die Eulogeanische Kirche samt Fürst, Lurie und den politischen Etappenhasen in unserer Tasche sein. Vorläufig - Geduld. Das letzte Wort sprechen wir."

An der Tür klopfte es. Kokett lächelnd stand die Poetesse Wostrouchowa an der Schwelle.

„Heil Rußland! Störe ich? "

„Sie stören niemals, Tatjana Antonowna. Was macht der Tannenbaum? "

„Alles fertig, sieht prächtig aus. Die Kampfgefährtinnen erwarten Ihr endgültiges Urteil. Eben haben wir den Hauptengel und das Väterchen Frost an der Spitze angebracht. Tamara Palejewa ist beinah heruntergestürzt."

„Gehen wir. Die Abnahmekommission wird von Pantelej Karpowitsch und mir gebildet."

Der Tannenbaum war wirklich prächtig, reichte bis zur Decke, war ungemein dicht und mit bläulichem Schimmer. Die Nadeln waren grün und saftig. Auf dem grünen Hintergrund blitzte es von Silber.

„Er ist so schön wie unsere faschistische Idee, unter solch einem Baum vermutet man gleich einen Hasen."

„Ich bitte Sie, Baron, man sieht Ihnen gleich den Jäger an. Als ob Sie nur Hasen gefährlich sind!"

„Moment mal!" Das Lächeln verschwand von dem gelben Gesicht. „Was ist denn das? " Den Fuß nachschleifend bewegte sich der Baron auf den Baum zu.

„Was hat Sie denn verstimmt? Es geht gar nicht schöner!"

„Schöner geht's nicht, schöner geht's nicht!" höhnte der Baron. „Fassen Sie bitte diese Sterne ins Auge! Wo haben

Sie sie nur aufgetrieben? Seid ihr alle blind? Das sind doch sechseckige Davidsterne! Vielleicht erzählen Sie mir noch, daß man in Rußland mit solchen Sternen am heiligen Dreikönigstag herumzieht? Scham und Schande! Ein europäischer Skandal! Und dieses Väterchen Frost da oben, begutachten Sie seine Nase! Ein Nikolaus mit solch einer Nase kann nur in Berditschew existieren. Anscheinend hat seine Mutter Rassenschande getrieben. Und was hat er in seinem Sack? Jüdische Lebkuchen vermutlich! Zu solch einem Tannenbaum kann man doch keine Deutschen einladen! Vielleicht soll ich den deutschen Amtswaltern noch den jüdischen Hecht servieren? Und die Kellner? Soll wohl jeder einen Lapserdak tragen? "

Alle schwiegen.

„Gott im Himmel, wofür werde ich nur so bestraft? Das nennt sich *Russische Nationale und Soziale Bewegung!* Fort mit dem Väterchen Frost aus Berditschew! Der hat ja ein Gesicht wie Trotzkij! Und reißt mir sofort die Davidsterne ab! Raus, auf den Müll! Ich will nicht, daß die Deutschen mir etwas anderes abreißen, je zwei Sterne zwei - ich sag schon nicht, was!"

„Das Väterchen Frost hat aber viel Geld gekostet."

„Meinethalben verkürzt die Nase oder färbt ihn um. So kann man es nicht lassen. Ich will keine semitischen Nasen auf dem Weihnachtsfest! Solch einen Tannenbaum kann es in der Eulogeanischen Gemeinde geben. Die dreimal verfluchten Juden - hier sind sie auch reingekrochen! Direkt ins Stabsquartier! Wofür, wofür muß ich Buße tun? " lamentierte der Baron. „sagen wir uns lieber guten Abend. Heil Rußland! Kampfgefährte Busukin, folgen Sie mir."

Das Gesicht Busukins zuckte. Gleich geht es mit mir zu Ende, Schluß mit meiner Karriere, dachte er, die Nase juckt schon. Doch Kampfgefährte Busukin beherrschte sich, abermals rettete ihn das gute Training.

„Die Abschmiermittel für die Deutschen, ich meine die Weihnachtsgeschenke...? "

„Wird nicht vergessen."

Die Kampfgefährten trennten sich.

DER GRÖSSTE AUFMARSCH ALLER ZEITEN BEGINNT

Weihnachten und Neujahr gingen vorüber, ein naßkalter Januar, dann Februar, März. Deutschland fror ein bißchen, hungerte ein bißchen, doch an dem Endsieg zweifelten die Wenigsten. Der Frühling ging in den Sommer über. Im russischen Berlin gab es kaum Neuigkeiten. Während der Arbeit schwieg Sergius oder erzählte eine Menge sehr interessanter, doch belangloser Dinge. Doch Wolodja kannte ihn. Zuweilen schien ihm, daß Sergius einem Jagdhund ähnelte, der das Wild ausgemacht hat und noch nicht genau weiß, wo es ist. Die kurzsichtigen, blinzelnden Augen hinter seiner Brille blickten sehr weit, und sahen bereits etwas, was noch niemand sah.

Wolodja überlegte, ob er ihm seine merkwürdige Halbvision erzählen sollte und ihn fragen, ob er selbst solche Erlebnisse gehabt hatte. Wohin gehört das alles, ein Spiel der Natur, oder in den Bereich der Halbträume oder simpler Halluzinationen. Etwas, was wir empfinden, doch was es in Wirklichkeit nicht gibt, und was wir überhaupt nicht gebrauchen können. Etwas hielt ihn zurück. Was konnte Sergius ihm sagen? Wolodja fühlte, er selbst mußte damit fertigwerden.

Fast jeden Sonntag ließ er eine Totenmesse lesen, aber noch immer war die Liste lang. Die Lebedewa hatte ihre

Totenmesse, dann gedachte er des kleinen toten Chinesen. Für einige, von denen er nicht wußte, ob sie leben oder tot sind, ließ er einen Gedenkgottesdienst für die Gesundheit lesen. Während eines solchen Gebetes für Eva wurde er sehr traurig. Eva wird längst verheiratet sein und hat ihn vergessen. Wer ist er denn überhaupt? Niemals hätte er Moskau verlassen dürfen. Wolodja erschienen die Gedenkgottesdienste den Totenmessen sehr ähnlich.

Juni 1941. Es ist trocken und heiß. Am Sonntag, den 22. Juni, verabredete er sich zu einer Bootsfahrt auf der Havel. Wenigstens ein Sonntag an der frischen Luft! Hinter der Mauer deklarierte feierlich ein Radio, Märsche wurden abgespielt. Dauernd Sondermeldungen. Das Telefon läutete. Der Freund, mit dem er sich verabredet hatte. Ein Wort, scharf wie ein Pfeil, so scharf, daß es das Gehirn durchdrang, das Bewußtsein. Alle anderen Gedanken waren fortgefegt. Krieg mit Rußland! Wolodja hörte und begriff nicht. Unruhig fragte man am anderen Ende der Leitung, ob er noch da sei.

„Ja, ich höre."

Wolodja wollte etwas fragen und konnte nicht. Krieg mit Rußland. Damit war alles gesagt. Ein Ozean von russischem und nichtrussischem Blut, wahrscheinlich der Untergang des Kommunismus. Und was wird mit ihm? Er wird wohl interniert wie alle in Deutschland lebenden Russen und Staatenlosen. Die Mutter, die Freunde! Es war unmöglich, etwas vorauszusehen. Nichts war zu machen, lediglich die Ereignisse abwarten, ohne unter die Räder zu geraten und zu allem bereit sein. Die Zeit fruchtloser Polemiken mit Sergius, der Träume und Visionen war vorbei. Auch ihn erfasste der Weltsturm. Er mußte zum schlimmsten bereit sein, zum Konzentrationslager, zur Einberufung in die Armee, zur Festnahme.

An der Tür klingelte es. Das ist schon die Polizei! Ihm wurde kalt ums Herz. Es war nicht die Polizei, die Nachbarin holte Baldriantropfen von der Wirtin. Wolodja seufzte und fuhr an die Havel.

Alles war mit zahllosen Paddelbooten, Kanus, Ruderbooten und Seglern bedeckt. Motorboote fehlten, keine Benzinzuteilung. Die Berliner Bevölkerung, entweder sehr Junge oder Gesichter über fünfzig, feierlich und ernst. Hinter der Ruhe ließ sich Neugierde erraten, Erwartung weiterer Ereignisse und eine kleine Portion Angst. Wenn etwas schief geht? Es ist doch das große, große Rußland- wenn auch rot. Im türkisblauen Himmel übten ein paar Flieger. Wolodja dachte, daß ihre ausgebildeten Kollegen jetzt russische Städte bombardieren.

Am Montag konnte Wolodja kaum die Zeitung erwarten. Riesige Schlagzeilen über den größten Aufmarsch aller Zeiten vom Baltischen bis zum Schwarzen Meer, und ein kleiner Vermerk, daß der Reichsführer der SS und Chef der deutschen Polizei, Heinrich Himmler, aufgrund des Paragraphen soundso die Kontrolle aller im Reichsgebiet anwesenden Russen angeordnet hat. Es folgten die Einzelheiten. Alle Personen, die auf dem Gebiete des ehemaligen russischen Kaiserreiches oder der Sowjetunion geboren und keine deutschen Staatsangehörige waren, oder die sowjetische Staatsangehörigkeit besaßen, unabhängig vom Ort ihrer Geburt, müssen sich sofort in den Polizeirevieren, bei denen sie angemeldet sind, melden. Der erste Tag war Montag, der 23. Juni - konkret und drohend. Gegen acht Uhr rief Wolodja bei Morgen & Co an und sagte, daß er als staatenloser Russe sich bei der Polizei melden müsse, und er hoffe, bald wieder seinen Arbeitsplatz ausfüllen zu können. Mit leisem Beben in der Stimme antwortete die Chefin, sie zweifle nicht daran, daß alles nur vorübergehende Schwierigkeiten seien.

Im Polizeirevier empfing man ihn sehr höflich und sogar verständnisvoll. Man bat ihn, im Nebenzimmer Platz zu nehmen und zu warten, bis noch mehr Menschen kommen. Dann ginge es zu einem Sammelpunkt, wo alles weitere entschieden werde. Gegen sieben Uhr abends waren sie fünfzehn Mann. Unter Begleitung eines Polizeibeamten wurden sie nach dem Osten Berlins transportiert, zu einem riesigen Gebäude aus roten Ziegelsteinen. Sie wurden anderen Polizeibeamten übergeben, die schon ein bißchen brutaler waren. Sie waren etwa zweitausend Personen. Wolodja traf viele Bekannte. Niemand wußte über etwas Bescheid. Höflich baten die Polizeibeamten, die Pässe abzuliefern. Die abgelieferten Pässe stapelten sich am Rande der Waschbecken im großen Gymnastiksaal. Dann brachte man sie fort.

Die Nacht kam. Dauernd marschierte jemand den einzigen Durchgang entlang. Husten, Röcheln, Räuspern, Murmeln. Undefinierbare Figuren in Unterwäsche, Pantoffeln oder Schuhen schlichen sich auf die Toiletten, die entsprechend der völligen Durchgeistigkeit der Emigranten-Intelligenz schon vollgekleckert waren. Neben der Toilette betete jemand inbrünstig. In einer entfernten Ecke tranken kalkulativ unternehmungslustige Burschen Wein, vertrauensselig klapperten die Flaschen.

Im Morgengrauen kehliges deutsches Fluchen im Korridor. Die Polizeibeamten hatten ein Subjekt erwischt, das sich in den Frauensaal schleichen wollte. Es dämmerte. Hinter den staubigen Fenstern sangen Vögel. Eine unausgeschlafene Katze miaute auf dem Dach. Jemand bemerkte, wenn die Katz schwarz ist, sind wir alle verloren. Hunderte von nicht ausgeschlafenen, unrasierten Menschen standen vor den Waschbecken. Gespräche und die unglaublichsten Hypothesen kursierten.

„Natürlich - erst beschlagnahmt man die Pässe und dann werden wir wie die Juden abtransportiert."

„Gott sei bei uns, was quasselst du da! Das gibt es doch nicht, daß man russische Emigranten wie die Juden abtransportiert."

„Was Sie für ein russischer Emigrant sind, steht noch mit der Mistgabel im Wasser geschrieben. Heutzutage sind alle russische Emigranten. Sie und alle Ihre Großtanten sind wohl aus Odessa!"

„Ein Odessit soll ich sein? Sie wollen wohl eins aufs Ohr haben?"

„Wenn Sie mich anrühren, werde ich solch ein Geschrei erheben... die Polizei ist hinter der Tür!"

„Das können Sie - aus anständigen Leuten Juden machen, und dann muß die Polizei Sie noch retten! Ich knalle Ihnen gleich eine runter!"

„Hört auf, euch aufzuplustern. Es ist eine Tatsache, daß man uns abtransportiert. Alles ist bereit. Habt ihr von dem Ghetto in Lodz gehört? Gegenüber entsteht ein Ghetto für die staatenlosen Russen, direkt auf der anderen Straßenseite, und in der Straße selbst weiden die Kühe. Es steht in der Heiligen Schrift geschrieben: ‚*Wenn ihr nun an heiliger Stätte das Greuel der Verwüstung seht...*' "

„Wer sind Sie überhaupt? Was für einen Quatsch faseln Sie zusammen! Seit wann ist Lodz ein heiliger Ort? "

„Nicht Lodz sondern Litzmannstadt, und zweitens sind die Kühe extra dressiert. Sowie ein Jude über den Zaun klettert, nimmt ihn die Kuh auf die Hörner. Die Deutschen sind ein schlaues Volk, sie haben nicht genug Hunde."

„Alles Quatsch, man wird einfach alle jüngeren Russen in die Wehrmacht einziehen."

„Das ist logisch. Die Deutschen brauchen wirklich nicht ihr Blut für uns zu vergiessen!"

„Glauben Sie das? Sie brauchen die Ukraine!"

„Wozu brauchen sie die Ukraine, man hat mit ihr nur Ärger! Allerdings, wenn man die SS auf die ukrainischen Mädchen losläßt, wird eine fabelhafte Rasse entstehen."

„Mir kommt das Kotzen hoch!"

„Erlauben Sie, ich weiß Bescheid. Meine Cousine dritten Grades ist Kellnerin in einem Restaurant. Der Chef ist ein wichtiger SS-Mann. Neulich hat er sie wegen des guten Bratens gelobt und im Vertrauen berichtet, daß alle Russen einen kaiserlichen Paß mit dem Doppeladler bekommen, nur, anstelle des Heiligen Georgs im Inneren des Doppeladlers kommt ein Hakenkreuz."

„Wieviel Köpfe? "

„Zwei!"

„Nicht etwa drei? "

„Den dritten Kopf wird man Ihnen abnehmen."

„Wie kann man ihm einen Kopf abnehmen, wenn er gar keinen hat? "

„Was ist das für ein Streit? "

„Über den Doppeladler, ob er zwei Köpfe hat oder drei."

„Wie kann ein Doppeladler drei Köpfe haben? "

„Er kann. Der Führer gibt einen Befehl und der Kopf wird wachsen!"

„Eine Kommission ist eingetrudelt."

Alle schwiegen.

„Wieviel Personen? "

„Unbekannt. Man weiß nur, daß sie mit unseren Akten vom Polizeipräsidium kommt."

„Gebe Gott, daß nichts passiert!"

„Welcher Gott muß Sie denn retten, der russische, der christliche oder der deutsche? "

Schweigend standen zwei im Korridor. Der eine wohlbeleibt und dunkel, offensichtlich ein Südländer, mit Augen wie überreife Pflaumen. Der andere hager und vornehm. Wolodja erkannte die beiden, es waren die beiden aus der Kirche, von damals, im August. Auch wenn ich niemals mehr Fässer mit Lothanin sehe, die Kanister, Flaschen und Kreide - besonders die Kreidewürfel erschienen ihm gemütlich, jetzt, wo sie so weit entfernt waren - oder Ameisensäure und getupfte naive Pillen, ich muß riskieren, an die beiden heranzutreten.

„Entschuldigen Sie, meine Herren, haben Sie etwas Neues gehört? "

„Nein, woher auch? Von dieser imaginären Kommission werden Sie ja wissen. Darf ich mich vorstellen - Tarasjan, Wigen Aramowitsch. Ich glaube, Sie gehören auch zu unserer Kirchengemeinde."

„Sehr angenehm, Schwedow. Ich sehe Sie oft in der Kirche. Sie kennen wohl Vater Genadij gut? "

„Und ob. Gestatten Sie, daß ich sie bekanntmache? Unser neues Gemeindemitglied, Fürst Luganoff, aus Paris."

„Ich füge hinzu", lächelte Fürst Luganoff, „erstens, was heißt ‚Fürst' im deutschen Reich, und zweitens heiße ich Serafim Grigorjewitsch. In der Schule hat man mich immer geneckt ‚Terpentin Grigorjewitsch'!"

„Ich bin einfach so an Sie herangetreten, aber dort im Zimmer führt man solche Gespräche, daß einem die Haare zu Berge stehen."

„Haben Sie auch von dem Lager in Lodz gehört? "

„Sicher, und noch schlimmeres. Man wird alle russischen Emigranten nach rassischen Merkmalen klassifizieren, den Schädel messen, wer dolichozephale und wer brachyzephale ist. Und dann wird die Länge von noch einem Gegenstand gemessen."

„Es geht wohl los."

Im braunen Sommerkittel ging ein Polizeibeamter den Korridor entlang.

„Sofort mit dem Geschwätz aufhören! Hier ist kein Kudamm! Los, in den Saal und dageblieben!"

Der große Saal war mit Menschen vollgestopft. Von Zeit zu Zeit erschien eine wenig schöne und nicht mehr junge Polizeibeamtin und rief Namen auf. Stunden vergingen. Es wurden kaum weniger. Von den Aufgerufenen kehrte aber niemand zurück.

„Luganoff!"

„Ich bin an der Reihe. Hoffentlich sehen wir uns noch, lieber Wigen Aramowitsch. Auch Ihnen wünsche ich alles Gute, Herr Schwedow."

„Erfolg, Erfolg! Kennen Sie die alte Piratenparole? "

Zwei weitere Stunden vergingen. Man brachte eine ziemlich gute Suppe.

„Tar - ja - sjan!" rief die Beamtin stockend.

„Glückauf!"

„Danke!"

„Schwedo!"

„Ich heiße Schwedow, mit ‚W' am Ende."

„Das ist unwichtig. Machen Sie schnell. Der Herr Polizeirat wird nervös."

Ein nicht zu großes Zimmer, offensichtlich eine Schulklasse. Schreibmaschinen, Sekretärinnen, Berge von Akten, Papiere, zwei Polizeibeamte. Hinter dem Tisch ein beleibter Beamter von höherem Rang und ein großer, magerer Mann. Der Magere betrachtete Wolodjas Paß.

„Warum hat man Ihnen damals die Einreise in die Sowjetunion verweigert, Herr Schwedow? "

„Mir? Die Einreise in die Sowjetunion? "

„Ja."

„Ich habe nie darum gebeten. Seitdem ich mit meiner Mutter im Jahre sechsundzwanzig nach Deutschland gekommen bin, lebe ich hier ununterbrochen und denke nicht daran, zurückzukehren."

„Aber Sie wollten doch Ihren Vater sehen? "

„Meine Mutter und ich versuchten alles, damit der Vater ausreisen konnte, leider ist das mißlungen. Mein Vater lebt nicht mehr."

„Wann ist er verstorben? "

„Im Jahre 1935. Ich selbst wollte gar nicht zurückkehren, im Gegenteil."

„Im Allgemeinen wird der Polizei gegenüber nicht gelogen, Herr Schwedow. Wir haben ganz andere Nachrichten. Sie waren im Sommer 1938 in der sowjetischen Vertretung und wollten ein Visum für die UdSSR erlangen."

„Nein, entweder ist das ein Irrtum oder eine Unwahrheit. Ich war mein Leben lang Feind dieses Systems und habe sogar nach dem August neununddreißig Angst gehabt vor allen möglichen Repressalien."

„Was für Repressalien? "

Daß euer Führer uns alle zu Stalin verfrachtet, wollte Wolodja sagen, besann sich aber noch rechtzeitig.

„Daß man uns alle aus den Wohnungen entfernen wird."

„Was für ein Quatsch! Bei uns in Deutschland gibt es so etwas nicht."

„Hier ist es natürlich sehr human", antwortete Wolodja und dachte seinen Teil. Ohne Schmeichelei geht es auch bei der Polizei nicht.

„Gehen Sie bitte da links hinein."

Etwa zehn Mann waren in diesem Zimmer. Unter ihnen der nachdenkliche Fürst Luganoff.

„Wie steht es mit Ihnen, Serafim Grigorjewitsch? "

„Alles in Ordnung, wie bei Ihnen."

„Sind Sie sicher? "

„In diesem Zimmer bekommt man die Pässe mit einem Vermerk und Stempel versehen zurück und einen kleinen

Zettel, daß man sich wieder im Polizeirevier melden soll. Diese Prozedur habe ich schon einige Male gesehen. Dort ist der Ausgang. Sie zeigen den Polizeibeamten den Paß mit dem Vermerk und gehen nach Hause. Eines beunruhigt mich. Wigen Aramowitsch ist nicht zu sehen. Er müßte schon längst hier sein, man hat ihn vor Ihnen aufgerufen."

„Merkwürdig."

Dieselbe Beamtin, die die Namen aufgerufen hatte, trat ins Zimmer und verteilte die Pässe. Schnell wurde das Zimmer leer. Fragend blickte die Beamtin Luganoff und Wolodja an.

„Stimmt etwas bei Ihnen nicht? "

„Wir warten auf unseren Freund, der ist schon lange fort, ein gewisser Doktor Tarasjan."

„So ein Älterer, Dunkler? " Das Gesicht der Beamtin wurde kalt und abweisend. „Auf ihn brauchen Sie nicht zu warten. Es gibt starke Verdachtsmomente, daß er Jude ist."

„Er ist Armenier. Ich kenne ihn seit vielen Jahren. Ein hochanständiger Mensch. Die Juden kann er nicht ausstehen."

„Das besagt gar nichts. Heutzutage sagt jeder, daß er die Juden haßt. Doch, wenn Sie ihn so gut kennen, warten Sie eine Minute hier, ich frage den Polizeirat."

„Sitzen wir wieder im Schlamassel!" bemerkte Luganoff. „Andererseits muß man doch einem Menschen helfen. Er sieht ja aus wie ein Super-Jude."

Aus dem großen Saal traten wieder fünf Mann ein. Die Beamtin war bei ihnen.

„Ich bitte Sie beide, mit mir zum Herrn Polizeirat zu kommen."

Sie gingen durch den Korridor. Das neue Zimmer war schon ganz anders. Zwei Polizeibeamte, zwei große Tische, hübsche Sekretärinnen. Ein schlechtes Omen, dachte Wolodja, je niederträchtiger die Polizei, umso hübscher die Sekretärinnen. Hinter dem Tisch saß der große Hagere, der Wolodja befragt hatte. Jemand in einer braunen Uniform, klein von Wuchs, unscheinbar, weißblond, mit einem Gesicht, das man auf russisch nennt ‚Laus in der Milch'. Vor dem Tisch in einer unbeholfenen Pose stand Doktor Tarasjan, Schweißperlen auf der Stirn.

„Sie verneinen also, Jude zu sein?" näselte der Hagere.

„Ich bin kein Jude und war auch niemals Jude."

Tarasjan bemerkte Wolodja und Luganoff nicht.

„Aber Sie sind ein intelligenter Mann, ein Doktor, folglich müssen Sie auch etwas von der Rassentheorie gehört haben?" fügte die ‚Laus in der Milch' hinzu.

„Ja, einiges habe ich gelesen. Doch - was habe ich damit zu tun?"

„Wenn Sie etwas gelesen haben, müssen Sie auch wissen, daß die Zugehörigkeit zur semitischen Rasse durch rassische Merkmale bestimmt wird - und die haben Sie alle."

Die Polizeibeamtin sagte dem Polizeirat etwas ins Ohr, mit den Augen zeigte sie auf Wolodja und Luganoff; mürrisch blickte er die beiden an.

„Ihre Pässe bitte! Soso, die Kontrolle haben Sie schon durch. Warum seid ihr beide denn nicht zu Hause?"

„Wir wollten auf unseren Freund, Doktor Tarasjan, warten, und er kam und kam nicht."

„Moment - kennen Sie Doktor Tarasjan schon lange?"

„Mehr als zwölf Jahre - von Paris her."

„Wie, von Paris? Hallo, Frau Burmeister, hier müssen irgendwo in der Nähe die Akten Luganoff liegen. Und Ihr Name ist Wladimir Schwedow? Ich erinnere mich, Sie waren soeben bei mir... Jawohl, Schwedows Akte auch. Soeben kontrolliert. Wir werden gleich alle drei zerlegen, stimmt's,Kamerad Nägele?"

„Bei uns in Deutschland klärt sich alles auf."

Jetzt sind wir so weit wie Tarasjan, dachte Wolodja. Der Polizeirat bat niemanden, sich zu setzen, trotz der freien Stühle. Nachdenklich blätterte er in Luganoffs Akten.

„Ja, es stimmt. Sie sind aus Paris. Seit wann sind Sie in Paris?"

„Seit dreiundzwanzig."

„Stimmt, und vordem waren Sie in der Weißen Armee? Was haben Sie die letzte Zeit in Paris gemacht?"

„Ich arbeitete fünf Jahre als Korrektor in einem französischen Verlag. Nach der Kapitulation Frankreichs kam ich hierher."

Aus einem dicken Umschlag holte der Polizeirat etwas Grünes. Luganoff erkannte seinen alten, völlig zerschlissenen Nansen-Paß.

„Sehr richtig. Wie lange kennen Sie Doktor Tarasjan? "

„Über zwölf Jahre. Wir begegneten uns oft für wissenschaftliche Arbeiten und in der orthodoxen Kirche."

„Stimmt das, Herr Tarasjan? "

„Ja, es stimmt."

Während des ganzen Gespräches versuchte Tarasjan krampfhaft zu begreifen, woher Luganoff und Wolodja aufgetaucht sind und warum sie an seinem Verhör teilnehmen. Dann erschrak er. Womöglich hat man sie wegen mir festgenommen!

„Und Sie behaupten kategorisch, daß Doktor Tarasjan kein Jude ist? "

„Ganz kategorisch."

„Sie auch, Herr Schwedow? "

„Ich ebenfalls."

„Wieso sind Sie denn so überzeugt? Wie lange kennen Sie Doktor Tarasjan? "

„Seit einer ganz kurzen Zeit. Doch mir ist nicht nur die Tatsache bekannt, daß Doktor Tarasjan kein Jude ist, ich erlaube mir, noch mehr zu sagen. Armenier sind eines der wenigen Völker, in deren Mitte die Juden nicht leben können."

„Das ist ja sehr interessant!" Der Blonde in der braunen Uniform fixierte Wolodja und fuhr fort. „Ich habe eine Schulung in Ordensburgen mitgemacht und kann mich einigermaßen in der Judenfrage zurechtfinden. Was Sie eben sagten, habe ich aber nicht gehört und verstehe so etwas auch nicht."

Man braucht nur dein Portrait anzuschauen, um zu wissen, was du verstehst und was nicht, dachte Wolodja und fügte laut hinzu:

„Das ist eine komplizierte Frage. Doch ich versichere

Ihnen, wenn die Armenier auch äußerlich den Juden sehr ähnlich sehen, so können Sie kaum ein Volk finden, das in allem anderen ihnen so wesensfremd ist. Armenier sind Christen seit dem dritten Jahrhundert, und auch Arier..."

„Auch seit dem dritten Jahrhundert? " fragte der Polizeirat.

Tarasjan öffnete den Mund, Luganoff stieß ihn an. Die Lippen des Blonden zuckten verdächtig.

„Welche Beweise haben Sie noch, daß Sie Arier sind? "

„Hier - die Mitgliedskarte der orthodoxen Kirche in Paris. Ich bin orthodox. Und hier ist noch die Bescheinigung der Vertrauensstelle. Man hat mich nach meiner Ankunft überprüft."

„Warum sagen Sie das nicht gleich? Das ist doch eine offizielle Einrichtung. Wir kennen Herrn Taboritzkij sehr gut. Der ist nicht so einfach um den Finger zu wickeln. Doch, wenn es trotzdem rauskommt, daß Sie ein Jude sind... Und Ihnen, Herr Luganoff, Sie sind doch ein gebürtiger Fürst, kann ich nur empfehlen, vorsichtiger zu sein. Ich nehme nicht an, daß Sie als russischer Fürst und Kämpfer der Weißen Armee einen Juden verteidigen wollen. Wir kennen Sie und Sie kennen den Doktor Tarasjan gut. Trotzdem - seien Sie vorsichtig. Das gilt auch für Sie, Herr Schwedow."

„Wenn es einen Irrtum gibt, muß man ihn doch aufklären. In den Werken von Alfred Rosenberg steht..."

„Haben Sie ihn denn gelesen?" fragte der in der braunen Uniform.

„Ja, ‚*Mythos des 20. Jahrhunderts*', ‚*Blut und Boden*'..."

„Schon gut, schon gut", lächelte der Kleine, „Sie sind auch ein Arier seit dem dritten Jahrhundert. Hier haben Sie Ihren Paß, Doktor Tarasjan. Stempel, ja, wir haben nichts vergessen. Herr von Luganoff, Herr Schwedow, Ihre Pässe. Schnell nach Hause und ins Revier..."

Schweigend erhob sich der Polizeirat und verbeugte sich.

Es war Abend, als die drei auf die Straße traten.

„Ich möchte gern Apfelsaft trinken", schlug Wolodja vor, „als Erfrischung."

„Ausgezeichnet. Ich lade Sie ein. Sie haben mich von einem Juden in einen Armenier verwandelt."

„Das ist selbstverständlich!"

„Ich weiß nicht, wie lange hätten sie mich ohne Sie noch festgehalten? Ich hoffe, daß wir beide, lieber Kollege Schwedow, pardon...? "

„Ich heiße Wladimir Alexejewitsch."

„Daß wir uns noch öfter sehen."

„Natürlich, wenn alles so gut ausgegangen ist."

Das hätte Wolodja bestimmt nicht gesagt, wenn er das Gespräch nach ihrem Abgang belauscht hätte.

„Ich verstehe Sie einfach nicht, Kamerad Nägele. Was soll das heißen? Am Anfang bestehen Sie auf der Festnahme dieses fürchterlichen Doktor Tarasjan - auch so ein Name, fast wie Guderian, Sie zeigen mir eine behördliche Verordnung - Sie wissen, von welcher Stelle - und auf einmal ändern Sie alles und entlassen den Tarasjan und die beiden Frechdachse. Darf ich Sie nach dem Grund fragen?"

„Sehr einfach, eine Bagatelle. Wir haben unsere Quellen. Eine russische Jüdin ist verschwunden und von unseren Freunden haben wir erfahren, daß mit dieser Sache eine gewisse russische Kirche zu tun hat und gerade dieser Doktor Tarasjan. Bei unseren russischen Freunden gibt es ganz gewiegte Burschen. Es geht nicht um die Jüdin allein, die werden wir finden, sondern darum, daß die Fäden bis nach Paris reichen und von dort Gott weiß wohin noch. Luganoff kommt gerade aus Paris, enger Freund von Tarasjan. Merken Sie, was los ist? Schwedow kennen wir auch, allerdings in einer anderen Ebene. Als die beiden erschienen, bekam ich gerade neue Einfälle. Wird vielleicht etwas weit Schlimmeres dahinterstecken als diese Jüdin. Sollen sie alle drei einstweilen ganz ruhig leben. Verschwinden können sie nicht, sind keine Stecknadeln im Heu."

„So stehen die Dinge also. Das ist aber sehr interessant. Ich dachte..."

„Daß ich ein Parteidilettant bin", ergänzte Nägele und lachte ein stilles, melodisches Lachen. „Nein, nicht ganz. Wollen wir nicht weitermachen? "

„Frau Burmeister, bitte die nächste Partie!" rief der Polizeirat laut.

Als erstes kam durch die Tür ein Subjekt in einem glänzenden Jackett und bayerischem Hut mit Gamsbart wie ein Rasierpinsel.

„Soll das auch ein Russe sein? " Erschrocken erhob sich der Polizeirat von seinem Stuhl.

„Die Seele des russischen Menschen ist kompliziert und vielseitig", lächelte Nägele.

Besorgt sah ihn der Polizeirat von der Seite an. Immer weniger gefiel ihm dieser Nägele. Als Nägele montags früh erschien und seine Papiere vorwies, aus denen ersichtlich wurde, daß er, Matthias Ernst Nägele, zum Stabe Rosenbergs gehörte, hatte er ihm ermutigend mit der Hand gewinkt. Er war felsenfest davon überzeugt, es mit einem kleinen Praktikanten der Dienststelle Rosenberg zu tun zu haben, den man geschickt hatte, sich einige lebendige Russen anzusehen und bei der Kontrolle der russischen Emigranten einige Komplexe abzureagieren. Tatsächlich, verhielt sich dieser Nägele tiefer als das Wasser und stiller als das Gras. Doch nach einigen Stunden stellte sich heraus, daß er glänzend russisch spricht. Zufällig hatte der Polizeirat gehört, wie ein sehr gelehrig aussehender russischer Professor im Korridor sagte:

‚Wissen Sie, der Kleine in Braun spricht völlig reines russisch und äußert sich sogar literarisch. Er ist sehr nett und zuvorkommend.'

Kaum hatte er das verdaut, als eine neue Überraschung auftauchte. Nägele verlangte, man solle zwei, wie ihm schien, harmlose russische Emigranten festhalten. Als er ziemlich energisch bemerkte, daß letzten Endes ihm das Wort zustehe, hatte Nägele sehr liebenswürdig und mitleidig gelächelt und erklärt, daß dies selbstverständlich der Fall sei mit Ausnahme einiger Fälle, wenn er, Nägele, doch sehr bittet, seinem Ersuchen stattzugeben. Danach zupfte er einen Ausweis des Reichssicherheits-Hauptamtes hervor, auf dessen Photo er, Nägele, in einer ganz anderen und sehr wohl bekannten Uniform abgebildet war. Es erwies sich, daß praktisch Nägele sein Vorgesetzter war.

Der Polizeirat schauerte zusammen. Entlang der Wirbelsäule lief ein kühler Wind. In stillen Wassern leben die Teufel, sagt man. Doch Nägele hielt sich auch weiterhin sehr zurück, war höflich und bot ihm sogar während der Pause ein ausgezeichnetes belegtes Brot an. Aus den Personalakten von Tarasjan, Luganoff und Schwedow machte er umständlich Notizen. Bei Luganoff schrieb er in Klammern sogar ‚Fürst' und notierte ‚wenn es möglich ist, im Gothaer Almanach nachprüfen, ebenfalls bei der Vereinigung des russischen Adels in Paris.' Anscheinend beherrschte Nägele nicht nur ausgezeichnet die russische Sprache, sondern fand sich auch glänzend im Emigrantenmilieu zurecht. Was hat das alles zu bedeuten, versuchte der Polizeirat sich durchzubeißen. Mit diesen Gedanken machte er Feierabend.

Es war schon ganz dunkel.

EIN KNÄUEL VERWIRRT SICH

Ende August. Von der Ostfront überstürzten sich siegessichere Sondermeldungen. Immer wieder mußte Wolodja an das Zitat eines Landsmannes aus der Kirche denken:

„Wenn die Deutschen siegen, wird unser Geist in einem jammervollen Zustand sein, dafür wird sich unser sündiger Leib sehr wohl fühlen. Wenn die Sowjets siegen, wird es unserem sündigen Leib sehr dreckig ergehen, der Geist aber wird gen Himmel steigen."

Vorläufig stieg der deutsche Geist behende gegen den Himmel. Offensichtlich haben die Deutschen im Osten grandiose Erfolge. Das Rückgrat der Roten Armee ist im Wesentlichen gebrochen. Wenn nicht heute, so wird morgen Moskau fallen. Wolodja versuchte, sich die Hakenkreuzbanner auf den Mauern des Kreml vorzustellen. Schlecht harmonierte die englische Gotik der ziegelroten Türme mit dem schwarz-weiß-roten Banner.

Seit je haßte Wolodja den Kommunismus. Angefangen hat es im Jahr einundzwanzig, das Leid seiner Eltern, der sinnlose Terror wegen chimärenhafter Ideen, der Mord an Alexej Iwanowitsch - nur deshalb, weil er der beste unter den Kommunisten war. Das Ende des Kommunismus wäre, als ob ein Espenpfahl in das Herz des Weltvampirs getrieben sei. Und jetzt, als sein Traum nahe daran war, Wirklichkeit zu werden, erfüllte ihn weder Triumph noch Befriedigung.

Die innere niederträchtige Stimme mahnte, ein Volk kann man auf zweierlei Art vom Kommunismus retten. Man kann entweder den Kommunismus vernichten oder das Volk vernichten. Anscheinend machen die Deutschen gerade das Letztere. Womöglich hat die Stunde Rußlands geschlagen, vielleicht ziehen schon deutsche Panzer in Moskau ein. Was für einen Sinn hatten die Schlacht am Kulikowo-Feld, die Springer, die heiligen Märtyrer, sogar bei den Kommunisten, wenn bald im großen Kreml-Palast ein deutscher Kommandant sitzt. Wolodja erinnerte sich an das Gedicht des Lyrikers Apuchtin:

„*Schwarze Gedanken wie Fliegen rauben den Schlaf.*"

Und wie Fliegen verdichteten sich die Gerüchte über die ungeheure Menge von Kriegsgefangenen, den Untergang ganzer Armeen. Wolodja ertappte sich bei dem Gedanken, daß er eine schnelle Niederlage der Sowjetunion gar nicht so sehr wünscht. Was ihn selbst anbelangte, so wollte er an keinem der Abenteuer im Osten teilnehmen. So war auch die Einstellung der politischen Organisation, der er angehörte. Ein neuer Begriff wurde geboren, erst konturlos und neblig, doch sich immer mehr verdichtend, der Begriff einer *Dritten Kraft*, Rußland ohne Kommunisten und ohne Deutsche.

Wochen vergingen. Bei Moskau reifte etwas Ungeheuerliches heran. Einmal, Mitte Oktober, nach einem besonders starken Anfall von Mißmut und Hoffnungslosigkeit, weihte er Sergius in seine Gedanken ein. Der hörte ihn erstaunt und aufmerksam an und lachte.

„Sie sind also um das Schicksal Ihres Vaterlandes besorgt? Da brauchen Sie keine Sorgen zu haben. Das Schicksal Ihres Vaterlandes ist in guten Händen!"

„Meinen Sie etwa die kommunistischen Pfoten? "

„Jawohl. Um solch einen feindlichen Ansturm abzuwehren, braucht man gerade solch eine Macht wie sie, die keine Gnade kennt und kein Erbarmen. Das ist kein Zar Nikolaus der Zweite, der im unpassendsten Moment abgedankt hat."

„Glauben Sie, daß die Deutschen abgewehrt werden können? "

„Ich weiß es. Die Stunde des Unterganges Ihres Vaterlandes hat noch nicht geschlagen. Nicht mit naiven Panzern und Geschützen muß man gegen Rußland ziehen. Unsere deutschen Generäle verstehen nur, aus Geschützen zu feuern. Bumbum, Bumbum! Das ist viel zu wenig im Jahre 1941."

*

Nicht nur Wolodja und Sergius hatten solche Gedanken. Am gleichen Tage, dem 26. Oktober, versammelten sich in einem Zimmer, das mit Seide bespannte Wände hatte, dieselben Personen wie vor vierzehn Monaten. Ein Neuer war hinzugekommen, und zwei elegante Sekretärinnen, in mitlerem Alter. Auf einem großen Tisch, der das vorige Mal nicht vorhanden war, lagen Ordner mit verschiedenen Dokumenten, die mit merkwürdigen verschiedenfarbigen Zeichen versehen waren. Man sah, hier wurde schon lange konferiert und nicht den ersten Tag. Der Kirchenrat war Vorsitzender. Rechts von ihm, in einem bescheidenen, rostbraunen Anzug, saß Matthias Ernst Nägele und lächelte so charmant wie bei der Kontrolle der russischen Emigranten.

„Leider schießen unsere Generäle zu viel", ergänzte der Kirchenrat einen Gedanken. „Und unsere Parteipolitiker - ich bitte sehr unseren lieben General von Hofmeister und unseren liebenswürdigen Kollegen Nägele, den ersteren was die Generäle anbelangt und den letzteren, was die Politiker angeht, nicht beleidigt zu sein. Also, die Politiker leben zuviel in kommenden Jahrhunderten."

„Ich weiß nicht, wie sich unser General von Hofmeister fühlt, ich aber unterschreibe Ihre Meinung mit beiden Händen." Nägele erhob sich und deutete höflich eine Verbeugung an. „Jetzt entsteht in aller Eile eine Behörde, die sich bald das ‚*Ministerium für die besetzten Ostgebiete*' nennen wird. Der Name allein trägt schon einen Fehler. Ich hätte es ‚*für die befreiten Ostgebiete*' genannt. Sie wissen, wer an der Spitze stehen wird. Gott steh uns bei! Kurz, es beginnt ein Theater in weltweitem Maßstab."

„Ganz recht, aber das soll uns nicht verwirren. Im Laufe dieser vier Tage haben wir uns vergewissert, was jeder von uns geleistet hat - das ist nicht wenig. Unsere, in ihrer Art exklusive Organisation existiert bereits in der Realität, und das ist ein Verdienst von Ihnen allen, meine Herren, und am meisten des Initiators, unseres Freundes, des Kirchenrats. Der geringste Verdienst steht mir zu, aber einiges ist auch von mir geleistet worden."

Bestimmt heckt dieser Nägele eine Schweinerei aus, so trompetet er los. Ich kann diese Parteiburschen nicht ausstehen, obwohl ich in diesem Fall vielleicht ungerecht bin, dachte General von Hofmeister. Der Junge ist bestimmt kein Dummkopf, sieht aus wie ein Provisor aus der Apotheke.

„Ich habe die Protokolle der vergangenen Begegnungen studiert und sehe, daß uns allein in Europa, vielleicht sogar in der Welt, eingefallen ist, den jenseitigen Faktor in die reale Politik einzufügen..."

In den Augen des Kirchenrats sprang ein Funke. Nägele verstand und blickte auf die Uhr.

„Aber lassen wir das. Es ist schon spät und unsere Damen... Frau Kerber und Fräulein Nöhren, vielen Dank für heute. Bitte, morgen um neun Uhr. Jetzt ist Feierabend. Ja, bitte...? Alles Geschriebene lassen Sie bitte hier."

Die fünf warteten, bis die Tür sich schloß.

„Sind alle Vorsichtsmaßnahmen getroffen? "

„Ja", bestätigte einer.

„Dann können wir an den letzten und wichtigsten Ordner herangehen. Alle Dokumente sind mit einem speziellen Chiffre chiffriert. Auch der Chiffre ist wiederum verschlüsselt. Das ist der Schlüssel, meine Herren." Der Kirchenrat holte etwas aus der Innentasche seines Jacketts. „Bitte, informieren Sie sich umgehend über die Tätigkeit unserer weitverzweigten Agentur, Kontrolle und Befragung von Personen, die irgendwie - wie soll ich mich da präzise ausdrücken - aus der Hölle entwischt sind, überhaupt von drüben. Dieser Ordner mit den roten und grünen Chiffres - das ist die russisch-orthodoxe Mystik. Ihre Wurzeln reichen sehr tief, vielleicht durch das alte Byzanz im nahen Osten in die unendlichen Tiefen Mesopotamiens und Alt-Ägyptens. Doch etwas ist auch für unser Jahrhundert geblieben. Das ist sehr wohl bekannt und natürlich nicht nur uns allein. Zum Beispiel interessieren sich dafür unsere Kollegen in Moskau, das heißt jetzt in Kujbischew. Die wichtigsten Behörden sind dahin evakuiert worden... Ja, bitte, Kollege Kunzer? "

„Haben denn die Russen eine Behörde, die unserer ähnlich ist? "

„Nicht ganz. Sie haben eine kombinierte Einrichtung mit einem sehr hohen vertikalen Profil, die Spitze im persönlichen Sekretariat Stalins, die Mitte irgendwo im oberen NKWD und in einem speziellen Sektor des NKGB. Meiner Meinung nach reichen die Wurzeln sehr weit nach unten. Wir haben zum Beispiel Nachrichten, daß sich diese Organisation sehr für das strenge, asketische Leben der Heiligen und Eremiten der orthodoxen Kirche interessiert."

„Was Sie sagen, ist sehr wenig beruhigend. Es bedeutet, daß unser Monopol durchbrochen ist."

„Im Gegenteil, das ist sehr gut, General. Es bedeutet, daß wir auf dem richtigen Wege sind. Vergessen Sie niemals, daß unsere Feinde, die Kommunisten, niemals den Boden der realen Tatsachen verlassen haben. Was Sie anbelangt, lieber Kommerzienrat, kann ich Ihnen versichern, daß der Gedanke, Ihre Tochter Ingeborg in unseren Kreis einzuführen, genial war. Sie offenbart eine ganze Reihe hervorragender Talente und Fähigkeiten, die weit über alles Reale hinausgehen - wollen wir uns vorsichtig äußern. Sie ist die einzige von uns allen, die sich real mit der Welt ohne Raum verständigen kann. Das nächste Mal wird sie natürlich hier sein. Und noch mehr, Ihre Tochter Ingeborg steht in Beziehungen zu einem jungen russischen Emigranten. Sein Name ist Jewgenij Kreiton. Eine hochinteressante Persönlichkeit, zweifellos besitzt er das zweite Gesicht. Sie alle kennen den alten Spruch:

‚*Der Mensch hat ein Gesicht, der Teufel zwei, der liebe Gott drei!*'

Natürlich ist dieser Kreiton kein Teufel, er ist sogar mit Letzterem nicht bekannt. Es wäre traurig, wenn sich der hohe Herr zu einer Bekanntschaft mit einem Emigrantenjüngling herabgelassen hätte. Doch ein Teil von diesem Kreiton lebt jenseits der Schwelle. Genauso stehen übrigens die Dinge bei Ihrer reizenden Tochter, lieber Kommerzienrat. Sie wollten etwas fragen? "

„Alles, was Sie sagen, ist sehr bemerkenswert, doch welchen praktischen Sinn hat das? "

„Einen sehr großen. Doch ich schwatze zuviel. Unserer Dienststelle stehen allumfassende Archive der verschiedensten Herkunft zur Verfügung. Angefangen mit gewissen Manuskripten der Mönche vom Berge Athos, der jüdischen Kabbalisten und Talmudisten und der mittelalterlichen Gnostiker. Natürlich auch unsere Leipziger Bewegung Mosdasnan, und vieles mehr. Jeder, der dazu Lust hat, kann sich informieren wie er will, und in welchem Umfang er will. Allerdings wird man sich mit einigen obligatorisch befassen müssen. Diese riesige Menge von Materialien ist von uns systematisiert worden. Die Auswirkungen sind hervorragend. Wir sind auf dem richtigen Weg. Wir werden gewisse Gesetze formulieren, die uns eine reale Möglichkeit geben, hier von dieser Erde und ohne aufzuhören, Menschen zu sein, das zu beherrschen, was hinter den materiellen Sachwerten steht."

„Mit anderen Worten, wir sollen Herren darüber werden, was Aristoteles Metaphysik nannte, dessen, was hinter der Physik steht."

„Genau, lieber Kollege Nägele. Doch für uns ist dies kein philosophisches Problem, keine nur interessanten Worte und Gedanken, sondern exakte Wissenschaft. Wenn die Gesetze dieser Wissenschaft für uns klar sind, werden Zeit und Raum ihre Macht einbüßen. Doch, da jede reale Macht sich immer in jemandes Händen befindet, wird die Macht über Zeit und Raum in unseren Händen sein."

„Erlauben Sie, in wessen Händen ist diese Macht jetzt? "

„Bestimmt nicht in unseren."

„Das ist unklar."

„Für uns alle ist das noch völlig unklar und das ganze Geheimnis besteht darin, daß es für diese Begriffe noch keine menschliche Sprache gibt. Doch die Zeit ist nicht mehr fern, wann wir eine gemeinsame Sprache mit der Metaphysik haben werden, General."

„Wann wird das sein? "

„Das kann noch niemand sagen, aber bald. Es steht in unserer Macht, die Zeitspanne zu verkürzen."

„Wie konkret? "

„Wir müssen das Vertrauen jener Kraft gewinnen, deren praktische Existenz über jeden Zweifel steht und welche durch die menschliche Albernheit, Verlogenheit, Doppelzüngigkeit und Feigheit zu der bösen Macht deklariert worden ist. Über diese Macht wissen wir nur das Eine: Sie kennt keine Undankbarkeit demjenigen gegenüber, der ihr treu dient."

„Sie äußern da merkwürdige Gedanken, Herr Kirchenrat, und noch merkwürdiger ist es, sie von einem Kirchenrat zu hören. Letzten Endes sind wir doch alle Christen."

„Ich bitte, das nicht in meinem Namen zu sagen, ich bin kein Christ."

„Ich glaube, in letzter Konsequenz sind wir alle keine Christen. Selbst unser General von Hofmeister ist vor nicht allzu langer Zeit aus der Kirche ausgetreten. Ich bin sehr froh, daß wir gerade auf das Christentum gekommen sind. Wir alle wissen, wie unsere Partei zum Christentum steht, dieser herrschenden Religion unseres Volkes. Das Verhältnis ist absolut negativ. Es kann auch gar nicht anders sein, denn die Wurzeln des Christentums sind im jüdischen Geist verankert und wir müssen im Christentum unseren Todfeind sehen, doch keineswegs nur deshalb, weil unsere Bewegung zum Christentum negativ steht. Unsere Erwägungen müssen anderer Art sein."

„Da bin ich aber gespannt!"

„Christentum ist ein Vorhang, der unseren Weg nach drüben unterbindet, das heißt, zu der Quelle der Macht und der Kraft, die wahrlich unbegrenzt ist."

„Dementsprechend gibt uns unser nicht ganz alltäglicher

Kampf gegen das Christentum die Macht und die Kraft, mit denen nichts verglichen werden kann? "

„Ganz recht, lieber Professor Kunzer. Jeder von uns wird in seiner eigenen Ebene diesen Kampf führen. Erstens, Sie, Professor Kunzer, werden versuchen, das amerikanische Judentum und damit auch das Weltjudentum davon zu überzeugen, daß unser Nationalsozialismus ein Feind des Christentums ist. Das ergibt schon einen gemeinsamen Standpunkt und vielleicht auch eine endgültige Aussöhnung mit dem Judentum.

Zweitens, ebenfalls Sie, Professor Kunzer, werden auf die internationalen Gelehrtenkreise einwirken, auf die Weltintelligenz, und zwar in dem Sinne, daß Wissenschaft, Wissen und Fortschritt keinen grimmigeren Feind haben als Jesus Christus.

Drittens, unser lieber Kommerzienrat wird in demselben Sinne auf die Weltfinanzkreise einwirken. Die Geschäftsleute müssen unsere Verbündeten werden. Menschen, für die der Mammon Gott ist, sind sowieso keine allzu guten Christen.

Viertens, sorgt unser lieber Kollege Nägele dafür, daß es in den besetzten Gebieten der Sowjetunion keine religiöse Renaissance geben wird. Wir haben bereits konkrete Nachrichten, daß die russischen Bauern, ohne jemanden zu fragen, die Kirchen wieder öffnen. Zweifelsohne sind Sie von uns allen der größte Fachmann in russischen Angelegenheiten.

Fünftens, unseren General von Hofmeister bitte ich höflichst, daß diejenigen Russen, mit denen wir auf ziviler oder militärischer Ebene zusammenarbeiten, nicht zu große Nationalisten und orthodoxe Christen werden. Keineswegs wollen wir die alte Parole wieder lebendig machen:

‚*Orthodoxie, Monarchie und Volkstum!*'

Sechsens, werden Ihre reizende Tochter Ingeborg und ich selbst alle Bemühungen koordinieren. Wir bilden sozusagen die allgemeine Abteilung. Der Erfolg, den ich für ganz sicher halte, wird unser gemeinsamer Erfolg sein."

„Das ist konkret. Wie sehen die ersten Schritte aus? "

„Das ist das Thema unserer morgigen Sitzung."

General von Hofmeister winkte ab und erhob sich. Alle folgten seinem Beispiel.

Die Sache nimmt eine interessante und ungeheure Wendung, überlegte der General im Wagen. Das sind schöne preußische Traditionen! Interessant, wie sich Ingeborg gewandelt hat. Als Mädchen war sie bestimmt kein liebes Kind. Entsprechend seiner Gewohnheit, alle Menschen in kluge und dumme, nützliche und nutzlose, gefährliche und harmlose einzuteilen, befaßte sich der General mit Nägele und trug ihn sofort in die Spalte der Klugen und Gefährlichen ein. Ich muß mich ordentlich ausschlafen. Morgen liefere ich ihnen die entscheidende Schlacht. Sollen sie ihre Mystik genau konkretisieren, sonst werden sie nur meinen Rücken sehen...

*

Der General scheint mir nicht dumm zu sein. Dafür ist der Kunzer richtig doof. Das ist gut so. Immer lieben die Juden dumme Nichtjuden. Außerdem gibt es gar keine klugen Gelehrte. In der Tat, ein kluger Mann kann Künstler werden, Priester, Verbrecher, bestimmt aber kein Gelehrter. Es wäre interessant zu erfahren, welche Verbindungen unser General hat. Ich glaube, mit von Brauchitsch. Das alles überlegte Nägele in einem anderen Auto. Jetzt muß ich zu Kretschmar, das ist ein Windhund anderer Art!

„Fahrer, bitte die zweite Straße links. Bleiben Sie an der Ecke stehen und fahren Sie dann nach Hause. Morgen um acht bei mir, bitte ganz pünktlich..."

„Jawohl, Herr äh... äh..."

„Burgmann, wieder haben Sie vergessen, was ich Ihnen ein für allemal gesagt habe. Für Sie bin ich nur Herr Nägele und sonst nichts, gar nichts."

„Jawohl!" bestätigte der Chauffeur.

Der Abend war warm. Nägele betrachtete die Sterne, erinnerte sich an das berühmte Zitat von Kant und lächelte. Welche Sterne leuchten uns? Merkwürdig, ich fühle kein moralisches Gesetz in mir. Es ist erstaunlich, daß sich selbst das Genie Kants nicht von dem Einfluß der Pfaffen befreien konnte.

An der Ecke war ein kleines Restaurant. Eine dunkle, fast schwarze Holztäfelung, entsprechende Tische, imitierte Petroleumlampen schufen die Illusion von schwerfälliger und solider preußischer Gemütlichkeit.

Wenig Gäste. In einer Ecke zwei Soldaten, drei Schwestern eines katholischen Ordens. Ihnen gegenüber saß ein Mann mit kurzen, grauen Haaren, einer geteilten Warze am Hals und unruhigen Augen. Seine spitze Nase hing über dem Parteiabzeichen, an einem dünnen Kettchen Miniaturen irgendwelcher Orden. Anscheinend hatte der Sitzende Nägele sofort bemerkt, er verzog jedoch keine Miene.

Kein schlechter konspirativer Drill, dachte Nägele. Wäre nicht schlecht für viele von uns, das abzugucken. Nägele verbeugte sich.

„Bin ich nicht höflich, Herr Kretschmar? "

„Sehr - auch unser Gespräch wird sehr höflich sein."

„Ich dachte, Sie sind eher eine poetisch-romantische Natur? "

„Nachdem der Krieg meine Fabrik nahezu ruiniert hat, ist es mit der Romantik vorbei. Der Umsatz sinkt."

„Ich liebe Sie wegen Ihrer Offenheit. Lange haben wir uns nicht gesehen und jetzt schlagen Sie Alarm. Das muß einen schwerwiegenden Grund haben."

„Kamerad Nägele, Sie wissen sehr wohl, was meine kleine Fabrik erzeugt. Chemische Präparate, genauer, Aufputschmittel, die von vielen unserer Kameraden dringend benötigt werden und deren Gebrauch durch die Verantwortung, die auf ihnen lastet, mehr als gerechtfertigt ist. Ich glaube, Sie selbst verwenden sie nicht? "

„Bestimmt nicht."

„Ausgezeichnet, das bedeutet, daß Sie sie auch nicht brauchen. Außerdem werden bei mir einige Arten von teuren und seltenen Toxinen, das heißt Giften, hergestellt und gelagert; und außerdem habe ich den Auftrag erhalten, eine Ampulle zu konstruieren, die völlig gefahrlos sein soll. Man muß sie in jeder Lage ohne die geringste Gefahr aufbewahren können. Sie darf weder zu zerbrechlich, noch zu weich sein. Es mußte die maximale Garantie gegeben werden, daß durch ihren Besitz kein voreiliger Unglücksfall passiert, und zugleich muß sie so sein, daß sie im entscheidenden Augenblick in einem Bruchteil von Sekunden zwischen den Zähnen zerdrückt werden kann. Die Folge - sofortiger und schmerzloser Tod. Ich resümiere, Kamerad Nägele, es ist mir gelungen, dieses Problem zu lösen und ich bin glücklich, Ihnen heute eines der ersten Exemplare präsentieren zu können."

Kretschmar entnahm seiner Brusttasche ein schmuckes, dunkelgrünes Kästchen, nicht größer als eine Streichholzschachtel.

„Bitte, betrachten Sie die Verpackung! Hier ist der Inhalt."

In dem Kästchen lag etwas Längliches, Hellgelbes.

„Sieht interessant aus. Was geschieht, wenn diese Ampulle auf den Fußboden fällt? "

„Nichts. Meinethalben können Sie sie vom fünften Stock herabwerfen. Sie kann auch nicht zerdrückt werden - abgesehen von den Rädern eines Zuges zum Beispiel."

„Wie benutzt man solch eine Ampulle? "

„Es genügt, daß die Zähne auf eine gewisse Stelle drücken und sofort tritt die Wirkung ein. Das ist eben mein Geheimnis. Die Zähne treffen immer die richtige Stelle, menschliche Zähne natürlich nur."

„Sehr unglaubwürdig und es wäre nicht schlecht, wenn Sie mir das vorführen könnten." Nägele kicherte lustig.

„Sehr witzig. Stecken Sie dieses grüne Souvenir fort. Wenn Sie mir nicht glauben, probieren Sie sie bitte selbst aus."

„Das werden wir auch machen. Es gibt schon jemanden, der Ihre Wunderampulle zwischen den Zähnen zerdrücken muß. Wehe Ihnen, wenn es nicht stimmt!"

„Ich bin meiner Sache sicher. Noch etwas habe ich für Sie. Sie wissen natürlich, daß die Stimmung unter den Kleinunternehmern ziemlich gefährliche Formen annimmt."

„Sogar sehr gefährliche." Nägele machte eine kleine Pause. „Wissen Sie etwas Konkretes? "

„Ja, es gibt so eine Firma Johann Morgen & Co."

„Ich kenne sie nicht."

„Kein Wunder. Ein Kleinbetrieb. Ich arbeite mit den Leutchen schon mehrere Jahre zusammen. Alles entscheidet die Chefin. Vor kurzem war ich zu Besuch. Interessant, sage ich Ihnen!"

„Fassen Sie sich bitte kurz."

„Kurz, dort wurde folgendes gesagt..."

Nachdem Kretschmar geendet hatte, schwiegen beide eine Weile.

„Wenig einleuchtend. Aber gut, daß Sie die Ohren spitzen. Passen Sie besonders auf diesen Major Weisel auf. Er ist evangelischer Pfarrer, sagen Sie, wohl ehemaliger Deutsch-Nationaler. Was haben Sie noch gesagt, ein Idealist, das klingt ganz bedrohlich. Nichts ist widerlicher als Idealisten und Neoplatoniker, die echten natürlich und nicht die nachgemachten. Die Nachgemachten liebe ich sehr, sie sind ungefährlich. Für die Ampulle schreibe ich Ihnen eine Quittung. Ich glaube", Nägele zeigte mit dem Finger nach oben, „dort wird man zufrieden sein. Das nächste Zusammentreffen hier. Wann, wissen Sie. Und wenn etwas Wichtiges passiert, Sie wissen, wo ich stecke."

Umständlich steckte Nägele das Kästchen weg, las noch einmal die Quittung, pustete ein Stäubchen von ihr weg, legte einen Schein auf den Tisch und verbeugte sich feierlich. Kretschmar blieb sitzen.

Nägele ging zu Fuß nach Hause. Es war spät. Der Wind rauschte in den Bäumen. Nägele liebte Fußmärsche und haßte die Autos, die er für das unvermeidliche Übel des zwanzigsten Jahrhunderts hielt. Die rhythmische Bewegung beruhigte immer seine Nerven. Exakt und klar arbeiteten die Gedanken im Takt der Schritte.

Etwas beunruhigte ihn an Kretschmars Bericht. Der Name der Firma schien ihm bekannt. Das hatte er schon einmal gehört. Als Einziges wußte er, daß es vor einigen Monaten gewesen sein mußte. Nägele entschloß sich, mit einer systematischen Kontrolle seines Gedächnisses anzufangen. Er hatte seine eigene Methode, auf die er sehr stolz war. Er duldete den Zustand nicht, bei dem er nicht wußte, was wohin gehört. Auch mit Kretschmar stimmte etwas nicht. Vielleicht glaubte er an Gott? Die wirklich gläubigen Menschen stufte Nägele in die Kategorie der gefährlichsten Zweibeiner ein, viel gefährlicher als die sogenannten Idealisten.

Nägele war in einer katholischen Familie geboren, im zweiten Kriegsjahr. Solche wie ihn nannte man Kriegskinder. Seine Mutter war ein nervöses, sensibles Wesen, das aus irgendeinem Grund eine heillose Furcht vor ihrem Mann, einem zähen und schwerfälligen Schwaben, empfand. Von Beruf war er Steuerberater und ein eifriger Katholik. Es wurde gemunkelt, daß Matthias Ernst nicht sein Sohn sei. Zu verschieden waren sie beide. Jemand verbreitete sogar das Gerücht, daß die Mutter vor dem Krieg bei einem reichen Juden Wirtschafterin war. Dann heiratete sie 1914 schnell Herrn Nägele und verschwand mit ihm in einem, von Gott und den Menschen vergessenen, schwäbischen Nest. Aber was wird nicht alles von den Leuten geredet, selbst im soliden Deutschland.

Dementsprechend begann sein Leben in einem kleinen Ort in Württemberg. Der Ort war katholisch, die Nachbardörfer evangelisch. Zu seinem und anderer Leute Unglück verfügte der kleine Matthias Ernst Nägele über einen selten- en und scharfen Verstand. Er machte selbst keine Dummheiten, doch war er fast immer der Organisator haarsträubender Streiche, die den Helden von Wilhelm Busch jede Ehre erwiesen hätten. Seine wasserhellen Augen bemerkten alles, was im Ort geschah und er schaffte es immer, etwas zu organisieren oder seine Altersgenossen auf solche Ideen zu bringen, die die biederen und sparsamen Ortseinwohner zur Verzweiflung brachten.

Er überredete den etwas blöden Bürgermeisterssohn, den Spund eines Weinfaßes mit Seife einzuschmieren, damit bei der feierlichen Weinprobe zu Ehren wichtiger Gäste - zwei Weinhändlern, Bevollmächtigten der Weinbauern aus dieser Gegend und dem Kreisdekan - die Hände des Bürgermeisters abrutschten. Er setzte sich auf den scharfen

Schnabel der Weinkaraffe und erleichterte sich in langwierigen örtlichen Flüchen. Matthias Ernst blieb der ungeschorene Mephisto hinter den Kulissen, während der Filius des Bürgermeisters unbarmherzig verdroschen wurde. Das hat ihm sehr gefallen und viele im Ort hielten ihn für einen mustergültigen Knaben.

Mit einer Ausnahme. Der Ortsgeistliche, Vikar Willibald Gruber, war nicht nur ein kluger, sondern auch ein schlauer Mensch. Sehr schnell entlarvte er den heimtückischen Buben. Nach seiner Meinung besaß dieses miese Wesen, mit Haaren wie eine Bürste, einen gottwiderlichen und tierischen Charakter. Der Vikar entschloß sich, mit Gottes Hilfe das Unkraut aus dieser Seele zu jäten, solange es noch Zeit war. Eine Organisation aus Eltern, Schullehrern, Kolonialwarenhändlern und sogar einigen Altersgenossen wurde auf die Beine gestellt - mit dem Ziel, den kleinen Teufel dauernd unter Kontrolle zu halten. Wie in einem Spiegel mußte er ständig seine eigene Verderbtheit erblicken. Da es aber niemand in der Welt, auch nicht ein verkommener Junge, lieben kann, sich ständig in einem scharfen Spiegel zu sehen, so mußte aus diesem Zustand nach Ansicht des Vikars die moralische Wiedergeburt der widerspenstigen Seele beginnen. Der Vikar rieb seine gepflegten Hände und sein energisches, dickes Gesicht drückte die selbstzufriedene Überzeugung von der Notwendigkeit dieses gefährlichen Experimentes aus, das er mit solch einem Elan vorantrieb.

Doch ein Kind ist ein Kind, und plötzlich fand Matthias Ernst Nägele einen merkwürdigen Freund. Ende 1924 erschien in der Ortschaft ein junger russischer Emigrant mit einem Namen, den lange niemand aussprechen konnte. Er mietete ein möbliertes Zimmer bei einem Forstbeamten im Ruhestand und befestigte an der Tür ein akkurates Emailleschild mit dem Namen

G. Woskobojnik

Jeder, der Interesse zeigte, mußte den Namen ein paarmal lesen bis er ihn sich einprägte. Später erfuhr man, daß der Russe sogar ein Kosak war.

Er war ein stiller und bescheidener Mensch, immer ruhig

und höflich, den man sich beim besten Willen nicht auf einem rasenden Roß, mit der Lanze in der Hand, beim Niederbrennen ostpreußischer Dörfer vorstellen konnte. Er hatte keine Familie. Das wußte man nicht genau, da der Russe nicht viel redete und nichts über sich erzählte. Er arbeitete in einer kleinen, drei Kilometer entfernten Stadt, wohin er frühmorgens mit dem Rad fuhr, in der Exportabteilung eines elektrotechnischen Betriebes, der den Gerüchten nach etwas nach Rußland lieferte. Sonnabends und sonntags fuhr er regelmäßig nach Stuttgart in die russische Kirche. In die katholische Kirche ging er nicht, trotz einiger Andeutungen des Vikars, doch bekreuzigte er sich jedesmal - wenn auch anders als üblich - wenn er an der Ortskirche vorbeiging.

In seinem großen, hellen Zimmer hing in der rechten Ecke, gegenüber der Tür, ein großes Heiligenbild der Muttergottes mit einem dunklen, leidenden Antlitz und drei verschiedenfarbigen Öllämpchen, rot, blau und grün, die er manchmal anzündete. Niemand wußte, warum einmal die rote, dann die blaue und plötzlich die grüne Lampe. Zu fragen hatte man Angst - womöglich würde der Russe das übelnehmen.

Als einziger hatte der zehnjährige Matthias Ernst keine Angst. Herr Woskobojnik war keineswegs beleidigt, nahm den Jungen bei der Hand und brachte ihn mit zu sich nach Hause. Dort trank er mit ihm Tee, den der Kleine zum ersten Mal in seinem Leben kennenlernte, und erläuterte umständlich, daß das rote Lämpchen nur an Festtagen angezündet wird, das grüne während des Gottesdienstes und das blaue zur Fastenzeit.

Damit begann ihre Freundschaft. Sehr schnell fand der Russe heraus, wie die Lage des Jungen war, der nach und nach zum Sündenbock des Dorfes wurde und sich immer mehr und mehr abkapselte. Vorsichtig redete er mit dem Jungen und versuchte, alles in einem anderen Licht darzustellen. Es gelang ihm sogar, den Jungen zu einem Vergleich mit dem geistlichen Vater zu bewegen.

‚Der Vikar ist gar nicht so ein schlechter Mensch', sagte

er lächelnd seinem kleinen Freund. ‚Wir beide sind schlechter!' Er erzählte von den Menschen, die die Priester in Rußland verfolgen und quälen.

Matthias Ernst schwieg aus Höflichkeit, doch er dachte seinen Teil, daß er diese bösen Menschen durchaus verstehe, wenn alle russischen Priester dem Vikar ähnlich seien. Doch entschloß er sich, zur Beichte zu gehen und beichtete tatsächlich alles. Hier mußte sich der Vikar auf der nötigen Höhe erweisen, doch in der Praxis war er ein oberflächlicher und kläglicher Mensch. Er würdigte weder das Opfer des Jungen, noch seinen Willensakt. Er sah nur den Anfang, wenn er auch in Wirklichkeit schon alles hatte. Er brauchte nur die Sünden nachlassen und ein bißchen nett zu dem Jungen sein. Doch er nahm die Beichte nicht an und verweigerte die Absolution. Dafür entleerte er sich mit einer hochtrabenden Philippika über die Gefahren der Sünde und verlangte weitere Reue.

Doch die weitere Reue blieb aus, und das zweite Übel war schlimmer als das erste.

Matthias Ernst verließ die Kirche für immer. Es geschah das Umgekehrte, die Verwandlung des Paulus in Saulus. Nun hatte er niemanden mehr außer Woskobojnik. Noch lange vor dieser Katastrophe hatte Woskobojnik mehr spaßeshalber angefangen, dem Jungen russisch zu lehren und war erstaunt über die Reinheit seiner Aussprache, das schnelle Begriffsvermögen und phänomenale Gedächnis. Nach einem Jahr sprach Matthias Ernst fließend russisch, konnte lesen, und was die Grammatik anbelangte, brachte er oftmals seinen eigenen Lehrer in Verlegenheit. Er lernte überhaupt sehr gut.

Bald bemerkten auch die Eltern die Freundschaft. ‚Gut, daß er sich mit dem Kosaken angefreundet hat', bemerkte der Vater, ‚umso weniger wird er sich rumtreiben.'

Einmal traf Woskobojnik die Mutter.

‚Ich bin Anneliese Nägele, die Mutter von Matthias Ernst, und will mich bei Ihnen bedanken, daß Sie sich so mit ihm befassen. Aber - fällt er Ihnen wirklich nicht zur Last? "

Woskobojnik stellte sich vor und erklärte, daß er ganz einsam sei, Matthias Ernst aber sei ein kluger Junge.

‚Ich werde ihn nichts Schlechtes lehren', fügte er lächelnd hinzu.

Das Lob ihres Sohnes hat der Mutter sehr gefallen. Im stillen befürchtete sie jedoch, daß der Bengel dem Kosaken einen Streich spielte.

Einige Male nahm Woskobojnik den Jungen mit in die russische Kirche und hatte dabei ein sonderbares Gefühl. Der Junge betete nicht, stand ziemlich leger. Man konnte an ihm keine kindliche Neugier entdecken, was in der fremden Umgebung normal gewesen wäre. Woskobojnik hatte den Eindruck, daß Matthias Ernst alles ruhig beobachtete, systematisch registrierte, in Gedanken aufwog und in irgendwelchen Kästchen seines unkindlichen Verstandes unterbrachte.

Nach einem halben Jahr verabschiedete sich Woskobojnik unbemerkt von seinen wenigen Bekannten und verschwand für immer.

‚Werden Sie an mich denken, Herr Woskobojnik? ' fragte ihn der Junge, als sie sich verabschiedeten.

‚Ja, natürlich, Matthias Ernst.'

Beide wollten noch etwas hinzufügen, konnten es aber nicht. Für immer prägten sich Woskobojnik die kalten Augen ein, in denen seit Erschaffung der Welt etwas Erbarmungsloses und Viperähnliches zu liegen schien, und Matthias Ernst überlegte grübelnd, warum Vikar Gruber nicht solche Augen wie Woskobojnik hatte, und in seinem Gemüt wurde Woskobojnik zum direkten Gegensatz seines geistlichen Feindes. Von seinem Standpunkt war es das Beste, was von einem Menschen gesagt werden konnte.

Alles weitere, was mit Matthias Ernst geschah, war nichts weiter als der Überbau auf das im Kindesalter gelegte Fundament. Er trat der Partei bei, befaßte sich zähe und unermüdlich mit russischen und englischen Sprachstudien; Man wurde auf ihn aufmerksam. Solche Menschen brauchte man in der braunen Armee der dreißiger Jahre.

Nägele ging und dachte nach. Zum Unterschied zu vielen

schätzte er die Lage Deutschlands viel ernster ein. Er blieb ruckartig stehen und ging zur Telefonzelle, wählte die Nummer des Restaurants, in dem er eben gewesen war, und bat, Herrn Kretschmar zu holen. Die etwas beunruhigte Stimme Kretschmars ertönte im Hörer.

„Hier ist Nägele. Ich habe mir etwas überlegt. Könnten Sie mir nicht diesen Major Weisel aus der Ferne zeigen? "

„Wenn Sie es für richtig halten, selbstverständlich."

Nägele mißtraut mir, entschied Kretschmar. Ich muß handeln. Noch etwas anderes war zu tun - und wenn man das erfährt, warten auf mich Handschellen und ein Henkersbeil.

Am nächsten Tag saß Kretschmar mit einem undefinierbaren Subjekt im noch sommerlichen Park.

„Sie, mein Lieber, werden recht leichtfertig!"dozierte näselnd das Subjekt. „Ihre Informationen sind keinen Pfifferling wert. Wir wissen aber unterdessen, daß es in Deutschland genug ernsthafte Widerstandsgruppen gibt und fordern Sie ultimativ auf, mit diesen Kreisen unverzüglich in Kontakt zu treten. Ihre Giftampullen interessieren niemanden. Es vergeht noch viel Zeit bis zur Niederlage der Deutschen. Wenn Sie uns beweisen, daß Sie eine Widerstandsgruppe geschaffen haben, und wir mit ihr in Kontakt treten können, sorgen wir für Ihre Ausreise aus Deutschland. Wir verstehen Dienstleistungen zu schätzen. Also - je schneller Sie uns diese Leute übermitteln, umso geringer ist die Gefahr für Sie. Ist das klar? "

„Sogar sehr."

„Dann auf Wiedersehen bis zum nächsten Mal."

Richtig, ich muß mich beeilen. Weisel - Glied Nr. 1, die Chefin - Nr. 2, und dann die anderen. Ich überstelle ihnen die ganze Gesellschaft und dann nach Portugal... Sind das Lumpen und Erpresser!

*

Nägele hatte ausgesprochen schlechte Laune. Immer wieder entglitt ihm die Firma Johann Morgen & Co. Heute hatte er keine Zeit, er erwartete Besuch. Auf dem Tisch lag eine Akte mit Dienststempeln des Polizeipräsidiums.

Nägele las.

Goller-Charnowskij, wirklich ein Baron, Offizier der Weißen Armee, wurde überprüft. Er lebte bis zu seiner Ankunft in Deutschland in Paris. Totaler Antisemit, sogar zuviel... Welcher Trottel hat das hingeschrieben? Man ist niemals zuviel Antisemit... Er hat bedeutende Dienste geleistet was Informationen anbelangte, auch Judenentlarvung, spricht vier Sprachen, leitet eine ziemlich ansehnliche russische Gruppe, wieviel... Das ist natürlich Quatsch! Die Russen machen immer aus einer Maus einen Elefanten.

„Herr von Goller-Charnowskij!" Der Sekretär öffnete die Tür.

„Ja, ich bitte."

Nägele erhob sich. Man hörte Kratzen. Nägele versuchte, mit all seinen Sinnen das Wesen dieses Menschen zu erkennen, der zuckersüß und schief lächelnd ins Zimmer trat. Gelbe, ungesunde Haut, starker Raucher, vielleicht auch Schlimmeres.

„Gestatten Sie, daß ich mich vorstelle, Herr Baron. Mein Name ist Nägele."

„Sehr geschmeichelt. Aber ich bitte Sie - ich bin kein Baron. Ich will nur ein russischer Patriot und ein Feind der dunklen Kräfte sein."

Donnerwetter, dachte Nägele, und fuhr noch freundlicher fort:

„Ich habe Ihren Aktenvermerk genau durchgelesen und möchte betonen, daß das, was Sie uns anbieten, gerade das ist, was wir suchen. Ihr Aktenvermerk hat alle Instanzen durchlaufen. Die Mittel sind auch schon bewilligt worden, ebenso die Zahl der Mitarbeiter. Allerdings, zu Ihren Mitarbeitern werden noch einige von uns hinzukommen. Die Arbeit beginnt in den nächsten Tagen. Doch hätte ich gern den Hauptleitfaden Ihrer Gedanken vernommen. Haben Sie sich Ihrerseits mit den Unterlagen bekanntgemacht?"

„Jawohl, aber gestatten Sie mir eine unbescheidene Frage. Sie sprechen so fabelhaft russisch, sind Sie vielleicht...?"

„Nein, ich bin kein Russe, sondern ein richtiger, ehrlicher Schwabe. An das Russische bin ich durch gewisse glückliche Umstände herangekommen. Doch lenken wir uns nicht ab."

„Mein Grundgedanke ist einfach. Ich meine, daß nicht nur diejenigen sowjetischen Bürger, die Feinde der Sowjetmacht waren und freiwillig übergetreten sind, oder das vielleicht auch nicht gemacht haben, aber jedenfalls den Kommunismus für ihren Feind betrachten, uns nützlich sein können, sondern auch diejenigen, die sich auch heute noch für Kommunisten halten. Nach meiner Ansicht, könnte die letztere Gruppe viel nützlicher sein als die erstere."

„Wie begründen Sie das? "

„Ganz einfach. Diese Menschen bilden trotz ihrer Schädlichkeit etwas Aktives und sie sind auch eine menschliche Elite. Sie haben nur den falschen Weg beschritten. Unsere Aufgabe ist es, sie auf den richtigen Weg zurückzuführen."

„Sind Sie der Meinung, daß man das mit allen Kommunisten machen muß? "

„Theoretisch ja, praktisch sind nur die Bedeutendsten unter ihnen interessant."

„Mit welchem menschlichen Maßstab wollen Sie sie messen? "

„Einmal durch ihren Parteieinfluß in der Vergangenheit und durch ihr Verhalten im Kriegsgefangenenlager heute."

„Wie muß dieses Verhalten Ihrer Meinung nach sein? "

„Völlig korrekt vom Standpunkt der kommunistischen Partei - und uns gegenüber unversöhnlich."

„Mehrmals haben Sie das Wort ‚uns' verwendet. Was meinen Sie damit, russische Emigranten oder Deutschland."

„Beides - in dieser Zeitperiode sind wir eins."

„Aber wie kann ein Mensch uns nützen, wenn er uns unversöhnlich gegenübersteht? "

„Hier ist der Hund begraben! Er muß hundertprozentiger Kommunist bleiben und trotzdem unser Mann sein."

„Wie soll das praktisch aussehen? "

„Der Baumstumpf bleibt rot, das Innere aber wird weiß."

„Und wenn das unmöglich ist? "

„Meine Methode ist durchdacht und schriftlich niedergelegt. Das letzte Wort spricht die Praxis."

„Und die metaphysische Seite? "

„Glauben Sie mir, ein Mensch, der in den nicht ganz leichten Verhältnissen eines deutschen Lagers lebt, der alles verloren hat und dessen Leben ein einziger Leidensweg ist, und der es trotzdem verstanden hat, sein Gesicht zu wahren und dem Kommunismus und Materialismus treu zu bleiben, ist mystisch durch und durch."

„Sie haben eine seltene und umwerfende Logik."

„Vielen Dank! Gerade solcher Leute werden wir uns annehmen. Mit ihren hochinteressanten und nicht ganz alltäglichen Qualitäten werden sie in unseren Diensten sein."

„Wann fahren Sie in die Läger? "

„Die erste Auswahl der besonders interessanten Kommunisten beginnt in zwei Wochen, durch die Deutschen, wie Sie wissen. Sie verstehen, wen ich meine."

Nägele nickte.

„Die Tätigkeit meiner Wenigkeit und die meiner Kameraden beginnt viel später. Zum nächsten Frühling jedoch müssen schon greifbare Resultate vorliegen. Der Kontakt mit Ihnen wird durch meine Hände gehen."

„Ich bitte Sie ganz nachdrücklich, daß dies auch so bleibt. Meine Persönlichkeit muß völlig im Schatten bleiben."

Der Bursche ist nicht dumm, stellte Nägele fest, als der Besucher fort war. Er hat ein durchtriebenes Gewissen. Den Kern der Sache aber hatte er richtig erfaßt.

Nägele seufzte tief und dachte nach.

EIN ÜBERRAGENDER GEIST MEISTERT JEDE SITUATION

Der nasse und kalte Novemberwind blies über dem Stalag Ostrow-Mosowetzkij. Die Baracken waren naß und vereist. Selbst der Mond schien im eisigen Wind zu frieren. Magere Figuren trotteten und schwankten umher. Ihr Ziel: die Toiletten. An den Ecken lauerten zu zweit die Lagerpolizisten. Zwei Strafbaracken standen abseits. Sie waren brechend voll mit Gefangenen, die verdächtig waren, Kommunisten oder politische Funktionäre in der Armee gewesen zu sein.

Auf den kahlen, nur mit Lumpen bedeckten Pritschen lagen Menschen. Die überfüllte Baracke schlief. Nur auf der vierten Pritsche, links von der Tür, flüsterten zwei. Beide lagen ganz oben. Einer war furchtbar mager, ein blasses Gesicht, gänzlich ergraute Haare und riesige, weit-offene Augen, die so groß und leuchtend waren, daß ihr Glanz schier mit dem Silber der kurzgeschorenen Haare zusammenfloß. Er lag auf dem Rücken und schaute durch die tiefe Decke weit irgendwo hin. Weiß schimmerte der Schnee durch die Fenster.

„Was halten Sie davon, Genosse Bromberg? " fragte er flüsternd seinen Nachbarn.

„Ich meine - wenn Sie mich so oft mit meinem Namen

anreden, werde ich sehr schnell vor die Hunde gehen. Nach dem Namen ist doch jedem klar, wer ich bin."

„Mir ist klar, daß Sie ein Volksdeutscher aus dem Ural sind. Sie kennen doch den Ural? "

„Ja, ich kenne ihn, Genosse Keder - äh...Kedrowskij."

„So ist es gut, Genosse Deutscher. Es gibt keinen Kedrow mehr. Ich habe sogar ein Stück Brot für Sie aufbewahrt."

„Mich füttern Sie durch - und Sie selbst? "

„Ich werde nicht sterben. Hier in der Gefangenschaft stelle ich eine neue Armee auf - und Sie sind mein erster und einziger Soldat. Man muß doch seine Soldaten durchfüttern."

„Trotzdem! Warum sorgen Sie für mich? Sie haben Hunger, genauso wie ich. Im Lager wütet der Typhus."

„Sagen wir mal, Christenpflicht." Leise und wohltönend lachte Kedrow und begann plötzlich zu husten.

„Besprechen wir die Lage. Morgen kommt eine Kommission."

„Dauernd kommen diese Deutschen an - nur zu essen bekommen wir nichts!"

„Da müssen wir eben die Sache so drehen, daß unsere Lage sich verbessert und nicht verschlechtert."

„Das ist leicht gesagt."

„Sie werden zum Volksdeutschen erklärt und ich schmuse mich einfach ein."

„Über die anderen denken Sie nicht nach? "

„In meinen Augen sind die anderen Vaterlandsverräter. Erinnern Sie sich an den Befehl des Genossen Stalin? "

„Demnach sollen wir vor den Deutschen in die Knie gehen? Ich heiße Hase, wohne im Wald und weiß von nichts! War immer ein Faschist, aber erst jetzt kann ich es eingestehen!"

„Umgekehrt - wir müssen uns so vor der Kommission aufführen, wie es echte Kommunisten tun."

„Sind wir denn nicht echt? "

„Mehr als echt und deshalb müssen uns die Deutschen als Kommunisten akzeptieren und uns helfen."

„Sie werden uns schon helfen, indem sie uns erschießen."

„Auch so werden wir diesen Winter nicht überstehen. Aber ich versichere Ihnen, wir werden ihn überstehen. Ich fühle das. Wir haben eine Zukunft."

Bromberg schüttelte zweifelnd den Kopf.

„Jetzt müssen wir schlafen. Morgen sehen wir uns die Kommission an und entsprechend wird gehandelt."

Genosse Bromberg schlief sofort ein. Doch lange konnte Kedrow nicht einschlafen. Wie schon ein paarmal in seinem Leben fühlte er, daß der morgige Tag einen Umbruch mit sich bringen wird. Vielleicht einen größeren Umbruch als seinerzeit nach der Geschichte mit Torzow, als er von Lenin selbst beargwöhnt wurde. Doch Lenin starb zwei Jahre später und hatte nichts geschafft. Der innere Kampf um die Macht begann. Er schloß sich der richtigen Gruppe an; und trotz gegenteiliger Erwartungen wurden Trotzkij und Konsorten in gleichem Maße wie Bucharin und Konsorten zertrampelt. Er hat sie alle überlebt und stieg immer höher auf der Parteileiter empor, war aber klug genug, sich nicht in der ersten Reihe zu präsentieren. Der wunderbare Georgier mochte ihn gut. Und jetzt, nach der Katastrophe seiner Gefangennahme, als für ihn alles beendet schien, stand er vor einem neuen Anfang.

Froh schlief Kedrow ein. Er träumte von einer riesigen Katze mit fünf Köpfen und menschlichen Augen. Die Augen waren den seinigen ähnlich.

Über die vereisten Baracken schlich die Katze und schnurrte Kedrow gemütlich zu.

Kedrow schlief noch, als sich zwei bereits unterhielten.

„Nach welchem Prinzip wir die Leute aussuchen, ist klar. Aber das System - Jakow Wsewolodowitsch? "

„Das System ist längst fertig, Pantelej Karpowitsch. Gleich sehen Sie es an Ort und Stelle. Und Sie, Iwan Nikiforowitsch, sind Sie fertig? "

„Ja."

„Noch etwas, Kampfgefährte Gribatschow, wir und nicht die Deutschen, ob in Uniform oder ohne, befehligen die Parade. Da kommen sie übrigens."

Schon zwei Stunden wirkte die Kommission. Wie ein Jagdhund atmete Kedrow die Atmosphäre in sich ein, was in der Baracke und hinter dem Stacheldraht geschah. Seine Vorahnungen erwiesen sich als richtig. Das war eine ganz besondere Kommission. Sehr lange wurden die Leute festgehalten und niemand kehrte in die Baracke zurück. Sie wurden in einer anderen Baracke außerhalb des Lagers untergebracht. Aufgerufen wurden nur Leute aus der Sonderbaracke. Also macht man Jagd auf Parteimitglieder. Vielleicht tauscht man unsere Kommunisten gegen die wichtigsten deutschen Gefangenen aus? Verliere nicht dein Gesicht, mahnte es kalt in ihm.

„Bitte, nehmen Sie Platz!" Die weiche Stimme Goller-Charnowskijs war eindringlich. Vor ihm stand ein abgemagerter Kriegsgefangener in einem zerschlissenen Militärkittel, blauer Uniformhose, auf dem Rücken die zwei Buchstaben „*SU*" in Ölfarbe. Die Stiefel, vormals ein Meisterstück, waren braun und zerplatzt.

„Bitte, nehmen Sie Platz!" wiederholte Goller-Charnowskij noch leiser. „Helfen Sie ihm bitte, Pantelej Karpowitsch, seien Sie so gut."

Busukin schob dem Stehenden einen Stuhl hin.

„Ihr Familienname, bitte!"

„Stolbkow, Prochor Dmitriewitsch."

„Jetzt sind wir miteinander bekannt, Prochor Dmitriewitsch. Sie sind wohl sehr erstaunt, daß man mit Ihnen so spricht? "

„Ja, wirklich, Sie können so gut russisch."

„Ich spreche nicht nur russisch, alle, die Sie hier sehen, sind Russen. Sie stehen vor einer russischen Kommission."

„Wie soll ich das verstehen? Ich befinde mich doch in deutscher Gefangenschaft."

„Ganz recht. Wir sind russische Antikommunisten und lieben Ihre jüdisch-kommunistische Regierung bestimmt nicht. Sie sind doch Parteimitglied? "

„Jawohl, doch in der Seele bin ich der Partei völlig fremd. Wie Sie wissen..."

„Nennen Sie mich einfach Jakow Wsewolodowitsch, und

das ist Iwan Nikiforowitsch und das Pantelej Karpowitsch. Wie Sie sehen, alles Russen. Die Deutschen, die Sie hier sehen, sind unsere Freunde und Ihre ebenfalls. Doch das ist die Verwaltung."

„Vielleicht glauben Sie mir schlecht, Jakow Wsewolodowitsch, doch mit meinem Parteibuch ist es so dumm gewesen. Das war vor fünf Jahren, nach den Säuberungen. Sie wissen natürlich, was eine Säuberung ist. Man hat mich einfach aufgefordert, einen Antrag zu stellen."

„Hätten Sie ihn von selbst nicht gestellt? "

„Ich bitte Sie!" Stolbkow verschluckte sich fast. „Das ist doch fast der sichere Untergang und auch der, der Familie. Man sagt schlecht ‚nein', wenn die Partei ‚ja' sagt."

„Sind Sie verheiratet, Prochor Dmitriewitsch? "

„Ja, und zwei Kinder."

„Lieben Sie Ihre Familie? "

„Ja, sehr. Ich lebe nur durch die Erinnerung an sie."

„Weshalb sind Sie so finster, wenn Sie auch vor dem russischen Volk schuldig sind? "

„Natürlich trag ich Schuld und, ehrlich gesagt, habe ich diese Schuld auch immer gefühlt."

„Was soll nun geschehen, Prochor Dmitriewitsch? "

„Ich werde gern einen neuen Weg wählen."

„Vielleicht ist die Erfüllung Ihres Wunsches gar nicht so weit entfernt. Im Leben geschieht alles mögliche. Vorläufig vielen Dank. Wir werden uns noch begegnen... Was denken Sie über ihn?" fragte mit unfrohem Lächeln Goller-Charnowskij. „Wie gefällt Ihnen dieser Stolbkow? "

„Gar nicht, einfach eine Prostituierte. Ich weiß Bescheid, wieviel solche Typen habe ich gesehen! Auf den neuen Weg will er, nachdem man ihn gefangengenommen hat! Und bis dahin hat er die Menschen wie Wanzen zerdrückt. Bitte, verschonen Sie mich!"

„Das ist gar nicht so einfach, Pantelej Karpowitsch, gar nicht so einfach wird es sein, die passenden Leute zu finden."

„Wie sollte es auch einfach sein. Versuchen wir es mit dem nächsten. Hier ist seine Akte."

„Ja, ein Kedrowskij, neunundfünfzig Jahre alt, Baracke Nr. 7, das ist die Strafbaracke. Wird verdächtigt, ein bedeutender Parteifunktionär zu sein. Die Anmerkungen... Benimmt sich sehr unabhängig, sogar mit Würde. Mit anderen Worten, er wühlt nicht im Müllhaufen. Ist befreundet mit einem gewissen Bromberg, auch ein Kommunist..."

„Was sagten Sie? Bromberg? Ist bestimmt ein Jud'."

„Das ist nicht klar. Ich glaube, ein Volksdeutscher."

„Streiten wir uns nicht, holen wir diesen Kedrowskij." Unruhig rutschte Gribatschow auf dem Stuhl hin und her. „Was meinen Sie, Kamerad Liebig? "

„Ja, bitte sehr."

Ein Soldat öffnete die Tür. Auf der Schwelle stand ein kleiner, schmächtiger, magerer Mensch, den man durchaus ‚Männchen' nennen konnte, wenn nicht seine Augen gewesen wären - groß, tief eingesunken, von graublauer Farbe. Sie leuchteten aus dem Inneren und blickten so weit, daß sich instinktiv alle Sitzenden umdrehten, um nachzuschauen, wohin dieser Kriegsgefangene blickte. Doch in Wirklichkeit hatte der Eingetretene durchaus nicht durch die Wände geschaut, sondern sehr intensiv die Sitzenden beobachtet. Ja, die Gefährlichsten sind der mit dem gelben Gesicht und dem so komisch abgestellten Fuß und der stutzerhafte Blonde. Von ihnen hängt alles ab. Die Deutschen in Uniform sind nur Beisitzer.

„Bitte, nehmen Sie Platz!" forderte ihn in reinem und sogar literarischem Russisch der Gelbgesichtige auf.

Ruhig nahm Kedrow Platz.

„Ihr Familienname ist Kedrowskij, Apollon Issajewitsch, geboren 1883 aus einer Beamtenfamilie, in Arsamas. Stimmt das? "

„Genau, mit Ausnahme des Familiennamens. Da hat sich ein Fehler eingeschlichen. Ich heiße nicht Kedrowskij, sondern einfach Kedrow."

Busukin schreckte auf. Das konnte doch nicht sein, der Moskauer Kedrow, Mitarbeiter von Dserschinskij, Mitglied der Tscheka während des Bürgerkrieges und der GPU während des NEPs! Er hat doch meinen Onkel verhört. Busukin wollte sich in die Nase kneifen, vielleicht träumt er. Sicherlich war es ein anderer Kedrow, ein Namensvetter. Er wollte schon seine interessante Entdeckung dem Baron ins Ohr flüstern, doch er hielt sich zurück.

„Ich bitte um Verzeihung", Goller-Charnowskij beugte sich vor. „Wie ist das mit Ihrem Namen passiert?"

„Ich weiß es nicht. Ich habe ihn nicht verändert. Wann sich der Fehler eingeschlichen hat, ist mir unbekannt. Ich habe aber auch nichts getan, diesen Fehler auszumerzen."

„Warum nicht?"

„Es ist völlig gleichgültig, mit welchem Namen man stirbt."

„Wieso, sind Sie davon überzeugt?"

„Merkwürdig, daß Sie solche Fragen stellen! Ich bin Kommunist, in der Vergangenheit habe ich einen hohen Posten innegehabt, und als solch einer befinde ich mich in der Strafbaracke. Wir werden so behandelt, daß man mehr als ein Optimist sein muß, um zu glauben, daß ich - wie übrigens auch die anderen - diesen Winter überlebe."

„Und wenn sich Menschen fänden, die Ihnen helfen wollen?"

„Ich danke ergebenst. Nicht zufällig lassen die Deutschen uns verhungern."

Jetzt seid ihr dran, dachte Kedrow. Die beiden Deutschen in Militär- und Parteiuniformen sahen sich an. Nur der Gelbgesichtige und die beiden Zivilisten blieben ruhig.

„Apollon Issajewitsch!" Der Gelbgesichtige lächelte. Was für widerliche Zähne, dachte Kedrow. „Bevor wir uns weiter unterhalten, hätten wir gern Ihren Lebenslauf etwas genauer ausgekundschaftet. Wir haben zwar Ihren Lebenslauf..." Daran zweifle ich nicht, dachte Kedrow. Wenn ihr euch noch nicht einmal meine Biographie hättet beschaffen können, wäret ihr keinen Pfifferling wert. „Aber wir hätten gern alles von Ihnen selbst gehört. Setzen Sie sich ruhig ins Nebenzimmer, dort ist niemand. Hier haben Sie ein paar Bogen Papier, und schreiben Sie los. Außerdem haben Sie sicher Hunger. Gleich bringt man Ihnen etwas zu essen. Solange wir uns unterhalten, müssen Sie satt sein."

Hier stimmt etwas nicht, überlegte Kedrow, als er allein war. Der Gelbgesichtige spricht ein reines Russisch. Den Gesichtern nach zu urteilen, verstehen die beiden anderen Zivilisten jedes Wort. Die Deutschen in Uniform sind stumm wie die Fische und interessieren sich anscheinend gar nicht für das Gespräch. Bin ich vielleicht zu den Emigranten geraten? Merkwürdig und verdächtig. Ganz am Anfang hatten wir Nachrichten, daß die Deutschen sie durchaus nicht verwöhnen. Warten wir ab.

Kedrow begann zu schreiben. Er schrieb ruhig, sogar mit Freude, ließ nichts aus, was ihm wichtig erschien, verheimlichte keine bedeutenden Ereignisse, machte Fragezeichen und fügte seine Zweifel an der Genauigkeit hinzu. Die Tür knarrte. Höflich lächelnd trat der schlanke Blonde ein und brachte ein Tablett mit Essen. Kedrow wollte sich erheben, doch der Blonde winkte höflich ab.

„Bleiben Sie bitte sitzen und bedienen Sie sich. Es ist Zeit genug. Hetzen Sie sich nicht ab. Wenn Sie einen Fehler machen, ist das auch kein Unglück. Man sieht sofort, ob der Mensch sich geirrt hat oder die Wahrheit frisiert."

Er verbeugte sich und ging.

Endlich war alles niedergeschrieben. Kedrow las es durch. Nichts war hinzuzufügen. Er unterschrieb. Jetzt hatte er sich selbst entlarvt - und das war gut so. Dauernd hörte man Stimmen im Nebenzimmer. Jetzt quetscht man andere aus, stellte er fest. Ausgezeichnet. Wer in die deutschen Hände geraten ist, den muß man ordentlich quälen. Es klopfte. Der Gelbgesichtige und der Schweigsame in Zivil traten ein.

„Haben Sie geschrieben? Gut so. Warten Sie einen Augenblick, gleich bringt man das Abendbrot. Sie kehren nicht mehr in Ihre alte Baracke zurück."

Der Wachtposten brachte ihn zu einer anderen Baracke. Vorher ein Brausebad bei der deutschen Wachmannschaft. Kedrow erhielt saubere deutsche Soldatenwäsche, ein neues Uniformhemd und Hosen. Die Pritsche hatte eine Matratze mit einem knusprigen sauberen Laken und Kissen. Im Zimmer stand eine weitere Pritsche. Selig zusammengerollt schlief Bromberg auf ihr. Das Gefühl von Sicherheit, Sattheit, Wärme und Sauberkeit umfing ihn. Kedrow legte sich hin und schlief sofort wie ein Toter.

Er schlief schon sehr lange, während Goller-Charnowskij, Busukin und Gribatschow bis tief in die Nacht das merkwürdige Dokument lasen.

„Eine merkwürdige Niederschrift", stellte Busukin fest. „In keiner Zeile auch nur ein Schatten von Angst, nicht der geringste Zweifel an sich selbst und höchstwahrscheinlich ist alles wahr."

„Ich habe denselben Eindruck, Jakow Wsewolodowitsch, nur mit dem Unterschied, daß dieser Kedrow doch etwas verschweigt."

„Hoffen wir, daß er gerade das verschweigt, was wir suchen, lieber Kampfgefährte Gribatschow. Jetzt wollen wir alle schlafen gehen."

Als Kedrow erwachte, war es schon ganz hell. Bromberg schlief noch. Im Zimmer war es warm. In einer Ecke entdeckte er einen Waschtisch, den er gestern nicht bemerkt hatte. Er zog sich ruhig an. Ein sauber gekleideter Gefangener trat ein und brachte solch eine große Ration Brot, wie sie Kedrow niemals gesehen, geschweige denn je gehabt hatte, ein großes Stück Margarine, Kunsthonig und Marmelade dazu.

„In einer halben Stunde wird man Sie holen. Seien Sie bitte bereit."

Ich werde schon bereit sein. Worauf sollte ich mich auch vorbereiten. Es ist so, als ob man eine Gleichung mit vier Unbekannten lösen soll. Diesmal waren im Zimmer nur die drei in Zivil. Die Uniformen fehlten.

„Machen Sie es sich bequem", sprach herzlich der Gelbgesichtige. „Vor allem, Apollon Issajewitsch, möchten wir uns sehr bedanken, daß Sie gestern alles so offenherzig niedergeschrieben haben. Ihre Autobiographie ist ein einzigartiges Dokument. Sie sind nicht der erste bedeutende Kommunist, der in die Hände der Deutschen geraten ist, und viele von ihnen haben sehr viel geschrieben. Ich sage Ihnen aber ganz offen, wirklich mutige Menschen hat es unter ihnen sehr wenige gegeben. Fast alle ließen sich ein kleines Schlupfloch und schrieben das, was man nicht verheimlichen konnte. Sie haben weder das eine noch das andere getan - und das ist sehr gut."

„Ich verstehe nicht. Was ist daran gut? Was kann ein Mensch verheimlichen, der de facto schon eine Leiche ist? "

Was er für Augen hat, dachte Busukin. Jetzt erkenne ich ihn. Ich habe sein Photo in der ‚*Prawda*' gesehen. Die Augen leuchten wie bei der Fürstin Mary bei Tolstoj. Wenn man auf die blöden Emigranten hört, sinkt jeder in die feindlichen Hände geratene Kommunist sofort auf die Knie und winselt um Gnade. Dieser Kedrow scheint aber vor nichts Angst zu haben.

„Nein, Sie sind noch lange kein Leichnam. Da Sie uns aber die ganze Wahrheit offenbart haben, sind auch wir verpflichtet, Sie über uns in Kenntnis zu setzen. Erstens - wir sind keine Deutschen, sondern russische Emigranten. Ich heiße Jakow Wsewolodowitsch, das ist Iwan Nikiforowitsch und..."

„Pantelej Karpowitsch", ergänzte Busukin und verbeugte sich.

„Wir alle drei sind Ihre Freunde."

„Wie können russische Emigranten und geschworene Feinde der Sowjetmacht meine Freunde sein? "

„Wir haben auch nicht gesagt, daß wir Freunde jenes politischen Systems und jener Partei sind, der Sie gedient haben. Wir haben gesagt, daß wir Ihre persönlichen Freunde sind."

„Dann verstehe ich überhaupt nichts. Ich bin ein Kommunist von Format. Mein Eigengewicht in der Partei war ziemlich groß. Jetzt bin ich ein rechtloser Kriegsgefangener bei den Deutschen, denen Sie dienen und von denen Sie hundertprozentig abhängig sind. Was sollen wir - Brüderschaft trinken? Und wenn Sie glauben, daß ich mein voriges Leben verleugne und die Partei verrate, irren Sie sich gewaltig. Ich bin Parteimitglied seit 1909 und bleibe es bis zum Ende. Ich nehme auch an, daß Sie mir kaum glauben, wenn ich schwören würde, meine Vergangenheit sei tot.

Schließlich seid ihr keine Kinder und auch ich bin nicht mehr jung."

„Sie haben uns nicht ganz richtig verstanden. Keineswegs verlangen wir, Sie sollen Ihre Vergangenheit leugnen. Sie können das nicht und sollen das auch nicht. Bleiben Sie nach wie vor Kommunist, doch seien Sie davon überzeugt, daß wir diejenigen sind, die Ihnen helfen wollen."

Ich verstehe, dachte Kedrow, eine Provokation. Vielleicht werdet ihr mir noch eine Flucht arrangieren. Kalte Wut packte ihn. Nein, meine lieben Herren, wenn mich die Deutschen um die Ecke bringen, dann ohne die so liebenswürdige Hilfe der Provokateure aus den russischen Emigranten.

„Sie mißtrauen uns", sagte der Blonde ruhig, der sich Pantelej Karpowitsch nannte. „Das ist auch gut. Wie können Sie uns nach zwei Tagen Bekanntschaft vertrauen. Wir werden Ihnen trotzdem Gutes tun."

„Weshalb und mit welchem Ziel? "

„Es gibt Menschen - und zu denen gehören auch wir - die Sie für eine überragende Persönlichkeit halten, und überragende Menschen sind selten. Man muß sie beschützen, auch wenn sie Ihre persönlichen Feinde sind. Sie werden weder in Ihre alte, noch in Ihre neue Baracke zurückkehren. Sie kommen nach Berlin. Ihr einziger Freund im Lager, Bromberg, geht mit Ihnen. Das ist durchaus nicht unser letztes Gespräch. Alles weitere geschieht in Berlin, und jetzt werden Sie in diesem Lager zum letzten Mal zu Mittag essen."

Ist das der Untergang oder nicht, grübelte Kedrow. In einem geschlossenen Auto mit verhängten Fenstern transportierte man ihn die Chaussee entlang. Er verlor jede Orientierung. Auf einem kleinen Bahnhof wurde er ausgeladen. Eine Lokomotive mit einigen Personenwagen und einigen Wachtposten war alles, was er sah. Ein junger deutscher Leutnant und zwei Unteroffiziere nahmen ihn in Empfang, übernahmen Papiere, verstauten ihn in ein einzelnes Abteil und baten höflich, sich hinzulegen. Es dämmerte, er schlief ein. Als er erwachte, war es wieder hell. Der Körper fühlte sich wunderbar entspannt. Starker Hunger quälte ihn. Ein Unteroffizier brachte einen riesigen Kessel mit Kaffee und eine umfangreiche Pergamenttüte mit allem möglichen eßbaren Zeug. Vor dem Fenster war ein Vorhang. Es interessierte ihn aber nicht, was draußen war. Nach dem Frühstück trug der Unteroffizier den Kessel fort, doch ließ er die restlichen Brote zurück. Dann fragte der Offizier ihn höflich, ob er deutsch könne. Kedrow bejahte. Ein Stoß Zeitungen und Zeitschriften erschien. Es kam das Mittagessen mit runden, pfirsichgroßen Buletten. Wieder dämmerte es. Er fragte, ob er den Vorhang zurückschieben könne.

„Ja, natürlich." Der Offizier lächelte verlegen. „Sie wollten das wohl schon lange und ich habe es ganz vergessen."

Sehr oft durchfuhren sie Haltestellen. Kedrow bemerkte viele verdunkelte Lichter entlang der Strecke. Auch der Rhythmus der Räder klang anders als zuvor. Er begriff, schon lange fuhren sie durch das eigentliche Deutschland. Mitten in der Nacht, immer mehr und mehr Lichter, zahllose blaue Feuer flitzten vorüber, zweistöckige ländliche Häuser wurden von fünfstöckigen abgelöst. Der Zug hielt an einem Bahnsteig. Auf beiden Seiten zahllose vom Schnee versilberte Gleise.

„Das ist unser Berlin," freute sich der Offizier. „Auf Sie wartet ein Auto. Darf ich bitten? "

Kedrow merkte sofort, daß sein neues Domizil ein erstklassiges Hotel war. Es hatte keinen Zweck zu kombinieren. Nach wie vor war alles unverständlich. Nur eines war klar, die drei Russen waren bedeutende Leute, wenn sie einen Kriegsgefangenen mit seiner Vergangenheit aus dem Lager in ein Berliner Hotel bringen konnten. Kedrow entschloß sich, eine olympische Ruhe zu bewahren und abzuwarten.

EIN ATHEIST UND EIN PAAR SCHLECHTE CHRISTEN VERSTÄNDIGEN SICH
EIN KRIEGSGOTT MACHT SICH LÄCHERLICH

Fröhlich und kindlich lachte Nägele.

„Nicht viel haben Sie ausgesucht, lieber Baron, gar nicht viel. Doch wie ein altes russisches Sprichwort sagt, ohne Fische ist auch der Krebs ein Fisch. Praktisch sind es bloß fünf. Der Interessanteste ist natürlich Kedrow. Ich habe schon nachgeforscht, wirklich ein wichtiger Vogel. Wie lange ist er schon hier im Hotel? Zwei Wochen? Das Essen ist erstklassig. Ein paar zivile Anzüge haben Sie ihm auch gebaut? Ausgezeichnet."

„Wir gehen mit ihm sogar regulär spazieren."

„Ist er einverstanden? Das ist noch besser. Heute abend reden Sie wieder mit ihm. Ich bleibe natürlich bis auf weiteres im Schatten."

Aus dem Nachbarzimmer schaute ein robuster, rotwangiger Mann heraus, als Goller-Charnowskij und Busukin an der Tür Nr. 149 standen. Goller-Charnowskij winkte mit der Hand und klopfte.

„Herein!" ertönte es auf deutsch.

Beide sahen sich an, als sie ins Zimmer traten. Mitten im Raum stand Kedrow in einem ausgezeichneten blauen Anzug. Er war kaum wiederzuerkennen. Das Gesicht war voller, die leuchtenden Augen erschienen kleiner, er selbst viel größer.

„Meine alten Bekannten!" rief er fröhlich. „Für mich ist es immer ein Fest, Sie zu sehen. Ich will es nicht abstreiten, dort in Ostrow-Mosowetzkij habe ich Sie einfach für deutsche Lakaien und Emigrantenquasselköpfe gehalten. Erst in dieser Lage habe ich herausbekommen, daß Sie viel mehr sind."

„Ein Lob aus dem Munde des Feindes ist süßer als Honig."

„Ja, wir sind immer noch Feinde. Doch jetzt bin ich sogar Ihnen als Feind sehr verpflichtet. Nehmen Sie bitte Platz. Sie haben mir so oft eingetrichtert, ich sei hier der Herr, daß ich tatsächlich anfange, mich wie ein Herr aufzuführen."

„Das ist richtig. Sie haben den Ausdruck ‚Feinde' verwendet. Sagen Sie, Apollon Issajewitsch, erkennen Sie die theoretische Möglichkeit einer gemeinsamen Plattform sogar für Feinde an? "

„Theoretisch ja. Wenn unsere Erde morgen von Marsbewohnern überfallen wird, nehme ich an, werden Hitler, Stalin und alle übrigen diesen Krieg sofort beenden."

„Vortrefflich, daß Sie gerade dieses Beispiel angeführt haben. Ungefähr so etwas ist auch geschehen."

„Jakow Wsewolodowitsch, sehr viel haben Sie für mich getan, obwohl ich immer noch nach dem Grund frage, Rätsel rate und letzten Endes wirklich Gutes nicht erwarte. Doch Sie wollen mir nicht etwa einreden, daß im Weltraum Feinde der Menschheit aufgetaucht sind? "

„Nein, es war nur ein ziemlich mißlungenes Beispiel. Ich muß Ihnen aber offen sagen, daß hier in Deutschland und in Ihrem Vaterland eine große Umwertung der Werte im Bereich des klassischen Materialismus vor sich geht. Bei uns und bei euch erlangen immer mehr Menschen die Überzeugung, daß noch etwas existiert, das den Rahmen des klassischen Materialismus sprengt."

„Jakow Wsewolodowitsch, ich habe mich immer und nicht gänzlich ohne Grund, für keinen Dummkopf gehalten. Auch Sie scheinen mir ein kluger Mann zu sein, doch solch einen Salto mortale habe ich von Ihnen nicht erwartet. Sie kennen doch die Theorie von der Basis und dem Überbau? "

„Ja. Doch das, was ich Ihnen sage, hat nichts mit Karl Marx zu tun. Es geht direkt um die geistige Welt ohne Raum."

„Es wird immer schöner! Ist das der Grund, warum ich hier bin? "

„Jawohl."

„Jakow Wsewolodowitsch, in den letzten drei Wochen ist so viel Erstaunliches mit mir geschehen, daß ich unfähig bin, über noch etwas zu staunen. Warum denken Sie, daß gerade ich Ihnen in den sogenannten jenseitigen Untersuchungen von Nutzen sein kann? "

„Sehr einfach. Sie sind ein kluger Mann, Kommunist und höchstwahrscheinlich ein folgerichtiger Anhänger des Materialismus. Das heißt wiederum, daß Sie dem sehr nahestehen, was nichts mit Materialismus zu tun hat. Das Extreme schließt sich zusammen."

Kedrow schwieg. Zum ersten Mal seit ihrer Bekanntschaft war auf seinem Gesicht so etwas wie Verlegenheit und Unsicherheit zu bemerken. Kedrow fühlte tatsächlich, daß er begann, den inneren Halt zu verlieren.

Darauf war er nicht gefaßt gewesen. Er anerkannte nur die Gesetze der Logik, erbarmungslos und blind. Doch was jetzt mit ihm geschah, erschien ihm wie ein Traum. Das vergangene Leben, der Krieg, Gefangennahme, das langsame Sterben im Lager, irgendeine Kommission, die gerade die Kommission war, die ihn aus der durchgefrorenen Baracke in ein Berliner Luxushotel überführen konnte. Vielleicht war es auch kein Luxushotel. Kedrow wußte nicht genau, was in Berlin ein Luxushotel ist. Er war auf alles gefaßt,was die Logik zuließ, von Erschießung bis zum Chef der kommenden Regierung Rußlands von Hitlers Gnaden. Auf alle Möglichkeiten hatte er eine Antwort und einen unverrückbaren Standpunkt. Doch was er eben gehört hatte, hatte nichts mit logischen Erwägungen zu tun. In jeder anderen Lage und von jeder anderen Person, abgesehen von diesem Baron, hätte er sich, wie von einer lästigen Fliege, getrennt.

wie von jemandem, der völlig unseriös ist. Jetzt konnte er das nicht. Sein Instinkt sagte ihm, daß alles sehr ernst war.

„Vielleicht wollen Sie mich als Mittelsmann, oder als etwas ähnliches, zur orthodoxen Kirche verwenden? Dann muß ich Ihnen sagen, daß es schwer ist, einen ungläubigeren Menschen als mich zu finden und einen größeren Feind der russischen orthodoxen Kirche. Ich versichere, auch heute noch sehe ich in jedem Priester nicht nur den grimmigsten Parteifeind, sondern auch meinen persönlichen Feind."

„Ausgezeichnet, Apollon Issajewitsch! Sagen Sie bitte, haben Sie viel getan, das Christentum im allgemeinen und die russische orthodoxe Kirche im besonderen zu schädigen? "

„Sehr viel, nehme ich an."

„Mehr als Gubelman-Jaroslawskij? "

„Ich wirkte auf einem anderen Gebiet, weniger markant, doch eine Stufe höher."

„Gerade über diese höhere Stufe hätten wir gern einiges erfahren."

Kedrow schwieg, dachte an das hungrige, halberfrorene Moskau 1921, die Vorstufe zum NEP. Unheilvolle Gerüchte in der roten Hauptstadt, unerklärliche Morde, die wie Zitronen ausgepreßten Leichen. Er dachte an die volle Figur und das echt russische Gesicht seines Todfeindes Torzow, an seinen Schuß, den Leichnam im Schnee. Alles das war - doch es gab keine Erklärung. Wer waren die Springer, woher kamen sie und wohin gingen sie? Er und die anderen haben bei aller Sehnsucht keine Antwort gefunden, die einigermaßen in das materialistische Tor gepaßt hätte. Demnach gibt es etwas Außerirdisches und gerade das hatte vielleicht der von ihm ermordete Torzow begriffen, als er zur Beichte und zur Kommunion ging.

Das, was eben hier in diesem Zimmer gehört wurde, war ernst zu nehmen. Hier versuchten die Faschisten, jenes Rätsel zu lösen, das zu lösen damals weder ihm noch der Partei gelang. Da war noch etwas anderes. Kedrow wußte, daß man in den höchsten Parteiorganen unter strengster Geheimhaltung, auch vor solchen wie er, versuchte, das zu finden, woran man selbst nicht glauben wollte und den anderen verbot, daran zu glauben. Er selbst hat im Jahre 1921 diese Arbeit begonnen. Jetzt war sie längst in anderen Händen. Er erriet mehr, denn er wußte, daß für diese Arbeit derjenige ein Ohr hatte, von dem alles in der Sowjetunion abhing. Und der Allerhöchste selbst war abhängig von Krankheiten, Alter und Tod. Kedrow begriff, er mußte erfahren, wie weit auf dieser Ebene die Faschisten gediehen waren. Die Möglichkeit gab sich ihm selbst in die Hände. Wenn man aber etwas erlangen will, so muß man auch etwas geben. Das war ein Gesetz.

„Erst jetzt habe ich Sie begriffen, Jakow Wsewolodowitsch." Kedrow schluckte krampfhaft. Ihm war klar, daß diese Russen alles andere als Christen und Orthodoxe waren, doch was waren sie und wie weit sind sie auf diesem Wege gelangt? Wenn es so stand, hatten sie das Recht, alles zu erfahren.

„Ich bitte Sie, mich für einige Stunden allein zu lassen. Ich muß viel schreiben. In vier, fünf Stunden erwarte ich Sie wieder."

Kedrow schrieb. Moskau 1921. ‚*Der Fall des Priesters Welikanoff und die Partei.*' Dann ging er zu den Springern über und legte alles nieder, was er über die seltsamen Morde wußte. Er schrieb alles, auch hier wollte er korrekt sein.

„Falls ich Sie richtig begriffen habe, Jakow Wsewolodowitsch", sagte er, als sie wieder zusammen waren, „müssen Sie dafür Interesse haben. Mehr ist dem, was ich geschrieben habe, nicht zuzufügen."

„Mehr ist nicht nötig, wenn es die Wahrheit ist. Ich habe außerdem angenehme Neuigkeiten für Sie. In diesen Tagen erhalten Sie einen Fremdenpaß und können sich frei bewegen. Das bedeutet, Sie sind kein Kriegsgefangener mehr."

„Was bin ich denn? "

„Rechtlich sind Sie den russischen Emigranten angeglichen und arbeitsmäßig ein vollberechtigter Mitarbeiter von uns."

„Mitarbeiter auf welchem Gebiet? "

„Bei der Auswahl von interessanten Kriegsgefangenen."

„Und Sie glauben, ich stimme zu? "

„Wenn Sie sich widerspenstig erweisen sollten, wird sich das sehr schlecht auf das Schicksal Ihres Freundes Bromberg auswirken. Augenblicklich behandeln wir ihn als einen Volksdeutschen. Sie wissen aber ganz genau, wer er in Wirklichkeit ist."

Endlich zeigen sie einmal die Krallen, stellte Kedrow fest.

„Ich werde mir alles überlegen."

„Darf ich mich bis morgen empfehlen?" fragte der Baron geziert und wandte sich mit Busukin dem Ausgang zu.

*

Das dritte Kriegsweihnachten rückt heran, dachte Nägele, der über Papiere gebeugt war. Nun, es kommt eben heran. Der Anruf von Kretschmar war wichtiger. Heute wird die Begegnung mit dem überfrommen Weisel arrangiert. Nägele betrachtete das Stenogramm des Telefonats mit Kretschmar.

„Sie kennen doch diesen Platz im Tiergarten. Setzen Sie sich auf die Bank in der Allee rechts vom Denkmal, wenn man von vorn herankommt. Ich werde ihn in drei Schritt Entfernung vorbeiführen. Verzeihung, daß ich so spät anrufe, früher konnte er nicht. Er inspizierte irgendwelche Kirchen. Aber bitte, verraten Sie sich nicht. Sie sind ja übrigens immer in Zivil."

Sehr gut, dachte Nägele, der denkt an alles. Bis zur Begegnung war es noch eine Stunde.

Ein älterer Sekretär in Uniform trat ein.

„Die Arbeit ist abgeschlossen, Herr Nägele. Sicherlich haben Sie gedacht, sie würde niemals fertig. Es hat lange gedauert. Die Unterlagen sind aber auch zu umfangreich. Ich habe alle Dokumente durchgesehen, mit denen Sie in den letzten Monaten in Berührung kamen..."

Das bildest du dir ein, dachte Nägele im Stillen, nur diejenigen, in die du Einsicht hast. Laut sagte er es aber nicht.

„Ihren Auftrag habe ich ausgeführt. Der Name der Firma Johann Morgen & Co wird in der Akte eines gewissen staatenlosen russischen Emigranten erwähnt, mit Namen

Wladimir Schwedow, Geburtsjahr, Ort... aber das ist nicht so wichtig. Sie haben seine Personalakten durchgesehen. Die Fremdenpolizei des Polizeipräsidiums am 24. Juni dieses Jahres, als..."

„Jaja, vielen Dank, und was weiter? "

„Das ist so ziemlich alles. Dieser Schwedow ist Angestellter dieser Firma, arbeitet als Lagerist, nicht vorbestraft, keine strafbaren Handlungen. Man kann natürlich genauere Nachforschungen anstellen."

„Sehr gut, vorläufig brauche ich nichts mehr."

Nägeles Gehirn begann, exakt zusammenzurechnen. Erstens, Wladimir Schwedow, zweitens Firma Johann Morgen & Co. Dort ist auch Kretschmar mit seinem Major Weisel. Man braucht eine neue Akte. In exakter Rundschrift schrieb Nägele auf einen Schnellhefter:

‚*Firma Johann Morgen & Co.*'

Er fixierte am Rande geheimnisvolle römische und arabische Zahlen, spannte einen frischen Bogen ein und begann zu schreiben. Name und Adresse der Besitzer, Firmenanschrift, Angestellter W. Schwedow. Es folgten kurze Angaben zur Person, der Name der Emigrantenorganisation, der Schwedow angehörte, ferner die Namen von Luganoff und Doktor Tarasjan.

Dann begann er, eifrig zu telefonieren. Nach einer halben Stunde hatte er alle kurzen Angaben über diese Herren und vermerkte gewissenhaft:

„Kennen den Schwedow / in Paris anfragen."

Wieder Zahlen und in Klammern:

„Möglich, daß sie mit dem Fall der Nichtarierin Lurie zu tun haben, wird gefahndet."

Zum Schluß schrieb er die Namen Kretschmar und Pastor Major Weisel und den Vermerk:

„Nach dem Bericht von Kretschmar werden in der Firma Johann Morgen & Co. staatsfeindliche und wehrmachtszersetzende Gespräche geführt."

Nägele fügte sein persönliches Resümee hinzu und dachte angestrengt nach, ob etwas vergessen sei. Anscheinend nicht. Es war Zeit für das Rendezvous mit Weisel.

Nägele war mit sich selbst zufrieden, sogar sehr zufrieden. Am Rande des Parks verließ er das Auto. Es gab nur wenig Spaziergänger. Der Weg war mit nassen, am feuchten Boden klebenden Blättern bestreut. Die Bank war naß und leer. Nägele legte eine Zeitung unter sich und nahm eine Stulle mit Blutwurst in die Hand. Wie ein Landstreicher sehe ich aus, dachte er. Das bin ich allerdings auch, nur auf einer sehr hohen Ebene. Dann lächelte er. Was geschieht, wenn sich auf meinem Hintern der Leitartikel des ‚*Völkischen Beobachters*' abdruckt. Ist das strafbar oder nicht?

Fünf Minuten später erschienen zwei Gestalten am Denkmal. Rechts von Kretschmar schritt munter ein Mann, etwa fünfundfünfzig bis sechzig Jahre alt, im neuen Regenmantel mit Gürtel, der lebhaft auf Kretschmar einredete... Nägele beobachtete ihn mit dem verstohlenen, ätzenden Blick, der allen Spionen, Gaunern und nicht allzu talentierten Künstlern eigen ist. Er wollte sich alle Einzelheiten merken, Konturen der Gestalt, Haltung, Schritt. Ja, er ist ein Militär und dem Aussehen nach persönlich ein anständiger Mensch, vielleicht sogar Idealist. Also gefährlich.

„Da ist noch ein Landstreicher", sagte Weisel zu Kretschmar, „dazu noch im Einberufungsalter. Mit ihnen wird nicht mal der Krieg fertig."

„Warum meinen Sie, daß das ein Landstreicher ist? "

„Wer wird sich sonst im Tiergarten auf eine nasse Bank setzen, dazu noch im billigen Mantel auf einer Zeitung? "

Kretschmar lächelte.

„Sie haben natürlich recht", antwortete er, hatte dabei aber finstere Gedanken.

„Also, lieber Kretschmar, wenn Sie es wollen, mache ich Sie mit meinen Kriegskameraden bekannt. Erstens - Oberst Altberger, und zweitens Major Arnulf - dreimal verletzt, das letzte Mal in Frankreich, jetzt hier irgendwo beim OKW, hat ein Ritterkreuz, mit dem er herumläuft wie mit einer Porzellanvase aus der Mingh-Zeit. Tritt einfach an die Leute heran und fragt: ‚Wissen Sie, daß ich ein Ritterkreuzträger bin? ' Sie werden ihn bald selbst kennenlernen."

„Ich meine, man muß schneller handeln!"

„Einverstanden. Wir kommen alle in Zivil, in das bekannte Restaurant in Tempelhof."

„Ich bin sowieso immer in Zivil. Um welche Zeit? "

„Um sieben. Jetzt leben Sie wohl!"

Das Restaurant in Tempelhof war aus einer ehemaligen Dorfkneipe umgebaut und lag an einem Platz, der annodazumal im Zentrum des Dorfes lag. Schon längst aber war die Stadt ringsum gewachsen. Kretschmar setzte sich und bestellte ein Bier. Kaum nippte er daran, als Weisel erschien, ganz in dunkel. Hat sich wieder in eine geistliche Persönlichkeit verwandelt. Allzu fix geschehen bei uns in Deutschland derartige Metamorphosen. Wieder zog Kälte von der Tür. Im Zimmer stand ein mittelgroßer Mann mit einer Brille, in blauem Mantel und einem Homburger. Er putzte sich methodisch die Nase und nickte Weisel freundlich zu.

„Meine Herren, sehr angenehm, darf ich Sie bekannt machen? Herr Kretschmar, unser sehr geachteter Fabrikant und Chemiker - Herr Oberst Altberger."

„Sehr angenehm. Ich hoffe, Sie sind nicht derjenige, der aus allem möglichen Dreck Eßwaren fabriziert? "

„Nein, ich bin auf einem ganz anderen Gebiet tätig."

„Sehr schön."

„Und der Vierte? "

„Kommt gleich", sagte Weisel und erwies sich als Prophet.

Die Tür klirrte besonders laut und abgehackt. An der Schwelle klirrte es nochmals, ein Uniformvorstoß blitzte. Im Zimmer stand ein etwa fünfunddreißigjähriger Mann, groß, hager, in Uniform mit Majorsschulterstücken, unglaublich blitzenden Stiefeln - und Ritterkreuz. Der dünne Hals war mit einem Adamsapfel versehen. Viel höher präsentierte sich ein runder Kopf mit abstehenden Ohren, die Augen blickten lustig und ein bißchen stumpf wie zwei matt leuchtende Knöpfe. Noch leuchtender waren die Zähne von einem geradezu reklamemäßigen Weiß, wie auf den Bildern Hollywooder Schauspieler. Ein frecher Bengel hätte über den Eingetretenen gesagt, daß sein Kopf einem lachenden Pfannkuchen ähnelt. Der Eingetretene knallte mit den Hacken und salutierte.

„Was soll denn das?" Kretschmar beugte sich zu Weisel. „Wir hatten doch verabredet, in Zivil zu kommen?"

„Ich verstehe es selbst nicht."

„Gestatten die Herren - Major Arnulf."

„Sehr angenehm - Oberst Altberger."

Wieder knallte Arnulf mit den Hacken und nahm Haltung an.

„Aber bitte, wir sind hier doch alle in Zivil. Wozu ziehen Sie solch eine Parade auf. Nehmen Sie bitte Platz. Hier ist unser Freund, Fabrikant Kretschmar. Unseren Pastor Weisel kennen Sie ja."

„Sogar mehr als das."

Arnulf knallte wieder die Hacken zusammen und salutierte.

„Wo darf ich mich setzen?"

„Hier, näher zu Herrn Kretschmar. Sie kennen ihn am wenigsten."

„Pardon - leider überhaupt nicht."

„Sehr schade, er hat Sinn für Chemie."

„Das ist interessant." Der Pfannkuchen trat in Tätigkeit. „Ich hörte, die Chemiker produzieren ein Pulver, mit dem die Juden bestreut werden."

„Nein, so etwas mache ich nicht und ich will auch sehr hoffen, daß so etwas in Natur nicht vorhanden ist."

„Erlauben Sie mal! Sie wissen doch, was unser Führer gesagt hat, und der irrt sich wie bekannt, nie. Nämlich, wenn es den Juden gelingt, einen Krieg zu entfesseln - und das ist ihnen bekanntlich gelungen - wird dies ihr Ende in Europa bedeuten."

Arnulf lächelte noch mehr und blickte alle triumphierend an.

„Mich interessiert sehr wenig, was mit den Juden geschehen wird, aber als evangelischer Pfarrer interessiert mich umso mehr, was mit dem deutschen Volk geschieht."

„Sie zweifeln doch nicht an dem Endsieg?" Oberst Altberger hob die Brauen.

„Rein militärisch natürlich nicht. Doch befürchte ich, wir könnten den Krieg politisch verlieren."

„Wie meinen Sie das?"

„Wir haben zu viele Goldfasane."

„Das ist ein Wort, das mir gefällt." Major Arnulf lief rot an. „Sie haben mir aus dem Munde gesprochen. Wie ich diese Braunen hasse! Neulich stieg ich aus dem Zug am Bahnhof Zoo, aus der ersten Klasse, und solch ein brauner Bengel macht mir noch nicht mal Platz an der Tür, als ob an meinem Hals eine Fliege wäre und kein Ritterkreuz. Wie finden Sie das?"

„An Arroganz lassen diese Braunen nichts missen."

„Und noch etwas. Ich begegnete irgendso einem Führer der Hitlerjugend mit einem Hund an der Leine. Der Hund hat mich verbellt. Ich sage diesem Bengel: ‚Beruhigen Sie Ihren Köter!' und er ganz frech: ‚Wie kann denn ein Ritterkreuzträger vor einem Köter Angst haben?' Habe ich ihn gleich angebrüllt: ‚Du Rotznase!' Und er: ‚Bitte, nicht so lautstark. Auch ich diene treu dem Führer.' Wenn es wenigstens ein imposanter deutscher Schäferhund gewesen wäre, aber nein, ein ganz kleiner Dackel."

Mein Gott, dachte Kretschmar, auch wenn du dem Führer treu dienst und das Ritterkreuz hast, klüger bist du deshalb nicht.

„Sie haben völlig recht", Oberst Altberger schüttelte den Kopf. „Wir alle üben Treue dem Führer gegenüber. Doch wir alle wissen auch, daß der Führer nicht allwissend ist. Er ist trotz allem ein Mensch, und der Krieg hat leider gezeigt, daß allzuviel von menschlichem Bruch sich in Partei und Staat eingeschlichen hat, und leider haben manche aus diesem Bruch ganz hohe Posten im Staat. Ich glaube, es so formulieren zu dürfen: Treue zum Führer, ja, aber Treue zum Gesindel kommt nicht infrage!"

„Ich hätte mich anders ausgedrückt. Die Treue zu unserem Führer verlangt von uns eine sehr aufmerksame Beobachtung all dessen, was bei uns geschieht."

„Da streitet niemand mit Ihnen, Herr Kretschmar, aber ich bin eine geistliche Persönlichkeit und Sie wissen, daß Theologie auf Logik beruht. Ich bitte Sie, mir logisch zu erläutern, was Sie konkret unternehmen wollen, das heißt, wo ist der Anfang und wo ist das Ende."

„Man muß damit anfangen, daß sich alle anständigen Deutschen, die dem Vaterland treu sind, organisieren und ihre Pflicht tun."

„Vor wem? "

„Vor dem Führer und dem deutschen Volk."

„Meine Herren, wir sind hier unter uns und wollen kein Verstecken spielen. Wenn unser Führer etwas Falsches tut - was dann? "

„Dann ist es unsere Pflicht, den Führer auf seine Fehler aufmerksam zu machen und diejenigen zu bezichtigen, die ihn auf den falschen Weg gedrängt haben."

„Ich möchte gern wissen, wie Sie mit dem Führer reden werden, Oberst. So und so... Oberst Altberger... melde mich gehorsamst, darf ich, mein Führer, Sie darauf hinweisen, daß Sie das und das falsch machen. Vielleicht so? "

„Natürlich nicht, Herr Kretschmar. Man kann zum Beispiel eine schriftliche Eingabe einreichen."

„Auch ohne uns gibt es schriftliche Eingaben genug. Ich als evangelischer Pastor hielt immer Martin Luther für mein Vorbild. Er hatte niemals Angst, den Mächtigen dieser Welt ins Gesicht zu sagen, was sein Gewissen verlangte. Genau so werde ich auch handeln, und auch Sie müssen so handeln, meine ich."

„Einverstanden, Herr Pastor Weisel. Ich bin ein Christ und an meinem Hals hängt ein christliches Ritterkreuz, vom Führer verliehen. Das heißt aber noch lange nicht, daß ich keine eigene Ehre habe. Für mich ist der Führer nur so lange der Führer, wie er richtig handelt. Wenn der Führer falsch handelt, so ist er für mich kein Führer mehr und mein Ritterkreuz zwingt mich, Maßnahmen zu treffen."

„Das ist sehr konkret. Herr Oberst Altberger und Herr Pastor Weisel, sind Sie mit dem einverstanden, was unser neuer Freund, Herr Major Arnulf, eben gesagt hat? "

„Im großen und ganzen ja. Wir müssen nur noch über praktische Schritte einen gemeinsamen Nenner finden."

„Für den Anfang schlage ich gegenseitige Information über alle bemerkten Schweinereien und Schwächen unseres staatlichen, Partei- und Wirtschaftssystems vor. Meine Herren, drei von uns sind Militärs, ich allein bin Wirtschaftler. Einverstanden? Sie informieren mich über ein Versagen im militärischen Bereich und ich informiere Sie über dasselbe auf dem Gebiet der Volkswirtschaft. Natürlich wirken wir alle auf dem Gebiet des Erlaubten."

„Genau, Herr Kretschmar. Ich weiß, wir können uns alle vertrauen. Sie müssen wissen, ich irre mich niemals in Menschen, und schon nach drei Wochen werden Sie von mir etwas erfahren. Sie müssen wissen, ich habe gewisse Beziehungen zu der Konstruktion eines neuen Panzers. Die Augen werden Ihnen übergehen."

„Einverstanden. In drei Wochen also. Ich nehme an, wir müssen jedesmal den Treffpunkt wechseln. Ich werde Sie alle benachrichtigen. Jetzt trinken wir friedlich unser Bier. Wir müssen uns näher kommen. Besonders interessiert mich unser lieber Major Arnulf. Nicht jeden Tag sitzt man mit einem Ritterkreuzträger am gleichen Tisch."

„Sehr verbunden. Das Ritterkreuz habe ich in Frankreich erhalten. Ich bin Panzeroffizier. Einzelheiten sind uninteressant. Eine gewisse Festigkeit des Herzens habe ich natürlich gezeigt. Wissen Sie, ich halte den Grundgedanken, die Idee des Ritterkreuzes, für völlig richtig. In der Nachkriegszeit werden die Besitzer dieser Auszeichnung den Kern unseres neuen Adels bilden, sozusagen die kulturellpolitische Elite. Und das ist mehr als gerecht. Der alte Adel ist doch degeneriert."

Wenn man dein Portrait anblickt, glaubt man wirklich an eine neue Elite, dachte Kretschmar spöttisch, und fügte im Stillen hinzu, dann ist ein neues Unglück im Anrücken.

„Ich bin sogar bereit, mich teilweise mit Ihnen einverstanden zu erklären." Oberst Altberger lächelte fein. Seine Mutter war eine geborene von Giono. Er sagte nichts mehr, doch er stufte den Major Arnulf in die Kategorie der schlecht erzogenen und taktlosen Menschen ein.

„Was machen Sie sonst, außer dem Dienst?"

„Die freie Zeit widme ich der Familie. Ich habe Frau und drei Kinder, Engelke, Gunter und Hagen. Auch dem Sport, besonders Schwimmen und Reiten."

Wenn du noch einen Sohn bekommst, taufst du ihn sicherlich Siegfried, dachte Kretschmar giftig, und fügte laut hinzu:

„Schwimmen? Das ist interessant. Wo schwimmen Sie denn?"

„Im Sommer in der Havel und im Winter in der Halle. Übermorgen gehe ich wieder hin. Wollen Sie sich anschließen?"

„Ich gehe gern mit. Wohin und um welche Zeit?"

„Donnerstag, zwei Uhr. Hier ist die Adresse."

„Einverstanden, und jetzt müssen wir nach Hause, lieber Oberst. Ich habe mich sehr gefreut, Ihre Bekanntschaft zu machen und ganz besonders auch die Ihre, Major. Für mich waren die Träger hoher militärischer Auszeichnungen immer so etwas wie halbe Götter. Selbst habe ich keine. Jetzt sehe ich, daß ihr alle sehr nette Leute seid."

„Wenn wir diesen Krieg gewinnen - und wir werden ihn gewinnen - wird mein Kreuz noch mehr Bedeutung haben. Einem gewöhnlich Sterblichen wird sein Glanz allein zum Anschauen genügen."

Arnulf erhob sich, als ob ein Schlagbaum zu schnell hochgezogen wird, salutierte dem Oberst.

Grüßen kann unser Major wirklich einzigartig, stellte Altberger fest. Das also ist der neue Adel. Das Bier hier ist auch so schlecht.

Alle standen auf der Straße. Es nieselte.

Kretschmar schritt nach Hause und überlegte. Die Sache klappte. Anscheinend hatte er keine Fehler gemacht. Der Wertvollste war Major Arnulf, weil er der dümmste war. Ist das ein Haudegen! Schade, daß man jetzt keine Karrikaturen mehr auf die Militärs malt. Er fühlte jedoch, daß man sehr schwer eine Karrikatur auf Arnulf produzieren konnte. Das Original war selbst eine lebende Karrikatur. Kein

Schauspieler wird es auf der Bühne fertigbringen, so die Rolle eines Majors zu spielen. Immer ist das Leben viel farbenprächtiger als die Bühne... Interessant, was hat er mit der Konstruktion eines neuen Panzers zu schaffen. Kretschmar fühlte sich unbehaglich. Für einen Rückzug war es zu spät. Anfang Januar war das Treffen mit dem ‚Regenmantel.' Dann mußte es schon greifbare Resultate geben. Übermorgen mußte er mit Arnulf schwimmen. Schauen wir uns also diesen Ritterkreuzträger im Wasser an.

Als Kretschmar die Schwimmhalle betrat, ertönte ihm furchtbares Geschrei entgegen. Eine Schulklasse nahm Schwimmunterricht. Der Lehrer mit dem Ausdruck eines ausgepeitschten Pferdes, und mit den Händen fuchtelnd, erteilte seine Anweisungen. Die warme Feuchtigkeit wirkte angenehm.

„Ihre Nummer." Ein älterer Bademeister gab ihm eine Marke. „Hier ist Ihre Kabine. Treten Sie ein und schließen Sie die Tür. Von der anderen Seite geht es in die Schwimmhalle."

Kretschmar schaute sich den alten Mann an. Anscheinend hat man auch hier die Jungen eingezogen. Das Bassin war zehn Meter breit und fünfundzwanzig Meter lang. In einer abgeteilten Hälfte hüpften Gymnasiasten wie die Frösche.

Ein hoher Mann, wie eine Bambusstange, schritt ihm entgegen. Die Bambusstange trug einen altmodischen Badeanzug mit viel zu langen Hosen, was die Beine noch dünner machte. Eine Gummi-Badekappe mit einem roten Bommel war bis zu den Ohren über den roten, vom Dampf aufgedunsenen, Kopf gezogen. Teufel noch mal, Kretschmar verschlug es den Atem, jetzt fange ich an zu lachen und habe einen Feind fürs ganze Leben. Hat er sich herausgeputzt, kein Ritterkreuz, aber dafür einen Bommel.

„Citoyen salut!" zitierte die Bambusstange. „Sie sind sehr pünktlich. Bitte, staunen Sie nicht über meine Kappe. Die Frau hat furchtbare Angst, daß ich ertrinke. Sie sagt immer, im Wasser sähe man schlecht, rot ist aber gleich zu bemerken. Ich selbst habe auch ein bißchen Angst. Hier ist es immerhin zwei Meter fünfzig tief, reicht über den Kopf. Die Nerven sind so ein bißchen... Ein Ritterkreuz kriegt man nicht umsonst. Meistens bin ich in der Hälfte für Nichtschwimmer, obwohl man auch dort ertrinken kann. Ein Meter ist auch genug. Steigen wir ins Wasser. Wissen Sie, ich bin kein Seemann, sondern Panzerfahrer."

Energisch kletterte Arnulf die Treppe ins Wasser herunter. Einer von den tobenden Gymnasiasten blickte sich zufällig um, machte den Mund auf und stieß einen anderen mit dem Ellenbogen an. Die Jungens machten Platz. Sofort hörte das Geschrei auf. Zwischen ihnen schritt Arnulf wie ein Eiffelturm inmitten der Pariser Häuser, setzte sich hin und schwamm mit herausgequollenen Augen und fuchtelnden Händen los.

„Otto, kiek mal, der schwimmt wie ein Stock, wie Priem im U-Boot!"

„Die Kniescheibe auf dem Kopf ist mit dem Roten zugeklebt!"

„Wie die Schlafmütze meiner Tante Frieda!"

Arnulf schwamm zurück. Im Stillen tratschten die Jungen weiter.

„Der rudert aber!"

„Was heißt hier rudern - mit den Händen pflügt er!"

„Was steht ihr da unten, Jungs!" ertönte die Stimme des Lehrers. „Schwimmt doch, wir haben nur eine Stunde!"

„Es ist sehr eng hier, Herr Wegner, hier ist ein Erwachsener!"

„Hören Sie, mein Herr da unten", begann Herr Wegner. „Sie können doch schwimmen. Könnten Sie nicht in die andere Hälfte gehen. Hier sind nur Schüler und einige lernen noch."

Mit gerötetem Gesicht erhob sich Arnulf aus dem Wasser.

„Ich bitte Sie, mir keine Ratschläge zu erteilen. Ich komme direkt von der Front und habe das Recht zu schwimmen, wo ich will."

„Ja, selbstverständlich, aber Sie scheinen mir ein guter Schwimmer zu sein..."

„Darauf können Sie Gift nehmen! Hier, aufgepaßt!"

Und Arnulf zerteilte das Wasser mit der Bugspitze seines zylindrischen Bauches und bewegte sich munter in die tiefere Hälfte. Tatsächlich schwamm er über der dunkelblauen, zweihundertfünfzig Zentimenter zählenden Tiefe. Der Lehrer, anscheinend ein Spaßvogel, zwinkerte seinen Zöglingen zu. Zwei ältere Jungen folgten ins tiefe Wasser und tauchten plötzlich. Auch Kretschmar schwamm dorthin. Arnulf war bereits unter dem Sprungbrett, als unter ihm etwas Gelbes schimmerte. Im nächsten Augenblick verschwanden Kopf und Bommel unter Wasser, tauchten eine Sekunde später wieder auf. Wild riß Arnulf die Hände empor, versuchte, das Sprungbrett zu packen, schaffte es aber nicht. Unter Wasser schwamm der zweite Junge heran. Wieder versank der Bommel, als Ersatz erschienen handfeste Luftblasen an der Oberfläche. Hinter den Luftblasen Major Arnulfs ziegelsteinfarbenes Gesicht.

„Aufsicht, Hilfe!"

Von allen Seiten rannten neugierige Gymnasiasten herbei, drängten sich an der Hälfte für Schwimmer zusammen, stießen sich gegenseitig weiter. Seinen weißen Kittel abwerfend lief der Bademeister vom Rande des Bassins herbei. Von der anderen Seite galoppierte Lehrer Wegner heran. In diesem Augenblick stieß man im Gedränge einen Dreikäsehoch ins tiefe Wasser.

„Dietmar sinkt!" brüllten die Gymnasiasten verzweifelt.

„Weg vom tiefen Wasser!" scheuchte der Lehrer seine Jungen fort.

Der Bademeister streckte die Hände, sprang in tadellosem Stil ins Wasser und schleppte den röchelnden Arnulf ins seichte Wasser. Ein unglaubliches Gebrüll und Durcheinander war in der Halle.

„Wer von diesen Strolchen hat mich am Fuß gepackt!" gurgelte Arnulf. „Mindestens fünf Mann haben mich unter Wasser angegriffen. Wer ist der Lehrer? Wo ist der Lehrer? Das nennt sich deutsche Jugend! Wo ist die Aufsicht? Warum hat man mich beinah eine halbe Stunde unter Wasser gehalten, bevor ich rausgezogen wurde? Ich bin eben von der Front gekommen. Ich bin Ritterkreuzträger und das ist der Dank des Vaterlandes! Wie einen Köter will man mich ertränken. Ich, ich... ich weiß Bescheid... hier ist ein Kommunistennest! Mich könnt ihr nicht hinters Licht führen!"

„Wozu gehen Sie denn ins tiefe Wasser, wenn Sie nicht schwimmen können? "

„Ich kann schwimmen, Bademeister! Aber Sie können nicht retten. Sie haben mir die Kehle zugedrückt. Ihnen hat der Führer das Leben deutscher Menschen anvertraut und Sie würgen unter Wasser deutsche Offiziere."

Mit gewohntem Blick beobachtete Kretschmar, wie der erbleichte Wegner die Jungen aus dem Wasser jagte. Rapide verkleinerte sich der Menschenhaufen. Die Delinquenten der Unterwasserattacke waren verschwunden.

„Ich lasse mich nicht beleidigen!" Arnulf verminderte den Ton etwas. „Ich kann schwimmen und werde Ihnen das gleich beweisen!"

„Nein, bitte nicht. Sie haben schon alles bewiesen und wir glauben Ihnen. Sie sind ein Meisterschwimmer für ganz Deutschland." Giftig verzog der Bademeister die Lippen.

„Was wollen Sie damit sagen? Warum haben Sie mich unter Wasser gewürgt? "

„Niemand hat Sie gewürgt. Sie brüllten wie am Spieß, und das ist der gewöhnliche Griff, Ertrinkende zu retten."

„Ein schöner Griff!" höhnte Arnulf. „Wo sind die Lumpen, die mich ertränken wollten? "

„Erlauben Sie, wer wollte Sie ertränken? Einer meiner Schüler ist einfach aus Versehen ins tiefe Wasser geraten und hat sich an Ihnen festgeklammert."

„Mindestens fünf haben sich an mir festgeklammert - vielleicht neun. Mein Freund hat es gesehen."

„Verzeihung, ich war ziemlich weit. Es waren nur zwei, glaube ich", lenkte Kretschmar ein.

„Auch das ist genug! Wo sind diese Blagen? Sie sind mir verantwortlich, Lehrer!"

„Bitteschön. Ich weiß aber nicht, was geschehen ist. Meines Erachtens hat Ihnen niemand etwas angetan."

„Das schlägt dem Faß den Boden aus! Herr Kretschmar, ich ziehe mich an. Wir werden schon Klarheit schaffen in der Halle draußen!"

Als Kretschmar angekleidet die Vorhalle betrat, hörte er, wie sich zwei leise unterhielten.

„Tatsächlich ein Ritterkreuzträger, in voller Uniform. Im Wasser wie eine Vogelscheuche und hier wie Lohengrin. Verlangt nach dem Direktor. Skandal für ganz Berlin! Du bist im Wasser wie ein Fisch, hast dafür aber keine Orden."

„Der holt vielleicht noch die Polizei."

Hinter einer Glastür hörte man Arnulfs Stimme. Kretschmar klopfte und trat ein. Ein älterer Mann, in weißem Kittel über einem hellen Anzug, stützte sich verlegen auf den Tisch. Mit zusammengekniffenen Lippen stand Lehrer Wegner am Fenster.

„Zum letzten Mal, nennen Sie mir diese Strolche oder nicht? "

„In meiner Klasse gibt es weder Strolche noch Verbrecher, Herr Major."

„Demnach - wer wollte mich versenken? "

„Nach meiner Ansicht - niemand. Es ist ein Irrtum passiert. Wenn Sie aber unbedingt wollen... hier ist mein Ausweis. Ich bin Assessor. Darf ich Ihren Namen erfahren? "

„Meine Herren, Herr Major!" Der Ältere im weißen Kittel versuchte offensichtlich, die Streithähne friedlich zu stimmen. Doch Major Arnulf ließ alle Zügel fahren.

„Das wird nicht so belassen! Ich gestatte nicht, mich zu ertränken. Ja, wenn ich U-Boot-Fahrer gewesen wäre, aber ich bin Panzerfahrer..."

„Sind das Strolche!" regte er sich noch auf der Straße auf. „Direkt Sodom und Gomorra! Aber auch in meiner Dienststelle herrscht eine schöne Ordnung. Ich glaube, Ihnen bereits gesagt zu haben, daß ein neuer Panzer entsteht und ich später die Versuche durchführen soll."

Kretschmar spitzte die Ohren. Durch das Unterwasserabenteuer aus dem Konzept gebracht, schwatzte und schwatzte Arnulf über den neuen Panzer.

„Was denken Sie", schnitt er seinen Redestrom plötzlich ab. „die verdammten Bengels, die mich ertränken wollten. Ob sie Kommunisten waren? "

„Kommunisten, nein, das ist kaum anzunehmen", antwortete Kretschmar in Gedanken und versuchte, selbst kein Wort von dem zu vergessen, was Arnulf gesagt hatte. Er machte die nächste Begegnung aus und verabschiedete sich sehr schnell, wodurch er Arnulf in tiefes Erstaunen versetzte. Der Ärmste, wie er sich erschrocken hat, vielleicht habe ich mit solch einer wilden Stimme gebrüllt. Was soll man auch von diesem Zivilisten verlangen! Noch nicht einmal an der Front war er. Die verdammten Lausebengel!

Und munter marschierte Arnulf nach Hause.

Er konnte nicht ahnen, daß Kretschmar in der nächsten Kneipe saß und fast eine Stunde lang Wort für Wort von dem notierte, was mit dem neuen Panzer zusammenhing.

IM LAGERSYSTEM DES REICHSMINISTERIUMS OST

Es war ein kalter Februar. So krampfhaft wie der heulende Wind über den Feldern, spannte sich die Kriegsmaschine an. Unangenehme Gerüchte sickerten von der Ostfront durch. Man munkelte über den verzweifelten Widerstand der roten Truppen, über die grausame Kälte, die alle Operationen lahmlegte. Etwas klappte nicht. Doch niemand konnte sagen, was das war.

Im März begann der Frühling. Alle Hoffnungen richteten sich auf das Frühjahr und den Sommer. Die Kriegsgefangenen des Sonderkontingents in den Umschulungslagern des Reichsministeriums für die besetzten Ostgebiete, verloren sich im Rätselraten, was die Deutschen eigentlich wollten. Längst hatte die Mehrzahl von ihnen innerlich mit der Sowjetmacht gebrochen. Sie fühlten sich diesem System in Nichts verpflichtet, ein System, das in Friedenszeiten niemanden schonte und sich in Kriegszeiten als Versager erwies. Der Eid existierte für sie nicht mehr. Das alles gab aber keine Antwort auf die Grundfrage: Was wollen die Deutschen? Im Winter herrschte das Gespenst des Massensterbens. Jetzt lebte es sich in den neuen kleinen Lagern viel besser. Die Lebensmittelration war groß genug. Ständig Kommissionen, Besuche, Besichtigungen. Die Gefangenen in diesen Lagern ahnten nicht, daß viele sich mit der Frage abmühten: Was in letzter Konsequenz wollte man mit diesen Menschen?

In dem geräumigen und gut geheizten Zimmer einer schmutziggrünen Baracke eines ehemaligen Arbeitsdienstlagers waren fünf Mann versammelt. Doktor Wigen Aramowitsch Tarasjan, Serafim Grigorjewitsch Luganoff und Wolodja Schwedow. Der Vierte war Vater Genadij. Er strahlte vor Freude und wühlte angestrengt in seinem billigen, aber umfangreichen Koffer mit dem Meßgewand, der Stola und anderen Utensilien eines aktiven Kultdieners, wie sich scherzhaft soeben der fünfte Anwesende äußerte, ein magerer, leicht ergrauter Mann mit einer Armprothese und klugem, energischem Gesicht.

„Ich hoffe, Vater, Sie sind mir wegen des Ausdrucks ‚Kultdiener' nicht böse? " fragte er lächelnd.

„Weshalb denn, Doktor, wie kann ich denn? Seitdem die Kommunisten Tausende von Priestern zu Tode gequält haben, ist die offizielle Bezeichnung ‚Kultdiener' etwas sehr Ehrenhaftes, ein Symbol des Märtyrertums geworden. Ich versichere Ihnen, es ist eine große Ehre, so genannt zu werden."

„Ich dachte schon... Um beim Thema zu bleiben, Serafim Grigorjewitsch, Ihre Frage über den Zweck dieser Lager. Sie wissen, daß ich ein mittlerer Beamter des Ministeriums bin. Ich störe mich immer an dem ‚*für die besetzten Ostgebiete*', viel besser wäre ‚*für die befreiten Ostgebiete.*' Das ist nicht das Wesentliche. Wir alle hoffen auf den Sieg. Aber, um wenigstens zeitweise die riesigen Gebiete richtig zu verwalten, können wir mit unserem Beamtenstab nicht allein auskommen. Wir müssen die Bevölkerung zur Zusammenarbeit heranziehen, Russen, Ukrainer, Weißrussen. Doch wir können nicht die Vermittlung zwischen der Bevölkerung und uns jedem anvertrauen. Erst müssen wir uns in dem menschlichen Material zurechtfinden, das positive Element heraussuchen, es vorbereiten. Erst dann können wir riskieren, diese Leute als unsere Vertrauten einzusetzen. Diese Arbeit führen wir erst einen Monat durch, meine Herren, und ich muß feststellen, daß trotz aller Schwierigkeiten der positive Erfolg bereits ersichtlich ist."

„Eine Frage, Doktor, kann man überhaupt von einer positiven Arbeit reden, wenn die Gefangenen noch immer in so schweren materiellen Verhältnissen leben. Sie leben ohne Zweifel viel besser als vorher, aber bis zum Ideal ist es noch sehr, sehr weit."

„Ich bin ganz Ihrer Meinung, Wigen Aramowitsch, ich tue alles, was ich kann. Doch nur sehr schwer bricht sich das neue Verhalten zu den sowjetischen Kriegsgefangenen Bahn. Sie wissen, über mir sind sehr viele verschiedene Vorgesetzte."

„In diesem Kontingent, Doktor, gibt es auch viele negative Elemente."

„In welchem Sinn negativ? "

„Wie soll ich Ihnen das klarmachen. Es gibt viele Menschen, die aus niedrigsten Instinkten die Front gewechselt haben. Drüben dienten wir den roten Kommissaren, hier wollen wir es mit den braunen versuchen! Wie bei Puschkin in ‚*Boris Godunow*':

Litauen oder Rußland,
ist wie Geigen- oder Zitherklang!

Ich lasse mir nicht nehmen zu sagen, daß die Kommissionen im Osten schlecht arbeiten."

„Auch das ist mir bekannt, Serafim Grigorjewitsch. Es fehlt an qualifizierten Kräften, die die nötigen Leute unter den Deutschen und den russischen Emigranten finden - sehr viele der Mitarbeiter des Reichsministeriums Ost haben noch lange nicht ihre Haßpsychose gegenüber allem, was aus dem Osten kommt, überwunden. Psychose leider nicht nur gegenüber dem Kommunismus, sondern überhaupt zu allem russischen. Zu Beginn habe ich Ihnen deutlich gesagt, daß wir für Rußland arbeiten, für ein Rußland der Zukunft und ohne Kommunisten. Doch es gibt leider nicht so viele Menschen, die begriffen haben, daß ein Krieg gegen den Kommunismus noch lange nicht Krieg gegen das russische Volk bedeutet. Deshalb suchen diejenigen, die die erste Auswahl treffen, oftmals solche, die am lautesten schreien, sie seien gegen den Kommunismus und schwören, wenn es not tut, den Deutschen selbst die Stiefel zu putzen. Gottlob nicht nur. Außerdem ist es ein großer Mangel, daß in manchen Kommissionen einfach keine Leute sind, die Rußland kennen. Dabei habe ich einen Gedanken. Wäre jemand von Ihnen einverstanden, für einige Monate nach dem Osten zu verreisen? "

„Haben Sie einen von uns in Aussicht, Doktor? "

„Offen gesagt, ja. Den Jüngsten. Wladimir Alexejewitsch, wie stehen Sie zu meinem Angebot? "

„Ich würde mich sehr freuen. Wann ungefähr? "

„Machen Sie sich in einigen Tagen zur Abreise bereit, für einige Monate, wenn der Marschbefehl fertig ist. Sie erhalten natürlich schriftliche Instruktionen und wir werden uns noch ein paarmal unterhalten."

„Wie weit wird die Reise gehen? "

„Ins Generalgouvernement. In den besetzten Ostgebieten ist für Sie nichts zu tun. Dort sind natürlich auch Kommissionen, die die Auslese treffen, doch das ist die erste Instanz. Einverstanden? "

„Selbstverständlich."

„Dann sind wir uns einig. Bitte, erwarten Sie die nächsten Nachrichten."

Es war Abend. Wolodja saß bei seiner Mutter und bereitete sie systematisch auf die unabwendbare Trennung für einige Monate vor. Die Mutter saß auf dem Divan, eingehüllt in ihr warmes Orenburger Umschlagtuch.

„Schön und gut. Du fährst fort. Sind dir die Einzelheiten bekannt? Einige Monate? Das heißt, nicht weniger als zwei Monate und nicht mehr als ein Jahr. Was wirst du dort machen? Ich glaube dir gerne, daß dieser Doktor Bertel ein anständiger Mensch ist. Er ist aber nicht allmächtig. Dort im Osten können sie dich in die Armee hetzen, oder in solch eine Dienststelle, daß du niemals mehr herauskommst. Ich nehme an, in jeder Dienststelle wirst du nicht gerne arbeiten? "

„Natürlich nicht. Ich werde da drüben in derselben Dienststelle sein wie hier, im Reichsministerium Ost, und meine Tätigkeit ist auch ungefähr dieselbe."

„Paß auf, Wolodja, gerate nicht in eine Falle. Heutzutage ist das mehr als einfach.”

„Mutter, ich weiß selbst, was wir für Zeiten haben. Aber meine Pflicht muß ich auch tun.”

„Das sind große Worte, Wolodja. Natürlich muß ein Mensch seine Pflicht tun, doch nur dann, wenn es von Nutzen ist. Sieh zu, daß du dich nicht allzu billig verkaufst.”

„Du weißt, Mutter, daß ich mit einer Schar von Kameraden nach Kräften den Kommunismus bekämpfe.”

„Was kann euer Häuflein denn schon tun? ”

„Seinerzeit war die Zahl der Bolschewisten nicht viel größer als die unsere.”

„Lassen wir diesen Streit. Du bist ein erwachsener Mensch und kannst handeln, wie du willst. Und mich läßt du hier allein? ”

„Millionen Mütter sind in derselben Lage. Ich werde dir oft schreiben und vielleicht auch etwas schicken.”

„Diese Veränderungen gefallen mir gar nicht. Plötzlich fingst du an, mit aller Kraft deine Entlassung aus der Firma zu bewerkstelligen, obwohl das dort sehr anständige Leute waren und gut mit dir standen. Aus irgendeinem Grunde wolltest du unbedingt in das Ostministerium...”

„Durchaus nicht aus irgendwelchen Gründen. Mir bot sich die Gelegenheit, mit russischen Kriegsgefangenen zu arbeiten und jetzt habe ich Gelegenheit zu einer noch interessanteren Arbeit.”

„Bitte unterbrich mich nicht. Du hast dein Ziel erreicht und jetzt fährst du fort, um an irgendeinem Abenteuer teilzunehmen.”

„Das ist kein Abenteuer. Ich habe dir doch wortwörtlich das Gespräch mit Doktor Bertel wiedergegeben.”

„Und Doktor Bertel hat keinen besseren gefunden? ”

„Anscheinend nicht. Nicht alle haben eine so niedrige Meinung über deinen Sohn wie du.”

„Bitte, bitte, bitte! Vor der Abreise wirst du noch zusätzlich frech.”

Wolodja schämte sich. Er verabschiedete sich und ging nach Haus. Im Zimmer war es warm. Er setzte sich und überlegte, was er mitnehmen mußte. Die Papiere waren in Ordnung. Donnerstag, übermorgen, Abfahrt in das Generalgouvernement in die Stadt oder das Städtchen Kielce. Einen Augenblick schien es Wolodja, daß ihn wieder die Stimmung überkommt, wie seinerzeit Ende August, als er im Banne des merkwürdigen Licht-Phänomens war. Aber der Himmel war bleiern und dunkel. Kein Muster war im Zimmer.

Wolodja fühlte, daß eine neue Etappe seines Lebens begann, viel verantwortungsvoller und gefährlicher als die vergangene.

Diese Gedanken verließen ihn auch im Zug nicht. Es waren nur wenige Reisende. Er konnte sich hinlegen. Im Traum dachte er ärgerlich über die Mutter, versuchte, die häßlichen Gedanken fortzujagen, doch die Gedanken krochen aus dem Kopf wie das Fleisch aus einem Fleischwolf. Gegen sechs Uhr morgens, bei voller Dunkelheit, stieg er in den Zug nach Kielce um, und um zehn war er da. Nasser Schnee bedeckte die Straßen. Drei übernächtigte Droschkenkutscher warteten vor dem Bahnhof, der entfernt an den Sawelowo Bahnhof in Moskau erinnerte. Mit Hilfe eines Wörterbuches las Wolodja die polnische Frage nach seinem Bestimmungsort. Der grauhaarige Droschkenkutscher lächelte und antwortete in reinem Russisch:

„Demnach will der junge Herr in die Kasernen des Regiments seiner kaiserlichen Majestät."

„Ach so, das habe ich gar nicht gewußt. Russisch reden Sie auch ausgezeichnet. Jetzt sind aber Deutsche dort."

„Nicht sehr schlimme Deutsche. Ich bin zwar Pole, aber auch dort im Lager gibt es gute SS-Leute, die sind auch Menschen. Bloß uns Polen lieben sie überhaupt nicht. Und wer sind Sie? Vielleicht habe ich überhaupt kein Recht, Sie zu fragen. Ich bin ein einfacher Droschkenkutscher und Sie sind mein Vorgesetzter."

„Ich bin doch kein Vorgesetzter. Ich bin russischer Emigrant, Lehrer, und komme hierher, um den russischen Kriegsgefangenen die deutsche Sprache zu lehren, und womöglich auch die russische."

„Das ist aber schön.” bemerkte der Droschkenkutscher und lächelte dünn, als ob er im Stillen dachte: Du kannst mir viel erzählen. Ich weiß, was du sie lehren wirst.

Wolodja fühlte sich konfus und schwieg.

„So, Herr, wir sind da. Hier ist das Tor. Der Hof ist riesengroß. Ich darf Sie aber nicht weiterfahren, auch wenn es dort Pfützen gibt. Das ist mir verboten.”

Wolodja fragte, wieviel er schulde. Der Kutscher nannte eine Summe in Zloty und rechnete sie dann in Reichsmark um. Summa summarum war es sehr wenig. Wolodja gab ein fürstliches Trinkgeld.

„Vielen Dank, Herr. Sie haben mich großzügig auf russisch bezahlt. Viel Glück weiterhin. Und wenn Sie etwas brauchen, so fragen Sie in der Radomskij-Straße Nr. 19, Ignatius Pisetzki. Das bin ich selbst. Vielleicht kann auch ich Ihnen etwas helfen.”

Der Droschkenkutscher lächelte lustig und wendete das Pferd. Am Tor stand ein Wachtposten. Gleichgültig blickte er in Wolodjas Marschbefehl und ließ ihn lässig passieren.

„Dort, dies Gebäude links, ganz am Ende. Dort ist die Verwaltung.”

Der Hof war wirklich riesig. An Pfützen und Schmutz gab es keinen Mangel. Er traf Gefangene, verschieden gekleidet. Sie sahen sich Wolodja gleichgültig an. Er spürte, längst waren sie an neue Gesichter gewohnt. Hier herrschte eine ganz andere Atmosphäre als in den Lagern bei Berlin. Ob besser oder schlechter, konnte Wolodja nicht feststellen.

Am Tor hupte ein Auto. Der Posten stand stramm. Langsam fuhr ein offener Wagen herein. Er sah vier SS-Uniformen mit Pelzkragen. Aus der Tür des Gebäudes, neben der Verwaltung, wohin Wolodja ging, mit der Inschrift ‚Kantine' trat ein mittelgroßer, voller und sogar aufgeschwemmter Mann in grau-grüner SS-Uniform mit drei Sternen. Die Uniform war etwas zerknittert, nicht von der ersten Frische, nur der Adler am Ärmel und dicke Brillengläser leuchteten silbrig. Anscheinend war der Mann etwas angeheitert. Das aufgedunsene Gesicht hatte die Farbe von frischem Lachs, aber gutmütig und sympathisch. Entgegen allen Naturgesetzen hielt der Mann zwischen den Fingern der linken Hand vier Flaschen mit polnischem Wodka und schwenkte sie in der Luft. Mit der rechten Hand hielt er sich am Geländer fest.

„Manfred, was machst du da? " ertönte aus dem Fenster eine weibliche Stimme. „Bist du blind, siehst du denn nicht, wer da kommt? Bist wohl meschugge! Da ist Standartenführer Zorbel mit Begleitung!"

Anscheinend kapierte Manfred etwas und huschte durch die Tür.

Wolodja klopfte und betrat die geräumige Kanzlei. Niemand reagierte auf sein Eintreten. Zwei in den Uniformen der niederen Dienstränge der SS, zwei in Wehrmachtsuniform, einer davon Unteroffizier, stritten angeregt über etwas und qualmten Zigaretten.

„Wer sind Sie? " fragte der Unteroffizier.

„Ich heiße Schwedow und komme aus Berlin laut Befehl von Doktor Bertel."

„Soso, der gibt auch schon Befehle. Nun, wenn Sie da sind, sind Sie eben da. Ich heiße Turke, Unteroffizier Turke. Sie erhalten einen guten Wohnraum. Was sind Sie, Ukrainer, Russe? "

„Russischer Emigrant."

„Das ist gut. Ich werde gleich Herrn Untersturmführer von Bocken..."

Der Unteroffizier konnte seinen Satz nicht beenden. Drei traten in die Kanzlei. Voran ein stämmiger SS-Mann mit vier Sternen und zwei Streifen, die beiden anderen im Offiziersrang.

„Das ist schon zum wievielten Mal...!" hörte Wolodja. Er verbeugte sich und wollte hinausgehen.

„Sind Sie aus Warschau? " fragte ihn der Stämmige.

„Nein, ich komme aus Berlin. Ich heiße Schwedow. Ich soll hier bei der Kommission zur Auswahl der sowjetischen Gefangenen arbeiten."

„Das ist von Doktor Bertel", ergänzte der stramm stehende Turke.

„Schön. Von Doktor Bertel also. Trinken Sie viel? "

„Verzeihung?"

„Dem Namen nach sind Sie Russe. Trinken Sie Wodka?"

„Ich bitte Sie, ich trinke überhaupt nicht. Tee, das ist etwas anderes."

„Also bleiben wir beim Tee." Die tiefliegenden Augen des Standartenführers wurden sehr stechend. „Kamerad Turke, wenn es schon passiert ist, wo kann ich mich mit diesem jungen Mann unterhalten, ohne gestört zu werden?"

„Das hintere Zimmer ist frei, links, Herr Standartenführer."

„Gehen Sie bitte voran."

Das Zimmer war sauber und hell. Geräumige Schränke, ein Schreibtisch, zwei Stühle standen dort.

„Nehmen Sie bitte Platz." Wolodja bedankte sich und bereitete sich auf ein Gespräch vor.

„Als ich in den Hof hineinfuhr, habe ich Sie gesehen." begann der Standartenführer ohne Umschweife. „Darin ist nichts Schlimmes. Dafür habe ich leider noch etwas anderes gesehen. Wie Sie vermutlich wissen, der Lagerkommandant hier ist ein gewisser Untersturmführer von Bocken."

„Ja, man hat mich in Berlin in Kenntnis gesetzt."

„Sehr gut. Er ist kein schlechter Mensch und zur Hälfte Ihr Landsmann, ein Baltendeutscher. Russisch spricht er wohl nicht schlechter als Sie. Russisch ist doch Ihre Muttersprache?"

Wolodja nickte.

„Sie haben noch nicht die Bekanntschaft des Herrn von Bocken gemacht? Doch haben Sie ihn eben gesehen, genau wie ich. An der Tür. Und Sie haben auch gesehen, was er in der Hand gehabt hat?"

„Ich glaube, irgendwelche Flaschen."

„Gut, daß Sie keine Komödie spielen. Ja, es waren Flaschen. Herr von Bocken mißbraucht den Alkohol sehr und ich möchte Sie ganz kategorisch warnen, daß Ihnen nicht einfällt, mit ihm zu saufen. In diesem Falle werden Sie sehr schnell zu Doktor Bertel zurückkehren."

„Ich versichere Ihnen, ich trinke überhaupt nicht..."

„Das ist gut. Doch hier gab es viele, die gegen ihren Willen zu saufen angefangen haben. Herr von Bocken ist ein großer Künstler auf diesem Gebiet. Und noch eins, ich bitte Sie, über diese Unterredung Schweigen zu bewahren."

Der Standartenführer erhob sich und zeigte auf die Tür. Die Audienz war beendet.

Was bedeutet das alles, überlegte Wolodja, als er in seinem Zimmer auspackte. Das Zimmer war ausgezeichnet, es war warm und im ersten Stock gelegen. Ein Gefangener mit unstetem Blick und verkrüppeltem rechten Ohr brachte das Abendbrot, das viel besser als im alten Lager war.

„Ich habe den Befehl, für Sie zu sorgen, Öfen zu heizen und alles zu machen, was Sie verlangen. Ich heiße Genja."

„Und Ihr Familienname? "

„Der Familienname ist nicht wichtig, man kann auch ohne..."

„Trotzdem."

„Gribanjuk."

„Das ist gut. Ich muß doch wissen, wie Sie heißen."

„Nach dem Abendbrot, so gegen acht Uhr, bittet der Kommandant des Lagers, Herr von Bocken, Sie zu sich."

„Sagen Sie, daß ich komme."

Wolodja klopfte an. Die Wohnung von Bockens bestand aus drei Zimmern und war früher höchstwahrscheinlich eine Offizierswohnung. Eine kleine, magere Frau, Mitte der Dreißig, öffnete die Tür und sagte, ohne abzuwarten, wie aus der Pistole geschossen:

„Von Bocken, Mathilde. Mein Mann erwartet Sie. Er ist ein bißchen so... aber das ist nicht schlimm."

In dem kleinen Gästezimmer, mit breiten Chaiselongues an den Wänden, saß von Bocken im aufgeknöpften Kittel am Tisch.

„Also, unser junger Freund", begann er. „Ich bin auch ein Russe. Melde mich zur Stelle. Von Bocken, Manfred Genrichowitsch. Und Sie, Herr Schwedow, wie heißen Sie weiter? "

„Wladimir Alexejewitsch."

„Maschenka, ein Gläschen her!"

„Wissen Sie, ich trinke nicht besonders..."

„Es ist völlig unmöglich, zum Einzug nicht zu trinken. Wir haben hier im Stillen ein kleines russisches Reich organisiert, und im Zarenreich Rußland geht es nicht ohne Umtrunk." Von Bocken hob das Glas zu den Augen. „Rein wie Bergkristall!" Das Gläschen kippte um.

„Jetzt ist die Reihe an Ihnen."

„Ich..."

„Kein ‚ich', wenn Sie jetzt nicht trinken, sind wir Feinde für ewige Zeiten."

„Laß bitte Herrn Schwedow in Ruh. Du mußt immer das letzte Wort haben. Heute bist du schon mal fein reingefallen!" Mathilde-Maschenka stand in der Tür und fixierte ihre Ehehälfte vorwurfsvoll. „Es ist ein Kreuz mit dir! Und die Geschichte mit den Flaschen..."

„Maschenka, ich konnte durch die Brille einfach nicht sehen, wer angekommen ist."

„Wenn du schon nichts sehen kannst, dann fuchtle auch nicht mit den Flaschen in der Luft. Du weißt doch, wie dieser Zorbel zu dir steht!"

Wolodja wurde es unbehaglich. Er spürte, wie von Bocken beunruhigt nach ihm schielte.

„Maschenka, immer mußt du...! Aber, nehmen wir es nicht zu Herzen. Wir haben hier verschiedene Menschen, Wladimir Alexejewitsch, viele Nationalitäten und wahrscheinlich alle Typen des Sowjetvolkes. Die Arbeit - in ihr kennen Sie sich natürlich aus - verlangt keine geringen seelischen Kräfte und sogar Idealismus. Sie ist schwieriger als dort, von wo Sie kommen. Hier geschieht die zweite Auslese."

„Ich hätte Sie gern gefragt, Herr von Bocken..."

„Erstens, trinken Sie! Und zweitens heiße ich Manfred Genrichowitsch. Wenn russisch, dann alles..."

„Wo und durch wen geschieht die erste Auswahl? "

„Die erste Auswahl geschieht in den allgemeinen Staatslagern. Dorthin kommen periodisch Sonderkommissionen. In unserem Fall sind es die Kommissionen des Ostministeriums. Die Leute werden ausgesucht, erstens auf Empfehlung der Lagerobrigkeit, zweitens nach eigenem Gutdünken, und dann in die Sonderlager überwiesen, so wie unseres hier in Kielce. Hier gibt es schon ständiges Personal für die Auswahl - zu ihm gehören auch Sie - und hier wird schon eine gewisse erzieherische Arbeit durchgeführt. Die Kriegsgefangenen, die sich positiv aufgeführt haben, kommen dorthin, woher Sie gerade kommen und werden dort im Falle des Falles auch endgültig befreit. Darauf müssen wir trinken!"

Wolodja fühlte, wie die drei Gläser zu wirken begannen.

„Ist es nicht ein bißchen zuviel? "

„Noch das allerletzte, Wladimir Alexejewitsch, und wissen Sie, auf wessen Wohl? Auf die russischen Mädchen, und nicht etwa auf die abstrakten, sondern die ganz konkreten. Sie verstehen nicht? Vor fünf Tagen kam der erste Transport von kriegsgefangenen Frauen, die in der Roten Armee waren, Schwestern, Stabsschreiberinnen. Es ist auch ein anderes Element vertreten, aus höheren Stäben und verschiedenen Sonderdienststellen. Untergebracht sind sie in einem anderen Lager, am Stadtrand. Hundertachtzig Stück... wegen des Wodkas zähle ich die Frauen schon stückweise. Ich weiß nicht, ob dort alle Jungfrauen sind, ich bezweifle das ein bißchen. Also - noch eins!"

„Bitte, es ist wirklich genug. Vielleicht morgen? "

„Genau - morgen. Morgen fahren wir zu den Mädchen, anschauen, was für Material da ist. Also das letzte Prosit für die Zärtlichkeit, aber nicht für Kalbszärtlichkeiten!"

Von Bocken war stark benebelt. Die Augen wurden zu winzigen, öligen Schlitzen, die Brille schlug an.

„Manfred, schon wieder!" mahnte Maschenka streng von der Tür. „Warte wenigstens, bis Zorbel verschwindet. Und Herr Schwedow fängt auch schon an."

„Ich bitte vielmals um Entschuldigung", Wolodja fühlte sich konfus. „Ich muß schon gehen..."

„Für... für... für die Gürklein aus Neschin. Maschenka, mein Bienchen, Gottesbienchen..." hörte er im Gehen. „für die Zärtlichkeit... für die morgige Oberzärtlichkeit... für die Oberzärtlichkeit der russischen Frau... Siegesdonner, töne laut, freue dich, du Russenheld, Mohamed ist schier erschauert, von der Krim und bis zum Belt..."

„Manfred!" mahnte Maschenka noch strenger. „Das paßt schon in kein Tor hinein. Erhebe dich!"

Lange konnte Wolodja nicht einschlafen. Er durchdachte alle Ereignisse des Tages. Im Kopf rauschte es. Erst beim Einschlafen kam ihm zur Besinnung, daß die Unterredung mit von Bocken und seiner Frau in russisch geführt worden ist.

Drei Tage vergingen. Wolodja machte sich mit dem Lager vertraut, der Stadt, mit verschiedenartigen Kollegen, von denen er nicht wußte, wie er sie anfassen sollte und die nicht wußten, wie sie ihn anfassen sollten. Für heute früh war eine allgemeine Kommission für die Auswahl vorgesehen. Nichts Interessantes war dabei. Einige Kolchosbauern, deren antisowjetische Stimmung außer jedem Zweifel war. Drei haben einfach gebeten, sie in das allgemeine Lager zurückzusenden. Zwei waren Parteimitglieder und erörterten kompliziert, wieso sie in die Partei eintraten, warum ihnen andererseits der sichere Untergang gewiß gewesen wäre und warum sie jetzt die Sowjetregierung hassen.

„Alle rechtfertigen sich auf die gleiche Art, diese Mitglieder der Partei", näselte ein älterer Deutscher, Hermes, Wolodjas Kollege und ehemals deutscher Kolonist bei Lodz. „Ich möchte nur zu gern wissen, was er mit uns gemacht hätte, wenn wir in seine Parteipfoten geraten wären." Dann schaute er in die Liste und fügte hinzu: „Das ist schon viel interessanter. Ein Kosak, Iwan Barilow, wollen wir hoffen, daß er kein Veteran aus der Reiterarmee Budjonnij ist. Haben Sie den Babel gelesen?"

„Ja." bestätigte Wolodja.

„Gut geschrieben, auch wenn er kein Arier ist. Übrigens, dieser Barilow kann kein Veteran aus dem Bürgerkrieg sein, viel zu jung. Hier ist sein Fragebogen, einigermaßen fachmännisch ausgefüllt. Leutnant Iwan Ossipowitsch Barilow, war im Komsomol, in der Partei war er nicht, absolvierte die Kriegsschule in ..., geboren 1919 in Simuni, Gebiet des ehemaligen Donkosakenheeres, aus einer Kosakenfamilie. Der Vater war in der Weißen Armee, vermißt, Brüder des

Vaters, einer fiel im Weltkrieg, der zweite ebenfalls in der Weißen Armee bei Charkow. Geriet in Gefangenschaft bei Korostenj, Juli 1941, verwundet. Anscheinend, persönlich ein tapferer Mann. Von unserem Standpunkt sind diese Tatsachen nicht schlecht. Was meinen Sie? "

„Ich widerspreche nicht, Herr Hermes. Am besten, man läd ihn selbst vor."

„Stubenältester!"

„Ich höre Sie!"

„Hier hast du einen Zettel. Geh in die Wachstube und melde, sie sollen den Gefangenen Iwan Barilow in die Kommandantenbaracke schicken. Verstanden? "

„Wie soll ich nicht verstehen? "

„Antworte nach Vorschrift, sonst bist du sofort im allgemeinen Lager. Ich brauche dein ‚Wie soll ich das nicht verstehen' nicht zu hören."

Der Stubenälteste verschwand.

„Solch ein sowjetischer Knallkopp! Wie ist meine russische Sprache, Kollege Schwedow? Ist der Akzent stark? "

„Nein, man hört nur Polonismen heraus, aber nicht oft."

„Sie müssen wissen, mein Leben habe ich mit Polen zusammen gelebt. Da kommt er schon."

An der Tür klopfte es. An der Schwelle stand ein junger Bursche. Er erschien viel jünger als seine dreiundzwanzig Jahre, sehr mager, aber sehnig und breitschultrig.

„Guten Tag!" Der Eingetretene stand stramm.

„Setzen Sie sich, Iwan Ossipowitsch. Wie fühlen Sie sich? Hunger? "

„Ja, etwas hungrig."

Unbemerkt betrachtete Wolodja den Eingetretenen. Der allgemeine Eindruck war nicht schlecht. In den Augen keine Furcht, nur starke Wachsamkeit und Neugierde.

„Iwan Ossipowitsch, Sie wissen, wo Sie sich befinden und vor wem Sie stehen? "

„Man hat uns noch im Stalag gesagt, als man uns aussuchte, ihr kommt ins Generalgouvernement, in ein Sonderlager des Reichsministeriums Ost. Als wir ankamen, sagte man uns, wir seien hier in der Stadt Kielce."

„Sehr richtig. Und hat Ihnen niemand gesagt, wozu Sie hier sind? "

„Wir sollen vor eine Kommission geführt werden. Ich nehme an, man wird uns wohl zur Arbeit schicken."

„Um Sie zur Arbeit zu schicken, braucht man keine Kommission, dazu braucht man nur eine Wachmannschaft. Einverstanden? "

„Gewiss, doch vielleicht sucht man hier Leute aus, die später ohne Bewachung arbeiten werden."

„Das ist der Wahrheit schon näher, doch noch lange nicht die Wahrheit selbst. Diese Kommission, Iwan Ossipowitsch, verfolgt nur ein Ziel, festzustellen, wer von den Kriegsgefangenen wirklich ein Sowjetmensch ist und wer nur deshalb kämpfte, weil er das mußte..."

Wolodja beugte sich zu Hermes.

„Der Bursche scheint hungrig zu sein. In meinem Zimmer habe ich ein ganzes Brot, vielleicht...? "

„Ja, schleppen Sie es her. Später werde ich etwas von mir hinzufügen. Wickeln Sie es aber ein, wenn Sie es bringen, damit es nicht alle sehen. Hier gibt es auch Idioten, die sagen, deutsches Brot wird durchgebracht."

Wolodja rannte los.

„Gleich gibt es Verpflegung und solange wir allein sind, darf ich mich vorstellen. Hermes, Beamter des Reichsministeriums Ost und trotz der russischen Sprache ein echter Deutscher. Der Ihnen gleich etwas bringen wird, ist Ihr russischer Landsmann, Emigrant. Haben Sie davon gehört?"

„Ja. Darf ich fragen, gibt es hier viele Russen? "

„Wie meinen Sie das, Barilow? Hier in Kielce, in diesem Lager, in Deutschland oder überhaupt im Westen? "

„Interessant ist, wieviel in Deutschland sind, was sie machen und was sie von uns Sowjetrussen halten."

„Ich werde Ihnen sagen, hier bei uns gibt es nur zwei russische Emigranten und einen Ukrainer. - Warum sehen Sie mich so an? "

„Machen Sie hier einen Unterschied zwischen Russen und Ukrainern? "

„Selbstverständlich. Das ist aber nicht unsere Erfindung,

die Sowjetregierung teilt so. Sie haben doch gehört, daß es eine USSR gibt? "

„Ich weiß und ich habe dort sogar gelebt. Meiner Meinung nach ist das aber falsch. Ukrainer sind auch Russen, sie haben nur einige andere Sitten."

„Zum Beispiel? "

„Ukrainer haben Handtücher mit gesticktem Hahn und Russen ohne Hahn."

Hermes lachte, daß der Stuhl krachte. Erschrocken trat Wolodja, mit einem in ein Handtuch eingewickelten Laib Brot, ein.

„Herr Schwedow, das ist fabelhaft - und Sie kommen gerade mit einem Handtuch. Hätten Sie gehört, was unser Kosak soeben verzapft hat! Iwan Ossipowitsch, bitte, wiederholen Sie!"

Verlegen wiederholte Barilow seine Bemerkung über die Hähne.

„Also, Iwan Ossipowitsch, Sie sind ein russischer Patriot und nicht für die Lostrennung der Ukraine von Rußland. Und wenn das die Deutschen wollen? "

Wolodja nickte in Richtung Hermes.

„Die Deutschen haben das Recht, so zu reden, aber ich bin kein Deutscher, sondern Russe und Kosak."

„Und wenn Ihnen die Deutschen das übelnehmen? "

„Das wird schlecht für mich sein. Doch ich will nicht lügen. Die Deutschen lieben ihr Vaterland und ich meins."

„Wenn Sie Ihr Vaterland so lieben, warum haben Sie sich dann ergeben? Sie kennen doch den Befehl Stalins? "

„Ich wollte mich nicht ergeben, ich war verletzt."

„Dementsprechend haben Sie doch für die Sowjetmacht gekämpft, nicht, weil Sie es mußten, sondern aus Überzeugung."

Hermes bemerkte, daß Barilow krampfhaft schluckte und stieß unter dem Tisch Wolodja an.

„Das sagen Sie natürlich ganz richtig. Ich habe gekämpft nicht aus Angst, sondern aus Überzeugung. Dabei habe ich aber nicht an Stalin, sondern an Rußland gedacht."

„Für uns Deutsche ist es völlig egal, warum Sie auf uns

schossen.“

„Für Sie spielt das natürlich keine Rolle.“

„Das ist gar nicht so wichtig. Haben Sie für Stalin gekämpft oder nicht? Sie hatten das volle Recht, sowohl für Stalin als auch für Rußland zu kämpfen, sogar für ein rotes Rußland. Umso mehr, da es kein anderes gibt. Aber jetzt, wenn Sie könnten, hätten Sie einen Fluchtversuch unternommen? “

„Nein, an Flucht denke ich nicht.“

„Weshalb nicht? “

„Um zu fliehen, muß man Kommunist sein.“

„Nehmen wir das andere Extrem. Würden Sie für die Deutschen als Agent wirken? “

„Nein.“

„Weshalb? “

„Man kann sagen, ein Spion ist immer gegen sein Volk.“

„Würden Sie aber gegen die Bolschewisten kämpfen?“

„Natürlich, wie mein Vater in der Weißen Armee.“

„Schon besser. Doch die Deutschen haben bis jetzt keine Weiße Armee.“

„Dafür lebt in Berlin Ataman Krasnow. Diesen Namen kennen Sie doch? “ fügte Wolodja hinzu.

„Das hörte ich. Im Westen soll sich auch General Bogajewskij befinden.“

„Da muß ich Sie enttäuschen. Er ist gestorben.“

„Das ist schade. Davon habe ich nichts gewußt.“

„Soweit so gut. Iwan Ossipowitsch, Sie können gehen und sich ausruhen. Hier haben Sie Belag zum Brot, Wurst. Essen Sie hier in aller Ruhe, hetzen Sie nicht. Das ist nicht unser letztes Gespräch.“

„Herzlichen Dank.“

Hermes erhob sich.

„Wir beide bleiben im Nebenzimmer.“ Wolodja verstand. Hermes wollte nicht dem hungrigen Menschen in den Mund schauen. „Wenn Sie fertig sind, klopfen Sie, und dann können Sie gehen.“

Als sie ins Nebenzimmer traten, stießen sie beinah mit von Bocken zusammen.

„Wie steht es bei euch, liebe Kollegen? "

„Ein Kosak, sympathischer Bursche. Er ißt gerade."

„Dieser vermaledeite Hunger. Arme Menschen, bei Stalin haben sie gehungert und hier auch. Dabei soll man Ihnen die Überlegenheit unseres Systems vor Augen führen. Wladimir Alexejewitsch, machen Sie sich schnell reisefertig und marsch, mit mir ins Frauenlager. Natürlich nur, wenn es Ihnen Spaß macht. Ich nehme an, daß der Kamerad Hermes auch ohne Sie fertig wird. Oder haben Sie Einwendungen? "

„Natürlich nicht, ich wäre gern selbst mitgekommen."

„Wann geht es los, Manfred Genrichowitsch? "

„Sofort, gleich. Nur fangen Sie bloß nicht an, sich zu verabschieden. Sie wissen doch: Die Engländer gehen nach Hause, ohne auf Wiedersehen zu sagen, die Russen sagen auf Wiedersehen und gehen nicht nach Hause."

Im Auto versuchte Wolodja, sich alle Einzelheiten eines polnischen Provinzstädtchens einzuprägen. Es erinnert an Rußland, dachte er, sogar an die Moskauer Vororte im Spätherbst oder Frühling. Pfützen, Schmutz, ein dreieckiges Haus neben einer Hütte, ein schiefstehender Zaun, eine abgezehrte Katze schleicht zu einem Rendezvous. Das aufgeplatzte Podest eines Monuments einer gestürzten Größe aus den polnischen oder gar zaristischen Zeiten, die in sich geschlossene, finstere polnische Bevölkerung, Kneipen mit verblichenen, abenteuerlustigen polnischen Benennungen zogen an ihm vorüber.

Das Frauenlager war hinter der Stadt. Schmutzig-grüne Baracken, ähnlich denen vom Reichsarbeitsdienst, Stacheldraht, Wachtposten, Wachhäuschen. Das Lager ist nicht groß, stellte Wolodja fest, etwa für fünfhundert Personen. Der Lagerkommandant, ebenfalls ein SS-Mann, mit drei Sternen und mathematisch geradem Scheitel. Er knallte die Hacken zusammen, begrüßte Kamerad von Bocken mit gestrecktem Arm und schielte fragend auf Wolodja. Anscheinend wußte er nicht, ob Wolodja ein homo sapiens oder homo insapiens war.

„Kamerad Bücherwald, darf ich dir unseren neuen russischen Freund, Herrn von Schwedow vorstellen? "

„Ah, von Schwedo, Heil Hitler!" Kamerad Bücherwald sprach seinen Namen ohne ‚w' am Ende, wie auf deutsch. „Sind Sie Balte? Landsmann von Kamerad von Bocken? "

Wolodja wollte gerade Anstalten treffen, aufzuklären, daß er weder ‚von' noch ein Balte sei, als er den schnellen Blick von Bockens bemerkte.

„Meine Mutter ist Baltendeutsche", berichtete er entsprechend der Wahrheit.

„Darf ich den Namen erfahren? "

„Von O..."

„Blendend! Dementsprechend bilden Sie mit Herrn von Bocken anderthalb Barone und sind zur Hälfte nordischer Rasse. Und wozu sind die anderthalb Barone gekommen?"

„Wir möchten uns Ihre Schönheiten ansehen. Morgen beginnen wir mit der Durchsicht und Auswahl."

„Das geht fix bei euch. Bloß, was die Schönheiten anbelangt, ist's ein bißchen schwach."

„Sind keine Hübschen dabei? "

„Meiner Meinung nach eine einzige. Aber, kommen Sie doch herein. Ich habe hundertzweiundachtzig."

„Durchschnittsalter? "

„Dreißig Jahre - wie überall auf der Welt. In dieser Baracke werden Sie sich mit ihnen befassen. Dort ist es warm und sauber. Ich nehme an, Sie wollen erst die Kartei durchsehen? "

„Haben Sie denn eine genaue Kartei? "

„Nicht sehr genau, wissen Sie, nur diese grauen Karten. Aber das Wichtigste steht drin. Gleich werden sie gebracht. Sind Sie verheiratet, Herr von Schwedo? "

„Nein. Warum lachen Sie? "

„Ich denke nur an einen Witz", von Bocken lachte noch mehr. „einen russischen Witz über die deutsche Sprache. Sind Sie verheiratet? Wer? Sie! Ich? Ja! Nein!"

„Sehr gut. Daß Sie nicht verheiratet sind, kompliziert die Lage natürlich. Kamerad von Bocken wird schon auf Sie aufpassen."

Der Scheitel Bücherwalds verschwand in der Kanzlei.

„Der predigt Ihnen noch Moral! Seine Frau hat er nach

Litzmannstadt gesteckt. Haben Sie seinen Scheitel begutachtet? Einfach unwiderstehlich!"

Zwischen den Baracken bewegten sich merkwürdige Gestalten. Der Kleidung nach halb Männer, halb Frauen, ein Gemisch von Zivil und Militär. Verstohlen schielten alle in Richtung der Baracke, in der Bücherwald sie untergebracht hatte. In dem Lager - wie überall, wo Menschen hinter Stacheldraht sitzen - hatte sich mit Lichtgeschwindigkeit die Nachricht verbreitet, daß Vorgesetzte eingetroffen waren.

Ein Soldat mit einem Sternchen am Ärmel brachte eine Pyramide von vier großen Pappschachteln herein.

„Befehl von Herrn Untersturmführer, Kartei der Kriegsgefangenen."

„Her damit, Kamerad! Sie, Wladimir Alexejewitsch, nehmen zwei und ich auch."

„Nach welchem Prinzip soll ich die Auswahl treffen? "

„Suchen Sie die jüngeren und intelligenteren aus, nach Möglichkeit keine Parteimitglieder. Im Komsomol waren sowieso alle. Dann rufen wir sie auf."

Es ging auf den Abend zu. Ein Stoß von fünfundzwanzig Karteikarten lag bereit.

„Sehen Sie auch meine nach, Wladimir Alexejewitsch. Ich möchte ein bißchen mit Bücherwald plaudern."

Wolodja las.

Snegirewskaja, Galina Nikolajewna, Agronom, geboren 1911. Koschuchina, Warwara Petrowna, Stenotypistin, geboren 1919. So ging es immer weiter. Eine hatte einen merkwürdigen lettischen Namen und ungewöhnliche Vor- und Vatersnamen. Ewgenija Alexejewna Towarkowa, las er, geboren 1910. Ewgenija, Eva - Eva Torzowa ist auch eine Ewgenija - und diese Towarkowa hat sogar denselben Vatersnamen.

„Grüß Sie Gott, geschwänztes Tier, gestreift und mit abstehenden Ohren. Da sind wir wieder. Unser Gruß an Sie - mit Zipfelchen! Sie sind so in Ihre Arbeit vertieft, daß ich ganz unbemerkt eintreten konnte. Kompliment - im Namen der SS. Und ich habe mir mit Bücherwald einen genehmigt.

Er hat da eine Gouvernements-Feuerzangenbowle zusammengebraut - nach meiner Ansicht einfachen russischen Cruchon. Soll ich Ihnen etwas bringen? Es ist noch genug da. Oder besser, ich bringe Sie selbst dahin. Haben Sie keine Angst vor Zorbel, der ist ein Hundertzwanzigprozentiger."

„Ich..."

„Längst registriert, daß Sie nichts trinken. Gleich werden wir trinken, um nie mehr zu trinken. Dann geht's heim."

Bücherwalds Wohnung war sehr gut, besser als die von Bockens. Mit zugeknöpftem Uniformrock saß Bücherwald im Kabinett - der geometrische Scheitel war gerötet - und angelte umständlich mit einem großen Löffel etwas vom Boden einer Kristallschale.

„Die verfluchte Apfelsine läßt sich nicht fangen, kommt bestimmt aus Palästina", stellte Bücherwald nachdenklich fest. „So ein hartnäckiges Fruchtstück! Da sind Sie ja, Herr von Schwedo. Gut, daß Sie gekommen sind. Jetzt nehmen wir etwas zu uns, und morgen beginnt die Arbeit. Ich habe schon befohlen, daß die Stubenältesten bekannt machen, eine Kommission sei da, bestehend aus den Kameraden von Bocken und von Schwedo."

„Mach keine Witze, Bücherwald! Jetzt weiß das ganze Lager, wer und was wir sind."

„Sollen sie auch. Sollen sie sich vorbereiten. Je mehr sie sich aufregen, umso leichter haben wir es mit ihnen. Eine wird sich unbedingt verplappern... Stupenkin!"

Bücherwald schlug mit der Faust auf den Tisch. Auf der Schwelle stand ein älterer, militärisch aussehender Gefangener stramm.

„Ein Glas für Herrn von Schwedo und ein bißchen dalli. Halt, poussierst du? "

„Zu Diensten!"

„Antworte nicht auf russisch ‚Zu Diensten!' Du Knallkopp denkst wohl, ich verstehe kein russisch. Verstehe sehr wohl. Auf deutsch heißt das ‚Zu Befehl!' Wiederhole!"

„Zu Befehl!"

„Was habe ich dich gefragt? "

„Wird nicht gemacht!"

„Paß nur auf! Wie ihr Russen trefflich sagt: Haare grau und den Teufel in den Rippen. Auf lateinisch heißt das: Barba crestit, caput nestit. Die Römer waren auch nicht rasserein."

Nach einer halben Stunde verfrachteten Bücherwald und Wolodja Herrn von Bocken ins Auto.

„Machen Sie das Verdeck hoch, Fahrer, das ist kein Anblick für die Polen."

Im Auto versuchte Wolodja immer wieder zu verhindern, daß von Bocken mit knarrender Stimme ein russisches Lied sang. Über ‚*Wolga, Wolga*' kam er jedoch nicht hinaus. Wolodja bat ihn, mit diesem rührenden Ausdruck der russischen Seele zu warten, bis sie zu Hause waren.

Ist das ein Volk, dachte Wolodja beim Einschlafen, SS-Leute, ziehen durch Rußland mit Feuer und Schwert und singen dazu russische Lieder.

Am nächsten Tag im Frauenlager war von Bocken wieder in Ordnung, nur die Zahl der Krähenfüße unter den Augen hatte sich vermehrt.

„Heute inspizieren Sie erst unsere Baracken. Die Vorgesetzten, besonders Standartenführer Zorbel, interessieren sich zuerst, wie die Besucher die Räume vorfinden. Damit muß man beginnen." zitierte Bücherwald, als sie gerade angekommen waren.

Die Baracken waren sauber. Die Bewohnerinnen betrachteten die Besucher mit Neugierde und einem Gemisch von Angst und Erstaunen. Man spürte, sie hatten schon viele Deutsche gesehen und wußten nicht, zu welcher Kategorie diese hier gehörten. Im Korridor war Wolodja der letzte. Ein junges, dunkelblondes russisches Mädchen mit dem Gesicht einer reifen Rübe streifte ihn und steckte ihm etwas in die Hand. Wolodja wollte schon fragen, aber das Mädchen schüttelte den Kopf und zeigte mit den Augen auf Bücherwald. Nach dem Rundgang begannen von Bocken und Bücherwald am Eingang eifrig etwas zu diskutieren. Wolodja nutzte die Gelegenheit und entfaltete den Zettel.

„Wir haben uns doch getroffen, Wolodja.
Ich weiß nicht mal, ob ich Dir wie früher

‚Du' sagen kann. Hier im Lager werde ich unter dem Namen Towarkowa geführt. Baracke 3, Ich würde gern mit Dir sprechen. Wenn Du es nicht kannst, gib Nachricht durch die Stubenälteste Malinina. Das ist die Junge, die Dir den Zettel übergeben hat. Sag aber niemandem ein Wort. Derartiges ist uns streng verboten. Vielleicht hast Du schon die Vergangenheit und Moskau und auch Vater vergessen und bist ganz ein Deutscher geworden. Dann entschuldige für den Zettel. Ich hoffe auf eine Antwort.

Immer noch Eva T."

Wolodja las kaum bis zum Ende. Im frostigen Dunst leuchteten Moskaus Kuppeln, der Staub zahlloser Schneefunken, die Totenmesse für Alexej Iwanowitsch in der Kirche Johannes des Vorläufers, Darja Frolowna, die blasse und abgemagerte Eva mit einem spitzen Gesicht, die Abfahrt, die letzte Begegnung mit Eva. Wolodja schien, als ob durch das zerknüllte Papier hindurch traurig und gütig lächelnd der kleine Mönch auf ihn blickte. Hing nicht auf seiner Brust das kleine, kupferne Kreuz mit einem Rubin, wie ein winziger Blutstropfen? Was hatte er damals versprochen und was ist daraus geworden? Eva war hier. Das Schicksal gewährte ihm eine Nachprüfung. Diesmal durfte er nicht versagen. Er mußte Eva befreien - und was weiter? Mehr konnte Wolodja sich nicht vorstellen.

„Heute strahlen Sie wie ein Sonntagskind, Kamerad von Schwedo", lachte Bücherwald. „Gestern waren Sie viel, viel finsterer."

In seinem Kielwasser stapfte von Bocken ins Zimmer.

„Gestern hat man Herrn von Schwedo sehr erschreckt."

„Wer hat es gewagt, meinen Gast in meinem Lager zu erschrecken? "

„Nicht bei dir, sondern bei der Ankunft. Gerade kam Zorbel angebraust und wie man mir berichtete, wurden Herrn von Schwedo die Leviten gelesen von wegen ‚in vino veritas'. Bitte glauben Sie nicht, ich hätte Ihnen nachspioniert. Zorbel hält jedesmal Vorträge, wenn er kommt."

„Hat es gewirkt? "

„Ich hoffe, nicht."

„Es ist ein Malheur mit dir, von Bocken, wie kann ein hoher SS-Führer die jüdischen Leviten lesen? Hören Sie nicht auf ihn, Herr von Schwedo, wollen wir lieber aufrufen."

Schon fünfzehn Frauen hatten sie gesehen. Eva war nicht dabei. Wolodja saß wie auf Kohlen. Dann kam die Erleuchtung, der Name begann mit ‚T' und unter Mißbrauch der vielgerühmten deutschen Ordnung hatte Bücherwald alles nach dem Alphabet sortiert.

„So", sagte Bücherwald, „Nummer siebzehn. Towarkowa, E. A., ist verheiratet, diese Russen haben solche hyperboreische Namen - daß ich mir meine SS-Zunge noch nicht abgebrochen habe? Geburtsjahr 1910, Komsomol, Hochschulbildung, die historisch-philologische Fakultät. Sehr interessant... Stupenkin! Her mit der Towarkowa, E. A., Baracke Nr. 3. Fix! Aber ohne jüdische Hast!"

Nach fünf Minuten öffnete Stupenkin die Tür und sagte zu jemandem hinter ihm: „Treten Sie ein."

Ins Zimmer trat eine hohe, hagere Frau in einer vergilbten Uniformbluse mit den Resten von Rangabzeichen am Kragen, langem blauen Rock und ungeschlachten Rotarmistenstiefeln. Rock und Kittel waren stark vergilbt, aber Wolodja merkte nichts davon. Das Gesicht, mager und eckig. Nichts Kindliches hatte es an sich, nichts war von der Eva aus der Schneefestung am Moskwa-Fluß übrig geblieben, und sogar nichts von der Eva, wie sie zum ersten Mal den Springern begegnete. Nur die Augen waren dieselben, grau, viel klüger als früher und tief eingesunken. Unschlüssig blieb Eva in der Mitte des Zimmers stehen und sah auf die Sitzenden. Es schien Wolodja, daß sie nur auf ihn allein blickte.

„Stupenkin! Schieb den Stuhl heran und warte an der Tür... nicht vor der Tür, sondern hinter der Tür!"

„Danke", sagte Eva und setzte sich.

„Sprechen Sie deutsch? " fragte Bücherwald.

„Ja, aber nicht ganz gut. Ich verstehe nicht alles, wenn man schnell spricht."

„Ausgezeichnet. Ich werde ganz langsam sprechen und was Sie nicht verstehen, verdolmetschen meine Kollegen. Herr von Bocken spricht russisch wie ein Russe und Herr von Schwedo ist selbst ein Russe."

Eva rührte sich nicht. Das ist der stalinische Drill, dachte Wolodja.

„Sie, Ewgenija Alexejewna, sind ein gebildeter Mensch", begann Bücherwald. „deshalb will ich Sie nicht an der Nase herumführen. Es wird ein Krieg geführt gegen den Kommunismus. Wir Deutsche wollen diesen Krieg gewinnen und dazu brauchen wir die Hilfe der Russen. Was meinen Sie dazu? "

„Ich verstehe Sie sehr gut. Ich weiß aber nicht, was ich Ihnen antworten soll."

„Ich erwarte auch keine Antwort, ich will nur wissen, ob Sie sich hundertprozentig der Sowjetmacht und Stalin verpflichtet fühlen? "

„Verzeihung, ich habe nicht alles verstanden."

„Herr von Bocken, darf ich Sie bitten!"

Von Bocken übersetzte.

„Jetzt verstehe ich. Ich bin kein Mitglied der Partei. Die Kommunisten und den Kommunismus und insbesondere Stalin liebe ich nicht."

„Aber Sie haben gekämpft, für den Kommunismus und für Stalin."

„Ich war Stenotypistin im Stab und habe sogar Uniform getragen. Über den Kommunismus habe ich aber wenig nachgedacht."

„Wie ist so etwas möglich? "

„Der Krieg ist dazu da, daß man kämpft. Rußland ist viel mehr und steht viel höher als Kommunismus und Stalin - nach meiner Ansicht wird der Kommunismus einmal zu Ende gehen, Rußland wird aber bleiben."

„Und Sie haben Angst um Ihr Vaterland? "

„Sogar sehr."

„Wovor haben Sie denn Angst? "

„Am meisten habe ich Angst vor den Kommunisten, vor euch habe ich auch Angst."

„Weshalb denn vor uns? "

„Der Feind ist immer schlimm. In der Gefangenschaft ist es auch sehr schwer. Viele Menschen gehen zugrunde."

„Ist das so erstaunlich? "

„Erstaunlich nicht, aber erschreckend."

„Wie sind Sie in die Gefangenschaft geraten? "

„November 1941, auf der Krim bei Kertsch. Wir wurden völlig zerschlagen. Ich versteckte mich am Ufer, zog das Kleid einer Tatarenfrau über die Uniform und wollte mich nach Kuban übersetzen lassen."

„Und dann hat man sie erwischt? "

„Ja."

„Sie sind eine Frau mit Hochschulbildung. Sie kennen Sprachen und Geschichte. Wollen Sie nicht die Front wechseln? "

Der geht ran wie ein Husar, dachten von Bocken und Wolodja zugleich. Eva schwieg und blickte verlegen auf alle drei.

„Herr Untersturmführer", mischte sich von Bocken ein, „verlangt natürlich nicht, daß Sie Deutsche werden oder eine Spionin. Glauben Sie, dazu brauchen wir Sie nicht. In diesem Lager geschieht lediglich die Auswahl von Personen, die man später eventuell aus dem Lager befreien kann. Das ist kein Versprechen. Meine Kollegen und ich können Ihnen nichts versprechen, wir haben kein Recht dazu. Doch wir hätten gern gewußt, ob eine junge, sowjetische Frau mit Hochschulbildung, die während der Sowjetherrschaft aufgewachsen ist, mit dieser Sowjetmacht brechen kann. Nicht deshalb, weil wir Deutsche das wünschen, sondern aus eigener Überzeugung."

„Es ist vielleicht schwer für Sie, mich zu verstehen und Sie glauben mir auch nicht, was ich sehr wohl verstehen kann. Doch nichts bindet mich an die Sowjetmacht. Als ich noch ein Kind war, hat man mir und meiner Mutter sehr viel Übles zugefügt, das Schlimmste, was man überhaupt tun konnte..."

„Entschuldigen Sie bitte", unterbrach Wolodja mit gleichgültiger Stimme. „Lebt Ihre Mutter noch? "

„Mutter starb kurz vor dem Kriege."

Mit halber Stimme übersetzte von Bocken den Inhalt der letzten Sätze. Bücherwald nickte.

„Ich sehe, daß es auf russisch doch besser geht, demnach soll es auch auf russisch weitergehen. Vielleicht ist Kamerad von Schwedo so liebenswürdig, mir das Wichtigste zu übersetzen."

Stumm verbeugte sich Wolodja.

„Ewgenija Alexejewna, Sie haben eben gesagt, daß die Sowjetmacht Ihnen großes Übel zugefügt hat. Werden Sie es uns nicht übelnehmen, wenn wir Sie bitten, uns alles ganz genau zu erzählen."

„Das hat nichts mit Politik zu tun. Ich habe auch nichts zu verheimlichen. Die kommunistische Partei hat meinen Vater ermordet. Damals war ich noch ein Kind, es war in Moskau 1921."

Wolodja übersetzte und betrachtete Bücherwald von der Seite. Bücherwald saß steif auf seinem Stuhl, in den halbgeschlossenen Augen Mitgefühl und Wachsamkeit.

„Wenn Sie das sehr interessiert, kann ich auch alles genauer erzählen."

„Wir möchten Sie sehr darum bitten."

Wolodja fixierte Eva und begriff ihren Blick. Hab keine Angst, ich werde mich nicht verplappern, paß nur auf! Eva erzählte die ganze Geschichte, ohne Namen zu nennen, außer denen einiger Kommunisten, die sie am Tode ihres Vaters für schuldig hielt.

Die Aufzählung begann mit dem Namen Kedrow.

„Fatal", bemerkte von Bocken mitfühlend, „und für Sie sehr schwer. Ist Ihnen bekannt, wie Lenin reagierte? "

„Nein. Nach dem Tode meines Vaters wurden Mutter und ich wie Ausgestoßene behandelt. Wir gehörten nicht mehr zu diesen Kreisen und jede Information hatte aufgehört. Außerdem wurde Lenin bald danach krank und starb. Seitdem existiert der Kommunismus für uns nicht mehr. Mutter war auch niemals in der Partei, im Gegenteil, sie war ein gläubiger Mensch."

„Und Sie, Ewgenija Alexejewna, glauben Sie an Gott? "

„Ja, ich bin orthodox."

„Wie verlief Ihr späteres Leben? "

„Auf die Fürsprache eines gewissen Towarkow hat man mich später in den Komsomol aufgenommen und im Jahre sechsunddreißig haben wir geheiratet."

„Warum nicht eher, wenn er Ihnen einen solchen Dienst erwiesen hat? "

„Früher wollte ich nicht heiraten. Das Jahr 1936 war ein Jubiläumsjahr für ein für mich sehr wichtiges Ereignis. Doch das ist nicht mehr interessant."

„Lebt Ihr Mann noch? "

„Ich darf es annehmen. Er ist in der Armee wie ich."

„Ist er Parteimitglied? "

„Ja." nickte Eva.

„Ein Jude? " fragte Bücherwald plötzlich auf deutsch.

„Nein, Russe."

„Was halten Sie von den Juden und wie ist Ihr Verhältnis zu ihnen? "

„Genau so wie zu allen übrigen Menschen, es gibt gute und schlechte..."

„Hm... und was sagen Sie zu unserem Verhältnis zu den Juden? "

„Ich kenne den negativen Standpunkt Deutschlands gegenüber den Juden und nehme an, daß Sie Gründe dafür haben."

„Wenn Sie in Erfahrung gebracht hätten, daß sich hier im Lager eine Jüdin versteckt, hätten Sie uns informiert? "

„Nein, ich habe mich niemals mit Denunziationen befaßt."

Nachdem Eva das gesagt hatte, blickte sie flüchtig zu Wolodja und sah in seinen Augen etwas wie eine Warnung. Die Augen signalisierten: Sag jetzt nichts mehr, schon viel zu viel hast du gesagt! ...Anscheinend muß man gleich erklären, daß man alle Juden aufhängen muß. Nein, meine Lieben, so werde ich unter keinen Umständen reden.

„Aber die Juden sind doch Feinde des russischen und

des deutschen Volkes? "

„Für mich sind die Feinde des russischen und des deutschen Volkes die Kommunisten - ob Jude oder Nichtjude."

„Haben Sie etwas von dem Weltkomplott der Juden-Freimaurer gehört? "

„Nein, ich habe wirklich eine sehr trübe Vorstellung von diesen Dingen."

Plötzlich lächelte Bücherwald sehr lustig.

„Sie werden hier noch solche Sachen über Juden und Freimaurer hören, daß Ihnen die Haare zu Berge stehen. Gehen Sie jetzt und ruhen sich aus. Wir holen Sie sehr bald wieder. Dies ist bestimmt nicht unser letzter Meinungsaustausch.... Stupenkin! Mach die Tür auf! Du pennst ja schon wieder!"

„Bitte sehr!" beeilte sich Stupenkin und schielte erschrocken zu Bücherwald.

„Was! Was für ein Komsomolmädchen!"

„Mir scheint, sie ist nicht schlimm", bemerkte von Bocken.

„Und Ihre Meinung, Herr von Schwedo? "

„Mir gefällt diese Towarkowa."

„Das ist verständlich... erstens ist sie eine hübsche Frau, zweitens sind Sie Junggeselle und wenn man sie richtig anzieht... und drittens ist sie eine Russin. Unsere Rassentheorie ist gar nicht so dumm. Mir gefällt sie jedoch nicht so sehr. Mir scheint, daß sie uns etwas verheimlicht. Ich bin fast sicher, daß sie trotz allem eine Kommunistin ist, wenn nicht etwas Schlimmeres."

„Was kann sie denn Schlimmeres sein? "

„Eine Tschekistin zum Beispiel."

Der holt aber aus, dachte Wolodja, Eva als Tschekistin! Der Fall scheint schlimme Formen anzunehmen. Wer hat sie an der Zunge gezogen, eine Liebeserklärung für die Juden abzugeben! Aber der Charakter ist der alte geblieben. Mir soll keiner etwas vorschreiben! Ich muß ihr schreiben. Sie soll vorsichtiger bei den dialektischen Kurven sein, es ist heute ganz einfach, über Juden und Freimaurer zu stolpern.

„Für heute genug gearbeitet", erklärte Bücherwald. „Das Mittagessen ist nicht hinter den Bergen und diese Towarkowa versehen wir mit einem hübschen Fragezeichen."

Nachmittags ging Wolodja aus dem Lager und machte einen kleinen Spaziergang durch Kielce. Hinter den Holzhäuschen am Stadtrand begann ein richtiges Mütterchen Rußland, wenn auch in polnischer Ausgabe. Er entwarf einen Zettel:

> „Eva, sei vorsichtig und rede keine Dummheiten, überlege jedes Wort, besonders über die Juden. In diesen Tagen entscheidet sich Dein Schicksal, ob Du in das Sonderlager nach Deutschland kommst oder nicht. Von mir aus werde ich alles tun. Aber ich bin nicht allmächtig und habe auch keine großen Verbindungen.
>
> W."

Später wurde es langweilig. Eine wie die andere nach Art der schlechten Schauspielerinnen verfluchte die Sowjetmacht, die Läger, Kolchosen, NKWD. Eine äußerte sogar, sie wäre besonders glücklich, die Augen des widerlichen Grusiniers Stalin eigenhändig auszukratzen. Selbst Bücherwald rümpfte die Nase. Einige wurden für den nächsten Tag vermerkt, dann fuhr man zurück.

Am nächsten Tag fuhr von Bocken allein zum Frauenlager. Wolodja saß wie auf Kohlen. Noch immer war der Zettel in der Tasche. Ein weiterer Tag verging.

„Vorläufig nehme ich Sie nicht mit in das Frauenlager", erklärte von Bocken. „Nichts Interessantes. Das Gros schicken wir bald zurück ins allgemeine Lager. Kismet, wie die Türken sagen."

Wolodja begriff, schleunigst mußte etwas unternommen werden.

„Wenn Sie wollen, kommen Sie am Abend", fuhr von Bocken fort. „Ich lade Sie übrigens nicht ein. Sie sind doch Anti-Alkoholiker."

„Nein, weshalb denn, ich komme gern. Wissen Sie, wenigstens einmal will man ordentlich feiern."

„Donnerwetter! Was ist denn mit Ihnen geschehen? Das nenne ich Progress. Haben Sie keine Furcht, Zorbel ist nicht in der Nähe, hetzt jetzt wohl in Berlin gegen mich."

Im bekannten Kabinett auf dem Tisch stand ein umwerfender Imbiss. Eine Flasche selbstgemachten russischen Subrowkas von der Art für Adjutanten, eine Flasche polnischer Starka, klar wie Muttertränen. Es begann ein konzentriertes Genießen. Um ehrlich zu sein, erschienen Wolodja die Subrowka und auch die polnische Starka gleich widerlich. Selbst einfachen Wodka konnte er kaum ausstehen. Dafür trank Maschenka von Bocken mit, kniff streng die Augen zu und Manfred Genrichowitsch empfand die Sache mit dem tiefsten, verzückten Verständnis und schnalzte mit der Zunge.

Man sah, ein großer Fachmann und kein Dilettant. Nach dem achten Gläschen fühlte sich Wolodja in Weltschmerzstimmung, wie die Russen sagen „Das Milieu hat mich aufgefressen" oder wie sich ein russischer Emigrant in Paris äußerte: „Mercredi ma manger!" da im Russischen *Milieu* und *Mittwoch* synonym sind. Wolodja begann, sich von dem Einfluß des Milieus zu befreien. Die ersten Anzeichen für ein Emporschweben der slawischen Seele zeichneten sich ab.

„Singen Sie? " fragte von Bocken plötzlich.

„Schlecht."

„Kennen Sie das Lied von dem Flüßchen? "

Wolodja nickte.

„Na - dann los! Leider habe ich keine Stimmgabel." Von Bocken zupfte an der Haut seines Adamsapfels und imitierte zweimal: „Eleonore, Eleonore! Do, re, mi..."

„Bist du plemplem? Gleich läuft das ganze Lager zusammen, und wenn Zorbel erfährt, daß du nicht nur trinkst, sondern auch singst, bist du die längste Zeit in Kielce gewesen!"

„Maschenka, immer mußt du mir die Freude verderben", murrte von Bocken. „wenn wir nicht singen dürfen, wollen wir wenigstens Reden schwingen. Zu Beginn darf ich Sie, mein lieber Wladimir Alexejewitsch, fragen, was Sie dazu bewogen hat, mit mir zu trinken. Ich bin ein alter Fuchs, und sehe, daß Sie nach jedem Gläschen die Nase verziehen. Wie im ‚*Boris Godunow*' von Puschkin. ‚*Boris wird noch ein wenig zaudern, zwinkern, wie vor dem Weinpokal der Trunkenbold!*' Und da ich weiß, daß der Mensch außer Leber, Niere, Milz, Lunge und Herz noch etwas hat, was man seit alters her die Seele nennt, und ich bin ein bißchen verantwortlich nicht nur für Ihren Leib, sondern auch für eben diese Seele, so möchte ich Sie gerne fragen, was haben Sie auf der Seele? "

„Wie soll ich Ihnen sagen..."

„Haben Sie keine Furcht, ich bin ein völlig harmloser SS - es gibt auch solche - und was ich beim Wodka erfahre, bleibt auch hier. Hat Sie etwa der Zustand der Kriegsgefangenen schwer erschüttert? Das geht nicht nur Ihnen so, mein Lieber!"

„Manfred Genrichowitsch, ich wäre gern noch ein paarmal im Frauenlager gewesen."

„Warum? Hat es Ihnen gefallen? Wenn Sie mit einer Kriegsgefangenen poussieren, gibt es ein Unglück."

„Mich interessiert nur eine einzige, diese Towarkowa, geborene Torzowa."

„Gut gemerkt! Ist es ernst? "

„Es ist alles ganz anders, Manfred Genrichowitsch. Noch als Junge in Moskau habe ich die Familie gekannt. Eva und ich waren Jugendfreunde."

In den kleinen, öligen Augen von Bockens blitzte es.

„So also stehen die Dinge. Aus diesem Anlaß je noch ein Gläschen, und jetzt erzählen Sie mir alles der Reihe nach."

Wem erzähle ich alles, was mache ich? Es ist doch kein Spaß, grübelte Wolodja und erzählte alle Moskauer Ereignisse aus dem Jahre 1921.

„Eine Frage, Wladimir Alexejewitsch, ist es wahr, was diese Ewgenija Alexejewna von dem Tod ihres Vaters berichtet hat? "

„Die reine Wahrheit. Doch hat sie nicht erwähnt, daß ihr Vater vor die Hunde ging, weil er andere rettete, insbesondere meine Familie und wahrscheinlich noch viele andere. Der verstorbene Alexej Iwanowitsch Torzow war ein Kommunist, doch persönlich ein untadeliger Charakter."

„Gern hätte ich etwas über das damalige Moskau erfahren. Ich habe ein bißchen getrunken, Sie auch. Legen Sie los... unsere Mutter Moskau..."

Es wurde spät, bis Wolodja fertig war. Von Bocken war stark angetrunken, doch begriff er alles.

„Ich helfe Ihnen, ich muß Ihnen helfen! Womit soll ich anfangen? Morgen fahren Sie mit mir ins Frauenlager. Ihre Eva hat dem Bücherwald gar nicht gefallen. Sie ist aber auch ein Typ! Meine Zunge ist mein Feind! Er ist allerdings kein schlechter Bursche, natürlich hundertprozentiger Parteigenosse, aber nicht dumm und nicht hundertfünfzigprozentig. Mit Bücherwald kann man reden, das werde ich auch tun."

„Ist das nicht gefährlich? "

„Ihre Eva hat nichts zu verlieren. Höchstens wird man sie von den Berliner Lagern ausschließen. Den Kopf wird man aber nicht abreißen. Mit Bücherwald soll man sich auf keine Schlauheiten verlegen. Sie erteilen mir also die Vollmacht, mit ihm zu reden? Ohne die entsprechende Charakteristik des Lagerkommandanten wird man sie sowieso nicht überführen."

„Wenn Sie es für nötig halten, selbstverständlich. Sie sehen das klarer."

„Momentan sehe ich genau so wenig wie Sie. Diese Subrowka! Es gibt noch eine - für Leute vom Stabe, die ist noch besser. Und jetzt, bye, bye! Gut, daß Sie zum Umtrunk zu mir gekommen sind. Ohne Flasche ist so etwas nicht zu lösen. Ich schlafe natürlich hier, die Frau schläft schon längst... Maschenka, mein Gottesengelchen! Und ich bin besoffen. Bei den Russen ist die Sauferei sprachlich genau geregelt, jeder betrinkt sich wie er soll. Der Priester bis zur Niederlage des Ornats, der Schuster wie die Schuheinlage, der Tischler wie ein Brett, Mystiker bis zum Teufelchen, wie sich aber ein SS-Mann betrinkt, das hat man noch nicht erfunden."

Am anderen Tag war das Wetter herrlich. Die Sonne

leuchtete so, als ob sie fragen wollte: „Na, ihr Trottel dort auf der Erde, lebt ihr immer noch wie die Viecher?"

Wolodja fühlte sich miserabel. Im Mund war ein richtiger Stall. Bücherwald strahlte auch wie die Sonne, als sie hereinfuhren und riß seinen Arm so hoch, als ob er an den Himmel greifen wollte.

„Wir gehen gleich zu ihm", schlug von Bocken vor. Bücherwald hörte sich alles ohne Unterbrechung an. Manchmal bat er Wolodja um zusätzliche Einzelheiten. Dann erklärte er schlicht.

„Sie haben natürlich recht. Ich habe nichts davon gewußt. Man muß dieser Towarkowa helfen. Ich trage sie heute in die Liste der zur Überführung Bestimmten ein."

„Wann wird es vermutlich geschehen?"

„Etwa in drei Wochen, wenn die Liste alle Instanzen durchlaufen hat. Wissen Sie, die Sache läuft langsam, es sind ja Kriegszeiten. Natürlich sagen Sie der jungen Dame über unseren Entschluß nichts. Und Ihnen, Herr von Schwedo, werde ich ein Rendezvous mit ihr arrangieren. Ich hoffe, daß Sie als Kamerad mich nicht zwingen werden, das später zu bereuen."

Und um seine segensreichen Absichten zu bestätigen, schleppte Bücherwald eine Schüssel mit wunderbarem Kompott an. Wolodja wurde ganz heiter. Ein bißchen zu früh, wie sich später herausstellte.

Über Kielce schwebte ein gelber Vollmond. Alles zitterte und wankte in seinem Licht. Die schmutzig-grünen Baracken des Frauenlagers leuchteten blau-schwarz. In dem Kabinett der Verwaltungsbaracke saß Untersturmführer Franz Werner Bücherwald und schrieb. Längst waren die beiden Schreibkräfte zu Hause. Von der Wachstube her hörte man dumpfe Stimmen. Bücherwald tippte sorgfältig und langsam. Die Geschichte der kriegsgefangenen Frau Ewgenija Towarkowa kam zu Papier. Umständlich vergewisserte sich Bücherwald mit Hilfe der grauen Karteikarte und fügte das hinzu, was er von Wolodja erfahren hatte, den er als Protege des Kameraden von Bocken bezeichnete. Er schrieb alles sehr gewissenhaft nieder und bemerkte, daß er nichts gegen die Überführung der betreffenden Person in ein Sonderlager bei Berlin habe, doch es wegen der absonderlichen Situation - einer der Mitarbeiter des Reichsministeriums für die besetzten Ostgebiete, Wladimir von Schwedow, war nach seiner eigenen Aussage ein Jugendfreund der kriegsgefangenen Towarkowa - für seine Pflicht hält, Standartenführer Zorbel als seinen unmittelbaren Vorgesetzten in Kenntnis zu setzen.

Untersturmführer Bücherwald haßte am meisten unerwartete Ereignisse und schlechte Organisation. Nachdem er alles niedergeschrieben hatte, was seiner Meinung nach zu Papier gebracht werden mußte, versiegelte er den Brief und legte ihn in den metallenen Korb mit der erledigten Post. Im Stillen dachte er, daß es im Krieg eben wie im Kriege sei, und ging schlafen.

Drei Wochen waren vergangen. Anfang Mai. Eva war immer noch im Lager. Wolodja wurde immer nervöser. Von Bocken und Bücherwald waren sehr freundlich zu ihm. Seitens von Bocken gefiel ihm das sehr. Wolodja entschloß sich, seine Abneigung gegen Alkohol und gegen Säufer, wegen der hervorragenden seelischen Qualitäten Bockens, zu ignorieren. Bücherwald hielt er im Stillen für einen falschen Fünfziger und traf damit ins Schwarze. Der Brief hatte Zorbel pünktlich erreicht. Die Antwort war kurz und bestimmt:

„Untersturmführer Bücherwald
Kommandant des Lagers Nr. II
in Kielce, Generalgouvernement
Ich erhielt Ihren Rapport. Die darin enthaltenen Angaben halte ich für sehr interessant. In diesem Monat wird die Kriegsgefangene Towarkowa-Torzowa in das Ihnen bekannte Lager bei Berlin überführt. Dahin wird ebenfalls W. von Schwedow zurückbeordert. Bis dahin beobachten Sie die beiden. Im Falle etwas Verdächtigem melden Sie es mir sofort. Der Fall ist von mir an die übergeordnete Behörde weitergegeben worden. Dort

> hat man unerwartet sehr großes Interesse gezeigt. Warum, kann ich Ihnen beim besten Willen nicht erklären. Weiß selbst nicht Bescheid. Eines aber ist klar - der Fall ist viel ernster als es scheint. Das Schicksal des ‚Kameraden' von Bocken wird sich schnell entscheiden. Dann werden Sie eine Weile beide Lager verwalten müssen. Bin in den nächsten Tagen in Kielce."

Es folgte die traditionelle Grußform und Unterschrift.

Bücherwald lächelte und strich über seinen makellosen Scheitel. Es hatte sich erwiesen, daß er durch seine Umsicht direkt ins Schwarze getroffen hatte. Zorbel, und die über ihm, waren zufrieden. Jetzt konnte man damit rechnen, irgendwohin versetzt zu werden, wo es interessanter war. Hier gab es noch nicht mal interessante kriegsgefangene Frauen. Selbst Stupenkin mit der ehrerbietigen Visage eines sowjetischen Lakaien steckte überall im Wege.

Bücherwald seufzte tief und entschloß, sich dem intensiveren Studium der Werke Alfred Rosenbergs zuzuwenden...

DAS BUCH

„Wissen Sie, mein Lieber", meinte von Bocken eines Tages. „Ich habe eine Überraschung für Sie. Ich habe ein kleines Häuschen in Kielce. Früher habe ich Ihnen nichts davon erzählt. Es war zu kalt. Jetzt ist es aber warm genug. Wollen Sie mitkommen? "

„Sehr gern, Manfred Genrichowitsch. Werde ich nicht stören? "

„Im Gegenteil, meine Frau wird sich freuen. Wissen Sie, wie sie Sie nennt? Die Alkoholbremse! Und sie hat Sie gern. In einer halben Stunde können wir abfahren, es ist nicht weit."

Das Haus, etwas außerhalb, erinnerte stark an die russischen Sommerhäuschen. Die untere Etage war gut hergestellt worden, die obere mit dem Dachgeschoß jedoch in ziemlich verlottertem Zustand. Bläulich leuchtete die Lysa Gora in der Ferne. Ein Zaun und vorjährige Blumenbeete.

„Das obere Geschoß ist in Unordnung", sagte von Bocken. „Es fehlt an Geld. Auf dem Dachgeschoß war ich ein paarmal. Ihr Zimmer ist auch da oben, mehr oder weniger anständig. Ein guter Ofen und Kleinholz sind da. Morgen mittag müssen wir zurück sein. Am Sonnabend können wir uns einiges genehmigen."

„Fängst du schon wieder an, Manfred, Herrn von Schwedow vom rechten Wege abzubringen? ”

„Maschenka, der Zerberus - sprich Zorbel - ist doch nicht da und wird niemals hierher kommen.”

Der Umtrunk war nicht ernst zu nehmen. Um elf Uhr ging man schlafen. Im Zimmer war es warm. Der Mond schien. Wolodja konnte nicht einschlafen. Wie wohl das nächtliche Kielce vom Dachgeschoß aussieht? Wolodja knipste die Taschenlampe an. Unter den Füßen quietschten und knackten die Dielen.

Das Dachgeschoß war voller Gerümpel. Beim Mondschein sah Kielce sehr schön aus. Vom Dachlukenfenster aus erschien die Stadt im Silberschimmer schwimmend, und hinter der vom Silber übergossenen verwirrenden Stickerei der Häuser, erhob sich schwarzbläulich die Lysa Gora. Dort versammeln sich, wie bei unserer Lysa Gora bei Kiew, zu bestimmten Terminen die Hexen. Wolodja schaute genauer auf die geschwulstähnliche Bergspitze. Ganz oben gerade Linien, wohl Häuser, und links hinten sah er den hellen Fleck der Spitze. Dort tauchten gelegentlich winzige Pünktchen auf und verschwanden wieder, oder vielmehr erschien es Wolodja nur so.

Vorsichtig sah sich Wolodja auf dem Dachgeschoß um. Es gab viele Bücher. Sie lagen überall. Die meisten in polnischer Sprache. Merkwürdig stach von ihnen das russische Lehrbuch für Mathematik, von Ribkin, ab. Wolodja nahm auf einem dreibeinigen Stuhl Platz und begann, den Ribkin zu studieren. Mondquadrate wanderten umher, die nächsten zogen sich in die Länge, die hintersten breiteten sich aus. Niemals hatte Wolodja Mathematik besonders geliebt, doch jetzt erschienen ihm die schwarzen Formeln und Zahlen wie etwas ganz anderes. Nicht in den verkrüppelten arabischen Ziffern lag ein Sinn, sondern in dem, was jede von ihnen verbarg. Zwei war durchaus nicht zwei - sondern was, fragte er sich selbst. Lange saß er in tiefem Nachdenken und die Mondquadrate wurden immer länger und länger. Das Muster sah aus wie ein Pfeil, und die Spitze zeigte irgendwo hin.

Wolodja erhob sich und ging dort hin, wohin die Spitze

zeigte. Auf den mit Lehm bedeckten Brettern lag ein russischer Armeesäbel und ein ziemlich umfangreiches Buch. Zuerst begutachtete Wolodja den Säbel, die berühmte Klinge aus Slatoust. Dann öffnete er das Buch. Es war noch ganz in Ordnung, dem Pergament nach anscheinend sehr alt. Zuerst glaubte er, die Schrift sei chinesisch. Um besser sehen zu können, trat er ans Fenster. Nein, die Schrift war nicht chinesisch, und hier sah er auch den sechseckigen Stern. Die Schrift war hebräisch.

Wolodja blickte sich um. Der Mondpfeil hatte die Wand erreicht und verschwand in der Dunkelheit, als ob er nichts mehr zu zeigen hätte. Dafür wurde die helle Spitze der Lysa Gora noch heller. Die mikroskopischen Punkte waren klar zu sehen, sie bewegten sich. Wolodja fühlte sich unbehaglich. Aus irgendeinem Grund schien es ihm, als ob diese Punkte ihn sehen können, und sie tun es auch, und alle in seine Richtung. Er wurde unruhig. Nur das kalte Leder der Säbelscheide beruhigte ihn. Aber das Buch schien lebendig, wie die Hand eines Menschen.

Es war sehr spät, als er sich auszog und schlafen legte. Merkwürdige Träume, nicht einmal Träume zu nennen, füllten das Zimmer. „*Träume springen, Träume tanzen!*" Dieser Satz hämmerte aufdringlich im Gehirn. Mal schien es ihm, als ob der Säbel mit schimmernder Blutrinne das lederne Buch zerhaut, aber das Buch wuchs wieder zusammen. Dann erschien wieder der Mondpfeil und erstarrte über dem Buch. Und dann in der Ferne, drohte der kleine Mönch ihm mit dem Finger und sprach gewichtig:

„Paß auf, du Trottel!"

„Schwedow, sind Sie da oben gestorben! Aufstehen!" polterte von Bocken an der Tür. „Maschenka hat das Frühstück vorbereitet, und was für eins!"

„Ich komme gleich. Es schläft sich aber gut hier."

Auf dem Tisch lagen das Buch und der Säbel. Ich muß ihm von meinem Fund erzählen, sonst ist es peinlich. Schließlich gehört das Haus ihm.

„Ich war heute oben auf dem Dachboden, habe den Mond angeschaut", bemerkte Wolodja beim Frühstück.

„Sehr schön. Der Mond hier ist weltberühmt. Sie haben sich wohl die Berge angesehen? Hoffe, Sie sind nicht mondsüchtig? "

„Keineswegs. Wem gehörte das Haus früher? Auf dem Dachgeschoß ist eine Menge Gerümpel, Bücher, sogar ein Säbel."

„Ich weiß nicht mal genau, glaube, Polen oder Juden. Von mir aus krebsen Sie ruhig da oben herum, soviel Sie wollen. Ich war zweimal dort, hab nichts Interessantes gefunden außer einem Hornissennest. Wissen Sie, was das für eine Geschichte war, sie auszuräuchern? Schon zwei Stiche können den Tod bringen."

„Ich habe schon herumgewühlt und einen Säbel und ein hebräisches Buch gefunden."

„Wozu ich Ihnen auch gratuliere!" Von Bocken lachte aus vollem Halse. „Den Säbel, wenn er nicht gerade mit Diamanten übersät ist, können Sie behalten und die Bücher meinethalben auch. Das mit dem Säbel verstehe ich, Sie sind schließlich russischer Patriot, aber jüdische Bücher...? Ein merkwürdiger Geschmack!"

„Der Säbel ist ganz gewöhnlich und alte Sachen haben mich schon immer interessiert."

„Seien Sie unbesorgt, ich werde Sie doch nicht anzeigen, daß Sie sich für jüdische Bücher interessieren... Und jetzt, verzehren Sie das Röstbrot, dann das zweite und dann das dritte. Maschenka, Engelchen, wollen wir mit Herrn von Schwedow nach oben gehen? "

„Du hast richtige Suff-Ideen", verdächtig schaute Maschenka ihren Mann an. „Beginnst du vielleicht jetzt schon am Morgen? "

„Ich bitte dich, Maschenka! Zeigen Sie doch Ihren Fund her, Wladimir Alexejewitsch."

Das Buch sah sich von Bocken kaum an, aber als er den Säbel anschaute, pfiff er leise durch die Zähne.

„Sie sind mir der richtige russische Patriot! Das ist kein Säbel, sondern ein echter Gardepallasch. Manchesmal hat sein Besitzer dem Zaren damit salutiert. Hat aber keinen besonderen Wert. Behalten Sie ihn in Gottes Namen."

Die Tage vergingen. Der Mai war schon in der zweiten Hälfte und noch immer war Eva im Lager. Wolodja hängte den Pallasch über sein Bett und legte das Buch in die Schublade. Zuerst betrachtete er häufig den Pallasch, später begann er, in dem Buch herumzublättern. Die Schrift war ihm unverständlich, doch die Exaktheit der Buchstaben und die noble Schlichtheit des Buchdeckels waren merkwürdig. Wolodja ahnte, daß etwas sehr Wertvolles in seinen Händen war. Vorsichtig untersuchte er die Buchstaben. Das Buch war handgeschrieben. Wie kann ich erfahren, was da drin steht? Soll ich vielleicht ein Wörterbuch kaufen? Ich weiß nicht einmal, daß es hebräisch ist. Wie die Dinge stehen, werde ich in ganz Polen solch ein Wörterbuch nicht finden, vielleicht später in Berlin.

Unter zartgrünen Bäumen in Kielce wanderte Wolodja und überlegte die verschiedenen Möglichkeiten eines Angriffs auf das hartnäckige literarische Werk. Sicherlich kann mir jemand helfen. Früher gab es hier sehr viele Juden, und jemand wird mir zumindest sagen können, was für eine Sprache das ist. Wen soll ich bloß fragen, außer den deutschen Angestellten und den Gefangenen kenne ich doch niemand... Munter trabte ein polnischer Droschkenkutscher die Straße entlang. Ja, der Droschkenkutscher! Als ich ankam, hat er mir selbst seine Dienste angeboten. Wie hieß er nur? Pisetzki! Schlecht ist, daß es als großes Verbrechen betrachtet wird, einen Polen in seinem Haus zu besuchen. Den Kopf wird es schon nicht kosten!

Die Radomskaja Straße erwies sich als eine richtige russische Laternengasse, krumm, mit schlechten Häuschen, in dem allerpolnischsten Teil von Kielce. Erstaunt und erschrocken wurde Wolodja angeschaut. Man hielt ihn für einen Deutschen und fragte sich, was ein flanierender Deutscher hier mache. Doch gleichzeitig hat man höchstwahrscheinlich entschieden, daß die Sieger überall gehen können, wo sie wollen.

Wolodja fand das Haus Nr. 19, das sogar nach polnischen Kleinstadtbegriffen sehr schlecht war, und zog an einem verrosteten Ring. Drinnen bimmelte etwas. Nichts geschah.

Wolodja blickte sich um, hob zufällig den Kopf und sah, daß er mindestens von zwei Frauen und einem Mann hinter den Vorhängen des zweiten Stockwerks beobachtet wurde. Die schmutzigen Gläser der vier unteren Fenster waren tot und blind. Er zog etwas entschiedener. Die Tür öffnete sich. Eine alte, gebeugte Frau stand an der Schwelle.

„Ich hätte gern Herrn Ignatius Pisetzki gesprochen", sagte er auf russisch.

„Wer sind Sie selbst? " verstand Wolodja die polnische Frage. „Wenn Sie ein Deutscher sind, ist es besser, Sie gehen nicht herein, sonst kann es uns schlecht ergehen."

„Ich bin kein Deutscher, sondern Russe, und Herr Pisetzki hat mich selbst eingeladen."

Die alte Frau sah ihn lange fragend an und schloß die Tür wieder zu. Nach einigen Sekunden öffnete sie sich wieder.

„Bitte sehr!" forderte ihn ruhig eine Stimme auf russisch auf.

Wolodja trat in einen dunklen Korridor. Es roch nach Sauerkohl, Wagenschmiere und etwas Undefinierbarem.

„Guten Tag, Herr Lehrer", sagte Pisetzki. „hierher, herein ins Zimmer. Sie sind sogar mit Aktentasche, möchten Sie etwa...? "

„Nein, das Essen ist nicht schlecht."

Erstaunt blieb Wolodja stehen. Sie betraten ein sehr anständig möbliertes Zimmer, das mit dem abgezehrten Außenbild des Hauses in keiner Weise harmonieren wollte.

„Nehmen Sie bitte Platz, Herr Lehrer."

„Sicherlich sind Sie erstaunt, mich hier zu sehen, doch ich habe sonst niemanden, an den ich mich wenden kann. Zufällig habe ich ein altes Buch gefunden, anscheinend in hebräischer Sprache, und vielleicht könnte mir jemand helfen, mich dort zurechtzufinden."

„Und in dieser Angelegenheit sind Sie zu einem polnischen Droschkenkutscher gekommen? "

„Mir scheint, daß Sie von Beruf her keinesfalls Droschkenkutscher sind. Nach unserer Revolution haben wir Russen auf diesem Gebiet eine große Erfahrung, als Professoren

Lampenputzer, und Lampenputzer Professoren wurden."

„Was ist das für ein Buch, haben Sie es da? "

„Nein, das Buch ist ziemlich groß und paßt nicht in die Aktentasche. Ich wollte es auch nicht mitschleppen. Es scheint ein wertvolles Exemplar zu sein."

„Sind Sie sicher, daß es hebräisch ist? "

„Fast sicher. Doch ich weiß, es gibt mehrere althebräische Sprachen oder vielleicht nur einige linguistische Abzweigungen."

„Für Sie ist das doch gleichgültig, Herr Lehrer. Ist es nicht so? "

„Genau, darf ich mich übrigens vorstellen, Wladimir Schwedow."

„Vielen Dank für das Vertrauen. Ich kenne Ihren Namen. Hier im Städtchen erfährt man alles sehr schnell, erst recht solch ein Ereignis wie das Erscheinen einer neuen Person im deutschen Lager. Wenn Sie sich wirklich ernsthaft in diesem Buch zurechtfinden wollen, und das ist anzunehmen, da Sie zu mir gekommen sind - normalerweise müßten Sie längst den polnischen Fuhrmann vergessen haben - so muß ich Sie warnen, daß diese Angelegenheit sowohl für mich, als auch für Sie mit den größten Unannehmlichkeiten verbunden sein kann. Sie haben zum Beispiel überhaupt kein Recht, mit mir in irgendwelchen Beziehungen zu stehen und ich mit Ihnen. Deshalb muß ich zu Beginn einige Bedingungen stellen."

„Ich bin bereits einverstanden."

„Hören Sie mich erst an. Erstens hätte ich es gern gesehen, wenn Sie mir ausführlich Ihren Lebenslauf erzählen, zweitens müssen Sie mir versprechen, völliges Schweigen zu bewahren über alles, was auch später mit Ihnen passiert, und drittens, unsere Lage ist sehr schwer, und ich erwarte von Ihnen eine gewisse materielle Unterstützung."

„Wenn ich etwas tun kann, sehr gern."

„Sind wir uns also einig. Beginnen Sie bitte mit Ihrem Lebenslauf."

Wieso bin ich verpflichtet, diesem Polen meinen Lebenslauf zu erzählen, und warum vertraue ich ihm. Er kann ein polnischer Untergrundkämpfer sein, oder auch ein deutscher Agent. Die grauen, versteckt lächelnden Augen Pisetzkis waren ruhig und durchdringend. Wolodja erzählte ausführlicher als er wollte und endete ganz plötzlich.

„Sehr gut", sagte Pisetzki. „Wenn Sie mir vertrauen, muß auch ich Ihnen vertrauen. Vor dem Krieg war ich Direktor einer Grundschule hier in Kielce. Sie haben mir schon auf dem Bahnhof gefallen. Doch das ist nicht der Kern der Sache. Wickeln Sie das Buch gut ein und bedecken Sie es oben mit einem Jackett. Ich werde Sie in drei Tagen abholen. Wann paßt es Ihnen? "

„Am besten nach sechs Uhr."

„Wird erledigt. Dann fahren wir zu einem Schneider, das weitere wird sich finden..."

„Wo wollen Sie mit dem Jackett hin? " von Bocken trat gerade aus der Kanzlei und fuchtelte lustig mit den Händen.

„Zwei Jacketts, Manfred Genrichowitsch, ich fahre zum Schneider."

„Fahren Sie in Gottes Namen! Aber passen Sie auf, daß die Polen Sie nicht begaunern. Darin sind sie große Meister! Sind übrigens auch keine schlechten Menschen, Sie verliebter Jüngling, Sie!"

Pisetzki in einer zerschabten Jacke wartete bereits am Kasernentor. Demütig stand sein alter Fuchs.

„Nehmen Sie Platz. Schauen Sie nicht auf meine Rosinante. Hafer ist kaum aufzutreiben."

„Wo geht es hin? "

„Erst zu mir. Dort werfen wir einen Blick auf Ihr Buch, ob es sich überhaupt lohnt, etwas zu unternehmen. Wenn es dunkel wird, gehen wir zum Schneider. Wie lange dürfen Sie fortbleiben? "

„Theoretisch die ganze Nacht."

„Ausgezeichnet."

Im Zimmer war der Tisch gedeckt, aber außer Tee konnte Wolodja nichts sehen.

„Lindenblütentee. Seien Sie nicht böse, aber anderer ist nicht da. Zeigen Sie Ihren Schatz her... Ja, ich sehe, Sie haben Glück gehabt, das ist wirklich etwas Mittelalterliches.

Wenn es ganz dunkel geworden ist, gehen wir zusammen an den nötigen Ort. Die Jacketts lassen Sie hier, die gehen nicht verloren. Sie selbst müssen sich umziehen."

Pisetzki verschwand und kehrte mit einem langen dunklen Mantel und einer zerschlissenen Persianermütze zurück.

„So sehen Sie ganz polnisch aus."

Lange gingen sie durch Hinterhöfe. Wolodja verlor jede Orientierung. Es war so dunkel wie in einem verspundeten Faß. Mehrmals stolperten sie und blieben schließlich vor einem dunklen Tor stehen. Pisetzki klopfte. Ein Hund knurrte. Lange kam niemand heraus, dann öffnete sich das halbe Tor.

„Wer? " fragte eine Jungenstimme.

Pisetzki antwortete und ließ Wolodja vorangehen. Wolodja stand in einem kleinen quadratischen Hof, dunkel und leer. Ihm gegenüber zwei erleuchtete kleine Fenster. Ein mageres Kinderfigürchen betrachtete Wolodja fragend. Pisetzki sagte etwas in einer unverständlichen Sprache.

„Hierher bitte", zeigte der Junge den Weg.

Das ist jiddisch, dachte Wolodja. Eine niedrige, aber sehr feste Tür öffnete sich. Die Füllung war kreuzweise mit Eisen beschlagen. Ein nicht beleuchteter winziger Korridor, doch von irgendwo schimmerte Licht durch. Der Junge stieß die zweite Tür auf. Wolodja stand in einem merkwürdigen Zimmer und schaute auf einen kleinen Greis in schwarz mit einer schwarzen Mütze, die entfernt an die russische Priester-Kalotte erinnerte.

„Herr Schwedow? " fragte der Alte mit rollendem ‚r'. „Was mache ich übrigens! Außer Ihnen kann es ja niemand sein. Ei, ei, Sie sind aber ein tapferer Mann, dienen bei den Deutschen und gehen zu verfluchten Juden."

Verschmitzt lachte der Alte und fand Wolodjas Verlegenheit sehr drollig.

„Ich bitte Sie, Wladimir Alexejewitsch, unsere jüdische Lage ist so, daß nur der Humor uns am Leben erhält. Jetzt wollen wir Bekanntschaft schließen. Weißpapier, Isaak Moisejewitsch. Ich bin Rabbiner, allerdings bis zu den richtigen Rabbinern ist es mir sehr weit. Doch zu Gott habe ich immer gebetet, natürlich auf meine Art. Und Sie auf die Ihre, auf orthodoxe Art? "

„Ja, ich versuche auch zu beten."

„Das ist schon sehr gut, daß Sie nicht den hohen Stil verwenden. ‚Ich wende mich an Gott! Ich habe mit Gott gesprochen!' Schau mal her, er, irgendein Srul Pavianowitsch Katz geruht, mit Gott zu reden, und macht das so, daß Gott noch froh sein soll, daß man ihn nicht vergessen hat und mit ihm spricht. Sie dagegen, sehr bescheiden: ‚Ich versuche zu beten.' Sehr, sehr gut. Und Gott wird Sie schneller erhören als denjenigen, der geruht, sich mit ihm zu unterhalten und dazu noch in seiner freien Zeit. Erst macht er der Reihe nach alle seine miesen irdischen Geschäfte, atmet tief ein, kratzt sich am Hinterkopf, überlegt, ob er auch alles getan hat, und wenn es weiter gar nicht mehr geht mit dem Mammon, dann erst erinnert er sich an Gott. Die Leute werden wohl auch zum letzten Gericht in ihrer Freizeit kommen wollen. Herr Pisetzki hat mir alles erzählt. Zuerst begutachten wir Ihren Schatz."

Wolodja öffnete das Buch, und sowie der Hausherr einen Blick darauf geworfen hatte, spürte er, etwas Bedeutendes und Außergewöhnliches war passiert. Der Alte berührte das Buch vorsichtig, wie etwas unerhört Wertvolles und Zerbrechliches legte er es auf den Tisch. Die bewegten Züge seines Gesichts erstarrten. Er stand ganz still. Auch Wolodja rührte sich nicht und sah zu, wie die weißen, feinen, beim Schein der Lampe alabasterfarbenen Hände geräuschlos in dem Buch blätterten. Der Alte sagte nichts, bewegte nicht mal die Lippen, dann murmelte er etwas in einer unverständlichen Sprache. Doch Wolodja schien es, als ob er verstanden hatte. Weiter liefen die weißen Hände über die Seiten.

Anscheinend hat mich der Alte ganz vergessen und denkt gar nicht mehr an mich. Wolodja ging zur Seite und setzte sich in einen Sessel. Wieder hatte er den Eindruck, als ob Fäden das schlecht beleuchtete Zimmer dieses jüdischen Hauses durchweben, so wie damals in Berlin. Doch jetzt war nicht er Mittelpunkt des Gewirrs, sondern der kleine

Mann in schwarz, mit diesen komischen Koteletten. Das werden wohl die Paies sein, dachte Wolodja.

„Wie erlangten Sie dieses Buch?" fragte Weißpapier, ohne den Kopf zu wenden.

„Vor einigen Tagen gefunden."

„Wo, bitte?"

Wolodja erzählte von seinem nächtlichen Besuch auf dem Dachboden des Hauses von Bockens.

„Mehr Bücher haben Sie nicht gefunden?"

„Nein, meines Erachtens war sonst auch nichts Interessantes dabei, nur unbedeutende Bücher in polnischer Sprache nebst Gerümpel."

„Haben Sie nur dieses Buch mitgenommen und den Säbel aus der Zarenzeit?" Wolodja kam nicht dazu, erstaunt zu sein, woher Weißpapier von dem Säbel wußte, als dieser hinzufügte: „Ihr Freund, von Bocken, ist ein sehr guter Mensch, ja, gerade ein guter. Ich hätte mich sehr gefreut, seine Bekanntschaft zu machen. Das ist natürlich völlig unmöglich, das würde ihn und mich zugrunde richten, er ist doch SS... Sie, Herr Schwedow, sind Sie kein SS?"

„Nein, ich bin immerhin Russe und staatenlos."

„Werden Sie bloß nicht stolz. Sie wissen doch, der Stolz hat den ersten Engel zu Fall gebracht. Es gibt sehr gute SS-Leute und sehr schlechte Nicht-SS-Leute. Darf ich erfahren, wozu Sie mit diesem Buch zu mir gekommen sind?"

„Mir scheint, daß dieses Buch eine große Bedeutung hat und ich möchte wissen, was für eine Bedeutung das ist."

„Sie sind ein echter Russe, Wladimir Alexejewitsch. Wenn Sie neugierig werden, kennen Sie keinen Halt. So habt ihr auch euer Rußland aufgebaut. Alles müßt ihr wissen, alles Irdische und alles Göttliche. Doch dem lieben Gott imponiert man nicht immer durch Neugierde. Zum lieben Gott muß man so streben wie das Wasser zum Meer, daß es gar keinen Halt gibt. Aber wir wollen uns nicht ablenken. Sie kennen doch kein hebräisch, wie wollen Sie denn dieses Buch lesen. Das ist nicht einmal das herkömmliche Hebräisch, sondern etwas ganz besonderes. Wir haben extra einen Namen dafür, doch wird Ihnen dieser Name nichts sagen. Ich bin schon ein Greis. Wären Sie nicht abgeneigt, mir dieses Buch für einige Zeit zu überlassen? Sie würden mir, einem alten Mann, eine große Freude bereiten. Mein Leben lang habe ich gewünscht, dieses Buch durchzulesen und nie ist mir das gelungen. Und jetzt, vor dem Ende, scheint mein Wunsch doch in Erfüllung zu gehen."

Weißpapier sah Wolodja fragend an.

„Natürlich, bitte, wenn dieses Buch für Sie von solch einem Wert ist. Sie haben mehr Rechte als ich."

„Rechte habe ich überhaupt keine. Das Buch gehört Ihnen. Ich bitte Sie nur um eine Gefälligkeit."

„Selbstverständlich. Doch hätte ich Sie gern um einen Rat gefragt. Ich befinde mich in einer ziemlich schwierigen Lage."

„Ratschläge können Sie haben, soviel Sie wollen. Ratschläge kosten nichts, sagten die alten Juden. Das Beste, Sie erzählen mir einfach die ganze Geschichte."

Weißpapier saß in dem anderen Sessel und lauschte aufmerksam der Geschichte von Wolodjas Begegnung mit Eva. Bei der Erzählung über die Springer lächelte er sogar ein paarmal traurig.

„Sie lieben Ihre Jugendfreundin, wie mir scheint, mit nicht ganz alltäglicher Liebe und Sie müssen dieser Liebe würdig sein. Sie liebt Sie auch auf nicht ganz alltägliche Art."

„Das wäre ein großes Glück, Herr Weißpapier. Was soll ich aber weiter tun? "

„Sie brauchen nur zu warten und auf sich selbst zu lauschen, auf das Gewissen, den Ratgeber. In jedem von uns lebt ein kleiner Prophet Gottes. Man muß nur lernen, ihn richtig zu hören."

„Das ist sehr schwer, nehme ich an."

„Ja, leicht ist das nicht, doch das ist die einzige Möglichkeit, den richtigen Weg im Leben zu finden... Es ist schon spät und Sie müssen gehen. Schon einige Male haben Sie den Fingerzeig gehabt, wohin Sie gehen müssen. Das wird auch in diesem Fall geschehen. Lernen Sie nur, richtig zu horchen, was Ihnen vorgesprochen wird. Was ich Ihnen noch sagen wollte, oder wie die Unseren sich ausdrücken: ‚was muß ich noch unter mir hervordenken'. Sind Sie sehr enttäuscht von dem, was ich Ihnen gesagt habe? "

„Nein, wie soll ich mich am besten ausdrücken, ich habe einen etwas einfältigen Verstand und im Leben gibt es so viele Probleme, die ich nicht lösen kann."

„Sie werden sie auch niemals lösen, doch vertrauen Sie auf die Gottesgnade. Sie sollen glauben und lieben, und alles wird gut sein. Jetzt aber müssen Sie wirklich gehen. Der Prophet Isaias spricht:

‚Denn so spricht der Herr:
„Seht, ich leite das Heil ihr zu wie einen Strom,
den glänzenden Reichtum der Völker
wie einen überflutenden Bach.
Ihr sollt daran euch ersättigen.
Auf Armen wird man euch tragen,
auf den Knien liebkosen.
Wie einen Knaben, den seine Mutter tröstet,
so will ich euch trösten.
In Jerusalem wird man euch trösten.
Wenn ihr es seht, wird euer Herz frohlocken,
euer Leib wird aufblühn wie junges Grün."
So spricht der Herr:
„*Mein Thron ist der Himmel*
und meiner Füße Schemel die Erde.
Was für ein Haus wolltet ihr mir bauen,
und wie ist der Ort meiner Ruhstatt beschaffen?
Hat doch alles dies meine Hand gemacht.
So ist all dies entstanden."
„*Ich aber schaue auf den, der demütig ist,*
auf den, der im Geiste zerknirscht ist,
auf den, der sich sorgt um mein Wort." '

So stehen die Dinge, Wladimir Alexejewitsch. Es ist merkwürdig für Sie, so etwas von einem Juden zu hören, dazu noch in Deutschland. Doch meine Tage gehen zu Ende... Nein, bitte trösten Sie mich nicht. Ich weiß, daß Sie ein gutes Herz haben. Der russische Mensch ist barmherzig, aber ich bin weder besser noch schlechter als die, die man jetzt für ewig abtransportiert. Wie steht es bei Ihrem Dichter Schukowskij in seinem ‚*Ahasfer*' geschrieben:

‚Die Hirse Gottes muß im Tieresrachen
zerschmettert werden, um rein zu machen
Gottes Brot.
Was dich belangt, mein Sohn, sei demütig,
geh deinen Weg und warte.' "

Weißpapier sprach denselben Satz, der Wolodja, damals in seinem Berliner Zimmer, in den Sinn kam, als die merkwürdigen Lichtschatten am Himmel spielten und in der Dunkelheit sonderbare Fäden strebten und webten.

„Wir werden uns noch sehen, und Sie werden dann zurückerhalten, was Ihnen gehört. Ich muß jetzt nur noch eins tun, und das ist eng mit Ihrem Buch verbunden. Jetzt begleitet Sie der junge Mann nach Hause. Seien Sie vorsichtig, sagen Sie niemandem, daß Sie bei mir waren. Ihnen droht viel mehr Gefahr als mir."

Weißpapier erhob sich und streckte Wolodja die Hand hin. Was er für eine magere und zerbrechliche Hand hatte. Auf dem Tisch lag das offene Buch. Die schwarzen unverständlichen Buchstaben leuchteten im Lichte der Lampe gelb, wurden rot, als ob sie ein eigenes Leben erlangten.

„Soso!" empfing ihn am Morgen lachend von Bocken. „Das schlägt doch dem Faß den Boden aus! Rauchen und trinken tut er nicht und trotz seiner platonischen Liebe seit alten Zeiten zu Madame Towarkowa, geruht er, sich die ganze Nacht in Kielce herumzutreiben. Protestieren Sie bloß nicht! Schon immer waren die Polinnen Schönheiten! Passen Sie nur auf, verhüte Gott, daß Zorbel etwas davon erfährt. Ich habe eine frohe Nachricht für Sie. Während Sie geruhten zu schlafen, befindet sich Ihre Towarkowa bereits in vollem Anmarsch auf Berlin, ist heute früh abgefahren."

Wolodja wollte fragen, wie es mit ihm stände, hielt sich aber zurück. Er mußte warten.

Wolodja vergaß, daß die Kreise sehr weit gehen, wenn man einen Stein ins Wasser wirft...

NÄGELE FINDET DEN ERSTEN FADEN

Eine feuchte Juninacht ruhte über Berlin. Der Himmel, mit Wattewolken halb bedeckt, glich einer riesigen Kompresse über einer nicht zugeheilten Wunde.

In dem großen Zimmer, in dem die Lyrikerin Tatjana Antonowna Wostrouchowa ihr epochemachendes Poem „*Der Ziegenbock und der Tempelritter*" zum besten gegeben hatte, waren einige Personen versammelt. Den steifen Fuß ausgestreckt, saß Baron Jakow Wsewolodowitsch Goller-Charnowskij auf dem Divan, neben ihm wie immer, bescheiden und verlegen lächelnd, Kampfgefährte Busukin. Am Tisch saßen Kedrow, Bromberg und Gribatschow.

„So geht es nicht weiter", begann der Baron. „zuerst ging alles gut, als ob alles unseren Wünschen entspräche. Unsere Gruppe wurde durch zwei neue Freunde bereichert - ausgezeichnete Freunde." Baron Goller-Charnowskij verbeugte sich in Richtung Kedrows und Brombergs. „Mit seltener Energie haben sich unsere neuen Freunde in den Kampf gegen die finsteren Kräfte der Juden und Freimaurer und ihrer Mitläufer eingeschaltet. Ganz zu schweigen von unserer erhaben hohen Aufgabe. Bis jetzt jedoch blieb alles bei Worten und Plänen - das ist viel zu wenig. Sie wissen, wie sich die Deutschen gegenüber Schwätzern verhalten. Niemand braucht sich beleidigt zu fühlen, ich als Führer der

Gruppe bin am meisten schuld. Vor allem in dem Fall Lurie, den wir nicht zu Ende geführt haben. Sie alle, auch unsere neuen Freunde, wissen, was los ist. Jetzt aber beginnt die entscheidende Phase. Kurz - die verschwundene Lurie muß gefunden und den deutschen Behörden übergeben werden. Wir wissen, daß es eine Gruppe von Personen gibt, die ihr geholfen haben, unsere Landsleute, pflichtvergessene russische Emigranten, Subjekte mit verräterischer Tätigkeit, dazu noch zu einer Zeit, zu der die ruhmreiche deutsche Armee die letzten Vorbereitungen trifft, unser Vaterland vom Juden-Bolschewismus zu befreien. Diese Personen müssen entlarvt und ebenfalls der deutschen Obrigkeit übergeben werden. Kampfkamerad Kedrow, vor allem hätte ich Ihre Meinung gern gehört."

„Ich schlage vor, Lurie zu finden."

„Und wie? "

„Sehr einfach, lieber Jakow Wsewolodowitsch. Die Lösung befindet sich bei ihrer ehemaligen Wirtin, der Frau Heger. Ich habe schon meine Angelrute ausgelegt und bitte Sie sehr, mich mit ihr bekannt zu machen und als neuen Untermieter zu empfehlen. Sie sucht gerade jemanden. Alles andere bleibt meine Aufgabe."

„Fabelhaft!" erstaunt betrachtete Busukin Kedrow. „Halten Sie diesen Weg für sinnvoll? "

„Zweifellos. Ich werde nicht verheimlichen, daß ich ein befreiter sowjetischer Gefangener bin und werde sie zu überzeugen wissen, daß ich keinesfalls ein Anhänger meiner Besieger bin. Ein ziemlich links gerichtetes Subjekt soll ihr Mann gewesen sein. Sie beißt bestimmt an."

„Weiter? "

„Sie schwatzt bestimmt alles aus, was sie sonst noch niemandem gesagt hat, und mein Freund Bromberg wird mir dabei helfen. Er ist zwar Volksdeutscher, sieht aber ein bißchen jüdisch aus und ich hoffe, daß der Kampfkamerad Bromberg denselben Weg geht wie Lurie, und uns zu ihr führen wird."

„Und wenn nicht? "

„Unbedingt wird das geschehen, Baron."

„Stets zu Ihren Diensten", murmelte Bromberg schief lächelnd.

„Der Gedanke ist genial", bemerkte der Baron. „Morgen führe ich Sie zu ihr."

Frau Heger war in glänzender Stimmung, dazu hatte sie auch Grund genug. Vor fünf Tagen war der Propagandachef der nationalen und sozialen Russen, der damals so rührend um das Schicksal ihrer Untermieterin besorgt war, bei ihr erschienen und hatte höflich angefragt, ob sie einen neuen Untermieter brauchte. Ein sehr netter, älterer Russe. „Zahlen wird er gut!" hatte er mit erhobenem Finger hinzugefügt und bemerkt, daß die deutschen Behörden ihn sehr empfehlen. Dringend brauchte Frau Heger einen Untermieter. Am Abend erschien er selbst, grauhaarig, in einem guten Anzug, mit der Anmeldung hatte alles geklappt. Der neue Untermieter gefiel ihr sehr, besonders die großen, weichen, tiefliegenden Augen. Ein Russe muß wohl solche Augen haben. Sie sahen denen Luries sehr ähnlich. Wie wird es ihr in Dänemark wohl ergehen?

Drei Tage vergingen, und Herr Professor Kedrow - Frau Heger war fest davon überzeugt, daß ein Mann mit so hoher Marmorstirn nur Professor sein kann - erhielt Besuch. Ein dunkler, mittelgroßer Mann, der sehr gut deutsch mit einem merkwürdigen Akzent sprach. Er stellte sich vor, er sei Volksdeutscher aus Rußland, und zeigte, wie beiläufig, eine neue Kennkarte mit dem Namen: Bromberg, Oswald. Das hatte Frau Heger sehr gefallen. Zugleich mit Herrn Bromberg erschien in einer Ecke des Zimmers ihres Untermieters ein mit Gold verkleidetes heiliges Bild. Das Antlitz auf der Ikone war geschwärzt. Der Untermieter und sein Freund entpuppten sich als selten stille und ruhige Leute, die oft miteinander Schach spielten.

Noch eine Woche verging, und der Herr Professor veränderte sich sehr. Er wurde noch nachdenklicher und sie konnte spüren, wie hinter seiner hohen Stirn finstere Gedanken spukten. Bromberg wirkte ebenfalls sehr geknickt. Mein Gott, was ist nur los mit den beiden, dachte Frau Heger, und verlor sogar ihren Schlaf. Dann klärte sich alles auf. Bei einem der nächsten Besuche Brombergs hörte sie durch die undichte Tür, wie Kedrow langsam, mit Gefühl und Anstrengung, ein Dokument verlas.

„Herrn Oswald Bromberg", es folgten Adresse und die Aufforderung, innerhalb der und der Frist dort und dort zu erscheinen, um gewisse Zweifel aus der Welt zu schaffen, die sich auf die nicht-arische Abstammung des Herrn Bromberg bezogen.

Ihr wurden die Füße schwach. Er ist doch ein Jude, dachte sie mit Entsetzen, und sieht auch so aus. Das Lesen war beendet. Im Zimmer des Untermieters Grabesstille. Dann trat Bromberg heraus, gealtert, gebeugt, unrasiert und mit dem Aussehen eines Menschen, der seit einem Monat an Zahnschmerzen leidet. Noch immer war es still im Zimmer Kedrows, bis Frau Heger es nicht mehr aushielt, anklopfte und eintrat.

„Ja, bitte", sagte Kedrow gedankenverloren. Nachdenklich saß er auf dem Divan.

„Vielleicht darf ich Ihnen etwas bringen, Herr Professor? " fragte sie schüchtern.

„Nein, vielen Dank, liebe Frau Heger. Mein Freund, Herr Bromberg, hat große Unannehmlichkeiten." Hoffnungslos winkte Kedrow mit der Hand. „Lesen Sie selbst. Das hat er hier vergessen."

Frau Heger las. Man verdächtigte Bromberg der nichtarischen Abstammung.

„Das ist doch alles Quatsch. Ihr Freund ist doch Volksdeutscher, ich habe selbst seine Kennkarte gesehen. Alles wird sich aufklären. Immer diese Beamten!"

„Leider nicht, Frau Heger", traurig plusterte sich Kedrow auf, seine weichen Augen leuchteten. „Sie können mir glauben, ich bin wirklich ein Freund Brombergs. Doch das ändert leider nichts. Er ist wirklich ein Jude." Dramatisch senkte Kedrow die Stimme.

„Was soll denn nun werden? "

„Helfen, denn das ist Christenpflicht", zitierte Kedrow feierlich.

„Glauben Sie an Gott? Ich dachte, die Russen..."

„Ja, ich glaube und bekenne, Frau Heger. Ich kann nur eins sagen. Wenn mein Freund Bromberg, den ich noch aus Rußland kenne, zugrunde geht, dann sterbe auch ich."

„Ist es denn so schlimm? Man transportiert sie doch nur irgendwohin, gegen Osten."

„Ja, man transportiert sie ab", Kedrow senkte die Stimme. „Und dann - Sie verstehen - mit einem Wort... Und unsere christliche Pflicht ist es, ihnen zu helfen. Christus hat selbst gelitten und hat es auch uns befohlen."

„Ich bin immer bereit, Ihnen zu helfen, Herr Professor, und Ihrem Freund auch, aber wie? "

Aus ihrem Gesichtsausdruck las Kedrow, daß ihr ein Gedanke in den Sinn kam. Angebissen! triumphierte er.

In der Nacht schlief Frau Heger schlecht, träumte von Lurie und Bromberg, hinter dem merkwürdigerweise Professor Kedrow schlich. Am Morgen hatte sie ihren Entschluß gefaßt. Ich muß zu denen gehen, die Lurie gerettet haben.

In ihrer Tasche fand Frau Heger die Telefonnummer von Doktor Tarasjan und rief ihn an. Der Doktor war nicht zu Hause. Endlich erreichte sie ihn und bat, ihn dringend zu sprechen. Man einigte sich über den Treffpunkt.

„Passen Sie auf", sagte Doktor Tarasjan unruhig. „Sie verstehen mich schon."

Frau Heger betrat die Konditorei, ohne einen Mann in hellem Mantel und mit Sportmütze zu bemerken, der ihr folgte. Wenn sie ihn bemerkt und erkannt hätte, wäre sie wohl sehr erstaunt gewesen, den Freund ihres Untermieters, Oswald Bromberg, zu sehen, den sie retten wollte.

„Interessiert sich wieder jemand für Lurie? " fragte Tarasjan unruhig.

„Nein, Doktor, etwas ganz anderes. Man muß noch einem Juden helfen."

Tarasjan erstarrte.

„Was für einem Juden? Wo haben Sie ihn ausfindig gemacht? "

Verwirrt erzählte Frau Heger alles.

„Also, dieser hinkende Propagandachef hat Ihnen den

reizenden Kedrow gebracht und er den Juden Bromberg? "

Frau Heger nickte. Zusammengekauert und in tiefem Nachdenken hockte Doktor Tarasjan auf seinem Stuhl, einem alten und weisen Raben ähnlich. Eine Provokation, dachte er, sie wollen uns provozieren, diesem Bromberg zu helfen. Dann sind wir auf frischer Tat ertappt.

„Wie sieht der Bromberg überhaupt aus? "

„Sehen Sie ihn sich selbst an. Er ist so unglücklich."

„Ich komme natürlich nicht zu Ihnen. Wann besucht er Ihren Kedrow? "

„Morgen, am Abend."

„Halten Sie ihn unter irgendeinem Vorwand auf. Gegen sieben werde ich da sein. Und kein Wort!"

Stundenlang marschierte Tarasjan am Abend kreuz und quer durch sein Zimmer. Ein schwerer, unruhiger Schlaf folgte. Natürlich eine Provokation, war sein letzter Gedanke.

Am nächsten Tag saß er in demselben Cafe, wo sich seinerzeit Baron Laudon und Kampfgefährte Gribatschow so nobel ergänzt haben. Gegen acht Uhr war es noch ganz hell. Aus der Tür gegenüber lugte Frau Heger, und ein Mann in mittlerem Alter von bestimmt nicht arischem Aussehen trat heraus. Das war er also! Dem Aussehen nach Jude mit allen seinen Großmüttern und Urgroßmüttern. Er mußte Vater Genadij in Kenntnis setzen.

„Wenn noch ein Jude da ist, werden wir als Christen auch ihm helfen." Vater Genadij blieb völlig ruhig.

„Und wenn sie uns provozieren? "

„Gott wird uns nicht verlassen und ein Schwein nicht auffressen. Aber wenn es Gottes Wille ist, werden wir auch leiden. Eines ist sicher, Lurie müssen wir weiter verstecken. Morgen besuche ich die alte Suwringer. Soll sich die Lurie zu einer weiten Reise vorbereiten."

„Wohin? "

„Zu mir bekannten Bauern in Ostpreußen, Sektanten. Und Sie, Doktor, lassen die Finger von dieser Heger. Später werden wir uns schon zurechtfinden und mit Gottes Hilfe auch diesem Bromberg helfen."

All das sagte Vater Genadij mit solch einer Ruhe und

Überzeugung, daß sich auch Tarasjan beruhigte.

Am Morgen des 26. Juni 1942 machte sich Vater Genadij auf den Weg gegen Norden, noch über den russischen Friedhof in Tegel hinaus und erreichte etwa gegen ein Uhr eine idyllische Siedlung, Häuschen zwischen Akazien und Fruchtgärten. In den Häusern wohnten zum größten Teil pensionierte Beamte der mittleren und gehobenen Laufbahn, und in der stillen Baumgasse lebte die sechsundsechzigjährige Witwe des Direktors des städtischen Fuhrparks in Berlin-Wittenau, Frau Elisabeth Suwringer. Unterwegs las Vater Genadij in seinem Psalmenbuch und nahm keine Notiz von einem jungen, verliebten Paar, das ihm den ganzen Weg folgte.

Antonina Genrichowna Lurie saß in dem kleinen Gärtchen auf einer etwas eingesackten steinernen Bank, dachte und dachte. Das war fast ihre einzige Beschäftigung seit zwei Jahren, seit dem Tag, als Vater Genadij im August 1940 sie hierher gebracht hatte. Zuerst hatte sie eine furchtbare Angst und erwachte oft jede Nacht. Jeder Passant in der Baumgasse erschien ihr wie jemand, der ihr Schicksal in der Hand hat. Dann fand sie heraus, daß die meisten ihre Nachbarn waren. Man begann, sie zu grüßen und sie antwortete. Die spitznasige Elisabeth Suwringer, die alle kannten, erzählte überall, daß Frau Antonina Lucie schwer krank sei, vermutlich Krebs, und das Haus nicht verlassen durfte. Die Nachbarn, besonders die älteren Frauen, begannen, auf alle möglichen Arten zu jammern, übermittelten ihr Grüße und wünschten ehrlich baldige Genesung. Selten verließ sie das Haus, sondern half der alten Dame in ihrem Beruf, der darin bestand, mit der elektrischen Nähmaschine alle möglichen Rangabzeichen der Wehrmacht herzustellen, Gefreiten-Dreiecke, Silbertressen für Unteroffiziere, die farbigen Kanten der verschiedenen Truppenteile und alles konnte man gar nicht aufzählen. Die Arbeit gefiel ihr und zerstreute sie.

Gleich am ersten Tag murkste Frau Suwringer lange an ihrer Kennkarte herum, dann kramte sie die Kennkarte ihres verstorbenen Mannes hervor und fuhr mit beiden

Karten irgendwohin...

...Als bei Vater Genadij die Wohnungsglocke klingelte, legte er die Feder aus der Hand. Er verfaßte gerade einen sehr langweiligen Brief an einen Kosaken in der Provinz - der Kosak nannte sich ohne Umstände ‚von Iwanow' - organisierte die ortsansässigen Russen und bombardierte alle zuständigen und auch die nicht zuständigen Stellen mit Bittschriften, Forderungen, Berichten.

Als Vater Genadij Frau Suwringer erblickte, die er im Stillen nach Gogol ‚*Spatz*' nannte, erschrak er und wurde böse.

„Ich habe Sie doch gebeten, nicht ohne Grund zu mir zu kommen!"

„Ich habe einen Grund", erklärte die Suwringer nonchalant. „Bitte begutachten Sie dies hier, ihre Kennkarte und die meines verstorbenen Mannes. Sehen Sie den Unterschied? "

„Sehr wohl."

„Also - dieses ‚J' muß verschwinden, sonst gibt es Ärger. Ich kann sie nicht anmelden."

„Und wie - mit Hilfe des heiligen Nikolaus? "

„Euer russischer heiliger Nikolaus hat im Dritten Reich wenig Macht. Über kurz oder lang wird doch jemand Anzeige erstatten."

„Was soll man denn tun? "

„Dieses ‚J' muß ausgeätzt werden und der Name ein bißchen verändert. Mit eigenen Mitteln kann man das aber nicht tun. Ich habe noch einen Bekannten von früher, so unter Brüdern hätte er es getan. Ist aber ein bißchen kostspielig."

„Das wäre Urkundenfälschung."

„Viel schlimmer, Vater! Aber wir müssen jetzt auch ‚B' sagen. Wir brauchen nur Geld."

„Viel? "

„Ungefähr tausend."

„Woher soll ich denn solch eine Summe nehmen? Vielleicht geht es aber doch mit Gottes Hilfe. Jemand wird helfen."

„Verplappern Sie sich aber nicht, Vater."

Vater Genadij holte vierhundert Mark. Das war alles, was er hatte. Die Suwringer tat, als ob sie zerstreut zum Fenster hinaus sähe.

„Das hier als Vorschuß."

„Und den Rest? "

„In einigen Tagen."

Die Suwringer atmete schwer.

„Einverstanden, schließlich glauben wir alle an Gott."

„Ist Ihr Mann zuverlässig? "

„Bis jetzt hat er mich noch nicht reingelegt. Während der Inflation habe ich einiges mit ihm gedreht."

„Immer neue Gaben entdecke ich bei Ihnen", seufzte Vater Genadij, und tatsächlich verschwand das ‚J' von der Kennkarte und anstelle ‚Lurie' stand makellos ausgeschrieben ‚Lucie'.

Das alles geschah vor zwei Jahren. Die Suwringer nahm Frau Lucie mit zum Polizeirevier. „Keine Silbe, um Gotteswillen! Es gibt keine Lurie!" schärfte sie ihr ein. Die Zeit für die Anmeldung hatte sie auch sehr geschickt ausgesucht. Ein kurzsichtiger alter Beamter, ein alter Freund. Längst waren alle Jungen einberufen. Der Beamte nahm die Kennkarte von Frau Lucie, fixierte die Inhaberin flüchtig und lächelte freundlich.

„Nur keine Angst, nicht alle Kranken sterben. Hier haben Sie Ihre Anmeldung. Los, nach Hause, und werden Sie bald gesund."

Seit dieser Stunde verlief ihr Leben ganz normal - ohne Stern. Nur des Nachts quälte sie oft ein undefinierbarer Alptraum, als ob etwas Schwarzes, Riesenhaftes auf sie eindringe, und in kaltem Schweiß gebadet wachte sie auf. Inzwischen waren aber schon zwei Jahre vergangen. Immer seltener quälte sie der Alpdruck in der Nacht. Sie gewöhnte sich, ihre Lage für normal zu halten, sie wurde lustiger. Selbst die Asthmaanfälle wurden seltener.

Jetzt saß sie im Garten und dachte nach. Wie fast immer drehten sich ihre Gedanken um die Kirche. Seit dem Tage ihres Verschwindens aus der Salzburger Straße war sie nicht mehr in der Kirche gewesen. Es war auch nicht daran zu denken. Alle haben sie dort mit dem Stern gesehen. Sie betete viel, besonders liebte sie das große Heiligenbild der Muttergottes von Tichwin. Ihr schien, als ob die Muttergottes ihr Leid versteht, ihre Angst vor der Zukunft und ihre Einsamkeit. Jetzt schaute sie durch die Hecke und erblickte zu ihrem großen Erstaunen Vater Genadij, der mit verkniffenen Augen über die sonnige Straße schritt und wie ein Sonntagskind lächelte. Die Wirtin war nicht zu Hause. Antonina Genrichowna lief zur Eingangstür.

„Vater, wie ich mich freue..."

„Pax vobiscum", sagte der Priester lächelnd.

„Bitte um Ihren Segen, Vater!"

„Im Namen des Vaters, des Sohnes und des Heiligen Geistes! Darf ich Platz nehmen? Wissen Sie, Antonina Genrichowna, jedesmal wenn ich komme, ist etwas passiert. Sie müssen von hier fort, woanders hin."

Antonina Genrichowna wurde blaß.

„Wieso denn, Vater? Ich fühle mich so wohl hier."

„Das ist gerade das Schlimme! Sie müssen weiter. Morgen komme ich noch einmal zu Ihnen. Wir werden beten, bereiten Sie alles auf die heilige Kommunion vor, und abends beginnt die Reise."

„Wird es weit sein? "

„Wer viel fragt, wird früh alt! Auf Wiedersehen bis morgenabend. Ihrer Wirtin lasse ich einen Zettel da."

Gegen acht Uhr am nächsten Tag erschien Vater Genadij mit der Hostie. Antonina Genrichowna bedeckte einen kleinen Tisch mit einer weißen Serviette, stellte das heilige Bild der Muttergottes von Tichwin darauf und zündete zwei Kerzen an. So entstand ein kleiner Altar. Bei der Beichte bereute sie alle Sünden, übertrieb sie stark, sagte sogar, wieviel Rangabzeichen der Wehrmacht sie am Anfang aus Unwissenheit verdorben hat. Nach der Kommunion wollte sie Vater Genadij bitten, eine Tasse Tee zu sich zu nehmen.

Draußen schlug laut die Pforte. Dem Haus näherten sich zwei in Zivil, zwei Polizeibeamte, einer davon war der Alte, bei dem sie sich angemeldet hatte.

„Sie heißen Frau Antonina Lurie und nicht Lucie, wie in Ihrer gefälschten Kennkarte steht, und Sie werden doch nicht verneinen, nicht arischer Abstammung zu sein?" fragte der Jüngere in Zivil.

„Wo ist Frau Elisabeth Suwringer?"

„Das weiß ich nicht", konnte Antonina Genrichowna nur sagen und setzte sich auf den Stuhl.

„Schadet nichts, die kriegen wir noch", fügte der zweite hinzu. „Und wer sind Sie? Wenn ich mich nicht irre, Vater Genadij aus der russischen Kirche in der Nachodstraße. Sie und Frau Lurie kommen mit. Das Auto wartet. Nehmen Sie das Notwendigste mit. Hier - den Mantel, Geld natürlich auch, alle Ausweispapiere. Wenn Sie wollen, können Sie auch Seife und das Heiligenbild mitnehmen."

Mir ist so leicht und frei, dachte Antonina Genrichowna im Polizeiauto, und ich spüre gar keine Angst. Schweigend schaute Vater Genadij sie an. Es war verboten zu reden. Ich bin unschuldig, sprach sein Blick. Aber Antonina Genrichowna dachte nicht daran, ihn anzuklagen. Im Stillen warf Vater Genadij sich vor, wie dumm habe ich mich benommen und sie auch noch mitgerissen. Von nun an werde ich im Leiden vor Gottes Antlitz stehen, so wie ich früher in der Kirche vor seinem Antlitz gestanden habe...

*

Ein kahles Zimmer, nicht allzu saubere Fenster, ein Tisch und ein Kälte ausströmender Mann in Polizeiuniform. Auf dem Stuhl, drei Schritte von dem Tisch entfernt, rutschte unruhig Frau Suwringer hin und her.

„Dementsprechend, Frau Suwringer", beendete der kalte Mann einen Gedanken. „Sie sind doch nicht dumm..."

Die Suwringer schluckte so, daß ihr Kropf unnatürlich hüpfte.

„Wie konnte ich nur..." sprudelte sie los. „An allem ist nur der Pope schuld. Der hat mich eingewickelt, der ist schlimmer als Rasputin... Daß meine Augen platzen! Hat mir diese Jüdin angeschleppt, glotzt mit den Augen..." die Suwringer senkte die Stimme. „ich kann einfach nicht begreifen, was passiert ist."

„Sie begreifen sehr wohl, Frau Suwringer. Vor allem interessieren mich zwei Tatsachen. Woher hat die Lurie falsche Papiere, die dazu noch so gut nachgemacht sind. Selbst hat sie das natürlich nicht gemacht. Wir haben ein bißchen Ihre Vergangenheit durchleuchtet. Während der Inflation haben Sie gewisse Sachen angestellt. Aber das ist vorbei, die Zeiten sind eben so gewesen. Was wurde damals nicht alles gemacht! Ihre Anspielungen auf Vater Genadij befriedigen mich keineswegs. Er hat die Kennkarte nicht gefälscht und hätte es auch gar nicht gekonnt. Aber er ist Priester und kann sich immer mit der christlichen Barmherzigkeit herausreden. Wir werden ihn trotzdem bestrafen. Es ist Krieg und wir können von einem russischen Emigranten-Priester volle Loyalität zu Deutschland und seinem Führer verlangen. Es gibt aber noch andere Personen und wir würden es gern sehen, wenn Sie uns etwas mehr erzählten."

Das Gesicht der Suwringer, bisher wie ein marinierter Apfel, leuchtete vor Verständnis und Freude.

„Sie haben Recht. Damals, als sie zu mir kam, war ich bei dem Popen und habe bei ihm solch einen schrecklichen Schwarzen getroffen, sah aus wie ein Jude. Der Name beginnt mit ‚T', irgendein Doktor, Tarjusjan oder so ähnlich."

„Vielleicht Tarasjan? "

„Ich glaube, ja. Wissen Sie, zwei Jahre..."

„Ein Jahr und acht Monate. Sprechen wir über die Kennkarte. Sie haben das also nicht gemacht? "

„Um Gotteswillen!"

„Bitte, lügen Sie nicht. Ich bin sogar bereit, Ihnen zu glauben. Doch wenn sich herausstellt, daß Sie gelogen haben, werden wir keine Milde kennen, und wir werden bestimmt die Wahrheit erfahren. Wissen Sie, was das heißt - Fälschung von Dokumenten während des Krieges, dazu noch für eine Jüdin und in Tateinheit mit Asylgewährung einer Person, die von den Behörden gesucht wird. Ich kann Ihnen versichern, Doktor Tarasjan und der russische Priester Vater Genadij - sein bürgerlicher Name ist Wosdwischenskij - sind uns seit langem bekannt. Sie sind spionageverdächtig. Sehen Sie, wohin Sie geraten sind! Und wenn sich herausstellt, daß Sie uns etwas verheimlichen..." gravitätisch hob der Untersuchungsrichter den Finger.

Plötzlich begann Frau Suwringer zu zwinkern und zu weinen...

*

Nach vier Stunden telefonierte der Untersuchungsrichter. Eine gleichgültige Stimme meldete sich.

„Nägele."

„Der Fall ist mehr oder weniger klar", berichtete der Untersuchungsrichter. „Die Kennkarte hat die alte Suwringer gefälscht. Jawohl, schon damals... Der Priester hat Bescheid gewußt. Noch eine Person ist verwickelt, ein gewisser Doktor Tarasjan, ein Armenier. Wir haben seine Briefe beim Priester gefunden. Die Suwringer ist ihm begegnet. Hat an dem Verstecken der Lurie teilgenommen... Verzeihung? Nein, andere hat sie nicht mehr genannt... Wie? Ich notiere. Von Luganoff... ja, verstanden... Wladimir Schwedow... Nein, hat sie nicht genannt. Doch man kann sie noch einmal verhören, etwas strenger... Nicht nötig? ...Selbstverständlich... Das Fehlende werden wir sowieso bald wissen."

„Vielen Dank für die ausgezeichnete Arbeit", hörte der Untersuchungsrichter aus der Telefonmuschel. „In den nächsten Tagen rufe ich Sie selbst an."

Der Hörer klickte.

Nägele saß in seinem Kabinett. Der Fall wurde klarer. Die kleine Gaunerin Elisabeth Suwringer saß auf Nummer sicher hinter Schloß und Riegel, ebenso Lurie. In seinen Augen zählte Lurie nicht mehr zu den Lebenden. Doch das interessierte ihn nicht. Es war nicht seine Angelegenheit, an eingefangene kleine, jüdische Fische seine Gedanken zu verschwenden. Es gab viel Wichtigeres. Ein aktiver Priester der russischen Kirche - und gerade der Kirche mit dem schlechtesten Ruf - betrieb staatsfeindliche Tätigkeit. Ebenso der Schwarze, Doktor Tarasjan... Hier ist ein Auszug aus seinen Akten. Zu Beginn des Krieges stand er in starkem Verdacht, Jude zu sein. Bei der Überprüfung haben Fürst Luganoff und Wladimir Schwedow für ihn gebürgt. Anscheinend alles derselbe Klüngel... Luganoff ein langjähriger

Bekannter von Tarasjan, noch von Paris her - theoretisch war dieser Tarasjan schon hinter Schloß und Riegel - und Schwedow, der hiesige Emigrant, arbeitete in dieser Firma ... ja, Johann Morgen & Co. Auch ein schöner Sumpf gemäß Kretschmar. Aber auch Kretschmar steht unter einem Fragezeichen.

Nägeles Verdacht, an einen viel größeren Fall geraten zu sein, als er selbst dachte, nahm greifbare Formen an. Vielleicht hat es einen direkten Kontakt gegeben zwischen der russischen Kirche, den Juden und Paris - aber mit wem dort? Hier - die Firma Johann Morgen & Co und alle, die sich um sie gruppieren... Wann hat Schwedow diese Firma verlassen? Ja, hier steht, im Dezember, ins Ministerium für die besetzten Ostgebiete. Sein Chef ist Doktor Bertel. Den kenne ich, wenn auch nur vom Hörensagen. Schwedow arbeitet bei der Auswahl von sowjetischen Kriegsgefangenen, mit ihm zusammen Doktor Tarasjan und Fürst Luganoff. Um den Gottesdienst zu zelebrieren, kommt in die Läger Vater Genadij, bereits eingesperrt... Bleiben also nur in Freiheit Wladimir Schwedow und Fürst Serafim Grigorjewitsch Luganoff. Ich hoffe, daß er charakterlich nicht diesem ihrem geliebten Heiligen Serafim von Sarow ähnelt. Nägele lächelte. Wo denke ich hin? Weit ist dieser Museumsaristokrat von einem Heiligen entfernt! Gegen Luganoff liegt vorläufig nichts vor, abgesehen von dem Verdacht in dem Fall Lurie. Dafür aber Wladimir Schwedow! Fangen wir mit ihm an. Man munkelt, Doktor Bertel sei ein kluger Mann und Idealist und habe ihn nach Kielce versetzt. Ausgebrütet hat man diese Idealisten! Halt! - Nägeles Gedanken erfroren. Es hat doch jemand etwas über Schwedow berichtet.

„Herr Ebger!"

Im Nebenzimmer knarrte der Stuhl. Der Sekretär trat ein.

„Dauernd störe ich Sie beim Arbeiten! Können Sie sich zufällig entsinnen, ob wir gewisse Nachrichten über einen Wladimir Schwedow, staatenloser russischer Emigrant, erhalten haben. Zur Zeit arbeitet er in den Lägern des

Ministeriums für die besetzten Ostgebiete bei der Umschulung von sowjetischen Kriegsgefangenen. Sein Chef ist Doktor Bertel. Was ist mit ihm? "

„Darf ich nachschauen? Es kann sein, daß bei mir etwas ist."

Angestrengt dachte Nägele nach. In seinem Geist fügte sich ein kompliziertes Mosaik zusammen.

„Ich habe etwas gefunden, allerdings nicht allzu viel. Ein Bericht über ihn..."

„Sie sind unersetzlich, Ebger. An Ihrer Stelle hätte ich eine Stunde herumgekramt. Geben Sie alles her!"

Der Sekretär verbeugte sich, doch Nägele beachtete ihn nicht mehr. Er sog sich an dem Bericht fest, las ihn ein zweitesmal. Ein starkes Stück! Bericht des Frauenlagerkommandanten Untersturmführer Bücherwald an seinen unmittelbaren Vorgesetzten, Standartenführer Zorbel. Zorbel ist unser Mann. Das Lager ist in Kielce, Generalgouvernement, und gehört dem Ostministerium.

„Ich halte es für meine Pflicht..." Das ist Quatsch. Aha! *„Der Angestellte des Ministeriums für die besetzten Ostgebiete, der an dem und dem Datum auf Veranlassung von Doktor Bertel nach Kielce abkommandiert wurde, Wladimir von Schwedo..."* Dem haben sie auch schon ein ‚von' angehängt, und der letzte Buchstabe ist verschwunden, ganz wie ein Deutscher. *„,...hat im Lager der kriegsgefangenen sowjetischen Frauen eine gewisse Towarkowa, Ewgenija (Eugenie), Geburtsjahr..., entdeckt, die nach seiner eigenen Aussage eine Jugendfreundin aus Moskau ist. Das letzte Mal habe er sie dort im Jahre 1926 kurz vor seiner Abreise nach Deutschland gesehen. Die Interessiertheit Wladimir von Schwedos an dieser Frau war nicht schwer zu bemerken, was die Vermutung nahe legt über vergangene intime Beziehungen..."*

Nägele lächelte. Das ist aber früh bei den beiden. Es folgten die Kopie von Zorbels Antwort und ein Aktenvermerk desjenigen, der den Bericht an Nägele weitergeleitet hat und eine Aktennotiz, aus der hervorging, daß die kriegsgefangene Towarkowa, E., am 29. Mai 1942 in das Lager des Ministeriums für die besetzten Ostgebiete in der Provinz Brandenburg bei ... überführt worden ist.

Nägele schloß die Augen, Schwedow ist also noch in Kielce. Er wird wohl Himmel und Hölle in Bewegung setzen, um der Towarkowa möglichst nahe zu kommen. Er ist also in der nächsten Zeit in Berlin zu erwarten.

Nach und nach begann das Chaos von Menschen, Verbindungen, Kontakten und Beziehungen Gestalt anzunehmen. Die Beteiligten, große und kleine, wichtige und unwichtige, nahmen ihren eigenen Platz ein. Vater Genadij, Doktor Tarasjan, Luganoff - sind natürlich gute Menschen. Sie wollten Lurie helfen, schwerlich aus lukrativen Betrachtungen. Schwedow ist noch nicht ganz klar. Höchstwahrscheinlich aber auch ein Feind, genau so wie diese Idealisten... Der gelbgesichtige Baron und Kedrow sind unbedingt Gesindel, doch fähige und kluge Menschen, vielleicht sogar geniale, und heutzutage sehr nützlich. In Richtung der Hauptaufgabe kommt man aber keinen Schritt weiter. Und die Idealisten - bei dem Gedanken an Vater Genadij erinnerte er sich merkwürdigerweise an Woskobojnik, den einzigen Freund seiner Kindheit, den er geliebt hatte. Wo wird er jetzt sein? Und was ist mit ihm geschehen? Vielleicht zündet auch Vater Genadij verschiedenfarbige Lämpchen an. Wie rührend das ist... Ob rührend oder nicht, Goller-Charnowskij und Kedrow haben die Lurie geschnappt. Alles ist sehr talentiert durchgeführt worden, glänzend haben sie ihre Prüfung bestanden...

Nägele entschloß sich, den beiden einen Stoß nach vorn zu geben.

DAS TÖDLICHE SCHACHSPIEL BEGINNT

Zum Unterschied an die halbklosterähnliche Wohnung von Vater Genadij, die jetzt leer und versiegelt war, ging es in der Wohnung derjenigen, die sich für die Sieger halten konnten, sehr laut und fröhlich zu. Baron Goller-Charnowskij und seine engsten Kampfkameraden feierten den so glänzend zum Abschluß geführten Fall Lurie. Alles war in schönster Ordnung den Deutschen übergeben worden. Es blieb nur, die Lorbeeren zu ernten.

In dem großen Zimmer, in dem Baron Goller-Charnowskij vor Weihnachten Engel mit semitischer Nase und Salomons Sterne entdeckte, prangt die Festtafel, oder ein „*Kaschu - Tschini!*', wie sich der Baron, ein großer Kenner des russischen Altertums, ausdrückte. Der große Tisch war mit einem weißen Tuch bedeckt. Am oberen Ende, unter den Portraits des Zaren, der Zarin und des Führers des deutschen Volkes, präsidierte in schwarzem Anzug Baron Goller-Charnowskij. Grell stach das viereckige Abzeichen der *Russischen Nationalen und Sozialen Bewegung* von dem Revers ab. Das gelbe Gesicht war voller geworden. Rechts von ihm saß die Lyrikerin Tatjana Antonowna Wostrouchowa in einem Seidenkleid, viel zu eng und zu kurz für ihre Figur, und mit einem an die spanischen Kragen des 16. Jahrhunderts erinnernden Spitzenkragen, aus dem ein Hals herauswuchs, der jeden Mann gezwungen hätte, sich seine Kragen besonders zu bestellen. Vor ihr lag eine schicke Damentasche aus gelbem Leder, in der nicht minder geniale Schöpfungen als das Poem vom Ziegenbock und Tempelritter vermutet werden konnten. Neben ihr saß Fürst Afanasij Iljitsch Moschaijskij und als letzter der Dramaturg Felofej Policarpowitsch Semizwetow.

Links vom Baron saßen Apollon Issajewitsch Kedrow, zweifelsohne die zweite Person in der Versammlung, weiter Bromberg und die Kampfkameraden Busukin und Gribatschow.

Alle waren schwarz gekleidet. Auf dem Tisch standen weiße Rosen, blaue Iris und rote Nelken und eine Menge Eßwaren, die durchaus mit denen in Friedenszeiten zu vergleichen waren. Tatjana Antonowna überblickte den Tisch und sah den Baron fragend an, der aus seinen Fingern etwas Lagerwachtturmähnliches konstruierte. Die Lyrikerin lächelte verständnisvoll.

„Liebe Kampfkameradin, liebe Kampfkameraden, ich bitte jeden, sich ein Glas bis an den Rand mit Wodka vollzuschenken und sich zu erheben. Unser erstes Glas erheben wir auf den durch finstere Kräfte ermordeten Herrscher und Kaiser und seine kaiserliche Familie. Auch Sie, lieber Felofej Policarpowitsch erheben Ihr Glas mit uns, auch wenn Sie nicht an den Untergang der Zarenfamilie glauben."

Busukin schielte zu Kedrow, dessen feines, blasses Profil noch bleicher erschien, die blauen Augen leuchteten. In ihnen blitzte etwas, was nicht da war, als sie sich zu Tisch setzten.

„Räumen Sie bitte diese Pokale fort. Niemals wird wieder jemand aus ihnen trinken. Erheben wir jetzt unsere Gläser auf den, der von der Geschichte und dem Schicksal auserkoren wurde, an den finsteren Kräften Rache zu nehmen, meine Dame und meine Herren, ich bitte Sie... auf den großen Führer des deutschen Volkes, den lichten Arierkrieger Adolf Hitler! ...Und jetzt, da der offizielle Teil beendet ist, hoffe ich, daß Sie alle sich an dieser bescheidenen Tafel sehr wohl fühlen werden, besonders unsere neuen, wunderbaren Freunde. Ich erhebe mein Glas auf Ihr Wohl, Apollon Issajewitsch, und auf Ihr Wohl, Oswald Franzewitsch!"

„Vielen Dank!" sagte Kedrow. „Wenn mir jemand vor einem Jahr dies alles prophezeit hätte, ich hätte weder ihm noch mir selbst geglaubt."

Bromberg sah Kedrow von der Seite an. Lügt er oder lügt er nicht? Ich glaube, er lügt. Aber genial! Was hat er mir alles erst vor kurzem in Ostrow-Mosowetzki erzählt!

„Ihre Verwandlung, lieber Apollon Issajewitsch, ist nichts anderes als der Triumph der lichten Ideen über die finsteren Kräfte. Nebenbei... weiß Ihre Wirtin, Frau Heger, daß sich ihre ehemalige Untermieterin, ihre noblen Helfershelfer aus der Kirche in der Nachodstraße und Vater Genadij, diese Leuchte der orthodoxen Kirche, hinter Schloß und Riegel befinden? "

„Da bin ich nicht informiert. Ich wohne nicht mehr bei ihr. Eines jedoch ist sicher - sie hat sich aktiv beteiligt und natürlich alles gewußt. Daß die Lurie selbst fortgegangen ist, ist nur die offizielle Version."

„Interessant. Ob es sich lohnt, die Deutschen davon zu informieren? "

„Das ist sogar Ihre Pflicht, wenn sie schuldig ist. Übrigens werden die Deutschen auch von selbst dahinter kommen."

„Wie immer haben Sie auch diesmal recht, Tatjana Antonowna. Darf ich Ihnen von diesen Blätterpilzen und ein Gläschen Wodka offerieren? "

„O weh, lieber Baron! Ich werde was zusammenschlürfen und dann gibt es eine liebe Not mit mir."

„Keineswegs - es steht Ihnen, wenn Sie einen sitzen haben."

„Sie alter Spaßvogel!"

„Wenn schon unser Jakow Wsewolodowitsch ein Greis ist, was sagen Sie dann zu mir? "

„Bei Ihnen, Apollon Issajewitsch, wird jede Frau einen besonderen Maßstab anlegen. An Ihnen ist etwas Zeitloses. Für mich sind Sie weder alt noch jung."

„Geben Sie ruhig zu, daß Sie einfach in unseren neuen

Freund verliebt sind - sonst bin ich nicht mehr Fürst Moschaijskij."

„Sie sind wohl eifersüchtig? "

„Das Malheur besteht darin, daß Sie die einzige Frau unter sieben Männern sind."

„Von allen Anwesenden habe ich am meisten über Ihre Heldentaten gehört, Pantelej Karpowitsch. Sie haben mit einem Ihrer Freunde verabredet, sich an eine reiche alte Dame heranzupirschen. Einer von euch sollte sie heiraten und der andere sollte sie Tag und Nacht piesacken, bis ins Grab hinein. Haben Sie das vielleicht vergessen? "

„Nichts habe ich vergessen. Die Sache platzte. Wir konnten uns nicht einigen, wer heiraten und wer piesacken sollte."

„O weh, Sie sind doch vor gar nicht so langer Zeit aus Rußland gekommen, Pantelej Karpowitsch. Das nenne ich Sowjetmensch!"

„Auch ein Sowjetmensch will essen, Kamerad Gribatschow!"

„Aus diesem Grund setzt die Gläser mit der Subrowka an die Lippen... für unsere neuen Freunde aus Rußland! Dann habe ich noch eine kleine Erklärung parat."

„Wie haben Sie solch ein Gebäck mitten im Krieg hergestellt? " fragte Bromberg leise Busukin.

„Ja, wissen Sie, wie nach dem Sprichwort. Die Not hopst, die Not tanzt, die Not singt Lieder. Wir müssen ein Beispiel nehmen an unseren Feinden, den Juden, wie man sich durchschlängelt."

„Bitte ohne Anspielungen! Zwinkern Sie in meine Richtung oder in Richtung des Kampfkameraden Kedrow? "

„Zu euch beiden, Oswald Franzewitsch. Die Art, wie Sie das Unternehmen Lurie durchgeführt haben, war glänzend und hat sogar die Deutschen in Entzücken versetzt und sie zwingt mich, sie beide für viel pfiffiger als jeden Juden zu halten."

„Ich weiß nicht, ich habe einen jüdischen Namen."

„Im Falle gewisser Zweifel in der Gesellschaft ist es sehr einfach. Ich würde Sie bitten, in Abwesenheit der Dame einen gewissen Gegenstand auf den Tisch zu legen zum Beweis, daß Sie nicht beschnitten sind."

Professor Felofej Policarpowitsch kicherte und die Kampfgefährtin Wostrouchowa lief rot an.

„Ihr Schamlosen! Dabei seid ihr Aristokraten und bei mir rauscht es sowieso im Kopf!"

„Dazu muß man noch Bromberg untersuchen!"

„Mein Gott, auch Sie, Felofej Policarpowitsch, erheben Ihre Stimme und sind ein Dramaturg und berühmter Schriftsteller!"

„Ganz unnütz schimpfen Sie auf den Adel. Ihr ergebenster Diener, Fürst Afanasij Iljitsch Moschaijskij sagt kein Wort."

„Das fehlte auch noch!" Busukin beugte sich zu Gribatschow. „Die Hoheit war selbst mit einer Jüdin verheiratet."

„Einen Augenblick Aufmerksamkeit!" meldete sich der Baron. „Wie ich sehe, muß man noch entsprechend dem Zitat von Wilhelm Busch ‚*Der Konrad leert sein fünftes Glas, die Schüchternheit verringert das!*' ein Gläschen durchlassen. Dann folgt ein ernstes Gespräch. Trinken muß man mit Gefühl und sich unterhalten mit Verstand. Liebe Kampfgefährten, der zu solch einem blendenden Ende geführte Fall Lurie wird von mir nur als ein Anfang betrachtet, ebenso wie von einer ganz hohen deutschen Persönlichkeit. Jetzt kann ich mit Freude erklären, daß wir nicht nur eine kleine Gruppe sind, die dem russischen Volk die Treue bewahrt hat, nein, jetzt sind wir etwas viel größeres. Wir sind bereits eine offizielle deutsche Behörde und unsere konkrete Aufgabe besteht darin, alle Feinde des deutschen Reiches ans Tageslicht zu befördern, ebenfalls alle Feinde unseres unterjochten russischen Volkes. Es stellte sich heraus, daß der Fall Lurie einen bedeutend größeren Umfang hatte, als bei oberflächlicher Betrachtung anzunehmen war. In diesen Fall sind unser alter Freund, Fürst Luganoff, und ein gewisser Wladimir Schwedow verwickelt."

Die Gabel mit einem Stückchen Lachs erstarrte in Kedrows Hand.

„Verzeihung, ich habe nicht genau aufgepaßt. Wie ist der

Name, Jakow Wsewolodowitsch? Wladimir Schwedow?"

„Ja, Fürst Luganoff und Wladimir Schwedow. Kennen Sie sie?"

„Ja, ich hörte diese Namen bereits. Sind sie jung, alt?"

„Luganoff - Mitte fünfzig, und Schwedow vielleicht dreißig oder einunddreißig Jahre. Er ist alleinstehend, hat eine Mutter, nach den Unterlagen im Jahre 1926 aus Moskau gekommen."

Klingt sehr ähnlich, dachte Kedrow.

„Und Name und Vatersname, kennen Sie sie?"

„Vor ein paar Tagen habe ich von den Deutschen die Unterlagen erhalten. Mit diesen beiden werden wir uns in der nächsten Zeit befassen. Nichts für ungut, Iwan Nikiforowitsch, seien Sie so nett und schauen im Panzerschrank nach, blauer Schnellhefter im dritten Fach links. Hier sind die Schlüssel."

„Jawohl. Wladimir Alexejewitsch heißt er."

„Vielen Dank, das ist im Moment alles."

Schwedow, Schwedow, dachte Kedrow. Das ist er, der Junge von damals. Wie im Theater. Während der Aera der Springer war er ein nervöser, sensibler Junge aus guter Familie, aus einer „*Familie des alten Regimes*", wie unser verlottertes Proletariat sie getauft hat. Wie wird er jetzt aussehen? Bei dem Gericht über den Pfaffen Welikanoff haben er und das Töchterlein von Torzow die Regie durcheinander gebracht. Die Eva, sie fuhr bald danach mit ihrer Mutter in die Provinz. Mit dem Vater habe ich gerade im richtigen Moment abgerechnet, nicht aber mit ihr und diesem Wladimir. Was wäre das für ein Triumph für ihn gewesen, wenn er mich im Lager entdeckt hätte! Aber die Deutschen sind hinter ihm her, folglich hat er etwas ausgefressen, der vielversprechende Jüngling! Nicht schlecht, es ihm jetzt wegen seines Auftritts vor Gericht heimzuzahlen. Ich muß nur beim Baron erfahren, falls er es weiß, wie man am besten eine Attacke gegen ihn reitet. Bei dem Prozess in Moskau hätte er auch anders gequatscht ohne diesen Renegaten Torzow. Warum denke ich eigentlich immer noch an ihn?

„Was ist denn mit Ihnen, Apollon Issajewitsch? Sie sind

so in Gedanken vertieft, daß Sie nicht einmal merken, wie der Hering verschwindet."

„Ich überlege, womit ich anfangen soll."

„Beim Hering? Natürlich am Schwanz!"

„Aber nein, diesen Fall Schwedow-Luganoff."

„Das werden wir alles noch überlegen. Das Ziel ist die völlige Zertrümmerung des kirchlichen Juden-Freimaurernestes in der Nachodstraße. Die Adressen der beiden sind bekannt. Schwedow ist nicht in Berlin, er ist in Kielce, Generalgouvernement. Kommt aber bald zurück. Er ist Mitglied der Ihnen bekannten Organisation, vormaliges Zentrum war in Belgrad. Eine Organisation, die zweifelsohne gegen den Kommunismus kämpft, aber leider, leider, steht auch sie unter der Kontrolle der finsteren Mächte. Es handelt sich um die sogenannten *Nationalen Jünglinge*, Luganoff steht in Verdacht, Mitglied zu sein und Schwedow ist bestimmt Mitglied. Sie müssen auf frischer Tat ertappt und den deutschen Behörden übergeben werden. So lautet unser Auftrag. Die Ankunft Schwedows ist das Signal zum Beginn der Aktion. Schwedow arbeitet in Kielce in den Lagern des Reichsministeriums Ost. Hier wird er in demselben System arbeiten. Zum Glück haben wir auch in Kielce unseren Mann und der hat einiges ausgeschnüffelt. Schwedow hat dort im Frauenlager eine frühere Kinderliebe ausgegraben, aus Moskau, eine Ewgenija Towarkowa. Auch der Mädchenname beginnt mit ‚T'."

„Vielleicht zufällig Torzowa? "

„Ja. Woher kennen Sie ihn? "

„Das erzähle ich Ihnen später. Ich will Sie nur an das Zitat aus dem Evangelium erinnern: ‚*Es kehrt der Wind auf seine Kreise zurück.*' "

„Anscheinend hat Schwedow eine beneidenswerte Energie entwickelt, die Towarkowa aus dem Lager zu befreien und er wird es auch schaffen. Ein pfiffiger Bursche! Wir sind aber schon mit ganz anderen fertig geworden!"

„Mit Schwedow werden wir schon fertig. In diesem Sinne noch ein Gläschen auf unsere heilige orthodoxe von den finsteren Kräften befreite Kirche, für die weiß-blaurote Fahne mit dem Hakenkreuz über dem greisen Kreml."

„Und genießen wir diese Blätterpilze, die in Deutschland eine biologische Seltenheit sind", ertönte der fürstliche Baß. „Tatjana Antonowna, ein Gläschen! Bimbim!"

„O, mein Fürst, bald bleiben meine Knochen auf dem Schlachtfeld zu Ehren des Kampfes mit den finsteren Kräften..."

„Dem Dramaturg wird es übel!"

Professor Felofej Policarpowitsch Semizwetow sperrte den Mund auf, ließ den Kiefer hängen und sackte in sich zusammen. In dieser Pose sah er einem mit Wasser begossenen Papagei frappierend ähnlich.

„Ver ... ver ... verfluchte Wod ... Subr ... owka. Ich muß den Plan eines neuen Dramas schreiben und hier ... Trinkerei ... saure Gurken ... und ... und ...!"

„Freimaurerschurken!"

„Ich bitte Sie, Iwan Nikiforowitsch! Freimaurer zu beschreiben ist meine Partie!"

„Und meine, sie zu bekämpfen. Ihre Freimaurer sind aus Talmi, haben auch Pappnasen, meine aber sind echt, und ich muß sie alle rausfangen!"

„Auf die Angelrute, mit der wir alle Feinde des großen Rußlands herausfischen werden!" ergänzte der Baron und erhob sein Glas.

„Ich schließe mich vorbehaltlos an", rief Kedrow.

„Ich ebenfalls!" Bromberg erhob sich sogar ein bißchen.

„Apollon Issajewitsch, wollen wir nicht Brüderschaft trinken? Oder sind Sie so furchtbar stolz? "

„Ich bitte Sie, Tatjana Antonowna, ich rechne mir das als eine besondere Ehre an. Ich habe es sehr weit bis zu Ihnen, ich kann keine Gedichte schreiben und Sie sind eine talentierte Poetessa."

Kedrow erhob sich und sah zu, wie die „*gottbegnadete*" Poetessa mit dem Gesicht einer überreifen Piemont-Kirsche sich mit der Haltung eines Fragezeichens auf ihn zu bewegte.

„Stellt euch so auf!" regte sich Bromberg auf.

„Aber nein! So und so! Und jetzt belegt euch mit den entsprechenden Ausdrücken!"

„Widerlicher Tschekist!"

„Emigrantenhexe!"

„So, jetzt gebt euch einen Kuß!"

„Bitter!"

„Was machen Sie, Iwan Nikiforowitsch! Sie sind doch nicht jungvermählt!"

Bromberg schielte auf den strahlenden Kedrow.

„Es ist Zeit, Feierabend zu machen", Baron Goller - Charnowskij beugte sich zu Fürst Moschaijskij.

„Im Gegenteil, jetzt muß man erst anfangen. In solchen Feierlichkeiten erkennt man die Menschen am besten."

Fürst Moschaijskij irrte sich, genau wie alle übrigen. Als einziger bemerkte und registrierte alles Kedrow. Er fühlte die Blicke der stark angeheiterten Lyrikerin und wurde lustiger und lustiger.

Über Berlin stand tiefe Nacht. Kedrow schritt methodisch aus, links, rechts, links, rechts, und hielt die schwankende Tatjana Antonowna an der Taille umfaßt.

„O, du mein lieber Apol ... Apollontschik", lallte sie.

„Tanja, Tanja, laß nicht die Zügel fahren!" beruhigte er sie und dachte im Stillen, wie wird jetzt die Nacht über Moskau aussehen und was machen die anderen, die nicht aus dem Spiel gefallen sind. Wieder kam ihm Torzow in den Sinn. Von der Erinnerung wurde ihm kühl in der Seele. Wie hätte sich Torzow an meiner Stelle verhalten? Wohl ganz anders. Er war ein schlechter Kommunist, aber die Partei hätte er nicht verraten. Sie wird aber auch von mir und Bromberg nicht verraten. Der ist fabelhaft, hat sich völlig in der Rolle eines Volksdeutschen aufgelöst.

„Apollontschik, ich bin hier ganz nah..."

„Ja, ja, hab keine Angst, ich laufe nicht weg."

*

„Was meinen Sie, werden die beiden nicht davonlaufen", ruhig schaute Nägele den Baron Goller-Charnowskij an.

„Sie gehören ganz zu uns. Ich habe dem hochtalentierten Kedrow von dem noch nicht erlegten Wild, das heißt von Luganoff und Schwedow berichtet und Apollon Issajewitsch hat etwas ausgeknobelt."

„Was? "

„Das will er nur Ihnen sagen."

„Interessant. Vielen Dank für alles und schicken Sie ihn gleich zu mir."

Nägele lächelte so charmant wie möglich, als ruhig und ohne Eile Kedrow in sein Kabinett eintrat. Er erhob sich sogar und reichte die Hand. Schwach erwiderte Kedrow den Druck. Sehr gut, dachte Nägele. Er konnte Leute mit starkem Händedruck nicht ausstehen.

„Bitte, nehmen Sie Platz, Apollon Issajewitsch. Unser gemeinsamer Freund, Baron Goller-Charnowskij, hat mir berichtet, daß er Sie in unsere Sorgen mit diesen sehr zweifelhaften Emigranten eingeweiht hat. Es handelt sich um den Fürsten Luganoff aus Paris und den hiesigen Wladimir Schwedow."

„Ja, und aus dem, was ich gehört habe - natürlich, vielleicht verfüge ich nicht über ein umfassendes Wissen - ist mir klar, daß Luganoff und Schwedow genau so schuldig sind wie der Pope Genadij, Doktor Tarasjan und die beiden Wohnungsinhaberinnen."

„Da gehe ich mit Ihnen konform, Apollon Issajewitsch, doch alles muß bewiesen werden. Auch in Kriegszeiten können wir Deutsche die Menschen nicht so ohne Weiteres verhaften.

„Das habe ich vorausgesetzt und ich kann Ihnen sagen, wo Sie Beweise finden."

„Da bin ich aber gespannt!"

„Dort, wo Schwedow gearbeitet hat, bevor er ins Ostministerium kam."

Nägeles Herz wurde einen Strich kühler. Was wußte der andere und woher? Doch Kedrow betrachtete ihn ruhig und sogar etwas erstaunt.

„Entschuldigen Sie bitte, vielleicht stoße ich in eine Region vor, die nur Ihnen untersteht. Doch auch ich habe eine gewisse Erfahrung. Am besten kennt man einen Menschen in seiner Familie und dort, wo er arbeitet. Schwedow bildet keine Ausnahme. Wenn er auch keine Familie hat und nur eine Mutter, so hat er bestimmt Freunde an seinem

Arbeitsplatz. Er hat mit jemandem gesprochen, seine Meinung geteilt. Gewöhnlich wendet man sich dabei an einen ähnlichen Menschen... Der Baron hat mir den Namen dieses Unternehmens genannt, aber ich habe ihn vergessen. Deutsche Firmennamen haben in meinem Gedächnis leider ein kurzes Leben."

„Die Firma heißt Johann Morgen & Co."

„Dort muß man Recherchen anstellen."

„Ich kenne diese Firma, Apollon Issajewitsch, nach meiner Ansicht ist sie ganz harmlos."

„Das bestreite ich nicht. Sie sind besser informiert. Doch bestimmt werden wir dort etwas über Schwedow erfahren."

„Man kann doch keine Firma verhören? "

„Gott bewahre! Man muß unseren Mann dorthin schmuggeln. Vielleicht brauchen sie einen Arbeiter - dann könnten sie einen russischen Ostarbeiter bekommen. Nach und nach tauchen überall Ostarbeiter auf."

„Und was haben wir davon? "

„Nun - daß in Wirklichkeit dieser Ostarbeiter unser gemeinsamer Freund, das heißt, ein Freund des Barons und mir, ein gewisser Busukin, Pantelej Karpowitsch, ist."

„Glauben Sie, daß er mit dieser Aufgabe fertig wird? "

„Vom Standpunkt der Konspiration ist er ausgezeichnet."

„Gut, wenn Sie das vorschlagen. Gestatten Sie mir, den Namen zu notieren. Und wie - wenn sie keinen Mann suchen? "

„Dann entwerfen wir einen anderen Plan."

Fragend schaute Kedrow Nägele an.

„Ich danke Ihnen sehr und trete gleich in Aktion. Etwa in einer Woche wird Ihr Busukin an Ort und Stelle sein. Und wie geht es Ihnen persönlich, Apollon Issajewitsch? Haben Sie alles? Wie steht es mit jungen Damen? "

„Im Vergleich zu den Lagern bin ich im Paradies. Auch Lebensmittelmarken habe ich erhalten, allerdings, sehr wenige."

„Mich freut, daß Sie so offenherzig sind. Hier haben Sie eine kleine Unterstützung - für Sie und für die junge Dame."

Unter dem Tisch zog Nägele ein umfangreiches Köfferchen hervor.

„Im Falle eines Falles habe ich Ihnen natürlich nichts gegeben. Ich heiße Hase, wohne im Wald..."

„Und weiß von nichts!" ergänzte Kedrow. „Sie können versichert sein, ich werde Ihnen keinen Ärger machen." Und dachte - genau wie bei uns.

„Die Aktion läuft in ungefähr einer Woche vom Stapel und Sie als Initiator werden natürlich alles zuerst erfahren. Ich empfehle Ihnen besondere Aufmerksamkeit der Wurst gegenüber - dort sind zwei Ringe."

Als die Tür sich schloß, veränderte sich das Gesicht Nägeles augenblicklich. Lange dachte er nach, dann klingelte er nach dem Sekretär und besprach umständlich mit ihm etwas. Nach einigen Stunden kam vom Arbeitsamt der Gegenruf. Tatsächlich, die Firma Johann Morgen & Co. suchte einen Hilfsarbeiter. Das Gesicht Nägeles erhellte sich.

*

„Meine Teuerste", der Chef der Firma Johann Morgen & Co. schaute seine Frau erstaunt an. „Als Schwedow kündigte, haben wir damals einen Arbeiter beantragt - und nichts, keinen Mucks. Jetzt plötzlich bieten sie einen an, einen Ausländer, Ostarbeiter. Ein Deutscher ist nicht vorhanden, sagen sie."

„Wieso wunderst du dich? Deutsche sind wirklich nicht da. Schließlich haben wir August 1942. Was ist das überhaupt für ein Ausländer? "

„Anscheinend Russe oder Ukrainer. Busukin, Pan..te..lej. Auch ein Name! Er soll auch deutsch können."

„Und wenn er ein Trottel oder ein Lump ist? "

„Davor sind wir auch bei einem Deutschen nicht sicher. Auf jeden Fall brauchen wir einen Mann, soll er ruhig Russe sein. Mit einem Russen kann man leichter menschliche Beziehungen anknüpfen. Er wird auch weniger verstehen. Du weißt, was ich meine. Schade, daß der Schwedow fort ist. Ein anständiger Mann, doch Schwedow war ein Intellektueller und intelligente Russen, die keine Kommunisten sind, werden auf anderem Gebiet heute dringender benötigt. Zumindest können wir uns den Busukin anschauen. Wenn er uns nicht gefällt, schicken wir ihn gleich zurück. Das Arbeitsamt schreibt, er soll erst eine Probezeit machen."

„Und wenn er hinter unserer Tochter her ist?"

„Bis dahin ist es noch weit. Längst ist das Kind kein Kind mehr."

Nach drei Tagen erschien Busukin und setzte alle sehr in Erstaunen. Am Revers seines gebrauchten, aber sehr anständigen Jacketts war ein blauweißes Rechteck mit der Inschrift „Ost" angenäht. Er verbeugte sich schweigend und überreichte die Überstellung vom Arbeitsamt. Langsam fragte die Chefin auf deutsch:

„Sind Sie schon lange aus dem Osten?"

„Vier Wochen", antwortete Busukin in gutem deutsch.

„Und Ihre Nationalität? Ukrainer?"

„Nein, Russe, aber aus der Ukraine."

„Woher können Sie denn so gut deutsch?"

Busukin wurde ganz verlegen und rot. Er berichtete, er sei aus Odessa und in der Umgegend leben auch heute noch sehr viele deutsche Kolonisten. Er hoffe jedoch, noch besser deutsch zu lernen.

Der Bursche ist nicht schlecht, überlegte die Chefin. Natürlich reicht er an unseren Schwedow nicht heran. Versuchen wir es, und Busukin blieb.

Er arbeitete nicht schlecht, verstand alles sehr schnell und war trotzdem wenig bemerkbar und leise. Er kam, verbeugte sich höflich, begann zu arbeiten und lächelte oftmals verlegen und wurde rot. Er machte alles, was man ihm sagte. Er wohnte im Lager, und etwa nach drei Wochen bat er verlegen, ob man für ihn ein Privatlogis beschaffen könnte. Die Chefin schnappte nach Luft. Das hatte niemand erwartet. Aber Busukin erklärte, er habe alles ausgekundschaftet und zeigte ein Schreiben einer Abteilung des Arbeitsamtes, aus dem hervorging, daß alles davon abhängt, welchen Leumund seine Firma ihm ausstellt. Die Chefin versprach, alles zu tun, was in ihrer Macht war. Busukin gefiel allen immer besser. Nur die Beziehungen mit Professor Sergius, mit dem er am meisten zu tun hatte, klappten irgendwie nicht.

Unser ehemaliger Professor war anscheinend mit Schwedow dick befreundet und Busukin trotz seiner guten Erziehung - erstaunlich, daß es in Rußland bei den Kommunisten überhaupt gut erzogene Leute gibt - kann ihm seinen früheren Freund nicht ersetzen, überlegte die Chefin.

Doch das hatte nichts mit Freundschaft zu tun. Professor Sergius, wie so oft bei verkrachten Existenzen, verfügte über eine sehr feine Intuition und kannte sich gut in Menschen aus. Bei Busukin war offensichtlich etwas faul. Sein neuer Kollege erinnerte ihn irgendwie an Stubinger.

Busukin selbst war trotz der kühlen Beziehungen zu Sergius mit sich sehr zufrieden. Längst hatte er das Geheimnis des so dumm konstruierten Rohres entdeckt. Wenn er allein war, konnte er jedes Wort verstehen, das im Kabinett gesprochen wurde und dort wurde sehr viel gesprochen. Längst hatte Busukin seinen ersten Bericht über Kedrow an die höheren Instanzen geleitet. Aber das Wichtigste fehlte noch. Nach und nach hatten ihm die Chefs alles über Schwedow erzählt. Es war nicht viel.

„Da müssen Sie sich mit unserem armen Professor unterhalten." riet ihm offen die Tochter des Hauses.

Dafür konnte er von der Garage aus jeden Besuch registrieren. Der erste Besuch von Kretschmar und Major Weisel hatte ihm nicht viel gegeben. Sergius in finsteren Gedanken versunken, rumorte in einer Ecke und bemerkte überhaupt nicht, wie sich der andere an das Rohr anlehnte. Von Kedrow kam die kategorische Aufforderung, um jeden Preis zu erfahren, worüber im Kabinett gesprochen wurde.

Gerade begann Busukin, Ameisensäure zu verteilen, als am Ende des Hofes Kretschmar mit jemandem, lang wie eine Bohnenstange, erschien. Busukin polterte mit dem Kanister und stöhnte laut auf.

„Der verfluchte Kanister! Direkt auf den Fuß, was für ein Schmerz!"

„Ich laufe gleich zur Chefin, sie hat eine Apotheke!"

„Ist nicht nötig, tut zwar toll weh!"

Die Chefin kam angerannt.

„Was ist mit Ihnen los, Busukin? Vielleicht ist der Knochen kaputt. Wie können Sie so unvorsichtig sein!"

„Halb so schlimm", und Busukin stöhnte auf russisch.

„Setzen Sie sich da rauf, auf den Ballen an der Mauer. Ich habe gerade Besuch. Wenn es in einer halben Stunde nicht besser ist, holen wir einen Arzt."

Busukin lehnte sich an das fatale Rohr und begann ächzend, seine heruntergetretenen Schuhe auszuziehen.

„Werden Sie allein fertig? " Sergius wischte sich die Hände an der Schürze ab.

„Die Knochen sind ganz, glaube ich. Dafür aber solch ein Schmerz, daß die Augen tränen."

Sehr wohl leitete das Rohr das Gespräch.

Als nach anderthalb Stunden der Besuch fortging und die Chefin kam, humpelte Busukin schon ganz munter umher. Was er gehört hatte, übertraf seine Erwartungen bei weitem. Die Chefs der Firma nahmen an einer regierungsfeindlichen Verschwörung teil. Die weiteren Beteiligten waren Kretschmar, der Pastor - momentan ein Major - und der ihm unbekannte Major Numero zwei, Arnulf.

„Schmerzt es sehr, Busukin? "

„Ich komme schon nach Hause und brauche keinen Arzt."

„Exzellent. Kollege Sergius wird Sie begleiten."

Auf dem halben Weg von der U-Bahn zu seiner Wohnung lud Busukin Sergius in eine Kneipe ein.

„Wenn Sie schon mich, Ihren russischen Feind, so heldenhaft nach Hause begleiten..."

„Ich bin kein Feind von Ihnen und liebe die Russen sehr. Ihr Vorgänger Schwedow war ein guter Freund von mir."

„Gab es denn damals schon Ostarbeiter? "

„Natürlich nicht. Er war russischer Emigrant, aber ein sympathischer und kluger Mensch."

„Man sagt, alle russischen Emigranten sind furchtbare Anhänger Hitlers und Antisemiten."

„Lieben Sie denn die Juden und mißfällt Ihnen die hiesige Ordnung? "

„Ich bin ein einfacher Kriegsgefangener. Als man uns zerschlagen hatte, floh ich aus der Armee und begann zu arbeiten. Dann hat man mich herausgefischt und als Ostarbeiter hierher gebracht. Wofür muß ich Ihrem Führer dankbar sein? Ihr habt das Eure und wir das Unsere."

„Aber Sie waren doch in der Partei? "

„Warum soll ich das verheimlichen, natürlich war ich Kommunist. Viele von uns verheimlichen das, erzählen Sie nur nichts den Chefs."

Ich glaube, ich habe mich in ihm geirrt, dachte Sergius. In allen Russen, selbst in so unsympathischen wie diesem hier, gibt es irgendwie eine innere Ehrlichkeit.

„Wenn es so steht, dann halten Sie mich bitte auch nicht für einen Nationalsozialisten. Was Schwedow anbelangt, so war er ziemlich dagegen, allerdings aus religiösen Gründen oder genauer - mystischen Gründen."

„Ich verstehe Sie nicht."

„Das ist sehr schwer für Sie. Wenn Sie auch gut deutsch sprechen und für Ihre Lage sogar glänzend, so ist es doch sehr schwierig, Ihnen die Mystik Schwedows zu erläutern. Bei euch in der Partei hat man so etwas nicht anerkannt. Schwedow ging sehr oft in die Kirche."

„Ich würde auch gern zur Kirche gehen. Ist die Kirche gut und gibt es genug Priester? "

„Die Russen haben hier zwei Kirchen. Ich war in der kleinen, in der Nachodstraße. Notieren Sie ihre Anschrift. Der Priester dort ist ziemlich sympathisch, ein gewisser Vater Genadij. Ich glaube, Schwedow hat ihn gekannt."

Von den Ereignissen der letzten zwei Monate hat er keine Ahnung, dachte Busukin, auch nicht von der Verschwörung. Was die Mystik Schwedows anbelangt, wird das vielleicht jemanden interessieren.

„Vielen Dank für das Bier, Kollege Busukin. Ich wünsche Ihnen gute Besserung." Sergius erhob sich und drückte Busukin die Hand. „Bis morgen, falls Sie gesund sind."

Busukin humpelte nach Hause. Ein guter Agent spielt auch dann seine Rolle, wenn er allein ist, erinnerte er sich seiner Lehrer. Der Fuß tat überhaupt nicht weh, aber er humpelte so wie an seinem Arbeitsplatz.

Endlich etwas Positives, ein Bombenerfolg. Gleich wird alles notiert, wie in dem Sprichwort: „*Was mit der Feder geschrieben ist, kann kein Beil heraushauen!"*

*

Nägele las Busukins Bericht. Mit jeder Zeile wurde sein Interesse größer. Jetzt hatte er den Beweis für eine staatsfeindliche Tätigkeit. Sind das Lumpen, überlegte er, elende Krämer, Spießer, Fabrikanten. Was wäre ohne unseren Führer mit ihnen passiert! Vor zehn Jahren schon hätten ihnen die Kommunisten das Leben ausgeblasen. Sie sind mit dem Krieg unzufrieden - der Umsatz sinkt. Nägele fühlte kalte Wut. Wartet nur, Freundchen! Eine neue Figur drängte sich in den Vordergrund - ein anscheinend heruntergekommener Professor Sergius, nach dem Bericht Busukins nicht von dieser Welt und er weiß anscheinend auch nichts von dem, was in der Firma vorgeht. Es ist immer verdächtig, selbst in Kriegszeiten, wenn sich ein Mensch vom Professor zum Arbeiter gemausert hat. Was Schwedow anbelangt, so wird er viel enger mit diesem kirchlichen Nest liiert sein, als anzunehmen war. Aber es waren noch nicht genügend Gründe für eine Festnahme.

Kedrow ist fabelhaft, hat den richtigen Mann auf den richtigen Platz gestellt. Nägele entschloß sich, schnell und energisch zu handeln. Zuerst mußte er mit Kretschmar reden und dann mit dem „Kreuzritter" Arnulf. Busukin schreibt noch, daß Schwedow, seiner Meinung nach, ebenfalls nicht ganz von dieser Welt sei. Wenn wenigstens ein Bruchteil davon stimmt, ist das am interessantesten. Aus irgendeinem Grunde halten sich alle Russen für Mystiker.

Die Figuren des Spiels bezogen ihre Plätze. Nägele telefonierte mit der Behörde, deren Uniform den Polizeirat seinerzeit so sehr erschreckt hatte. Dort hatte man nicht schlecht gearbeitet. Über Arnulf hatte er alle Unterlagen erhalten. Es gelang ihm, zu erreichen, daß Arnulf auf dem Dienstwege den Befehl erhielt, sich mit ihm in Verbindung zu setzen. Das war ziemlich kompliziert gewesen, erweckte aber den Anschein, als ob gewisse Militärkreise den Major Arnulf bevollmächtigt hatten, mit ihm in Verbindung zu treten.

Nägele stand, mit den Händen auf dem Rücken, am Fenster.

„Herr Major Arnulf!" meldete der Sekretär und öffnete die Tür.

„Habe die Ehre!" trompetete Arnulf melodisch, verbeugte sich und klirrte mit den Sporen. „Mein Name ist Arnulf, Major Arnulf. Ich habe den Befehl erhalten, mich bei Ihnen zu melden."

„Ich bin hocherfreut. Bitte, nehmen Sie Platz."

Nägele war ehrlich schockiert. Solch einen Supersoldaten hatte er keineswegs erwartet.

„Herr Major", begann er. „Sie sind natürlich etwas erstaunt, sich hier zu befinden, doch schuld daran trägt keineswegs mein Wille, sondern lediglich, daß man Sie mir als einen überdurchschnittlich tapferen und zuverlässigen Offizier empfohlen hat."

„Ich bedanke mich sehr. Darf ich fragen...? "

„Einen Augenblick, alles ist sehr einfach. Sie befinden sich momentan in der Heimat und wir wissen, daß Sie in gewissem Sinne Geheimnisträger sind."

„Genau - sogar von sehr wichtigen Geheimnissen."

Mein Gott, wenn du bloß so dumm wärst, wie du scheinst! überlegte Nägele und fuhr laut fort:

„Und ich möchte nicht verheimlichen, daß nach Meinung dieser Dienststelle sich diese Geheimnisse in großer Gefahr befinden."

„Verzeihung, von welcher Behörde ist hier die Rede? "

„Dieser hier!" Nägele erhob sich und übergab Arnulf einen Ordner.

Arnulf räusperte sich und begann zu lesen. Nägele beobachtete ihn genau, fixierte die Wirkung. Du bist mir viel zu primitiv mit deiner runden Visage! In den Dokumenten wurden erwähnt Oberst Altberger, Pastor Major Weisel, die Firma Johann Morgen & Co. und auch sein letzter Besuch dort. Arnulf war noch lange nicht fertig mit Lesen, als sein Ritterkreuz am Hals schwer wie Blei wurde. Woher? Woher wußten sie alles? Der Gedanke sprang wie ein Tischtennisball. Wer ist der Verräter? Und in der ganzen Breite des unheimlichen Bogens ertönte die Antwort - der, der hier nicht erwähnt ist, dieser verdammte Zivilist. Wer sonst kann lügen und die ehrlichen Offiziere bespeien - natürlich nur ein Zivilist, dieser stinkende Chemiker Kretschmar.

Nägele war sehr zufrieden. Dich habe ich stark getroffen, doch das ist nur der Anfang. Sehen wir, ob du das Ritterkreuz auch im Leben verdienst. Er lächelte maliziös und fragte:

„Wie ist Ihre Meinung über dieses Schriftstück, Herr Major? Stimmt es oder stimmt es nicht? "

Rette dich, schrie es in Arnulf, „es" - dessen Anwesenheit er in sich nie geahnt hatte. Bis zum Hals bist du schon im Dreck. Sie wissen alles. Kretschmar ist ein Verräter, womöglich auch diese Pharmazeuten. Recht hatte der Kamerad, der vom Neid der Parteimitglieder zu den hervorragenden Offizieren gesprochen hatte. Ihn, einen tadellosen Offizier und Ritterkreuzträger wollen die Parteiintriganten und dieser albinoartige S.D. zugrunde richten. Eine Antioffiziersverschwörung haben diese Lumpen geschaffen. Doch er ist nicht so dumm wie alle diese Kretschmars und Morgens, er wird den Spieß umdrehen und vom Angeklagten zum Kläger. Das ist der Ausweg. Arnulf zog die Brauen zusammen und sprach:

„Alles, was in diesem Schriftstück steht, ist im Wesentlichen richtig. Solche Betrachtungen hat es gegeben und solche Gedanken sind ausgesprochen worden."

Nachdenklich blickte Nägele gegen die Decke. Das war der verabredete Zeitpunkt. Im Nebenzimmer saßen der Sekretär, eine Stenografin und ein stämmiges Subjekt in mittleren Jahren mit einem Regenmantel bekleidet.

„Das ist ein Eingeständnis, das in seinen Folgen sehr weittragend sein kann, Herr Major. Die regierungsfeindliche Tätigkeit Ihrer Versammlungen ist Ihnen hoffentlich klar."

„Wir versammelten uns und besprachen ehrlich die deutschen Probleme."

„Vielleicht viel zu ehrlich? Sagen Sie bitte, Major, was für ein Interesse haben Sie, sich wegen ein paar geschwätzigen Zivilisten, die sich in ihrer Demagogie verwickelt haben, zugrunde zu richten? Sie haben in Kriegszeiten eine staatsfeindliche Verschwörung angezettelt und Sie, einen ehrlichen und tapferen Offizier dort hineingelockt."

„Kann man überhaupt von Verrat und einer staatsfeindlichen Verschwörung reden? "

„Genau das ist der Fall."

„Wenn dem so ist, entsage ich allem und bin als erster bereit, die Ärmel hochzukrempeln und gegen die Verräter zu kämpfen!"

„An solch einem Entschluß Ihrerseits habe ich nie gezweifelt, Herr Major. Immer habe ich gewußt, daß Sie im zivilen Leben keineswegs ein kleinerer Held sein werden als an der Front."

Arnulf sprang auf und riß die Hacken zusammen.

„Ich stehe ganz zu Ihrer Verfügung, Kamerad Nägele!"

Ich muß ihn umarmen. Nägele erhob sich.

„Herr Major, nicht nur an der Front haben Sie sich bewährt, Sie sind dazu noch der ehrlichste und offenherzigste Mensch, den ich je getroffen habe. Sie haben sich selbst übertroffen und ich, ein kleiner Beamter, halte es für eine besondere Ehre, nicht nur Ihr Mitarbeiter zu sein, sondern auch Ihr Freund. Zusammen werden wir diesen Gordischen Knoten entwirren."

„Sie umarmen sich!" flüsterte der Sekretär dem Stämmigen ins Ohr. „Unser Chef ist einfach fabelhaft, direkt göttlich. Wollen Sie durchs Schlüsselloch schauen? Da kann man etwas lernen."

Die zinnernen Augen Arnulfs wurden feucht.

„Jetzt, Kamerad, Major Arnulf, da wir beide Freunde bis ins Grab sind, erzählen Sie mir alles, was Sie über diesen Fall wissen. Vergessen Sie keine Einzelheit, und so wie Sie als Offizier und Ritterkreuzträger diesen Raum betreten haben, werden Sie ihn auch verlassen..." - Für wie lange, dachte der Sekretär hinter der Wand. - „als Beschützer unseres großen Führers und strafender Gott der Feinde unseres siegreichen Volkes."

Als nach fünf Stunden der zusammengesunkene Nägele den leicht geknickten Arnulf zur Tür begleitete, fühlte er vollen Triumph. Jetzt hatte er alle Fäden in der Hand.

Arnulf hatte völlig kapituliert.

GEIST RINGT GEGEN GEIST

Wieder war Wolodja in seinem Berliner Zimmer mit dem schönen Rundblick. Alles war wie sonst, aber doch ganz anders. Eva war in der Nähe, es gab eine reale Möglichkeit, sie zu befreien. Aber was dann, fragte er sich. Liebe ich sie so wie früher? Damals waren wir beide Kinder und unser Gefühl, wie tief es auch war, war doch Kinderliebe. Sechzehn Jahre sind inzwischen vergangen - und was für Jahre! Wozu aber mache ich das alles? Descartes hat einmal gesagt: „Cogito ergo sum!" - So ist es auch bei mir. Wenn ich für sie denke und sorge, folglich liebe ich sie auch. Das hat alles nichts zu sagen und ich kann auch niemanden um Rat fragen... Doch - der schwarze Anzug, der mit grauem Haar gekrönte riesige Kopf. Sergius ist viel weiter als ich, er weiß Bescheid. Außerdem verlangt die elementarste Höflichkeit von mir, die Firma zu besuchen. Dort hat man mich mehr als einen Verwandten und nicht wie einen Arbeiter behandelt. Interessant, ob dort alles beim Alten ist. Heute ist Sonnabend, und um drei wird die Arbeit beendet.

„Das ist aber nett, Herr Schwedow, daß Sie uns besuchen. Wir dachten schon, Sie sind ein hoher Beamter des Reichsministeriums für die besetzten Ostgebiete geworden und haben uns ganz vergessen."

„Ich bitte Sie! Bei Ihnen habe ich mich sehr wohl gefühlt. Und wie geht es Ihrem Gatten und der Tochter? "

„Die sind im Nebenzimmer. Ich werde gleich Tee aufbrühen, und dann gehen wir zu ihnen. Unser Professor ist wie immer unten. Er ist sehr gealtert, der Ärmste. Dafür haben wir einen Landsmann von Ihnen bekommen, einen Ostarbeiter, ein sehr netter, ordentlicher und sauberer Mann."

„Interessant, vielleicht habe ich sogar an seiner Befreiung teilgenommen."

„Im Augenblick ist er nicht da, wird aber bald kommen. Soll ich Sie bekannt machen? "

„Ich bitte sehr darum."

„Sie wollen natürlich unseren Professor begrüßen. Er kann Sie überhaupt nicht vergessen. Anscheinend seid ihr gute Freunde gewesen. Und in zehn bis fünfzehn Minuten kommen Sie mit ihm herauf, zum Teetrinken."

Professor Sergius murkste in der dunkelsten Ecke mit irgendwelchen Paketen und drehte nicht mal den Kopf, als Wolodja eintrat.

„Guten Tag, Professor."

Sergius zuckte zusammen und drehte sich um. Er war sehr gealtert und zusammengesackt. Der Kopf erschien noch größer, der Körper noch schmächtiger.

„Sie? " Ein frohes und zugleich geknicktes Lächeln leuchtete auf seinem Gesicht. „Wie ich mich freue, mein lieber Herr Schwedow, und ich dachte schon, Ihr Landsmann ist gekommen."

„Die Chefin sagt, er ist nicht übel."

„Wie soll ich Ihnen sagen, Sie werden selbst sehen... Und wie steht es mit Ihnen? Die Chefin sagte, Sie machen eine glänzende Karriere im Reichsministerium Ost."

„Alles stimmt, mit Ausnahme der Karriere!" und Wolodja begann, über sich zu erzählen. Ohne zu unterbrechen hörte Sergius zu.

„Das ist mein kurzes Curriculum Vitae. Gehen wir jetzt nach oben, Tee trinken."

„Habt ihr euch ausgesprochen, Professor? Und noch immer ist Busukin nicht da."

Wolodja fühlte ein Ziehen im Sonnengeflecht. Den Namen hatte er schon einmal gehört.

„Ist er schon lange bei Ihnen, Frau Morgen? "

„Etwa sieben Wochen. Geriet in einen Kessel, hielt sich versteckt, man hat ihn rausgefischt und hierher gebracht. Da geht er, über den Hof!"

Flüchtig blickte Wolodja durchs Fenster. Den habe ich doch schon mal gesehen, ging es ihm durch den Kopf. In der Kirche, allerdings nicht in der unseren und ohne „Ost". Wie ist so etwas möglich?

„Sind Sie mit der Betrachtung Ihres Erben zufrieden? "

„Sogar sehr."

„Nicht wahr, für einen Ostarbeiter sieht er nicht übel aus."

„Sogar ganz europäisch."

„Jetzt, alle beide nach Hause. Ich entlasse Sie eine Stunde früher, trotz des Krieges. Vielen Dank für Ihren Besuch. Sehen wir Sie wieder? "

„Selbstverständlich. Ich bin jetzt ganz nahe bei Berlin."

„Mein lieber Professor", begann Wolodja, als sie das Tor durchschritten. „mit diesem Busukin stimmt etwas nicht."

„Mein Herz ist auch nicht besonders zu ihm hingezogen. Was aber meinen Sie? "

„Ich schwöre Ihnen, diesen Blonden habe ich schon einmal gesehen."

„Wo und wann? "

„Im Jahre 1940 in unserer Kirche, in der Kathedrale, nicht dort, wo wir waren. Mehrmals sogar."

„Ist ein Irrtum ausgeschlossen? "

„Ich habe ihn gesehen, Professor. Ich bin doch nicht verrückt."

„Dann sind meine Verdächtigungen begründet, Schwedow, und Busukin ist nicht ohne Grund bei uns. Die Chefs sind ein bißchen staatsfeindlich eingestellt, treffen sich mit einigen Leutchen. Höchstwahrscheinlich war das auch schon zu Ihrer Zeit der Fall..."

„Ich muß Ihnen auch etwas eröffnen, Professor. Haben Sie niemals auf das Rohr in der Ecke achtgegeben, dort, wo die großen Kanister stehen? "

„Nein, warum? "

„Wenn man sich an einer Stelle mit dem Ohr an dieses Rohr lehnt, kann man alles hören, was im Kabinett unserer Chefs vor sich geht."

Plötzlich blieb Sergius stehen. Dann ergriff er Wolodjas Arm.

„Das ist der Lieblingsplatz Busukins. Demnach kennt er das Geheimnis. Er ist einfach ein Denunziant und die Sache ist ganz schlimm. Trauen Sie sich zu, genau zu erfahren, wer Busukin ist und in welchen Kreisen er verkehrt? "

„Gleich, sofort ..."

„Und geben Sie sich keine Blöße. Vielleicht ist er eine offizielle Persönlichkeit, und wir geraten in solch einen Schlamassel..."

Wolodja ging zur Kirche. Dort tuschelte man über die Festnahme Vater Genadijs und eines dunklen Professors, der sich als Armenier ausgegeben hatte und in Wirklichkeit ein Jude war. Er erfuhr eine Menge wichtiger und unwichtiger Neuigkeiten. Aber er mußte sich an jemanden wenden, um genauer zu ergründen, was die Festnahme von Vater Genadij und Doktor Tarasjan zu bedeuten hatte. Das letzte Mal hatte er sie im Februar 1942 gesehen, bei der Besprechung mit Doktor Bertel, als seine Reise nach Kielce beschlossen wurde. Jetzt war Oktober. Eva war gefunden, doch andere Wolken zogen sich zusammen. Er mußte Fürst Luganoff aufsuchen. Am Wochenende war er immer in Berlin. Nach einer Stunde saß er in dem möblierten Zimmer von Serafim Grigorjewitsch.

„Wieviel Wasser ist seitdem verflossen, Wladimir Alexejewitsch. Wir haben von Ihren Heldentaten in Kielce gehört. Doktor Bertel ist sehr zufrieden mit Ihnen. Es sind sogar romantische Gerüchte im Umlauf, doch jetzt sind Sie endgültig bei uns."

„Das weiß ich nicht so genau, aber ich hätte gern einiges von Ihnen erfahren. Warum sind Vater Genadij und Tarasjan festgenommen worden? "

„Weil sie ungesetzlich einer gewissen Jüdin Lurie halfen,

sich zu verstecken. Die Sache begann schon vor zwei Jahren, und das Schlimmste ist, daß unsere Russen selbst in niederträchtigster Weise beteiligt sind."

„Kann man nichts für die Festgenommenen tun? "

„Doktor Bertel hat es versucht, er ist bestimmt in Ordnung, bis jetzt leider ohne Erfolg."

„Und kein Gericht? "

„Bis jetzt nicht."

„Sagen Sie, Serafim Grigorjewitsch, ist Ihnen der Name Busukin geläufig? "

„Und ob, auch wenn ich ihn persönlich nicht kenne. Er ist einer von der Bande des nicht ganz unbekannten Barons Goller-Charnowskij, und der Baron selbst kollaboriert mit einer sehr wenig sympathischen deutschen Behörde. Die Jagd auf Lurie - das war seine Sache. Ich weiß aber nicht, ob er alles zu Ende gebracht hat."

„Busukin arbeitet als Ostarbeiter in meiner ehemaligen Firma Johann Morgen & Co. Doch er ist kein Ostarbeiter, sondern russischer Emigrant. Bereits 1940 habe ich ihn in der Kirche gesehen."

„Erlauben Sie, wodurch kann Ihre Firma die Deutschen interessieren? "

„Nach meiner Ansicht ist sie harmlos."

„Demnach interessieren sich die Deutschen für Sie und Busukin schnüffelt in Ihrer ehemaligen Firma etwas über Sie aus."

„Daß ich Mitglied der Ihnen bekannten Organisation bin, wissen sie längst. Vielleicht handelt es sich um eine Privataktion des Barons? "

„Das glaube ich nicht. Dazu ist er viel zu feige und er hat auch nicht die technischen Möglichkeiten, einen russischen Emigranten in einen Ostarbeiter zu verwandeln. Busukin ist Agent einer deutschen Behörde. Sagen Sie, sind Ihre Chefs ganz astrein? "

„Natürlich schimpfen und meckern sie und bekommen auch Besuch von verschiedenen Leuten."

„Was sind das für Leute? "

Militärs, glaube ich."

„Das wird es sein. In Ihrer ehemaligen Firma treffen sich mit Wissen der Besitzer irgendwelche Zukurzgekommenen und im Stillen wird über die Regierung geschimpft. Es ist gut, daß Sie dort nicht mehr arbeiten. Sie müssen aber nochmals hin, so schnell wie möglich, in die Privatwohnung natürlich, und erzählen Sie alle Ihre Verdachtsmomente. Dann ist aber Schluß. Wir beide befinden uns in der gleichen Lage. Ich erwarte Schwierigkeiten wegen Vater Genadij und Tarasjan, Sie wegen der Firma. Und in den Lagern waren wir zusammen tätig. Kannten Sie diese Lurie? "

„Ich habe sie nur in der Kirche gesehen. Ihr Rat ist, zu den Wirtsleuten zu gehen? "

„Sofort morgen, und erzählen Sie alles, was Sie wissen. Sie waren gut zu Ihnen, und Sie müssen genauso handeln. Auch mich halten Sie bitte auf dem Laufenden. Haben Sie mit den anderen Angestellten der Firma gute Beziehungen?"

„Da war nur noch ein Arbeiter, ein sehr interessanter Mensch, ein ehemaliger Professor namens Sergius. Wir waren große Freunde."

„Wie ist er? Könnte er eine Anzeige erstatten? "

„Das halte ich für ganz unmöglich."

„Setzen Sie auch ihn in Kenntnis."

„Er gerade hat mich auf Busukin aufmerksam gemacht."

„Das ist schon gut."

Von Serafim Grigorjewitsch ging Wolodja zu den Seinigen. Er erzählte die ganze Geschichte. Man hörte ihn ruhig an und gab ihm den Rat, sehr vorsichtig zu sein. Der Krieg zieht sich in die Länge, immer verbitterter werden die Deutschen. Die Zeit der Späße ist vorbei, aber man brauchte auch nicht in Panik geraten. Sie baten, sie auf dem Laufenden zu halten. Dann rief Wolodja die ehemalige Chefin an. Am Telefon meldete sich die Tochter und fragte erfreut, ob er wieder eintrudeln wolle.

„Ich hätte gern morgen, am Montag, mit Ihrer Frau Mutter gesprochen, aber nicht in der Firma. Vielleicht kann man sich irgendwo treffen."

„So, so! Vielleicht wollen Sie Mama den Hof machen, da

bin ich aber schwer eifersüchtig."

„Aber nein, es handelt sich um eine ernste Sache. Vorläufig kann ich nicht in die Firma zurück. Sagen Sie bitte Ihrer Frau Mutter, wenn sie es irgendwie schafft, erwarte ich sie in der Konditorei, schräg gegenüber vom Gericht. Nicht für lange. Etwa gegen sechs Uhr abends."

Um sechs erschien tatsächlich die Chefin.

„Herr Schwedow, ich bin sehr erschrocken. Wollen Sie etwa um die Hand meiner Tochter anhalten? Sie interessiert sich ernstlich für Sie und ich ..."

„Nein, Frau Morgen. Es ist eine große Ehre für mich, daß Ihre Tochter und Sie so zu mir stehen, doch ich möchte mich über etwas anderes unterhalten. Sagen Sie bitte, erscheint Ihnen nichts merkwürdig an diesem Busukin? "

„Busukin? O nein! Er ist natürlich etwas komisch und, und ..."

„Sie wollen sagen, daß alle Russen ein bißchen komisch sind. Also, dieser Busukin ist kein Ostarbeiter."

„Was heißt das? Was soll er denn sonst sein? "

„Er ist russischer Emigrant."

„Das ist unmöglich. Wir haben ihn offiziell erhalten, auf Antrag, nachdem Sie fortgegangen sind. Es hat allerdings ziemlich lange gedauert. Seine Papiere sind in Ordnung."

„Das ist gerade das Schlimme. Ich sage Ihnen, ich habe ihn selbst 1940 in der russischen Kirche gesehen, als es noch keinen Krieg mit der Sowjetunion gab. Auch andere haben ihn gesehen, ohne Ostabzeichen. Ihr Busukin gehört zu einer sehr radikalen antisemitischen Emigrantengruppe, die, den genauen Nachrichten nach, sehr eng mit einer gewissen deutschen Behörde zusammenarbeitet."

Das Gesicht von Frau Morgen wurde fahl. Der Teelöffel erstarrte in der Luft.

„Wie sind Ihre Schlußfolgerungen? "

„Busukin ist nicht durch Zufall in Ihre Firma gekommen. Er spioniert hinter jemandem her, vielleicht sogar hinter mir."

„Haben Sie denn etwas angestellt? "

„Sie wissen doch, daß ich zu einer politischen Gruppe

gehöre. Aber vielleicht ..."

„Da Sie so offen mit mir sind, muß ich Ihnen sagen, daß wir sehr unvorsichtig waren und über vieles mit unseren Freunden gesprochen haben. Natürlich wird jemand geschwatzt haben. Einige haben Sie selbst gesehen. Das alles ist ein Alptraum! Was wird aus meinem Mann? Er ist herzkrank. Und Britta? Sie ist noch ein halbes Kind. Das ist das Ende von allem."

„Es ist noch zu früh, um zu verzweifeln, Frau Morgen. Erst müssen Sie Ihre Freunde benachrichtigen, keine Begegnungen und kein Wort mehr. Auch ich darf Sie nicht mehr besuchen. Seien Sie freundlich zu Busukin, aber nicht zuviel. Er soll nichts ahnen. Ich kann nur alles Gute wünschen, Ihnen, Ihrem Gatten und Ihrer Tochter. Schweigen Sie über dieses Gespräch. Wegen dem allem spricht Ihr Busukin auch so gut deutsch."

Wolodja sah, wie er mit jedem Wort die Chefin niederschlug, wie sie sich innerlich krümmte. Offensichtlich steckte sie selbst in allem, und der Fall war gar nicht so harmlos. Drohte der Familie ein endgültiger Untergang? Gebe Gott, daß sie nicht zu weit gegangen war.

Das Gespräch war beendet. Wolodja erhob und verbeugte sich. Frau Morgen war so niedergeschlagen, daß sie nicht bemerkte, wie Wolodja zahlte und nach einer weiteren Verbeugung fortging. Jetzt mußte er zu Sergius gehen. Wolodja fühlte das starke Verlangen, jemandem die Seele auszuschütten, und vielleicht war Sergius der einzige Mensch auf der Welt, der ihm helfen konnte, jedes Ding auf seinen Platz zu verweisen.

*

Wolodja war das erste Mal bei Sergius zu Besuch. Das Zimmer setzte ihn in Erstaunen durch seine Leere und unpersönliche Kälte. Man konnte nicht sagen, wer hier wohnte. Eine Sekretärin, ein Lehrling in einer Schneiderwerkstatt, ein kleiner Buchhalter oder ein Rentner, der früher Pyrotechniker war. Man bemerkte nur, daß der Bewohner nicht reich war. Der riesige Kopf von Sergius schwebte über den Möbeln, und sein schmächtiger Körper im schwarzen Gehrock schien ein bewegliches Möbelstück zu sein.

„Bitte, nehmen Sie Platz." Fragend schaute Sergius Wolodja an. „Ist es schlimm? "

„Schlimm genug. Ich habe der Chefin alles erzählt. Die arme Dame ist völlig erschlagen. Das Gespenst eines Gestapo-Kellers ist bestimmt nicht attraktiv. Busukin ist gewiß ein Spitzel."

„Lieber Kollege Schwedow, könnten Sie mir vielleicht alles in chronologischer Reihenfolge erzählen? "

„Sehr gern. Sie werden auch in chronologischer Reihenfolge wenig Heiteres erfahren. Ich erzähle Ihnen alles, was ich seit unserer Trennung erfahren habe."

„Beginnen Sie also, nach slawischer Art die Seele zu entleeren, wie einen emaillierten Nachttopf, und ich werde einen Paradetee mit Gebäck arrangieren. Vielleicht trinken wir zum letzten Mal Tee."

Die Zeit verstrich.

„Mit anderen Worten, Ihre Ewgenija Towarkowa, geborene Torzowa, wird, wenn nicht heute, dann morgen frei sein."

„Das ist zu erwarten. Die Gesetzeshürden sind überstanden. Von Tag zu Tag ist der Befehl zu erwarten."

„Das ist sehr gut. Ich möchte Sie bitten, mir die Geschichte mit diesem Rabbiner nochmals zu erzählen. Was ist das für ein Buch, das Sie bei von Bocken entdeckt haben? Wissen Sie es bis heute noch nicht? "

„Ich habe keine Ahnung, doch auf jeden Fall ist es etwas sehr Wichtiges."

„Und noch wichtiger ist es, Kollege Schwedow, diesen Weißpapier zu retten. Sofort muß er aus Kielce verschwinden. Dort ist sein Untergang gewiß."

„Ja, man muß helfen. Doch er hat damals so komisch geredet, als ob er seinen Untergang ahne, und nicht nur das, sondern ihn auch erwartet und ersehnt."

„Wird sich wohl auch so verhalten. Doch das ist seine Sache, und unsere ist es, ihn zu retten."

„Und wie? "

„Hat er dieses Buch noch? "

Wolodja nickte.

„Das Beste wäre, Sie würden selbst hinfahren. Das ist im Augenblick jedoch schwierig und gefährlich. Vielleicht werden Sie nicht nur durch Busukin beschattet. Dann muß ich hin."

„Sie, Professor? "

„Ich habe noch Urlaub für dieses Jahr zu beanspruchen."

„Und der Passierschein? Man braucht einen Passierschein dorthin. Den kriegt man nicht so einfach."

„Sagen Sie, hat Ihr Chef, Doktor Bertel, die Möglichkeit, Passierscheine zu beschaffen? "

„Ja, natürlich. Aber schwerlich wird er etwas für Sie tun. Sie sind kein Angestellter des Reichsministeriums Ost, und er kennt Sie auch nicht."

„Da irren Sie sich. Wir haben zusammen studiert und waren gute Freunde. Er ist auch kein schlechter Mensch. Wie kann man ihn am schnellsten erreichen? "

„Hier ist seine Dienstadresse und sein Telefon. Das habe ich nicht erwartet. Wann soll es los gehen? "

„Sobald ich den Passierschein habe. Sie haben mir nur noch die Adresse von diesem Pan Pisetzki anzuvertrauen."

„Und wenn etwas schief geht? "

„Sie kennen ungefähr mein Leben. Ich kann keine Ansprüche stellen. Doch diesem alten Mann zu helfen, der trotz der akuten Todesdrohung Ihnen geholfen hat, ist vielleicht meine letzte Chance, bei Gott für all das, was ich angestellt habe, abzubitten, und mich aus den Pfoten dieser Ingeborg zu reißen. Wenn mein Unterfangen gelingt, werde ich Sie benachrichtigen. Wenn nicht, wird Ihr Busukin einen neuen Arbeitskollegen bekommen. In diesem Fall habe ich eine kleine Bitte an Sie. Könnten Sie vielleicht eine orthodoxe Totenmesse für mich lesen lassen? "

„Natürlich kann ich das. Wozu aber solche Gedanken? "

„Man muß auf alles gefaßt sein. Sie wissen ja, wie es bei Wilhelm Busch heißt: ‚*Zum letzten Mal wird eingetunkt, dann kommt der große, schwarze Punkt.*' "

*

Schon lange war finstere Herbstnacht, und noch immer saß Nägele in seinem Kabinett. Er war allein. Eine neue Lage war entstanden. Vor ihm lag der Bericht Busukins an Kedrow.

„In unserer Firma erschien unerwartet als Besucher Wladimir Schwedow. Hat mich gesehen und das bedeutet, daß ich höchstwahrscheinlich erkannt worden bin. Wenn nicht, wird er Recherchen anstellen. Unter den russischen Emigranten kennen mich viele. Unser Arbeiter, der ehemalige Professor Sergius, sagte, es war nur eine Höflichkeitsvisite. Höchstwahrscheinlich lügt er ..."

Natürlich lügt er, dachte Nägele. Schwedow versteht einiges von der Konspiration, wie übrigens alle von diesen *Nationalen Jünglingen.* Wird alles herausbekommen und die Chefin warnen. Demnach ist die Mission Busukins beendet. Er hat nicht schlecht gearbeitet. Längst hängt die ganze Bande am Angelhaken. Das Wichtigste ist jedoch, daß Kretschmar noch einiges verheimlicht. Wenn sich herausstellt, daß die Sitzungen in der Firma nicht mehr stattfinden, bedeutet das, Schwedow ist ein offener Feind... Dementsprechend werden wir auch verfahren.

Nägele rieb die vor Spannung schmerzenden Augen und ergriff einen dünnen Schnellhefter mit der Inschrift: „*Professor Sergius, Egon.*" Er begann, aufmerksam zu lesen. Eine Zeile war rot unterstrichen.

„*War Erzieher der Kinder des Kommerzienrats Stubinger. Wegen atheistischer Ansichten gezwungen, die Universität zu verlassen...*"

Das ist nicht schlecht, lächelte Nägele und schrieb an den Rand:

„*Bei Kommerzienrat Stubinger Auskunft einholen, wenn möglich, auch bei seiner Tochter...*"

Der Sohn war zu weit weg. Nägele mußte schlafen gehen. Übermorgen stand eine Unterredung mit Kretschmar auf dem Plan. Der war eine ganz neblige Gestalt. Und für Dienstag in acht Tagen war ein Gesrpäch mit Kedrow festgesetzt, das sehr interessant zu werden versprach. Wieso eigentlich, überlegte Nägele, wohl einfach, weil alle Gespräche mit Kedrow interessant werden. Was er wohl noch für einen Schatz hat.

Noch im Bett quälte sich Nägele mit den Rätseln, bis er einschlief. Vor der Morgendämmerung erwachte er. In der Dunkelheit schwirrte ein Gedanke, einfach und richtig. Er notierte ihn auf einen Papierfetzen. Es mußte Klarheit geschaffen werden, wer Kretschmar war, und am Morgen des nächsten Tages rief er Major Arnulf an. Höflich und entschieden verlangte er eine Zusammenkunft und bestimmte sogar den Ort.

„Gut, ich komme", antwortete Arnulf gekränkt.

Du Tölpel, bist noch beleidigt! Ich kann dich an solch einen Ort schicken, wo man dir nicht nur das Ritterkreuz, sondern auch den Kopf abnehmen wird. Aber ich brauche dich noch, und Nägele telefonierte lange irgendwo hin. Dort begriff man nicht gleich, was er wollte, und bat ihn, persönlich vorzusprechen. Schleppen wir uns halt hin, entschied er und hatte am Abend ein umfangreiches Paket mit Zeichnungen irgendwelcher Panzer.

Zum Rendezvous erschien Arnulf in Zivil. Aha, siehst jetzt nicht mehr wie Lohengrin aus, schon einen Ton tiefer, dachte Nägele schadenfroh und begrüßte ihn mit dem reizendsten Lächeln, dessen er fähig war.

„Lieber Major, Sie erwiesen sich als unser bedeutendster und bester Mitarbeiter. Ich habe eine sehr wichtige und sehr dringende Bitte - oder vielleicht einen Auftrag - diese Zeichnungen sind an Herrn Kretschmar zu übergeben."

„Wozu? Was für Zeichnungen für Kretschmar? "

„Zeichnungen von völlig uninteressanten und veralteten Panzern. Es ist für Sie und für mich eine Frage von allergrößter Wichtigkeit, wie Kretschmar sich aufführt. Wenn er der entsprechenden Stelle Bericht erstattet, ist er genau so ein tadelloser Gentleman wie Sie und wird mit Ihnen zusammenarbeiten. Wenn aber nicht ..."

„So ist dieser Kretschmar genau solch ein Verräter wie alle Übrigen aus der Gruppe. Das wollten Sie wohl sagen."

„Sie kapieren alles verteufelt schnell, Herr Major. Können Sie ihn heute treffen? "

„Natürlich kann ich das, wenn es so steht. Es ist einfach wundervoll ...“

„Wenn Sie diesen Auftrag erfolgreich ausführen, lieber Major, ist nicht nur jeder Verdacht, sondern auch der Schatten eines Verdachtes von Ihnen genommen.“

„Immer war ich, Kamerad Nägele, ein ganzer Mann und habe keine Halbheiten geduldet.“

„Ausgezeichnet. Kretschmar wird etwas erstaunt sein, doch Sie müssen alles so arrangieren, daß er nicht den geringsten Verdacht ahnt. Wenn er es annimmt, kommen Sie zu mir. Ich erwarte Ihren Bericht. Sie müssen wissen, daß von der erfolgreichen Durchführung unserer Mission vielleicht die erfolgreiche Beendigung des Krieges abhängt.“

Die Eulenaugen von Arnulf wurden ganz rund.

„Ja, wenn es so steht ...“

Schlecht steht es mit uns Deutschen, wenn es noch viele solche Offiziere gibt, besteht nur aus Stiefeln und Uniform - sonst nichts. Nein, den Krieg müssen wir anders gewinnen, dachte Nägele.

Finster saß Kretschmar bei sich zu Hause, als das Telefon läutete. Die Gedanken waren schwer und dumpf. Etwas lief falsch. Am meisten dachte er über Nägele nach, der ihm mit seinen weichen, einschmeichelnden Gesten, der höflichen Stimme und tadellosen Manieren wie ein geschickter und schlauer Besitzer eines Marionettentheaters vorkam. Ihn selbst sieht man nicht, er leitet aber alles. Zieht an einer Schnur - auf die Bühne hopst ein Held, zieht an einer anderen - der Held ist weg. Wenn ich mir einmal ein Puppentheater anschaffe, wird der Held so aussehen wie Major Arnulf. Das wäre was! Den Jungens die Szene darstellen, wie er damals bald abgesoffen wäre.

Arnulf hüstelte am Telefon.

„Wie, wie bitte? “ Kretschmar wurde hellwach. Es ertönte das Codewort, das bedeutet, der vermaledeite Major hatte etwas Wichtiges.

„Ich muß Sie sofort treffen.“ bestimmte der Major und hängte auf.

„Hitler ruiniert Deutschland“, erklärte Arnulf finster.

„Aber die Politiker unserer westlichen Feinde sind auch nicht viel besser als die unseren. Die Soldaten müssen die Macht in Europa übernehmen, das heißt, wir. Die Zeit ist reif, Herr Kretschmar."

Er ist verrückt geworden, dachte Kretschmar und fragte vorsichtig.

„Ist das alles, was Sie mir zu sagen haben? "

„Durchaus nicht. Mir droht eine große Gefahr von unseren gemeinsamen Feinden. Sie verstehen. Und ich bitte Sie sehr, für eine Weile diese Pläne bei sich zu verstecken."

„Vielleicht ist das etwas, wofür man zur Rechenschaft gezogen werden kann und ich habe überhaupt kein Recht, sie zu besitzen? "

„Eben! Natürlich haben Sie kein Recht, diese Pläne aufzubewahren. Das sind Zeichnungen unseres neuen Panzers, eine Art Konstruktionswunder. Nichts annähernd Ähnliches haben unsere Feinde. Die Pläne sind mir von der Wehrmacht anvertraut worden und nicht von der Partei. Doch die Partei-Kamarilla steckt ihre Nase in unsere Angelegenheiten, und ich habe Angst, daß die Pläne irgendwie in ihre schmierigen Pfoten gelangen. Übrigens - ich bin durchaus nicht der Einzige, der davor Angst hat."

„Wer sollte es aber wagen, von Ihnen etwas zu verlangen, was Sie auf dem Dienstwege erhalten haben? "

„Mein lieber Kamerad Kretschmar, Sie sind aber ein naiver Mann! Man sieht gleich, daß Sie Diplom-Kaufmann sind. Die Pläne sind mir unter Wahrung der höchsten Geheimhaltungsstufe anvertraut worden. Doch ich bin nicht der Einzige, der das Recht hat, den Panzerschrank zu öffnen. An einem lieben Tag sind sie auf einmal nicht mehr drin - und ich habe so starke Verdachtsmomente gegen eine bestimmte Persönlichkeit, daß ich gar nicht wage, sie dort aufzubewahren. Bis zum heutigen Tage hatte ich sie zu Haus. Doch jetzt bin ich selbst zu Hause nicht mehr sicher. Im Namen des heldenhaften deutschen Volkes und unserer herrlichen Armee müssen Sie mir helfen. Ihnen kann ich vertrauen wie keinem anderen."

„Demnach werden Sie von mir auch eine Quittung verlangen? "

„Von Ihnen? Sie sind der letzte Mann, von dem ich eine Quittung verlangen würde. Außerdem sollen Sie sie nur für kurze Zeit aufbewahren, bis ich bei mir zu Hause einen Panzerschrank habe, was übrigens in Kriegszeiten gar nicht so einfach ist. Bitte, bewahren Sie diese Pläne ungefähr zwei bis drei Wochen auf - und natürlich nicht ein Wort zu jemandem. Auf uns beiden lastet eine ungeheure Verantwortung. Doch es besteht keine Gefahr, wenn wir uns nicht selbst verraten. Wer kann schon auf den Gedanken kommen, daß sich bei Ihnen geheime Zeichnungen des neuen Panzers befinden könnten."

„Wenn es so ist, bin ich bereit."

„Hier - nehmen Sie sie und haben Sie keine Furcht. Sie wissen, wo ich zu erreichen bin und ich weiß, wie Sie zu erreichen sind. Trennen wir uns jetzt. Es ist nicht nötig, daß man uns lange zusammen sieht."

Wenn er nicht so dumm wäre, könnte ich bald annehmen, daß die Sache einen Haken hat, überlegte Kretschmar. Anscheinend lächelt mir das Schicksal wieder. Jetzt muß ich schnell und energisch handeln. Jetzt werden sie zufrieden sein - und wenn nicht? Nein, das ist unmöglich. Sie sollen schnell ihre Abzüge machen und dann werden die Zeichnungen wieder an ihn abgestoßen. Soll der Trottel sie selbst aufbewahren ... Für morgen war das Rendezvous mit Nägele festgesetzt. Kretschmar runzelte die Stirn. Nägele hatte etwas in seinem Wesen, was ihn nicht besonders entzückte, doch er mußte hingehen.

Diesmal werde ich keine Ampullen demonstrieren. Noch nichts hast du mir gesagt, obwohl inzwischen ein Jahr verstrichen ist. Sie hat wohl Wohlgefallen gefunden, wenn man schweigt. Heute aber ist die Zeit reif, dir die Gruppe um die Firma Johann Morgen & Co. zu übergeben. Bis du damit fertig bist, habe ich meine Angelegenheiten in Ordnung gebracht - und dann ab.

Diesmal wartete Nägele schon, als Kretschmar in dem winzigen Weinrestaurant erschien. Sie begrüßten sich wie alte Bekannte.

„Ich bin sehr beleidigt und sogar böse mit Ihnen", begann Kretschmar ohne Umschweife.

„Aber wieso denn? "

„Haben Sie die Ampulle ganz vergessen? Es ist bald ein Jahr her und was haben Sie mir alles versprochen!"

„Nein, nichts ist vergessen. Ihre Leistung ist von allen anerkannt worden und Sie können einen größeren Auftrag, etwa dreitausend Stück mindestens, erwarten. Sie haben alle Ihre Konkurrenten aus dem Sattel gehoben."

„Hat es denn solche gegeben? "

„Ein gutes halbes Dutzend. Ihre Ampulle ist die beste. Rohstoffe werden Sie erhalten und vieles andere auch. Für die nächste Zeit wird Ihr Labor mit allem versorgt sein und Ihnen droht weder Einberufung noch Dichtmachung Ihres Ladens. Hier haben Sie alle nötigen Unterlagen mit einem sehr hohen Lob über Ihre Tätigkeit und Ihre Erfindertalente. Sie werden schon noch lesen, wer sich so lobend über Sie geäußert hat - fallen Sie aber nicht in Ohnmacht!"

Keine Angst, dachte Kretschmar gereizt und sagte laut: „Ich habe Neuigkeiten für Sie."

„Haben Sie vielleicht wieder eine geniale Erfindung ans Tageslicht gefördert? "

„Keineswegs, aber nach meiner Meinung ist der Fall der Firma Johann Morgen & Co. reif. Es ist an der Zeit, diese Eiterbeule aufzuschneiden."

Nägele holte ein dickes Notizbuch hervor, lauschte andächtig der ruhigen Stimme Kretschmars und kritzelte sorgfältig stenografische Zeichen. Dann las er alles Notierte Kretschmar vor.

„Stimmt das so? "

„Genau. Ich habe nichts mehr hinzuzufügen. Wann muß ich das unterschreiben? "

„Morgen, gegen Abend. Wo sollen wir uns verabreden? "

Nägele zuckte nicht mit der Wimper, aber dachte im Stillen, sehr viel hast du noch hinzuzufügen. Das Wichtigste hast du vergessen. Jetzt sieht man, was für ein Vogel du bist! Erst wirst du dreitausend deiner fabelhaften Ampullen anfertigen, und dann ...

„Kollege Kretschmar, gehen wir zu etwas weit Wichtigerem über. Eine ungemein hohe Dienststelle hat mich beauftragt, Sie zu fragen, wieviel Zeit Sie brauchen, um dreitausend Ampullen herzustellen."

„Alles hängt von den Rohstoffen ab. Wenn ich alles Nötige bekomme, wird es ungefähr einen Monat dauern. Die Arbeit wird automatisch verrichtet. Natürlich - ich muß auf die Tube drücken und wenn ich alles Nötige habe ..."

„Alles werden Sie erhalten. Wieviel Angestellte haben Sie? "

„Zur Zeit nur einen alten Mann."

„Wie ist er? "

„Haben Sie Angst, daß er das Geheimnis ausplaudert? Da brauchen Sie nichts zu befürchten. Ich habe schon meine Maßnahmen getroffen. Er ist überzeugt, die Ampullen seien für hoffnungslose Kriegskrüppel bestimmt, die ihrem Leben selbst ein Ende setzen wollen."

„Sehr gut ausgedacht, bis morgen also."

Nägele erhob sich.

„Sie haben Ihr Köfferchen vergessen!"

„Keineswegs! Das ist für Sie und für Ihren Greis, wenn Sie wollen. Aber keine Rohstoffe für Ihre Ampullen. Lassen Sie es sich gut schmecken."

Du bist kein Dummkopf, sann Nägele im Auto sitzend. Schade, daß du ein Verräter bist. Doch kein Haar wird dir gekrümmt, bis du die Ampullen abgeliefert hast. Ab sofort muß ich dich jedoch beschatten lassen. Wenn du es dir noch überlegen solltest und von den Plänen Arnulfs berichtest, könnte man dich eigentlich verschonen. So fügt sich aber alles zum Besten. Zu deinem Pech habe ich eine kategorische Verfügung der Vorgesetzten, daß das Geheimnis der Ampullen unter allen Umständen bewahrt wird.

In seinem Büro tippte Nägele selbst den Bericht Kretschmars mit vier Kopien, bereitete ein Exemplar für die Unterschrift vor, verzog die Stirn, weil die vierte Kopie sehr blass ausgefallen war, schloß die Augen und begann, die Lage zu überdenken.

Die Firma Johann Morgen & Co. und die Gruppe um sie

waren durchleuchtet, genau wie jede einzelne Persönlichkeit, inklusive Arnulf und Kretschmar. Seine hohen Vorgesetzten mußten zufrieden sein. Was Schwedow anbelangte, entschloß sich Nägele, noch einmal mit Kedrow zu beratschlagen. Sie sind Landsleute, also muß er es besser wissen. Bis zu der Begegnung mit Kedrow war der *Nationale Bund der Schaffenden der neuen Generation* genau zu studieren. Schauen wir, was da los ist. Eine gewöhnliche Emigrantenvereinsmeierei, vielleicht etwas Ernsteres. Durch diese Organisation gelangen wir bis zu der Seele Schwedows - vorausgesetzt, daß er eine hat.

*

Kedrow wirkte etwas voller als sonst und mit Energie geladen. Er betrachtete Nägele erstaunt und erhob sich plötzlich.

„Ich weiß, warum Sie lächeln. Sie wollen wohl sagen, solch ein Schwein wie diesen Kedrow habe ich lange nicht gesehen!"

„Ich bitte Sie, Apollon Issajewitsch! Ich würde es nicht wagen ..."

„Das wäre doch eine völlig normale Reaktion. Da hat er ..." Kedrow senkte die Stimme. „einen ganzen Koffer mit Fraß erhalten, hat sich satt gegessen und sagt nicht mal danke. Doch ich werde mich auf andere Weise erkenntlich zeigen. Ich komme wieder zu Ihnen wegen dieses Schwedows."

„Wissen Sie, das ist direkt unheimlich. Gerade wollte ich mit Ihnen über ihn reden."

„Ich nehme an, der Kern des Falles ist Ihnen klar. Schwedow hat Busukin erkannt und seine Maßnahmen getroffen. Sie können ihn natürlich festnehmen und verhören und er wird Ihnen antworten, jawohl, es hat mich in Erstaunen gesetzt, wozu sich der Emigrant Busukin als Ostarbeiter ausgibt und das habe ich auch der Chefin gesagt... Haben Sie ihn übrigens schon abgelöst, wenn ich so neugierig sein darf? "

„Ich werde noch ein bißchen warten und dann unter irgendeinem Vorwand ... Im Übrigen ist Ihr Busukin ein fabelhafter Kerl. Doch gegen Schwedow hat er keine Unterlagen zusammengetragen."

„Jetzt ist das für Sie und für mich auch gar nicht von Interesse. Der Fall ist viel ernster und komplizierter, als er uns scheint. Zufällig habe ich von unserem gemeinsamen Freund, dem Baron, einige Einzelheiten über Schwedow erfahren. Und wissen Sie, er ist ein alter Bekannter von mir, noch aus Moskau, aus dem Jahre 1921. Das Jahr, in dem der NEP ausgebrütet wurde und der Militärkommunismus ins Nichts verschwand. Ein sehr merkwürdiges Jahr, voller seltsamer Ereignisse. Einige sind bis heute ein Geheimnis geblieben."

Und Kedrow erläuterte ausführlich und systematisch - jedoch ohne belastende Einzelheiten - die damaligen Ereignisse.

„Das Erstaunlichste ist, dieser Bengel Wladimir Schwedow hat sich mit der Tochter eines der bosartigsten und fanatischsten Kommunisten angefreundet, die ich jemals in der Partei gesehen habe. Sein Name war Torzow, Alexej Torzow. Glauben Sie mir, ich war Kommunist, anfangs auch ein Fanatiker, habe heilig an die rote Fahne und die Revolution geglaubt. Karl Marx war für mich wie ein Evangelium, doch schon damals, im Jahre 1921, übermannten mich Zweifel. Sie wissen, seinerzeit spaltete sich die Partei in Hundertprozentige und Hundertfünfzigprozentige, und Alexej Torzow gehörte gerade zu ihnen. Er lebte sehr gut. Seine Tochter, Ewgenija Torzowa, wurde so etwas wie eine Kinderliebe von Wladimir Schwedow. Vielleicht war die Liebe auch gar nicht so kindlich. Hören Sie, was sich dieser Lump Torzow ausgedacht hat! Zufällig befanden sich seine Tochter und Wladimir Schwedow in der Nähe eines Tatortes, wo ein Mord passiert war, und sie sollten im Prozeß Kronzeugen gegen den unglücklichen und selbstverständlich unschuldigen Priester Welikanoff werden. Glauben Sie mir, niemals war ich besonders zimperlich und kannte keine Zeremonien in bezug auf die Mittel, wenn die Partei sie verlangte. Doch das war selbst für mich zuviel. Der teuflische Plan mißlang. Torzow wurde vernichtet."

„Durch wen vernichtet, Apollon Issajewitsch? "

„Durch mich natürlich."

„Auf welche Weise? Auf der Parteilinie oder sozusagen privat? "

„Völlig privat. Auf der Parteilinie konnte man nicht an ihn herankommen. Lenin schwärmte für ihn. Das war nur logisch. Natürlich schätzte unser bolschewistischer Papst sehr hoch einen Kommunisten, der alle Grenzen an Grausamkeit und Fanatismus überschritten hatte. Seine Tochter hat er in dem gleichen Geist erzogen. Oft habe ich ihren Namen gehört. Sie arbeitete im System des NKGB, allerdings irgendwo in der Provinz. Es wäre interessant, die Einzelheiten ihrer Gefangennahme zu erfahren. Ich sage Ihnen ganz offen, ich kann für nichts bürgen.

Erst vor kurzem habe ich vom Baron erfahren, daß sie in Kriegsgefangenschaft geriet, und Schwedow sie, wunderbaren Geschehens, im Lager in Kielce entdeckt hat. Jetzt setzt er Himmel und Hölle in Bewegung, sie aus dem Lager zu befreien, und ich versichere Ihnen, er wird es schaffen, wenn er es nicht bereits geschafft hat. In Moskau seinerzeit die schmutzige Geschichte mit den falschen Zeugenaussagen zweier Minderjähriger, und jetzt hier in Deutschland ...

Unbedingt muß man klarstellen, ob Schwedow sie wirklich zufällig gefunden hat oder ihm jemand dabei geholfen hat. Nach meiner Ansicht ist es nicht so einfach, jemanden im Kriegsgefangenenlager zu finden, auch wenn man in dem Lagersystem arbeitet. Ich glaube sehr schlecht an solche Zufälle.

Ist es sicher, daß ihre Verbindung abbrach, als Schwedow Moskau verließ? Vielleicht ist diese Verbindung niemals abgebrochen. Mit Wonne hat das damalige GPU Kinder für seine schmutzigen Ziele verwendet. Ich weiß da Bescheid. Und später ist Schwedow vom NKGB als Auslandsagent übernommen worden. Es ist durchaus nicht ausgeschlossen, daß die Torzowa absichtlich und mit einem Auftrag in die Gefangenschaft geriet und Wladimir Schwedow den Auftrag erhalten hatte, sich in das System des Reichsministeriums Ost einzuschleichen, die Torzowa-Towarkowa ausfindig zu machen und zu befreien.

Ziehen Sie noch in Betracht, daß Schwedow seit vielen Jahren aktives Mitglied einer sehr energischen antikommunistischen Emigrantenorganisation ist. Falls ich mich nicht irre, heißt sie *Nationaler Bund der Schaffenden der neuen Generation.* Es ist sehr leicht anzunehmen, daß er dieser Organisation mit einem Auftrag beigetreten ist. Und diese Organisation - falls mich der Baron richtig informiert hat - hat sich schon lange vor dem Krieg damit beschäftigt, illegal Menschen zum Zwecke einer revolutionären Tätigkeit in die Sowjetunion einzuschmuggeln..."

Mein Gott, dachte Kedrow, bald hätte ich gesagt: „Für die Spionage und Diversionstätigkeit."

„Einiges habe ich von dieser Organisation auch in Moskau gehört, obwohl es niemals zu meinen unmittelbaren Pflichten gehörte, sie zu bekämpfen. Wenn Schwedow eine Beziehung zu diesem Tätigkeitsbereich der Organisation hat, bedeutet das einen Berg von Leichen ..."

„Was soll man da sagen, Apollon Issajewitsch. Das ist wirklich ein düsteres Bild. Direkt niedergeschmettert haben Sie mich mit Tatsachen und einem guten Dutzend verschiedener Hypothesen. Wir nehmen gleich alles zu Protokoll. Sind Sie einverstanden? "

„Selbstverständlich."

„Dann werde ich Ihretwegen die halbe Nacht ohne Schlaf bleiben, indem ich alles auseinanderpölke."

„Ich bitte um Verzeihung. Es sind alles meine wahren Gedanken, doch daraus folgert nicht, daß alles stimmt."

„Wenn wenigstens die Hälfte davon wahr ist, ist das schon genug. In groben Zügen habe ich schon den Plan für die Zukunft entworfen, doch hätte ich gern Ihre Meinung gewußt. Welchen Standpunkt sollen wir gegenüber Schwedow und seiner Liebe einnehmen? "

„Ich schlage vor, beider Vergangenheit noch genauer zu durchforschen. Erstens - die Tätigkeit Schwedows in dieser militanten Emigrantenorganisation. Zweitens - sein Kontakt mit den Personen, die in den Fall Lurie verwickelt sind. Doch Schwedow selbst ist jetzt nicht mehr so wichtig. Viel wichtiger ist die Torzowa-Towarkowa. Bei ihr sollte nach Möglichkeit völlige Klarheit herrschen. Punkt eins: Gefangennahme. Punkt zwei: Ihre Anwesenheit in den Lagern. Punkt drei: Ihr Lagerkontakt mit Schwedow. Punkt vier: Was wird die Torzowa-Towarkowa mit Schwedow anstellen, wenn sie frei ist."

„Ich bin gar nicht überzeugt, daß sie nicht schon frei ist."

„Es ist unwichtig, ob sie heute, morgen oder in zwei Wochen frei ist. Jeder ihrer Schritte muß beobachtet werden, sehr gründlich. Wahrscheinlich werden sie jetzt mit einer Liebelei anfangen oder eine Familie gründen. Ich sage Ihnen ganz offen, ich bin nicht sicher, ob Schwedow ein ehrlicher Antikommunist ist oder nicht. Daß aber die Torzowa-Towarkowa eine fanatische Kommunistin geblieben ist, davon bin ich fast hundertprozentig überzeugt. Ob das stimmt oder nicht, werden wir sehen, vielleicht in anderthalb, zwei Monaten. Zu Weihnachten werden wir volle Klarheit haben."

„Demnach muß man wohl den Fall abbremsen."

„Ja, und eine ständige, aber unauffällige Beobachtung beider organisieren, Unterlagen sammeln, und wenn Sie alle Trümpfe in der Hand haben, müssen Sie handeln."

„Ich bin mit allem einverstanden, außer Ihrer letzten Bemerkung. Sie haben das volle Recht zu sagen ‚in unseren Händen.' "

Kedrow verbeugte sich stumm und zog einen Zettel aus der Tasche.

„Anscheinend habe ich nichts vergessen. Darf ich das hier verbrennen und mich wegen der späten Stunde zurückziehen? "

Auch Nägele erhob sich.

„Noch einmal vielen Dank, Apollon Issajewitsch. Solch ein Temperament habe ich selbst von Ihnen nicht erwartet. Falls etwas unklar ist, erlaube ich mir, Sie noch einmal zu belästigen, und Sie mich natürlich auch. Die Beschattung dieses Paares wird ein bißchen schwierig sein. Die Zahl unserer Leute wird immer kleiner."

„Das habe ich schon in Erwägung gezogen und mir gestattet - natürlich ohne die Einzelheiten zu erwähnen - mit dem Baron zu sprechen. Er hat sehr gute Fachleute, eben den Busukin. Die Äußerlichkeiten kann man ein bißchen abändern. Wenn Sie wollen, können wir uns noch ein wenig über die Technik unterhalten und jetzt ... "

„Jetzt bitte ohne jüdische Hast! Unter dem Kleiderständer im Vorraum steht ein kleines Köfferchen. Nehmen Sie es einfach mit."

„Vielen Dank."

Kedrow verbeugte sich.

Der Verbeugung nach bist du selbst kaum von proletarischer Abstammung, dachte Nägele. Mir ist auch ganz gleich, ob du der Sohn einer Köchin oder eines Edelmannes der russischen Krone bist. Dein Kopf arbeitet verflucht gut. Fangen wir an, das Knäuel zu entwirren, vor allem den Fall Schwedow.

Nägele holte einen neuen Schnellhefter und schrieb an den Rand: „*Ewgenija Torzowa-Towarkowa*". Er tippte selbst alles ab, was er von Kedrow gehört hatte. Am frühen Morgen des anderen Tages begann er mit der systematischen Überprüfung der unklaren Stellen.

ZWEI GREISE UND ZWEI JUNGE LEUTE

Einige Tage vergingen, dann Wochen. Der eisige, windige November 1942. Wolodja und Eva gingen am Ufer des Kanals. Schwer lag das bleierne Wasser, von tanzenden Schneeflocken berieselt, unter ihnen. Die Stahlkonstruktion der Berliner Hochbahn trotzte dem frostigen Dunst. Ab und zu donnerten Züge vorbei.

„Wie schön das alles geworden ist, Wolodja. Ich bin schon den neunzehnten Tag frei. Ich, Russin, sowjetische Staatsbürgerin und Kriegsgefangene, und du konntest mich befreien. Immer mehr und mehr überzeuge ich mich davon, daß es bei den Deutschen nicht weniger gute Menschen gibt als bei uns. Früher konnte ich mir Deutschland nie so richtig vorstellen, dieses furchtbare, feindliche Land, und jetzt sehe ich, daß alles gar nicht so schlimm ist. Vom 1. Dezember an werde ich arbeiten. Doktor Bertel hat mir die Arbeit verschafft."

„Bis jetzt ist uns alles gelungen, Eva, aber die Zukunft ist ziemlich düster."

„Wieso?"

„Was für Zukunftsperspektiven haben wir schon? Der Krieg zieht sich in die Länge wie der Bandwurm, den Peter der Große der Überlieferung nach einem seiner Höflinge rausgezogen hat."

Eva lachte.

„Wenn überhaupt, wird Deutschland höchstens Ende 43 siegen. Und was geschieht mit uns? Gut, ich bin eingefleischter Antikommunist und du ebenfalls. Was werden die Deutschen nach dem Sieg mit uns machen und was geschieht mit Rußland? "

„Aber deine Freunde, Wolodja. Nicht umsonst reden sie mit den Menschen in den besetzten Gebieten über die *Dritte Kraft.*"

„Viele hören zu und verstehen das auch, aber im Weltspiel sind wir eine viel zu unbedeutende Größe und es ist noch sehr weit bis zu einer scharfen Wendung in der deutschen Politik. Leider hat man hier noch immer nicht begriffen, daß der Kommunismus nur im Bunde mit dem russischen Volk besiegt werden kann."

„Sie werden es schon begreifen."

„Bist du sicher? "

„Ganz sicher - und dann werden wir uns niemals mehr trennen. Weißt du, was Doktor Bertel noch gemacht hat? Ich bekomme eine richtige Kleiderkarte, wie alle Deutschen."

Wolodja versuchte, sich Eva neu ausstaffiert vorzustellen. Doch andere Gedanken rumorten in seinem Gehirn. Professor Sergius hatte Urlaub genommen und war seit zehn Tagen fort. Noch immer keine Nachricht. Außerdem traf er in der letzten Zeit, ein bißchen zu oft, dieselben Menschen neben seinem Hause und sogar weit entfernt von seiner Wohnung. Vielleicht wurde er beschattet. Wozu aber sollten ihn die Deutschen beschatten? Es war doch alles klar. Höchstens - die Firma und Busukin. Warum aber machten die Deutschen solch ein langes Theater mit ihm. Er entschloß sich, so oft wie möglich Eva zu sehen und ihr alles zu erzählen.

*

Auf das Geländer an der Spreepromenade gestützt standen Kretschmar und sein langjähriger Bekannter mit der Eigenschaft, durch die Nase zu sprechen. Jetzt trug er keinen zerfledderten Regenmantel, sondern einen guten, schweren blauen Mantel und einen breitkrempigen dunklen Hut.

„Ihre Angaben sind überprüft worden", begann der blaue Mantel. „und es ist meine Pflicht, Ihnen zu sagen, daß sich mehr oder weniger alles so verhält, wie Sie mir sagten. Wirklich haben Sie die Gruppe geschaffen, die uns unter dem Chiffre ‚*Die Gruppe des Major W.*' bekannt ist. Das ist aber zu wenig. Noch andere Gruppen müssen entstehen. Nach meiner Ansicht ist die wertvollste Persönlichkeit bei Ihrer weiteren Arbeit eben dieser Major W. Um es nicht zu vergessen, die Kopien Ihrer Pläne sind von mir weitergeleitet worden. Sobald ich Antwort erhalte, werde ich Sie benachrichtigen. Ich selbst kann den Wert Ihrer Unterlagen nicht beurteilen. Geben Sie die Pläne selbst sofort zurück und weigern Sie sich kategorisch, sie noch länger aufzubewahren, ohne Rücksicht darauf, ob er seinen dämlichen Panzerschrank beschafft hat oder nicht. Auf gar keinen Fall darf man die Pläne bei Ihnen finden. Was den Auftrag über die Ampullen anbelangt, so sind einige, von denen auch Ihr Schicksal abhängt, sehr daran interessiert, daß der betreffende Inhalt nicht unbedingt den Tod auslöst. Vielleicht kann man die Formel in dieser Richtung ein bißchen abändern."

„Das ist schwierig und mit hohen Kosten verbunden."

„Darauf sind wir vorbereitet. Hier sind zwanzigtausend - nehmen Sie, ohne zu zählen - und in der Zigarrenkiste fünfzig Goldmünzen. Sie brauchen nur die Planke abzubrechen. Selbstverständlich werden Sie noch viel mehr erhalten, sobald wir die Gewißheit haben, daß Sie Ihren Auftrag voll erfüllt haben. Die Ausweispapiere auch."

„Ich habe damit gerechnet, sie schon heute zu erhalten."

„Das ist ein bißchen zu früh. Doch seien Sie unbesorgt, wir betrügen niemanden. Heute ist der 6. Dezember, das nächste Treffen genau in einem Monat an demselben Ort. Haben Sie noch Fragen? "

„Keine Fragen, doch es ist meine Pflicht, Sie darauf aufmerksam zu machen, daß die Erweiterung der Gruppe sehr gefährlich ist und zu einer Katastrophe führen kann."

„Alles, was wir tun, ist gefährlich und es ist Ihnen doch hoffentlich klar, wenn die Gruppe platzt, ist das mit den höchsten Unannehmlichkeiten in erster Linie für Sie verbunden."

„Gerade das ist es, was mich am meisten beunruhigt."

Und mich am wenigsten, dachte der blaue Mantel. Wenn sie dich schnappen, wirst du doch alles ausplappern. Ein Glück, daß du über mich nichts weißt.

„Trennen wir uns. Ich glaube, alles ist geklärt. Bis zum sechsten Januar also."

Du bist mir zu fix, überlegte Kretschmar, auch ohne dich werde ich verschwinden und lange wirst du am 6. Januar auf mich warten. Die Ampullen sind fertig und brauchen nur noch abgeliefert zu werden. Mit fünfzig Goldmünzen kann man viel erreichen. Morgen händige ich die Pläne der verdammten Panzer dem erzverdammten Trottel wieder aus. Direkt vor Weihnachten bekommt der andere seine Ampullen, ein paar behalte ich natürlich für mich - und dann ade! Macht eure Ampullen allein und gewinnt den Krieg ohne mich. Leider werde ich nicht anwesend sein, wenn ihr in diese Ampullen beißen werdet.

*

Heiligabend. Nägele liebte dieses Fest nicht. Weihnachten war undenkbar ohne Familie, ohne Freunde. Seit er das letzte Mal ein Weihnachtsgeschenk erhielt, war sehr viel Zeit vergangen. Er war ganz allein und der Gedanke, sein Schicksal mit jemandem zu vereinigen, erschien ihm absurd. Nägele war nicht ein Ungläubiger im direkten Sinne dieses Wortes und auf gar keinen Fall ein vulgärer, bekloppter Gottloser. Er war sogar bereit, das Vorhandensein einer universellen, gütigen, organisierenden Kraft anzuerkennen; doch aus irgendeinem Grund schien ihm immer, wenn es solch eine Kraft gäbe, sei sie zutiefst feindlich gesonnen, ihm und der Sache, der er diente. Mit pedantischer Genauigkeit stellte er eine Liste all derer auf, denen man gratulieren und die man beschenken sollte und mußte, einige Vorgesetzte und natürlich alle Mitarbeiter seiner eigenen Kanzlei.

Der Fall war einen Schritt weiter gediehen. Kretschmar hatte die Ampullen abgeliefert. Nägele selbst hatte alle dreißig Kartons mit je 100 Stück durchgesehen und dann erst eine Quittung ausgestellt. Jetzt waren die Ampullen auf dem Wege nach oben. An der Existenz Kretschmars war er nicht mehr interessiert.

In einer Ecke seines Kabinetts brannte gemütlich ein kleiner, elektrischer Tannenbaum, sorgfältig errichtet von seinem Sekretär und der Sekretärin. Nägele begann, die Akten in der Reihenfolge zu sortieren, wie die Festnahme der Schuldigen stattfinden sollte.

1. Gruppe Major Weisel
2. Beide Besitzer der Firma Morgen & Co.
3. Kretschmar
4. Fürst Luganoff
5. W. Schwedow und E. Torzowa-Towarkowa
6. Major Arnulf ?

In den Augen Nägeles war Major Arnulf so jammervoll und dumm, daß er nicht mal genau wußte, ob es sich lohne, ihn festzunehmen. Es gab auch noch keine Klarheit im Fall Schwedow und der jungen Dame. Die Verdachtsmomente Kedrows waren sehr ernst zu nehmen, doch noch lange nicht bewiesen worden.

Gleich nach dem Gespräch mit Kedrow hatte Nägele an alle möglichen Instanzen geschrieben, um ein klares Bild über die Gefangennahme der Towarkowa zu gewinnen. Das erwies sich jedoch als sehr schwierig. Allen möglichen Quatsch berichtete man ihm, doch nicht das Wesentliche, wie sie in Gefangenschaft geriet. Endlich kam aus Kielce ein Schnellhefter mit einer Notiz von Untersturmführer Bücherwald, dessen Name Nägele von den früheren Rapporten her geläufig war. Bücherwald bat sehr um Entschuldigung, doch die Unterlagen über die Kriegsgefangene E. Towarkowa sind nach ihrer Überführung in das Lager bei Berlin im Männerlager bei Untersturmführer von Bocken aufbewahrt worden, der gerade dabei war, sein Lager zu übergeben, und demnach sei die Zustellung der Unterlagen etwas verzögert worden. Untersturmführer Bücherwald bat, zur Kenntnis zu nehmen, daß er über keine anderen Unterlagen verfüge. Wie lange das alles dauert, dachte Nägele jähzornig. Herr von Bocken geruhte, das Lager abzugeben!

In den Unterlagen stand viel Interessantes. Es waren die Kopien der ersten Verhöre in den Kriegsgefangenenlagern, in Simferopol, Kriwoj-Rog und Winniza und die Kopien der Verhöre in Kielce. Aus den Aussagen der Torzowa-Towarkowa war deutlich herauszulesen, daß sie die Deutschen nicht allzu hoch schätzte. Sie geriet in Gefangenschaft in einem Frauenkleid über der Uniform. Demnach war sie vielleicht gar nicht in der Armee. Genau las Nägele die Geschichte des Unterganges ihres Vaters. Sie erwähnte Kedrow als einen Feind. Nichts jedoch über ihre Arbeit im NKGB. Allmählich nahmen die Beschuldigungen Kedrows Fleisch und Blut an. Natürlich behauptet sie, sie sei gottgläubig. In der Armee habe sie als Maschinenschreiberin im Stabe gearbeitet; begeistert spricht sie von ihrem Vater, der angeblich verschiedene Personen vor dem roten Terror gerettet habe. Sie kennt Sprachen, ist anscheinend klug und gebildet, ziemlich hübsch, und verfügt somit über alle Eigenschaften, die ein weiblicher Agent haben muß.

Nägele machte einen entsprechenden Vermerk und fügte hinzu: „*Als letzte festzunehmen. W. Schwedow und E. Torzowa unter verstärkter Beobachtung halten.*" Interessant, wie sie sich nach der Festnahme der Gruppe um Major Weisel, den Besitzern der Firma Morgen & Co. und des Fürsten Luganoff verhalten. Vielleicht geraten sie in Panik und verraten sich selbst.

Nägele entschied, alle genannten Personen müssen spätestens zum 15. Januar 1943 hinter Schloß und Riegel sein.

*

Merkwürdigerweise wurde das Weihnachtsfest für Wolodja besonders glücklich und angenehm. Päckchen mit Lebensmitteln trudelten von vergessenen Verwandten ein. Es war Silvester. Wolodja erhielt Urlaub für Berlin und begründete ihn damit, daß er mit seiner Mutter zusammen sein wollte. In Wirklichkeit wollte er nicht im Lager mitfeiern, die offiziellen Reden, unehrliche Trinksprüche.

Jetzt sahen er und seine Kollegen deutlich, wohin der Krieg schritt. Vieles, sehr vieles wollte er mit Eva besprechen und für den Fall unvorhergesehener Ereignisse Vorbereitungen treffen. Er ahnte, daß sich ein großes Unglück vorbereitet. Zu Hause entdeckte er einen Brief. Sergius schrieb sehr kurz.

„Bin vor drei Tagen zurückgekehrt. Bis jetzt ist alles in Ordnung. Wenn Sie wollen, verbringen wir den Beginn des neuen Jahres zusammen. Es gibt viel zu besprechen."

Als Wolodja bei Sergius anklopfte und eintrat, erhoben sich zwei. Wolodja verlor die Fassung und drückte nicht mal die ausgestreckte Hand. Neben dem Tisch saß Weißpapier.

„Haben wir uns doch noch getroffen, Wladimir Alexejewitsch, und nicht irgendwo, sondern in Berlin. Das klingt aber ganz drohend. Schulden werden schön durch Zahlung. Hier ist Ihr Buch. Ich bin Ihnen sehr dankbar und nicht ich allein. Das ist meine erste Schuld und die zweite, daß Sie den Professor, Ihren Freund und jetzt auch den meinen, zu mir geschickt haben. Der Professor machte das Dümmste und Sinnloseste, was er überhaupt tun konnte. Er trachtete danach, mich zu retten und das hat er bis heute auch geschafft. Schon ganz nah war meine Festnahme herangerückt. Ich hatte schon mit fast Allem Schluß gemacht, und plötzlich erscheint Pan Pisetzki und bringt einen Professor aus Berlin. Der Professor erweist sich als Ihr Freund und legt gleich los. ‚*Herr Weißpapier, Sie müssen aus Kielce verschwinden.*' Ist nicht übel, denke ich mir, das ist also Wladimir Alexejewitsch! Nach bestem Wissen und Gewissen sage ich ehrlich, ich glaube nicht, daß Sie mich für lange Zeit aus den Schlingen der Boa constrictor gezogen haben, jedoch vorläufig. Bis sie sich zurechtfinden und nach Berlin gelangen ..."

„Ich freue mich sehr, Herr Weißpapier, und habe nicht erwartet ... "

„Reden Sie jetzt bloß keine Albernheiten!" Lächelnd betrachtete Sergius die Szene. „Schon vier Tage ist Herr

Weißpapier hier. Vieles haben wir miteinander besprochen und auch einiges über Sie. Der Rabbi ist ziemlich gut über das Lebensknäuel orientiert, in dem Sie sich befinden, und er vertritt die Meinung, daß Ihnen eine große Gefahr droht, und sofort Maßnahmen zu treffen sind."

„Das weiß ich selbst, Professor. Doch was für Maßnahmen? Ich kann doch nicht fliehen? Erstens wird man mich finden, zweitens meine Mutter ..."

„So natürlich nicht, doch für jeden Menschen gibt es irgendein Schlupfloch, man muß nur verstehen, es zu finden. Der Rabbi und ich haben zusammen solch ein Schlupfloch für Sie gefunden. Wollen Sie sich nicht an die Front begeben? "

„Was soll das heißen? Soll ich mich freiwillig in die Wehrmacht melden? "

„Haben Sie nichts davon gehört, daß die Deutschen Hilfstruppen aufstellen mit Russen, Ukrainern, in einigen sind sogar russische Emigranten."

„Davon habe ich gehört, und mit einigen haben wir sogar Kontakt, jedoch noch nie daran gedacht."

„Beginnen Sie sofort, sich dafür zu interessieren. Nach unserer gemeinsamen Meinung droht Ihnen die unmittelbare Festnahme, diesem Fürsten natürlich auch. Wir sprachen auch über die Lage der jungen Dame aus Moskau. Auch sie ist in Gefahr."

„Das ist bestimmt übertrieben, Professor. Eva ist kaum einen Monat befreit. Wenn ihr die Deutschen nicht vertrauen, wozu hat man sie dann befreit und warum sollte man sie jetzt festsetzen."

„Wirklich, Wladimir Alexejewitsch, Sie sind wie fast alle Russen ein ausgezeichneter Logiker. Was wir Ihnen sagen, untersteht nicht ganz der Logik, auch nicht der deutschen Logik. Glauben Sie mir, menschliche Taten, dazu noch im Kriege, werden von anderen Kräften gelenkt als vom logischen Denken.

Zum Beispiel vernichten die Deutschen jetzt die Juden. Dabei sind sie die Todfeinde des bolschewistischen Systems und auch die Juden in ihrer großen Masse sind Todfeinde des bolschewistischen Systems. Die Geschichte des Judentums ist die Geschichte seines Glaubens. Ein Jude, der an Gott zu glauben aufgehört hat, ist ein sehr merkwürdiges Wesen und auf dieser Erde völlig überflüssig. Am besten wissen das die Juden selbst und haben deshalb vor nichts mehr Angst, als ihren Glauben zu verlieren. Mein Gott, was für mögliche und unmögliche Maßnahmen hat das Judentum getroffen, um seinen Glauben gegen die Gottlosigkeit zu schützen. Die zahllosen Präventiv-Maßnahmen gegen die geringste Verzerrung der Religion in fast zweitausend Jahren der jüdischen Diaspora ...

Und da erscheinen diese dahergelaufenen russischen Bolschewiki, Kommunisten, Todfeinde jedes Glaubens und jeder Religion, einschließlich des Judaismus, außerdem waren die Juden immer ein Volk von Händlern, Anhängern des privaten Eigentums, und die Kommunisten lehnen bekanntlich das Privateigentum ab, und etwas später erscheint der deutsche Nationalsozialismus, anscheinend auch ein Todfeind des Kommunismus und es dürfte klar sein, daß man Hand in Hand gegen den Kommunismus vorgeht. Statt dessen werden die Juden in Deutschland vernichtet und russische Juden vergießen ihr Blut für den Kommunismus.

Vertrauen Sie also nicht allzu sehr auf die Logik und passen Sie besser auf sich auf. Nun genug der Ratschläge. Hier ist Ihr Buch. Sie sind natürlich interessiert zu erfahren, was das für ein Buch ist. Das ist ein mystisches Werk. Es gab solche mittelalterliche jüdische Mystiker, Kabbalisten. Davon haben Sie doch gehört? "

„Das schon, aber nichts darüber gelesen."

„Das war für Sie bis jetzt auch nicht nötig. Es gibt Bücher, die nicht gelesen werden, sondern die das ganze Wesen erfassen. Worte und Buchstaben einiger Bücher sind nichts weiter als, auf Papier fixierte, Teile der Seele des Autors, ungefähr wie das Negativ, die Kehrseite des Ornaments einer fremden Seele. Man muß nur die Vorderseite dazu finden, die Vorderseite seiner eigenen Seele, und nur dann wird das Geschriebene für Sie an Sinn gewinnen. Haben Sie niemals bemerkt, wie die Heilige Schrift in den verschiedenen Phasen Ihres seelischen Lebens gelesen wird? "

„Ich habe nur bemerkt, daß sie an verschiedenen Tagen ganz verschieden gelesen wird."

„Gerade das meine ich. Wenn ich Ihnen jetzt alles übersetze, was in diesem Buch steht, ist das für Sie nichts anderes, als die sinnlose Aneinanderreihung unverständlicher Worte. Doch ich darf Sie nicht entmutigen, Sie sind auf dem rechten Weg, und alles Weitere hängt nur von Ihnen ab. Solche Bücher gibt es übrigens bei allen Völkern, die einen gewissen Grad der geistigen Entwicklung erreicht haben, zum Beispiel bei den Chinesen und auch bei euch Russen."

„Davon habe ich nichts gehört."

„Informieren Sie sich bei passender Gelegenheit einmal über den ‚*Trebnik*' von Pjotr Magila. Nehmen Sie jetzt, was Ihnen gehört und bewahren Sie es gut auf. Vielleicht wird auch Ihnen mit der Zeit der Gottessegen zuteil. Nicht zufällig haben Sie dieses Buch gefunden. Verabschieden wir uns jetzt. Wenn mich nicht morgen die Deutschen schnappen, werden wir uns noch sehen."

Die beiden krächzen wie Unheilsraben, dachte Wolodja. Und wenn sie recht haben? Ich muß Eva und Serafim Grigorjewitsch warnen. Die beiden haben mir alle Weihnachtsstimmung verscheucht und auch noch die Neujahrsstimmung ...

Wolodja rannte nach Hause.

*

„Ein netter junger Mann", bemerkte Weißpapier, als hinter Wolodja die Tür zuschlug. „sehr ehrlich. Natürlich ist auch in seiner Seele ein vorsintflutliches Chaos, doch bei wem ist das nicht? Haben wir ihn nicht allzu sehr eingeschüchtert? "

„Ich glaube nicht. Jetzt ist er auf einiges vorbereitet und wird einiges erwarten. Was wird uns das Jahr 43 bringen? "

„Ihnen vermutlich die Erwartung des Jahres 44 und vielleicht seelischen Frieden und Ruhe. Nicht für alle Ewigkeit wird Sie diese Ingeborg, von der Sie mir erzählt haben, in ihren Krallen halten. Doch Ihr Weg ist noch lange nicht beendet. Dafür stehe ich kurz vor dem Ende."

„Sie können ruhig noch ein bißchen warten, unterzugehen. Wozu haben Sie unserem jungen Freund das Buch zurückgegeben? Das ist mir unverständlich."

„So mußte es sein. Es gibt ein altes, sehr altes Gesetz, daß das Buch dem gehört, der es gefunden hat. So ist es der Wille Gottes."

„Ein merkwürdiges Arrangement - ein junger orthodoxer Russe und ein altes, kaum erklärbares jüdisches Schriftstück."

„In der Welt gibt es keine merkwürdigen Arrangements, Professor, noch viel weniger kann es sie bei Gott geben. Daß dieses Buch gerade in die Hände Schwedows geriet, ist gesetzmäßig und notwendig und schwanger mit großen Ereignissen."

„Für wen? "

„Für ihn selbst, das heißt, für uns alle. Aber nun genug davon. Sie haben mir so offen Ihre ganze Geschichte und Ihren Fehltritt im Leben erzählt, daß es unehrlich wäre, wenn ich Ihnen nicht meine große Sünde beichten würde."

„Ich kann Sie mir beim besten Willen nicht als Sünder vorstellen."

„Gerade das ist das Gefährlichste. Selbst konnte ich mir das nicht vorstellen und gerade deshalb habe ich gesündigt. Wehe dem, der sich selbst im Spiegel seiner eigenen moralischen Überlegenheit sieht. Als erster erliegt er der Sünde - und hier das Konkrete.

Meine Eltern waren russische Juden, nicht polnische, sondern gerade russische. Nach ihrem Tod im Jahre 92 fuhr ich nach Deutschland und begann zu studieren. Ich beendete die Fakultät für althebräische und assyrische Sprachen, besuchte noch die juristische Fakultät und begann dann mit den Geschäften. Kurzum, ich wurde ein unbedeutender Münchner Makler. Ich arbeitete mit ziemlichem Erfolg, ein Vermögen begann sich abzuzeichnen. Die Stadt München habe ich sehr geliebt. Was man auch über diese Stadt sagt - sie ist eine Hauptstadt. Auf jeden Schritt Altertumsdenkmäler, die Pinakothek und die Feldherrnhalle mit dem bayerischen Löwen, der so frech seinen Schwanz in Richtung des preußischen Adlers hebt. Die Liebe zu einer Stadt ist meistens gleichbedeutend mit der Liebe zu ihren Einwohnern und bei einem jungen, reich gewordenen Makler auch gleichbedeutend mit der Liebe zu ihren Bewohnerinnen. Wenn ein Mensch damit beschäftigt ist, Geld zu machen, ist es das Einfachste, mit jemandem ein Verhältnis einzugehen, der ihn bedient.

Meine Wohnung hielt eine junge und hübsche Wirtschafterin, aus einer entlegenen Berggegend in Oberbayern, in Ordnung. Sie hieß Anneliese, hatte große, rührende Augen mit dem völlig undeutschen Ausdruck von Leid und Unruhe, und sie hatte dunkle Haare. In meiner Heimatstadt, in Rußland, konnte sie ruhig als Jüdin gelten. Doch ihr Charakter war ganz anders. Bald merkte ich, daß sie mich liebt und unser Verhältnis begann, das drei Jahre gedauert hat. Sie hatte etwas Furcht vor mir, schätzte mich sehr hoch und konnte sich, selbst wenn wir allein waren, niemals entschließen, mich zu duzen. Ich war ein Gelehrter, ich hatte viel Geld und meine Büchersammlung in alten Sprachen erschien ihr als eine Anhäufung von Werken der Schwarzen Kunst, die sie, eine fromme Katholikin, sich niemals zu berühren getraute.

Niemals werde ich den windigen Novemberabend 1914 vergessen, als sie zaghaft bei mir anklopfte und sagte: ‚Herr Weißpapier, ich bin schwanger.'

Das wirkte auf mich wie ein Keulenschlag. Ich konnte sie nur blöd fragen:

‚Schon lange? '

‚Im vierten Monat.'

Gott sei Dank hatte ich nicht genug Überheblichkeit und Frechheit, nach dem Vater zu fragen. Ich kannte sie. Der Vater konnte nur ich sein. Sie heiraten konnte ich auch nicht. Für mich entschied diese Episode eine ziemlich große Geldsumme, für sie war es ein ganzes Vermögen. Der Gedanke, daß sie mich ernsthaft liebte, kam mir nicht in den Kopf. Aber sie liebte mich, das war ohne Frage. Dann verschwand sie in irgendeinem Loch in Württemberg und ich erhielt von ihr den ersten und letzten Brief. Sie heirate einen Steuerinspektor, stand da. Mein Geld habe ihr dabei geholfen. Das heißt, jemand wurde auf das Geld scharf und erkannte das Kind an."

„Haben Sie niemals von ihr gehört und interessierten Sie sich auch nie für das Schicksal des Kindes? "

„In der ersten Zeit war ich überglücklich, daß alles ohne Skandal abgegangen war. Dann begann ich, dumpf zu erkennen, daß ich etwas Unheilvolles angerichtet hatte, etwas, was schwanger war mit schlimmen Folgen und weit über den Horizont meines eigenen Lebens hinausragte. Ende 1915 fuhr ich nach Warschau, das gerade von deutschen Truppen besetzt war. Für mich war auch Warschau noch viel zu viel Großstadt. Ich siedelte nach Kielce und blieb dort bis zu Ihrer Ankunft. Ein paarmal habe ich Recherchen angestellt, die Mutter mit dem Kind konnte ich nicht finden. Außerdem, was hätte ich ihnen Gutes tun können? Doch ich weiß, daß noch lange nicht das letzte Wort gesprochen ist. Ich bin schuldig und immer muß man für die Schuld geradestehen. Anscheinend werde ich aber doch abtreten müssen, ohne diese Affäre in Ordnung gebracht zu haben. Wissen Sie, manchmal träume ich von meinem Kind, das jetzt längst ein erwachsener Mensch ist. Manchmal ist es eine Frau, manchmal ein Mann. Oftmals komme ich mir im Traume selbst vor wie Abraham, der bereit ist, seinen Sohn Isaak zum Ruhme Gottes als Opfer darzubringen."

„Gleich beginnt das neue Jahr."

„Ich sehe, daß dieses Jahr noch sinnloser und blutiger sein wird als das letzte. Natürlich erheben wir keine Gläser, aber ich hätte gern mit Ihnen zusammen gebetet."

„Zu beten ist sehr schwer für mich."

„Gerade deshalb müssen Sie es, denn Ihr Übel besteht nicht nur in dieser Ingeborg, sondern in der Gottlosigkeit, die Sie in Ihrem Stolz um sich herum säten."

*

Am fünften Januar fuhr Wolodja ins Lager. Es gab nichts Neues. Doch schon am siebten kam ein kurzer Brief von

Fräulein Morgen:

„Eltern sind in der Nacht vom 5. zum 6. festgenommen worden. Wenn irgendwie möglich, kommen Sie bitte."

Am 10. nahm Wolodja einen kurzen Urlaub und fuhr zu Sergius.

„Ja, stimmt alles. Die Tochter weint und läuft die Schwellen ab, zu irgendwelchen Behörden. Das ist jedoch nicht alles. Gestern hat man Fürst Luganoff festgenommen. Jetzt sind Sie an der Reihe. Erzählen Sie alles Doktor Bertel. Soll er Sie irgendwohin abkommandieren. Das wird Sie wohl nicht retten, aber die Festnahme verzögern."

„Und Eva? "

„Auch sie muß in irgendeiner Angelegenheit nach dem Osten. Bringen Sie schleunigst Ihre Sachen in Ordnung. Bereiten Sie Ihre Mutter vor. Verbrennen Sie jedes überflüssige Geschreibsel. Auch der Rabbi und ich bereiten uns vor. Verabschieden wir uns, die Zeit ist knapp."

„Noch einmal vielen Dank für das Buch. Ganz gleich, in welche Lage Sie auch geraten sollten, haben Sie keine Furcht. Derjenige, von dem Ihr Schicksal abhängt, weiß, was er tut, ganz gleich, wie schwer es auch für Sie sein wird."

Als Wolodja die Tür hinter sich schloß, blickte er sich zum letzten Male um. Mit dem Rücken gegen den Tisch, standen Weißpapier und Sergius und blickten ihn an. Hinter ihnen brannte eine kleine Lampe. Ihre Konturen wurden durchsichtig und sich irgendwie ähnlich. Wie zwei Brüder, nicht von dieser Welt, dachte Wolodja auf der Treppe. Er fühlte sich wie seinerzeit in Moskau, als ihn die luxuriöse Limousine von dem Milizrevier ins Unbekannte fuhr.

*

Der Abend des 15. Januar 1943 war angebrochen. Vor Nägele lag der Bericht über die Festnahmen von W. Schwedow und Frau E. Torzowa-Towarkowa. Alles war glänzend und ohne jeden Haken durchgeführt, exakt und zum festgesetzten Termin. Es stand nicht viel geschrieben darüber, wie sich die Verhafteten nach und bei der Festnahme verhalten haben. Schwedow schien weder erstaunt noch beunruhigt zu sein, und die Torzowa-Towarkowa hatte lediglich gefragt:

„Ist mein Freund, Wladimir Schwedow, auch festgenommen? "

Als man das bejahte, war ihre nächste Frage, ob sie daran schuld sei. Die erhaltene Antwort, daß sie beide gleich schuldig sind und Schwedow nicht wegen ihr festgenommen wurde, hat sie anscheinend sehr beruhigt.

Sieht wirklich nach echter Liebe aus, überlegte Nägele. Was für ein Unterschied zu Kretschmar, und Nägele vertiefte sich in das Studium der widerlichen Einzelheiten über die Festnahme Kretschmars.

„Ich habe die verschiedensten Lumpen gesehen", vermerkte der für die Festnahme zuständige Polizeibeamte. „aber dieser Kretschmar ist unübertroffen. Fing sofort an - ‚*Verstehe alles, für meinen Kopf biete ich Ihnen zwei andere!*' - verriet Zeit und Ort der Zusammenkunft, beschrieb das andere Subjekt. Doch der so liebenswürdig angebotene Kopf zog es vor, nicht zu erscheinen. Die sind auch keine Idioten. Bei den Verhören wandte sich Kretschmar wie ein Aal und benahm sich sehr geschickt. Den Rest hat ihm gegeben, daß er die Flucht vorbereitet hatte und beinah mit Erfolg. In drei Tagen wäre er über alle Berge gewesen." schloß der Beamte seinen Bericht.

Du tust mir am wenigsten leid, dachte Nägele. Dieser Lump, nicht mal für ein Brandmal hat seine Haut einen Platz. Jetzt fragt sich, wie es weitergehen soll. Alles war deutlich, bis auf den Fall der beiden letzten. Wenn man nur beweisen konnte, daß sie einen Draht nach Moskau haben... Macht nichts, Kedrow wird schon alles ans Gotteslicht befördern.

Es blieb nur noch ein Problem, genauer, ein jammervolles Problemchen mit dem Namen Arnulf. Nägele rümpfte die Nase. Dich Trottel braucht man nicht mal festzunehmen. Gleich heulst du mit deinem Ritterkreuz. Ich werde die Versetzung an die Front durchsetzen und hoffe, daß für dich eine Kugel von ganz solidem Kaliber gegossen ist. Nägele winkte hoffnungslos mit der Hand ab. Was heißt hier

Kugel? Solch einem Klotz kann man höchstens mit einem Seetorpedo auf den Leib rücken, eine einfache Kugel macht auf dich nämlich gar keinen Eindruck...

WOSKOBOJNIK KEHRT NACH BERLIN ZURÜCK

Ende Februar 1943. Der Ostwind wehte schmutzigweißen Schneestaub über die Eisenbahn. In den einzelnen Abteilen war es halbdunkel. Es roch nach Leder, deutschem Tabak, russischem Machorka. Es war nicht mehr weit bis Berlin. Zwischen den Militärmänteln saß in einer Ecke des Abteils ein noch nicht alter Mann im dunklen Mantel, hohen Stiefeln, eine Pelzmütze auf den Knien. Der Mann schlief. Der Zug stoppte auf einem kleinen Bahnhof. Es wurde heller. Am Ende des Wagens klatschte dumpf eine Tür, dann im Nebenabteil. Die Schlafenden begannen, sich zu bewegen.

„Wieder dasselbe!"

„Das ist ein Fluch! Was ist das für eine Art! Ihr Kameraden von der Feldgendarmerie erscheint immer spät abends, wenn man einschläft oder früh am morgen ..."

„Reden Sie nicht so viel, Kamerad, zeigen Sie lieber ganz fix Ihren Urlaubsschein. Dann könnt ihr meinethalben bis nach Berlin schlafen."

„Kriegste Motten! Vor Berlin also noch eine Kontrolle? Sie reißen wohl Witze!"

„Aufwachen, Kamerad, Feldgendarmerie!"

„Und der in der Ecke, in Zivil? Bringt ihr etwa einen Gefangenen mit? "

„Zwar kein Gefangener, wohl aber ein Russe."

„Das ist ja sehr interessant. Fangen wir mit ihm an."

Der Schlafende in Zivil öffnete die Augen und wünschte allen höflich einen guten Morgen. Dann holte er ruhig irgendwelche Ausweispapiere hervor. Ein Soldat nach dem anderen erwachte und begutachtete die Szene.

„Marschbefehl nach Briansk und zurück über Smolensk, Minsk, Brest-Litowsk ... der Paß ... Staatenloser ... Gawril Woskobojnik, Russe? "

„Ich bin Russe."

„Wie heißt Ihr Vorname auf deutsch? "

„Gabriel."

„Sind Sie schon lange in Deutschland? "

„Seit Ende 1923. Ich übertrat illegal die Grenze. Davor war ich in Moskau, im Untergrund, davor eine kurze Zeit in Istanbul und noch früher in der Weißen Armee."

„Das ist gut - ein weißer Kämpfer. Mein Onkel war im Baltikum bei dem Freikorps."

„Ich war bei Denikin und Wrangel."

„Hier haben Sie Ihre Ausweise. Sehr angenehm, daß es Russen gibt, die auf unserer Seite stehen."

„Wie lange dauert denn alles noch? " murrte ein älterer Feldwebel. „Wie sollten die Heinis auch nicht kontrollieren, glauben, sie hätten einen russischen Partisanen geschnappt."

„Feldgendarmerie und Partisanen!" höhnte ein anderer.

Was soll ich ihnen schreiben, was soll ich ihnen nur schreiben? Es ist klar, daß es nicht so weiterlaufen kann. Wo man hinblickt sind Menschen, die bereit sind zu kämpfen und die deutsche Obrigkeit, Militärs und Zivile, will nichts mit ihnen zu tun haben. Vereinzelt gibt es russische Freiwillige in den deutschen Einheiten. Einige höhere deutsche Offiziere, die ein bißchen weitsichtiger sind, haben schon im Stillen angefangen, Truppenteile mit Freiwilligen aus den Kriegsgefangenen aufzustellen, doch von oben wird die Sache gedämpft. Die Lage ist nicht brillant. Allein können die Deutschen im Osten den Krieg nicht gewinnen.

Wieder wurde es still im Abteil. Keine fröhlichen Gedanken überfielen Woskobojnik. Das Unangenehmste war, die eigenen Landsleute zu enttäuschen, und dabei war seine Fahrt mit sehr großen Hoffnungen verbunden gewesen. In seiner Organisation weigerte man sich zu begreifen, daß die Deutschen eine derartige politische Blindheit zeigten und die antisowjetische Stimmung des Volkes weder ausnutzen wollten, noch konnten. Das nennt man Weltgeschichte! Politisches Dynamit hat der Mensch in seinen Händen und kann und will es nicht verwenden. Nur eins war Woskobojnik klar. Deutschen und Russen mußte er klaren Wein einschenken. Die Rettung war in der Aufstellung einer russischen nationalen Armee. Womit aber sollte er beginnen?

Die Ankunft in Berlin freute ihn. Besonders freute er sich auf die Kirche. Überall und immer konnte man beten, doch es war nicht dasselbe, ob man innerhalb oder außerhalb einer Kirche betet. Warum denke ich in der letzten Zeit immer mehr über Gott nach. Vielleicht nähere ich mich dem Tode oder werde alt. Es soll nicht gut für einen Menschen sein, über überirdische Dinge nachzudenken. Anscheinend hat er auf dieser Erde dann nichts mehr zu tun. Nun, wenigstens das stimmte nicht. Ich habe hier wirklich noch genug zu tun, dachte er und schlief ein.

Er träumte von dem halbverhungerten, schneeverwehten Moskau aus dem Jahre einundzwanzig. Der Untergrund. Die Springer. Das merkwürdige Erscheinen ihres Führers Boris Stepanowitsch, das Unerklärliche. Wieder steht er in der Nacht als Wächter auf dem Posten und vor ihm, dunkler als die Nacht, steht der kleine Mönch.

„Ist Boris Stepanowitsch zu Hause? "

„Ja, er ist zu Hause." antwortete er, als ob in der guten, alten Zeit ein Bekannter gekommen wäre, Tee zu trinken.

Und dann gingen sie zu viert in die Gruft des Kaufmanns ersten Grades, Scharigin. Ein kurzes Gebet - und sie waren wieder ohne Boris Stepanowitsch. Mein Gott, war das überhaupt Boris Stepanowitsch mit dem gelben Gesicht und der steilen Falte auf der Stirn. Die letzten Worte des Mönchs waren:

„Ihr aber geht ruhig euren Weg. Besonders Sie, Artamonow, Sie werden Wunderbares erleben."

Der Mönch hatte seinen wirklichen Namen genannt.

„Wenn du nach Berlin kommst, vergiß nicht diese Adresse. Dort wohnt Schwedow, erinnerst du dich, der Wolodja Schwedow aus Moskau."

Das Heulen des Schneesturms wird leiser und verzieht sich. Nicht mehr der Wind heult und jault, die Schienen unter dem Wagen quietschen und klopfen. Es ist schon hell im Abteil. Woskobojnik kam zu sich und notierte die Anschrift.

„Haben Sie von einer Nummer geträumt, Kamerad, die Sie notieren? Ich mache das auch. Da kann man leicht in der Klassenlotterie gewinnen."

„Nein, nur so, um nichts zu vergessen. Übrigens, ist auf der Toilette Wasser? Kann man sich waschen? "

„Es fließt ganz schwach. Wir sind aber gleich in Berlin."

Die Adresse, die Adresse, ich muß dorthin. Warum erinnerte ich mich im Traum an Schwedow. Der kleine Mönch war aber derselbe, der dabei war, als Boris Stepanowitsch verschwand.

Die Stimmung in Berlin war anders als vor einem Jahr, fühlte Woskobojnik. Der Blitzkrieg zog sich in die Länge. Man hungerte und fror mehr als früher. Auf dem Bahnhof wusch er sich und frühstückte ohne Hast, überdachte noch einmal seinen Traum. Eine rationale Erklärung gab es nicht. Die ihm unbekannte Straße, in der Schwedow wohnte, war ziemlich weit, jedoch in dem Teil der Stadt, in dem die russischen Emigranten wohnten.

„Herr Schwedow? " fragte die grauhaarige Portiersfrau. „Was wollen Sie denn von ihm? "

„Ich muß mit ihm reden. Ich bin sein Landsmann und komme von der Front."

„Dann gehen Sie nach ganz oben, links."

Er klingelte. Die Tür öffnete sich einen Spalt. Über die Sperrkette lugte ein Frauenzimmer unbestimmten Alters, mit zusammengekniffenen Lippen, heraus.

„Was wünschen Sie? "

„Ich möchte mit Herrn Schwedow sprechen."

„Schwedow ist nicht da, Schwedow ist verreist.“

Die Tür knallte zu. Es stimmte also, daß er hier wohnt. Er klingelte nochmals.

„Ich habe Ihnen auf deutsch gesagt, daß er nicht da ist, und wenn Sie weiter klingeln, hole ich die Polizei!“

„Ich werde sofort selbst die Polizei holen, wenn Sie mir nicht sofort aufmachen! Ich komme von der Ostfront. Meine Zeit ist knapp und ich habe mit meinem Landsmann zu reden. Öffnen Sie - oder die Polizei!“

„Bitte entschuldigen Sie, ich konnte ja nicht ahnen, daß Sie ein Landsmann von ihm sind. Ich wollte bloß keine Verwicklungen. Schließlich haben wir Krieg. Herr Schwedow wohnt schon vier Jahre bei mir. Aber Sie können trotzdem nicht mit ihm reden. Hier war ein Polizeibeamter. Schwedow ist festgenommen.“

„Wie lange schon und warum? “

„Kommen Sie zuerst ganz herein. Ich sehe, daß Sie kein Deutscher sind. Festgenommen hat man ihn vor fünf Wochen, seine Freundin auch. Wollen Sie Kaffee? Oder trinken Sie lieber Tee? Herr Schwedow hat von Kaffee überhaupt nichts gehalten.“

„Mit Vergnügen trinke ich eine Tasse. Ich habe Schwedow schon als Kind gekannt und hätte gern erfahren, wie und warum man ihn festgenommen hat.“

„Festgenommen hat man ihn hier, den Grund kenne ich nicht. Vielleicht - weil er Russe ist. Er ist aber Weißrusse, ging immer in die Kirche und haßte die Kommunisten mehr als jeder Amtswalter. Er hat auch sehr fleißig gearbeitet. Er war bei einer Firma Johann Morgen & Co. Da hat man ihn sehr geschätzt. Die Tochter der Chefin war hier, eine bescheidene, junge Dame. Dann hat er, glaube ich, einen Fehler gemacht. Er fing an, in den Kriegsgefangenenlagern zu arbeiten.“

„Soso, lange schon? “

„Ende 41 hat das angefangen, bis zu seiner Festnahme. Wissen Sie, Herr ... Herr? “

„Mein Name ist Woskobojnik. Ich schreibe ihn besser auf.“

„Ja, Herr Woskobojnik, gleich hatte ich so ein ungutes Gefühl, als er mir sagte, daß er mit Gefangenen arbeiten und auch viel auf Reisen sein wird. Es wäre besser gewesen, bei seiner netten Firma zu bleiben ... Dort ist sein Zimmer. Der Beamte sagte, seine Sachen sollen vorläufig bleiben. Er hatte aber keine Wertsachen. Vielleicht hat er am meisten seine Heiligenbilder geliebt. Dieses Öllämpchen hat er selbst eingerichtet. Er liebte es sehr, in der Dunkelheit zu sitzen und zu schauen, wie es brennt. Etwas merkwürdig."

„Hatte er Verwandte? "

„Nur die Mutter. Er hat sie oft besucht, doch sie wollten nicht zusammenleben. Sonst hatte er niemanden, glaube ich. Für Mädchen interessierte er sich wenig, auch ein bißchen komisch. Lediglich, nachdem er aus Polen zurückkam, war hier ein paarmal eine junge russische Dame, ehemalige Kriegsgefangene. Ich habe keine Ahnung gehabt, daß es solche Frauen überhaupt in Rußland gibt. Sehr hübsch und sympathisch, sprach auch ziemlich gut deutsch. Herr Schwedow hat mir gesagt, sie sei eine Jugendfreundin aus Moskau und er habe sie aus dem Lager befreit."

„Können Sie sich vielleicht an den Namen erinnern? "

„Irgendwie mit ‚T', der Vorname war Eva. Er hatte noch einen Freund, auch ein Sonderling. Zusammen haben sie in der Firma gearbeitet, ein Professor Sergius. Nach der Festnahme kam er gleich hier angelaufen. Ich glaube, das war sein bester Freund."

„Entschuldigen Sie, Frau - leider habe ich Ihren Namen nicht ganz richtig verstanden ..."

„Einfach Hessmann, Elvira Hessmann."

„Bitte entschuldigen Sie, daß ich Sie ein bißchen erschreckt habe, doch ich muß unbedingt erfahren, was mit Schwedow los ist. Kennen Sie vielleicht die Adresse von diesem Professor? "

„Aber ja, vielleicht können Sie irgendwie helfen. Wenn Sie Schwedow sehen, sagen Sie ihm bitte, er kann natürlich auch in Zukunft bei mir wohnen. Doch wenn er lange wegbleibt, muß ich das Zimmer wieder vermieten."

„Vielen Dank für die Adresse. Und das ist für Sie, zur

Erinnerung an unseren gemeinsamen Freund."

Woskobojnik zog ein großes Stück Speck aus seinem Rucksack.

„Das kann ich doch nicht annehmen, Sie brauchen es selbst."

„Ich habe genug, lassen Sie es sich gut schmecken."

Schauen wir uns den Professor an, dachte Woskobojnik, als er die Treppe hinunterstieg. Bestimmt werde ich etwas erfahren. Wie merkwürdig, sollte etwa die Eva Torzowa hier sein? Mit seiner Wirtin hat er aber Glück gehabt. Wie sie sich über den Speck gefreut hat! Dem Professor werde ich auch etwas geben, überlegte er angesichts des Hauses in Tegel.

Das Haus war dreistöckig, sehr alt. Im ersten Stock die zugenagelten Rolläden eines Ladens, die Fenster des zweiten Stockwerks waren schwarz durch schiefe Jalousien, das dritte Stockwerk war das Dachgeschoß. An der Tür stand nur ein Name: „*Albert Zeller.*" Woskobojnik klingelte. Stille. Er klingelte nochmals und nochmals. Unsichere, schlürfende Schritte, das Kreischen von Riegeln. In der Tür erschien eine Figur in einem alten wilhelminischen Militärmantel mit abgerissenen Knöpfen, einer Schlafmütze wie bei Wilhelm Busch. Das hagere Gesicht wie ein Keil, mit dem man Balken spaltet. Die Augen blickten erzürnt und stumpfsinnig.

„Zu wem? "

„Ich hätte gern Professor Sergius gesprochen."

„Bekannt mit ihm? "

„Nein, aber sagen Sie, ich bin ein guter Bekannter von Herrn Schwedow. Ich komme aus Rußland."

„O Gott, kommen Sie rein. Hat man diese Russen großgezüchtet, uns zum Verderben! Sind Sie ein echter Russe?"

„Ein ganz echter."

„Kommunist? "

„Ich bin kein Kommunist."

„Waren Sie auch früher kein Kommunist? "

„Auch früher war ich keiner."

„Das ist aber komisch ... Passen Sie auf, daß Sie nicht

stolpern, wegen der Verdunkelung. Professor Sergius wohnt ganz oben. Seine professorale Würde nützt aber nicht viel, er schuftet in einer Fabrik. Und ich bewache hier das Haus, damit es niemand klaut. Ich bin Haus- und Realitätenbesitzer und gelernter Luftschutzwart in einer Person. Nur eins ist gut. Die Keller hier sind solide."

„Die Luftangriffe sind aber nicht gefährlich."

„Ja, bis heute. Heil Hitler! Klopfen Sie hier an." und der Haus- und Realitätenbesitzer klopfte selbst. „Professor, Sie bekommen Besuch aus Rußland!"

Hinter der Tür schlürfende Schritte.

„Sie müssen wissen, der Professor ist ein sehr gütiger Mensch. Er ist nicht allein, er hat hier einem alten Mann Asyl gewährt. Professor, aufmachen! Hier ist eine russische Invasion!"

Das Zimmer war halbdunkel. Es roch nach Staub und Sauerkohl. Ein alter, schmächtiger Mann mit großem Kopf und langmähnigem Haar schaute Woskobojnik fragend an.

„Professor Sergius", stellte er sich vor.

„Sehr angenehm. Ich hätte Sie gern ein paar Minuten in Anspruch genommen. Ich möchte mich mit Ihnen über Herrn Schwedow unterhalten. Ich weiß, daß er festgenommen ist. Ich habe schon seine ehemalige Wirtin besucht, aber sie kennt keine Einzelheiten. Ich heiße Woskobojnik, Gawril. Sind wir hier allein? "

„Sehr angenehm. Vorübergehend wohnt ein alter Mann bei mir, der keine Unterkunft hat. Er schläft jetzt und ist in solch einem Zustand, daß er niemandem gefährlich werden kann."

Natürlich ein Russe, dachte Sergius, wohl ehemaliger Kriegsgefangener, spricht deutsch fast ohne Akzent, ein ehrliches Gesicht, offen, typisch russisch. Schwerlich kommt er von der Staatspolizei. Dort gibt es solche Gesichter nicht.

„Sie können offen reden. Sie wissen natürlich, daß ich mit Schwedow zusammengearbeitet habe und wir gute Freunde sind. Er ist bestimmt kein Durchschnittsmensch. Sein Wesen ist sehr interessant. Mit Rußland beschäftige ich mich schon lange, sehr wenig haben mir die Bücher geholfen, erst Schwedow allein hat es fertiggebracht und auf eine ganz einfache Art und Weise. Er führte mich in die Kirche. Mein direkter Kontakt mit euch begann mit einer Totenmesse. Warum nehmen Sie nicht Platz? Nach russischer Sitte werden wir gleich Tee trinken, ihn genießen."

„Sehr gern. Ich habe auch etwas zu essen."

Woskobojnik zauberte aus seinem Rucksack einen riesigen Laib Schwarzbrot, Speck und Kuchen mit Konfitüre.

„Jetzt ist der Beweis erbracht, daß Sie tatsächlich aus dem Osten kommen. Hier gibt es solches Brot nicht."

„Ich komme direkt vom Zug. Ich bin russischer Emigrant und man schickte mich los, mich ein bißchen im Osten umzusehen."

„Anscheinend ist unsere Regierung etwas klüger geworden. Wie Schwedow immer geflucht hat! Um auf ihn zurückzukommen, es ist unbekannt, warum er festgenommen wurde. Vermutlich wegen seiner alten Bekannten, eine gewisse Ewgenija Torzowa-Towarkowa. Es war eine Qual, den Namen zu merken."

„Diesen Namen kenne ich. Sie und Schwedow kenne ich noch aus Moskau, 1921, als sie Kinder waren."

„Hier hat er sie im Lager gefunden und befreit, um selbst bald eingesperrt zu werden. Er hat aber seine Festnahme geahnt und mir einiges zur Aufbewahrung übergeben. Sagen Sie, Herr Wos ..."

„Woskobojnik - der Name ist schrecklich, das gebe ich zu."

„Wie stehen Sie zu den Juden? "

„Sehr einfach. Die Juden-Kommunisten hasse ich genau wie die russischen Kommunisten, und wenn Sie wollen, auch die spanischen. Die Übrigen sind mir gleichgültig und jetzt, wo man sie so bedrängt, tun sie mir sogar leid."

„Ich habe immer geglaubt, die Weißrussen halten alle Juden für Kommunisten."

„Durchaus nicht. Es hat sogar in der Weißen Armee Juden gegeben. Auch solche habe ich erlebt."

„Waren Sie in der Weißen Armee? "

„Ich bin Kosak und war bei Denikin und Wrangel. Da hat man mir folgendes erzählt. Im Jahre achtzehn, bei Ataman Krasnow, stieß ein größerer Kosakentruppenteil auf einen noch stärkeren Truppenteil der Roten. Da schauen meine Kosaken und schauen und sehen, die anderen sind viel zahlreicher. Es werden wohl Federn und Daunen fliegen... und kriegen es mit der Angst zu tun. Es steht schlimm. Immer näher kommen die Roten, wie die Heuschrecken, Tatschanki, Artillerie... und hier passierte der Eklat. Aus den Reihen rückte etwas Undefinierbares hervor, ein Reiter - aber was für einer! Eine schräge Riesenrosinante in Methusalems Alter, ein komischer Sattel aufgebunden, und auf dem Sattel thronte ein magerer Mann im grauen Anzug. Gamaschen, Hakennase und schwarze, gewellte Haare machten die unglaubliche Annahme wahr. Er hielt einen riesigen Gardepallasch in der Hand, am Rücken baumelte ein Gewehr, die Steigbügel waren zu eng angezogen, die riesigen Knie stachen nach vorne. Der Gesamteindruck erinnerte an den Psalmensänger David bei Fenimore Cooper. Menschen und Pferde erstarrten. Auch dort, wo die roten Fahnen im Winde flatterten, stand alles still. Der Oberst gab seinem Pferd die Sporen und ritt zu der komischen Figur. In der Grabesstille hörte man, wie er fragte:

‚Wer sind Sie denn, mein Herr? '

‚Ich bin Student der historisch-philologischen Fakultät an der Universität Kiew, Arnold Abramowitsch.'

‚Wozu sind Sie denn hierher gekommen, Herr Abramowitsch? Hier ist doch Krieg!'

‚Ich bin gekommen deshalb, wenn die Kosaken zu feige sind, mit dem roten Gesindel zu kämpfen, was soll denn anders der Student Abramowitsch tun, wenn nicht auf ein Pferd sich setzen, obwohl ich nie vorher auf solchen schrecklichen Tieren gesessen habe.'

Und Abramowitsch hopste los und trabte in Richtung der Roten."

„Und was geschah dann? "

„Dann hat es in einer Stunde keine Roten mehr gegeben, nur umgekippte Geschütze und Tatschanki blieben stehen.

Gegen solche Juden habe ich allerdings nichts einzuwenden."

„Könnten Sie einem guten Juden helfen? "

„Wenn das in meinen Kräften steht. Wohnt er weit von hier? "

„Sie brauchen nirgends hinzugehen, er wohnt hinter diesem Vorhang."

Auf Zehenspitzen ging Professor Sergius zum Vorhang.

„Rabbi, schlafen Sie? "

„Nein, ich höre Ihrem Gespräch zu, wenn es auch sehr unanständig ist, fremde Gespräche zu belauschen, aber schließlich geht es um meinen Kopf."

„Sehr wohl. Herr Woskobojnik, wollen Sie ein Bad nehmen? Hier gibt es warmes Wasser. Ein sauberes Handtuch habe ich auch ... Hier, bitte in den Korridor."

Sie wollen etwas ohne mich besprechen, dafür werde ich aber sauber sein, dachte Woskobojnik.

„Wie gefällt er Ihnen, Herr Weißpapier? "

„Nicht schlecht, wohl aus derselben Organisation wie Schwedow, keinesfalls ein Verräter."

Als Woskobojnik nach einer halben Stunde wieder im Zimmer stand, hatte er am ganzen Körper ein Gefühl von Sauberkeit und Wärme. Auf der verkratzten Chaiselongue saß ein kleiner Mann in Pullover, engen grauen Hosen und merkwürdigem grauen Backenbart.

„Herr Woskobojnik - Rabbi Weißpapier!"

Still und fröhlich begann Weißpapier zu lachen.

„Solch ein Erstaunen steht auf Ihrem Gesicht geschrieben, Herr Woskobojnik, und Sie haben völlig Recht - anstelle eines Rabbi sitzt irgendeine Vogelscheuche auf dem Divan."

„Zuerst müssen Sie Ihre Haare und Ihren Backenbart ganz kurz schneiden. Die Deutschen wissen genau, was Paies sind. Die zweite Gefahr ist meines Erachtens unser gemeinsamer Freund Schwedow."

„Die dritte Gefahr, Herr Woskobojnik, ist die, daß der Rabbi nichts zu essen hat. Keine Anmeldung, keine Lebensmittelmarken. Warum ist Herr Schwedow eine Gefahr? "

„Er ist doch festgenommen und Sie haben mit ihm zusammengearbeitet. Plötzlich kommen sie zu Ihnen und fragen, wer ist eigentlich der zweite Herr? "

„Sie sind auch wegen Schwedow gekommen, deshalb werde ich Ihnen gleich alle mir bekannten Einzelheiten erzählen und Herr Weißpapier wird einiges hinzufügen. Der Haken liegt darin, daß unser gemeinsamer Freund die Bekanntschaft von Herrn Weißpapier in Polen gemacht, und ihn mir sozusagen übermittelt hat."

„Und Sie haben sich in solch eine gefährliche Geschichte eingelassen, um Herrn Weißpapier hierher zu bringen? "

„Ja, beginnen wir aber mit dem Anfang."

Wie ein Sonnengeflecht des menschlichen Schicksals, überlegte Woskobojnik. Ich bin nicht umsonst gekommen. Schwedow ist Mitglied unserer Organisation, das legt mir eine zusätzliche Verpflichtung auf, zumal wegen dieses Weißpapier. Den beiden Alten kann man trauen, auch Schwedow ist in Ordnung. Wie er in Moskau war, so ist er auch geblieben.

„Wo befindet sich das Buch jetzt? "

„Bei ihm. Nach seiner Festnahme war ich in seiner Wohnung. Das Buch lag zusammen mit einigen Heiligenbildern und dem hier. Ich habe alles dagelassen. Warum sollte ich das nehmen, was die Deutschen übersehen haben. Nur das habe ich mitgenommen, vielleicht als Andenken, falls ich meinen Freund niemals mehr sehen sollte. Schauen Sie!"

Woskobojnik erkannte das Kleinod. Das kupferne Kreuz mit dem winzigen Rubin, wie ein Tropfen Blut, das damals im Schuppen Boris Stepanowitsch an Torzow gegeben hatte. Wie war dieses Kreuz in die Hände Schwedows gelangt? Durch die Tochter von Torzow ... oder war hier etwas anderes? Er fühlte sich genau wie in Moskau ganz nahe dem ... ja, wem denn? Der Ring schloß sich und was wird geschehen, wenn er sich ganz geschlossen hat?

„Etwas an diesen Dingen hat Sie sehr interessiert."

„Ja, Rabbi, dieses kleine Kreuz mit dem Rubin habe ich schon früher gesehen. Im Jahre einundzwanzig hat es der Leiter unserer Untergrundgruppe, in meiner Gegenwart, Torzow gegeben, dem Vater der Eva Torzowa, ein ehrlicher

Mensch. Bald danach wurde er von seinen eigenen Parteikollegen ermordet und hat höchstwahrscheinlich vor seinem Tode dieses Kreuz seiner Frau oder seiner Tochter übergeben. Anders kann ich mir nicht erklären, wie dieses Kleinod in Schwedows Hände geraten ist."

„Bestimmt nicht durch seine Jugendfreundin. Bereits vor dem Krieg habe ich dieses Kreuz bei ihm gesehen."

„Dann verstehe ich es nicht."

„Darf ich einen Blick darauf werfen? " Einige Minuten schaute Weißpapier schweigend auf den winzigen roten Tropfen. Ihm schien es, als ob der Tropfen wüchse, und den ganzen Erdball mit roten Strömen überflutete, und er selbst inmitten des Blutstromes stehe.

„Wegen dieses Kleinodes ist viel Blut vergossen worden, jetzt jedoch ist es ein harmloses Eigentum Schwedows. Ich glaube übrigens, daß Schwedow keine große Gefahr droht, wenn er sich auch im Gefängnis befindet. Noch lange hat seine Stunde nicht geschlagen. So muß es auch gerechterweise sein. Wenn schon jemand bestraft werden soll, dann nur ich allein von uns allen."

„Ich habe nicht genug Phantasie, mir vorzustellen, daß Sie etwas wirklich Schlechtes getan haben."

„Sie haben Recht, Woskobojnik, doch das Unglück besteht darin, daß man niemals im voraus wissen kann, welche Ausmaße ein Übel annimmt. Hat doch auch der hiesige Herrscher einen Blitzkrieg angefangen, und wie soll es weitergehen? Doch ich will Ihnen die Geschichte meiner eigenen Schlechtigkeit weitererzählen. Der Professor hat schon alles gehört, wir haben sogar alle Einzelheiten analysiert, aber einen Ausweg haben wir nicht gefunden. Ich hätte nicht gern die lange Reise angetreten, ohne überhaupt den Umfang meiner Sünde zu wissen. Für Sie wird es sehr langweilig sein, die ganze Geschichte zum zweiten Mal anzuhören, doch ich wünsche, daß unser neuer Freund auch die ganze Wahrheit weiß ..."

„Sie wissen nicht, was mit der Mutter und dem Kind geschah? "

„Nein, ich bewahre nur ihren Brief auf."

„In diesem Fall bin ich hocherfreut, Ihnen zu sagen, daß Sie mir nicht umsonst alles erzählt haben. Ich werde Ihnen wahrscheinlich helfen können. Im Herbst 1924 hat mich das Emigrantenschicksal in eine Württemberger Einöde verschlagen, in einen kleinen Ort namens Dettenhausen. Ich war völlig einsam - und merkwürdig - ich habe mich sehr mit einem zehnjährigen Knaben angefreundet. Er hieß Matthias Ernst Nägele. Sein Vater war Steuerberater und dauernd auf Reisen. Der Junge war ein ziemlicher Windhund, aber sehr klug, was übrigens keine Seltenheit ist. Seine Mutter, sie hieß Anneliese, war ein bescheidenes, tiefgläubiges Wesen."

„Wie sah sie aus? "

„Sie war hübsch, allerdings mehr sympathisch als hübsch, sie hatte große Augen, dunkle Haare, damals war sie ungefähr zweiunddreißig Jahre alt."

„Bis jetzt stimmt alles. Und ihr Sohn, dieser Matthias Ernst, hat er so etwas, ein bißchen ..."

„Ob er Ähnlichkeit mit Ihnen hat? Ganz und gar nicht. Er war ein magerer, schmächtiger, weißblonder Junge mit völlig unkindlichen Augen und ... und ..."

„Nichts Jüdischem, wollen Sie sagen? "

„Genau."

„Dementsprechend habe ich einen Sohn, und weiter? "

„Ich kann Ihnen nicht mehr sagen. August 1925 habe ich für immer dieses Nest verlassen. Der Einzige, von dem ich ungern Abschied nahm, war der Junge."

Woskobojnik und Sergius schauten auf ihren Gesprächspartner. Äußerlich geschah gar nichts, doch beide errieten, daß ein Entschluß reifte, ein sehr schwerer, aber unvermeidlicher und unbedingt notwendiger Entschluß.

„Vor einigen Monaten, als Schwedow mir durch Gottes Fügung dieses Buch brachte, war ich mit dem Tode völlig einverstanden. Das Studium dieses Werkes war für mich das letzte Glied meines irdischen Daseins. Mein letzter, brennender Wunsch ging in Erfüllung, mehr konnte ich von Gott nicht verlangen. Doch jetzt sehe ich, daß ich mich geirrt habe. Gott verlangt von mir, daß ich auch meine irdischen

Angelegenheiten in Ordnung bringe. Doch ich habe keine anderen Bindungen als Mutter und Kind. Folglich muß ich in Erfahrung bringen, wo sie sind und was aus ihnen geworden ist, wer mein Sohn ist, und ich bitte Sie beide, mir dabei zu helfen."

„Ich stehe Ihnen immer zu Diensten und nehme an, daß auch Herr Woskobojnik nach Kräften seinen Obulus entrichten wird. Wie aber soll man anfangen? "

„Damit, daß man Tee trinkt und zusammen etwas ißt. Bitte - kein Protest. Ich habe Brot und Speck und noch einiges andere."

„Das nenne ich eine Idee! Wir etablieren ein richtiges russisches Teetrinken. Fabelhaft ist das!"

Erstaunt schaute Sergius Weißpapier an.

„Was ist denn mit Ihnen, Sie strahlen ja förmlich..."

„Dazu habe ich auch Grund. Schauen Sie, was Gawril... Gawril ..."

„Gawril Gawrilowitsch", ergänzte Woskobojnik. „darf ich Ihnen einiges da lassen? Dieses Stück Speck, mindestens vier Kilo, dazu eine Flasche Lebertran und ein Säckchen mit Zucker ..."

Weißpapier lachte, leise und kindlich, ebenso Sergius. Der riesige Kopf zitterte auf dem langen Hals. Woskobojnik erstarrte mit der Flasche Lebertran in der Hand.

„Wie bitte? Habe ich etwas falsch gemacht oder falsch gesagt? Etwas ganz Dummes? "

„Sie sind der Richtige! Er will mich, einen Juden und Rabbiner mit Schweinespeck füttern!"

„Entschuldigen Sie, Rabbi, das habe ich völlig außer Acht gelassen."

„Macht nichts, macht nichts, alles wird seinen Weg finden. Der Speck ist jetzt Gold wert, wird ausgetauscht. Jetzt ran an den Tee. Wir haben noch nicht entschieden, was nun geschehen soll."

„Jemand muß dort hinfahren und nach Spuren von den beiden suchen."

„Leicht gesagt, Woskobojnik. Der Rabbi kann nicht hinfahren und ich auch nicht."

„Aber ich. Das ist sehr einfach. Ich muß in den verschiedenen Städten Deutschlands unsere Leute besuchen, auch in München, und von dort nach Dettenhausen. Nur mit dem Geld ist es mies. Schadet nichts, werde was verkloppen."

„Das ist nicht nötig. Ich habe einige Goldmünzen, so für alle Fälle. Dieses Gold aus Ägypten sollte einigen meiner Landsleute helfen, den Kopf aus der Schlinge zu ziehen. Jetzt bin ich selbst in solch einer Lage. Sie wollen aber für mich das letzte Problem lösen. Wann können Sie fahren? "

„Übermorgen."

„Wieviel kostet eine zaristische 10-Rubel-Münze auf dem Schwarzen Markt? "

„Bestimmt nicht wenig, stark hat die Reichsmark an Wert eingebüßt."

„Hier haben Sie fünf Stück. Reicht es? "

„Mehr als genug. Wir werden später abrechnen."

„Das ist nicht nötig. Bringen Sie in Erfahrung, was mit den beiden geschehen ist, und für immer stehe ich in Ihrer Schuld, ohne je bezahlen zu können."

„Aus Vorsicht werde ich nicht an Sie schreiben. Sie können aber gewiß sein, wenn ich in drei Wochen nicht zurückkomme, stehen die Dinge schlecht."

„Sie werden zurückkommen, Gawril Gawrilowitsch, der Tod steht Ihnen noch nicht so nah."

„Bleiben Sie mit Gott zurück, meine Herren. Ich werde Sie auch noch vorfinden, wenn ich zurückkomme. Den Rest der Lebensmittel nehme ich nicht mit, keine Widerrede? "

„Verschwinden Sie schleunigst, Herr Woskobojnik, sehen Sie gar nicht, mit welcher Gier der Rabbi auf den Schweinespeck guckt!"

Jetzt zu den Unseren, überlegte Woskobojnik auf der verdunkelten Straße. Ich habe sehr leichtfertig gehandelt, hatte ich überhaupt das Recht, in diese neue Geschichte einzusteigen? Die Sache ist gefährlich genug. Der Kosak Woskobojnik und ein polnischer Rabbi! Ist das ein Zweigespann! Aber Gott verlangt von uns gerade, daß wir denen helfen, die uns unangenehm und unverständlich sind.

„Wie hat Ihnen Woskobojnik gefallen, Rabbi? " fragte Sergius, als die Tür zuknallte.

„Hat mir sehr gefallen, Professor. Ein richtiger russischer Soldat, von denen es jetzt wohl nicht mehr viele gibt, offen, ehrlich. Der verrät und verkauft einen nicht! Ich kenne mich aus in Menschen. Er glaubt an Gott, und Gottes Hand ist über ihm, und ich fühle, daß gerade er es ist, der das letzte Rätsel meines Lebens lösen wird. Vielleicht wäre es besser ungelöst geblieben, aber die Gleichung ist aus zu vielen Unbekannten zusammengesetzt und muß gelöst werden. Jetzt haben wir nur noch zu warten."

Woskobojnik hielt sich länger in Berlin auf. Alles war viel komplizierter als vor einem Jahr. Er sprach wegen Schwedow und seiner Freundin vor, wurde überall mißtrauisch und genau ausgefragt, was ihn das anginge. Man riet, einige Wochen zu warten und dann da und dort anzufragen. Es war auch nicht einfach, die Münzen zu Geld zu machen, er schaffte es aber. Wieder besuchte er Sergius und Weißpapier. Die Hälfte des Specks gab er dem Haus- und Realitätenbesitzer Albert Zeller, der sich diebisch freute und eine Andeutung machte, daß der alte Herr da oben bleiben kann, so lange er will. Er sei nur Haus- und Realitätenbesitzer und wisse von nichts.

Mitte April ging es endlich südwärts. Am 28. April näherte er sich der bekannten Ortschaft. Achtzehn Jahre waren vergangen. Nasse, stürmische Winde tönten und heulten zwischen den bewaldeten Gebirgskuppen. Frech drängte das vorjährige Grün unter dem Schnee hervor wie ein Sträfling aus dem vergitterten Fenster. Das neue Smaragdgrün lachte dem alten keß ins Gesicht. Er durchfuhr das Städtchen, wo er in der Fabrik gearbeitet hatte, und da war auch schon der Bahnhof. Der alte hölzerne Schuppen war durch einen steinernen ersetzt worden, zwei neue Abstellgleise - sonst war alles wie früher. Er erkannte niemanden und niemand erkannte ihn. Er fragte in der Schenke nach der Familie Nägele. Man sah ihn erstaunt und neugierig an. Vor vier Jahren schon war Frau Nägele gestorben, und Herr Nägele lebte längst im Ruhestand in Stuttgart. In der letzten

Zeit war er sehr mit Pfarrer Gruber befreundet, der seine Frau beerdigt hatte.

Das gelbe Haus mit grünen Schindeln neben der Kirche. Eine kurzsichtige Wirtschafterin fragte, indem sie ihre Hände an der Schürze abwischte, wen sie melden darf.

„Sagen Sie, ich bin ein alter Bewohner dieses Ortes. Vielleicht weiß der Herr Pfarrer meinen Namen noch, ich heiße Woskobojnik. Ich schreibe Ihnen den Namen auf."

Die Wirtschafterin ging fort und nach zehn Minuten schritt Pfarrer Gruber selbst den Korridor entlang. Wie er gealtert ist, gebeugt, wenig ist von der vergangenen imposanten Größe geblieben.

„Herr Woskobojnik, wie ich mich freue! Wie sind Sie nur in unsere Gegend geraten! Ich habe schon geglaubt, Sie kämpfen am stillen Don mit unseren Landsern."

„Ich bitte Sie, Herr Pfarrer, der Don ist jetzt ganz rot."

„Treten Sie ein, mit Gott! Ich habe etwas, Sie zu bewirten. Aus welchen Regionen kommen Sie? "

„Man schickte mich als russischen Antikommunisten an die Ostfront, einige Umstände aufzuklären, dann dienstlich nach Süddeutschland, und ich wollte gern die alten häuslichen Penaten besuchen."

„Das alles ist sehr schön und gut, Herr Woskobojnik. Aber der Krieg zieht sich in die Länge. Dazu führen sich noch einige Priester sehr dumm auf."

„In welcher Hinsicht, bitte? "

„Sie wollen die Realitäten nicht anerkennen. Immerhin leben wir im Dritten Reich und nicht in der Weimarer Republik. Außerdem ist Krieg. Und sie: *Wir sind katholische Priester und dies und jenes wollen wir nicht anerkennen.* Wissen Sie, viele von ihnen sitzen wegen ihrer Bockigkeit bereits in Gefängnissen und Lagern. *Die Kirche wird verfolgt*, sagen sie, *Menschen ungesetzlich eingesperrt.* Sie wollen aber nicht zur Kenntnis nehmen, daß jede starke Staatsmacht die Menschen einsperrt, die sie nicht respektieren wollen - dazu noch im Krieg. Ich bin der Ansicht, daß man den Führer schon deshalb anerkennen kann, weil er gegen den Kommunismus kämpft. Da schulden wir ihm

Dank, und unsere Priester: *Das ist eine gottlose Macht!* Das ist dumm und kurzsichtig. Ich selbst liebe die Partei nicht besonders.

Erinnern Sie sich übrigens an diesen weißblonden Strolch, mit dem Sie sich dauernd abgegeben haben? Matthias Ernst Nägele - wieviel Blut hat er mir verdorben! Das müssen Sie wissen, er hat Karriere gemacht - und was für eine! Sitzt irgendwo in Berlin und ganz oben, bei Himmler, glaube ich. Womöglich Reichssicherheitshauptamt. Sah aber aus wie eine Popel am Strick! Die Mutter war gläubige Katholikin, ist auch so gestorben. Und der Matthias Ernst hat die Parteiuniform angezogen! Aber er macht seine Rechnung ohne mich. Nicht jeder Lump ist Gottseidank berufen, Karriere zu machen. Ich habe einen Knüppel gegen ihn, und was für einen!"

„War er denn wirklich so schlecht, Herr Pfarrer?"

„Erstens - essen Sie bitte Kartoffelpüree, und zweitens - ich erinnere mich sehr gut an Ihre Schwärmerei für diesen Bengel. Habe sogar gelesen, daß das ein echt russischer Zug ist, alle möglichen Lumpen zu lieben. Noch zu Ihrer Zeit waren verschiedene Gerüchte in Umlauf, daß der Steuerberater gar nicht sein Vater sei. Was die Leute alles zusammenreden! Aber ich habe jetzt den Beweis, schwarz auf weiß!"

„Was Sie nicht sagen!"

„Wie am Schnürchen. Seine Mutter, Anneliese Nägele, geborene Schmidt, hat kurz vor ihrem Tode, als der Krebs sie schon ganz zu erwürgen drohte, mich gebeten, ihr zu helfen, zu erfahren, was aus dem richtigen Vater ihres Sohnes geworden ist. Wenn es irgendwie ging, wollte sie ihn noch sehen, da es so schlecht um sie stand. So schrieb sie mir, nannte den Namen und fügte hinzu, daß sie nicht wage, sich an ihren eigenen Mann zu wenden, da er sie nur unter der Bedingung geheiratet habe, daß der Name des richtigen Vaters, ein Isaak Weißpapier, nie erwähnt werde. Schließlich sei er Beamter und habe ein genügend großes Opfer gebracht, indem er sie geheiratet habe. Da staunen Sie wohl, Herr Woskobojnik, was es für Lumpen gibt. Gar nicht so unrecht hat der Führer in gewisser Hinsicht, was die Juden betrifft. Von Weißpapier war aber weit und breit nichts zu entdecken. Das alles ist natürlich in dem neuen Babel, in München, passiert, im Jahre 1914 ... Dann starb sie, übrigens voller Reue und wie eine aufrichtige Katholikin. Gott sei mit ihr."

„Und Sie, lieber Pfarrer, wollen gewisse Personen informieren, daß der höhere Parteibeamte Matthias Ernst Nägele ein halber Jude ist? "

„Genau. Ich bin gegen sinnlosen Widerstand gegen die Partei, doch soll man sie mit Dreck vermischen, wenn man es eben tun kann."

„Sie sind doch kein Politiker, Herr Pfarrer, denen sind natürlich alle Mittel erlaubt. Wie stimmt das mit der Barmherzigkeit überein? Es steht doch geschrieben: *Du sollst deinen Nächsten lieben wie dich selbst!* und *Wer dich auf die rechte Wange schlägt, dem sollst du auch die linke hinhalten!* Gut, seinerzeit ärgerte Sie dieser Matthias Ernst. Damals war er ein Kind. Aber jetzt wissen Sie nichts über ihn, außer, daß er eine Parteikarriere gemacht hat."

„Genug, genug! Ihre Widerrede, Herr Woskobojnik, ist etwas typisch Russisches. Sie sind orthodox. Die katholische Kirche ist aus anderem Holz geschnitzt. Wir sind eine kämpferische Kirche und die orthodoxe Demut ist uns fremd. Feind ist Feind!"

„Herr Pfarrer, bis jetzt haben wir als alte Bekannte gesprochen. Das ist die eine Seite. Die andere Hälfte gestatte ich mir, Ihnen sofort darzulegen. Gut, Sie werden dieses Dokument an die zuständige Dienststelle weiterleiten. Doch wissen Sie, was es heißt, einen mittleren - noch nicht einmal einen höheren - Beamten anzuklagen? Sie werden gezwungen sein, jedes Wort zu beweisen. Gut, Sie haben Beweise. Als erstes wird man nach diesem Makler Weißpapier suchen und ihn finden."

„Sind Sie sicher? Vielleicht lebt er gar nicht mehr."

„Nein, er lebt, und ich weiß sogar, wo. Sie wissen so gut wie ich, daß man die Juden in unbekannte Richtung deportiert. Wir wollen diesen Gedanken nicht weiterverfolgen. Wenn ich ihn gefunden habe, um wieviel schneller wird ihn eine gewisse Behörde finden. Vielleicht hat der junge Nägele sogar das verdient, was Sie mit ihm machen wollen, doch den Vater zu töten, haben auch Sie kein Recht."

„Herr Woskobojnik, als Sie vor einer halben Stunde hier eintraten, waren Sie für mich ein alter Bekannter, der kam, seinen früheren Wohnort zu besuchen. Jetzt sehe ich, daß sich etwas anderes dahinter verbirgt. Wer sind Sie? Vielleicht arbeiten Sie selbst für diese Behörde? "

„Nein, ich bin derselbe russische Emigrant wie vor achtzehn Jahren. Aber als alter Antikommunist bin ich bei den Deutschen gut angeschrieben und habe ganz zufällig einen älteren Juden entdeckt, als ich im Osten war. Dieser Jude hat mir die tragische Geschichte seines Lebens erzählt, seine Jugendliebe in München, den Bruch, ihre Abreise. In ihrem letzten Brief stand, daß sie einen Steuerberater geheiratet habe, der sich ihres Kindes angenommen hat. Als Weißpapier den Namen nannte und sie beschrieb, wurde mir klar, daß Anneliese die Mutter des jungen Matthias Ernst ist. Ich sagte es ihm und er bat mich, die Reise hierher zu unternehmen, um festzustellen, was aus den beiden geworden ist. Das Schicksal der Mutter ist bekannt. Sie braucht nichts mehr. Das Schicksal von Matthias Ernst ist fast unbekannt und Sie, ausgerechnet Sie, wollen ihn zugrunde richten, und mit ihm seinen Vater, der weiß Gott schon dadurch bestraft ist, daß er sich sein ganzes Leben lang quälte, was aus der Frau und dem Kind geworden ist. Wie er sich gequält hat, sieht man zu Genüge daran, daß er die ganze Geschichte mir, einem ihm fast fremden Menschen, erzählt hat, was allein schon mit tödlicher Gefahr für ihn verbunden war."

„Ein merkwürdiges Zusammentreffen."

„Ja, sehr merkwürdig, und gerade jetzt, wo alle Umstände klar sind, wollen Sie etwas gegen Vater und Sohn unternehmen."

„Herr Woskobojnik, in dieser Frage sind Sie für mich weder ein Richter, noch eine Autorität. Ich bin eine geistliche Persönlichkeit, und meine Entschlüsse sind nicht nur meine privaten Entschlüsse, sondern auch die der Kirche.

Die erste Pflicht der Kirche besteht darin, daß man ohne Furcht und Schwanken gegen das Böse kämpft. Schon damals habe ich in dem jungen Nägele eine potentielle böse Macht festgestellt und versucht, die Unrast auszumerzen. Anscheinend vergeblich, und daran tragen Sie eine Teilschuld, denn Sie haben ihm völlig überflüssige moralische Hilfe geleistet, und jetzt wollen Sie mir noch verbieten, mein Werk zu Ende zu führen."

„Sie haben gerade das ausgesprochen, Herr Pfarrer, was ich befürchtete. Meinerseits sage ich Ihnen folgendes: Wir haben jetzt Mitte 43. Deutschland führt Krieg nicht nur mit England, sondern noch mit der Sowjetunion und den USA. Sie wissen, was das bedeutet. Der Ausgang des Krieges ist noch lange nicht entschieden. Wenn der Krieg anders zu Ende geht, als es viele erwarten und höchstwahrscheinlich auch Sie, werden alle zur Rechenschaft gezogen, die in diesem System Menschen zugrunde richteten. Dann werden auch Sie, Herr Pfarrer, Rede und Antwort stehen müssen für mindestens zwei Personen, Nägele und seinen Vater. Dafür werde ich schon sorgen, verlassen Sie sich darauf."

„Das ist eine Erpressung!"

„In diesem Fall zweifelsohne."

„Bitte noch eine Frage. Warum nehmen Sie solch einen Anteil an dem Schicksal der beiden? "

„In Berlin sind zwei nahe Freunde von mir festgenommen und mir ist klar, daß Nägele ihnen helfen kann, und deshalb muß er leben."

„Und wenn er sich weigert, Ihnen zu helfen? Unbedingt wird er das tun!"

„Dann hilft mir Ihr Dokument."

„Und Sie glauben, ich gehe darauf ein? "

„Ja, Herr Pfarrer, denn wie kann es ein Priester ablehnen, zwei junge Leute zu retten."

„Demnach muß ich Ihnen diesen Brief aushändigen und Sie werden Nägele damit erpressen? "

„Ja, wenn es nötig sein sollte."

„Und später? "

„Später bleibt dieses Dokument bei mir und wird Sie niemals mehr in Versuchung führen. Es gibt so ein russisches Sprichwort: *Die Wölfe sind satt und die Schafe heil!* Die Festgenommenen werden befreit, und Ihr Gewissen wird nicht durch einen Mord an zwei Menschen belastet. Außerdem, wenn Sie selbst in eine peinliche Situation geraten sollten, wird dieser unheilbringende Brief auch Ihnen helfen. Ich breche niemals mein Wort."

Der Pfarrer schwieg. Hat er sich aufgeplustert, dachte Woskobojnik. In seinem Wesen ist er doch kein schlechter Mensch - und ein wirklich Gläubiger. Er glaubt nur anders als wir. Der Pfarrer erhob sich und verließ schwerfällig den Raum, ohne ein Wort zu sagen. Als er zurückkehrte, war ein grauer Umschlag mit zwei Löchern von einem Schnellhefter in seiner Hand.

„Hier haben Sie Ihren Brief, und ich wünsche, Sie nach Möglichkeit niemals mehr zu sehen."

„Hier ist meine Adresse, Herr Pfarrer."

„Danke. Wünschen Sie noch etwas? "

„Nein, aber ich hätte es gern gesehen, daß Sie für mich beten."

„Was heißt hier beten, Woskobojnik, aus Ihnen wäre ein fabelhafter Gauner geworden. Gehen Sie schon in Gottes Namen!"

Noch einmal Glück gehabt, überlegte Woskobojnik. Was für ein Diener Christi! Er informierte sich am Bahnhof und sah, daß es noch drei Stunden bis zur Abfahrt des Zuges nach Berlin waren. Jetzt, wo der Fall erledigt war und sich der Brief in seiner Tasche befand, begann er wieder, die Schönheit dieses fremden, und ihm doch so nahen Landes zu empfinden. Die Sonne brannte. Der Schnee schmolz. Überall plätscherten Bäche zwischen smaragdenem und türkisblauem Grün. Die untergehende Sonne brannte Purpur in die Glasscheiben schmucker Häuser. Nebel wie der Bart eines Riesen kroch in der fernen Niederung dahin. Er ahnte, daß er diese Schönheit zum letzten Male sah.

Warum habe ich ihm das Dokument gegeben, dachte Pfarrer Gruber. Wozu nur, wer zog mich am Arm, und was wird er damit anfangen. Etwas Gutes bestimmt, das sehe ich ein. Er glaubt an Gott, natürlich glaubt er. Schade, daß so ein Mensch kein Katholik ist. Wie jammerschade, daß es mir nicht gelungen ist, diesem Nägele eins auszuwischen.

EINE ALTE FREUNDSCHAFT ERNEUERT SICH

In Berlin angekommen, entschied sich Woskobojnik, vorläufig Sergius nicht zu besuchen, erst alles gut zu durchdenken und dann war Nägele zu finden. Es gab viele Varianten. Nägele konnte nicht mehr unter den Lebenden weilen, er konnte in der Armee sein, oder an der Front, und Gott weiß wo noch. Er schrieb Sergius einen kurzen Brief und bat, ihn vorläufig nicht zu erwarten und ihm noch drei bis vier Wochen einzuräumen. Der Fall sei komplizierter, als er gedacht hatte. Er überfiel zwei ihm bekannte Behörden, dort wußte man anscheinend nichts. Er mußte in die Höhle des Löwen steigen.

Woskobojnik ging zum Reichssicherheitshauptamt am Fehrbelliner Platz. Dort hatte er einen Bekannten, einen baltendeutschen SS, der sehr erstaunt war, ihn aber liebenswürdig empfing. Der SS-Mann trug das „von"-Prädikat, wie Borsten standen die kurzen Haare nach oben, die Schultern waren muskulös und rund. Woskobojnik kannte ihn als einen ausgezeichneten Sportler.

„Das nenne ich eine Begegnung, Woskobojnik! Wie plötzlich, und woher kommen Sie? "

„Aus Rußland, Herr von Seliger. Dort war ich ziemlich lange. Sie wissen, wer mir den Auftrag gegeben hatte."

„Ungefähr habe ich es erraten und Sie haben natürlich

eine ganze Reihe interessanter Informationen gesammelt? Und wie jeder energische Mensch den Etat weit überschritten? Jetzt sind Sie zu uns gekommen, um zusätzliches Geld zu erlangen. Stimmt das etwa nicht? Sie als Russe halten wahrscheinlich die ganze SS für komplette Idioten, doch ganz so dumm sind wir nicht."

„Ihre Vermutungen sind richtig, bei weitem hat das Geld nicht gelangt. Ich habe mein eigenes verbraucht. Heute komme ich aber in einer ganz anderen Angelegenheit."

„So? Wozu sind Sie dann bei mir? Sie wissen doch, daß mein Ressort ‚Geld' bedeutet? "

„Es ist so, daß ich nach einem alten Bekannten suche, der nach meinen Informationen in der SS sein muß. Wo, kann ich mir aber nicht vorstellen."

„Ich bitte Sie, steht das in einer Beziehung zu Ihrer Ostreise? "

„Das ist nicht der Fall. Ich glaube, daß er mir in einem heiklen Fall helfen kann. Er ist noch ein ziemlich junger Mensch. Sein Name ist Matthias Ernst Nägele."

„Nie gehört. Wenn er aber bei uns ist, kann man das schnell erfahren. Hoffentlich ist er nicht eine zu hohe Persönlichkeit für uns kleine Leute."

„Er soll einen ziemlich hohen Posten innehaben. Wo, weiß ich jedoch nicht."

„Fräulein Baser!"

Eine hohe Blonde mit Parteiabzeichen trat ins Zimmer. Woskobojnik erhob sich.

„Fräulein Baser, dies ist mein Freund Woskobojnik. Er kommt gerade aus Rußland und hätte gern gewußt, wo sich sein alter Bekannter, Kamerad Nägele, befindet. So stimmt es doch? Er soll irgendwo bei uns sein und angeblich in gehobener Stellung. Kann man das feststellen? "

„Aber natürlich, ich rufe in Ihrem Namen den Fassel an."

Eine Viertelstunde verging. Das Telefon klingelte. Herr von Seliger hörte mit gleichgültiger Miene zu.

„Herr Woskobojnik, darf ich Sie bitten, im Nebenzimmer zu warten. Wir können noch nichts feststellen, aber es besteht eine Hoffnung."

Im Nebenzimmer war niemand. Ein leerer Schreibtisch, ein Divan, zwei Stühle. Woskobojnik setzte sich und dachte nach. Wenn man auch hier nichts über Nägele weiß, bin ich am Ende. An wen soll ich mich noch wenden? Woskobojnik begann im Geiste, alle möglichen Schlupflöcher ausfindig zu machen. Eine gute halbe Stunde verging. Die Tür öffnete sich.

„Herr Woskobojnik, darf ich bitten? "

Außer von Seliger waren noch drei Im Zimmer. Woskobojnik kam nicht dazu, darüber zu staunen. Einer der Sitzenden, ein voller, gewichtiger Mann mit gepflegtem, kaltem Gesicht, hatte ein Eichenlaub am Kragenspiegel.

„Ihr Name ist Woskobojnik? " fragte kalt der mit dem Eichenlaub.

„Ja, Gawril Woskobojnik."

„Darf ich Ihre Ausweise sehen? "

Woskobojnik zog seinen Paß hervor, Marschbefehl und alles Übrige. Die drei ihm Unbekannten beugten sich über die Dokumente und baten, wieder im Nebenzimmer zu warten. Durch die Tür hörte er dumpf, wie oftmals das Telefon benutzt wurde. Ein kurzes Klopfen gab ihm zu verstehen, daß man ihn erwartete. Die Überprüfung seiner Person war beendet.

„Bitte, setzen Sie sich", forderte ihn der mit dem Eichenlaub auf. „Sagen Sie uns bitte, Herr Woskobojnik, wozu Sie unbedingt Herrn Nägele sprechen wollen."

„Ich bin nur ein alter Bekannter von Herrn Nägele."

„Kennen Sie ihn schon lange? "

„Seit 1924. Ich habe in einem kleinen Ort in Württemberg seine Bekanntschaft gemacht. Damals war Herr Nägele elf Jahre alt, ein Jahr später haben wir uns für immer getrennt."

„Haben Sie ihn seitdem nicht mehr gesehen? "

„Nein."

„Das ist sehr merkwürdig. Woher wissen Sie überhaupt, daß er in der SS und hier bei uns ist? "

„Das habe ich zufällig vor drei Wochen erfahren. Ich war in meinem damaligen Wohnort zu Besuch, und bei einem

Gespräch mit dem Dorfpfarrer erfuhr ich das Schicksal meines jungen Freundes und die Tatsache, daß er ein treuer Gefolgsmann des Führers ist. Das ist so ziemlich alles."

„Und weshalb wollen Sie ihn sprechen? "

„Ich wollte ihn bitten, mir bei der Befreiung von zwei unschuldig festgenommenen Personen behilflich zu sein."

„Wer sind diese Personen? "

„Zwei Russen, ein junger russischer Emigrant und seine Braut."

„Soso, eine Braut! Und wissen Sie, wer Herr Nägele jetzt ist? "

„Keine Ahnung. Damals waren wir Freunde, doch vielleicht sind Sie damit einverstanden, wenn ich Ihnen die Geschichte erzähle."

„Wir bitten darum."

„Der elfjährige Matthias Ernst Nägele war mein einziger Freund und ich der seine. Niemand wollte den Jungen verstehen und am wenigsten der Ortsgeistliche. Ich muß Ihnen ehrlich sagen, einen so begabten Jungen habe ich mein ganzes Leben lang nicht mehr getroffen. Spaßeshalber begann ich, ihm Russisch-Unterricht zu geben und nach einem Jahr sprach er schon fließend, schrieb und kannte die Grammatik ausgezeichnet. Er hatte ein phänomenales Gedächnis, und schon damals war ich fest überzeugt, daß er seinen Weg im Leben finden wird. Das ist alles. Mehr kann ich nicht hinzufügen."

„Das ist sehr interessant, und entsprechend der russischen Literaturtradition reden Sie mit einer bestechenden Offenherzigkeit. Kamerad Nägele bekleidet in unserem System einen nicht so hohen, aber äußerst verantwortungsvollen Posten. Nach Lage der Dinge dürfen Sie als russischer Emigrant überhaupt nichts von ihm wissen. Wir haben schon Recherchen über Sie angestellt und eine sehr gute Auskunft erhalten. Wir kennen auch die russische Organisation, deren Mitglied Sie sind. Trotzdem ist es aber sehr schwer, an den Zufall zu glauben, daß Sie nur mit einer Bitte an ihn herantreten wollen, den Sie vor achtzehn Jahren als Kind gekannt haben."

„Ich habe nichts mehr hinzuzufügen."

„Demnach verhält sich alles so, wie Sie es geschildert haben? "

„Jawohl."

„Bestehen Sie weiterhin darauf, Herrn Nägele unbedingt zu sehen? "

„Jawohl."

„Ich muß Sie aber davon in Kenntnis setzen, daß Sie sofort festgenommen werden, falls Herr Nägele nichts mit Ihnen zu tun haben will oder sich auch nur ein Schatten der Unwahrheit abzeichnet. Ich bitte Sie, nochmals zu warten."

Da bin ich aber reingerasselt, dachte Woskobojnik, habe mir eine Suppe eingebrockt und selbst eine tote Ratte hineingetan. Anscheinend ist der kleine Matthias Ernst in diesen achtzehn Jahren wirklich weit fortgeschritten. Das war auch eigentlich zu erwarten gewesen bei seiner Begabung.

An der Schwelle stand von Seliger. Sein Gesicht war erstaunt und fröhlich.

„Also, lieber Woskobojnik, da haben Sie sich etwas eingebrockt, doch Ihr Fall ist erledigt. Selbst habe ich mir aus Angst bald in die Hosen gemacht, als ich meine Recherchen anstellte, und diese drei kamen. Sie wollten mich und Sie direkt auffressen. Sie haben Glück. Kamerad Nägele erinnert sich an Sie und möchte Sie gern sehen. Er hat sogar gesagt, meinen alten Lehrer. In zwei Stunden fahren Sie zu ihm."

„Ich danke Ihnen. Wie soll ich mich jetzt verhalten? "

„Nur etwas warten und mich in Zukunft nicht vergessen."

Er wußte nicht, wohin man ihn fuhr. Diese Geschichte gefiel ihm und gefiel ihm nicht. Je höher Nägele auf der Dienstleiter emporgeklettert war, je schneller konnte er helfen. Andererseits hatte er damals etwas Gefährliches an sich, und Gott weiß, in was er sich jetzt verwandelt hat. Die Behörde war nicht allzu groß, kein Luxus war zu spüren. Ein sehr bescheidener junger Mann empfing ihn.

„Kommen Sie bitte herein, Sie werden erwartet!" und er zeigte auf eine in Teakholz gehaltene Tür. Die Tür öffnete sich geräuschlos. Auf einem dunkelgrünen Teppich schritt ihm mit ausgestreckter Hand Matthias Ernst Nägele entgegen.

„Ich freue mich sehr, Herr Woskobojnik, obwohl ich voraussehe, daß unser Gespräch nicht gerade das Angenehmste sein wird. Sonst hätten Sie mich nicht aufgesucht."

„Es wird viel unangenehmer sein, als Sie sich vorstellen können, Herr Nägele. Doch glauben Sie mir, daß ich Sie auch ohne jede Not aufgesucht hätte und mich sehr freue, Sie wieder zu sehen. So viele Jahre sind vergangen! Natürlich, wenn ich es fertiggebracht hätte, Sie zu finden."

„Sie erschrecken mich sogar ein bißchen, aber nehmen Sie Platz. Sie sollen wissen, daß ich mich mit einer nicht ganz alltäglichen Arbeit befasse, selbst im Kriegsmaßstab, und als Sie nach mir fragten, erhob sich eine ziemliche Panik." Nägele lachte leise. „Mit dramatisch heiserer Stimme hat mir eine hohe Persönlichkeit am Telefon berichtet: ‚Sie werden von einem verdächtigen Russen gesucht!' Gleich habe ich an Sie gedacht. Dann fragte er: ‚Soll ich ihn festnehmen oder nicht? ' Aber bitte, nehmen Sie Platz und erzählen Sie mir, wie Sie gelebt haben, seit wir uns trennten."

„Halte ich Sie auch nicht auf? "

„Keineswegs. Der heutige Nachmittag ist Ihnen gewidmet."

Es sind dieselben klugen Schlangenaugen, nichts Kindliches ist mehr in ihnen. Schon lange hat er sich daran gewöhnt, tief und folgerichtig zu denken. Bestimmt nicht gehört er zu denen, die das Böse um des Bösen willen tun, aber er bricht jeden Widerstand, wenn es seine Überzeugung oder sein Glaube verlangt. Nur, was ist das für ein Glaube?

„Sind Sie mit Ihrer Begutachtung zufrieden? Nicht wahr, wenig ist von dem Bengel Matthias Ernst geblieben."

„Ja, ich bin sehr zufrieden."

„Da ich Ihre damalige Offenherzigkeit gut in Erinnerung habe, glaube ich Ihnen auch heute. Einem anderen hätte ich nicht geglaubt. Wieso sind Sie wieder so erstaunt? "

„Herr Nägele, Sie sprechen in fast reinem Russisch zu mir."

„Das ist auch Ihr Verdienst. Sie haben die Basis gelegt, der Überbau ist von mir. Genau wie bei Marx. Aber Sie gefallen mir keineswegs, Woskobojnik. Auf Ihrer Seele liegt ein Stein und ich sage Ihnen ganz offen, daß ich gar keine Lust habe, den Wladimir Schwedow und die Ewgenija Towarkowa zu befreien."

„Ich bin etwas erstaunt, daß Sie alles wissen."

„Kein schwieriges Problem. Es war nicht schwer, festzustellen, daß Sie in derselben Organisation Mitglied sind wie Schwedow, und als man Sie im Reichssicherheitshauptamt fragte, wozu Sie mich brauchen, haben Sie etwas unvorsichtig die Wahrheit gesagt. Das hat man natürlich an mich weitergeleitet, und alles wurde sehr schnell klar. Da wir aber schon alles auf Russisch machen, wie ist eigentlich Ihr Vatersname? "

„Gawril Gawrilowitsch."

„Und meiner Matthias Egonowitsch. Klingt doch nicht schlecht? "

„Sehr gut, und ich würde es sehr gern sehen, Matthias Egonowitsch, wenn Sie mich doch anhören."

„Gawril Gawrilowitsch, Sie sind der letzte Mensch, dem ich etwas abschlagen kann, doch in diesem Fall ..."

„Ich möchte mich mit Ihnen über etwas unterhalten, was nur Sie angeht und nur Sie allein."

„Das fängt an, interessant zu werden. Also, fangen Sie an!"

Das Gesicht Nägeles wurde ernst und hart. Mit Erstaunen schaute er zu, wie Woskobojnik etwas auf ein Stück Papier kritzelte und ihm den Bogen hinüberschob. Dort stand:

„Belauscht uns bestimmt niemand? Das ist sehr wichtig für Sie!"

„Für Sie!" war dreimal unterstrichen. Was für ein Kuriosum, dachte Nägele. Natürlich wird jedes meiner Gespräche mit einem mehr oder weniger bedeutenden Besucher, und andere gibt es bei mir nicht, auf Stenogramm aufgenommen. Er wollte schon ruhig „Nein!" sagen, aber in den Augen Woskobojniks war so ein merkwürdiger Ausdruck, daß er sich erhob und hinausging.

„Sie können nach Hause gehen", sagte er im Nebenzimmer zu seinem Sekretär, der jungen Dame und dem stämmigen Subjekt, das diesmal nicht im Regenmantel, sondern in einem gut geschneiderten Konfirmandenanzug da saß. „Herr Woskobojnik ist mein Jugendfreund", fügte er leise hinzu.

„Verstehen Sie das? " fragte die Sekretärin den Konfirmandenanzug, als sie hinausgingen. „Der Chef sieht heute so fröhlich aus. Ich habe gar nicht gewußt, daß er Freunde hat und dazu noch Russen."

Der Konfirmandenanzug verzog die Schultern.

„So, jetzt sind alle Vorsichtsmaßnahmen getroffen."

„Matthias Egonowitsch, ich beginne. Vor einer Woche war ich in Dettenhausen. Sie wollen natürlich fragen, warum. Diese Frage beantworte ich Ihnen etwas später, doch natürlich nicht, um die vertraute Ortschaft zu besuchen. Ich besuchte den Pfarrer Gruber, Ihren alten Feind, und auch mir ist er nicht allzu sympathisch. Indirekt war er aber die Ursache unserer Freundschaft, denn von ihm war die Hetze gegen Sie aufgezogen. Er erkannte mich gleich und erinnerte sich auch sofort an Sie. Es stellte sich heraus, daß er Sie immer noch haßt, mehr als das, sein Haß war ins Unermessliche gewachsen."

„So mußte es auch sein, Gawril Gawrilowitsch. Er ist Priester und Nietzsche behauptete durchaus nicht unbegründet, daß niemand so hassen kann wie die Priester."

„Ich muß gestehen, ich kenne Nietzsche sehr schlecht."

„Pardon, ich habe Sie unterbrochen. Es wäre sehr merkwürdig, wenn Pfarrer Gruber seinen Haß vergessen hätte."

„Er hat ihn nicht vergessen, im Gegenteil. Er hatte die konkrete Möglichkeit, Ihnen die allergrößten Unannehmlichkeiten zu bereiten und er war bereit, das zu tun. Von ihm habe ich erfahren, daß Sie in der Partei sind und eine ziemlich bedeutende Rolle spielen. Das allein beweist, wie sehr er sich für Sie interessiert. Ich erfuhr, daß Ihr Vater schon lange irgendwo in Stuttgart im Ruhestand lebt, und daß Ihre Mutter vor vier Jahren gestorben ist. Aber vor ihrem Tode hat sie Ihrem Feind ein sehr wichtiges Dokument überstellt, einen Brief mit dem Geständnis, daß Ihr Vater, der Steuerberater Egon Nägele, in Wirklichkeit ..."

„Ich kann mir gar nicht vorstellen, wie Pfarrer Gruber mir schaden kann. Die Stimmung der katholischen Geistlichkeit ist uns bekannt. Wenn sie es könnten, hätten sie jeden von uns in einem Löffel Wasser ertränkt. Aber es gibt doch so ein russisches Sprichwort: *Einer stoßenden Kuh gibt Gott keine Hörner.*"

„In diesem Fall ist dieses Sprichwort durchaus fehl am Platze. Pfarrer Gruber hat ganz bestimmt Hörner."

„Meinen Sie das Dokument? "

„Ja."

„Was konnte dort stehen? Hat der Pfarrer etwas gesagt?"

„Ja, und ich bin gezwungen, Ihnen jetzt etwas zu eröffnen, das vielleicht Ihr ganzes Leben umdrehen wird. Dieser Brief enthält das Geständnis, daß der Steuerberater Egon Nägele nicht Ihr Vater ist und sie erst geheiratet hat, als sie bereits schwanger war. Vermutlich war er an dem Geld interessiert, das sie von der Person erhielt, die Ihr wirklicher Vater war."

„Stand das in dem Brief? Wer ist denn mein Vater? "

„Matthias Egonowitsch, vor ein paar Minuten sagten Sie mir, daß es Ihnen sehr schwer fallen würde, mir etwas abzuschlagen. Jetzt muß ich gestehen, daß es mir viel, viel schwerer fällt, Ihnen die ganze Wahrheit zu offenbaren. Ihr wirklicher Vater ist ein jüdischer Makler mit dem Namen Weißpapier, der bis zum Jahre 1915 in München gelebt hat, und bei dem die Verstorbene lange Jahre als Wirtschafterin tätig war."

Woskobojnik schwieg. Im Zimmer erstarrte alles, er, Nägele und die Möbel. Nägeles Gesicht wurde bleich, dann weiß. In den Augen seines Visavis war etwas, was er dort unter keinen Umständen zu sehen erwartete. Solch ein Gesicht hatte wohl Napoleon am Abend der Schlacht bei Waterloo oder Zar Iwan der Schreckliche, als er seinen Sohn umbrachte. Er senkte die Augen, und als er sie wieder hob, saß vor ihm der alte Nägele, der alte, mit Ausnahme der Augen.

„Gawril Gawrilowitsch, glauben Sie wirklich, daß Pfarrer Gruber solch ein Dokument besitzt? "

„Ich habe es mit meinen eigenen Augen gesehen."

„In den Händen des Pfarrers? "

„Ja, aber jetzt hat er es nicht mehr."

„Wo ist es jetzt? "

„Bei mir."

„Haben Sie es bei sich? "

„Ja."

„Wie ist es Ihnen gelungen, so etwas in die Hände zu bekommen? "

„Durch Erpressung. Mit völlig unchristlichem Triumph eröffnete mir der Pfarrer, daß Ihr Schicksal in seinen Händen sei. Ich habe ihm gedroht, daß solch ein Schritt bedeute nicht mehr und nicht weniger, als daß er seine Hände mit dem Blute zweier Menschen beflecke."

„Wer ist denn der Zweite? "

„Ihr Vater. Er lebt, und ich weiß, wo. Ohne Umschweife habe ich gesagt, daß heute niemand mehr mit Bestimmtheit sagen könne, ob Deutschland den Krieg gewinnt oder nicht, und wenn nicht, wird er als simpler Denunziant und Mörder zur Rechenschaft gezogen. Dafür würde ich schon sorgen. Das dürfte ein harter Schlag für die katholische Kirche sein, die es so sehr liebt, sich selbst als Märtyrerin der braunen Herren darzustellen. Ein katholischer Priester als Mörder, wenn auch eines bedeutenden Mitgliedes der NSdAP und eines verfolgten alten Juden. Da bekam er es mit der Angst zu tun. Vielleicht wurde in ihm auch die Stimme der christlichen Pflichterfüllung wach. Jedenfalls hat er mir dieses Schreiben ausgehändigt."

„Darf ich es sehen? "

„Deshalb bin ich zu Ihnen gekommen. Hier, bitte."

Nägele nahm den Brief, las ihn zweimal durch. Kein Zweifel, das war die Schrift seiner Mutter. Die letzte Hoffnung schwand. Er tat so, als ob er immer weiter lese und dachte angestrengt nach. Man konnte einen Ausweg finden. Erstens, wer wußte die Wahrheit? Sein Pseudovater, Pfarrer Gruber und Woskobojnik. Der Pfarrer war ohne diesen Brief harmlos. Woskobojnik - mit seinen Vollmachten und Verbindungen konnte er ihn loswerden. Dazu gab es Mittel und Wege. Seinen richtigen Vater konnte er noch viel leichter loswerden. Der kranke und alte Egon Nägele wird schweigen. Gut - er beseitigt alle Widerstände. Was wird bleiben? Ein halber Jude, und nach der Rassentheorie, da sein Vater nicht arisch war, war auch er nicht arisch. Wem kann er jetzt in die Augen schauen und wie wird er in seinen eigenen Augen sein? Ein in die Partei eingeschlichener Jude! Es gibt natürlich noch andere, das munkelte man von vielen.

Woskobojnik saß nachdenklich an seinem Platz. Zuerst war bis zur letzten Konsequenz herauszubekommen, wer Woskobojnik war, und dann erst durfte ein endgültiger Entschluß gefaßt werden.

„Was verlangen Sie von mir für dieses Dokument?"

„Nichts. Ich habe auch kein Recht, etwas zu verlangen. Ich bitte Sie nur der beiden, nach meiner Ansicht unschuldig Verhafteten, wegen."

„Mit anderen Worten, Sie erpressen mich genau so wie den Pfarrer?"

„Nein. Ich brachte Ihnen dieses Dokument und Sie können damit tun, was Sie wollen. Auch wenn die beiden mein Sohn und meine Tochter gewesen wären und ich das Schlimmste erwarten müßte, hätte ich Ihnen diesen Brief übergeben."

„Warum glauben Sie so an ihre Unschuld?"

„Ich kenne Wladimir Schwedow nicht persönlich, aber ich habe Nachforschungen angestellt. Er ist vor allem ein Feind des kommunistischen Systems. Die Vergangenheit seiner Braut ist mir noch aus dem Jahre 1921, aus Moskau, bekannt. Ihr verstorbener, oder genauer, ihr ermordeter Vater war Kommunist, aber persönlich ein makellos ehrlicher Mensch. Mir ist ein Fall bekannt, wie er unter höchster Gefahr einen gewissen Priester Welikanoff vor dem Untergang rettete und auch die Familie von eben diesem Schwedow, der damals noch ein Kind war. Gerade deshalb wurde er von Parteiverbrechern und Intriganten ermordet."

„Ist Ihnen der Name eines Kommunisten Kedrow geläufig? "

„Er war einer der widerlichsten und grausamsten Funktionäre der Partei und der Tscheka und dazu ein persönlicher Feind von Torzow. Höchstwahrscheinlich war er der Hauptschuldige an seinem Tode."

Alles nimmt Gestalt an, überlegte Nägele. Womöglich gibt es wirklich einen Gott, der Woskobojnik hierher geschickt hat, um mich zu bestrafen und die Wahrheit zu manifestieren.

Er wußte, er war unfähig, seinen Vater und Woskobojnik zu vernichten. Kedrow wird gelogen haben. Er hat Torzow ermordet und verleumdet seine Tochter und Schwedow.

„Wenn mir früher jemand gesagt hätte, daß es solche Menschen wie Sie gibt, hätte ich das einfach nicht geglaubt. Doch jetzt sehe ich, daß es sie gibt. Schwedow und seine Braut werden befreit. Ich muß noch das Letzte wissen. Wo ist mein Vater, was wissen Sie über ihn und wie haben Sie alles erfahren? "

Woskobojnik schwieg.

„Haben Sie keine Angst. Wir sind beide sehr weit gegangen. Meinem Vater droht meinerseits keine Gefahr."

„Gestatten Sie mir, Ihnen die Ereignisse aus Moskau im Jahre 1921 zu erzählen. Damals hat alles angefangen."

„Erlauben Sie mir, Ihre Erzählung stenografisch aufzunehmen? "

„Aber bitte."

Eine halbe Stunde verging. Die Erzählung war beendet. Der Bleistift knirschte nicht mehr.

„Jetzt kennen Sie den Kern über die sogenannten Springer, die damaligen geheimnisvollen Ereignisse, den Fall des Genossen Kedrow und des Genossen Torzow. Also - ob Sie es glauben oder nicht, der kleine Mönch, der damals so merkwürdig erschien, träumte mir im Zug, als ich aus dem Osten zurückkehrte. Er nannte mir Name und Adresse von Schwedow. Die Adresse stimmte. Schwedow war bereits festgenommen. Seine Wirtin gab mir die Anschrift eines gewissen Professor Sergius, sein Arbeitskollege. Ich ging dorthin, um Einzelheiten über die Festnahme Schwedows zu erfahren und machte dort die Bekanntschaft eines betagten Rabbiners namens Weißpapier."

„Wie kam er zu Professor Sergius? "

„Schwedow lernte ihn in Polen kennen, in Kielce. Er war dort bei einem Lager ..."

„Das ist mir bekannt."

„Schwedow erzählte Professor Sergius von der schweren Lage Weißpapiers und Sergius - ich weiß nicht wie - hat es geschafft, ihn nach Berlin zu bringen und bei sich zu verstecken. Und ich - hier beginnt mein Verbrechen - ich habe nicht nur keine Anzeige erstattet, sondern ihn noch mit Lebensmitteln versorgt. Ich weiß nicht mehr aus welchem Anlaß, es kam zu einem Gespräch über Sühne und Buße und auch über Schwedow. Ihr Vater sagte, daß von allen Anwesenden Gott habe Grund, nur ihn zu bestrafen und erzählte die Geschichte seiner Jugendverfehlung. Er erwähnte den einzigen Brief Ihrer Mutter, und als der Name Anneliese fiel, erschien mir der Zufall frappant. Ich beschrieb ihr Äußeres - das war sie. Als ich ihm sagte, daß sie einen Steuerberater Nägele geheiratet habe und das Kind - Sie waren damals zehn Jahre alt - den Namen Nägele trägt, wurde er sehr aufgeregt. Er sagte gerade heraus, daß er vor diesem Gespräch alle seine irdischen Rechnungen für abgeschlossen gehalten hatte und nur noch auf den Tod wartete. Jetzt aber sehe er ein, daß er noch die Pflicht habe, sich über Mutter und Kind Gewißheit zu verschaffen. Ich mußte sowieso nach dem Süden und versprach ihm, einen Abstecher nach Dettenhausen zu machen. Das Übrige ist Ihnen bekannt."

Nägele erhob sich und ging zum Schrank.

„Ich habe ausgezeichneten Kognak und sehr gutes Teegebäck. Wir müssen uns beide stärken. Vielleicht hat unsere Partei einen großen Fehler begangen, indem sie gegenüber dem russischen Volk solch eine unversöhnliche Position eingenommen hat. Verabschieden wir uns. Ich gebe Ihnen etwas für meinen Vater. Sagen Sie ihm bitte vorläufig nichts. Schwedow und seine Braut werden befreit. Hinterlassen Sie mir bitte Ihre Adresse. Ich werde Sie benachrichtigen."

„Wann ungefähr? "

„Das ist nur eine Frage von Tagen. Ich muß meine Gedanken in Ordnung bringen. Ich muß mir über die Summe meines Lebens klar werden. Wie diese Summe aussehen wird, weiß ich noch nicht. Doch Sie können ganz beruhigt sein, ich halte mein Wort."

Unsicher schaute Woskobojnik Nägele an und erhob sich.

„Wir werden Sie mit dem Auto nach Hause bringen. Hier ist meine Rufnummer. Bewahren Sie sie gut auf, ich stehe nicht im Telefonbuch. Ich werde mich immer freuen, Sie anzuhören, und jetzt ..."

Habe ich richtig oder falsch gehandelt, fragte sich Woskobojnik. Es sprachen ebenso viele Argumente dafür wie dagegen. Schwedow, Eva, Weißpapier, Sergius und er, sie alle waren von jetzt ab von Nägele abhängig. Woskobojnik spürte, daß der kleine Matthias Ernst, jetzt erwachsen und ein hoher Parteibeamter, eher ein schlechter als ein guter Mensch war. Auf jeden Fall war er aber kein kleinlich schlechter Mensch. Das beruhigte ihn sehr. Die nächste Woche mußte Klarheit bringen. Er entschied sich, Sergius zu schreiben und um noch zwei Wochen Wartezeit zu bitten.

*

Matthias Ernst Nägele war allein. Er konnte nicht nachdenken. Die Gedanken weder über das Große, noch über das Kleine ließen sich beherrschen. Solch einen Zustand erlebte er zum ersten Mal und wußte, hier konnte nur die Zeit helfen, vielleicht Stunden, vielleicht Tage. Arbeiten konnte er auch nicht. Die Kanzlei war leer. Nur die Kognakflasche stand auf dem Tisch, zwei Gläser, eine große Schale aus Meißner Porzellan mit Teegebäck.

Ein halber Traumzustand bemächtigte sich seiner. Womit sollte er anfangen? Mit dir selbst! Als er zu sich kam, dämmerte es schon. Stunden waren vergangen. Er entschied, kein Licht anzuzünden. Nach und nach wurde ihm die Frage klarer, wer er eigentlich sei. Ja, wer bin ich denn? Gestern noch war alles klar, und heute? Heute wußte er, daß er kein rassisch reiner Arier und Deutscher war. Wie kaum ein anderer war er dem Führer, Deutschland und der Partei zugetan. Er bekleidete einen wichtigen Posten, und was war er jetzt? Sein Vater war Jude, sogar ein Rabbiner. Nach der Rassentheorie bestimmte in letzter Konsequenz das Blut die Taten der Menschen und auch ihr Bewußtsein. Wenn es so war, hätte er niemals das werden können, was er war. Jetzt wußte er ganz genau, wer er war und was passierte - gar nichts! Das Parteigebäude war nicht eingestürzt, es wankte nicht einmal. Was war demnach die Rassentheorie wert? Und wenn sie nichts wert war, woraus bestand dann das Fundament, auf dem alles aufgebaut war? Das ist unwichtig, sprach jemand für ihn. Was aber ist wichtig? Wichtig ist, was du jetzt tun wirst. Das unschätzbare Dokument ist bei dir. Dein Freund Woskobojnik hat sich als viel zu ehrlich erwiesen, um zum Erpresser zu werden. Niemand wird deine Abkunft erfahren. Hat man dich nicht geschnappt, so bist du kein Dieb! Leb, wie du gelebt hast, und sammle deinen Parteihonig zum Ruhme des Führers und Deutschlands.

Das kann ich nicht, protestierte Nägele. Nein, du kannst und du mußt. Ein Offizier in deiner Lage hätte sich erschossen. Das ist vielleicht ein zu einfacher Ausweg. Dann kommt alles ans Tageslicht und bestimmt wird dein Vater untergehen ... Er ist nicht mein Vater, er ist ein Lump, ein Jude, der Verführer meiner Mutter. Richtig, daß wir sie vernichten.

Wenn du deinen Vater vernichtest, so mit ihm Woskobojnik, deinen einzigen Freund. Warum denn ihn? Weil er ehrlich war, dich aus den Pfoten der katholischen Spinne gerettet hat! Du liebst ihn doch sehr und achtest ihn. Wie kann man diesen Kosaken auch nicht achten! Beeil dich nicht und bearbeite lieber das Stenogramm von dem, was Woskobojnik erzählt hat. Ein neues Dokument und ein neuer Beweis für die Gruppe. Im August ist die nächste Sitzung.

Nägele knipste das Licht an und begann zu arbeiten. Das kalte, von nicht irdischen Strömen durchdrungene

Moskau des Jahres 1921 erstand vor ihm. Ja, glücklich ist Woskobojnik, eine gute Kraft von da drüben sorgt für ihn. Warum hat sie aber gerade die Gestalt eines kleinen, schwarzen Mönches angenommen. Dieselbe Kraft hat wohl auch sein Leben umgedreht. Wo steht das geschrieben: *Furchtbar ist es, in die Hände des lebendigen Gottes zu geraten!*

*

Den Tagen folgten Wochen. Zuerst besprachen Sergius und Weißpapier alle möglichen Varianten über das Verschwinden von Woskobojnik. Nur eins war klar: Er war nicht festgenommen.

„Und ist auch nicht nach dem Osten abgefahren."

„Warum hören wir denn schon anderthalb Monate nichts von ihm? "

„Es gibt nur eine Antwort, Professor. Woskobojnik hat so etwas über Mutter und Kind erfahren, das ihm nicht gestattet, hier zu erscheinen und es zu erzählen."

„Vielleicht sind beide nicht mehr am Leben? "

„Kaum. In diesem Fall wäre er schnell hier. Er gehört nicht zu den Menschen, die unangenehme Entschlüsse auf die lange Bank schieben. Woskobojnik ist ein offener, ehrlicher Mensch. Er trifft Maßnahmen, um die Beteiligten - in erster Linie mich - vor großen Unannehmlichkeiten zu bewahren. Uns bleibt nur zu warten, anscheinend nicht mehr lange."

*

Woskobojnik saß in einem kleinen Restaurant, betrachtete finster die Holztäfelung, die hängenden Lampen, Imitationen von Petroleumlampen, und dachte, daß die solide, dunkle Täfelung am besten zu seiner Stimmung paßt. Es war das gleiche Restaurant, in dem sich vor zwei Jahren Nägele und Kretschmar trafen, der Jäger und das Wild. Längst lebte das Wild nicht mehr.

Wie soll ich das alles verstehen, grübelte Woskobojnik. ‚Ich befreie die beiden und setze Sie in Kenntnis!' Bald drei Wochen sind vergangen. Womöglich hat Nägele doch gelogen. Und das Paket mit den Konserven für Weißpapier? Ein paar Tage warte ich noch, dann rufe ich ihn an.

Er konnte nichts von dem Gespräch ahnen, das Nägele etwa vor einer Woche geführt hatte und bei dem er erfuhr, daß die Untersuchungshäftlinge Wladimir Schwedow und Ewgenija Towarkowa nach da und da überführt worden sind. Das komplizierte alles. Er begann mit seiner Pirsch, erreichte den Untersuchungsrichter und stellte die stereotype Frage:

„Haben die Untersuchungshäftlinge gestanden? "

Die Antwort befriedigte ihn sehr. Kleinlaut gestand der Untersuchungsrichter ein, daß bald vier Monate vergangen sind, er sei der vierte Untersuchungsrichter, doch beide bestehen auf den bisherigen Aussagen.

„Was sagen sie denn so? "

„Sie zeigen eine beneidenswerte Standhaftigkeit. ‚Wir beide sind Antikommunisten und unschuldig!' Besonders radikale Methoden haben wir bis jetzt nicht angewandt. Wenn es jedoch so weitergeht, werden wir wohl dazu gezwungen sein. Doch erlauben Sie mir, erst meine Meinung offen darzulegen."

„Ich bitte Sie sehr darum, Kamerad Glomp."

„Steht wirklich fest, daß sie schuldig sind, Kamerad Nägele? Es sieht nicht danach aus. Was sie eigentlich verheimlichen sollten, haben sie nicht verheimlicht. Was Kommunismus anbelangt - sie rücken nicht vom Fleck."

„Seinerzeit hatte ich auch große Zweifel, Kamerad Glomp. Den Haftbefehl habe ich aufgrund einer Anzeige russischer Emigranten unterzeichnet. Jetzt ist mir klar, wenn man auf alle russischen Emigranten hören sollte, müßte man sie alle einsperren. Kurzum, der Fehler liegt bei mir, Kamerad Glomp."

„Ich bitte Sie, schließlich bin ich ihr Untersuchungsrichter!"

„Wir wollen uns nicht streiten. Schicken Sie die beiden so schnell wie möglich nach Berlin, zusammen mit dem entsprechenden Bericht, und wir werden sie hier befreien. Sie werden natürlich streng überwacht. Was halten Sie davon?"

„Ich bin völlig einverstanden. Wenn man keinen Grund hat, die Menschen festzuhalten, sollte man sie so schnell wie möglich entlassen. Sowieso sind die Gefängnisse voll."

Nägele bedankte sich und bat auch, die Akten nach Berlin zu überführen.

In der Zelle Nr. 192 des Gefängnisses Moabit knackte das Schloß.

„Wladimir Schwedow, fix! Alle Sachen mitnehmen, dalli, dalli!"

Wohin denn noch, dachte Wolodja. Ich saß in Berlin, im Polizeipräsidium, dann aus irgendeinem Grunde in Potsdam, wurde verhört und verhört, jetzt bin ich hier, und anscheinend erwarten mich noch mehr Schweinereien.

Sie passierten zwei Korridore und eine Treppe. In dem Zimmer mit zerkratzten Schränken waren der Aufseher und ein schlanker, dunkelblonder Mann.

„Nehmen Sie Platz!" forderte ihn der Dunkelblonde auf und öffnete eine Akte. Er begann zu lesen, fragte aber vorher nach Namen und Vornamen, ließ sich beides buchstabieren, Geburtsdatum und Ort. Wolodja verstand gar nichts, dann begann sein Herz zu klopfen. Man entließ ihn. Er wollte nach Eva fragen und begann vor Aufregung, in der Nase zu bohren.

„Was machen Sie mit Ihrer Nase? " fragte streng der Aufseher.

„Sofort aufhören!" befahl der Dunkelblonde. „Ihre Verlegenheit ist verständlich, Schwedow. Unsere Behörde liebt es nicht besonders, Menschen in die Freiheit zu entlassen. Doch auch wir sind gerecht, und wenn ein Mensch unschuldig ist, kann ihn niemand weiter im Gefängnis behalten. Unterschreiben Sie bitte hier, und das hier lesen Sie genauer durch und unterschreiben es auch. Sie sind nicht dumm, Schwedow, und wissen, daß man so wenig wie möglich erzählt über alles, was Sie hier gesehen und gehört haben. Sonst könnte es leicht geschehen, daß dieser Vorgang in umgekehrter Reihenfolge abgewickelt wird."

Der Aufseher erhob sich.

„Hier Ihre Ausweise, Paß, Anmeldung, Arbeitsbuch. Ihre eigenen Sachen, die Uhr hat leider ein bißchen gelitten."

Mit zitternden Händen stopfte er alles in die Taschen.

„Verlieren Sie bitte nichts!" empfahl ihm kühl der Dunkelblonde.

Die Tür quietschte. Warme Abendluft empfing ihn. Er versuchte, sich nicht nach dem drohenden Gebäude aus gelben Ziegeln und den komischen Türmchen an der Ecke umzudrehen. Wolodja ging geradeaus.

*

Woskobojnik saß in seiner Pension. Jetzt mußte er Nägele anrufen. Bald sollte er wieder auf Reisen gehen, eine persönliche Begegnung mit General Wlassow. Das war wichtig und notwendig.

„Herr Woskobojnik, Telefon!" rief die Wirtin durch die Tür. „Sehr verdächtig, wenn Sie so träumen! Schnell, ans Telefon!"

Er hörte die ruhige Stimme von Nägele.

„Guten Tag, lieber Lehrer. Sie sind aber zäh. Zwei extra Wochen sind vergangen und Sie schweigen und schweigen."

„Wozu sollte ich Sie belästigen. Sie hatten sicherlich Schwierigkeiten."

„Gottlob vorbei. Heute sieht die Lage so aus: Die Towarkowa ist vorgestern entlassen worden, Schwedow heute gegen fünf Uhr und befindet sich nach unseren Informationen bereits zu Hause. Es wäre gut, wenn Sie ihn besuchen könnten. Sie kennen ihn doch nicht persönlich? "

„Nein, hörte aber viel von ihm."

„Über mich sagen Sie ihm natürlich nichts. Wenn es nötig sein sollte, werde ich den richtigen Weg finden, seine Bekanntschaft zu machen. Wie geht es meinem Vater? Wie war seine Reaktion? "

„Noch gar nicht, Matthias Egonowitsch. Ich war noch nicht dort. Vorher hätte ich mich gern mit Ihnen getroffen."

„Anscheinend fürchten Sie sich vor etwas."

„Ja, ich habe Angst, daß etwas Schlimmes daraus wird. Ihr Vater ist ein sehr kluger Mensch. Ich weiß nicht, was ich ihm sagen soll und wie weit ich gehen kann."

„Erzählen Sie ihm die ganze Wahrheit, so wie mir,auch, wer ich bin. Dann bitte ich, mir mit ihm ein Zusammentreffen zu arrangieren, natürlich, wenn er es will."

„Das wird er unbedingt wollen."

„Dann auf Wiedersehen. Ich erwarte Ihren Anruf. Wann gehen Sie zu ihm? "

„Morgen abend, heute besuche ich Schwedow."

„Gut. haben Sie meine Telefonnummer noch? "

„Jawohl."

„Dann auf Wiedersehen!"

Woskobojnik war zufrieden. Nägele hat Wort gehalten. Jetzt mußte er zu Schwedow gehen und feststellen, was die eigentliche Ursache seiner Verhaftung war. Dumpf fühlte Woskobojnik, daß nicht Nägele der Urquell des Bösen war. Das Böse ging von den eigenen Russen aus. Warum hatte Nägele im Gespräch den Namen Kedrow erwähnt? Woher wußte er überhaupt etwas von ihm? Woskobojnik schüttelte sich unbehaglich. Wer war Nägele, wie war sein Verhältnis zum Reichssicherheitshauptamt und was verbarg sich in den Tiefen dieses Reichssicherheitshauptamtes.

Der Verdacht regte sich, daß er im Grunde genommen über die Organisation der Partei nichts weiß, und daß sich in den Tiefen des braunen Ozeans viel mehr verbarg, als er annehmen konnte. Und auch wer Nägele war - diese Frage blieb offen.

Er klingelte.

„Bitte, öffnen Sie, Frau Hessmann. Ich bin es, Woskobojnik."

„Ah, sehr erfreut!" Frau Hessmann sah munter und zufrieden aus. „Jetzt kann ich Sie mit Freude hereinlassen. Herr Schwedow ist schon drei Stunden zu Hause, hat sich gewaschen und ißt Ihren Speck."

„Wieso meinen Speck? "

„Den Sie mir gegeben haben ... Hier, sein Zimmer kennen Sie ja. Klopfen Sie an. Herr Schwedow ist mit seinem Zimmer jetzt sehr zufrieden."

„Herein!"

Das Zimmer war wirklich groß und hell. Es hatte zwei riesige Fenster. In der Mitte des Raumes stand ein magerer, hoher, blasser, junger Mann.

„Herr Woskobojnik? ... Ja? "

„Ja. Gawril Gawrilowitsch."

„Frau Hessmann hat mir erzählt, anfangs haben Sie sie sehr erschreckt. Auch meine Festnahme hatte sie sehr erschreckt. Doch Ihr Speck - wie ein mittelalterliches Zauberelexier, nach dem die Alchimisten suchten. Ihren Namen habe ich übrigens schon gehört. Wir dienen der gemeinsamen Sache."

„Ja, Wladimir Alexejewitsch. Unsere Bekanntschaft haben wir aber schon viel früher gemacht, im Jahre 1921, zusammen mit Ihrer Jugendfreundin Eva Torzowa. Ich war einer der Springer, die euch angehalten haben, in der dunklen Gasse mit der Laterne angestrahlt, und dann haben Sie uns so tapfer Lebensmittel zum Friedhof gebracht."

„Gawril Gawrilowitsch, darf ich Sie bitten, Platz zu nehmen. Ich bin sehr schwach im Gefängnis geworden, und wenn einer der berühmten Springer vor mir steht, muß ich auch stehen bleiben, und das finde ich sehr unbequem."

„Ihr Humor in Ehren, Wladimir Alexejewitsch. Wollen wir uns an den Tee ranmachen. Ich bin zu Ihnen gekommen, um nach Möglichkeit ein ganzes Knäuel von Ereignissen zu entwirren, die für mich genau so wichtig sind wie für Sie. In Ihrer Abwesenheit habe ich die Bekanntschaft von Professor Sergius und Rabbi Weißpapier gemacht."

„Was aber nun, über kurz oder lang findet man ihn doch."

„Lieber morgen als heute. Mit Lebensmitteln habe ich ihn ein wenig versorgt, das ist aber nicht das Wesentliche. Das Wesentliche sind Sie, und ich hätte gern den Grund Ihrer Festnahme erfahren. Natürlich auf der Ebene unserer Organisation, um zu wissen, was man erwarten kann."

„Anscheinend hat meine Festnahme keine Berührungspunkte zu der Organisation. Daß ich Mitglied bin, wissen die Deutschen schon sehr lange. Dagegen mein Wirken in den Lagern des Reichsministeriums Ost - das ist wahrscheinlicher. Jemandem paßte es nicht, daß es mir gelungen war, Eva zu befreien. Sie heißt übrigens Torzowa-Towarkowa. In Rußland war sie verheiratet."

„Nach meinen Informationen ist sie bereits vorgestern entlassen worden."

„Das stimmt. Ich habe sie schon besucht. Da diese Tatsache Ihnen bekannt ist, muß ich annehmen, daß Sie direkt etwas mit unserer Befreiung zu tun haben."

„Ja, zufällige und sehr merkwürdige Umstände haben uns wieder zusammengeführt. Ich werde Ihnen alles der Reihe nach erzählen, was ich Ihnen sagen kann."

Der Tee war kalt, als Woskobojnik geendet hatte. „Das ist alles. Doch die Person, die Sie und Eva unmittelbar, das heißt auf der deutschen Linie, befreit hat, bat mich sehr, ihren Namen vorläufig nicht zu nennen und auch nicht die Umstände, die mit ihr zusammenhängen. Ohnedies hat man genug zum Nachdenken, denn ohne diese Person, die vorläufig im Schatten bleiben will, wären Sie und Eva mit neunundneunzigprozentiger Sicherheit im Konzentrationslager gelandet. Meine Rolle ist Ihnen jetzt klar, doch noch lange nicht beendet. Ich frage Sie, wie stellen Sie sich Ihre weitere Zukunft vor? "

„Ich halte Eva für meine Braut und wir sind entschlossen, bei erster Gelegenheit zu heiraten. Das war auch der Wunsch des ermordeten Alexej Iwanowitsch und ich glaube, das will auch der, der so wundervoll unser aller Schicksal lenkt."

„Aber Sie kennen doch das Sprichwort: *Vertrau auf Gott und sei selbst kein Trottel!*"

„Und ob!"

„Was wollen Sie unmittelbar unternehmen? "

„Professor Sergius und Weißpapier haben mir noch vor meiner Festnahme den Rat gegeben, mich als Freiwilliger in einen Truppenteil aus Ostfreiwilligen zu melden."

„Das rate ich Ihnen nicht gerade. Wir haben jetzt Juni 1943, langsam ziehen die Deutschen die Schwänze ein, die Trümpfe des Generals Wlassow erstarken. Im Stillen hat man schon angefangen, die ROA zu organisieren."

„Was ist das, ROA? Ich saß fast fünf Monate."

„Russische Befreiungsarmee. Hinter den Kulissen wirken die Unseren. Es reift die Idee der *Dritten Kraft*, einer wirklich russischen Kraft, sowohl dem Kommunismus als auch den deutschen Plänen im Osten fremd. Ihr Platz ist in der

ROA. Sie sind durchaus nicht der Erste der Unseren, der dort hineinkommt. General Wlassow steht gut zu den Mitgliedern des Bundes. Er weiß, daß man unsere Leute in allem Möglichen beschuldigen kann, nur nicht eines Kompromisses mit dem Kommunismus, und solche Leute braucht er."

„Ich bin gern bereit, doch wie soll man es anstellen? Und was geschieht mit Eva? Ich kann sie nicht verlassen."

„Das ist auch nicht nötig. Eva wird bei Ihnen sein. Ich habe die Möglichkeit, Sie zu empfehlen und brauche nur Ihre prinzipielle Zustimmung."

„Sie haben mein Wort."

„Erwarten Sie die Nachricht. Morgen beginne ich. Sagen Sie aber vorläufig niemandem etwas, auch nicht Ihren Freunden Sergius und Weißpapier. Man darf erst dann über eine Sache reden, wenn es soweit ist. Natürlich wird es eine Weile dauern, aber warten Sie getrost auf Nachrichten. Ich lasse Sie nicht im Stich."

Ein wundervoller Juniabend stieg auf Berlin herab. Langsam verblaßten die Gefängniseindrücke, deutlicher und deutlicher hoben sich die Gestalten von Sergius, Weißpapier und Woskobojnik empor. Jeder stand auf seinem Platz. Und Eva? Mit ihr war alles klar. Sie wird seine Frau.

Wolodja schaute auf das sommerliche Panorama der Stadt. Wie damals, Ende August 1940, tat sich etwas in der Atmosphäre. Vom Osten zogen klobige Wolken auf. Lila Ränder hielten die schweren Massen in dunkler Umrahmung. Der Westen dagegen schimmerte in leuchtendem Gold. Die unsichtbare Achse zwischen Licht und Finsternis schwebte direkt über seinem Kopf. Dort kämpft wieder jemand gegen jemanden, dachte er.

Fünf Monate Gefängnis, überlegte er. Jetzt muß ich beten und am nächsten Sonntag gehe ich in die Kirche. Auf dem Nachttischchen, neben dem Bild seines Vaters, lag das Evangelium in seinem Ledereinband, daneben das jüdische Buch. Gut, daß man diesen Folianten nicht bei der Haussuchung beschlagnahmt hat. Wolodja nahm das Evangelium. Wieso denke ich, daß im Evangelium alles klar ist und in diesem Buch alles unklar. Er las einige Kapitel, und dann nahm er das Buch. Wie sagte Weißpapier damals? Übersetzen ist sinnlos. Lange und eindringlich schaute er in die unverständlichen Zeichen. Die Zeichen hatten einen Sinn und ihm schien, als ob nur eine ganz dünne Wand ihn vom Verstehen trennte.

Einige Zeichen kniffen die Augen zusammen und lächelten, andere schauten drohend und befremdend, und diese beiden Zeichen sind bereit, einen Streit einzugehen. Besonders beeindruckte ihn eine Seite. In dem dunklen Zimmer flossen die schwarzen Zeichen zusammen zu einem verwickelten Muster. Wieder ist das Muster meines Lebens vor mir, wie im August 1940. Es müßte viel klarer sein. Drei Jahre sind vergangen. Eva ist bei mir. In dem unverständlichen Buch stand etwas dem Evangelium sehr Ähnliches geschrieben, nur anders und in einer anderen Sprache. Wolodja wußte bereits nicht mehr, in welchem Buch er las.

„Denn David spricht von ihm:
‚Beständig stell ich den Herrn mir vor Augen;
Denn er steht mir zur Rechten,
drum wanke ich nie.
Des freut sich mein Herz und frohlockt mein Geist;
auch mein Leib wird in Sicherheit ruhen.
Denn der Unterwelt gibst du
nicht preis meine Seele.
Du läßt deinen Frommen
nicht schaun die Verwesung.
Den Pfad zum Leben tust du mir kund:
Bei dir ist die Fülle der Freuden,
In deiner Rechten ewige Wonne.' "

Davids Psalm. Warum lese ich gerade ihn? Weil mir sehr froh zumute ist. Ich bin wieder frei!

Das Muster dehnte sich aus, verwickelt und unglaublich kompliziert, viel, viel verwickelter als damals. Von allen Seiten umfaßten die Schlingen Wolodja. Mattblasse Linien, gelb und lila. Viele haben wohl den Tod erlitten von denen, die ich gekannt habe. Helle Linien, gelb und lila. Die Schattierungen sind unterschiedlich. Je heller sie leuchten, umso stärker brennt der Lebensdocht. Neue Menschen sind in mein Leben getreten. Nur eins ist wie damals geblieben, die beiden Linien, die über alle herrschen. Die eine von jemandem, der mich sehr liebt - das ist Eva - und die andere von jemandem, der mich haßt. Ihn kenne ich nicht, noch nicht. Und die dritte Linie, klar wie Bergkristall, der Sinn meines Lebens. Womöglich werde ich auch jetzt nicht erfahren, woher sie kommt und wohin sie verschwindet. Wolodja schaute genauer hin und erblickte zum ersten Mal auch zweifarbige Linien, gelb und lila, die Farben ineinander verstrickt. Müdigkeit kam auf. Ich bin noch nicht reif, noch nicht reif, noch nicht reif, noch nicht reif ... aber für die Armee des Generals Wlassow bin ich reif.

Mit diesem Gedanken schlief er ein.

VATER UND SOHN

Das Zimmer von Professor Sergius hatte sich nicht verändert. Weißpapier, diesmal kurz geschoren und ohne Paies, saß auf demselben Platz, genau so komisch gekleidet wie damals. Er erhob sich gleich und begrüßte Woskobojnik wie einen alten Bekannten. Niemand hetzte mit Fragen, obwohl man ihn anderthalb Monate nicht gesehen hatte. Sergius brachte Tee.

„Ich habe Ihren Auftrag erfüllt, Herr Weißpapier. Wenn Sie wünschen, erzähle ich alles der Reihe nach. Daß ich den Fall so lange herausgezogen habe, hat seine guten Gründe. Es ging nicht schneller. Ich war in Dettenhausen. Dort habe ich erfahren, daß Frau Nägele, die Mutter Ihres Sohnes, vor vier Jahren verschieden ist. Ein Fehler ist ausgeschlossen. Diese Nachricht und Beweise habe ich von einem Pfarrer Gruber erfahren. Ihr Gatte, Herr Nägele, verbringt seinen Lebensabend in Stuttgart. Er ist nicht mehr der Jüngste. Und Ihr Sohn, mein damaliger kleiner Freund, hat eine große Parteikarriere gemacht. Er ist hier in Berlin. Vor ungefähr drei Wochen war ich bei ihm. Er empfing mich wie einen nahestehenden Menschen, mehr als das, mit seiner Hilfe gelang es mir, Schwedow und die Towarkowa freizubekommen."

„Demnach ist mein Sohn kein schlechter Mensch?"

„Wie soll ich mich da ausdrücken? In gewisser Beziehung steht Ihr Sohn jenseits von Gut und Böse."

„Das ist deutlich. Also ein schlechter Mensch."

„Vielleicht, aber auf jeden Fall schlecht nicht im spießbürgerlichen Sinne dieses Wortes. Ein kluger Mann und sehr offen. Er hat mir direkt gesagt, daß er nicht daran denke, die beiden zu befreien. Ich konnte ihm jedoch einen großen Dienst erweisen. Derselbe Pfarrer Gruber, der seit eh und je ein Feind Ihres Sohnes war, hatte ein Dokument, das Ihrem Sohn die allergrößten Unannehmlichkeiten zufügen konnte. Ein Brief der verstorbenen Frau Nägele an den Pfarrer, in dem sie kurz vor ihrem Tode, und vielleicht auch in Vorahnung des Unvermeidlichen, eröffnete, wer der Vater ihres Sohnes war. Sie wollte Sie, wenn es irgendwie geht, noch einmal sprechen. In dem Brief wurden Ihr voller Name, Ihre damalige Beschäftigung als Makler und der Wohnort München erwähnt. Dieses Dokument wollte der Pfarrer gegen Ihren Sohn verwenden und hätte es vermutlich auch geschafft, ihn zu vernichten. Mir ist es gelungen, ihn zu überzeugen, nicht so weit zu gehen. Mehr als das, er händigte mir diesen verderblichen Brief aus."

„Aus welchen Erwägungen hat er das getan? "

„Ich habe ihm klar vor Augen geführt, daß der Untergang Ihres Sohnes auch Ihr Untergang bedeutet und habe auch ohne Umschweife hinzugefügt, daß im Falle einer Niederlage Deutschlands alle, die am Untergang von Menschen schuldig sind, zur Rechenschaft gezogen werden und mit gnadenloser Bestrafung rechnen müssen. Ein katholischer Priester wird in der Rolle eines Mörders etwas merkwürdig dreinschauen. Das hat ihn erschreckt und er gab mir den Brief. In Berlin gelang es mir, allerdings nicht ohne Abenteuer, Ihren Sohn ausfindig zu machen. Ich setzte alles auf eine Karte, erzählte ihm die ganze Geschichte und übergab den Brief. Das war sozusagen ‚va banque'. Der Schlag, der Ihren Sohn getroffen hat, der ein überzeugter Nationalsozialist ist und dem Führer bedingungslos ergeben, war sehr schwer. Dazu bekleidet er noch einen bedeutenden Parteiposten ..."

„Dann sind Sie, ich und der Rabbi rettungslos verloren. Wir sind schon so gut wie Leichen."

„Sie brauchen sich nicht zu beunruhigen, Professor! Seitens Herrn Nägele droht uns vorläufig keine Gefahr. Es hat einige Minuten gegeben, in denen ich nicht wußte, wie sein Entschluß ausfallen wird. Doch er hat mir zu verstehen gegeben, daß er nicht daran denkt, seinen Vater zu verfolgen. Mehr als das, er übergab mir für Sie einige Lebensmittel und bat mich, Sie zu fragen, ob sie geneigt wären, sich mit ihm zu treffen. Er hat mir auch versprochen, die beiden Festgenommenen zu befreien, und er hat Wort gehalten."

„Wann hat dieses entscheidende Gespräch stattgefunden? "

„Vor etwa drei Wochen."

„Dementsprechend hatte er Zeit genug, uns alle festnehmen zu lassen. Also wollte er nicht."

„Ich bin derselben Meinung, Herr Weißpapier. Die Lebensmittel für Sie. Das ist auch für ihn ein Verbrechen."

„Gawril Gawrilowitsch, können Sie mir ungefähr sagen, welchen Posten mein Sohn bekleidet? "

„Genau kann ich das nicht. Ich habe ihn durch das Reichssicherheitshauptamt ausfindig gemacht."

„Demnach ist er ein SS? "

„Das kann ich wirklich nicht genau sagen. Ich nehme an, daß die Dienststellung Ihres Sohnes irgendwie weit über diese Behörde hinausgeht."

„Sehr undeutlich. Hat er Ihnen etwas gesagt? "

„Nicht direkt. Ich erzählte ihm von den mysteriösen Ereignissen des Winters 1920/21 in Moskau. Ich war damals dort und alles rollte vor meinen Augen ab. Die unerklärlichen Ereignisse interessierten Ihren Sohn sehr, und er bat um Erlaubnis, meine Erzählung mitzustenografieren."

„Wie sind Ihre Schlußfolgerungen? "

„Nicht endgültig, doch anscheinend ist Ihr Sohn seinem Vater völlig ebenbürtig was das Fingerspitzengefühl für die Welt des Unverweslichen anbelangt."

„Sie sprechen da etwas ganz Furchtbares aus. Noch eine letzte Frage. Hat Ihres Erachtens mein Sohn unmittelbar etwas mit dem zu tun, was man jetzt mit den Juden macht? "

„Ich glaube nicht."

„Und er will mich sehen? "

„Ja."

„Bringen Sie ihn her, wann es Ihnen paßt. Vielleicht übermorgen."

Worüber werde ich mich mit ihm unterhalten, dachte Weißpapier, als Woskobojnik fortgegangen war. Ich bin Jude, Rabbiner, und Vater eines bedeutenden Parteibeamten. Er gehört zu einer anderen Welt, und er ist mein Feind. Wie muß er mich hassen, selbst daran, daß alles ans Tageslicht gekommen ist, bin ich schuld. Ich habe doch alles Woskobojnik anvertraut, und wozu brauchte ich das. Gott hat alles vor mir verheimlicht.

Er war allein. Professor Sergius begleitete Woskobojnik. Im halbdunklen Zimmer tastete Weißpapier nach der dunklen Mütze und begann zu beten. Er bat nur um eins, ihm einen Ausweg zu zeigen. Dann schlief er ein.

*

„Wie ist denn mein Vater? " fragte Nägele Woskobojnik ruhig.

„Ihr Vater ist Ihrer völlig würdig. Er ist ruhig, äußerlich zumindest. Er hat die Nachricht gehört, wer Sie sind und ist mit einer Begegnung einverstanden. Heute abend erwartet er Sie."

„Hat er die Lebensmittel angenommen? "

„Ja, und mit Dank."

„Hat er noch etwas gefragt? "

„Er wollte wissen, ob Sie etwas mit den Deportationen der Juden zu tun haben."

„Was haben Sie geantwortet? "

„Nach meiner Ansicht haben Sie damit unmittelbar nichts zu tun."

„Sehr richtig. Einen Teil des Weges fahren wir, den Rest gehen wir zu Fuß, wegen der Konspiration."

*

An der Tür wurde geklopft.

„Herein!" rief Sergius.

Das Gesicht Woskobojniks erschien im Türrahmen, dann drehte er sich um und ließ jemanden passieren. An der Schwelle stand ein hagerer, mittelgroßer Mann, mit dünnem, weißblondem, kurzem Haar. Der Eingetretene verbeugte sich höflich und stellte sich vor.

„Sie gestatten, Nägele."

Alle erhoben sich.

„Darf ich die Herrschaften trotzdem bekannt machen?" fragte Woskobojnik. „Hier ist der Hausherr, Professor Sergius, Herr Weißpapier."

„Sehr verbunden", sagte Weißpapier.

Wie sie sich ansehen, aber die Hände reichen sie sich nicht.

„Da nun alle miteinander bekannt sind, hätte ich mich gern verabschiedet ..."

„Und ich werde Sie begleiten." sprach Sergius. „Wir lassen unseren neuen Gast allein mit unserem alten Gast."

„Meine Herren, keinesfalls möchte ich, daß mein Besuch Sie irgendwie einengt. Das schaut nach dem russischen Sprichwort aus: *Der ungebetene Gast ist schlimmer als ein Tatar.*"

„Gott bewahre! Wir werden dem Schwedow für ein paar Stunden einen Besuch abstatten. Dann sehen wir uns noch."

„Vortrefflich, Professor. Verschaffen Sie mir eine Audienz beim Schwedow. Ich muß mich unbedingt ein bißchen mit ihm unterhalten."

Die Tür schloß sich.

Noch immer standen Nägele und Weißpapier sich gegenüber und schauten sich an.

„Vielleicht nehmen wir beide Platz. Ich kann mich doch schlecht in Gegenwart meines Vaters als Erster setzen . Sonst stehen wir beide wie bestellt und nicht abgeholt."

Na, hoffentlich holen mich deine Gesinnungsgenossen nicht bald ab, dachte Weißpapier und setzte sich.

„Trotzdem scheint mir alles sehr merkwürdig. Mit welcher Absicht sind Sie zu mir gekommen? Obwohl ich anerkennen muß, daß die Initiative bei mir lag. Es war meine Pflicht, das Schicksal Ihrer Mutter und ihres Kindes zu erfahren. Zu diesem Zwecke habe ich mir die Liebenswürdigkeit unseres gemeinsamen Bekannten, Herrn Woskobojnik, zunutze gemacht. Zufällig hat er im Gespräch Sie und Ihre Mutter erwähnt. Das war der reine Zufall."

„Entschuldigen Sie, daß ich Sie unterbreche. Glauben Sie in solchen Fällen an Zufall? Ich persönlich glaube nicht daran."

„Wenn es Ihnen paßt - ich auch nicht. Trotzdem, warum sind Sie hier? Sie als hoher Parteibeamter werden doch nicht einen Juden umarmen, auch wenn er Ihr Vater ist."

„Ich hatte zwei Wege. Der eine - ganz gerade und durch die Begriffe des Milieus diktiert, aus dem ich komme. Das hieße, Sie als Juden festzunehmen und der Vernichtung zu unterstellen, und außerdem, alle diejenigen streng zu bestrafen, die Ihnen geholfen haben. Das hieße aber, Mörder des eigenen Vaters zu werden, und zugleich, der einiger guter und nützlicher Menschen."

„Nützlich für wen? "

„Für die Menschheit im Allgemeinen und für Deutschland insbesondere. Woskobojnik, Professor Sergius, Schwedow und seine Braut sind Menschen, die man nicht ohne Weiteres vernichten kann. Das hat nichts mit Sitte und Moral zu tun. Lassen wir diese beiden Begriffe überhaupt ruhen. Wenn ich diesen Weg beschritten hätte, müßte ich konsequent bis zum Ende sein. Die erbarmungslose Erfüllung der Pflicht Ihnen gegenüber, hätte dieselbe Erbarmungslosigkeit mir gegenüber bedingt. Ich hätte selbst einen Bericht schreiben müssen, ich sei in Wirklichkeit ein halber Jude und müsse Ihnen folgen. Ich sage ganz offen, solch ein Fanatiker bin ich nicht. Und da der erste Weg für mich verschlossen war, blieb nur der zweite. Nichts zu unternehmen und in Ihnen nur meinen Vater zu sehen."

„Mit anderen Worten, Sie haben Angst um Ihr Leben und Ihre Karriere? "

„Selbstverständlich. Aber so handeln alle Menschen, Außerdem bin ich völlig unschuldig an der Tatsache, daß ich der illegitime Sohn eines Juden bin. Hätten Sie meine Mutter damals geheiratet, wäre ich ein Halbjude und das Schicksal der Juden wäre auch mein Schicksal geworden. Alles wäre sehr einfach und klar. Doch das haben Sie nicht getan. So wächst Ihr Sohn als Deutscher heran, hält sich für einen rassisch reinen Deutschen, was wiederum völlig natürlich ist, und schließt sich einer mächtigen nationalen Bewegung an. Ihm gelingt eine Karriere. Welche, ist unwichtig. Das ist nur der Beweis, daß Ihr Sohn überhaupt zu etwas fähig ist. Und plötzlich stellt ein blinder und wilder Zufall alles auf den Kopf. Wie sollte ich mich Ihrer Ansicht nach benehmen? Offiziell Ihr Sohn und Jude werden, kann ich nicht. Ich sehe jetzt, daß die Zugehörigkeit zu einem Volk nicht durch rassische Merkmale bestimmt wird, sondern durch das innere Gefühl der Zugehörigkeit. Gefühlsmäßig bin ich ein Deutscher, und daran ist nichts zu rütteln. Und als Deutscher bin ich Mitglied der Nationalsozialistischen Deutschen Arbeiterpartei. Das ist auch eine Tatsache. Wie soll ich denn keine Angst haben? "

Zweifelsohne spricht er ganz offen, überlegte Weißpapier. An seiner Stelle hätte ich dasselbe gesagt. Er hat auch Recht, ich bin schuld und nicht er. Was soll aber jetzt geschehen? Womöglich überlegt er sich etwas anderes, und wir alle sitzen hinter schwedischen Gardinen.

„Die neusten Grausamkeiten Ihrer Bewegung halten Sie für nichts? "

„Das Ringen eines großen Volkes mit seinen Feinden ist immer grausam. Niemand wird uns schonen, wenn wir diesen Krieg verlieren und demnach haben auch wir keinen Grund, unsere Feinde zu schonen. Ich meine natürlich die wirklichen Feinde. Vieles von dem, was in der letzten Zeit geschieht, halte ich für eine überflüssige Grausamkeit."

„Sie haben die Möglichkeit, denen zu helfen, denen Ihrer Ansicht nach Ungerechtigkeit geschieht."

„Nicht auf der allgemein staatlichen Ebene. Auf einer gewissen lokalen Ebene ja, sonst wären Schwedow und seine Braut jetzt nicht frei."

„Darf ich als Ihr Vater erfahren, wie Ihre dienstliche Position ist? "

„Ich kann Ihnen keine direkte Antwort geben. Ich will nur erwähnen, daß meine Stellung nicht bedeutend genug ist, um direkt auf die politischen Entschlüsse der Reichsregierung einzuwirken. Aber für den Fall, daß meine Tätigkeit von Glück gekrönt wird, und des Einwirkens anderer positiver Elemente, kann es leicht geschehen, daß meine Tätigkeit entscheidend ist, nicht nur für den Ausgang des Krieges, sondern für das weitere Schicksal der Menschheit. Zusammen mit mir wollen sich einige andere endlich einmal zurechtfinden, welche Rolle der geistige Faktor im menschlichen Schicksal spielt, und ob ein Mensch dazu in der Lage ist, mit seinem Verstand die Welt des Unverweslichen wenigstens teilweise zu erfassen."

In ihm spricht mein Blut, dachte Weißpapier. Seine Vermutungen, daß die Deutschen durchaus nicht nur fähig sind, aus Kanonen zu schießen, nahm Gestalt an. Wie weit aber waren die Deutschen, was wußten sie bereits?

„Ich glaube, das, was Sie den geistigen Faktor nennen, und was meiner Ansicht nach besser als die Welt des Unverweslichen zu bezeichnen ist, kann niemals durch den menschlichen Verstand begriffen werden, sondern lediglich durch den menschlichen Glauben."

„Gerade das wollen wir klären, und Sie als Jude werden doch nicht abstreiten, daß wir durchaus nicht die Ersten sind."

„Natürlich nicht. Doch diejenigen, die sich vor Ihnen damit befaßten und deren Anstrengungen möglicherweise jetzt parallel zu den Ihrigen laufen, haben sich überhaupt nicht für den Ruhm und die Macht dieser Welt interessiert. Für sie waren und sind wichtig die Gottesgeheimnisse und Gottesgebote, die immer und überall von machtbesessenen Menschen mit Füßen getreten werden. Sie interessiert doch nur der Sieg und der Triumphmarsch über die ganze Welt."

„Durchaus nicht nur das, es wäre zu oberflächlich. Genau wie Karl Marx möchten wir herausbekommen, ob der Mensch in der Lage ist, die Gesetze der Entwicklung der menschlichen Gesellschaft zu begreifen oder nicht. Wenn ja, was steht hinter diesen Gesetzen und wer dirigiert sie."

„Ich meine - Gott."

„Das ist sehr nebelhaft. Uns kann diese Antwort nicht befriedigen. Aber lassen wir das. Etwas anderes ist wichtiger. Ich hoffe, Sie sehen in mir nicht Ihren Feind. Ich verlange keine väterlichen Gefühle von Ihnen und fühle mich selbst auch nicht als Ihr Sohn. Aber ich bin es, und es ist meine Pflicht, Ihnen zu helfen."

„Hätten Sie mir auch geholfen, wenn ich nicht Ihr Vater wäre? "

„Wenn Sie eine überdurchschnittliche Persönlichkeit wären, ja, und meiner Ansicht nach sind Sie gerade solch eine Persönlichkeit."

„Und bei einem einfachen Juden? "

„Nein, ihm bestimmt nicht."

„Was muß ich demnach jetzt tun als Ihr Vater und als Jude? "

„Hier ruhig leben bleiben. Vorläufig ist das der sicherste Ort. Für Ihre Ernährung werde ich sorgen. Sie sind vor mir schuldig, daß Sie mich gezeugt haben und den ganzen Sinn meines Lebens ins Zwielicht gebracht haben, und ich bin schuldig, daß ich nicht den Mut aufbringe, mich in das Ghetto von Litzmannstadt einschließen zu lassen und mich beim besten Willen nicht als Jude fühlen kann. Jetzt bitte ich Sie, mir zu helfen, das Vertrauen von Professor Sergius zu erlangen. Seinen Namen kenne ich schon lange in Verbindung mit der Firma, in der auch Schwedow arbeitete, und auch in Verbindung mit einem anderen Fall. Doch jetzt weiß ich, daß ich falsch unterrichtet war und deshalb mußten dritte Personen leiden."

„Kann ich versichert sein, daß Sie diesem guten Menschen nichts Böses tun werden? "

„Ganz gewiß."

„Bald kommen sie zurück. Sind Sie mit der Anwesenheit Woskobojniks einverstanden? "

„Ich habe nichts gegen ihn."

„Ich höre bereits ihre Schritte."

„Sie haben ein sehr gutes Gehör."

„Sind wir nicht zu früh? " fragte Sergius. „Sonst können wir noch ein paar Kreise um das Viertel machen."

„Gerade wollte Herr Nägele offen mit Ihnen reden, Professor."

„Ist das ein offizielles Verhör? "

„Absolut nicht, ich brauche Ihre Hilfe, Herr Professor. Und auch Ihre, Woskobojnik. Ich hätte gern die hier Anwesenden gefragt, ob jemand mit Ausnahme des Herrn Woskobojnik den Namen Kedrow kennt."

„Nie gehört."

„Ich auch nicht."

„Ist Ihnen, Herr Professor, der Name Busukin geläufig?"

„O ja, er hat einige Zeit in der Firma Johann Morgen & Co. mit mir zusammen gearbeitet, bis Schwedow und ich ihn als Spitzel entlarvt haben."

„Ausgezeichnet. Was haben Sie gedacht, Professor, als Sie von der Festnahme Schwedows erfuhren? Ist er schuldig oder nicht? "

„Für schuldig konnte ich ihn in keinem Falle halten. Ich habe ihn bei unserer gemeinsamen Arbeit sehr gut kennengelernt. Als Mensch stellt er einen ziemlich seltenen Typ dar, den eines völlig konsequenten Antibolschewisten. Mir ist auch seine Tätigkeit in russischen Emigrantenkreisen bekannt. Von Anfang an hatte ich den Eindruck, daß seine Festnahme entweder auf einem Irrtum oder auf einer falschen Aussage beruht."

„Wahrscheinlich entspricht das Letztere der Wahrheit. Ich hätte gern noch eins gewußt. Warum bekleiden Sie einen so bescheidenen Posten, wenn Sie seinerzeit Professor in Freiburg waren? Darf ich fragen, wieso Sie Ihren Lehrstuhl verloren? "

„Sehr einfach. Ich paßte nicht in die kirchlichen Kreise beider Konfessionen und man hat mich herausgeekelt."

„Von meinem Standpunkt ist das keine Schuld. Herr Woskobojnik kennt meine Kindheitsmisere."

„Dann siedelte ich nach Berlin über, und da hier jedermann die Tragödie seines Lebens und die Geschichte seiner Verfehlungen erzählt, ist jetzt die Reihe an mir. In Berlin erhielt ich eine Stelle als Erzieher in einer sehr vornehmen Familie eines Kommerzienrats Stubinger ..."

„Verzeihung, wie war der Name? "

„Stubinger, Herr Nägele, ein überdurchschnittlich unangenehmer Herr. Noch schlimmer war seine Tochter. Ingeborg hieß die Göre, dreizehn Jahre alt, und dort habe ich endgültig mein Rückgrat gebrochen. Lachen Sie über mich soviel Sie wollen, meine Herren, aber ich weiß, daß diese Ingeborg mich noch immer in ihren Krallen hält, obwohl ich sie Gott weiß wie lange nicht mehr gesehen habe, und einmal werde ich ganz in ihre Hände geraten ... Geschehen ist aber folgendes ..."

Dich wird sie kaum brauchen, dachte Nägele, Ingeborg Stubinger ist seit dieser Zeit sehr weit vorangeschritten . Interessant, das also ist die Wahrheit über Stubinger, mit dem ich schon einige Jahre zusammenarbeite, und dem ich wieder bei der offiziellen Assemblee gegenübersitzen werde. Warum erfahre ich in der letzten Zeit von den absonderlichsten Leuten immer etwas Neues? Sie alle sind mit mir verbunden, das ist kein Zufall. Doch jetzt muß ich sie alle wie meinen Augapfel hüten. Vielleicht ist man schon bis an den Strich gelangt. Wie überschreitet man die letzte Grenze?

„Ich danke Ihnen allen für Ihr Vertrauen, meine Herren und wiederhole, meinerseits droht Ihnen keine Gefahr. Selbstverständlich müssen Sie alle sehr vorsichtig sein."

Nägele erhob sich.

„Auf Wiedersehen und gute Nacht! Gawril Gawrilowitsch, würde es Ihnen etwas ausmachen, mich zu begleiten? "

„Mit dem allergrößten Vergnügen!"

„Wozu haben Sie ihm Ihre Lebenstragödie erzählt, Professor? "

„Ich weiß selbst nicht, warum. Aber ich fühlte, es mußte so sein. Und Sie? Was sagen Sie von Ihrem Sohn? Das ist viel wichtiger."

„Vorläufig kann ich noch nichts sagen. Ich bin ihm aber sehr dankbar, daß er keine Familientragödie daraus gemacht hat und selbst alles auf seinen Platz gestellt hat. Er benahm sich so, wie er sich zu benehmen hatte. Er konnte nicht darum herumkommen, mich zu besuchen, da er von meiner Existenz erfahren hat. Aber wir fühlen nichts für einander, folglich war es auch nicht nötig, ein Melodrama zu veranstalten. Wer mein Sohn auch sein sollte, auf jeden Fall ist er ein bedeutender Mensch. Außerdem habe ich von ihm erfahren, daß sich auch in den Tiefen des braunen, gottleugnerischen Materialismus etwas ganz anderes verbirgt."

„Was, zum Beispiel? "

„Das weiß ich noch nicht."

„Was sollen wir jetzt machen, Rabbi? "

„Warten - auf den Fingerzeig Gottes, wenn Gott es will und wir dessen würdig sind."

*

Lange gingen Woskobojnik und Nägele schweigend nebeneinander.

„Wären Sie einverstanden, Gawril Gawrilowitsch, mich zu Schwedow zu begleiten? "

„Natürlich. Er kennt Sie nicht, glaube ich. Jetzt wird er wohl zu Hause sein."

„Vor langer Zeit habe ich ihn flüchtig gesehen. Ich muß ihn über Kedrow ausfragen und möchte das tun, bevor Sie ihm von mir erzählen und alles vermasseln."

Still und fröhlich lachte Nägele. Sie gingen zur U-Bahn.

„Der Schwedow will aber hoch hinaus", lachte Nägele, als sie die Treppe hochstiegen.

„Ja, beinah ganz oben, das besagt aber gar nichts. Es ist wichtig, ganz oben zu sein."

„Rechnen Sie damit? "

„Ich hoffe es wenigstens. Wir sind da."

Nägele las: Elvira Hessmann.

„Wer ist da? "

„Ich bin es, Frau Hessmann, Woskobojnik, mit einem Bekannten. Ist Herr Schwedow zu Hause? "

„Immer herein. Es ist ganz still bei ihm. Ich glaube, er liest."

Woskobojnik klopfte an die Tür.

„Gawril Gawrilowitsch, für Sie bin ich immer da. Ich

mache gleich auf."

„Ich bin nicht allein. Ich bringe einen deutschen Gast zu Ihnen."

„Guten Tag, ich heiße Nägele. Störe ich nicht? " fragte der Eingetretene höflich. Wolodja schaute den Gast flüchtig an. Wo nur habe ich schon diesen hageren, weißblonden Mann gesehen? Kluge und kalte Augen verwischten den Eindruck der unansehnlichen Figur.

„Bitte, nehmen Sie Platz", forderte Wolodja sie auf und lächelte Woskobojnik froh zu.

„Herr Schwedow", begann Nägele. „heißen Sie nicht zufällig ‚von Schwedow? ' Nein? Das ist gut. Längst wissen alle Deutschen, daß alle russischen Emigranten Fürsten sind. Wir begegneten uns schon einmal, in den ersten Tagen des Krieges mit der Sowjetunion. Aber das ist jetzt unwesentlich. Ich will auch nicht verheimlichen, daß ich sogar etwas mit Ihrer Festnahme zu tun hatte. Doch jetzt bin ich beinah als Privatperson gekommen. Ihre Festnahme beruhte auf einem Irrtum und schuld daran trägt eine ganz bestimmte Person. Sagen Sie bitte, ist Ihnen der Name Kedrow geläufig? "

„Und ob, noch von Moskau her."

„Könnten Sie mir erzählen, unter welchen Umständen Sie seine Bekanntschaft gemacht haben und welche Rolle er in Ihrem Leben spielte? "

„In meinem Leben eine ziemlich kleine, doch hat er eine ganze Reihe unschuldiger Menschen zugrunde gerichtet. Ich werde Ihnen alles erzählen, natürlich, was ich genau weiß."

„Ich werde mit Ihrer Erlaubnis alles notieren. Bitte, seien Sie unbesorgt. Das ist weder ein Verhör, noch eine Zeugenaussage. Wir brauchen keine Unterschrift. Mich interessiert - wenn man sich so ausdrücken kann - die metaphysische Seite der Geschehnisse, und unser armer Gawril Gawrilowitsch wird zuhören."

Im Zimmer war es still bis auf Wolodjas Stimme und den knirschenden Bleistift von Nägele. Als Wolodja zu der Stelle kam, als ihm der kleine Mönch in der Kirche begegnete, stockte er.

„Wie ich sehe, hat Sie etwas verwirrt? " fragte Nägele.

„Ja, ich bin an den Punkt der Ereignisse gekommen, den ich auch heute, nach so vielen Jahren, nicht erklären kann."

„Gerade das interessiert mich."

Wolodja endete und schwieg.

„Und später sind Sie dem niemals mehr begegnet, den Sie als kleinen Mönch bezeichnen? "

„Nein, nicht in der Realität, doch träumte ich von ihm. Er schalt mich, daß ich Eva Torzowa und ihren Vater vergessen habe und überhaupt nicht für sie bete."

„Was haben Sie dann getan? "

„Ich habe eine Totenmesse lesen lassen. Genauer, eine ganze Reihe von Totenmessen für das Seelenheil vieler, die zugrunde gingen und starben."

„Damit es keine Zweifel gibt, will ich meinerseits hinzufügen, daß ich im Zug von eben diesem schwarzen Mönch geträumt habe, als ich aus dem Osten nach Berlin zurückkehrte. Er nannte mir die Adresse von Schwedow."

„Gawril Gawrilowitsch, können Sie mir noch einmal, mit dem Akzent auf dem Unwirklichen, Ihre Erlebnisse in Moskau 1921 schildern? "

„Sehr gern."

„Und was gedenken Sie, jetzt zu tun? " fragte Nägele.

„Sie wissen, zu welcher Organisation wir beide gehören und welchen Auftrag ich von der deutschen Seite bekommen habe. Wir beide bitten Sie sehr, uns zu helfen."

„Inwiefern? "

„Wir bitten Sie, eine Änderung der verderblichen deutschen Ostpolitik zu bewerkstelligen, daß man wenigstens dem General Wlassow keine sinnlosen Widerstände in den Weg legt, ich meine, in punkto Schaffung einer nationalen, russischen, antikommunistischen Streitmacht, an deren Spitze Generalleutnant Wlassow stehen muß. Wladimir Alexejewitsch hat schon Schritte unternommen, sich diesen Kreisen anzuschließen, und ich ebenfalls."

„Direkt oder indirekt werde ich Ihnen helfen. Wir werden uns noch ein paarmal sehen. Verabschieden wir uns jetzt." Nägele erhob sich. „Sie wollen natürlich noch ein bißchen mit Wladimir Alexejewitsch plaudern. Protestieren Sie nicht! Ich sehe das an Ihren Augen. Die Russen sind nicht die einzigen Psychologen in der Welt, und deshalb gehe ich allein. Viel Glück!"

Nägele ging zu Fuß nach Hause. Es rieselte. Die Luft war frisch und voller Düfte, die es nur im August gibt. Nägele versuchte, sich zurechtzufinden und seine Gedanken zu systematisieren. Kedrow war ein Lump, aber ein gefährlicher, kluger und nützlicher Lump. Jetzt war ihm klar, wer Papa Stubinger und das Töchterlein Ingeborg waren. Daß Professor Kunzer ein Gauner und Abenteurer ohne Prinzipien, allerdings mit großem Charme und Tatendrang, war, wußte er schon lange. Ebenso, daß General von Hofmeister, ohne mit der Wimper zu zucken, eine Armee in den Tod schickt, um den nächsten Stern zu erlangen. Kunzer steckte seit der Kriegserklärung an die USA in Argentinien, um dort nach seinen eigenen Worten „die Vormundschaft über Lateinamerika zum Ruhme Deutschlands zu entwickeln." Wer aber der Kirchenrat war, konnte Nägele trotz aller Mühe nicht herausfinden.

Jetzt sah er, daß ihre Einrichtung, die die Hände nach dem Jenseits ausstreckte, nur die böse Geistigkeit erfassen konnte. Dagegen seine russischen Freunde und sein Vater - die kannten etwas ganz anderes. Was war denn dieses andere? Er entschloß sich, zu einer entscheidenden Aussprache mit dem Kirchenrat zu gelangen. Es waren noch achtzehn Tage zu warten.

Nägele kam viel zu früh. Das gleiche Zimmer wie beim ersten Zusammentreffen. Er staunte sehr, als sich aus einem Sessel der Kirchenrat zu seiner Begrüßung erhob. Anscheinend war er noch früher gekommen. Sie drückten sich fest die Hände. Womöglich ahnt er etwas, dachte Nägele, und wollte, solange sie allein waren, vorsichtig das darlegen, was er bei den Russen erfahren hat und auch seine eigenen Zweifel aussprechen.

Er holte weit aus. Zuerst wollte er die Reaktion abtasten, und, wenn nötig, einen Rückzieher machen. Das war unnötig, der Kirchenrat begriff alles mit dem halben Wort.

„Schwierigkeiten, ich verstehe Sie sehr wohl. Die Metaphysik schlüpft uns immer wieder durch die Hände, das heißt, sie bleibt sogar sehr an unseren Fingern kleben, Kollege Nägele. Das wissen Sie auch nicht, doch sehr teuer muß man dafür bezahlen. Das Problem liegt viel tiefer und ist viel komplizierter, als wir alle dachten. Man kann die jenseitige Welt nicht in Akten einheften. Aber wir haben sehr viel Zeit."

„Tatsächlich? "

Der Kirchenrat lächelte belustigt.

„Ich habe gesagt, wir haben viel Zeit - keineswegs das Reich. Der Krieg ist bereits hundertprozentig verloren. Wie, Sie haben solch eine Offenheit nicht erwartet? Wenn ich Ihr erstauntes Gesicht betrachte, möchte ich Sie fragen, ob Sie tatsächlich so naiv sind, noch Hoffnungen zu hegen? "

„Jetzt habe ich keine Hoffnungen mehr. Wie soll es aber weitergehen? "

„Nun, ich möchte nicht sagen, daß unser Fall, um dessetwillen wir hier sind, darunter leidet. Im Gegenteil! Wir kennen konkrete Tatsachen und können davon ausgehen, daß durchaus nicht wir allein versuchen, in die Welt der Parapsychologie, wenn man diesen idiotischen Ausdruck verwenden will, einzudringen. Unsere Arbeit verlangt ungeheure Mittel und es sind schon Schritte unternommen worden, neue Verbündete und neue Beschützer heranzuziehen. Dabei erweist mir unser lieber Kollege Professor Kunzer eine große Hilfe. Er ist - das möchte ich nebenbei erwähnen - aus Argentinien wieder nach den USA zurückgekehrt, denn dort befinden sich unsere zukünftigen Beschützer. Ich bitte Sie, selbstverständlich darüber vorläufig zu schweigen. Stubinger und seine Tochter zum Beispiel sind viel enger mit einer hochgestellten und sehr gefährlichen Dienststelle verbunden, als unbedingt nötig wäre. Und unser tapferer General von Hofmeister, wie die meisten Offiziere der preußischen Schule, empfängt sehr schwer Offenbarungen, die die gewohnten Schablonen sprengen. Und Sie, was sagen Sie zu alledem? "

„Ich kann nichts sagen, Herr Kirchenrat, schon deshalb, weil Sie mir nichts mitgeteilt haben."

Nägele lächelte fein.

„Ich sehe, Sie sind der gescheiteste von allen. Unsere heutige Sitzung verspricht, sehr langweilig zu werden. In einem Jahr wird sie viel interessanter sein, und noch mehr in zwei Jahren. Bitte, übergeben Sie mir persönlich die Unterlagen, die Sie in einem Jahr haben. Mir ist einiges über Ihre Recherchen in russischen Kreisen bekannt. Sehr interessante Leute für unser Endziel. Überstürzen Sie aber nichts. Wie gesagt, wir haben noch sehr viel Zeit. Außerdem stelle ich fest, daß Sie sich im Laufe dieses Jahres sehr stark verändert haben, etwas Entscheidendes ist in Ihr Leben eingetreten... Da kommt aber unser Kommerzienrat, ich höre seine Schritte."

IN DER ROA

Monate zogen vorüber. Wolodja nahm seine Tätigkeit in den Lagern des Reichsministeriums Ost wieder auf. Man begegnete ihm dort sehr freundlich. Schwierigkeiten ergaben sich auf einem anderen Gebiet. Es erwies sich, daß es für ihn, einen staatenlosen russischen Emigranten, gar nicht so einfach war, die ehemalige Kriegsgefangene Torzowa-Towarkowa zu heiraten.

„Schade, daß du gesagt hast, daß du verheiratet bist."

„Was sollte ich denn sonst tun? Ich bin doch keine Hellseherin und konnte nicht ahnen, daß du in der Nähe bist. Ich kann nicht sagen, daß ich meinen Mann allzu sehr geliebt habe, aber er ist trotzdem mein Mann. Für mich war er eine Art Rettungsring."

„Wie lange hast du ihn nicht gesehen?"

„Seit 1941. Ich muß auch ganz offen sagen, daß ich ihn nicht mehr sehen will. Ich fühle zu ihm keine Liebe mehr."

„Hast du ihn früher geliebt?"

„Später weiß man das nie so genau. Es hat vermutlich so etwas wie Liebe gegeben."

„Ich erfuhr übrigens, daß es Mittel und Wege gibt, dich von ihm scheiden zu lassen. Aber das ist eine komplizierte Sache."

„Und wie steht es mit der kirchlichen Trauung?"

„Erstens gibt sie keine Rechte. Der Priester mault und drückt sich. ‚Zu mir', sagt er. ‚kommen so viele solche moderne Laffen, gleich muß man sie alle trauen!' "

Eva lachte.

„Na - eure Emigrantenpriester haben eine Ausdrucksweise! Und was macht dein hoher Gönner, General Truchin? "

„Jetzt ist Januar 1944. Im Februar werden wir klar sehen. Die russische Befreiungsarmee entsteht, aber Schwierigkeiten auf Schritt und Tritt."

An der Tür klopfte es.

„Herr Schwedow, ein Brief für Sie."

„Vielen Dank! Schau, Eva, ich habe guten Grund zu danken. Der Brief ist vom General Truchin. Lies vor, was er schreibt!"

Oben links auf dem Bogen war ein merkwürdiger Aufdruck, es folgte der Text:

„Lieber Wladimir Alexejewitsch!

Endlich kann ich Ihnen eine positive Antwort geben und früher, als ich versprochen habe. Der Papierkrieg ist beendet. Es gibt keinen formellen Einwand gegen Ihren Eintritt in die ROA. Ich werde mich sehr freuen, Sie bei uns zu sehen.

Dadurch erfülle ich, wie Sie sagten, Ihren Wunsch und auch den Ihrer Braut. Für Ewgenija Alexejewna wird es bei uns mehr als genug Arbeit geben, da wir alle in den Papieren ersticken.

Ich fühle mich in gewissem Sinne Ihnen verpflichtet in Erinnerung an die moralische und materielle Unterstützung, die Sie und Ihre Freunde mir zukommen ließen, als ich noch Kriegsgefangener war. Ich muß Sie aber von vornherein warnen, keine allzu großen Illusionen zu hegen. Unsere Lage ist sehr schwierig und die deutschen Kontrahenten haben noch lange nicht ihre Fehler eingesehen.

Ich erwarte Sie Donnerstag, 15.00 Uhr, bei mir.

Mit freundlichen Grüßen!

Generalmajor Truchin.

Das ist ja fabelhaft, Wolodja, noch vier Tage!"

„Ja, es geht in den Kampf."

„Überstürze nichts, Wolodja. Ich will dich nicht wieder verlieren. Man sieht gleich, daß deine Vorfahren Soldaten waren. Noch hast du keine Uniform - und schon in den Kampf. Wer ist eigentlich dieser General Truchin? Ich habe schon von ihm gehört, aber alles nur unbestimmt."

„Er ist ein sehr seriöser und kluger Mann, hat seinerzeit an der Frunse-Akademie unterrichtet und, wenn ich mich nicht irre, ist eine ganze Reihe hervorragender Militärfachleute aus seiner Schule hervorgegangen. Er selbst stammt aus einer alten Adelsfamilie im ehemaligen Gouvernement Wologda. Seit dem Bürgerkrieg diente er in der Roten Armee."

„Ob man ihm trauen kann? "

„Ich glaube, ja. Der Haken ist, wir Schwedows sind entfernt mit den Truchins verwandt, und ich kann mich erinnern, daß trotz ihres Adels die Truchins immer eine ziemlich links gerichtete Familie waren. Aber so etwas gab es ja bei uns. In keinem Fall gehört er aber zu denen, die sich an der Milch verbrüht haben und jetzt aufs Wasser pusten."

„Und wenn er mit mir poussiert? "

„Das glaube ich nicht. Er ist ein genügend bedeutender Mensch, um zu wissen, daß man nicht hinter den Bräuten der Untergebenen her sein kann."

Am Donnerstag gegen fünfzehn Uhr verließen Wolodja und Eva die U-Bahn-Haltestelle Tielplatz und entdeckten schnell die dreistöckige Villa, in der sich die persönliche Kanzlei des Generalmajors Truchin befand. Der schmelzende Schnee lag auf der Straße. Traurig und bescheiden rauchten die Schornsteine. Überall Uniformen mit dem Schild der Russischen Befreiungsarmee auf dem linken Ärmel. Im kleinen Vorgarten marschierte ein Wachposten auf und ab. Wolodja klingelte. Über die vereiste Treppe lief ihnen schnell ein eleganter Leutnant entgegen und fragte nach ihrem Begehr.

„Ich heiße Schwedow und das ist meine Braut Ewgenija Towarkowa. Es ist uns befohlen worden, uns um 15.00 Uhr bei Generalmajor Truchin zu melden."

„Befohlen worden" aus dem Munde eines Zivilisten hatte dem Leutnant anscheinend gefallen.

„Bitte, folgen Sie mir." Im Vorraum wurden sie von einem noch eleganteren Offizier mit zwei Sternen empfangen und nach dem Namen gefragt.

„Sehr gut. Der Herr General erwartet Sie bereits. Hier, schauen Sie!" Der Oberleutnant senkte die Stimme bis zum tragischen Flüstern. „Ein alter Generalsmantel aus der Zarenzeit und zaristische Generalsschulterstücke. Sogar drei. Sitzen bei unserem General. Durch die Tür hört man, sie erzählen etwas vom heiligen Rußland. Sind das Zeiten! Sie machen sich bereit, auf einem weißen Roß in Moskau einzureiten!"

„Und wir so nebenher, hopp, hopp!" ergänzte gallig der elegante Leutnant.

Wolodja und Eva nahmen Platz. Hinter der Tür aufgeregte Stimmen. Dann Stille. Der Leutnant betrat das Kabinett.

„Los, los, her damit!" ertönte die fröhliche Stimme des Generals Truchin. Der Hausherr stand in der Uniform eines deutschen Generalmajors mit dem ROA-Abzeichen am Ärmel und stützte sich auf den Schreibtisch.

„Guten Tag, Wladimir Alexejewitsch. Und das ist, wenn ich mich nicht irre, Ewgenija Alexejewna Torzowa-Towarkowa. Sehen Sie, wie ich alles weiß! Der Nachrichtendienst bei uns arbeitet nicht schlecht. Bitte, nehmen Sie Platz. Wie gefalle ich Ihnen in der Uniform? "

„Sie steht Ihnen sehr gut. Sie haben sich sehr verändert."

„Dies ist natürlich kein Kriegsgefangenenkittel. Andererseits fühle ich mich ein bißchen unbehaglich in der deutschen Uniform. Bald werdet ihr beide euch auch unbehaglich fühlen. Was soll man da machen? Eine andere ist nicht vorhanden. Was wollte ich euch noch fragen? Wladimir Alexejewitsch, beherrschen Sie die deutsche Sprache? "

„In fast vollendeter Form."

„Und Sie, Ewgenija Alexejewna? "

„Auch, aber wohl ungenügend."

„Können Sie auf der russischen Schreibmaschine schreiben? "

„Ja. Sogar ziemlich schnell."

„Ausgezeichnet. Ihr beide werdet als Dolmetscher tätig sein. Die deutschen Papiere wuchern mir über den Kopf. Die muß man in Ordnung bringen. Oberleutnant Bojko!"

„Zu Befehl!"

„Bitte, machen Sie sich bekannt. Unser neuer Mitarbeiter Wladimir Alexejewitsch Schwedow wird als Stabsdolmetscher fungieren, mit der Perspektive, zum Leutnant befördert zu werden. Werden Sie mich die schnelle Beförderung nicht bereuen lassen? "

„Ich hoffe, nicht."

„Ich meinerseits setze darauf, daß alle Ihre Vorfahren Militärs waren. Ewgenija Alexejewna wird zur Stenotypistin im Stab ernannt. Einverstanden? "

„Ja, danke."

„Also - entschieden und unterschrieben. Oberleutnant Bojko, sorgen Sie dafür, daß man oben zwei kleine nebeneinander liegende Zimmer vorbereitet. Aber bitte sofort. Wo sind Ihre Sachen? "

„Zu Hause."

„Bringen Sie das Nötigste her. Alle beide. Morgen fangen wir schon an zu arbeiten. Aus dem Reichsministerium Ost wird man Sie entlassen. Wenn nicht, wird Druck ausgeübt. Doktor Bertel ist ein kluger Kopf. Man hat sowieso schon genug Zeit verloren. Ihr werdet bei mir noch heulen vor Arbeit, und jetzt bitte, raus aus dem Kabinett, ohne beleidigt zu sein. Die nächsten warten. Bei euch habe ich mich wenigstens ausgeruht. Drei zaristische Generale haben mich auf die Palme gebracht. Einen frage ich:

‚Was hatten Sie für einen Beruf, bevor Sie Militär wurden? '

‚Erblicher Adeliger der russischen Krone, falls Sie überhaupt wissen, was das ist.'

Und der andere:

‚Wie ist es mit der Ehre bei euch in der Wlassowschen Armee? '

Mir quellen die Augen heraus.

‚Wie meinen Sie das, mit der Ehre? '

‚Na so!' meint er. ‚Ganz einfach. In der Sowjetunion wird die Ehre doch klein geschrieben.'

Das geht aber noch. Ein bißchen Ramolie, dafür aber Antikommunist. Der Dritte schon völlig ein Kalkgefäß. Ich frage ihn, in welcher Form er sich den Kampf gegen den Kommunismus vorstellt, und er hat Form mit Uniform verwechselt und plappert gleich los:

‚Mir sind am liebsten gemäßigte Breecheshosen, feldgrauer Kittel und hohe Stiefel mit Trompeten.'

Was das wieder für Trompeten sind? ... Jawohl, Wladimir Alexejewitsch, bei Ihnen hängt der Kiefer nach unten. Vergessen Sie nicht, ihn wieder hochzuklappen. Das geht mir schon zum hundertsten Male so. Bald setze ich mir einen Maulkorb auf. Übrigens, Bojko, vor drei Tagen dieser durchgeräucherte Baron, der den Fuß nachschleppt, marschiert einfach ins Kabinett und:

‚Ich werde Ihnen einen Vortrag über die Juden-Freimaurer und die Weltverschwörung der Weisen von Zion halten.'

Ich zu ihm:

‚Erlauben Sie, was heißt hier Weise von Zion? Mich interessiert der Kampf gegen die Kommunisten.'

‚Erst müssen Sie die Armee von finsteren Kräften säubern und außerdem einen Gottesdienst im Stab zelebrieren lassen. Die Teufel schwirren nur so herum bei euch!'

Da hat er aber Pech gehabt. Ich glaube nicht an solche Sachen.

‚Wissen Sie', sagte ich. ‚warum gehen Sie nicht, bitte, mit Ihren Teufeln hinaus? '

Da war er beleidigt und ließ auf dem Tisch einen ganzen Stoß mit Protokollen der Weisen von Zion zurück."

„Das ist vielleicht ein Führer", bemerkte Wolodja, als sie hinausgingen. „Der hat eine napoleonische Energie ..."

Vier Wochen vergingen. Wolodja und Eva arbeiteten in der persönlichen Kanzlei von Truchin. Es ging auf den Frühling zu. Wolodjas Kopf rauchte von Übersetzungen.

Es war Sonntag. Er bat um Urlaub, um in die Kirche zu gehen und die Mutter zu besuchen.

„Werden Sie auch für mich beten? " fragte augenzwinkernd Oberleutnant Bojko.

„Wenn Sie es wünschen, natürlich."

„Was heißt hier beten? Für wen? " fragte General Truchin aus dem Nebenzimmer. „Für mich braucht ihr nicht zu beten. Ihr im Exil seid viel zu gläubig. Für mich beginnt hinter den Grenzen der hiesigen Welt die Leere. Ich glaube an kein überirdisches Leben und an keine ähnlichen Chimären."

„Darf ich Sie etwas fragen, Herr General? "

„Bitte sehr!"

„Was geschieht mit Ihnen, wenn Ihnen etwas zustoßen sollte? "

„Ganz einfach. Der Körper, der heute aus vielen Millionen Eiweißzellen besteht, wird sich zersetzen, bis er sich in Staub verwandelt, und hinter diesem Schreibtisch sitzt ein anderer. Ich weiß sehr wohl, daß ich höchstens irgendwelche sechzig Jahre und nicht eine Ewigkeit leben werde."

„Es gab aber Menschen, die an das Leben nach dem Tode glaubten und andere glauben heute noch an Gott."

„Ich weiß, Wladimir Alexejewitsch, vielleicht ist das keineswegs schlecht. Aber ich selbst kann an nichts glauben, was dem Verstand widerspricht."

„Damit hat doch der Verstand nichts zu tun. Verstand und Sinne sind Funktionen des menschlichen Gehirns, und das Gehirn, wie der ganze Mensch, ist eine Schöpfung Gottes. Wie kann denn die Schöpfung den Schöpfer erfassen? Sich über ihn erheben und - wenn man sich so ausdrücken kann - ihn rationalistisch festnageln? Nach meiner Ansicht hat der Verstand nichts damit zu tun. Gott kann man sich nur mit Hilfe des Glaubens nähern."

„Das ist ein bißchen schlau, Wladimir Alexejewitsch, aber es ist interessant, mit Ihnen zu streiten. Sie appellieren an den Glauben. Ich habe keinen Glauben, demnach bleibt mir nur der Verstand. Und er verneint Gott."

„Nehmen Sie an, daß der Mensch ohne einen Glauben

an eine höhere, gütige und organisierende Macht leben kann? "

„Ich lebe, wie Sie sehen, und bin sogar General geworden. Vielleicht werde ich schon morgen mausetot sein, aber auch die Gläubigen sterben. Ich weiß nicht, vielleicht sterben sie leichter, weil es für sie ein Leben nach dem Tode gibt. Für mich gibt es dieses Leben jedenfalls nicht. Aber laufen Sie zur Kirche, sonst werden Sie noch wegen mir, einem Gottlosen, zu spät kommen. Wir werden uns noch darüber unterhalten. Aber kaum werden Sie aus mir einen Gläubigen machen und aus der ROA ein christusliebendes Heer, wie früher die zaristische Armee genannt wurde."

Heil stand die Kirche zwischen den Trümmern, sie wuchs zwischen den eingestürzten Häusern empor. Wolodja dachte an Vater Genadij. Schon seit einigen Jahren hatte man nichts mehr von ihm gehört. Jetzt zelebrierte ein anderer Priester den Gottesdienst, ein junger, dunkler und ziemlich hübscher Mann. Ein bißchen zu hübsch für einen Priester.

„Das ist doch kein Priester!" ereiferte sich von hinten eine Greisin. „Das ist ein Pupsik, Operettenliebling, erster Liebhaber!"

Jemand kicherte. Rechts, direkt vor dem Heiligenbild des Erlösers stand ein nicht sehr großer, älterer Mann in einem neuen blauen Mantel. Er hatte große, scheinende Augen, die weit, sehr weit blickten. Wolodja fühlte sich unbehaglich. Wo habe ich diese Augen schon gesehen? Er konnte sich nicht erinnern, doch in der Vergangenheit war etwas Schweres und Ungutes. Wolodja lauschte den Trauergesängen aus der großen Fastenzeit vor Ostern. Diese Augen waren damals in Rußland, Moskau, das Jahr einundzwanzig, die Springer, Lubjanka, Kedrows Augen! Unsinn! Kedrow während des Krieges in einer Berliner Emigrantenkirche! Der Gottesdienst ging zu Ende. Der Mann mit Kedrows Augen schritt demutsvoll zum Kreuz und küßte die Hand des Priesters. Wolodja drängte sich zum Ausgang durch.

„Guten Tag, Herr Schwedow!" ertönte eine samtene Stimme hinter ihm. Wolodja drehte sich um. Eine gepflegte weiße Hand lag auf dem Ärmel seines Mantels.

„Sie erkennen mich wohl überhaupt nicht?"

„Ihr Gesicht kommt mir bekannt vor. Vor sehr, sehr langer Zeit ..."

„Genau, vor sehr langer Zeit. Moskau, Winter 1921. Damals waren Sie zehn oder elf Jahre alt und unsere Bekanntschaft haben wir an einem ziemlich unangenehmen Ort gemacht, unangenehm in dem gleichen Maße für Sie und für mich, in der Lubjanka."

Wolodja erstarrte.

„Dann sind Sie doch ..."

„Ja, Kedrow, Apollon Issajewitsch. Ein hübscher Name und Vatersname, nicht?"

„Ich bin etwas erstaunt." Wolodjas Stimme wurde heiser. „Ich konnte bestimmt nicht erwarten, Sie hier zu treffen."

„Auch ich habe nicht gehofft, Sie zu treffen, und wollte das auch nicht. Aber die Figuren auf der Weltbühne sind durcheinander geraten. Sicherlich haben Sie die allerschlimmsten Erinnerungen und sind davon überzeugt, daß ich Ihnen sehr viel Böses angetan habe, und ebenfalls anderen. In Wirklichkeit habe ich niemandem Böses getan und wollte es auch nicht. Das werde ich Ihnen beweisen."

„Bemühen Sie sich nicht."

„In einem Punkt haben Sie recht. Ich war rechtgläubiger Kommunist und Tschekist und war entsprechend meiner eigenen Hundslage gezwungen, Böses zu produzieren, und habe es auch produziert. Jedoch ein Minimum und nicht das Maximum ..."

„Und meine Verhöre? Priester Welikanoff? Torzow?"

„Es wäre zehnmal schlimmer gewesen, wenn nicht ich Sie verhört hätte. Das Gleiche gilt für den Priester und für Torzow. Daß Sie damals die Lubjanka verlassen haben - das war mein Verdienst. Und noch ein Zweites. Es hat damals entscheidende Stimmen gegen die Genehmigung des Ausreisevisums für Ihre Mutter gegeben. Ich bestand darauf, daß dieses Visum erteilt wurde."

„Weshalb, wenn ich fragen darf?"

„Ich fühlte mich vor Ihnen schuldig."

Wolodja und Kedrow verließen die Kirche. Wolodja blickte sich um. Kedrow begann zu lachen. Sein Lachen klang unschuldig und kindlich.

„So also stehen die Dinge! Sie glauben wohl, ich bin illegal hier, als Agent. Rufen Sie ja nicht nach einem Polizisten, das wäre sehr konfus. Ich bin legal hier. Sehen Sie, mein Fremdenpaß, und ich arbeite fast auf der gleichen Linie wie Sie. Ich habe sogar Ihren Namen gehört. Ich befasse mich mit sowjetischen Kriegsgefangenen. Allerdings unterstehe ich einer anderen Behörde. Vor nicht allzu langer Zeit war ich selbst Kriegsgefangener."

Ihnen kam Eva entgegen.

„Hier ist ja noch eine Bekannte! Wie geht es Ihnen, Ewgenija Alexejewna? Sind Sie schon mit Wladimir Alexejewitsch verheiratet? "

Eva erbleichte.

„Sie? Was machen Sie denn hier? "

„Dasselbe wie Sie. Ich diene dem Führer des deutschen Volkes. Doch, o weh, meine lieben Freunde, Gott hat den Deutschen Kraft, nicht aber Verstand gegeben. Jedenfalls nicht genug Verstand für den Osten. Das Resultat ist kläglich. Kluge Leute sehen nur einen Ausweg - die ROA, in der Sie, wenn ich mich nicht irre, einen festen Platz im Stabe Truchins eingenommen haben. Also, ohne Umschweife, auch ich möchte zur ROA stoßen und bitte Sie, mir dabei behilflich zu sein."

„Ich kann natürlich darüber reden, bin jedoch nicht ganz von einem Erfolg überzeugt. Ihre Vergangenheit ..."

„Hehe! Wladimir Alexejewitsch! Fragen Sie mal den General Wlassow oder den General Truchin nach ihrer Vergangenheit - die Schnauze voller Federn! Glauben Sie doch, daß es den alten Kedrow nicht mehr gibt. Schon, weil Sie mich in der Kirche gesehen haben."

Du glaubst und tust sehr wohl, wollte Wolodja sagen, aber die Teufel glauben auch und beben vor Furcht. Er fragte aber nur:

„Ihr Alter, Herr Kedrow! Wie soll Ihrer Meinung nach Ihre Rolle in der Armee aussehen? "

„Merkwürdige Frage. Mein Platz ist natürlich in den Sicherheitsorganen."

„Soll ich das Generalmajor Truchin sagen? "

„Ich bitte darum. Hier, meine Adresse. Warum aber so offiziell? Wenn ich mich nicht irre, ist Truchin Ihr Verwandter? "

Der weiß aber auch alles! Wolodja verabschiedete sich.

Ist das eine Begegnung! überlegte Kedrow. Das Pärchen ist frei, doch wer hat sie befreit? Natürlich nicht Nägele. Wer denn sonst, und wer ist eigentlich Matthias Ernst Nägele? Offensichtlich habe ich ihn überschätzt, so wie den Baron. Man muß höher steigen. Es gibt aber keinen breiten Weg zu den Deutschen, der breite Weg führt zu Wlassow. Es wäre nicht schlecht, Chef seiner Sicherheitseinrichtung zu werden, falls es so etwas überhaupt gibt. Das schöpferische und unermüdliche Gehirn Kedrows lief auf vollen Touren. Deutschland verliert den Krieg, demnach muß man sich darauf gefaßt machen, Rede und Antwort vor den Siegern zu stehen. Gewöhnliche Rechtfertigungen wird niemand akzeptieren, man muß etwas ganz Außerordentliches auf dem Lager haben. Wenn es nur gelingt, an General Truchin heranzukommen ...

...Mit Interesse lauschte General Truchin Wolodjas Bericht.

„Dieser Kedrow will also zu uns? Sehr pikant! Ich habe viel von ihm gehört. Während der Säuberungen wurde sein Name mit Zittern und Beben ausgesprochen. Eine abstoßende Persönlichkeit, aber zweifelsohne ein klarer Kopf und ein nutzbarer Mensch. Ist das ein Luftballon! Ich habe nicht einmal gewußt, daß er hier ist. Wo und wann sind Sie ihm begegnet? Am vorigen Sonntag in der Kirche? "

„Ich erinnere mich noch seiner von 1921, aus der Lubjanka. Ich bete, und plötzlich wie Teufelsblendwerk steht da ein Greis, furchtbar dem Kedrow ähnlich. Da nimmt er mich am Ausgang beim Ärmel und auf einmal ‚Guten Tag, Wladimir Alexejewitsch!' Bald hätte ich mich hingesetzt."

„Zweifellos ist das eine Frechheit. Man kann es aber versuchen. Wir haben ja seine Adresse. Ganz offiziell werden wir erst die Deutschen befragen, dann unter der Hand unseren gemeinsamen Freund Doktor Bertel. Auch wir haben, Gott sei Dank, Leutchen, die uns informieren. Das dauert natürlich eine Weile. Dann werden wir sehen. Viel schlimmer ist, daß die Lage an den Fronten ganz mies ist. Entweder schaffen wir unsere Armee als einen organischen Körper - oder eben nicht."

General Truchin erhob sich.

„Dieser Sommer wird entscheidend für uns sein. Sagen Sie vorläufig niemandem etwas über Kedrow und informieren Sie auch Ihre Braut entsprechend."

Wochen und Monate vergingen. An einem warmen, wunderbaren Sommertag meldete die trockene Stimme des Radiosprechers die erwartete Landung der Allierten in der Normandie. Es wurde etwas kühl um Wolodjas Herz. Die Entscheidung reifte schneller heran, als zu erwarten gewesen war.

„Jetzt plustert sich unser ganzes kommunistisches Gesindel wieder auf." bemerkte nachdenklich General Truchin. „Vor drei Tagen haben wir zwei von ihnen rausgefischt und den Sicherheitsorganen übergeben. Wladimir Alexejewitsch, ich bitte Sie, gehen Sie doch dorthin und fragen Sie, wie es damit steht. Schauen Sie auch nach, was für einen Eindruck diese Einrichtung auf Sie macht. Ihre unvoreingenommene Meinung ist sehr wichtig für mich."

Das kleine, dunkle Gebäude der Staatssicherheit war nicht weit. Wolodja klingelte. Jemand in der Uniform eines Unteroffiziers öffnete und brachte ihn in den halbdunklen Vorraum. Hinter einer dünnen Trennwand führte jemand ein Telefongespräch.

„Was? Was? Er will nicht gestehen? Wer hat Ihnen das gesagt, der Doktor? Man übergebe ihn dem Professor, bei dem wird er schon singen!"

„Herr Major lassen bitten!" Unbemerkt war ein dunkelgesichtiger Leutnant hinter Wolodja getreten.

Ein helles Zimmer mit geschmacklosen Alabasterverzierungen. Gewundene silberne Schulterstücke blitzten. Hinter dem Tisch saß strahlend Kedrow. Er erhob sich sofort.

„Das ist unsere dritte Begegnung, Wladimir Alexejewitsch. Sie haben tatsächlich damals meinen Auftrag an General Truchin ausgeführt und mir ist jetzt klar, daß wir beide trotz der Vergangenheit keine Feinde sein können. Das wesentlich Schlimmere besteht aber darin, daß die Dinge an und für sich schlecht stehen. Deutschland kaputt - und wie weiter? Das frage ich mich und Sie sich wohl ebenfalls."

„Ist es dafür nicht zu früh, Apollon Issajewitsch?"

„Eher zu spät, kann man wohl sagen. Was soll man tun, wenn die Unseren ganz Deutschland überschwemmen? Wohin soll man fliehen? Zu denen im Westen? Die Lumpen liefern einen doch aus. Die einzige Hoffnung sind unsere Freunde da drüben."

„Meinen Sie die Freunde der Armee des Generals Wlassow?"

„Genau. Ich bekleide einen genug hohen Posten in der Staatssicherheit und verfüge über ziemlich gute Informationen. Ich sage Ihnen folgendes: Der Abgrund zwischen der sowjetischen Armee und der Partei wird immer tiefer, und das müssen wir ausschlachten."

„Das ist sehr interessant. Wie aber?"

„Das kann ich Ihnen sagen. Wir haben sichere Nachrichten, daß Marschall Schukow alles Mögliche ist - nur kein Kommunist. Er will aber auch keinen deutschen Sieg und weiß kaum etwas über die *Dritte Kraft*. Davon wird er allerdings erfahren. Ihn und seine Mitarbeiter interessiert etwas anderes. Gibt es hier russische Menschen, die gegen die Deutschen und gegen die Kommunisten sind? Sie zum Beispiel haben längst Ihre antikommunistische Haltung bewiesen. Daß Sie gegen die Deutschen sind, müssen Sie noch beweisen."

„Ich bin gegen die deutsche Politik."

„Das ist zu wenig, das kann jeder sagen. Zeigen Sie mir Taten, die allein sind wichtig."

„Von was für Taten kann denn die Rede sein?"

„Man muß den Deutschen direkten Schaden zufügen, überall, wo es nur möglich ist, einschließlich entgleister

Züge."

Er provoziert mich, dachte Wolodja. Kedrow schien etwas zu bemerken.

„Ich rate Ihnen sehr, über meine Worte nachzudenken. Aber noch eine winzige Frage habe ich an Sie, mit Ihnen zusammen in dieser Firma arbeitete ein gewisser Professor Sergius. Was ist das für ein Mensch? Dort hat man alle festgenommen, warum nicht ihn? Selbst Sie mußten ein bißchen leiden."

Gut gesagt, dachte Wolodja, ein bißchen leiden.

„Ich kenne Professor Sergius gut. Er ist ein völlig harmloser Mensch. Er interessiert sich nicht für Politik."

„Und für die Mystik? "

„Das ja."

„Also, Wladimir Alexejewitsch. Leistung gegen Leistung. Sie haben mir bei General Truchin geholfen und jetzt helfe ich Ihnen. Schulden müssen zurückerstattet werden. Wir werden uns bald unmittelbar mit diesem Sergius befassen. Sein Wohnort ist uns bekannt. So - halten Sie sich fern von dieser Höhle. Und hier haben Sie die Unterlagen, für die sich General Truchin interessiert. Kommen Sie uns so oft wie möglich besuchen. Wir beißen nicht."

Wolodja ging in finsterster Stimmung zurück. Erst mußte er das ganze Gespräch dem General Truchin berichten, dann war Sergius zu warnen, wenn er noch nicht festgenommen war. Wolodja schrieb sein Gespräch mit Kedrow ausführlich nieder und reichte den offiziellen Rapport ein. Eine Woche verging. Arbeit ohne Anfang und Ende, und trotz aller Finten konnte sich Wolodja nicht losreißen, um Sergius zu besuchen. Kedrow wartete aber nicht, er handelte.

„Wladimir Alexejewitsch, Herr General bitten zu sich."

„Wir haben uns lange nicht gesehen, Wladimir Alexejewitsch. Als Erstes gratuliere ich Ihnen zu Ihrer Ernennung zum Leutnant mit dem Recht, die deutsche Uniform und deutsche Rangabzeichen zu tragen. Niemand zweifelt mehr an Ihrer Zuverlässigkeit, selbst Kedrow nicht. Hier ist Ihr Rapport. Kedrow und ich hatten uns entschieden, Ihnen ein bißchen auf den Zahn zu fühlen, und Sie haben völlig richtig gehandelt, indem Sie mir alles berichteten. Wenden Sie sich bitte an den Feldwebel Belkin. Er sagt Ihnen, was Sie alles als Offizier zu beanspruchen haben. Ich hoffe, Sie bald in Uniform zu sehen und nicht als zivilen Hanswurst. Jetzt, marsch hinaus! Sie sind beurlaubt, um Ihre Mutter zu besuchen. Viele Grüße von mir. Es ist sehr schwer, die Arbeit wächst Ihnen über den Kopf. Ich weiß, mir geht es genau so."

DAS KNÄUEL ENTWIRRT SICH

„Ein seltener Gast, seltener Gast!" empfing Sergius Wolodja. „Der Rabbi und ich dachten schon, sobald Sie die Uniform angezogen haben, sind wir nicht mehr salonfähig für Sie."

„Ich bitte, auch wenn ich jetzt Offizier in der Armee des Generals Wlassow bin! Ich bin mit schlechten Neuigkeiten gekommen. Kedrow - erinnern Sie sich, nach dem Nägele fragte - sitzt wie aus dem Ei gepellt in einer funkelnagelneuen Majorsuniform im Sicherheitsdienst der Wlassowschen Armee und hat mich über Sie gefragt, Professor."

„Woher weiß er denn von mir und was will er von mir? "

„Ich weiß nichts, Professor, denke aber, daß es einen anderen Sinn hat. Haben Sie nicht bemerkt, daß Ihr Haus beschattet wird? "

„Anscheinend nicht. Das ist doch Wahnsinn! Was kann denn Ihren Kedrow, jetzt bereits Major in der Wlassowschen Armee, an meinem Schicksal interessieren? "

„Sehr einfach, Professor. Es geht nicht nur um Sie. Auf irgendwelchen krummen Wegen hat dieser Tschekistenschnüffler, zweifelsohne von überdurchschnittlichen Fähigkeiten, von Ihrer Verbindung mit Wladimir Alexejewitsch erfahren, ebenfalls von mir und Nägele und tritt jetzt in Aktion. Wann haben Sie das alles erfahren? "

„Vor mehr als zwei Wochen. Ich konnte mich nicht losreißen. Vielleicht hat man mich auch absichtlich festgehalten, Herr Weißpapier."

„Alles ist möglich. Nur eines ist klar - mein Platz ist nicht mehr hier."

„Wo wollen Sie denn hin? "

„Das ist ganz gleich. Doch wenn man mich hier festnimmt, ist das der sichere Untergang von Ihnen beiden und von meinem Sohn. Bei der leisesten Andeutung, daß wir beobachtet werden, muß ich handeln. Vielen Dank für Ihr Vertrauen, Wladimir Alexejewitsch. Viel habe ich über das Schicksal des russischen Volkes nachgedacht, das sich so merkwürdig mit den Geschicken des Judentums verflochten hat und ich glaube, Sie werden noch das sehen, was Sie gern sehen möchten und auch das erfahren, was in dem bewußten Buch steht. Hetzen Sie nur nicht. Gottes Wege sind nicht unsere Wege. Ich bin sehr froh, Ihre Bekanntschaft gemacht zu haben. Das ist für den Fall, daß wir uns nicht mehr sehen sollten."

„Sollte man vielleicht Woskobojnik benachrichtigen? "

„Er ist längst wieder im Osten, dort ist auch sein Platz."

„Dann ist Nägele die letzte Chance."

„Mit meinem Sohn kann ich Kontakt aufnehmen. Sie müssen mir nur versprechen, selbst nichts zu unternehmen."

„Wenn Sie es so wollen, selbstverständlich."

„Verabschieden wir uns jetzt. Denken Sie daran, was ich gesagt habe."

Wolodja drückte eine kleine, zerbrechliche Greisenhand. Er verstand - das war Abschied für immer.

Wochen vergingen und nichts geschah im Hause von Sergius. Manchmal, wenn er zur Arbeit ging, bemächtigte sich seiner das Gefühl, daß er von irgendwoher ganz genau angesehen wird. Weißpapier blieb ununterbrochen im Hause. Ab und zu kamen gewichtige Pakete von Nägele. Der Absender war immer verschieden.

„Etwas stimmt nicht mit euren Paketen." meinte eines Morgens der Briefträger. „Sie enthalten gewiß Fressalien. Neulich kamen irgendwelche Subjekte und haben oben beim Chef das letzte Paket aufgemacht. Also, aufgepaßt! Ich kenne Ihren Hauswirt schon zwanzig Jahre. Außerdem geben Sie mir immer ein gutes Trinkgeld ..."

„Wir werden sicher beobachtet."

„Demnach muß ich meine Festnahme von Stunde zu Stunde erwarten."

„Überstürzen Sie nichts. Morgen ist auch noch ein Tag. Gehen wir jetzt schlafen."

Weißpapier horchte. Sergius schlief. Dann bedeckte er sein Haupt und begann zu beten. Sein Gebet stieg heute ganz besonders leicht nach oben. Was bete ich eigentlich, dachte er und begriff, daß er immer dieselben Worte wiederholte und den Allmächtigen bat, ihm zu helfen.

Weißpapier wußte nicht mehr, ob er schläft oder wacht. Ein leiser Wind trieb ihn vorwärts, aber er ist nicht allein. Viele sind um ihn, viele, mit denen er in seinem Leben betete und von denen er weiß, daß sie jetzt tot sind. Hält er nicht in den Händen jenes Buch, das ihm Schwedow gebracht hat? Und noch andere gehen mit ihm, die er nicht kennt. Uniformen, wie aus dem alten Rußland, ärmlich, zerlumpt und blutverschmiert. Schulterstücke in grau und schwarz, in blau und rot, und wer sind noch die anderen, mit dem dornenkranzgeschmückten Schwert auf der Brust. Und noch etwas anderes sieht er. Die Wunden bluten und sieden, als ob man sie eben geschlagen hat. Weißpapier ahnt, was es für Wunden sind. Gut geschliffen waren die Klingen der Budjonnij-Reiter. Aber warum ist er hier? Wie kommt er in diese komische Gesellschaft und wohin geht er? Und geht da vorn nicht der kleine, schwarze Mönch, schwärzer als jede Nacht und heller als jedes Licht, und warum leuchtet rundum alles in Rot wie die Wunden? Weißpapier fühlte aber keine Angst, er wußte, er geht den rechten Weg.

Er kam zu sich. Er saß hinter dem Vorhang auf seinem Bett. Er konnte sich nicht erinnern, wann er zu beten aufgehört und sich hingesetzt hatte. Es dämmerte. Er hörte den keuchenden Atem des schlafenden Sergius. Jetzt wußte er, was er zu tun hatte. Aus dem Nachttischchen holte er den Schreibblock und begann zu schreiben:

„Meinem Sohn, Ernst Matthias Nägele.
Mein Sohn, ich glaube, jetzt habe ich das Recht, Dich so zu nennen. Ich gehe jetzt den letzten Schritt meines Lebens. Ich gehe den Weg meiner Brüder im Glauben. In einer Stunde der Schwäche wollte ich dem Schicksal entrinnen, das war eine Sünde. Gute Menschen haben mir geholfen und ich bitte Dich, ihnen zu helfen.
Ich verurteile Dich nicht, weder wegen Deines Glaubens, noch des Weges, den Du gehst. Ich habe dazu kein Recht. Doch ich hätte es gern, wenn Du begreifen könntest, daß es in der Welt noch etwas anderes gibt, etwas, an das weder Du noch Deine Mitkämpfer glauben. Ich hätte es aber auch gern gesehen, daß auch Du mir verzeihst. Das ist mein letzter Wille. Gedenke und liebe Deinen alten Vater.
Rabbi Weißpapier "

Dann setzte er das Datum hin. Das Schwerste war getan. Jetzt mußte er sich verabschieden und dem Professor für alles danken. Er schrieb:
„Lieber Professor!
Wenn Sie es auch nicht lieben, wenn man Sie so nennt, so tue ich es trotzdem und es scheint mir, daß Sie weit mehr Recht haben, sich so zu nennen, als manche von denen, die ihr Recht auf diesen Titel nie angezweifelt haben.
Ich begehe jetzt den letzten logischen Schritt meines Lebens. Ich verlasse Ihr Haus, um niemals zurückzukommen. Bitte, widersprechen Sie mir nicht, wenn Sie diese Zeilen lesen. Ich kann nicht anders handeln. Weiter zu bleiben, hieße, einige Menschen zugrunde zu richten. Unter ihnen auch meinen Sohn. Das ist das Erste. Das Weitere besteht darin, daß ich, der ich mich Rabbi nenne, keinen anderen Weg gehen kann als so viele, denen gegenüber ich mich erdreistet habe, ein geistiger Führer zu sein.
Ich bitte Sie, in meinem Namen Herrn Schwedow und Herrn Woskobojnik meinen Dank auszusprechen und nichts zu meiner Rettung zu unternehmen. Das ist unnötig und sinnlos. Ich überlasse Ihnen den Brief für meinen Sohn, den Sie natürlich dem Adressaten zustellen werden. Jetzt noch einmal alles Gute und jederlei Glück in Ihrem weite-

ren Schicksal. Mit Abschluß dieses Briefes wird Gott allein mein weiteres Schicksal lenken.

In tiefster Achtung und Verehrung,

Rabbi Weißpapier "

Noch einmal lauschte er auf den Atem des Schlafenden. Dann zog er seinen langen, schwarzen Mantel an, nahm die Schlüssel, schloß beide Türen auf und ging hinaus. Unter seinen Füßen quietschte die Treppe. Grabesstille im Haus. Von ferne kreischte die Straßenbahn. Er öffnete die Eingangstür, kehrte vorsichtig zurück und legte die Schlüssel auf den Tisch. Die beiden Briefe schimmerten wie zwei weiße Augäpfel.

Draußen ging er einfach geradeaus. Ich muß so weit wie möglich fort und dann in das erste Polizeirevier. Es war warm. Er bog in eine Straße. Dort waren nur Trümmer. Was ist nur der Sinn des Ganzen, dachte er, und was war der Sinn seines Lebens. Womöglich nur, seinen unehelichen Sohn zu finden oder jetzt dorthin zu gehen, von wo es kein Zurück gab. Er ging und ging und wurde schon müde. Ein Polizeirevier war nicht zu sehen. Dann begegnete er einer älteren Frau, die auf einem kleinen Karren irgendein Gerümpel zog.

„Verzeihung, wo ist hier das nächste Polizeirevier? "

„Wieso? Wollen Sie auch Antrag auf Entschädigung für die Verluste beim letzten Bombenangriff stellen? Hier, um die Ecke. Dort ist noch niemand. Ist noch viel zu früh."

Weißpapier betrat den Warteraum. Er war hell und sauber. Auf einem Brett ein Wegweiser. Anmeldung, Verlust, Kriminalabteilung. Ein Polizeibeamter mit einem frischen, jungen Gesicht ging vorbei. Weißpapier betrat das Zimmer mit dem Schild „Kriminalpolizei." Ein älterer, grauhaariger Beamter aß eine Stulle.

„Verzeihung, bin ich hier richtig? "

„Bitte, das kommt darauf an." sagte der Beamte höflich.

„Ich möchte eine Erklärung über mich persönlich abgeben. Ich bin Jude und lebe ohne Anmeldung in Berlin."

Der Beamte legte das Brot zur Seite.

„Ein Jude? Was soll das heißen - ein Jude? "

„Ganz einfach - ein Jude."

„Und Sie sind einfach so hierher gekommen? Mit welcher Absicht? "

„Ohne jede Absicht. Ich habe keinen Wohnort in Berlin und bin auch nicht angemeldet."

Der Beamte drückte auf einen Knopf. Ein voller, gänzlich ergrauter Beamter trat ein.

„Was ist los? "

„Paß auf, Albert, ein merkwürdiger Fall. Dieser Herr ist selbst hierher gekommen und behauptet, er ist ein Jude. So etwas ist bei uns noch nicht passiert."

„Sehr merkwürdig. Sind Sie wirklich ein Jude? Darf ich Ihre Papiere sehen? "

„Ich habe keine Papiere."

„Wo wohnen Sie denn überhaupt? "

„Heute nirgends. Mein letzter Wohnort war Kielce im Generalgouvernement, von wo ich gesetzlos fortgefahren bin. Ich hatte Angst um mein Leben. Ohne Anmeldung lebte ich in vielen Städten Deutschlands und jetzt bin ich ohne Wohnort in Berlin."

„Ihren Namen und Vornamen bitte."

„Isaak Weißpapier."

„Hm ... ja, tatsächlich. Und keine Ausweispapiere? "

„Gar keine."

Die Polizeibeamten sahen sich an.

„Herr Weißpapier, Ihr Erscheinen hier ist sehr merkwürdig. Bis jetzt ist in diesem Revier noch kein Jude freiwillig erschienen. Sie wissen doch, daß wir die Juden sehr streng behandeln. Was soll man da tun? Wir sind nur Polizeibeamte und Befehl bleibt Befehl. Doch wir beide kennen uns sehr gut und sagen Ihnen folgendes. Wissen Sie was! Verschwinden Sie von hier, solange es noch Zeit ist. Wir haben Sie nicht gesehen, wir kennen Sie nicht und haben auch nichts gehört. Wie alt sind Sie denn? "

„Bald werde ich einundsiebzig."

„Sehen Sie, Ihnen bleiben vielleicht nur noch ein paar Jahre, und Sie sind hierher gekommen. Man sperrt Sie in ein Lager, arbeiten können Sie nicht und es wird sehr schlecht für Sie sein ...“

Das sind brave Kerle, dachte Weißpapier, versuchen, mich zu retten. Sind selbst nicht die Jüngsten.

„Meine Herren, ich danke Ihnen sehr für Ihre Warnung, aber ich muß so handeln. Ich sage Ihnen ganz offen, ich bin schuldig und bitte, mich so zu behandeln, wie alle übrigen Juden. Für mich gibt es keinen anderen Weg.“

Wieder sahen sich die beiden Beamten an.

„In diesem Fall, bitte schreiben Sie Ihren Lebenslauf bis zum heutigen Tag, ohne etwas zu verheimlichen, und unterschreiben Sie ihn.“

Weißpapier las das Geschriebene durch. Alles war die reine Wahrheit, nur über seine Freunde hatte er kein Wort geschrieben. Er setzte seine Unterschrift darunter, stellte das Datum aus.

Der erste Beamte klopfte an der hinteren Tür.

„Kamerad Hein!“

Ein junger, großer Polizeibeamter mit einem eng gezogenen Gürtel trat ein. Er hatte ein etwas anderes Muster auf den Schulterstücken und ein Sternchen mehr, ebenfalls trug er das Parteiabzeichen.

„Was habt ihr schon wieder? “

„Dieser Alte ist ein Jude. Der Fall ist klar. Hat selbst seine Biographie geschrieben.“

„Wann habt ihr ihn festgenommen? “

„Kam von alleine.“

„Aha, das Gewissen ist erwacht! Die ganze Welt habt ihr Juden gegen uns aufgehetzt und seid noch unzufrieden ...“

„Ich habe niemanden aufgehetzt!“

„Wer denn sonst? Goethe oder Schiller? Sie wissen doch, was der Führer gesagt hat. ‚Wenn es den Juden gelingen sollte, einen Krieg zu entfesseln, so wird das das Ende der Juden in Europa bedeuten!‘ Wie bekannt, ist das euch gelungen. Also, seien Sie bitte nicht böse. Der Name?“

„Hier steht alles geschrieben.“

„Maul halten und meine Fragen richtig beantworten! Millionen sind schon wegen euch tot, aber wir werden schon noch fertig mit euch. Der Führer hat eine Waffe gegen euch."

„Mein Name ist Weißpapier."

„Da braucht man nur einen Buchstaben abändern! Rabbiner sind Sie auch noch? "

Hein verschlang Weißpapier mit den Augen, dann senkte er sie und sagte kein Wort mehr.

„Ein merkwürdiger Alter", meinte ein Polizeibeamter zu dem anderen, als Hein mit Weißpapier fortgefahren war. „Nicht ein Schatten von Furcht, als ob es nicht in den sicheren Tod ginge. Als ob wir die Dummen sind und nicht er."

„Das kann man nie wissen." sagte der andere.

Mehr haben sie über Weißpapier nicht gesprochen.

*

Das reguläre Treffen war wieder fällig und Nägele versuchte, sich vorzustellen, worüber man sich dieses Mal unterhalten wird. Die Phantasie arbeitete schlecht. Worüber sollte man sich auch unterhalten? Jetzt sah Nägele, mit welch leichtfertiger Oberflächlichkeit sie immer wieder das anzutasten versuchten, was sich im Reiche des Unverweslichen befand. Und die Strafe folgte unverzüglich.

Wo war denn die Wahrheit? Nägele erriet, daß die Wahrheit bei solchen Menschen war wie Woskobojnik, Schwedow, seinem Vater. Er verzog die Stirn. Schon das zweite Paket war zurückgekommen. Warum? Wollte sein Vater nichts von ihm haben? Seit einem Monat war er nicht mehr bei Sergius gewesen. Er mußte ihn unbedingt besuchen, und heute hatte er das zweifelhafte Vergnügen,der regulären Assemblee ihrer Gruppe beizuwohnen. Das Gespenst der Niederlage Deutschlands wurde zur Realität. Das Auto hielt vor einem zweistöckigen Haus. Längst war das Hotel, in dem sie sich früher trafen, ein Trümmerhaufen.

Mit Ausnahme Kunzers - der Lump sitzt in den Vereinigten Staaten - waren schon alle da. General von Hofmeister war sehr gealtert. Er trug die Schulterstücke eines Generalleutnants. Ein neues Gesicht. Rechts von Stubinger saß eine elegante Dame, etwa Mitte der Dreißiger. Ihre grünlichen Augen schauten durch Nägele hindurch und sahen ihn trotzdem. Kommerzienrat Stubinger erhob sich strahlend.

„Meine Tochter Ingeborg - bitte um Anerkennung!"

So sieht sie also aus, überlegte Nägele. Auch heute noch schaut sie der geile, alte Bock verrückt an. Sergius kann man sehr wohl verstehen. Von solchen Frauen sagt man, sie stehen zugleich unter einer Dirne und über einer Königin. Warten wir ab.

„Schon lange wünschte ich, Ihre Bekanntschaft zu machen." sagte Ingeborg. „Aber Papa ist auf alle eifersüchtig; ich weiß viel über Sie, Kollege Nägele."

„Was wissen Sie denn? "

„Genau das, wovon Sie glauben, daß niemand es weiß."

„Ich vergehe vor Neugierde."

„Zum Beispiel Ihre Recherchen im russischen Milieu, interessant und originell. Ich selbst befasse mich auch damit."

„Das ist so alt wie die Welt, Fräulein Stubinger, man kommt keinen Schritt vorwärts."

„Ich ja, und wenn Sie auf eine kleine Bedingung eingehen, würde ich gern einiges mit Ihnen teilen."

„Liebe Kollegen, ich bitte um Aufmerksamkeit!" Der Kirchenrat erhob sich und zupfte an seinem Schlips. „Zuerst der offizielle Teil und dann privater Meinungsaustausch. Lassen wir die Phrasendrescherei beiseite. Der Krieg ist verloren. Der deutsche Pöbel hat sich seines großen Führers unwürdig erwiesen und ebenso seiner ausgesuchten Elite, die wir darstellen. Wenn es so steht, braucht man keine Rücksicht auf dieses unwürdige Gesindel zu nehmen. Viel zu wichtig ist unser Anliegen und es sind schon Maßnahmen getroffen, es in einem anderen Milieu fortzusetzen. Ich muß offen sagen, daß die Grenze zwischen Würdigen und Unwürdigen auch in unserer Organisation vorhanden ist. Ich nenne keine Namen. Jeder weiß selbst oder wird es bald erfahren, wohin er gehört. In unserer jetzigen Zusammensetzung treffen wir uns zum letzten Mal. Diejenigen, die würdig sind, versammeln sich das nächste Mal an einem ganz anderen Ort. Diesen Ort nenne ich nicht. Wem es auf der Stirn geschrieben steht, der wird ihn selbst finden. Und die anderen können ihr Leben für abgeschlossen betrachten. Sie werden nicht von Menschen, sondern von den Umständen vernichtet. Von dem heutigen Tage an wird unsere organisierte Verbindung durch einen Kontakt zu einer höheren Ebene ersetzt. Ich wünsche jedem, daß er sich dieser höheren Ebene würdig erweist. Das ist alles, meine Dame und meine Herren. Haben Sie Fragen, Zweifel, Widersprüche? Oder will sich noch jemand äußern? "

„Anscheinend befinde ich mich nicht in dieser hohen Ebene." bemerkte General von Hofmeister. „Ich weiß nicht, wie es bei den anderen ist. Ich bin Soldat und für mich ist das genug."

„Ich bitte Sie, General, ich habe am wenigsten Angst, daß Sie sich nicht dort befinden, wo es sein sollte."

„Sie brauchen sich wirklich nicht zu fürchten!"

„Auch nicht wegen meiner Person." sagte Nägele. „Einiges habe ich im letzten Jahr begriffen, das, was andere niemals begreifen werden. Ich nehme an, daß unsere heutige Sitzung geschlossen ist."

„Sie befreien mich von all meinen Pflichten." lächelte der Kirchenrat. „Allen Anwesenden wünsche ich alles Gute und hoffe auf ein Treffen im nächsten Jahr."

Als sich Nägele in sein Auto setzte, stieg von der anderen Seite Ingeborg ein.

„Ich hätte gern mit Ihnen gesprochen."

„Bitte, nehmen Sie Platz."

„Kann Ihr Fahrer unsere Unterredung hören oder nicht?"

„Er kann nichts hören."

„Das ist sehr gut. Die Worte des Kirchenrats haben auf Sie einen sonderbaren Eindruck gemacht."

„Das muß ich ganz offen gestehen."

„Er hat jedoch die Lage nicht ganz richtig durchleuchtet. Einigen ist es gelungen, volle Unterstützung der Kraft zu erlangen, von der bei dem ersten Treffen die Rede war und einigen ist es nicht gelungen. Die Letzteren sind selbst daran schuld, daß sie sich nicht voll anvertraut haben. Das sind General von Hofmeister, mein Vater und Sie."

„Sie sprechen so ruhig über Ihren Vater? "

„Sein Schicksal ist mir gleichgültig. Ein erbärmlicher Mensch, böse und lasterhaft. Er lebt schon viel zu lange, über alle Maßen. Sie aber? "

„Was ist mit mir? "

„Ich verstehe Sie nicht. Von uns allen waren Sie auf dem richtigsten Weg. Ich weiß einiges über Ihre Kontakte mit den russischen Emigranten. Ich kenne selbst einen merkwürdigen Vertreter dieser sinnlos romantischen Gattung Mensch. Plötzlich wechselten Sie das Gleis. Sagen Sie bitte, war es für Sie unbedingt notwendig, diesen alten Juden zu retten? "

„Was wissen Sie, Fräulein Stubinger? "

„Alles, selbst die Tatsache, daß Ihr Vater nicht mehr lebt. Sie haben ihn doch seit über einem Monat nicht mehr gesehen? "

„Ist das eine Erpressung oder Drohung? "

„Gott behüte! Momentan brauche ich Ihren Untergang nicht, aber ich möchte Sie retten für die gemeinsame Sache."

„Sie brauchen sich wirklich nicht zu bemühen."

„Dann gestatten Sie, daß ich hier aussteige. Es ist nicht weit bis nach Hause. Noch eins, kommen Sie nicht auf den Gedanken, etwas gegen unseren Kirchenrat zu unternehmen. Dem sind Sie nicht gewachsen. Er ist viel stärker als Sie."

Sie weiß alles, überlegte Nägele. Weshalb bin ich denn noch nicht festgenommen? Mein Vater soll nicht mehr leben? Ich werde beobachtet. Ich muß sie fragen.

„Hallo, Burgmann, wohin ging die Dame? "

„Welche Dame? "

„Mein Gott, Burgmann, warum halte ich Sie bloß als Chauffeur und rette Sie vor der Front! Die, die aus dem Auto gestiegen ist."

„Da, hinter diese Ecke. Ich drehe gleich bei."

Die Straße war leer, nirgends war Ingeborg zu sehen. Nägele nannte die Adresse von Sergius.

„Bleiben Sie bitte dreihundert Meter vor dem Haus stehen."

Wie immer war das Haus verschlossen. Gereizt schaute er auf das bekannte Schildchen „*Albert Zeller*" und läutete Sturm. Endlich Schritte, langsam, unsicher. Der beeilt sich nicht gerade, dieser Zeller!

„Wer? Ach so, zu Herrn Sergius. Von wem? Wer? Was für ein Mengele? "

„Aber nicht Mengele, sondern Nägele, Herr Zeller. Sie kennen mich doch!"

„Soll meine Wirbelsäule platzen! Sie kommen aber spät."

Er klopfte an.

„Herein!" ertönte die Stimme von Sergius. „Wer ist da? "

„Das bin ich, Nägele."

Als Nägele das Gesicht Sergius' sah, wußte er, daß etwas sehr Schlechtes, nicht wieder Gutzumachendes geschehen war.

„Wo ist mein Vater? "

„Er ist nicht mehr da, seit fast einem Monat. Alle diese Zeit habe ich versucht, Sie zu benachrichtigen. Aber ich hatte Ihre Adresse nicht. Sie hinterließen Ihre Anschrift nur Woskobojnik, und der ist nicht da. Über die Behörden konnte ich weder Sie noch ihn erreichen."

„Was ist mit meinem Vater geschehen? "

„Er ist fortgegangen."

„Wohin? "

„Das weiß ich nicht. Er hinterließ Ihnen und mir Briefe. Bemühen Sie sich bitte, sie durchzulesen."

Nägele setzte sich. Aufmerksam las er beide Briefe, einmal, zweimal. Es gab keinen Zweifel. Ingeborg hatte recht. Wer war sie und woher wußte sie alles?

„Wann ist das geschehen? "

„In der Nacht vom 28. zum 29. August."

„Konnten Sie es nicht verhindern? "

„Ich schlief, und als ich erwachte, fand ich nur diese beiden Briefe."

Schweigend saßen sie sich lange gegenüber und schauten sich an.

„Was ist mit meinem Vater in den letzten Tagen vor seinem Fortgang passiert? War er beunruhigt, erschrocken, oder haben Sie mit ihm Unstimmigkeiten gehabt? "

„Nein, Herr Nägele. Nehmen wir alles der Reihe nach durch. Vor etwas mehr als zwei Monaten kam Wladimir Alexejewitsch und erzählte, daß er gerade zum Offizier der Wlassowschen Armee befördert worden ist, und daß er in dem neu gebildeten Sicherheitsdienst in einer neuen Uniform niemand anderen als unseren alten Bekannten Kedrow entdeckt habe. Dieser Kedrow hat aus irgendeinem Anlaß nach mir gefragt. Da nach meinen Vorstellungen Kedrow überhaupt nichts von mir wissen konnte - wozu sollte er sich auch interessieren - drängte sich von allein ein ziemlich unangenehmer Gedanke auf. Ihr Vater war sehr beunruhigt, aber wir entschlossen uns zu warten. Einige Wochen vergingen und wir stellten fest, daß unser Haus beschattet wird, sehr vorsichtig und geschickt. Dann hat unser sympathischer Briefträger - ich kenne ihn schon sehr lange und der Hausbesitzer noch länger - ausgeplaudert, daß bei der Post irgendwelche Menschen Ihr Paket aufgemacht haben. Von Tag zu Tag erwartete Ihr Vater seine Festnahme und sagte auch, daß das Ihren und meinen Untergang bedeute und den von einigen anderen, zum Beispiel Woskobojnik und Schwedow. Doch ich habe nicht erwartet, daß er so schnell einen Entschluß fassen würde."

„Sie irren sich etwas, Professor. Jemand wollte meinen Vater zugrunde richten und umso sicherer auch mich. Mein armer Vater wußte das. Er ging fort, um nicht mich und alle anderen zu gefährden. Daß Sie mich nicht benachrichtigen konnten, ist meine Schuld. Ich werde versuchen, meinen Vater zum zweiten Mal zu retten, wenn ich auch stark bezweifle, daß es mir gelingt. Ihnen und unseren gemeinsamen Freunden werde ich wohl helfen können. Bleiben Sie ruhig auf Ihrem Platz. Sagen Sie das auch Schwedow. Verabschieden wir uns jetzt, jede Stunde ist kostbar."

Nägele ging hinaus. Burgmann döste am Steuer.

Die ganze Nacht saß Nägele in seinem Kabinett und notierte jedes Wort von Sergius. Gegen Morgen verschwand er bald hinter einem Wall von Ordnern und Schnellheftern. Das Bild klärte sich auf. Mit Ausnahme des Wichtigsten, wer waren der Kirchenrat, Ingeborg und Professor Kunzer. Er klingelte die verschiedenen Polizeireviere ab. Endlich, im 26., fand er die Spur, und nach einigen Tagen hatte er die Gewißheit, daß sein Vater nicht mehr lebte.

Nägele dachte nach. Sein Fehler und der seinesgleichen stand vor ihm in voller Größe. Unsere wirklich glänzende Organisation haben wir viel zu sehr überschätzt. Letzten Endes hängt jede Organisation von den Menschen ab, von guten Menschen, und auf wen haben wir gebaut? Es war zu spät. Sein eigenes Schicksal interessierte ihn nicht mehr. Ich melde mich zur kämpfenden Truppe, entschied er, wenn man mir nicht vorher den Hals abdreht. Schwedow, Sergius und Woskobojnik werde ich nicht preisgeben, auch nicht diesen Fürst Luganoff ...

Finstere Gedanken quälten ihn. Nägele versank in der Arbeit. An einem trüben Oktobermorgen fand er auf seinem Schreibtisch einen ziemlich umfangreichen Briefumschlag. Absender: Seine hohen Vorgesetzten. Es geht los, dachte er. Aber es war nur die Benachrichtigung über die Vorbereitung der öffentlichen Proklamation des Manifestes des Komitees für die Befreiung der Völker Rußlands. Auf ihn entfiel eine ziemlich bedeutende Rolle hinter den Kulissen. Er mußte nach Prag fahren ...

*

Das Jahr 1945. Schnee schmückte die Trümmer. In der Russischen Befreiungsarmee wurden Entscheidungen getroffen. Es kam der Befehl, die Privatkanzlei des Generalmajors Truchin sollte mit einer ganzen Reihe anderer Stäbe nach Süddeutschland verlegt werden, in die Nachbarschaft von Münsingen, wo die erste Division der Wlassowschen Armee unter dem Kommando des Obersten Bunjatschenko stand. Die Hetze begann. Vor der Abreise erbat sich Wolodja einen Urlaub, um von der Mutter Abschied zu nehmen und in die Kirche zu gehen. Die Kirche war fast leer. Er bemerkte einen jungen Mann mit einem länglichen, blassen Gesicht. Der Ausdruck des Gesichts setzte Wolodja in Erstaunen. Völlige Ruhe, als ob es keinen Krieg gab, keinen Bolschewismus, keine heranrückende Rote Armee, und er, als Einziger in Berlin, ist sich des morgigen Tages völlig sicher und weiß genau, was in zehn Jahren mit ihm sein wird. Den frage ich, entschied er.

„Entschuldigen Sie bitte, sind Sie Russe?"

„Ja, ich bin Russe."

„Bitte, entschuldigen Sie, daß ich mich so an Sie wende, aber ich hätte Sie gern um Rat gefragt. Meine persönlichen Angelegenheiten sind in solch einem Zustand, daß ich weder ein noch aus weiß. Ich heiße übrigens Schwedow."

„Sehr angenehm. Mein Name ist Kreiton, Jewgenij Borisowitsch. Ich kenne Ihren Namen. Wir gehören zu derselben politischen Phalanx. Alles in allem, die Zukunftsprognosen sehen sehr schlecht aus, aber Sie interessieren sich nicht dafür. Welchen Sinn hat auch die Politik? Es ist einzig wichtig, die Kräfte zu verstehen, die auch die Politik bestimmen. Wie macht man das aber?"

„Gerade darüber wollte ich Sie fragen."

„Ich muß Ihnen antworten, daß nach meiner Meinung vom Schreibtisch her überhaupt nichts begriffen werden kann. Die Worte - die gesprochen und geschrieben sind - das ist das Eine, die Taten sind aber etwas ganz anderes. Das Leben verlangt von uns, daß wir uns an ihm beteiligen. Aber wie soll man sich beteiligen, wenn man nichts weiß. Niemand weiß etwas. Etwas muß man aber tun. Theoretisch kennen alle das Gute - im Leben aber ist es sehr schwer."

„Sie haben recht, Jewgenij Borisowitsch, doch ich wollte etwas anderes wissen. Seit Kindesalter hatte ich merkwürdige Erlebnisse, die weder mit dem Verstand, noch mit der Logik erklärt werden konnten, und ich wollte Sie bitten..."

„Nein, bitte nicht! Ich kann Ihnen nicht helfen. Auch ich hatte und habe noch immer sonderbare Erlebnisse. Glauben Sie mir, wenn ich sie Ihnen erzählte, halten sie den Ihrigen bestimmt die Waage, und Sie werden genau so unfähig sein, mir zu helfen, wie ich Ihnen. Was heißt überhaupt Hilfe? Gehen Sie Ihren Weg und ich den meinen. Wenn Sie die andere Welt tatsächlich berührt hat, dann fürchten Sie nichts. Große Versuchungen erwarten uns, Sie, mich und alle. Wenn es Gott will, werden wir sie überstehen. Wenn nicht - er weiß es besser. Und wenn ich Ihnen einen Rat erteilen kann, dann fragen Sie nicht zufällige Bekannte um Rat, sondern sich selbst. Wenn Sie mit Ihrem ganzen Herzen und Ihrer ganzen Seele nach der Wahrheit lechzen, wird sie Ihnen auch zuteil."

Wolodja wußte nicht, was er sagen sollte, fühlte aber unbestimmt, daß sein neuer Bekannter die Worte nicht in den Wind sprach. Schweigend verbeugten sie sich und gingen auseinander.

Wolodja war enttäuscht. Was hat er mir gesagt und was konnte er mir überhaupt sagen? Schwatzt wie ein Emigrantenpriester und ich bildete mir ein, etwas Neues zu erfahren. Ob man fragt oder nicht - alles nur Worte. Auch mit Eva klappt es nicht. In den verdammten Papieren steht „verheiratet" und damit basta. Wo ist nur die Ikone der Muttergottes, die sie mir geschenkt hat. Ich gehe nach Hause und suche sofort danach.

Wolodja war in seinem Zimmer in der Dahlemer Villa. Es war ganz still. Er wußte nicht, was er mit sich anfangen sollte. Ich muß mich von Frau Hessmann verabschieden. Viele Jahre habe ich glücklich bei ihr gewohnt, und jetzt geht es ins Unbekannte. Als er zu seiner ehemaligen Wirtin emporstieg, erschien ihm die Treppe ganz fremd.

„Wie schön, Herr Schwedow, daß Sie gekommen sind!"

„Ich wollte mich verabschieden, Frau Hessmann, und feststellen, ob nach den letzten Angriffen bei Ihnen alles in Ordnung ist."

„Gottlob steht noch alles. Rundum Trümmer - und wir sind heil. Natürlich wollen Sie in Ihrem alten Zimmer ein bißchen ruhen. Da ist alles wie früher, sogar warm. Ich gehe für eine Stunde zu der Wester, die Milchmannsfrau, Sie wissen ja Bescheid. Bei ihr ist die ganze Mauer kaputt. Dann trinken wir Tee."

Durch die großen Fenster blickte Wolodja auf das eingeschneite Berlin. Eigentlich mußte es dunkler werden, statt dessen wurde es heller. Die Winterwolken zerflatterten, Sonnenstahlen verfolgten die fernen Nebel. Die kristallenen Schwerter regierten den Himmel, wie damals, wieder dieses Phänomen. Wo ist das Muttergottesbild von Eva, habe ich es etwa beim Umzug hier vergessen? Das heilige Bild lag in der Ecke des leeren Schubkastens. Hier ist auch das Evangelium meiner Mutter. Wie konnte es nur vergessen werden! Um ihn verflocht sich das dreidimensionale Muster. Die Uhr auf dem Handgelenk tickte nicht mehr. Die Zeit blieb nicht stehen, sie war einfach nicht da. Um ihn eine Kantille aus dunklen und hellen Fäden, blasse, matte Farben und helle, voller Leben und Kraft. Gelbe und lila, sie umschlangen ihn gleichermaßen. Wichtig waren nur zwei, die über alle herrschten, und die durchsichtige, rein wie Kristall.

Fern über der Stadt heulte eine Sirene, wie ein Rudel Wölfe antworteten ihr andere. Die Kantille verschwand nicht. Nicht von Fäden ist er umsponnen, sondern von Menschen. Jetzt sieht er und weiß, jene lila Linie, dick wie ein Balken - das ist Kedrow. Die andere - das ist Eva, und die allerhellste ... Das Haus bebte. Der erste Sturm der Flakgeschütze raste über die Stadt. Auf dem Dach heulte und krachte etwas. Das Haus wankte. Wie gebannt schaute Wolodja auf den hellen, kristallblitzenden Streifen, rein und siegreich. Wie steht es in der zweiten Sendung des Apostel Petrus, im 3. Kapitel des zweiten Petrusbriefes:

„Vor allem wißt, daß am Ende der Tage
lose Spötter auftreten werden.
Sie werden ihren eigenen Gelüsten nachgehen
und sagen: ‚Wo bleibt seine Wiederkunft,
die doch verheißen ist? Seit die Väter
entschlafen sind, bleibt alles gleich,
wie es von Anfang der Schöpfung war.'
Dabei übersehen sie absichtlich,
daß Himmel und Erde schon längst
kraft des Wortes Gottes
aus Wasser und durch Wasser Bestand hatten.
Dadurch ging aber die damalige Welt in der
Wasserflut unter. Der jetzige Himmel
und die jetzige Erde dagegen sind kraft
des nämlichen Wortes für das Feuer aufgespart.

Sie sind aufbewahrt für den Tag des Gerichtes
und des Verderbens der gottlosen Menschen.
Das eine aber sollt ihr, Geliebte, nicht übersehen:
Ein Tag ist bei dem Herrn wie tausend Jahre
und tausend Jahre wie ein Tag.
Der Herr säumt nicht mit seiner Verheißung,
wie einige das für ein Säumen halten.
Vielmehr ist er langmütig gegen euch.
Er will nicht, daß jemand verloren geht,
sondern, daß alle zur Sinnesänderung gelangen.
Der Tag des Herrn wird aber kommen wie ein Dieb.
Da wird der Himmel mit Sausen vergehen.
Die Elemente werden sich in Gluthitze auflösen,
und die Erde samt allem, was darauf ist,
wird verbrennen.
Da sich das alles in dieser Weise auflöst,
wie müßt ihr euch da eines heiligen Wandels
und der Frömmigkeit befleißigen
und so die Ankunft des Tages Gottes
erwarten und erstreben! Um seinetwillen
wird sich der Himmel in Feuer auflösen,
und die Elemente werden in Gluthitze zerschmelzen.
Wir erwarten aber gemäß seiner Verheißung
einen neuen Himmel und eine neue Erde,
worin die Gerechtigkeit ihre Stätte haben wird."

Ein neuer, schwerer Schlag. Das Gebäude bebte. Hinter der Mauer stürzte etwas, eine dumpfe Explosion. Der Boden begann abzusacken. Heiße Glut atmete. Mit Verzücken schaute Wolodja auf die Flamme, die ihn umzingelte. Von allen Seiten umfing ihn reiner, goldener Kristallschein, das letzte, was Wolodja fühlte und empfand ...

„Herr Leutnant, Herr Leutnant! Aufwachen!"

Unteroffizier Sosnjuk zerrte Wolodja am Ärmel. Er lag in seinem Zimmer im Stabsgebäude auf dem Bett. Er war nirgends hingegangen, auch nicht zu seiner ehemaligen Wirtin. Ein merkwürdiger Traum. Auf dem Nachttischchen lag das offene Evangelium, der zweite Petrusbrief, Kapitel drei. Noch immer donnerten die Salven in der Ferne. Demnach hatte er den Luftangriff verschlafen. Neben dem Evangelium liegt das kleine Heiligenbild der Muttergottes. Wann hatte er es hingelegt?

„Entschuldigen Sie, Herr Leutnant, Nachrichten. Erst die unangenehmen. Der Herr General ist sehr zornig. ‚Warum ist Leutnant Schwedow nicht im Luftschutzraum? Gehen ihn die Bomben etwa nichts an?' Und jetzt die angenehme. Ein Einschreibbrief für Sie."

Ein Brief von Eva. Sie schrieb, daß ihre Ehe mit Towarkow für nichtig erklärt worden ist. Wolodja sprang auf.

„Tatsächlich eine angenehme Nachricht! Von der Braut! Jetzt kann man auch über die Hochzeit nachdenken, Sosnjuk!"

„Wünsche viel Glück. Hier schaffen Sie es aber nicht mehr. Der Herr General erwartet Sie in fünfzehn Minuten zum Teetrinken. Herr Hauptmann sitzt schon dort."

*

Berlin rauchte noch an vielen Stellen. Das Auto mit dem Lautsprecher, das die Bevölkerung von der Kapitulation in Kenntnis setzte, fuhr nicht mehr herum. Die eingeschüchterten Bewohner krochen aus ihren Kellern. Überall hämmerte man. Bretter, Balken wurden geschleppt, die von sowjetischen Panzern niedergewalzten Barrikaden wurden fortgetragen. In der ganzen Breite ihrer, im Guten und im Bösen, maßlosen Seele wirtschafteten die Sieger.

Vor der Villa, in der sich vor einigen Monaten noch die persönliche Kanzlei des Generalmajors Truchin befand, saß mit gespreizten Beinen auf dem grünen Rasen ein etwas perplexer Sieger aus Rjasan, vielleicht auch aus Udmurtien, und quälte sich mit dem Nickelschloß eines teuren Lederkoffers. Die Schlösser gaben nicht nach. Der Sieger zog ein Messer aus der Tasche und schlitzte mit der gezackten Klinge den Koffer auf wie eine Konservendose. Dann beschaute er den Inhalt. Erschrockene Gesichter betrachteten ihn aus den mit Frühlingsdreck bespritzten Kellerfenstern des Nachbarhauses.

Ein Mann in einem abgetragenen Regenmantel und in plumpen Bergstiefeln ging vorbei. Matthias Ernst Nägele.

In der Tasche ein unschätzbares Dokument, mit dem Inhalt, daß er von jemandem aus der sowjetischen Kommandantur überprüft worden ist. Nägele dachte nicht an Rettung. Nach dem Fall Berlins und der Beendigung des Krieges hat er viel Böses gesehen. Eine kurze Zeit war er an der Front gewesen, wohin sich zu begeben man ihm höflich empfohlen hatte, als er zu eifrig festzustellen begann, wer letzten Endes der Kirchenrat war, und welche Macht hinter ihm stand. Er erfuhr nichts, doch er wußte, diese Macht war böse und grausam. Zu den russischen Siegern fühlte er keinen Haß. Trotz all der Schweinereien, die um ihn herum geschahen, wußte er, daß diese Sieger eine Tragödie erlebten, die der, der Besiegten gleich war. Er hegte keine Pläne auf lange Sicht. Der Bezugspunkt fehlte. Viel dachte er über seinen Vater nach und entschloß sich, den Unglücklichen nach Möglichkeit zu helfen. Er fühlte sich mehr denn je zuvor als Deutscher. Der Gedanke, sich für einen Juden zu erklären, kam ihm nicht in den Sinn.

Nägele ging einige Straßen entlang. Hinter einer Ecke ertönte Frauengekreisch. Eine ziemlich gut aussehende Frau, Mitte der vierziger Jahre, im zerrissenen Kleid und mit Pantoffeln an den Füßen, schlug sich mit zwei Soldaten. Einer war rothaarig, die typische sowjetische Fliegermütze, eine Maschinenpistole. Eine offene Feldflasche baumelte am Gürtel und groteskerweise schaute aus der Tasche seines Hemdes eine riesige Büroschere. Der andere, klein und dunkel, hielt ebenfalls eine Maschinenpistole in der Hand.

Nägele trat näher.

„Entschuldigen Sie, Genossen", wandte er sich auf russisch an die beiden. „Wollen Sie vielleicht rauchen?"

Der Rothaarige drehte sich um, ohne die Frau loszulassen.

„Wer?"

Der Dunkle machte zwei Schritte auf Nägele zu.

„Aus welchem Truppenteil sind Sie? Da Sie in zivil sind, sind Sie kein Offizier? Ein ziviler Mensch?"

„Ich bin einfach ein Deutscher. Entlassen. Die Papiere sind in Ordnung."

„Wenn du Deutscher bist, was willst du denn? Was

mischt du dich da ein? "

„Ich hätte es gern gesehen, daß Sie sich eine Zigarette anstecken und die Frau in Frieden lassen. Wozu brauchen Sie die? "

„Der will aber hoch hinaus! Wozu brauche ich eine Frau? Ein frecher Lump! Geh los, dorthin, wo du hergekommen bist!"

Die Augen des Dunklen wurden rund und böse.

Nägele erbleichte.

„Es ist nicht gut, eine schutzlose Frau zu quälen. Sie besudeln die Ehre des sowjetischen Kriegers."

„Ach, du Hure! Der spricht noch von Ehre! Hast du den Befehl gehört, unseren Befehl? Wenn ihr die deutsche Grenze überschreitet, dann seid ihr die Richter, ihr - die Herren, ihr - die Rächer und die Strafenden!"

Die Maschinenpistole in der Hand des Dunklen krachte trocken. Nägele wankte, wollte etwas sagen, und sank langsam nach vorn. Als er hinfiel, spürte er in seiner Brust etwas Nasses und Heißes, er sah, daß hinter dem Dunklen der lächelnde Kirchenrat stand.

„Was hast du gemacht, Petro? Eine Woche, nicht einmal ein Jahr, warst du an der Front und hier feuerst du! Was hat er dir getan? Klar, daß er seine Eigene verteidigt! Er ist doch von einem Blut mit ihr. Schnell fort von hier!"

Etwas Langes blieb unbeweglich liegen.

*

Ein warmer Sommertag. Kedrow lag auf der Pritsche. Die Baracke erinnerte ihn an das Zimmer, wohin er im Lager Ostrow-Mosowetzki als Halbtoter geführt wurde und der Umbruch in seinem Schicksal begann. Jetzt befand er sich, Apollon Issajewitsch Kedrow, in einem sowjetischen Kontrollager für Privilegierte. Das Essen war etwas besser als in Ostrow-Mosowetzki und schlechter als in den Sonderlagern des Reichsministeriums Ost. Er hatte viel Freizeit und durchdachte systematisch seinen Lebenslauf vom ersten Tage seiner Gefangennahme, bis zu dem Augenblick, als es ihm, einem Major des Sicherheitsdienstes in der Wlassowschen Armee, gelang, festen Kontakt mit den entsprechenden sowjetischen Institutionen und dem kommunistischen Untergrund in Berlin herzustellen. Kedrow war mit sich selbst zufrieden. In seiner Lage hätte kein Kommunist mehr tun können.

Die letzte Wahrheit über ihn wußte niemand, seine Verbindung mit Nägele und der Kontakt zu der sonderbaren Gruppe, zu der Nägele selbst gehörte. Mit einer Ausnahme, Bromberg, den er vor Distrophie und dem Hungertode gerettet hatte und wahrscheinlich auch vor dem grausamen Tode, der seinesgleichen zugedacht war. Der Jude Bromberg, der erste Soldat seiner Armee in Deutschland, wie er ihm selbst gesagt hatte. Ob er noch lebte? Auch Bromberg hatte er in gefahrloses Wasser geleitet, eben durch Nägele. Er hatte ihn überzeugt, daß Bromberg gar nicht so sehr weit von der Welt entfernt ist, für die sich Nägele und die anderen so brennend interessierten.

Das zweite schwache Glied war Nägele, wenn er sich hier befand und alles erzählte. Er glaubte aber weder an die erste, noch an die zweite Möglichkeit. Nägele hielt er für ebenbürtig, was Verstand und geistige Fähigkeiten anbelangte. Er wird nicht hierher geraten und wenn doch, nichts erzählen. Von den eigenen Leuten war ihm am meisten Bromberg verpflichtet.

Kedrow erwartete seine Entlassung von Tag zu Tag. Wenn es so weit war, hatte er einiges, womit er in Moskau auftrumpfen konnte. Seine Kommunistenehre war unbefleckt und unbeschmutzt. Er legte sich auf die Pritsche, direkt unter einen warmen Sonnenstrahl, dachte über den Sozialismus nach, die Vorläufer der gegenwärtigen Führer. Seine Seele wurde von Stolz erfaßt. Er spürte nicht, wie er einschlief.

Er träumte von einem Bankett, ungefähr so wie bei dem Baron Goller-Charnowskij, und am Tisch saßen nicht die Kampfkameraden, sondern Bjelinskij selbst, mit tuberkulösem Gesicht und brennenden Augen und auch Tschernischewskij. Das Bankett war in einem kristallenen Palast und am Tisch saßen noch andere lichte Persönlichkeiten ohne Furcht und Tadel.

„Schau!" sagte ihm Tschernischewskij. „So bist du also jetzt in meinem kristallenen Palast, von dem unsere Vorfahren nicht zu träumen wagten! Das ist ein Paradies, unser sozialistisches Paradies!"

Kedrow traf schon Anstalten, sich zu freuen, als ihm frostig und langweilig wurde. Etwas stimmte nicht mit dem Kristallpalast. Durch die kristallenen Mauern lugten stumpfsinnige, böse, selbstherrliche und vollgemästete Gesichter. Kedrow wollte schreien.

„Das ist es nicht, das ist alles ganz falsch!" und erwachte.

An der Tür klopfte es.

„Ziehen Sie sich an, Genosse Kedrow! Genosse Polkownik verlangt nach Ihnen!"

Was will dieser Idiot noch von mir, dachte Kedrow und kleidete sich an. Im Kabinett entdeckte er zu seinem Erstaunen, außer dem Oberst, noch jemanden in Zivil, einen Hauptmann mit blauen Kanten an den Schulterstücken, wohl vom SMERSCH, einen Major, ebenfalls mit blauen Kanten, und gepflegten, aber schwammigen Fingern. Auch eine Frau in Uniform mit hochmütigem Gesicht und eng zusammengepreßten Lippen war anwesend. Der Oberst verhielt sich passiv. Kedrow fühlte sofort, hohe Tiere waren eingetroffen, denen der Oberst nicht gewachsen war.

„Nehmen Sie bitte Platz!" forderte ihn der Major auf.

Ruhig setzte sich Kedrow.

„Ihr Name ist Kedrow? "

„Ja, Kedrow."

„Name und Vatersname? "

„Apollon Issajewitsch."

„Gut. Geboren 1883, in der Stadt Arsamas? "

„Genau."

„Demnach darf ich Ihnen die Order über Ihre Festnahme übergeben."

„Was soll das heißen - Order über die Festnahme? "

„So, ganz einfach - Order über Ihre Festnahme."

„Mir - eine Order? "

„Ja, Ihnen."

Kedrow erbleichte. Was bedeutete das? Warum nahmen

sie ihn fest? Wofür? Er hat doch alles erklärt, alles bewiesen. Er hat verstanden, Rechenschaft abzulegen. Als ob er seine Gedanken erraten hätte, begann der Major wieder zu reden.

„Da ist eine böse Geschichte entstanden, Bürger Kedrow. Ziemlich viel haben Sie zusammengeschrieben und alle Ihre Verdienste aufgeführt. Selbstverständlich kann es jedem passieren, unschuldig in die Kriegsgefangenschaft zu geraten. Solche bestraft das Vaterland nicht. Auch die Deutschen können einen Menschen in die Hände bekommen. Die Frage ist nur, hat man den Deutschen wirklich gedient oder ihnen geschadet. So, wie Sie alles niedergeschrieben haben, konnte man das Letztere annehmen. Alles stimmte. Der Genosse Oberst hat nach Moskau berichtet. Dort hat man Sie wiederum überprüft und ist zu einem ganz anderen Schluß gelangt."

„Ich verstehe Sie nicht."

„Sie verstehen sehr wohl, Sie unternehmungslustiger Bursche, Sie! In der Gefangenschaft hatten Sie ein Freundchen, Bromberg ist sein Name. Der sitzt in Moskau hinter sieben Riegeln oder genauer, im inneren Gefängnis. Der hat uns einiges über seine Tätigkeit erzählt und über die Ihre. Was Sie zusammengeschrieben haben, wird später den Märchen aus Tausendundeiner Nacht beigefügt. Gerade das Wichtigste haben Sie unterschlagen. Sie kennen doch den Namen eines gewissen Matthias Ernst Nägele! Dieser abgebrühte Faschist stand an der Spitze einer sehr wichtigen nazistischen Einrichtung und Sie haben eng mit ihm zusammengearbeitet. Demnach sind Sie einfach ein Vaterlandsverräter. Paragraph 58, Punkt eins, B."

„Und ich war ein Obertolpatsch!" schaltete sich der Oberst ein. „Habe Ihnen geglaubt! Wissen Sie, wie man jetzt mit mir umspringt! Spielen Sie nicht den Beleidigten, und ab, ins Gefängnis! Das nennt sich Kommunist, einen führenden Posten haben Sie auch inne gehabt ..."

Bromberg ... Bromberg ... Bromberg ... bohrte es in Kedrows Kopf. Und er hatte diesen Lumpen gerettet! Ja, in vielen Dingen hatte Hitler durchaus recht! Jetzt hatte er keine Trümpfe mehr, vorläufig nicht, aber er spürte, er würde noch die Möglichkeit haben, es jemandem heimzuzahlen.

„Mit wieviel Jahren wird er sich wohl abfinden müssen?" fragte der Oberst den Major, nachdem zwei Soldaten Kedrow abgeführt hatten.

„Vielleicht fünfzehn."

„Weniger bestimmt nicht, vielleicht sogar die ganze Rolle. Der Greis wird im Lager abkratzen. In der Vergangenheit war er ein großer Mann, wollte die ganze Welt überlisten und das ist sehr schwer, Oberst. Napoleon setzte sich in die Pfütze, und da will dieser Kedrow ..."

*

Zu fünft saßen sie in einem gemütlichen Kabinett. Ein Hauptmann mit durchsichtigen, mandelförmigen weiblichen Augen, ein Oberst und eine hübsche Frau, groß, in europäischer Kleidung. Die zwei anderen waren nicht deutlich zu sehen. An sie wandten sich die Übrigen, mit der übertriebenen sowjetischen Hochachtung gegenüber den Vorgesetzten.

„Ziehen wir den Strich." sagte der, den man schlecht sah. „Deutschland ist besiegt, doch der Tod ist nicht besiegt. Das ist ein Feind, der schwerer wiegt als Hitler. Die Dienststelle des Kirchenrats, die man in Deutschland geschaffen hat, existiert nicht mehr. Drei sind im Westen, sie suchen und haben vielleicht ihre neuen Herren schon gefunden. wahrscheinlich das Letztere. Viel zu viel ist auf eine Karte gesetzt worden. Zwei sind tot. General von Hofmeister wäre für uns sowieso uninteressant. Nägele ist leider ebenfalls tot. Der wäre sehr interessant - doch für nichts gibt es nichts. Ein Vertreter, besser, eine Vertreterin, ist bei uns. Wir verdanken alles ihr, übrigens, sie war schon immer bei uns ..."

„Oder Sie bei mir?" fragte eine weibliche Stimme.

„Niemand will Ihnen widersprechen. Fahren wir fort. Es gab Personen, die nicht zu dieser Gruppe gehörten, ihr aber sehr nahe standen. Dazu gehört in erster Linie unser Kedrow. Leider hat er sich vorbei benommen, als er bei den Deutschen war. Traurig, aber nicht wieder gutzumachen.

Er ist für uns übrigens auch gar nicht mehr interessant. Alles, was er weiß, wissen auch wir. Seine Kenntnisse und seine Erfahrungen hat er vor uns nicht verheimlicht. Soll er seinen Lebensabend im Lager beschließen. Um ihn ist es nicht schade.

Zweitens, ein junger Mann, ein Emigrant namens Jewgenij Kreiton. Er ist noch nicht gefunden worden, aber er wird gesucht. Ein ziemlicher Komplex unerklärlicher Fakten ist mit einer anderen Person verbunden, der dieser Jewgenij Kreiton sehr nahe steht. Mit der Bearbeitung dieses Komplexes werden diese beiden Genossen", der, den man schlecht sah, machte eine Bewegung in Richtung des Obersten und des Hauptmanns. „sich befassen müssen. Vorläufig wäre das alles." schloß er und erhob sich.

*

Der heiße Sommer 1945. Wolodja und Eva lebten in einem kleinen Dörfchen in Württemberg, nur einige Kilometer von Dettenhausen entfernt, wo sich Woskobojnik und Nägele getroffen hatten.

„Was meinst du, wo könnten diese beiden sein? "

„Ich weiß nicht." antwortete Eva. „Beide waren auf ihre Art überdurchschnittliche und hervorragende Menschen, genau wie Rabbi Weißpapier. Niemand kann das von ihnen sagen, was in der Offenbarung Johannes steht.

‚Dem Engel der Gemeinde in Laodizea schreibe:
So spricht, der das Amen ist, der treue und
wahrhaftige Zeuge, der Anfang der Schöpfung Gottes:
Ich kenne deine Werke. Du bist weder kalt noch warm.
Wärest du doch kalt oder warm!
Weil du aber lau bist und weder kalt noch warm,
so will ich dich aus meinem Mund ausspeien!'

und wir können nur hoffen, selbst nicht lau zu werden."

„Was meinst du mit lau? "

„Nach meiner Ansicht und dem Wortschatz unserer Epoche entsprechend ist das einfach das Spießbürgertum."

ANMERKUNGEN

Allgemeiner Soldatenbund (bzw. Militär- oder Kriegerbund), militärische Organisation, entstanden aus den Resten der Weißen Armeen im Exil.

Berditschew, Stadt in der Ukraine, ca. 150 km südwestlich von Kiew, stand zur Zarenzeit in dem Ruf, den größten Prozentsatz der jüdischen Bevölkerung aufzuweisen.

Besedowskij, Botschafter der Sowjetunion in Paris, der aus Angst vor stalinischen Säuberungen in den dreißiger Jahren eine abenteuerliche Flucht aus der Sowjetbotschaft unternahm und seitdem im Exil lebt.

Biskupskij, General, von den Deutschen eingesetzter Hauptverwalter der Angelegenheiten der russischen Emigration in Deutschland, ein Mann von rechtsradikalen Ansichten.

Bjelinskij, W., (1814-1848), Literaturkritiker und Publizist, vertrat liberale und revolutionäre Ansichten.

General Bogajewskij, Donkosak, löste Krasnow als Ataman der Donkosaken ab, Oberhaupt der Donkosaken auch im Exil.

Reiterarmee Budjonnij, erste Reiterarmee in der Roten Armee während des Bürgerkrieges, zählte zeitweilig 15.000 bis 17.000 Säbel, spielte die entscheidende Rolle bei den erfolgreichen Operationen gegen die weißen Streitkräfte im

Süden Rußlands im Herbst 1919 und 1920.

Bund des Erzengels Michael, eine Organisation ähnlich dem Bund des russischen Volkes, hauptsächlich im Süden Rußlands aktiv.

Bund des russischen Volkes, rechtsradikale Kampforganisation aus der Zarenzeit (20. Jahrhundert), die auch die Meinung vertrat, daß die Russen unumschränkte Herrscher über ihr Land sein müssen. Lehnte deshalb die Gleichberechtigung anderer Völker ab, aus diesem Grund auch gegen die Juden, wirkte hauptsächlich im Norden Rußlands.

Oberst Bunjatschenko, im Frühjahr 1945 zum General befördert, Kommandeur der ersten Division der ROA.

General Denikin, Oberbefehlshaber der Weißen Armee im Süden Rußlands.

Dritte Kraft, eine politische Konzeption, entstanden während des Zweiten Weltkrieges in der russischen Exilorganisation NTS, sie bedeutete den Aufbau eines nationalen russischen Staates ohne kommunistische Diktatur und ohne deutsche Kolonialherrschaft.

Duma, Abgeordnetenhaus im zaristischen Rußland.

Eulogeaner, Metropolit Eulogius, mit Sitz in Paris, distanzierte sich von den Exilbischöfen, die in den 20er Jahren eine vom Moskauer Patriarchat unabhängige Kirche gründeten und blieb dem Moskauer Patriarchat verbunden. Als er aber im Jahre 1932 in London an einem Gottesdienst teilnahm, bei dem für die verfolgten Christen in der Sowjetunion gebetet wurde, erhielt er aus Moskau eine scharfe Rüge. Daraufhin brach auch er seine Beziehungen zum Moskauer Patriarchat ab und unterstellte sich dem Patriarchen von Konstantinopel. Seit dieser Zeit sind die synodale Exilkirche und die russische Exilkirche unter Metropolit Eulogius miteinander verfeindet.

Frunse-Akademie, die höchste Ausbildungsstätte für Führungskräfte der Roten Armee, in Moskau.

GPU, politische Polizei, existierte von 1922-1934.

Gubelman-Jaroslawskij, prominentes Mitglied der kommunistischen Partei, Mitarbeiter Lenins, zeitweilig Chef des Gottlosen-Verbandes, stand an der Spitze der antireligiösen

Bewegung in der Sowjetunion, fiel den stalinischen Säuberungen zum Opfer.

Iljin, Iwan Alexandrowitsch, Professor, Philosoph, wurde 1922 von der Sowjetregierung ausgewiesen, seitdem im Exil. Namhafter Vertreter des antikommunistischen Denkens, bekannt durch viele Publikationen in dieser Richtung, Feind der liberalen und Linkskreise in der Emigration. Herausgeber der Zeitschrift „Russkij Kolokol" (Die russische Glocke), stand in den 30er Jahren der Organisation NTS (Bund russischer Solidaristen) nahe.

Imperialer Bund, unbedeutende Emigrantenorganisation, die sich der Pflege des großrussischen imperialen Gedankens widmete.

Innere Linie, militante antikommunistische Kampforganisation im Allgemeinen Soldatenbund, die versuchte, die kommunistische Diktatur in der Sowjetunion mit revolutionären und konspirativen Methoden zu bekämpfen. Dieser Tätigkeit war wenig Erfolg beschieden, vermutlich wirkten in der Inneren Linie sowjetische Agenten. Durch sie wurde der Allgemeine Soldatenbund in der Emigrantenöffentlichkeit starken Angriffen ausgesetzt.

Jagoda, Heinrich G., Volkskommissar für Inneres und für die Staatssicherheit, im Jahre 1926 zuständig für die Ausstellung von Auslandspässen.

Karapet, (armenisch), der Mensch.

Kaschu-Tschini, Festmahl oder Festgelage im mittelalterlichen Rußland.

Kerenskij, Alexander Fjodorowitsch, der letzte demokratische und gesetzmäßige Ministerpräsident Rußlands, gestürzt im Oktober 1917 durch Lenin und die Bolschewisten.

Kirchenspaltung, gemeint ist die Abspaltung eines grossen Teils der orthodoxen Gläubigen und der Geistlichkeit in der russischen Emigration von der offiziellen Leitung der russischen Orthodoxen Kirche durch das Moskauer Patriarchat. Ein Teil der Abgespaltenen gründete die russische Orthodoxe Exilkirche, ein anderer Teil unterstellte sich dem Patriarchen von Konstantinopel. Wirklicher

Frieden und Klarheit der Verhältnisse haben im Kirchenleben der russischen Emigration niemals existiert.

Komitee zur Befreiung der Völker Rußlands (KONR), die entscheidende Tat des KONR war die Prager Proklamation vom 14. November 1944, in der die Grundprinzipien eines kommenden, nichtkommunistischen russischen Staates enthalten waren.

Ataman Krasnow, P. N., Donkosak, zaristischer General, während des Bürgerkrieges zeitweilig Ataman der Donkosaken, versuchte, am Don einen selbständigen Kosakenstaat zu organisieren, nach dem Zweiten Weltkrieg geriet er in die Hände der Sowjets und wurde hingerichtet.

Kujbischew, Stadt an der Wolga, wohin sich die sowjetische Regierung während des unmittelbaren Angriffs der deutschen Truppen auf Moskau zurückzog. (Herbst 1941)

Schlacht am Kulikowo-Feld, der erste große russische Sieg über die Tataren, 1380 errungen durch den Großfürsten Dimitrij von Moskau.

Leipziger Bewegung Mosdasnan, eine mystische Vereinigung, höchstwahrscheinlich unter dem Einfluß der indischen Philosophie und Mystik, mit Zentrum in Leipzig.

Liberale Emigranten, gemeint sind Exilrussen, die im Zarenstaat Verfechter des liberalen Gedankens waren, d.h. nach ihrer Meinung sollte Rußland entweder eine konstitutionelle Monarchie oder eine demokratische Republik nach dem Muster der westlichen Demokratien werden. In der Emigration ließen diese Kreise den Gedanken an eine konstitutionelle Monarchie fast völlig fallen.

Lodz, wichtige Industriestadt in Westpolen, während des Zweiten Weltkrieges von den Deutschen in Litzmannstadt umgenannt.

Markow der Zweite, Nikolaj Jewgeniewitsch, Abgeordneter in der Duma, äußerst radikaler Monarchist, Feind der Juden und aller liberaler und demokratischer Strömungen, vertrat die Meinung, daß jede Beschränkung der Macht des Zaren historisch gesehen unverantwortlich und für Rußland schädlich sei.

Milukow, Pawel Nikolajewitsch, Professor der Geschichte, Außenminister in der provisorischen Regierung nach dem Sturz der Monarchie am 5. März 1917, Führer der Partei der konstitutionellen Demokraten, Abgeordneter in der Duma, namhafter Vertreter des russischen Liberalismus.

Moskauer Patriarchat, die offizielle Leitung der russischen Orthodoxen Kirche mit Sitz in Moskau und dem Patriarchen an der Spitze.

Reichsbischof Müller, von der nationalsozialistischen Regierung eingesetztes offizielles Oberhaupt der evangelischen Kirche im Reichsgebiet. Versuchte, die evangelische Kirche zu einem völlig korrekten Verhalten gegenüber der NS-Regierung zu bewegen.

Nansen-Paß, nach der Revolution wurden in den 20er Jahren Flüchtlinge aus der Sowjetunion mit einem besonderen Ausweis ausgestattet, der nach dem berühmten norwegischen Polarforscher Nansen benannt wurde, der an der Spitze dieser Aktion stand.

Nationale Jünglinge, spöttische Bezeichnung des Nationalen Bundes der Schaffenden der neuen Generation, des späteren NTS.

NEP, neue wirtschaftliche Politik, die relativ liberale Periode im Wirtschaftsleben der UdSSR von 1921-1929.

NKGB, Volkskommissariat für die Staatssicherheit, im Jahre 1946 durch MGB ersetzt.

NKWD, Kommissariat für innere Angelegenheiten, hatte alle Polizeifunktionen in der UdSSR unter sich.

NTS, (russ.), Nationaljno Trudowoi Sojus, Organisation der russischen Solidaristen, am Anfang des Krieges hieß diese Organisation noch Nationaler Bund der Schaffenden der neuen Generation.

Orthodoxie, *Monarchie*, *Volkstum*, auf diesen drei Elementen beruhe der russische Staat, behaupteten die russischen Monarchisten im 20. Jahrhundert, unter dieser Parole kämpften sie gegen Liberalismus und gegen die Revolution.

OKW, Oberkommando der Wehrmacht.

Prosfora (russ.), geweihtes Brot, wird bei gewissen Anlässen in der Kirche verteilt und darf mit nach Hause genommen werden und wird unter Berücksichtigung gewisser pietätvoller Sitten zu sich genommen.

Reichsministerium für die besetzten Ostgebiete, entstand nach Beginn des Krieges Deutschland - Sowjetunion unter der Leitung von Alfred Rosenberg, offiziell sollte diese Behörde die Verwaltung der von der deutschen Wehrmacht besetzten Gebiete übernehmen und für die Durchführung der Politik der Reichsregierung verantwortlich sein.

ROA, Russische Befreiungsarmee, antikommunistische Freiwilligenverbände, entstand in Deutschland während des Zweiten Weltkrieges, gegen Kriegsende übernahm Generalleutnant A. A. Wlassow den Oberbefehl.

Dienststelle Rosenberg, Behörde während des Zweiten Weltkrieges, aus der sich später das Reichsministerium für die besetzten Ostgebiete entwickelte.

Rote Ecke, Begriff aus dem alten Rußland, in der Ecke rechts gegenüber dem Eingang ins Zimmer hingen Heiligen- und Zarenbilder. Der Platz darunter war der Ehrenplatz.

Russische Nationale und Soziale Bewegung, eine in Deutschland nach 1933 entstandene Kopie der NSdAP im russischen Emigrantenmilieu, wurde von der überwiegenden Mehrheit der russischen Emigranten abgelehnt.

Russische Vertrauensstelle, nach der Machtübernahme durch die nationalsozialistische Regierung wurde für die russischen Emigranten diese Behörde eingerichtet, um die deutschen Polizeidienststellen von der Kleinarbeit der Überprüfung der russischen Flüchtlinge zu entlasten. An der Spitze stand nominell General Biskupskij und in Wirklichkeit ein gewisser Taboritzkij.

Johann Fürst Schakhowskoj, Archimandrit, Mönch, Oberhaupt der eulogeanischen Kirche in Berlin (Nachodstraße) in den 30er Jahren und während des Zweiten Weltkrieges. Wurde von einem Teil der Rechtskreise, vor allem der profaschistischen, abgelehnt und bekämpft, weil er die Kirche nicht in den Dienst des Kampfes gegen die sogenannten finsteren Kräfte der Juden und Freimaurer einschalten wollte. Er lehnte auch den Antisemitismus im kirchlichen Leben ab.

Schwarze Hundert, so wurden in Linkskreisen alle

Rechtsorganisationen genannt.

SD, Sicherheitsdienst der SS.

SMERSCH (russ.), Tod den Spionen, sowjetischer Abwehrdienst im Zweiten Weltkrieg.

Synodale Kirche, russische Exilkirche, die das Moskauer Patriarchat nicht anerkennt und deren oberste Führung aus einer Synode der Exilbischöfe besteht.

Tatschanka (Plural: Tatschanki), Bauernwagen mit aufmontiertem Maschinengewehr.

General F. I. Truchin, Chef des Stabes der ROA

Tschernischewskij, (1828-1889), Literaturkritiker, vertrat radikal sozialistische Ansichten.

Ultramonarchisten, so wurden im zaristischen Rußland diejenigen genannt, die die Beschränkung der Monarchie durch die Duma ablehnten und für die Alleinherrschaft des Zaren eintraten. Auch in der Emigration vertreten.

Vereinigungen des russischen Adels, wurden in vielen Teilen der Welt von russischen Emigranten adeliger Abstammung geschaffen mit dem Ziel, die kulturellen und politischen Traditionen des russischen Adels zu pflegen.

Viele Jahre, kurzer feierlicher Choral in der orthodoxen Kirche, wird für Personen, die besonders geehrt werden, gesungen.

Werst, russisches Längenmaß, entspricht 1066,78 Metern.

Winberg, Ultramonarchist, schrieb das Buch „Der Kreuzweg", in dem er den Leidensweg der Zarenfamilie und Rußlands nach der Machtübernahme durch die Bolschewisten beschrieb. Nach seiner Ansicht waren am Untergang der Zarenfamilie und des monarchistischen Rußlands geheime mystische Kräfte der Freimaurer und Juden schuld.

Erzpriester Wostokow, einer der wenigen radikalen Antisemiten unter den russischen Priestern im zaristischen Rußland, Mitglied des Bundes des russischen Volkes. Sein Antisemitismus ging so weit, daß General P. Wrangel drohte, ihn aus der Krim auszuweisen, wenn er weiter Progrompredigten halten würde.

General Wrangel, Oberbefehlshaber der Weißen Armee im Süden Rußlands.

MOSKAU 1921
(AUS DEM ROMAN: DER VAMPIR)

Einige in dem Buch „*Berlin*" erwähnte Personen sind bereits in dem Roman „*Der Vampir*" in Erscheinung getreten, der die Ereignisse im Winter 1921 beschreibt.

Diese Ereignisse werden aus der Sicht von Wolodja Schwedow und Eva Torzowa geschildert, die damals noch Kinder waren und nach dem Willen des prominenten Parteimitgliedes Kedrow bei der Gerichtsverhandlung gegen den Priester Welikanoff falsche Aussagen machen sollten.

Der Vater von Eva Torzowa, ein überzeugter Kommunist und persönlich ein untadeliger Charakter, verhinderte dieses Ansinnen und wurde dafür von Kedrow umgebracht. Kedrow behält seinen Haß gegen Wolodja Schwedow und Eva Torzowa in vollem Umfange bei.

Auch Bromberg tritt in Erscheinung, allerdings spielt er eine völlig unbedeutende Rolle zu dieser Zeit.

Woskobojnik ist 1921 Mitglied einer antisowjetischen Widerstandsgruppe, deren Oberhaupt der nicht mehr zum Menschengeschlecht gehörende Boris Stepanowitsch ist.